韓國 漢文學 散藁

韓國 漢文學 散薰

초판 인쇄 2001년 12월 10일 • 초판 발행 2001년 12월 12일 • 지은이 민병수 • 펴낸이 지현구 •
펴낸곳 태학사 • 주소 서울시 서초구 서초2동 1357−42 • 전화 (02) 584−1740 (代) • 팩스 (02) 584
−1730 • e-mail thaehak4@chollian.net • http://www.thaehak4.com • 등록 제22−1455호

ISBN 89-7626-733-8 93810

ⓒ 민병수, 2001

값 30,000 원

☞ 잘못된 책은 구입한 곳이나 본사에서 바꾸어 드립니다.

韓國 漢文學 散藁

閔丙秀

태학사

머리말

붓을 놓고 나면 다시는 쳐다 보기 싫은 것이 論文이다.

그래서 논문은 脫稿 순간의 짜릿한 쾌감 때문에 쓰는 것인지도 모른다. 아무리 허술하게 쓴 것이라도 자고 싶은 잠 다 자고 완성한 논문이란 내 기억 속에 있지 않으니 말이다. 그러고 보면, 이 책은 밤 잠 설친 기록들을 한데 모은 것이라 해도 좋을 것이다. 30년 동안의 수확이 겨우 이것밖에 되지 않느냐는 핀잔을 피하기 위하여 미리 해 본 소리다.

논문이라 하기에는 부족한 것도 있지만 그냥 버리기에는 아깝다고 생각되는 것들을 대강 모은 것이 이 책이다. 대부분이 詩에 관한 것이지만, 燕岩 문장에 대한 평소의 관심 때문에 燕岩 硏究 부분의 글을 버리지 못했다. 이미 간행된 단행본 속에 많은 부분이 수용된 것은 싣지 않았지만 부피가 늘어나 미안한 생각도 든다.

이 다음에 만약 이 책이 다시 판을 거듭하게 되는 날이 온다면, 燕岩 朴趾源의 散文에 대하여 공부한 글을 꼭 한 편 보태고 싶다. 지금의 심정으로 하고 싶은 말을 하라면 이것뿐이다.

해묵은 논문들을 다시 정리하느라 고생한 盧京姬, 李恩珠 양에게 감사의 뜻을 보낸다. 그리고 木枕처럼 부피만 큰 이 책의 출판을 이번에도 흔쾌하게 맡아준 太學社 池賢求 社長께 마음 깊이 감사를 드린다.

2001년 12월

清坡書室에서 著者

目次

제4부　漢詩의 素材論的 接近　479

제5부　朝鮮後期 漢詩 흐름의 變異 樣相　575

제6부　朴趾源 研究와 兩班傳　665

제7부　漢文學 研究史　699

제 1 부

朝鮮前期 漢文學 論議의 虛實

朝鮮前期의 文學觀에 대하여

1. 序言—文學觀과 文學의 內質

本稿의 意圖가 우리 나라 傳統時代의 文學觀을 考究하는 데 있으면서도 다만 그 時代를 朝鮮前期에 限定한 것은 대개 다음과 같은 두 가지 理由에서이다. 첫째, 高麗時代에 있어서는 주로 文學의 內質에 관한 문제, 그 가운데서도 특히 詩論과 같은 것이 中心課題가 되어 왔을 뿐 文學을 論하는 데 있어 그 標準이 되어온 思想的 背景이 鮮明하게 浮刻되지 않아 사실상 文學의 形式的인 面을 規制해온 文學觀의 定立을 보지 못하고 다만 朱子學이 輸入된 以後에 있어 그 微朕이 보이는 정도에서 그쳤기 때문이다. 둘째, 朝鮮時代에 있어서는 이미 그 前期에 形成 固着된 文學觀의 趨移가 後期에 이르기까지 特記할 만한 變轉이 없이 一貫되어 왔으므로 敍述의 번거로움을 덜기 위해 그 時期를 朝鮮時代 前期로 限定한 것이다.

우리 나라 傳統時代의 文學理論을 究明하는 데 있어서는 마땅히 다음과 같은 課題들에 대한 解明이 앞서 있어야 할 것이다. 먼저, 오늘날 우리가

詩·文·雜著의 總體的인 槪念으로 把握하고 있는 '文學'의 字義와 그 內容의 含義를 溯考하여야 할 것이며, 다음으로는 文學의 本質이 文學의 內質에서 辨別되지 못하고 오히려 文學外的인 思想的 標準에 의하여 論議되어 온 東洋社會의 傳統的인 文學觀을 考究하는 노력이 모름지기 뒤따라야 할 것이다. 이러한 一聯의 作業이 遂行될 경우, 學術·文·文章 등 多樣한 內容을 含義하고 있는 傳統時代 文學이 걸어온 스스로의 歷史가 解明될 것이며 한편으로는 主로 哲學的·思想的인 標準에 의하여 文學을 論한 朝鮮時代의 文學觀이 當時의 文學理論이 形成되는 過程에 있어 어떠한 구실을 하였는가가 밝혀질 것이다. 그리고 이러한 文學觀이 곧 傳統時代의 文學理論을 萎縮시킨 決定的인 沮害 要素로 指摘되어야 한다는 事實도 아울러 얻어낼 수 있을 것이다. 흔히 東西洋의 詩精神을 比較함에 있어 東洋의 그것을 功利과 效用面에 치중한 것이라 하고 西洋의 詩精神을 模倣의 技術에 치중한 것이라 한다.[1] 물론 이러한 發想은 文學이 가지고 있는 두 가지 機能, 즉 敎示的 機能과 快樂的 機能을 容認하는 過程에서 導出된 것이라 보아지지만, 그러나 文學의 內質을 論함에 있어 洋의 東西에 따라 이를 區別하려 드는 노력이 얼마나 큰 意味를 가지는 것인지는 다시 한 번 檢討되어야 할 것이다.

　오히려 東洋社會의 文學을 論함에 있어서는 먼저 文學을 한갓 道의 表現 手段으로만 보아온 '文以貫道'나 '文以載道'와 같은 傳統的인 文學觀이 보다 重要한 課題로 浮刻되어야 한다는 사실에 注目해야 할 것이다. 물론 中國의 六朝時代나 우리 나라 高麗時代에 있어서와 같이 文學의 內質이 重要視된 時期가 없었던 것은 아니지만, 그러나 文은 載道之器요, 詩는 한갓 文章의 靡者로 보아온 傳統的인 文學觀은 우리 나라 朝鮮時代의 文學 研究에 있어 종요로운 課題가 될 것이다.

---

1) 丘仁煥·丘昌煥, 『文學槪論』, 서울:三英社, 1976, 92면.

지금까지 우리 學界에서 이룩한 이 方面의 業績이 결코 적은 것은 아니지만 그러나 그 대부분이 文學의 內質에 관한 문제, 특히 詩論과 같은 것에 偏重함으로써 사실상 文學理論 위에 君臨하여 文學理論 자체를 規制해 온 文學觀의 구실에 대하여 解明하는 過程을 看過하였던 것이며 따라서 文學觀과 文學理論을 有機的으로 把握, 追求하는 노력도 두드러지게 나타나지 않았던 것이다. 그러므로 本稿에서는 詩論과 같은 文學의 內質에 관한 문제를 究明함에 앞서 먼저 文學·文章·文 등으로 標榜된 傳統時代의 文學에 대한 字義와 그 內容의 含義를 살피고 나아가서는 朝鮮時代 前期에 形成된 文學觀의 一端을 考究해 보려는 것이다. 이것이 우리 나라 傳統時代의 文學의 內質을 研究하는 데 一助가 된다면 幸이 되겠다.

2. 文學·文章·文

文學이란 말이 使用된 최초의 例는 대개 孔門四科에서 求하고 있다. 『論語』 <先進>에

> 德行, 顏淵·閔子騫·冉伯·牛·仲弓, 言語, 宰我·子貢, 政事, 冉有·季路, 文學, 子游·子夏.

라 하여 이른바 十哲을 그 所長에 따라 四科로 나눈 가운데서 文學엔 子游·子夏라고 한 것이 그것이다. 여기에서 文學이라고 한 것은 물론 文學批評의 對象으로서의 純文學 그것이 아니고 文章과 博學의 二義를 兼有하고 있는 廣漠無垠한 槪念으로 使用된 것으로 一切의 書籍과 一切의 學問을 內包하고 있는 것이다. 楊雄이 그의 『法言』 「吾子」篇에서 "子游子夏 得其

書矣"라고 한 것과 邢昺의 <論語疏>에 "文章博學 則有子游子夏"라고 한 가운데서 '書' 또는 '博學'이라고 한 것은 곧 이 文學을 두고 이른 것이다. 그러나 邢氏가 말한 文章·博學은 文學 속에는 이 두 가지 意義가 함께 內包되어 있다는 것이다. 그러므로 孔門에서 비롯된 文學이라는 名號는 이것이 近代的인 의미에서의 文學이 아닌 것은 물론이다. 그리고 當時에 이미 詩·書·文 등의 名稱이 使用되었지만, 이는 典籍의 性質을 分類할 때에 '詩' 또는 '書'라 하였으며 文辭의 體裁를 區別할 때 '詩'·'文'이라 한 것이다. 그러므로 孔門에서 이른바 '詩'라는 것은 邢氏가 말한 '文章'과 같은 뜻이며 또 '文' 또는 '書'라고 한 것은 邢氏의 '博學'과 같은 것이어서 결국 이것들은 '文學'이라는 이름으로 統攝되는 것들인 것이다.[2] 그리고 이 周秦時代에 있어서의 文學의 槪念에 대해서는 淸末의 學者인 曾國蕃이 儒學思想을 分類·槪觀한 가운데에도 나타나 있다.[3] 曾國蕃은 爲學之術의 起源을 孔門四科에 두고, 儒學思想을 다음과 같이 四個部門으로 分類한 바 있다.

① 義理 : 孔門의 '德行'의 科. 오늘날의 宋學. 例로는 周敦頤, 程顥 兄弟, 張載, 朱熹 등.

② 考據 : 孔門의 '文學'의 科. 오늘날의 漢學. 例로는 許愼, 鄭玄, 顧炎武, 姚鼐 등.

③ 辭章 : 孔門의 '言語'의 科. 從古의 藝文과 今世의 制·義·詩·賦. 例로는 韓愈, 柳宗元, 歐陽修, 曾鞏, 李白, 杜甫, 蘇軾, 黃庭堅 등.

④ 經濟 : 孔門의 '德行'으로 政事를 兼한 것. 前代의 典禮·政書와 當世의 掌故. 例로는 諸葛亮, 陸贄, 范仲淹, 司馬光 등.

여기에서도 孔門에서 이르는 文學은 考據之學 또는 經學에 가까운 것으

---

2) 郭紹虞, 『中國文學批評史』 上冊, 臺灣商務印書館, 1969, 11~12면.
3) 千寬宇, 『韓國實學思想史』, 『韓國文化史大系』 Ⅵ, 998면에서 再引用.

로 指摘하고 있는 것이다. 이상에서 孔子의 文學觀의 一端을 살펴보았거니와 여기서 다시 한번 分明히 해두고 넘어가야 할 것은 孔子가 文을 崇尙한 것은 到處에 流露되고 있는 사실이지마는 孔子에 있어서의 '文'은 어디까지나 學術的인 傾向에 多分히 치중하고 있다는 사실이다. 論語 公冶長에 "子貢問曰: '孔文子何以謂之文也' 子曰: '敏而好學 不恥下問 是以謂之文也'" 가 바로 그것이다. 이에 대해서는 栗谷의 文策에서도 다음과 같이 말한 것이 있다.

及其門人 設四科之目 而子游子夏以文學稱焉 則雖若外道言文 然而三代之學 皆所以明人倫 則古人之所謂文學者 可知已 豈若後世之雕蟲篆刻者哉 自漢以來 上無善治 下無眞儒 道術日壞 衆流雜出 世之儒名者 徒知有文 而不知有道 浮華爲尙駁雜爲宗 斯文之弊 極矣 …… 游夏之學 兼知兼行 ……[4]

孔門에서의 文學은 비록 道를 疎外하고 文을 말한 것이지만 그러나 夏·殷·周 三代의 學이 모두 人倫을 밝힌 것이므로 古人의 이른바 文學이 무엇인가를 알 수 있겠다는 것이다. 孔門의 文學은 곧 三代의 學과 다를 바가 없다는 것이어서 이 또한 다분히 學術的인 意義로 把握한 것이며 浮華한 修飾만을 일삼던 漢代以後의 文과 스스로 區別이 된다고 본 것이다. 그리고 子游와 子夏의 文學은 知와 行을 兼하고 있다 하였는데 이것은 곧 孔門의 文學觀에서 가장 重要한 두 方面으로 指摘되고 있는 尙文·尙用의 兩面性과도 符合되는 所論인 것이다. 이상을 要約하면 周秦時代에 있어서의 이른바 文學은 文章과 博學의 二義를 同時에 兼有하고 있어 文 곧 學을 의미하는 것이고 이것이 가장 넓은 의미에서의 文學의 槪念이며 최초의 文學槪念이라 할 것이다.

---

4) 李珥, 『栗谷全書』 拾遺 권6 雜著三.

 그러나 兩漢時代에 이르면 文과 學을 分別하여 부르게 되었고 이에 따라 文學과 文章을 또한 分別하여 使用하게 되었다. 單字로써 말하면 文과 學이 같지 않은 것이 되어 連語로써 말하면 文章과 文學이 같지 않게 되는 것이다. 그러므로 漢代에 있어서의 文學은 다만 學術的인 意義만 含有하게 되었고 文 또는 文章은 오직 詞章만을 指論하는 것이 되었는바 이에 이르러 近代人이 일컫는 文學의 意義와 가까워 진 것이다. 『史記』나 『漢書』에 나오는 '文學'은 대개 學術을 指稱하는 것이며 이에 反하여 美而動人하는 文辭를, 다른 文件과 區別해서 文 또는 文章이라 했던 것이다. 敍上한 栗谷의 文策에서, 雕蟲篆刻은 곧 漢代 文學의 傾向을 指稱한 것으로 보아야 할 것이며 浮華爲尙 駁雜爲宗은 六朝時代의 純粹文學을 가리킨 것일 것이다.

 魏晉南北朝時代에 있어서는 文學이 이 때에 와서 비로소 學術과 劃然히 區別이 되어 스스로 그의 獨自的인 領域을 構築하게 되었으며 오늘날의 文學과 그 意義를 같이하게 된 것이다. 文學批評의 專門的인 作業이 비롯된 것도 물론 이 때의 일이다. 그런데 한편으로 六朝의 文學은 그 文辭의 性格에 따라 文과 筆로 나누기도 하는바, 이에 따르면 文은 주로 情이나 美感을 重視하는 것으로 把握하여 純粹文學이라 하고 筆은 그 重히 하는 것이 知와 應用에 있다 하여 이를 雜文學이라 부른 것이다. 그러나 隋唐·北宋에 이르면 다시 復古의 風이 일어나게 된다. 隋唐 五代의 創作界가 淫靡 浮濫으로만 흐르게 됨에 따라 이 때에 六朝 文學에 대한 根本的인 懷疑를 가지게 된 것이다. 六朝에 있어서는 文學의 本質을 주로 文學의 內質에서 辨別하려 함으로써 文學을 論하는 標準으로서의 文學觀을 學의 바깥에서 求하려 들지 않았던 것이다. 그러나 唐代에 있어서는 文學을 論하는 標準을 이미 聖賢의 著作에서 求하게 되었으며 따라서 聖賢의 著作을 통해서 道를 밝히려 하였기 때문에 마침내 文에 치우친 결과가 되고 만 것이다. 그래서 唐人은 '文以貫道'를 말하고 '文以載道'는 말하지 않았던 것이다. '貫道'라고 하면 이는 이미 文을 因하여 道를 보는 것이 되므로 道는 반드시 文에 依憑

해야만 비로소 나타나게 되는 것이다. 여기에서 文과 道의 輕重이 나타나게 되며 결과적으로 文과 道는 二個物이 되고 마는 것이다. 李漢이 <韓昌黎集序>에서 '文者貫道之器'라고 한 것이 이를 뒷받침해주는 端的인 說明이 될 것이다.

宋代에 있어서는 한 걸음 나아가 聖賢의 思想이 文을 論하는 標準이 됨으로써 文學은 한갓 道學의 附庸에 지나지 않는 것이 되고 말았다. 周敦頤가 通書에서 밝힌 '文所以載道也'가 그 代表的인 發言이 될 것이다. 載道에 있어서의 文은 道를 傳하는 手段에 지나지 않는 것이 되고 마는 것이다.

우리 나라 朝鮮時代에 있어서는 國初에 이미 麗末에 輸入된 宋代의 儒學이 政治理念으로 採擇됨에 따라 그 文學觀에 있어서도 唐宋以來의 '文以貫道'나 '文以載道'가 朝鮮時代 文學理論의 支配原理로 君臨하게 되었다. 그래서 鄭道傳은

日月星辰 天之文也 山川草木 地之文也 詩書禮樂 人之文也 然天以氣 地以形 而人則以道 故曰 文者載道之器 ……[5]

라 하여 日月星辰을 天의 表現으로 山川草木은 地의 表現으로, 그리고 詩書禮樂은 人間의 表現으로 보았던 것이다. 그리고 그 表現 秩序는 天에 있어서는 氣, 地에 있어서는 形, 人間에 있어서는 道에서 求함으로써 人間에게 詩書禮樂을 나타내는 秩序는 道요, 이 道라는 秩序를 具現하는 表現手段이 곧 文이라는 것이다. 徐居正도 다음과 같이 말한 것이 있다.

精一中極 天之體也 詩書禮樂 文之用也 是以代各有文 而文各有體 讀典謨知唐虞之文 讀訓誥誓命 知三代之文 ……[6]

---

5) 鄭道傳, 『東文選』 권89, <京山李子安陶隱文集序>.
6) 徐居正, <東文選序>.

詩書禮樂은 文의 用이므로 한 時代에 한 文이 있다는 것이다. 그러나 그
는 같은 글에서 다음과 같이 敷衍하였다.

> 文者貫道之器　六經之文　非有意於文　而自然配乎道　後世之文　先有意於文
> 而或未純乎道　今之學者　誠能心於道　不文於文　本乎經　不規規於諸子　崇雅黜
> 浮　高明正大　則其所以羽翼聖經者　必有其道矣

六經之文은 文을 짓는 데에 뜻을 가진 것이 아니어서 自然히 道와 짝한
다고 하였으며 그러므로 文을 위한 文을 하여서는 아니 되며 經典에 根本을
두어야 한다고 하였다. '文以貫道'의 處地를 밝힌 것이다. 또 같은 시대의 金
宗直은

> 詩書文藝　皆經術也　詩書六藝之文　卽其文章也 …… 今之所謂文章者　不過
> 雕篆組織之巧耳[7]

라 하여 六經之文이 곧 文章이라고 하였으며 오늘날의 文章이라고 하는 것
은 한갓 文字를 다듬는 技巧에 不過할 뿐이라는 것이다. 그리고 參考로 舊
韓末의 文章家로 널리 알려진 李建昌의 所論에 따르면

> 儒者之學　有二　曰性理　曰文章　文章之學　有二　曰古文　曰時文　時文之學
> 有二　曰經義　曰詩賦　時文之於儒學　再支而繼別也　而經義猶其嫡也　詩賦又其
> 支庶也[8]

여기서 그는 儒學을 性理學과 文章之學으로 二大別하고 있으며 또 文章

---

7) 金宗直, 『佔畢齋集』 文集 권1, <尹先生祥詩集序>.
8) 李建昌, 『明美堂集』 권9 序, <征邁夏課錄序>.

之學을 古文과 時文으로 區分하고 있다. 특히 時文과 儒學과의 관계를 論함에 있어 時文은 사실상 儒學에서 分離되어 別途로 繼承이 되어왔음을 示唆하고 있는바, 이는 注目할 發言이라 할 것이다. 時文은 물론 科文을 指稱한 것이다. 經義가 時文의 重要한 內容으로 되고 있고 또 經義는 聖言의 緖餘이기도 하기 때문에 時文에 대하여 극단적인 無用論을 主張하는 데까지는 이르지 못하고 있지마는 그러나 文章을 이미 古文과 時文으로 區分한 李建昌 自身이 古文을 崇尙해 온 文章家라는 처지에서 보면, 한갓 套式的인 文字의 遊戲로 墮落한 당시의 科文을 貶視했던 것만은 事實일 것이다.

이상에서 文章으로 鳴世한 諸氏의 所說을 一瞥해 보았거니와 이는 對經典과의 관계에서 文章이 가지고 있는 스스로의 意味를 現實文脈 속에서 찾아본 것에 지나지 않는다. 그러므로 文章을 한갓 小技로만 보아온 朝鮮時代에 있어서의 文이나 文章은 적어도 六經에 대한 考慮를 그 基盤으로 하는 위에서만 說明될 수 있는 것이어서 近代的인 의미에서의 文學은 容認될 수 없으며 오직 六經을 바탕으로 한 文 또는 文章(사실상 같은 의미로 쓰였음)만이 文學으로 存立할 수 있었다고 하여야 할 것이다.

3. 經術 文章 一道觀

傳統的으로 文翰을 崇尙하는 것이 風尙이 되어 온 우리 나라에서는 특히 科擧制度가 實施된 高麗以後에 이어서는 士類를 試取하여 高級 官僚로 登用하는 것이 制度化됨으로써 우리 나라의 政治風土는 사실상 士類政治로 一貫해 왔던 것이다. 이러한 風尙은 傳統時代의 學者요 高級官僚인 知識層의 意識構造에 있어서도 至大한 影響을 끼친 것이 사실이다. 그러므로 朝鮮時代의 文學觀을 研究함에 있어 科擧制度의 趨移過程을 考究하는 것은 重

要한 의미를 가지는 것이며 특히 科試科目의 變移過程을 追跡하는 作業은 當時의 學問 內容이나 文學觀의 偏向을 溯考하는 데 있어 종요로운 구실을 하게 될 것이다.

우리 나라에서 최초로 科擧制를 實施한 것은 高麗 光宗 때의 일이다. 周後의 歸化人인 雙冀를 知貢擧로 하여 科試를 보인 것이 그 시초이다. 이 때의 科擧는 製述科(進士科)와 明經科의 兩大業이 있었고 雜科로서 醫業·卜業 등이 있었다.[9] 科試 科目은 製述科에 있어서는 詩·賦·頌·時務策 등 詞章을 科하였으며 明經科에서는 經典을 외우게 하는 것이었다. 科試科目의 內容은 그 時期에 따라 多少의 出入이 있기는 하나 대체로 製述科에는 詞章이 中心이 되었던 것이며 兩大業中에서도 詞章을 科하는 製述科가 明經科보다 훨씬 重要視되었다. 1032年에 새로이 實施된 國子監試(朝鮮時代의 進士試)에 있어서도 그 科試科目은 詞章이었었다. 이러한 科擧制度의 偏向은 당시 士風의 向方을 크게 刺戟하였던 것으로, 詞章이 크게 떨쳤던 高麗時代의 文風은 결코 우연한 결과의 所致가 아니라 할 것이다.

그러나 朝鮮王朝가 成立되자 國初의 文物制度를 整備하는 過程에 있어 人事政策의 中核이 되어 온 科擧制度는 一大 變革을 가져 오게 되었던 것이다. 새로이 文武散階가 實施되고 文·武 兩科가 아울러 실시되어 名實이 相符한 官僚體制가 構築되었던 것이다. 太祖는 그의 卽位敎書에서 다음과 같이 밝혔다.

文武兩科 不可偏廢 內而國學 外而鄕校 增置生徒 敦加講勸 養育人材 其科擧之法 本以爲國取人 其座主門生 以公擧爲私恩 甚非立法之意 今後 內而成均正錄 外而各道按廉使 擇其在學經明行修者 開具年貫三代及所通經書 登于成均館長貳所試講所通經書 自四書五經通鑑已上通者 以其通經多少 見理

---

9)『高麗史』志卷 選擧一.

精粗 第其高下 爲第一場 入格者送于禮曹 禮曹試表章古賦 爲中場 試策問 爲終場 通三場相考 入格者三十三人 送于吏曹 量才擢用 監試革去[10]

이 敎書에서 重要한 사항으로 指摘할 수 있는 것은 첫째, 文武兩科의 均衡있는 運營, 둘째, 高麗의 遺風인 座主門生制와 監試의 革去, 셋째, 官學의 育成, 넷째, 九經이 科試科目으로 登場한 것 등이다. 특히 監試는 高麗時代의 國子監試이며 朝鮮時代의 進士試인 것이다. 이 監試의 革去는 詞章을 崇尙하던 高麗朝의 文風을 抑勒하는 衝擊的인 措處인 것으로 朝鮮時代 文學觀의 形成過程에 있어 重要한 의미를 던지는 것이다. 開國功臣인 新進士類들이 前朝의 詞章을 排擊하고 대신 經典之學을 重視하게 됨에 따라 取해진 당연한 歸結이라 할 것이다. 이에 따라 詞章을 科試하는 進士試 대신에 經典을 科試 科目으로 하는 生員試를 重視하게 된 것이다. 太祖 4年(1396)에 禮曹가 制定한 科擧法에 따라 革罷된 進士試는 그 뒤 世宗 20년에 一時 復活되었다가 6年 後인 世宗 26年에 다시 廢止, 端宗 1年에 再復活될 때까지 約 60年 동안 그 迂餘曲折을 겪어야 했다. 이는 大科의 科試 科目에 九經이 登場한 事實과 아울러 朝鮮前期의 文學觀 硏究에 重要한 事實로 指摘되어야 할 것이다. 科擧制度의 改革은 外形的으로는 물론 세 王朝의 支配 秩序에 따른 制度的 整備作業에 지나지 않는 것이지마는 그러나 그 創業 理念으로 採擇된 朱子學的 秩序는 新王朝의 政治·社會·制度·文化 등의 思想的 諸體系를 宋代의 性命哲學으로 再編成함으로써 中央集權的인 統治體制의 確立에 決定的인 구실을 하였던 것이다. 그러므로 이러한 哲學的 思考는 마침내 文學의 세계에 있어서도 文學理論을 規制하는 支配原理로 君臨하게 되어 文學이 文學 스스로의 內的 秩序에 의하여 그 本質을 辨別하는 契機를 이룩하지 못하고 '文以貫道'나 '文以載

---

10) 太祖 권1 元年任中 七月丁未.

道'와 같은 哲學的 文學觀에 의하여 規制됨으로써 朝鮮時代의 文學理論은 그 形成의 段階에서부터 萎縮될 수밖에 없는 宿命을 甘受하게 되었던 것이다. 高麗時代에 있어서는 中期에 접어들면서 形式的으로는 儒敎理念으로 粉飾된 中央集權的인 政治體制가 그 完成을 보았지만, 그러나 이러한 儒敎的인 政治理念은 佛敎의 信仰이나 哲學에 代置할 만한 思想體系의 基盤을 同時的으로 갖지 못하였기 때문에 國初에서부터 文風이 크게 떨친 詞章學의 傳統이 이에 이르러 그 빛을 發하게 되었던 것이다. 그러나 麗末에 이르러 朱子學이 輸入되고 또 이러한 朱子學的 理念으로 武裝된 新進士類에 의하여 새 王朝가 創業됨에 따라 前朝에서 크게 떨친 詞章學의 風尙은 新王朝의 開國功臣인 新進勢力에 의하여 一時에 猛烈한 攻擊을 받게 되었던 것이다. 그 攻擊의 砲門을 연 鄭道傳은 다음과 같이 說破하고 있다.

惟科擧一事 庶幾周禮賓興之意矣 然試以詞章 則浮華無實之徒 得側於其間 試以經史 則汚僻固滯之士 或有焉 隋唐以來之通患也[11]

이것은 詞章學에 대한 攻擊은 물론이고 傳統的인 科擧制 자체에 대하여 不滿을 吐露한 것이다.
그는 또

或有招致技術之士 徒事詞章之學 其所習者 反爲喪心之具 甚者 惟讒諂面諛之徒是信 嬉遊逸豫之事是好 卒無以保其位者 多矣[12]

經術에 뛰어난 선비라고 해도 불러 보면 모두 詞章學을 일삼고 있을 뿐이어서 國本을 定함에 있어 詞章學을 하는 무리들에게 이끌리다가는 끝내는

---

11) 鄭道傳,『三峯集』권7, 朝鮮經國典上 入官.
12) 上揭書 定國本.

　그 位도 保全하지 못하는 者가 續出할 것이라고 경고한 것이다.
　그리고 그는 또 그의 文章觀에 대하여 다음과 같이 披瀝하고 있다.

　　恭惟我殿下　自在潛邸時　好與儒士　讀經史諸子　講明義理　論古今成敗之事
　甚悉甚熟　文章雖其餘事　而學問之至　蓋有自得者多矣[13]

　文章은 비록 餘事이긴 하지마는 그러나 學問이 이루어지게 되면 대개 스
스로 얻어지는 것이 많다고 하여 文章을 學問의 附庸으로 보았던 것이다.
이와 같이 詞章을 浮華無實한 것이라 하여 여기에 攻擊의 화살을 집중시켜
온 朝鮮前期의 文學觀은 대개 唐宋以來의 '文以貫道'나 '文以載道'를 그대
로 受容하고 있다. 唐代의 '文以貫道'는 이미 前項에서 說明한 바와 같이
옛날 聖賢의 著作을 그 標準으로 삼았기 때문에 비록 道를 중히 하기는 하
였지마는 그러나 역시 文章에 치우치게 되었으며 道는 반드시 文에 依憑해
서 나타나는 것이 되었던 것이다(道必藉文而顯). 그런데 宋以의 '文以貫道'
는 『朱子語類』에서

　　文皆是從道中流出　豈有文反能貫道之理　文是文　道是道　文只如喫飯時下菜
　耳　若以文貫道　却是把本爲末　以末爲本　可乎

라 하여 道와 文을 本과 末의 關係로 把握하고 있어 文은 모름지기 道를
因해서만 이루어질 수 있는 것이다(文須因道而成). 그런데 朝鮮代에 있어서
의 貫道나 載道는 全時期에 걸쳐 混同되고 있으며 이들 사이의 相互異同을
分明하게 指摘한 所論도 찾아보기 어렵다. '文以貫道'나 '文以載道'는 결국
文과 道의 관계를 論한 것으로, 구체적으로는 道를 重히 하는 程度에 따라

---

13) 上揭書 敎書.

貫道와 載道의 別이 있는 것이라 하겠다. 前者는 聖賢의 著作을 標準으로
하였기 때문에 文에 치우친 결과가 되었고 後者는 聖賢의 思想을 標準으로
삼았기 때문에 道를 重視하게 된 것이다. 이로 보면 貫道나 載道의 구실을
다하지 못하는 文字行爲는 그것이 文이나 文章이 될 수가 없다는 결론에 이
르게 되는 것이다(詩는 文章의 靡者라고 본 것이 當時의 詩觀이었으므로 詩
에 관한 문제는 여기서는 일단 論外의 일이 된다). 그러므로 여기에서 解明
이 되어야 할 문제는 貫道나 載道에 있어서의 文字行爲가 구체적으로 어떠
한 性格의 것인가에 歸着되지 않을 수 없게 된다. 그러므로 聖賢의 道를 나
타낸 經術文字가 아닌 모든 文字行爲 卽 이른바 詞章之學과 같은 것은 이
貫道나 載道의 文에서 배제될 수밖에 없는 것이다. 이러한 觀點에서 보면
朝鮮時代에 있어서의 文學觀은 곧 文章觀으로 集約될 것이며 이러한 文章
觀에 立脚한 具體的인 文字行爲가 곧 經術文字인 것으로 이것이 朝鮮時代
의 文章이며 文學인 것이다. 이러한 文章觀을 당시의 現實文脈 속에서 찾
아보면 대략 다음과 같은 것이 있다.

먼저 佔畢齋 金宗直의 所論을 보면

> 經術之士　劣於文章　文章之士　闇於經術　世之人有是言也　以余觀之　不然
> 文章者　出於經術　經術乃文章之根柢也　譬之草木焉　安有無根柢　而柯葉之條
> 鬯　華實之穠秀者乎　詩書六藝　皆經術也　詩書六藝文　卽其文章也[14]

세상 사람들은 經術之士는 文章에 拙하고 文章之士는 經術에 어둡다고
하지만 그러나 자기의 견해는 그렇지 않다는 것이다. 그는 文章이라고 하는
것은 經術에서 나왔고 經術은 곧 文章의 根柢라 하여 이를 草木에다 比喩
하였다. 어찌 根柢가 없이 枝葉이 무성하고 열매가 아름답겠는가. 詩書六藝

---

14) 金宗直, 前揭書.

는 다 經術이요, 詩書六藝의 文은 곧 文章이다 라고 하였다. 經典의 文이 곧 文章이므로 經術과 文章을 一道로 본 것이다. 朝鮮前期의 文章觀을 披瀝한 代表的인 發言이라 하겠다. 26년 동안 文衡의 자리를 固守하면서 당시의 文柄을 잡고 있던 四佳 徐居正도 이미 前項에서 보인 바와 같이 六經之文은 文을 짓는데 뜻을 가진 것은 아니지만 自然히 道에 짝하는 것이라 하여 六經之文이 곧 모든 文字行爲의 典範임을 示唆하였으며 또한 文을 하기 위하여 文을 해서는 아니되고 經典에 그 根本을 두어야 한다고 强調하였던 것이다. 當時의 經世家로 國初의 文物制度를 整備하는 데 크게 寄與했던 訥齋 梁誠之도 다음과 같이 말한 것이 있다.

　　臣竊惟 經以載道 史以記事 非經 無以澄出治之源 非史 無以考理亂之迹 一經一史 不可偏廢也[15]

理亂의 迹과 出治의 源을 高澄하는 데 있어 經史가 必須의 業임을 强調한 것으로 經世家의 面貌를 잘 드러낸 것이라 하겠다. 麗末鮮初에 朱子學을 倡導한 陽村 權近은

　　文在天地間 與斬道相消長 道行於上 文著於禮樂政敎之間 道明於下 文寓於簡編筆削之內 故典謨誓命之文 刪贊修之書 其載道一也[16]

라 하여 道가 上下에 널리 行해지면 文은 禮樂과 政敎에 나타나고 簡編과 筆削에 留寓하게 되므로 盛世의 文이야말로 載道의 구실을 다하게 된다는 것이다. 周가 衰한 以來 道가 行해지지 않아 文이 이에 病들게 된 것을 慨嘆한 것이다. 그리고 傭齋 成俔은 다음과 같이 말했다.

---

15) 梁誠之,『訥齋集』권2, <請殿講兼講史學>.
16) 權近,『東文選』권90, <三峯文集序>.

　　經術文章 非二致　六經皆聖人之章　而諸事業者也　今也　爲文者　不知本經
明經者 不知爲文　是則非從氣習之偏　而爲之者　不盡力也[17]

　　經術과 文章은 본래 두 가지가 아니다. 六經은 모두 聖人의 文章이요 業
으로 하는 것이다. 그런데 오늘날에 있어서는 文을 하는 者는 本經을 알지
못하고 經에 밝은 者는 文을 할 줄 모른다. 이는 氣習이 한쪽으로 치우침에
따라 그렇게 된 것이 아니고 이를 하는 者가 힘을 다하지 않기 때문이라고
하였다. 文章과 經術을 一道로 본 佔畢齋의 所說과 一致하고 있다. 文章을
하는 자는 모름지기 聖賢의 文章인 六經之文을 힘써야 한다고 强調한 것이
다. 朝鮮中期에 文章으로 鳴世한 象村 申欽은

　　文章小技也　於道無當焉　而贊文者　目以貫道之器　何也　盖雖有至道　不能獨
宣　假諸文而傳　然則不可謂不相須也[18]

라 하여 文은 한갓 小技에 지나지 않는데도 文章을 하는 者가 이를 가리켜
貫道之器로 指目하고 있는 所以를 밝힌 것이다. 道는 文을 빌려서만이 傳
할 수 있으므로 道와 文은 서로 기다려야 하는 관계에 있음을 말하고 있다.
비록 그 時代를 달리하기는 하지만 舊韓末의 學者요 文章家인 雲養 金允
植의 所論도 前記 諸氏의 그것과 다른 것이 없다. 金允植은

　　昔顧亭林先生有言　文不關於經術政理之大　不足爲也　夫經術者　修己之本也
政理者　安民之本也　君子之道　修己安民而已　舍是二者而論文　豈足謂貫之器
乎　故文從道出　道以文見　譬如草木之有華者　必有實　無實之華　君子恥之[19]

---

17) 成俔,『慵齋叢話』권1.
18) 申欽,『象村集』晴窓軟談 上.
19) 金允植,『雲養集』권11, <曠齋先生文集序>.

經術과 政理는 修己와 安民의 根本이므로 이 二者를 버리고는 文을 論할 수 없음을 지적한 것이다.

敍上한 諸家의 所說을 통하여 經術과 文章을 一道로 보는 당시의 文學觀 卽 文章觀의 一端을 살펴보았거니와 다음에는 이러한 文章觀의 所重處를 再確認하기 위하여 國初부터 그 攻斥의 對象이 되어 온 詞章學에 대한 여러 時論을 아래에 적어 보기로 한다. 물론 이는 詞章學을 崇尙하던 당시의 士風의 抵力을 間接으로 追認하는 反對事實로서도 說明될 수 있겠지마는 그러나 이는 당시의 文學觀을 再認識케 하는 傍證資料로서도 충분한 意味를 가지는 것이라 하겠다. 먼저 『世宗實錄』(19年 6月條)에 나타나는 上疏文의 內容을 보면

司憲府上疏曰 …… 詞章不可以偏廢 然必先究孔孟之言 有餘力然後 可以及之

이라 하여 詞章學의 必要性을 認定하고는 있지마는 그러나 經典之學에 專念하지 않고 浮華한 詞章學에만 沈潛해 있는 士習의 弊端을 공격하고 있는 것이다. 이와 같은 記事는 『中宗實錄』에도 보이는 바

我國 非徒事大至交隣 詞華爲重 不可勸礪之也

가 그것이다. 事大와 交隣에 있어 詞章의 爲重함을 事實로 容認하면서도 그러나 勸礪할 수 없는 事情을 明白히 하고 있는 것이다. 이러한 事實은 당시 道學으로 士林의 重望을 받고 있던 靜菴 趙光祖의 啓 가운데서 到處에 流露되고 있다.

然其習俗 只以文辭爲尙 不懷長遠之慮 卒遇廢朝慘酷之禍 士林板蕩 大抵

我朝自開國以來 士林之禍不絶 若有君子力於國事 庶幾有成 則無不敗之[20]

당시의 士習이 文辭만 崇尙한 나머지 마침내 燕山朝에 慘酷한 禍를 당한 것을 想起하면서 君子로서 國事에 힘쓰는 者가 있어 거의 일이 이루어지는 듯 하다가는 모두 失敗하고 마는 당시의 事情을 慨嘆하고 있으며 이러한 責任은 전혀 詞章을 崇尙하는 小人들에게 있음을 示唆한 것이다. 그는 또

近來以不應科擧者 爲有弊習 朝廷及泮宮 皆有此意 夫廢朝時 使儒者荷輩
而安然受之 且以詞章不時取人 故儒者常佩筆墨 以伺動止 如此等人 只欲榮
身肥己而已 豈有他志哉[21]

라 하여 科擧에 應하지 않는 것이 弊習이 되었는데도 朝廷과 成均館에서 다 이런 뜻이 있음을 개탄하고 특히 燕山朝에 있어서는 儒者로 하여금 輦을 짊어지게 하는데도 이를 安然히 받아들이고 더욱이 詞章으로 不時에 사람을 뽑아 씀으로써 儒者는 항상 筆墨을 가지고 다니면서 눈치만 살피고 있으니 이런 者들은 다만 一身을 榮華롭게 하고 자기 몸을 살찌게 할 뿐 어찌 다른 뜻이 있겠는가 라고 하였다. 道學文字를 힘쓰지 않고 詞章만 일삼는 小人輩의 作弊를 신랄하게 비판하고 있는 것이다. 이러한 一聯의 사실에 대해서는 栗谷도 그의 文策에서 다음과 같이 말한 것이 있다.

士趨爲人之學 才高者 專事乎詞章 才短者 奔走乎科場 六經爲祿之具 仁義
爲迂遠之路 文不爲貫道之器 道不爲經世之用 文弊至此 則世道之迂隆 從可
知矣[22]

---

20) 趙光祖,『靜菴集』권4 啓 復拜大司憲時啓 五.
21) 上揭書 三拜副提學時啓 四.
22) 李珥, 前揭書.

선비는 爲人之學에 몰려 들어 재주가 높은 者는 오로지 詞章만 일삼고 재주가 짧은 者는 科場에만 쫓아다닌다. 六經은 祿을 얻기 위한 도구가 되었고 仁義는 머나먼 길이 되었으니 文은 貫道之器가 되지 못하고 道는 經世의 用이 되지 못하고 있다. 文의 弊端이 이에 이르렀으니 世道가 더러워진 것을 알 수 있겠다고 한 栗谷의 이 말은 詞章을 崇尙하는 士習의 弊端으로 말미암아 科場의 풍속이 더러워져서 聖賢의 六經之文은 한갓 求祿의 도구로 墮落하고 있음을 正面으로 攻擊한 것이다. 그러나 道學者들의 文學觀은 이에서 그치는 것이 아니었다. 文章은 어디까지나 餘技에 지나지 않는 것이다. 그러므로 文章을 業으로 하는 것은 道學者에게 있어서는 禁物이다. '한번 文人이라 불리우면 足히 볼 것이 없다'(一號以文人 不足觀)고 한 退溪는 文章은 學者의 敎養으로서 알아두지 않을 수 없는 것이지만 그러나 애써 익힐 것은 못되는 것으로 보았던 것이다.

> 辭達意而已 然學者不可不解文章 若不解文章 雖粗知文字 未能達意於言辭[23]

라 하여 學問을 傳達하는 表現手段으로 본 것이다. 그래서 그는 人物을 論함에 있어서도 家學으로 道學의 淵源을 後世에 傳해 준 佔畢齋를 가리켜 文人으로만 看破하였던 것이나.

> 金佔畢 非學問底人 終身事業 只在詞華上 觀其文集可知[24]

라 하여 그를 學者가 아니라고 하였다. 이에 대해서는 退溪와 더불어 가장 많은 道學文字를 주고 받은 高峯 奇大升에 있어서도 마찬가지였다.

---

23) 李滉,『增補退溪全書』<言行錄> 권5.
24) 上揭書.

燕山朝有士禍 士林被罪 而禍出於其門徒 故宗直及焉 又有金宏弼 是宗直
弟子也 宗直則大抵尙文章 而宏弼則力行之人也[25]

라 한 評論은 退溪의 경우와 다를 것이 없다. 이와 같이 經術文字가 아닌
一切의 文字行爲를 詞章學으로 몰아붙인 道學的 文學觀에서 보면 經術이
곧 文章이요 文學이므로 이러한 文學觀은 極端的으로는 文學 否定論이 되
고 마는 것이다. 흔히 詞章學을 가리켜 詩文之學으로 규정하기도 하지만 그
러나 詞章學은 이를 가늠하는 標準이 된 것이 곧 經術이므로 經術文字가
아닌 餘他의 文字行爲가 대개 이에 속하는 것이다. 그러므로 詞章學이란 것
은 文學의 內的 秩序에 의하여 붙여진 文學樣式上의 呼稱으로 使用된 것
이 아니고 文學과 非文學을 가늠하는 文學觀의 所致에서 연유하는 것이다.
따라서 朝鮮時代의 文學觀에서 보면 經術이 곧 文學인 것이며 近代的인
文學理論에서 보면 詞章學이 文學이 될 것이다.

4. 重文 輕詩觀

詩는 本質的으로 性情을 읊조린 것이다. 이에 대해서는 贅論의 餘地가
없다. 그러나 歷史的으로 詩를 認識하는 時代人의 意識은 그 段階에 따라
다르기 마련이다. 그래서 우리 나라 高麗時代에 있어서의 詩는 그 內質이
重要視됨으로써 詩를 論하는 理論的 展開가 活潑하게 나타났다. 그러나 朱
子學的 思考에 의하여 文學理論이 形成된 朝鮮時代에 있어서는 詩는 小技
요 文章의 靡者로 認識되어 왔던 것이다. 이른바 詞章學이 經術文字에 의

___
25) 趙光祖, 『靜菴集』附錄 권3 請褒 贈啓.

하여 攻斥의 對象이 되어 온 당시의 風土 위에서, 사실상 詞章의 中核이 되어온 詩文學이 그 獨自的인 領域을 構築하기란 期待할 수 없는 일이다. 傳統時代 文集의 대부분이 詩로서 充當되어 있을 정도로 詩가 量産된 것은 사실이다. 그러나 이는 없을 수도 없는 것(不可無)이지만 또한 勸礪할 것도 못되는 것이었다. 그래서 일찍이 士大夫 文章家 中에서도 詩를 救濟하여 君子의 所取物로 受容하려는 노력이 없지 않았다. 古典的인 詩觀의 基盤이 되어온 風敎의 側面을 强調하여 그 意義를 賦與하려 한 것이다. 徐居正은

詩者小技　然或有關於世敎　君子宜有所取之[26]

라 하여 世敎에 관계되는 것은 君子로서 마땅히 取해야 할 것이라 하였다. 麗末에서 鮮初에 걸친 過渡的 詩觀을 集約的으로 說明하고 있는 것이라 하겠다. 같은 時期의 金宗直도

文章小技也　而詩賦尤文章之靡者也　然而理性情達風敎　鳴于當世　而傳之無窮　詩賦實有賴焉　苟非豪傑之才　其孰能與於此[27]

라 하여 風敎를 傳하는 手段으로서의 詩의 구실을 認定하고 있으나 그러나 진실로 豪傑之才가 아니고서는 여기에 參與하기 어려움을 말하고 있다. 水準 높은 次元에서만이 詩를 救할 수 있음을 示唆한 것이다. 退溪도 詩는 緊切한 것은 아니지만 그러나 景致나 興을 만났을 때에는 없을 수 없다고 하였다.

先生喜爲詩　平生用功甚多　其詩勁健典實　不衒華彩　初看似無味　愈看愈好

---

26) 徐居正, 『東人詩話』.
27) 金宗直, 前揭書, <永嘉連魁集序>.

嘗言吾詩枯淡　人多不喜　然於詩用力頗深　故初看雖似冷淡　久看則不無意味
又曰　詩於學者　最非緊切　然遇景値興　不可無詩矣[28]

라 하여 그의 意味를 깊은 곳에서 把握하고 있다. 詩를 다만 性情의 功으로
만 돌린 바 있는 舊韓末의 金澤榮도 또한 詩는 없을 수 없는 것으로 보았다.

余讀岷詩　而知詩之不可無也　淫奔之婦　平居對人　諱其踪跡　掩匿覆蓋　無所
不至　至有不幸而被逐　則諱之尤甚　此固人之常情也　而今乃一吟咏之間　凡係
羞恥而可諱者　衝吻直出　譬如食中有蠅　吐出乃已　是豈非性情感發油然躍然
己亦不自知其然而然者歟　詩之有功於性情　如是夫[29]

飮食 中에 파리가 들어 있으면 자기도 모르는 사이에 와락 튀어나오는 것
처럼 詩도 마음 속에 羞恥스러워 숨기고 싶은 것이 있을 때 순간적으로 터져
나오는 것이라 하였다.

文章이나 詩가 다 같이 勸礪의 對象이 되지 못한 것은 사실이지만 그러
나 文章은 道를 傳하는 道具로서 普遍的으로 널리 사용된 表現手段이지만,
詩는 다만 性情을 吟詠한 것이므로 이는 그 效用의 面에서는 無用한 것이
되고 만다. 經義가 嫡이라면 이는 支庶에 불과한 것이다.[30]

그리고 詩는 文에 의해 拘束을 받는 것으로 詩는 말(詞)를 主로 하고
文은 理를 主로 하는 것이다. 그러므로 形而上者인 詩는 形而下者인 文에
의해서 나타나는 것이다.

詩卽由文而句爾　詩形而上者也　文形而下者也　詩主乎詞　文主乎理[31]

---

28) 李滉, 前揭書.
29) 金澤榮, 『精刊 韶護堂集』, <雜言>.
30) 李建昌, 前揭書.

文보다 詩를 輕視하는 所以가 바로 여기에 있는 것이다.

5. 結言

以上에서 살펴 본 바와 같이 唐宋 以來의 文以貫道나 文以載道가 朝鮮時代의 文學理論의 支配原理로 君臨함에 따라 사실상 文章과 經術을 一道로 보아온 朝鮮時代에 있어서의 文學은 多分히 否定的인 것이 아닐 수 없다. 그러므로 本稿의 意圖는 대략 다음과 같이 要約될 수 있을 것 같다.

첫째, 朝鮮時代의 文學을 研究함에 있어서는 文學理論의 研究에 앞서 文學觀의 究明이 先行되어야 할 것이며

둘째, 이러한 文學觀과 文學理論의 相須關係를 解明함으로써 비로소 朝鮮時代 文學理論의 脆弱性을 事實로 是認하고

셋째, 이를 토대로 하여 앞으로 本格的인 文學의 內質研究가 遂行되어야 할 것이다.

(『冠岳語文研究』 第1輯, 1976)

---

31) 申欽, 前揭書.

朝鮮前期 漢詩의 展開 樣相

1. 序言 —騷壇의 基本性格

　　조선왕조의 창업은 역사적인 개념으로 보면 國姓을 王氏에서 李氏로 바꾸어 놓은 이른바 易姓革命이다. 그러나 이 사건은 처음부터 중앙정부에 不服한 豪族集團이 실력으로 왕권을 유린한 武力革命의 것은 아니다. 고려 왕실이 ㄱ 권능을 상실하고 있을 때, 政局의 혼미를 수습하는 데 성공한 신진관료들이 낡은 왕권을 회복하기보다는 새 왕조의 창업 쪽으로 그들의 진로를 결정함에 따라 나타난 결과에 지나지 않는다. 그러므로 麗初에 과거제를 실시한 이래 士類政治로 일관해 온 정치풍토의 기본 성격에는 큰 변혁을 가져온 것이 없다. 고려 왕권을 옹호하던 무력한 門閥官僚層을 물리치고 開國功臣을 추종하는 신진관료들이 대거 진출하여 정치 판도를 바꾸어 놓은 것에 지나지 않는다. 다만, 新舊 왕조의 교체기를 틈타 신분질서의 재편성이 용이하게 이루어질 수 있는 계기가 마련되었을 뿐이다. 지방에서 오랫동안 세력을 부식해 온 鄕吏層(戶長 등)이 중앙의 정치 무대에 진출하게 된 것과 같은 것이 특기할 사실로 지적될 수 있다. 이른바 三奴 八吏의 '八吏'가 정치 무대에 진출할 수 있는 발판을 마련한 것도 대부분 이때였던 것으로 보인다.

그러나 조선왕조의 성립으로 우리 나라 근세사의 성격을 크게 바꾸어 놓은 것은, 宋代의 性命哲學인 朱子學을 정치이념으로 채택한 사실이다. 이 朱子學的 질서는 신왕조의 정치·경제·사회·제도·문화의 사상적 諸體系를 思辨的인 倫理哲學으로 개편하는 데 중요하게 구실을 했기 때문이다. 서둘러 과거제도를 개혁한 것도 그러한 것 중의 하나다.

李成桂는 國初의 문물제도를 정비하는 과정에서 먼저 人事政策의 중핵이 되어온 과거제도를 바꾸는 일부터 착수했다.(太祖 卽位 敎書 참조) 새로이 文武散階를 실시하고 文武兩科制를 단행하여 名實이 相符한 양반 관료제의 확립을 꾀하게 된다. 이에 따라 詩·賦·頌·時務策 등 글짓기를 위주로 하던 前王朝의 製述科를 없애고 九經을 科試科目으로 하는 明經에 主力케 했다. 詞章을 주로 하던 고려 이래의 監試(朝鮮朝의 進士試)를 革去하고 그 대신 經典의 記誦을 시험과목으로 하는 生員試를 중시한 것도 같은 뜻에서 나온 것임은 물론이다. 이러한 주자학의 철학적 사고는 문학의 세계에 있어서도(당대의 표현대로 따른다면 詞章學이라 하는 편이 나을 것이다) 文學을 문학 그대로 내버려두지 않았다. 문학 위에 사상을 올려놓고 '文以貫道'나 '文以載道'와 같은 세련된 표현을 빌어, 文은 道를 나타내는 수단일 뿐이라고 강조했다.

이와 같이 사상이 문학의 기능을 규제하는 지배원리로 군림함에 따라 문학은 스스로의 내적 질서에 따라 그 본질을 辨別하는 제구실을 다할 수 없게 되고 문학 외적인 사상적 표준에 의하여 文學이 무엇인가를 論議하는 데까지 이르게 되었다. 고려말 이전까지도 당시의 儒學은 漢唐의 詞章學을 그대로 수용하고 있었으므로 우리 나라 역사상 일찍이 보지 못한 詞章學의 전통이 수립되었으며, 때문에 사상과 같은 것이 문학을 논하는 표준이 된 일이 없다. 朱子學을 처음으로 수입한 麗末에 있어서도 문학에 대한 요구는 詩經詩의 정신을 강조하는 수준을 넘지 못했다.

그러나 이러한 문학관념에도 불구하고 조선왕조는 국초 이래의 文治에 힘입어 이후 100여 년 동안 文風이 크게 떨쳤으며 많은 문사들이 배출되었다. 鄭道傳·權近을 비롯하여 梁誠之·徐居正·金宗直·成俔 등이 모두 목청을 돋우어 문학의 효용성을 강조했지만 詞章學의 전통이 그들에 의하여 이룩되었으며, 막중한 창업의 整地 작업에 문장을 필요로 하는 현실적 요구 때문에 양성지·성현 등도 詞章은 偏廢할 수 없는 것이라 옹호론을 개진하였다. 서거정은 문장을 구별하여 臺閣의 문장과 草野의 문장, 禪道의 문장으로 三分한 바 있거니와 대각의 문장이 크게 떨친 것도 이 때의 일이다.

詩의 경우에 있어서도 사정은 다를 것이 없다. 시를 인식하는 시대인의 의식은 역사단계에 따라 다르기 마련이지만, 문장의 본래적 기능을 따로 인정하지 아니하고 문장을 하찮은 기술이라 생각한 이때의 시는 문장 가운데서도 더욱 미미한 것으로 떨어질 수밖에 없었으며 그것도 豪傑之才가 아니고서는 해낼 수 없는 것으로 인식되었다.[1] 다만, 世敎에 관계되는 것은 마땅히 君子가 취해야 할 것이라[2] 하여 전통적인 詩의 기능만은 구제 받을 수 있는 여지를 터놓았을 뿐이다.

그러나 이러한 효용적인 詩觀에도 불구하고 조선전기의 騷壇 氣習은 前代의 그것과 크게 달라진 것이 없다. 오히려 시를 보면 그 사람을 알 수 있다는 말을 실감케 하리만큼 다양한 전개를 보인다.

2. 多樣한 騷壇의 展開

한 시대를 통틀어 문학의 성격을 말하거나 그 전개 양상을 보여 주는 일은

---

1) 金宗直, 『佔畢齋集』 권1, <尹先生祥詩集序>.
2) 徐居正, 『東人詩話』.

결코 쉬운 것이 아니다. '한 시대에 한 문장'이라든가 '문장이란 시대에 따라 숭상하는 것이 따로 있다'라고 하는 보편적인 문학사의 현실을 확인해야 하면, 시대의 凡俗을 뛰어 넘는 개별 작가의 구체적인 문학세계도 함께 검증해 내어야 한다. 이것들이 한 묶음으로 통일 지양될 때 비로소 그 역사적 의미도 올바로 찾아낼 수 있다. 조선전기 漢詩文學의 기본 성격을 따지는 일도 이러한 바탕에서 비롯되어야 함은 물론이다.

조선전기의 漢文學 일반을 논의한 본격적인 연구는 아직 나타나지 않았으며 다만 『韓國史』의 「朝鮮兩班官僚社會의 文化」[3] 가운데서 漢文學 부분을 집필한 林熒澤의 <朝鮮前期의 漢文學>이 있다. 이 논문에서 임형택은 조선전기 한문학의 기본성격을 관료적 문학과 處士的 문학, 그리고 方外人文學으로 규정하고 이것들의 전개양상을 차례로 보이고 있다. 이는 李佑成의 所論을 그대로 수용한 것으로, 관료적 문학은 經國의 문장으로 불후의 盛事를 장식하는 館閣文學이라 하고, 처사적 문학은 逸世의 情趣를 추구하고 閑適한 인생을 自樂하는 강호문학이라 규정하고 있다. 여기에 방외인문학을 추가하여 그것은 관료적 문학과 처사적 문학에 대립되는 존재로 파악했다.

한마디로 잘라서 관료문학 또는 처사문학이라 하지 않고 관료적 문학, 처사적 문학이라 하여 그 개연성을 보이려 마음 쓴 것은 사실이지만 그러나 이것들은 모두 士大夫의 것이라는 前提를 깔고 있다. 進하면 조정의 관료로 退하면 강호의 處士가 되는 사대부 생활의 양면성이 立論의 근거가 된 것이다. 그러므로 우리는 이러한 나눔에 대하여 다음과 같은 의문을 제기하지 않을 수 없다.

첫째, 사대부란 사족 가운데서도 특히 벼슬길에 나아간 관료들을 일컫는 것이므로 그들이 설사 벼슬에서 물러나 山林으로 돌아간다 하더라도 이미 그들은 처사가 아니다. 그 예를 退溪의 경우에서 보면, 퇴계가 여러 번 致仕하

---

3) 林熒澤, 「朝鮮兩班官僚社會의 文化」, 國史編纂委員會 編, 『韓國史』 第11卷.

기를 청했으나 允許를 받지 못하다가 마침내 병을 얻게 되었을 때 그는, 자기가 죽으면 墓道에 碑碣을 쓰지 말고 조그마한 돌에다 다만 '退陶晚隱眞城李公之墓'라 쓰도록 아들에게 일렀다 한다. 이는, 廟堂의 높은 문턱을 드나든 退溪의 신분으로도 죽음에 임해서는 스스로 處士이기를 염원한 마지막 호소로 받아들일 수 있지만 그러나 그는 이미 從一品 左贊成의 영예를 누린 사대부 관료이며 결코 처사일 수는 없다.

둘째, 관료문학이나 처사문학이 의미하는 것은, 문학의 성격을 다만 그 담당자인 신분계급에 따라 유형화한 것에 지나지 않는다. 시대의 風尙이나 문학의 內質 따위는 전혀 문제삼지 않은 개념이다. 사대부들의 삶의 방식을 감안하여 문학도 그렇게 생산되었을 것이라는 형식논리에서 나온 것일 뿐이다. 우리 나라 한문학의 담당층이 사대부임을 고려하여 이 관료문학론이나 처사문학론을 그대로 용인하게 된다면 이는 결국 조선전기의 것으로만 한정될 수 없는 문학론이라는 사실이 더욱 자명해진다.

셋째, 관료적 문학의 典型을 관각문학으로 단정하고 있지만, 관각문학이란 관각에서 필요로 하는 특수 형식의 문학행위이다. 실질적으로 이것은 중앙의 관료 가운데서도 특히 文翰의 임무를 담당한 詞臣들이 제작한 公式文章을 지칭하는 것이므로 사실상 이것들의 대부분은 그 문학성조차도 滅殺되고 있다. 일반적으로 관료들의 문학세계에서 관각문학은 그들의 자유로운 문학활동을 抑止하거나 간섭하는 저해 요소가 될 수도 있지만 탁월한 文才들은 이러한 구속에 얽매이지 않는다. 흔히 鄭士龍·盧守愼·黃廷彧을 관각의 大手라 하여 '湖蘇芝'로 일컫고 있지만, 이들의 이름은 관각문학 때문에 기림을 받는 것이 아니라 文衡의 높은 자리에 있으면서도 특히 文學에 뛰어난 솜씨를 보이었기 때문에 얻어낸 聲價인 것이다. 이것은 우리 나라 한문학이 관료들의 專有物로 성장할 수 있었던 중요한 이유의 하나가 될 수도 있다.

그리고 이 논문은 '관료적 문학의 展開'에서 鄭道傳·徐居正·金宗直·朴誾·李荇 등의 시세계를 대비시키고 있다.

勳舊官僚의 頂點에 올려져 있는 서거정 詩의 華富 艶麗한 특색은 金宗直의 시에서 배제되고 있다 하였다. 특히 그의 시에서는 사회현실과 민중의 생활이 진지한 주제로 선택되어 건강하고 참신한 시세계가 나타나 있다고 한다. 作品으로 제시한 <洛東謠>는 苛斂誅求에 신음하는 농민의 참상을 읊은 것이므로 중앙의 훈구관료들의 專橫에 대한 반발에서 나온 것으로 풀이되고 있다. 그리고 김종직은 지방에서 관료로 진출한 새로운 인물임을 강조하여 신진관료와 훈구관료들과는 이해가 상충되고 기질적으로 매우 다르기 때문에 훈구관료들과의 대립에서 농민과의 일정한 연대의식이 이루어질 수 있다고 論斷하였다. 그러나 여기서 김종직의 '新進'과 서거정의 '勳舊'를 강조하고 있지만 이들은 新舊의 관계가 아니라 敵手의 관계에 있었으며 서거정의 신분도 前朝에서부터 顯達한 門閥貴族이 아니다. 조선왕조가 만들어 준 양반이요 관료일 뿐이다.

그리고 16세기에 들어서서 김종직 계통은 처사적 세계로 후퇴하고 관료적 문학은 허무주의 경향을 띠게 되었다고 이 논문은 주장하고 있다. 그 허무주의의 현장으로 南袞의 <題神光寺> · 朴闇의 <福靈寺> · 李荇의 <八月十五夜> 등을 보여주고 있다.

그러나 우리들의 詩에 대한 관심은 시의 生素材나 原技能을 확인하는 安逸에 있지 않다. 광활하게 펼쳐져 있는 시인의 예술세계와 마주하고 싶은 것이다. 예술로서의 문학을 輕忽히 할 때 문학을 이해하고 연구하는 데 필요한 기본적인 자질을 갖추지 않고서도 문학연구에 임할 수 있기 때문이다. 詩作의 全鼎은 가려 놓은 채 특별한 상황에서 이루어진 한두 편의 작품으로 詩人의 詩世界를 論斷하는 일은 방법론의 偏執이기보다는 便宜主義의 소치임에 가깝다. 김종직의 '放達'과 서거정의 '富麗'는 그들의 개성이다. '新進'과 '勳舊'가 만들어 낸 것이 아니다.

우리는 흔히 시를 알려면 제목부터 먼저 읽으라고 한다. 그러나 언제 어떤 상황에서 씌어졌는가를 알아내는 일도 이에 못지 않게 중요하다. 현실과 멀리 떨어져 산속의 절간을 바라본 <題神光寺>·<福靈寺>에서 한갓 현실 도피적인 허무만을 읽었다면 이는 이들의 높은 意致를 크게 손상시킨 결과가 될 것이다. 李荇의 <八月十五夜>는 한눈으로도 그의 늙음을 알게 하는 작품이다. 그러나 이에 대하여 '이들은 유미적인 詩風으로 관료적 문학의 황혼을 스스로 마련한 셈이라' 하기도 하고 '현실에 대한 불만에서 유발된 정신적인 방황(특히 朴閒)이나 삶의 진정한 의의와 이상의 상실(특히 李荇)에서 이루어진 詩世界일 것이라' 推斷하고 있다. 높고 맑은 박은과 이행의 모습이 이에 이르러 크게 일그러지지 않았나 걱정스럽다.

'處士的 문학의 發達'에서는 주로 道學者들의 이름이 나열되고 있어 처사적 문학의 성격이 불투명해지고 있으며 이른바 方外人文學과의 限界도 불분명해져 있다. 우리 나라 漢詩文學은 기본적으로 田園文學이며 그것을 향유한 계층은 관료들임에 유의할 필요가 있다. 대부분의 소재가 閑情이 아니면 山川·樓臺·寺刹·古驛과 같은 自然이다. '方外人文學의 成立'에서는 주로 金時習·鄭希良·魚無迹의 문학세계에 초점을 맞추고 있으나 數三人의 문학이 한시대 문학의 흐름 속에 함께 자리할 수 있을 것인지 후론의 여지가 있을 것이다. 특히 方外人의 문학이 三唐詩人의 시 세계까지 연장되고 있는 것에 대해서는 단순한 論議로 그칠 수 없는 과제가 될 것이다.

조선왕조는 國初부터 文治를 표방하였지만, 開國初元에는 걸출한 詩人이 배출되지 않았다. 文은 誥命·章奏와 같은 館閣文字를 필요로 하였으며 詩에 있어서도 새 왕조의 위업과 서울의 새 풍경을 노래한 작품이 많은 것도 어쩔 수 없는 일이었는지 모른다. 前朝에서 이미 문학수업이 이루어진 鄭以吾·李詹·柳方善 등이 詩業으로 이름을 남기고 있을 뿐이다.

그러나 世祖·成宗年間에 쏟아진 文士들 가운데서 특히 徐居正·金宗直·金時習 등의 대가가 나타나 조선전기 騷壇이 활기를 띠게 되며 中宗 明宗代에 이르러 詩業이 크게 떨쳐 많은 詩人들이 個性있는 詩作들을 남긴다. 이때까지도 宋詩學의 영향권에 있었던 詩壇에 이른바 海東의 江西詩派

로 불리는 朴誾·鄭士龍·李荇 등이 등장하여 流派的인 활동을 함께 하지
는 않았지만, 唐詩 정통을 거부하고 新奇를 좇으면서 한때의 時流로 각광을
받는다. 이러한 틈새에서도 격조 높은 唐詩에의 향수를 버리지 못한 李胄·
申從濩·朴祥·金淨·羅湜·金麟厚 등은 唐詩 성향의 새 시대를 미리 앞
에서 열어 준 시인이 되었다.

3. 結言

本稿의 의도는 朝鮮前期 漢詩의 다양한 전개양상을 보이는데 있었으나
이를 구체적으로 실현하기에는 지면의 사정이 허락되지 않았다. 그러므로 조
선전기 한문학의 관료적 문학·처사적 문학, 방외인문학으로 규정한 임형택
의 所論을 검토하는데 力點을 두었으며 그 전개양상에 대해서는 큰 흐름만
보이었다. 다만, 문학이 하나의 예술임을 소홀히 할 때 文學作品은 民族의
生活이나 思想을 기록한 文獻資料 이상의 것이 될 수 없다는 사실을 끝마무
리로 지적해 두고 싶다.

(『韓國文學史의 爭點』, 1986)

제2부
論詩一貫

古典詩論의 韓國的 展開에 대하여

1. 序言

우리 나라 漢詩가 中國詩의 傳統을 그대로 배운 것은 사실이지만, 그러나 文言으로 中國詩를 體驗한 우리 나라 詩人들이 到達할 수 있는 詩世界의 限界는 처음부터 豫示的인 것이 아닐 수 없다. 近體詩를 藝術的으로 完成히였다는 杜甫의 詩를 통하여, 우리 나라 詩人들은 그 우렁찬 音樂의 소리를 어떻게 들을 수 있었으며, 大木의 솜씨로 깎고 다듬은 粧飾의 妙를 얼마나 體得할 수 있었는지, 本稿의 意圖는 이러한 疑心에서부터 비롯하였다. 文學이 그 獨特한 言語構造로 因하여 매우 교묘한 傳達 能力을 가질 수도 있고, 또 讀者에게 다른 種類의 글에서 얻을 수 없는 어떤 獨特한 認識을 獨特하게 안겨 주는 힘의 덩어리가 될 수도 있다. 그러나 詩的 表現의 工具로서의 言語, 卽 中國語에 疎遠한 우리 나라 詩人들이 製作할 수 있었던 漢詩는 必然的으로 槪念의 詩, 精神의 것이 될 수밖에 없었을 것이며 때문에 이러한 修辭學的 要求는 사실상 空疎한 것이 되지 않을 수 없었을 것이다.

이것은 곧 우리 나라 漢詩의 限界를 示顯하는 消極的인 의미로 使用될 수도 있지만, 한편으로는 中國詩와 우리 나라 漢詩의 境界를 가늠하는 特徵的인 事實로 指摘될 수도 있을 것이다.

그러나 漢詩의 傳統이 이미 前時代의 것이 되어 버린 오늘에 있어, 오직 復古的인 批評的 接近으로 兩者의 偏差를 檢證하기에는 우리들의 能力은 분명히 制限되어 있으며, 設使 이러한 企圖가 可能하다 하더라도 거기에 귀를 기울여 줄 讀者나 詩人을 우리는 갖고 있지 않다. 그러므로 本稿에서는 우리 나라 歷代의 詩人·批評家들이 實踐한 批評의 現場을 통하여, 우리 나라 詩人들이 追求하던 韓國詩의 眞實을 把握하고, 나아가서는 이러한 體驗的인 事實이 提示한 方向에 따라 漢詩 硏究의 現實이 當面하고 있는 當爲的 課題를 摸索하고자 하는 것이다.

물론, 우리 나라에는 本格的인 文學理論의 水準에까지 이르고 있는 批評的 勞作이 흔하지 않은 것이 사실이다. 대개는 素朴한 實際批評이거나 아니면 蓋然的인 評語로 가득찬 印象批評에 속하는 것들이다. 그러나 우리의 關心은 이러한 事實 確認에 있는 것이 아니다. 그것들이 비록 斷片的인 批評 形態에 그치고 있는 것이라 할지라도 우리는 이를 통하여 文言詩의 限界를 克服함에 있어 우리 나라 詩人과 批評家들이 보여준 自己 省察의 意志를 읽을 수 있어야 한다. 우리 나라 漢詩의 現實을 사실로 容認하고 이로써 우리 나라 批評 理論의 內的 秩序를 把握하는 노력만이 우리 나라 文學理論에 接近할 수 있는 가장 종요로운 方法이 될 수 있기 때문이다.

그러나 지금까지 우리 學界에서 이룩한 이 方面의 硏究 成果는 대부분이 이러한 문제에 대하여 關心을 보이지 않았다. 우리 나라 文學理論 자체를 中國理論의 包括的인 移植 現象으로 置簿해 버리거나, 아니면 安易한 資料史的 연구에서 그치고 있는 것이 일반적이다.[1] 특히 後者의 경우에 있어서는

---

1) 이 方面의 硏究 成果 가운데에는 다음과 같은 것들이 있다.
　　趙鍾業, 「高麗詩論硏究」(1963)·「東人詩話硏究」(1966) ; 崔信浩, 「初期詩話에 나타

그것이 文學理論의 研究 作業에까지 이르지 못한 경우가 대부분이었다.

　그러므로 本稿에서는, 우리 나라의 詩人·批評家들이 甘受해야만 했던 漢詩의 限界를 그들은 어떻게 슬기롭게 克服해 왔는가를 溯究해 보는 作業의 一環으로, 먼저 文學의 一般理論이나 詩論에 비쳐진 漢詩의 제 모습을 檢索하기에 이른 것이다. 이러한 企圖에 의하여 우리 나라 詩論에서 자리하고 있는 表現論을 찾아내게 되었으며 그리고 이것은 初期의 詩論에서부터 朝鮮時代 一代를 貫流하는 支配的 理論이 되고 있는 사실을 確認하게 되었다. 그렇기 때문에 이것은 朝鮮初期에 있어서는 性理學的 이데올로기의 强勢 속에서도 效用論을 克服하고 있으며, 唐詩의 意趣를 崇尙하던 朝鮮 後期에 있어서는 形而上學的인 理論과 쉽게 折衷하고 있는 것을 볼 수 있었다.

　그리고 本稿에서 確言할 수 있는 鼓舞的인 사실은, 우리 나라 漢詩의 現實에 걸맞지 않은 審美論이나 技巧論과 같은 것은 詩論의 現實 文脈 속에서는 거의 찾아볼 수 없었다는 것이 그 하나이며, 또 다른 하나는 朝鮮時代 文學觀 위에 威壓的으로 君臨한 性理學의 載道的 效用論은 文學理論의 實際와 동떨어진 常套的인 口號에 지나지 않았다는 사실이다. 이상으로 보면, 文言詩에 있어서 技巧的인 것과 審美的인 것이 到達할 수 있는 限界가 明白했기 때문에 이것을 克服하는 方法으로 提示된 것이 表現論이며, 表現論이 우리 나라 文學理論의 主流를 占하게 된 所以도 여기서 求해야 마땅할 것이다.

난 用事理論의 樣相」(1971)·「文學理論에 나타난 氣에 대하여」(1971) ; 車柱環, 「崔滋의 詩評」(1970) ; 李炳漢, 『漢詩批評의 體例研究』(1974) ; 崔雲植, 「李奎報의 詩論」(1977) ; 全鎣大 外 3人, 『韓國古典詩學史』(1979).

2. 表現論의 展開

1) 表現論의 始源

表現論은 始源的으로 東洋의 것이다. 模倣의 理論(mimesis)에서 비롯된 西洋의 文學理論에 있어서의 表現論은 浪漫主義 이후의 産物에 속한다.[2]

東洋의 表現論도 中國의 傳統的인 批評體系에서 보면, 대개는 形而上學的인 것, 技巧論的인 것, 審美的인 것, 效用的인 것으로 이름 붙일 수 있는 餘他의 文學理論과 雜居하고 있다. 더욱이 同一한 批評家의 陳述 가운데도 明白히 앞뒤가 矛盾되거나 不一致를 露呈하고 있는 경우가 대부분이어서 中國의 批評家들은 一般的으로 折衷的이거나 統合的이라 할 수 있다. 이는 곧 東洋에 있어서 文學이라고 하는 것은 天文과 人文의 한 덩어리 속에서 把握되어야 한다는 原論的인 것에 대한 解明일 수도 있다. 그러므로 文學理論의 할 일도 이 속에서 展開되고 있는 多樣한 文學世界의 어느 特定한 것에 대한 偏差를 求하는 것에 지나지 않는다 할 것이다. 本稿에서 唯獨 表現論을 문제삼고 있는 것도, 이것이 우리 나라 初期 詩論의 形成 展開에 중요한 事實로 提起되어야 한다는 것을 假說하고자 하기 때문이다.

中國詩에 있어서의 表現論的인 槪念은 『左傳』의 記錄에서부터 나타나고 있다.

　　詩以言志 : 詩는 그것으로써 뜻을 나타내는 것이다.

---

2) 여기서 표현(expression)이라고 한 것은 詩言志를 그대로 풀이한 것이다. 主觀的인 情緖를 말로써 나타낸다는 뜻으로 썼을 뿐이다. 情緖는 言語에 앞선 것 또는 言語와 아직 關聯을 맺지 않은 心理現象으로 보는 近代人의 생각과 맞먹는 말이 될 것이다. 다만 浪漫主義 以後의 有機的 詩論과의 比較를 試圖하기 위한 것은 물론 아니다.

에서 간결하게 具體化되기 시작하였고 뒤에 다시

　　詩言志[3] : 詩는 뜻을 나타낸다. / 詩는 心情의 指向을 단어로 表現한다.

라는 다듬어진 形態로 줄여지면서 中國古典批評에서 가장 자주 引用되는 口號의 하나가 되었다. 이것이 곧 原初의 表現論이며 中國의 原始主義的 詩觀은 여기서부터 비롯하고 있다. 이것을 敷衍한 것이 다음 글이다.

　　詩라는 것은 心情이 指向하여 가는 것이다. 心情에 있으면 志가 되고, 말로 발음되면 詩가 된다. 情이 안에서 움직일 때에, 或者는 그것을 말로 表現하고, 말로 不足하면 그것을 한탄하고, 한탄으로 부족하면 길게 노래한다. 노래로도 부족하면 어느덧 손으로 춤추고 발로 춤춘다.

　　詩者 志之所之也 在心爲志 發言爲詩 情動於中 而形於言 言之不足 故嗟歎之 嗟歎之不足 故永歌之 永歌之不足 不知手之舞之 足之蹈之也[4]

詩經詩의 精神을 아주 간결한 表現으로

　　詩三百 一言而蔽之 曰思無邪[5] : 詩 삼백수를 한마디로 요약하면 생각에 사 특함이 없다.

라고 하여 詩의 效用性을 强調한 孔子도 "말이란 뜻이 통하면 그만이다"(辭 達而已)라고 하여, 그의 實用的인 目的을 達成하는 手段으로 表現論을 開

---

3) 『書經』「堯典」. '詩以言志'는 『左傳』「襄公」.
4) <詩經大序>, 여기에서는 非表現論的인 理論도 함께 開陳되고 있다.
5) 『論語』「爲政」.

陳하고 있음을 본다.

이 表現論은 뒤에 曹丕의 典論論文에서부터, 自然的인 人間의 情緖보다도 個人의 個性이 더욱 强調되었기 때문에 表現論的 理論은 個性主義 쪽으로 기울어졌다.

> 文以氣爲主 氣之淸濁有體 不可力强而致 譬諸音樂 曲度雖均 節奏同檢 至於引氣不齊 巧拙有素 雖在父兄 不能以移子弟[6] (檢 : 法度)

가 그것이다. 文은 氣를 爲主로 하는 것이지만 氣의 淸濁은 억지로 되는 것이 아니어서 아버지라고 하더라도 그 子息에게 넘겨줄 수 없다는 것이다. 그런데 이 曹丕의 氣 槪念에 대한 意味와 根源에 대해서는 서로 다른 見解가 있어 왔다. 曹丕의 氣 槪念은 孟子에게서 나왔으리라고 생각하는 것이 一般的으로 通用되어 왔지만, 그러나 孟子는 氣를 正義의 蓄積의 결과(集義所生者)로 본 반면, 曹丕의 氣 槪念에는 道德的 含蓄은 찾아볼 수 없다는 것이 그것이다. 孟子에게 있어서의 氣는 길러질 수 있고(我善養吾浩然之氣)[7] 그것은 志에 의하여 통솔된다(持其志 無暴其氣)로 主張하고 있다. 이 주장에 따르면[8] 文學的 才能은 아버지라고 하더라도 아들에게 넘겨줄 수 없다는 曹丕의 생각은, 유명한 莊子의 寓話에서 나왔을 것이라는 것이다. 옛날 어떤 한 수레바퀴장이가 비록 그 자신은 정확하게 알고 있으면서도 그 아들에게는 어떻게 수레바퀴를 만드는가 가르치지 못했다는 이야기를 曹丕가 莊子에게서 따왔을 것이라고 指摘하고 있다.

陸機는 그의 文賦에서 여러 가지 文學理論을 배합하기는 하였지마는 그 또한 表現論의 發展에 至大한 功獻을 하였다. 그는 情緖를 文學의 唯一한

---

6) 『文選』 권52, ＜典論論文＞.
7) 『孟子』 「公孫丑」 상.
8) 劉若愚, 李章佑 譯, 『中國文學의 理論』, 135～138면.

바탕으로 생각하지는 않았지마는

　　詩緣情而綺羅 : 詩는 情을 추구하며 무늬 놓인 비단처럼 정교해야 한다.

는 이 句節은 분명히 글의 情緖와 審美的 性格의 表現에 관계된다. 그는 文賦의 다른 부분에서 되풀이하여 理를 강조하고 있지마는 "詩緣情"은 "詩란 情에서 나왔다"라고도 번역될 수 있는 것으로서 "詩言志"와 같이 表現論으로서는 중요하게 다루어져야 할 것이다.

　中國文學에 관한 한, 文學의 一般理論뿐만 아니라 特殊理論에 이르기까지 가장 포괄적인 著書가 되고 있는 것은 『文心雕龍』이다. 著者 劉勰은 偉大한 綜合論者이기 때문에 또한 表現論에 있어서도 종요로운 一家見을 피력하고 있다. 그는 「體性」篇의 緖頭에서 다음과 같이 表現論的인 文學觀을 假定하였다.

　　흔히 情이 움직이어 言語가 이루어지고, 理가 피어나서 글에 나타남은 대개 潛在性을 거쳐서 顯著에 이르고 內部에서 말미암아 外部로 符應한다. 그러나 사람의 才能에는 凡庸한 것과 俊秀한 것이 있고, 氣質에도 剛直한 것과 柔弱한 것이 있으며, 學識에도 菲淺한 것과 심오한 것이 있으며, 또 習俗에도 高雅한 것과, 비천한 것이 있다. 이것들은 모두 情性(個性)이 부르녹은 것이며 점진적인 敎化가 結晶된 것이다. 때문에 文學의 世界는 구름과 파도처럼 변화가 多岐하다.

　　夫情動而言形　理發而文見　蓋沿隱以至顯　因內符外者也　然才有庸儁　氣有剛柔　學有淺深　習有雅鄭　並情性所鑠　陶染所凝　是以筆區雲譎　文苑波詭者矣

그는 또 계속하여

才能(才)의 힘은 안에 있는데, 이는 血氣로부터 시작된다. 氣는 志로써 實해지고 志는 말을 결정한다. 말의 아름다움을 내뱉고 받아들이는 것은 個性(情性)이 아님이 없다.

才力居中 肇自血氣 氣以實志 志以定言 吐納英華 莫非情性

라고 하여 表現의 直觀的인 能力은 志·氣에 의하여 統制되는 것으로 생각하였다. 劉勰과 同時代人인 鍾嶸 역시 表現論的인 詩觀을 그의 詩品 序文에서 다음과 같이 展開하고 있다.

氣는 事物을 움직이고, 사물은 사람을 움직인다. 그러므로 사람의 마음이 움직여져서 이것이 춤과 노래 속에서 구체화된다.

氣之動物 物之感人 故搖蕩性情[9] 形諸舞詠

라 하였다. 이에 대해서는, 見解에 따라 다른 解釋이 可能할 수 있는 素地도 排除할 수 없다. 그러나 이를 "詩人들은 정서적으로 外部 事物에 感應하여 詩에 表現한다"는 表現論的 見解로 받아들인다 하더라도 無理가 될 것은 없을 것이다.

明代의 技巧論的 批評家들 가운데서도 謝榛은 특히 表現論的인 傾向을 띠고 있어 주목을 끌게 한다.

作詩本乎情景 孤不自成 兩不相背 凡登高致思 則神交古人 窮乎遐邇 繫乎憂樂 此相因偶然 著形於絶迹 振響於無聲也 夫情景有異同 摸寫有難易 詩有

---

9) 여기서의 情性은 個人의 天性으로 볼 것이다.

二要 莫切於斯者 觀則同於外 感則異於內 當自用其力 使內外如一 出入此心
而無問者也 景乃詩之媒 情乃詩之胚 合而爲詩 以數言而統萬形 元氣混成 其
浩無涯矣[10]

그는 여기서 情과 景을 함께 강조함으로써 詩의 形而上學的 見解로부터
表現論 쪽으로 기울고 있다.

이상으로 中國文學의 一般理論을 통하여 表現論의 現場을 疏略하게나마
살펴보았다. 다음은, 보다 具體的이고 特殊化한 詩論을 통하여 表現論을 檢
證할 차례다. 中國文學史上 가장 많은 詩話를 生産한 것은 宋代이며 그 버
금가는 것이 明代다. 그러므로 本稿에서는 宋·明代의 詩話 속에 散在해
있는 詩論을 對象으로 하여 그 表現論의 文脈을 探索할 것이다. 宋·明代
詩話에서 提示된 表現論的 詩論의 특징은 대체로 다음과 같이 集約될 수
있을 것같다. 첫째, 前記 一般理論에서 表出된 "志"·"情性"·"情" 등의 槪
念을 包括하는 것으로 "意"를 標榜하고 있는 것이 그것이다. 물론 이것은
生硬한 것은 아니다. 일찍이 『春秋繁露』,[11] 「循天之道」에서도 "心之所之謂
意"라 하여 "意"가 "志"의 槪念으로 쓰인 바 있으며, 『論語』[12]의 "子絶四
毋意 毋必 毋固 毋我"(必은 期必의 뜻)에서도 "意"는 私意로 解釋될 수 있
는 것이다. 그러므로 "意"의 意味領域은 대체로, 自然的인 人間의 情緒, 體
驗的인 內面世界, 意境 등으로 擴大될 수 있을 것이다. 둘째, 宋代의 批評
家들은 意만 말한 것이 아니라 曹丕 以來 個性主義의 所産인 才氣 또는 氣
象을 意와 더불어 有機的인 關係로 把握 說明하고 있다는 사실이다. 이것
은 우리 나라 初期 詩論의 展開에 있어 매우 暗示的인 것이어서 本稿의 課
題로서도 중요한 의미를 갖는 것이다.

---

10) 謝榛, 『四溟詩話』.
11) 漢 董仲舒撰 『春秋繁露』.
12) 『論語』「子罕」.

먼저『中山詩話』를 보면

> 詩以意爲主 文詞次之 或意深義 雖文詞平易 自是奇作 世效古人平易句 而
> 不得其意義 翻成鄙野可笑[13]

라 하여, 文詞를 後次的인 것으로 보았기 때문에 만약 古人의 詩句를 模倣
한다 하더라도 그 內面世界 卽 意深한 곳을 體得하여야 함을 강조하고 있
다.
『珊瑚鉤詩話』도 基本的으로는 表現論 쪽에 서고 있는데 다음에서 볼 수
있는 바의 같이, 詩論의 體系로서는 미흡한 데가 있다.

> 詩以意爲主 又須篇中鍊句, 句中鍊字 乃得工耳 以氣韻淸高深眇者絶 以格
> 力雅健雄豪者勝[14]

“氣韻”은 文章의 風骨 또는 書畵의 意境 등이 氣高한 데가 있는 것을 말
하는 것으로 風格·氣品과 같은 말이며, “格力”도 詩文의 品과 力을 함께
말한 것으로서 이것들은 모두 品格에 대한 表現이다. 특히 格力은『滄浪詩
話』의 “詩之法有五 曰體製 曰格力 曰氣象 曰興趣 曰音節”에서 볼 수 있
는 것이다.
다음은『白石道人詩說』에서 본 表現論의 一部다.

> ① 大凡詩自有氣象·體面·血脈·韻度 氣象欲其渾厚 其失也俗 體面欲其
>   宏大 其失也狂 血脈欲其貫穿 其失也露 韻度欲其飄逸 其失也輕
> ② 語貴含蓄 東坡云 言有盡而意無窮者 天下之至言也

---

13) 宋 劉攽,『中山詩話』.
14) 宋 張表臣,『珊瑚鉤詩話』권1.

③ 意中有景　景中有意

④ 意出于格　先得格也　格出于意　先得意也

⑤ 意格欲高　句法欲響　只求工于句字　亦末矣　故始於意格　成語句字　句意
　　欲深欲達　句調欲淸欲古和　是爲作者[15]

①은 氣象과 韻度를 함께 말하고 있어 부분적으로는 技巧論이지만 先主張은 表現論 쪽이다. ②는 意의 無窮한 境界를 강조하고 있는 것인데 이는 東坡의 見解로서, 形而上學的인 것에 가깝다. ③은 意·景 二要를 同時에 말하고 있다. 이름만 둘이지 서로 동떨어진 本體는 아니라는 것이다. ④⑤는 意와 格을 함께 論하였지만, 格은 複合語로 쓰일 때에는 그 含意가 多岐하다. 風格·氣格에서와 같이 文體를 뜻하기도 하고, 格律·格調와 같은 複合語에서는 形式 또는 韻律과 같이 사용되며, 동시에 標準이라는 含義를 가지는 경우도 있다. 이는 風格批評에서 恒用하는 蓋然的인 印象批評에 지나지 않는 것이어서 表現論의 深化를 妨害하지는 못한다. 그리고 이 책은 다른 곳에서 또

詩有四種高妙　一曰理高妙　二曰意高妙

라 하여 理를 말하고 있다. 이는 ②의 見解를 再確認한 것이기도 하므로, 그 體質에 있어서는 陸機나 東坡와 같이 形而上學的이다.

元代의 『詩法家數』[16]에서도 氣象과 意를 함께 말하고 있지만 그 大旨는 前記 『白石道人詩說』과 같은 것이다.

① 凡作詩　氣象欲其渾厚　體面欲其宏闊　血脈欲其貫串　韻度欲其飄逸　音韻

---

15) 宋 姜夔, 『白石道人詩說』.
16) 宋 楊載, 『詩法家數』.

　　欲其鏗鏘 若琱刻傷氣 敷演露骨 此涵養之未至也

　②詩有內外意 內意欲盡其理 外意欲盡其象 內外意含蓄分妙

　③語貴含蓄 言有盡而意無窮者 天下之至言也

②에서 意를 內外로 分說한 것 外에는 前記 白石道人詩說과 酷似하다. 明代의 詩論 가운데에서는 『談藝錄』[17]과 『存餘堂詩話』[18] 및 前記 『四溟詩話』에서 그 例를 보기로 한다. 먼저 『談藝錄』을 보면

　　大抵詩之妙軌 情若重淵 奧不可測 詞如繁露 貫而不雜 氣如良駟 馳而不軼 由是而求 可以冥會矣

라 하였는데, 詩의 妙境은 情意의 深奧함과 氣象의 씩씩함에 있다고 하였다. 『存餘堂詩話』에는

　　作詩之妙 全在意境 融徹出音聲之外 乃得眞味

라 하여 作詩의 妙는 전혀 意境에 있음을 강조하고 있다. 그리고 이미 앞에서도 引用한 바 있는 『四溟詩話』에서는 또 다음과 같이 말하고 있다.

　　詩無神氣 猶繪日月而無光彩 學李杜者 勿執於句字之間 當率意熟讀 久而得之 此提魂攝魄之法也

여기서는 물론 意境에 대하여 直接 言及하지는 않았지만, 그러나 詩를 배울 때는, 특히 杜詩와 같은 藝術作品을 대할 때에는 字句에 執着하지 말고

---

17) 明 徐禎卿, 『談藝錄』.
18) 明 朱承爵, 『存餘堂詩話』.

마음을 기울여 熟讀함으로써 體得하여야 한다고 강조하고 이것이 魂魄을 提攝하는 法이라 하였다. 이는 詩의 要妙를 意深한 것에 두고 있는 表現論의 間接 表現이다. 이에 대한 解明을 위해서는, 緖頭의 “詩無神氣”에서 “神”이 의미하는 것이 무엇인지 溯考할 필요가 있다. 다음과 같은 文句에서 보면

鏡惟心 光猶神也 思入杳冥 則無我無物 詩之造玄矣哉

여기서 거울은 마음과 같고 빛은 정신(神)과 같다. 생각이 아득한데 미치면 나(我)와 事物의 구분이 없어질 것이라 하고 특히 詩의 미치는 境地는 정말 신비한 것이라 말하고 있다. 이것은 부분적으로는 形而上學的이지마는 부분적으로는 表現論的인 詩觀을 반영하고 있음에 틀림없다.

徐師曾의 『文體明辯』은 詩論書는 아니지만, 그 緖頭의 「文章綱領」에서 表現論에 관한 글들을 다음과 같이 引用하고 있다.

文莫先於辯體 體正而後 意以經之 氣以貫之 辭以飾之 體者文之幹也 意者文之帥也 氣者文之翼也 詞者文之華也[19]

이는 그 「總論」에서 보인 唐 陳洪謨의 말이다. 體는 體製를 의미하는 것이며 여기서 重視한 것은 意와 氣다. 그리고 詩를 論한 글 가운데는 다음과 같은 것들이 引用되고 있다.

意象應曰合 意象乖曰離

이것은 <論詩>에서 보인 明 河景明의 말인데, 여기서의 象은 景과 같은

---

19) 明 徐師曾, 『文體明辯』 「文章綱領」, 「總論」, 「論詩」.

것으로 外的 世界를 의미하는 것이다.

　　　　因情以發氣　因氣以成聲　因聲而繪詞　因詞而定韻

　　이것은 『談藝錄』의 著者 徐禎卿의 말을 引用한 것인데, 表現論을 技巧論과의 有機的인 관계에서 把握하고 있는 것이 注目된다. 이 『文體明辯』의 文章綱領에는 編者의 文學觀을 따로 드러냄이 없이 多樣한 文學理論을 綜合的으로 引用하고 있는데 이는 이 책의 選文的인 性格과 관계되는 것이라 할 것이다.

　　『文章一貫』[20]은 論文(詩) 選集 形式으로 된 編書이지만 編者의 文學觀이 두드러지게 나타나 있다. 立意第一, 氣象第二, 篇法第三, 章法第四, 句法第五 등으로 編次한 것이 그것이다. '立意'와 '氣象'에 수록된 것들은 모두 表現論에 관계되는 것이지만 그 가운데서 一部를 보이면 다음과 같다.

　　① 麗澤文說云　題常則意新　意常則語新　又云　意深而不晦　句新而不怪　筆
　　　　健而不粗　語新而不常
　　② 陳亮云　大凡作文不必作好語言　意與理勝則文字自然超衆　故大手之文
　　　　不爲詭異之體　而自宏富　不爲險怪之辭　而自典麗
　　③ 杜牧之云　意全勝者　辭愈朴而文愈高　意不勝者　辭愈華而文愈鄙
　　④ 麗澤文說云　文有三等　上焉　藏鋒不露　讀之自有滋味　中焉　步驟馳騁　飛
　　　　沙走石　下焉　用意庸常　專事造語
　　⑤ 裴度云　文之異在氣格之高下　思致之淺深　不在磔裂章句　隳廢聲韻也

　　①②③은 立意에 관한 것이고 ④⑤는 氣象에 관계되는 것은 물론이다. 다

---

20) 明 高琦, 『文章一貫』.

만, ②에서 理를 意와 함께 말한 것은 形而上學的인 것이 混淆된 상태를 나타낸 것이다.

2) 韓國詩論의 表現論的 展開

이상에서 中國의 文學理論에 반영된 表現論의 現場을 一瞥해 보았다. 이는 물론 우리 나라 初期 詩論에서 展開되고 있는 表現論의 源流를 中國의 文學理論을 통하여 溯考해 보기 위한 것이다. 우리 나라에서 受容 展開한 初期 詩論과 中國의 文學理論 사이에 介在하는 共分母를 發見함으로써 中國의 批評理論에 대한 우리 나라 批評家들의 可聽 範圍를 確認할 수 있기 때문이다.

우리 나라에는 文學의 一般理論은 물론이고 보다 特殊化한 詩論에 있어서도 本格的인 理論을 開陳하고 있는 것은 찾아보기 어려우며, 다만 그 斷片이나마 온전히 傳하고 있는 것은 李奎報의 『白雲小說』과 崔滋의 『補閑集』이다. 『白雲小說』은 그 題名에서 보면, 漫錄的인 性格의 것으로 짐작되지만 그것을 전하고 있는 것이 洪萬宗의 『詩話叢林』이므로 현재 우리가 볼 수 있는 것은 詩話가 그 전부다. 이 詩話 가운데서 李奎報의 詩觀을 단적으로 披瀝하고 있는 것은 다음 글이다.

詩는 意境이 主가 되므로 意境을 設定하는 것이 가장 어렵고 말을 꾸미는 것은 그 다음이다. 意境은 또한 氣(才氣)를 爲主로 하기 때문에 氣의 優劣에 따라 意境의 深淺이 결정될 따름이다. 그러나 氣는 天性에 根本한 것이어서 後天的으로 배워서 얻을 수는 없다. 그러므로 氣가 劣한 사람은 글을 다듬는 것으로 能事를 삼고 意境을 앞세우지 않는다. 대체로 글을 꾸미고 다듬어 그 句를 아롱지게 하면 아름답게 되는 것은 틀림없다. 그러나 그 속에 含蓄되어 있는 深

厚한 意境이 없으면, 처음에는 볼 만하나 다시 씹게 되면 맛이 없어지고 만다.

　　夫詩以意爲主　設意最難　綴辭次之　意亦以氣爲主　由氣之優劣　乃有深淺耳
然氣本乎天　不可學得　故氣之劣者　以雕文爲工　未嘗以意爲先也　盖雕鏤其文
丹靑其句　信麗矣　然中無含蓄深厚之意　則初若可觀　至再嚼則味已窮矣

　　여기서, "詩以意爲主"는 原始主義的인 "詩言志"의 表現論을 闡明한 것
이며 "意亦以氣爲主"는 曹丕의 文氣論 以後 個性主義 쪽으로 기울어진 表
現論의 傾向을 事實로 受容한 것이다. 그러므로 그는 "綴辭次之"에서 볼
수 있는 바와 같이 技巧論을 副次的인 것으로 後退시키고 있으며, 氣의 淸
濁은 아버지라도 子息에게 넘겨 줄 수 없다고 한 曹丕의 생각을 "不可學得"
으로 表現하고 있다. 當時의 文學風土가 東坡一邊倒의 宋 詩學 影響圈에
있었음에도 不拘하고, 自然的인 人間의 情緖 특히 個人의 個性을 더욱 강
조한 個性主義的인 表現論을 提示한 그의 詩觀은 우리 나라 批評史에 있
어 重要한 의미를 가지는 것이라 하겠다. 다시 말하면, 이는 中國文學의 批
評史에서 보면 오히려 統合論에 가까운 蘇東坡의 詩世界(이에 대해서는 다
음 章에서 재론할 것임)를 受容함에 있어 우리 나라 詩人들이 克服해야 할
韓國詩의 課題를 分明하게 看破한 것이다. 이에 대해서는 崔滋의 다음 글
을 보면 쉽게 理解할 수 있다.

　　林椿 先生이 李眉叟(仁老)에게 보낸 글에 이르기를 "나와 당신은 비록 東坡
集을 읽지 않았지만 往往 句法이 이미 대체로 비슷했습니다. 어찌 마음 속에서
얻은 것이 暗暗裏에 合致되었던 것이 아니겠습니까"라고 하였는데, 지금 眉叟
詩를 보니 간혹 七字 五字를 모두 東坡集에서 따 온 것이 있다. 文順公(李奎
報)의 詩를 보면, 四字 五字도 東坡의 말을 빼앗아 온 것이 없는데 豪邁한 氣
와 豊贍한 體는 바로 東坡와 吻合하고 있다.

林先生椿贈李眉叟書云 僕與吾子雖未讀東坡 往往句法已略相似矣 豈非得
於中者 闇與之合 今觀眉叟詩 或有七字五字從東坡集來 觀文順公詩 無四五
字奪東坡語 其豪邁之氣 豊贍之體 直與東坡吻合[21]

이는 물론, 崔滋가 林椿·李仁老·李奎報 三者 詩의 優劣을 論한 것이
지만, 그 具體的인 基準이 되고 있는 것은 氣象論이다. 李奎報가 東坡詩를
克服하고 있는 體驗的인 詩世界의 現場을 통하여, 東坡로 代表되는 中國詩
에 近接할 수 있는 韓國詩의 方向을 提示한 것이다. 文言으로 中國詩를 體
驗한 우리 나라 漢詩의 現實에서 볼 때, 五言이나 七言을 한 句 그대로 따
서 쓴다 하더라도 技巧的인 形式美의 追求로써 到達可能한 세계는 始原的
으로 制限되어 있음을 明白히 말하고 있는 것이다. 특히 당시 詩人 墨客들
의 東坡詩에 대한 一般的 關心이, 東坡의 詩世界를 우리 것으로 克服 受容
하려는 데 있었던 것이 아니고 東坡를 한갓 詩修業의 對象으로만 생각하고
있었던 것이 사실이고 보면, 李奎報의 批評史的 位置에 대해서는 새로운 의
미를 賦與해야 마땅할 것이다. 이에 대해서는 역시 崔滋의 發言이 明快하게
證明하고 있다.

近世에 東坡를 崇尙하는 것은 그 氣韻이 豪邁하고 뜻이 깊고 말이 豊富하고
故事의 援用이 廣博한 것을 사랑해서 거의 그 體를 본받아 얻으려 함이다. 지
금의 後進들이 東坡集을 읽는 것은 그것을 본받아서 그 風骨을 體得하려고 해
서가 아니고 다만 그것을 證據로 하여 故事를 援用하는 道具로 하자는 것이다.

近世尙東坡 盖愛其氣韻豪邁 意深言富 用事恢博 庶幾効得其體也 今之後
進 讀東坡集 非欲倣効以得其風骨 但欲證據以爲用事之具[22]

---

21) 崔滋,『補閑集』권중.
22) 同上.

東坡詩를 배우고 본받아 다만 그들의 詩作에 用事의 資로 써먹으려 한 당시의 文壇 氣習을 如實하게 말해주고 있다. 東坡詩에 있어서, 風骨과 意境과 詞語와 심지어 用事에 技術에 이르기까지 그 藝術的인 境界를 包括的으로 배운다는 것도 어렵겠지만 事實上 可能할 수도 없는 것이 우리 詩의 限界이고 보면, 李奎報의 詩觀은 분명히 높은 境地에 있었다고 하겠다. 近者 李奎報의 文學思想을 論한 一部의 見解에 따르면, 이러한 文學世界에는 近接함이 없이 文學外的인 政治的 事實에만 執着하여 李奎報를 論하고 있는 것을 볼 수 있는데[23] 이에 대해서는 再檢討될 機會가 있어야 할 것이다.

李奎報의 詩觀은 그가 行한 實際批評에서도 鮮明하게 나타나고 있다. 乙支文德將軍의 <與隋將于仲文詩>에 대해서는

句法이 奇高하고 아름답게 꾸미려 한 흔적이 없다. 어찌 後世의 委靡者들이 미칠 수 있는 것이리오

① 句法奇高 無綺麗雕飾之習 豈後世委靡者 所可企及哉

라 하였고 新羅 眞德女王이 唐 高宗에게 보낸 <太平頌>에 대해서는

그 詩가 高古雄渾하여 初唐의 作品들과 비교하더라도 優劣을 가릴 수 없을 정도다.

② 其詩高古雄渾 比始唐諸作 不相上下

라 하였는데, ①은 그 質樸한 詩風을 높이 評價한 것으로 이는 審美論이나

---

23) 趙東一, 『韓國文學思想史試論』, 「李奎報」.

技巧論을 拒否한 李奎報 詩觀의 端的인 표현이다. ②에서는 특히 씩씩한 氣象을 稱譽한 것으로 자신의 個性主義的인 表現理論을 再闡明한 것이다. "奇高"나 "高古"는 모두 風格 묘사다. 그리고 그는 古淡淸新한 詩風으로 이름 높은 梅堯臣의 詩에 대하여 다음과 같이 말하고 있다.

　내가 전에 梅聖兪의 詩를 읽을 때는 마음 속으로 가볍게 여겼기 때문에 古人 들이 그를 詩翁이라고 불러 온 까닭을 몰랐다. 이제 와서 자세히 보니 겉으로는 나약한 듯하나 그 속에 뼈가 들어 있어 정말 詩 가운데서도 精雋이었다. 梅詩 를 안 연후에야 詩를 아는 자라 할 수 있을 것이다.

　余昔讀梅聖兪詩　私心竊薄之　未識古人所以號詩翁者　及今閱之　外若繭弱 中含骨髓　眞詩中之精雋也　知梅詩然後　可謂知詩者也

"苦意"에서 韓愈를 본받았으나 平淡淸新으로 歸着한 梅堯臣의 詩風을 極讚하고 있는 것은, 詩에 있어서 經驗的인 內面世界를 重視한 자신의 詩 世界와 맞닿는 데가 있기 때문이다.

崔滋의 補閑集은 그 編纂 意圖에 있어서는 破閑集을 續補하는 데 있었 지만, 그가 展開한 詩論의 性格에서 보면, 李奎報를 繼承하고 있다. 그래서 그의 詩觀도 李奎報를 批評한 데서부터 비롯하고 있다.

　公은 어릴 때부터 붓을 달리면 다 新意를 創出해 내고 文辭를 吐하는 것이 많아질수록 달리는 기운이 더욱 씩씩하여 비록 聲律의 拘束을 받는 가운데서 細密하게 雕琢하고 巧妙하게 얽어 나가더라도 豪氣가 넘치고 奇妙하게 우뚝하 다. 그러나 공을 天賦的으로 재주가 뛰어난 사람이라고 하는 것은 對句나 聲律 을 두고 말하는 것이 아니다. 대체로 古調의 長篇을 하는 데 있어서 强韻과 險 題 가운데서도 마음대로 奔放하여 한꺼번에 100장을 써 갈겨도 다 古人을 蹈襲

하지 아니하고 우뚝히 自然스럽게 만든다.

> 公自妙齡 走筆皆創出新意 吐辭漸多 聘氣益壯 雖入於聲律繩墨中 細琢巧構 猶豪肆奇峭 然以公爲天才俊邁者 非謂對律 盖以古調長篇 强韻險題中 縱意奔放 一掃百紙 皆不踐襲古人 卓然天成也[24]

이 글에서 崔滋는 李奎報를 徹底한 個性主義者로 浮刻시킴으로써 表現論者로서의 面貌를 躍然하게 보여주고 있다. 특히 李奎報에게 있어서 技巧的인 要素를 완강하게 後退시키고 있는 것은 崔滋 자신의 反技巧論的 詩觀의 間接 表現이라 할 것이다. 崔滋가 자신의 詩論을 직접 展開하고 있는 것은 다음과 같은 것들이다.

> 詩文은 氣를 爲主로 하며 氣는 天性에서 發하고 意境은 氣에 依憑한다. 말은 情에서 나오는데 情은 곧 意境이다. 新奇한 意境은 말을 세우기가 더욱 어려워 자칫 잘못하여 生澁해진다. …… 재주가 情보다 나으면 비록 훌륭한 意境이 없더라도 말은 그런대로 圓熟해진다. 情이 재주보다 나으면 말이 鄙弱하여서 훌륭한 意境이 있는 것을 알지 못한다. 情과 재주를 兼해서 얻은 뒤라야 그 詩가 볼 만한 것이 된다.

> 詩文以氣爲主 氣發於性 意憑於氣 言出於情 情卽意也 而新奇之意 立語尤難輒爲生澁 …… 夫才勝其情 則雖無佳境 語猶圓熟 情勝其才 則辭語鄙靡 而不知有佳處 情與才兼得 而後其詩有可觀[25]

말은 情에서 나오고 情은 곧 意라고 하였다. 이 意는 氣에 힘입는 것이고

---

24) 崔滋, 前揭書.
25) 同上.

氣는 天性에서 나온다고 하였다. 이는 個性主義的 表現論의 典型으로서 前記 李奎報의 詩論을 그대로 繼承 展開한 것이다. 여기서는 辭語 聲律과 같은 技巧論에 대한 直接的인 表現은 전혀 찾아볼 수 없다. 다만 情과 才를 兼得하여야 볼 만한 詩가 된다고 하였는데 여기서의 "才"는 재간 또는 솜씨로 해석될 수 있는 것으로서[26] 天賦的인 素質을 두고 말한 것이다. 崔滋가 다른 곳에서 "文順公逸氣豪才"라 한 것이라든가 "各隨才局 吐出天然"[27]이라 한 것에서 보아도 이는 분명히 先天性에 관계되는 것이며 後天性을 강조한 것이라고는 볼 수 없다. 그러므로 여기서의 "才"는 文學理論의 對象이 될 수 없는 것이어서, 辭語나 雕琢 자체를 강조하는 技巧論과는 다른 문제에 속하는 것이다. 그리고 여기서 한 가지 분명히 하고 넘어가야 할 것은 윗글 "氣發於性"에 대한 해석 문제다. 이 글에서 보인 "性"은 劉勰의 이른바 性情·情性과 같은 것으로 個人的 天性 또는 個性으로 이해하여야 할 것이다. (劉勰의 『文心雕龍』「體性」篇도 함께 參考할 것) 윗글을 引用하거나 잘못 이해한 一部 論文 가운데는 이 "性"字를 性理學의 性理論으로 把握하여 高麗時代의 文學理論을 載道觀으로 說明하고 있는 見解도 있으나 이는 性理學의 基本理論부터 잘못 이해하고 있는 것이다. 性理學에서의 性理는 "性理心氣"(張子의 말)에서 볼 수 있는 바와 같이 性卽理란 말이다. 性理學이라 名號도 여기서 온 것이다. 性·情도 心統性情의 性·情이다. 心이 가운데 있어서 性과 情을 統轄한다는 말이다. 만약 윗글에서 "性"을 이러한 概念으로 이해한다면 氣가 性에서 發한다는 結果가 되므로 이는 語不成說이다. "氣發於性"에서의 氣는 물론 原始主義的인 氣 또는 氣象이다. 理氣論은 本體論에 속하는 것으로 "發之者氣也 所以發者理也"가 그것이다. 理는 理法이요 原理다. 栗谷이 理通氣局이라 하여 "죽은 재(灰)에는 理는 있지만

---

26) 車柱環, 「崔滋의 詩論」(『東亞文化』 9집)에서는 이 "才"를 後天的인 槪念으로 본 바 있다.
27) 崔滋, 前揭書 권하.

氣는 없다"고 한 것이 바로 이것을 例證한 것이다.

崔滋는 또 詩를 批評함에 있어 蓋然的인 基準이 되고 있는 詩의 格에 대하여 다음과 같이 말하고 있다.

대개 詩를 評하는 사람은 氣骨과 意格을 먼저 보고 그 다음에 辭語와 聲律을 본다. 같은 意格 가운데도 그 韻語에 있어서는 혹 優劣이 있을 수도 있기 때문에 한 首의 詩에 이것들이 다 잘된 것은 극히 적다. 그러므로 이를 評하는 評語에 있어서도 말이 뒤섞여 한결같지 않다. 詩格에 이르기를 "句가 老鍊하고 글자가 俗되지 않으며 이치가 깊으면서도 意境이 뒤섞이지 않고, 재주가 自由自在하면서도 氣가 성내지 않고, 말은 간결하면서도 일이 어둡지 않아야 바야흐로 風騷에 들게 된다"고 한 이 말은 스승이 될 만하다.

夫評詩者 先以氣骨意格 次以辭語聲律 一般意格中 其韻語或有勝劣 一聯而兼得者盡寡 故所評之辭 亦雜而不同 詩格曰句老而字不俗 理深而意不雜才縱而氣不怒 言簡而事不晦 方入於風騷 此言可師[28]

風格 批評에 있어서도 辭語나 聲律보다는 氣骨・意格을 앞세우고 있어 個性主義者로서의 面貌를 躍然이 보여주고 있다. 그는 적극적으로 表現論을 主張하는 데서 그치지 않고 技巧論的인 聲律 문제에 대하여 否定的인 자신의 態度를 분명히 하고 있다. 다음은 聲律 문제에 대하여 그의 見解를 보인 實際批評의 例다.

學士 李知深의 <題豊州城頭樓詩>에 "하늘과 바다는 가이없어서 아득할손 바라보아도 끝가는 데가 없다. 四方天下에 千里를 보는 눈인데 六月에 九月 바

---

28) 同上.

람이 분다. 그림으로도 응당 묘하게 그리기 어려울 것이지만 글로서도 어찌 다듬어 내겠는가. 다만 날개가 돋아 몸이 虛空에 있는가 의심스러울 뿐이다." 당시 사람들이 이 詩를 가리켜 말은 다듬지 않았는데도 氣象이 豪放하고 意境이 넓다고 하였다. 비록 그렇기는 하나 열 자 가운데서, 가이없다고 말하고는 또 끝이 없다고 말하였으며, 위에서는 바라보아도 끝이 없다고 말했다가 아래에서는 천리를 바라보는 눈을 말했으니 뜻이 겹친 것 같이 보인다. 그러면서도 읽으면 뜻이 겹치고 있는 것을 아지 못하는 것은 대체로 聲病이 없기 때문이다. 옛 사람들이 聲病을 回避하는 것을 金針格으로 여겼는데 그 말이 사실이구나.

　李學士知深題豊州城頭樓云 天與海無際 茫茫望不窮 四方千里目 六月九秋風 圖畵應難妙 篇章豈得工 只疑生羽翼 身在大虛中 時人以此聯 言不雕鑿而氣豪意豁 雖然十字中言無際 又言不窮 或上言望不窮 下言千里目 似乎意疊 而讀之不知有相疊之意者 盖無聲病也 古人以回忌聲病 爲金針格 信哉[29]

여기서 崔滋는 우리 나라 漢詩가 詩로서 成就할 수 있는 基本 方向을 分明하게 提示하고 있다. 聲律과 같은 形式的인 技巧에 있는 것이 아니라, 氣豪意豁한 內面世界의 寫出에 있음을 힘있게 강조하고 있다. 東坡도 "學之易成 無聲病對偶"라 하여 聲病을 攻斥한 일이 있는데, 平仄 聲調에 지나치게 拘碍되어 弊害에까지 이르게 하는 聲病 문제에 대하여 崔滋가 冷淡한 反應을 보인 것은 당연한 일이라 할 것이다. 그리고 崔滋는 또 琢鍊에 대해서도 자신의 見解를 明白히 함으로써 表現論的인 그의 理論을 一貫性있게 展開하고 있다.

詩를 다듬음에 있어 杜甫처럼 한다면 妙하기는 妙하지만, 저 솜씨가 서툰 者

---

29) 同上 권상.

는 다듬으려고 고생을 하면 할수록 拙劣하고 難澁한 것이 더욱 심하여 헛되이 마음만 태울 뿐이다. 어찌 각각 그 才局에 따라서 그 天性을 뱉아 내어 다듬은 흔적이 없는 것과 같겠는가.

    凡詩琢鍊 如工部妙則妙矣 彼手生者 欲琢彌苦 而拙澁愈甚 虛雕肝腎而已 豈若各隨才局 吐出天然 無礱錯之痕[30]

雕琢으로 成功한 例를 杜甫와 같은 大手에서 求함으로써 사실상 鍊琢의 無用論을 펴고 있다. 이것은 우리 나라 詩人들을 向하여 技巧論의 限界를 啓導的으로 說明하고 있는 것이나 다름이 없다.

그리고 그는 또 風格批評이라고 할 수 있는 評語를 통하여 그 優劣을 上·次·病 3種으로 나누어 提示하고 있는데 여기서도 그의 詩觀은 一貫性을 잃지 않고 있다. 그 例는 다음과 같다.

    上：新奇絶妙 逸越含蓄 險怪俊邁 豪壯富貴 雄深古雅
    次：精雋遒緊 爽豁淸峭 飄逸勁直 宏贍和裕 炳煥激切 平淡高邈 優閑夷曠
        淸玩巧麗
    病：生拙野疎 蹇澁寒枯 淺俗蕪雜 衰弱淫靡

위의 評語에서 본 바와 같이, 崔滋는 風格批評에 있어서도 氣骨과 意格을 앞세워 表現論的인 詩觀으로 一貫하고 있다. <上>에서 提示한 評語들을 보면, 新奇絶妙, 逸越含蓄은 意格에 관한 것이고 險怪俊邁, 豪壯富貴는 氣骨을 말한 것이며 雄深古雅는 氣骨 意格을 함께 말한 것으로, 雄深은 氣骨과 意格을, 古雅는 兩者를 調和한 風格 묘사다. <次>에 있어서도 精雋

---

30) 同上 권하.

遒緊은 氣骨에 관한 것이며 爽豁淸峭, 飄逸勁直은 意格과 氣骨을 함께 말한 것이다. 平淡高邈, 優閑夷曠은 意深한 것에 대한 風格 묘사이며 나머지가 辭語나 聲律과 같은 技巧에 관한 것이다. <病>에서 보인 것은, 作品의 水準에까지 이르지 못한 拙作들에 대하여 例示的으로 評語를 加한 것에 지나지 않는다. 이상으로 보면, 個性主義的인 表現論으로 一貫한 崔滋는 辭語나 聲律과 같은 技巧가 到達할 수 있는 限界를 일찍이 看破하고 우리 나라 漢詩가 槪念의 詩요 精神의 것이라는 基本 性格을 把握함으로써 우리 나라 詩人들이 志向하여야 할 當爲의 課題를 제시한 批評의 先驅가 된 것이다.

『破閑集』의 著者 李仁老는 흔히 用事論者로 불리어 오기도 하였지만, 그러나 그의 이른바 用事論이라고 하는 것은 作法論에 있어서의 表現技法에 속하는 것으로서 이는 詩論의 對象에 들지 못한다. 그러므로 이 方面에 대한 우리 學界의 初期 業績 가운데서 이른바 李仁老의 用事論과 李奎報의 新意論을 對立 關係로 把握해 온 것들은[31] 詩論의 硏究 課題로서는 意味가 없는 것이 되고 만다. 특히 李仁老를 가리켜 用事論者라고 하는 것과 같은 것은 文學理論에서 붙여질 수 있는 이름이 아님은 물론이다. 李仁老의 文學觀은 다음 글에서 그 不透明한 片鱗을 엿볼 수 있을 뿐이다.

> 蓋文章得於天性 苟求之以道 則可謂易矣[32]

文章은 天性에서 얻어지는 것으로 보았으며 이것을 求하는 방법은 道에다 맡기고 있다. 이것으로 보면, 李仁老는 表現論과 形而上學的인 것을 配合한 折衷的인 處地에 서고 있는 듯한 印象을 보여줄 뿐이다.

---

31) 趙鍾業·崔信浩, 前揭書.
32) 李仁老, 『破閑集』.

3. 이데올로기의 克服과 折衷論의 展開

　우리 나라 初期 詩話로는 李仁老의 『破閑集』, 李奎報의 『白雲小說』, 崔滋의 『補閑集』을 들 수 있으나 詩話라는 이름이 직접 붙여진 것으로는 徐居正의 『東人詩話』가 그 最初의 것이 아닌가 한다. 中國에서도 劉勰의 『文心雕龍』과 鍾嶸의 『詩品』을 詩話의 祖宗으로 삼고 있지만, 詩話라는 이름을 붙이고 있는 것으로는 歐陽修의 『六一詩話』에서 비롯되고 있는 것과 좋은 對照를 보인다. 『東人詩話』는 本格的인 詩論書는 아니지만, 그 內容의 대부분이 歷代의 詩評論과 個別 作家에 대한 實際批評으로 채워져 있으므로 徐居正의 詩觀을 窺知하는데는 모자람이 없다. 徐居正은 이 책에서, 『白雲小說』이나 『補閑集』에서 볼 수 없었던 效用論을 提示하고 있다. 그것은 다음과 같다.

> 詩者小技　然或有關於世敎　君子宜有所取之[33]

　詩를 世敎의 手段으로 본 이러한 그의 發言은, 性理學的 이데올로기가 統治理念으로 君臨한 당시의 政治 風土에 걸맞는 당연한 歸結이라 할 것이며 특히 26年間이나 文衡의 榮譽를 누린 徐居正의 體質에서 보더라도 지극히 自然한 일이라 하겠다. 그의 이러한 文學觀은 다음 글에서 더욱 鮮明하게 나타난다.

> 文者貫道之器　六經之文　非有意於文　而自然配乎道　後世之文　先有意於文
> 而或未純乎道　今之學者　誠能心於道　不文於文　本乎經　不規規於諸子　崇雅黜

---

33) 徐居正, 『東人詩話』 권하.

浮 高明正大 則其所以羽翼聖經者 必有其道矣[34]

  이는 곧 道文一致를 강조한 것으로 朝鮮時代 文學理論의 支配 原理처럼
되었다.[35] 이에 대해서는 鄭道傳도 다음과 같이 말하고 있다.

  日月星辰 天之文也 山川草木 地之文也 詩書禮樂 人之文也 然天以氣 地
以形 而人則道 故曰 文者載道之器 ……[36]

  여기서 우리가 짚고 넘어가야 할 것은 貫道論과 載道觀의 差異點이다. 前
者는 唐 李漢이 <韓昌黎集序>에서 "文者貫道之器"라 한데서 비롯되고 있
으며 後者는 宋 周敦頤가 通書에서 밝힌 "文所以載道也"가 그 代表的인
發言이 되고 있다. 唐人은 "文以貫道"를 말하고 "文以載道"를 말하지 않았
다. 貫道라고 하면 이는 文을 因하여 道를 보는 것이 되므로 道는 반드시
文에 依憑해야만 비로소 나타나게 되는 것이다. 그러나 宋代에 이르러서는
한 걸음 나아가 聖賢의 思想이 文을 論하는 標準이 됨으로써 文學은 한갓
道學의 附庸에 지나지 않는 것이 되고 말았다. 그러나 우리 나라에서는 이에
대하여 確然하게 區別함이 없이 混用해 왔다. 다만 위에서 引用한 글 가운
데서도 天體와 人間의 制度를 가리키는 "天文"(하늘의 모양)이나 "人文"(사
람의 모양)과 같은 것은 그 發想이 『易經』에서 온 것이므로 形而上學的인
槪念으로도 把握될 수 있는 것들이지만, 윗글에서의 道의 槪念은 이미 形而
上學的인 것으로부터 道德的인 것으로 옮겨가서 效用論으로 기울고 있다.
前記 韓昌黎集의 著者인 韓愈가 그의 論文 <原道>의 첫머리에서 솔직하
게 道를 道德的인 用語로 규정하고 있는 것은 이에 대한 證言이 될 것이다.

─────────────────

34) 徐居正, 『四佳集』, <東文選序>.
35) 拙稿, 「朝鮮前期의 文學觀에 대하여」, 『冠岳語文』1집 參照.
36) 鄭道傳, 『東文選』 권89 「京山 李自安陶隱文集序」.

다만 여기서 附言할 것은, 이와 같은 效用論이 極端에 이르게 되면 이는 反理論的인 것이 되고 만다는 사실도 留意할 必要가 있다는 사실이다.

그런데 이러한 文學觀에도 不拘하고 『東人詩話』에서 提示되고 있는 徐居正의 詩論 基準은 앞에서 陳述한 그의 效用論과는 甚한 乖離 現象을 나타내고 있다. 겉으로 標榜하고 있는 效用的인 文學觀은 다만 그의 文學論 위에 君臨하고 있는 形式的인 口號가 되고 있을 뿐, 實際批評이나 文學理論 展開에 있어서는 사실상 이것을 克服하고 있다. 그의 批評的 詩論의 現場은 다음과 같다.

詩當先氣節 而後文藻[37]

詩에 있어서, 氣節을 먼저하고 修飾은 그 다음이라고 한 이 發言은 前記 李奎報와 崔滋의 個性主義的 詩觀의 延長에 지나지 않는다. 그리고 그는 또 다른 글에서 다음과 같이 말한 것이 있다.

詩言志 志者心之所之也 是以讀其詩 可以知其人 盖臺閣之詩 氣象豪富 草野之詩 神氣淸淡[38]

여기서 그는 原始主義的인 表現論이 個性主義 쪽으로 傾倒한 그 所由來까지 함께 말함으로써 表現論의 典型을 명료하게 提示하고 있다. 그의 이러한 表現論的인 詩觀과, 官撰書에서 標榜한 效用的인 文學觀이 相互 衝突하고 있는 矛盾의 現場은 다음 글에서도 사실로 確認된다.

吾友金頤叟嘗語予曰 高麗詩文 詞麗氣富 而體格生疎 近代著述 辭纖氣弱

---

37) 徐居正, 前揭書 권상.
38) 徐居正, 『四佳文集』 권6, <桂庭集序>.

而義理精到 孰優 予曰 豪將悍卒 抽戈擁盾 說仁義 腐儒俗士 冠冕章甫 從容
禮法 先生何取 頤曳大笑[39]

　여기서 그는 高麗의 詩文과 近朝鮮의 著述에 대하여 그 優劣을 묻는 친
구 金頤曳의 論評에 대하여 對答 대신에 迂廻的인 譬喩로 塗糊해 버렸다.
이는 徐居正 자신의 文學觀의 混沌 바로 그것을 의미하고 있는 것이다. 그
의 效用論에 따른다면, 비록 辭纖氣弱한 흠이 있더라도 의당 義理가 精到
한 近代 著述 쪽을 稱道했어야 할 것이나, 氣弱한 것을 수용할 수 없는 그
의 批評的 體質은 어느 쪽도 取擇할 수 없어 彷徨할 수밖에 없었던 모양이
다.『東人詩話』와 <桂庭集序> 등에서 風格批評으로 使用하고 있는 評語
들에 있어서도, 淸新·淸便·淸淡 등 淸字 系列의 것을 비롯하여 豪逸·豪
健·豪邁·豪宕·雄豪·雄渾·强健·傑特·奔放·放肆·俊逸·峻壯·
俊潔·峭古·峭俊 등 氣勝한 것에 대한 評語가 대체로 많으며 이들을 모두
上乘의 것으로 꼽고 있다. 특히 東人詩話에 있어서는 氣象을 論詩의 基準
으로 삼고 있는 것이 두드러지게 나타나고 있는데 그 例를 보면 다음과 같은
것들이 있다.

　　　凡帝王文章氣象 必有大異於人者 ……
　　　(帝王은 宋太祖와 李太祖) (加點은 筆者)
　　　二家氣象不侔 ……
　　　(鄭知常과 金富軾의 詩를 論한 것)
　　　陶固雅絶 得詩家法 終不若河之深遠有宰相氣象 ……
　　　(陶隱 李崇仁과 浩亭 河崙의 詩를 論한 것)
　　　文章氣節 日月爭光 爲詩亦豪邁絶倫 讀其詩 其氣象可知 ……

---

39) 徐居正,『東人詩話』권상.

(慷慨不群한 李存吾의 詩에 대한 評)

이와 같은 氣象論은, 極端的으로는 文學論과 人物評의 경계를 分揀하기 어렵게 할 憂慮마저 없지 않다.

成俔도 徐居正과 마찬가지로 形式的으로는, 經術과 文章을 一道로 보는 效用的인 文學觀을 開陳하고 있지만, 文章論의 實際에 있어서는 個性主義的인 表現論을 披瀝하고 있어, 그의 效用論도 사실상 여기서 克服되고 있다. 그 文脈을 차례로 보이면 다음과 같다.

> 經術文章非二致 六經皆聖人之章 而諸事業者也 今也爲文者 不知本經 明
> 經者 不知爲文 是則非從氣習之偏 而爲之者 不盡力也[40]

여기서 成俔은, 文章을 하는 者는 모름지기 聖賢의 文章인 六經之文을 힘써야 한다고 강조하고 있는데, 이는 金宗直의 다음 글과 同軌의 것이 되고 있다.

> 文章者 出於經術 經術乃文章之根柢也 譬之草木焉 安有無根柢 而柯葉之
> 條暢 華實之穠秀者乎 詩書六藝 皆經術也 詩書六藝文 卽其文章也[41]

다만, 이와 같은 經術 文章一道觀[42]은 당시의 우리 나라 現實을 가장 잘 말해주고 있는 것으로, 이는 貫道觀과 載道觀의 混合 形態라 할 수 있다. 朝鮮時代 一代를 통하여 貫道論과 載道論이 無思慮하게 濫用되고 있는 所以도 여기서 求할 수 있을 것 같다. 이러한 混合 形態의 文學觀은 文章과

---

40) 成俔, 『慵齋叢話』 권1.
41) 金宗直, 『佔畢齋集』 文集 권1, <尹先生祥詩集序>.
42) 拙稿, 前揭書 參照.

聖經 그 어느 하나도 偏廢할 수 없었던 歷史的 現實의 反映이다. 이것으로 보면 朝鮮 初期의 效用論的 文學觀은 反理論的인 極端에까지는 이르지 않고 있음을 알 수 있다.

그러나 한편, 成俔은 위에서 그의 效用的인 文學觀을 揭示한 것과는 달리 그가 다른 곳에서 陳述한 文章論에 있어서는 個性的인 表現論의 處地에 서고 있어 徐居正과 마찬가지로 그에게 있어서의 效用的인 文學觀이라고 하는 것은 사실상 常套的인 口號에 지나지 않는 것이 되고 있다. 그 發言은 다음과 같다.

> 文章以氣爲主 氣隆則從而隆 氣餒則從而餒[43]

"氣隆則從而隆"이라고 한 發想은 물론 禮記의 "道隆則從而隆"에서 따온 것으로 보이지만 여기서 그가 강조하고 있는 것은 氣象論이다. 그리고 그는 또 다음 글에서 모처럼 形而上學的인 "理"를 말하여, 이를 表現論과 混合 折衷하고 있다.

> 詩難言也 言詩者 論氣不論理 非也 氣以行於外 理以守諸內 守於內者不固
> 則行於外者 未免泛駕而詭遇 詩以理爲貴也 善爲詩者 悟於理 故能不失根本[44]

여기서 그는 個性的인 氣象論을 사실로 認定하면서도 形而上學的인 理를 함께 말하고 있다. 이는 中國의 形而上學的인 文學理論에서 恒用해 온 理의 槪念과 近接하고 있다.

中國에서 形而上學的인 文學理論을 展開한 批評家로는, 初期의 折衷論者인 陸機와 劉勰에서부터 唐 司空圖, 宋代의 蘇軾·嚴羽 등이 여기에 들

---

43) 成俔, 『虛白堂文集』 권5, <家兄安齋詩集序>.
44) 同上 권6.

수 있을 것이다. 司空圖는 특히 自然에 대한 作家의 觀照와 道에 대한 理解에 注意를 기울여, 詩의 槪念을 詩人의 自然의 道에 대한 捕捉과, 一致의 具體化로 규정하였으며, 司空圖에 대하여 驚歎해 마지 않았던 蘇軾도 審美論과 效用論을 調和하여 形而上學的으로 超越함으로써 藝術家에게 重要한 것은 自然과 一體가 되는 것으로 생각하였다. 그리고 入神을 最高의 目標로 한 嚴羽는 妙悟라 부르는 直觀的인 捕捉을 특히 强調하여 後人의 반발을 불러일으키기도 하였다. 이러한 理論家들에 있어서의 理의 槪念은 대체로, 自然의 道・事物에 介在하는 原則・原理・理性 등으로 把握될 수 있는 것들이다.

劉勰은 『文心雕龍』 「體性」篇에서 表現論的인 文學觀을 假定한 바 있지만, 같은 책 「情采」(情緖와 修飾) 章에서는 情緖와 理(理性)를 함께 강조하였다.

情者 文之經 辭者 理之緯 經正而後 緯成 理正而後 辭暢 此立文之本也

그는 자주 情(情緖)에 대하여 言及하고 있지만 理(理性)이란 말도 情에 못지 않게 자주 쓰고 있어 統合論的인 그의 文學觀은 감추지 못하고 있다. 嚴羽는 특히 中國의 歷代詩를 批評한 다음 글에서 그의 妙悟論을 提示하고 있는데 이는 우리 나라에도 그 影響이 컸던 것 같다.

詩有詞理意興　南朝人尙詞而病于理　本朝人尙理而病于意興　唐人尙意興而理在其中　漢魏之詩　詞理意興　無迹可求[45]

여기서 그가 강조하고 있는 것은 興趣인데 이것은 自然에 대한 詩人의 觀

---

45) 宋 嚴羽, 『滄浪詩話』.

照에 의하여 鼓舞된 情感 혹은 氣分을 말한 것이라 하겠다. 여기서 使用한 理의 槪念을 解明하기 위해서는 그가 다른 곳에서 말한 다음 글이 도움 資料가 될 것이다.

> 夫詩有別材 非關書也 詩有別趣 非關理也 然非多讀書多窮理 則不能極其至 所謂不涉理路 不落言筌者 上也 詩者吟詠情性也 盛唐諸人惟在興趣 羚羊掛角 無迹可求 故其處 透徹玲瓏 不可湊泊 ……[46]

여기서 吟詠情性이라고 한 것은 常套的인 表現論이며, 그가 主張하고 있는 것은 不涉理路(理의 길에 깊이 들어가지 않는다.)와 不落言筌(말의 통발에 걸리지 않는다.)이며 그의 理想은 羚羊掛角 無迹可求(羚羊이 뿔을 걸었으나 아무 흔적도 없는 것)에 두고 있다. "言筌"은 물론 莊子의 "得魚而忘筌 …… 得意而忘言"에서 온 것이다. 이로 보면 不涉理路나 不落言筌은 귀로 듣는 感官知覺이 아니라 精神으로 듣는 直觀的 認識의 경지를 말한 것이다. 그러므로 "理의 길에 깊이 들어가지 않는다"라는 理의 槪念은 분명히 事物의 理致・原理・原則과 같은 것으로 보아야 할 것이다. 여기서 다시 說明을 보태어야 한다면, 嚴羽의 妙悟論을 評價한 다음 글을 볼 必要가 있을 것이다.

> 嚴滄浪羽云 禪道惟在妙悟 …… 然悟有淺深 有分限之悟 有透徹之悟 …… 陶謝至盛唐諸公 透徹之悟也 他雖有悟者 皆非第一義也[47]

自然의 眞을 얻었다고 하는 陶淵明과 謝靈運, 그리고 陶淵明의 詩世界를 追隨한 孟浩然 및 王維 등의 盛唐詩를 가리켜 悟에 透徹하였다고 한 것

---

46) 同上.
47) 宋 范晞文,『對牀夜語』권2.

은, 바로 앞에서 嚴羽가 盛唐의 詩를 가리켜 "羚羊掛角 無迹可求"라고 한
妙悟論을 그대로 受容한 것이다. 陶・謝와 孟・王의 詩世界가 自然의 理
를 말하는 데서 머무르지 않고 自然의 眞을 얻은 것이라면, 이 때의 理는 分
明히 原理・原則과 같은 槪念으로 把握해야 할 것이다. 이미 앞에서 引用
한 바 있는 白石道人詩說의

> 詩有四種高妙 一曰理高妙 二曰意高妙

라든가 『詩法家數』에서 引用한

> 詩有內外意 內意欲盡其理 外意欲盡其象 內外意含蓄妙

에서 使用한 理의 槪念도 모두 形而上學的인 것이 될 것이다. 이로써 보면,
앞에서 成俔이 提示한 "悟於理 不失根本"은 바로 嚴羽의 妙悟論과 매우
가까운 거리에 있는 것임을 알 수 있다.
  이러한 形而上學的인 理論이 擡頭한 것은, 唐詩를 專尙한 朝鮮中期 以
後에 두드러지게 나타나고 있는 현상인데 이는 곧 당시의 詞壇 氣習이 그대
로 文學理論에 反映된 것이라 하겠다. 谿谷 張維의 다음 글을 비롯하여

> 文主於理 理勝則文不期美而自美 亦有理乖而文美者 君子不以爲美也[48]

  金得臣의 다음과 같은 發言도 이러한 範臼에 들 것이다.

> 凡詩得於天機 自運造化之功者爲上 此則世不多有 其次學唐學宋者 各得其

---

48) 張維, 『谿谷漫筆』 권1.

體則俱有可取 至於近世 不無數三以詩稱者 而無論體格之高下 能得詩家意趣
者絶少 奚暇更論唐與宋之近不近乎[49]

張維는 理만 말했지만, 金得臣은 形而上學的인 宇宙論에서 出發하고 있
으면서도 意趣를 강조하고 있어 表現論을 配合하고 있다. 여기서 말한 "趣"
는 嚴羽의 興趣(鼓舞된 感情)나 李贄의 "童心"에서 볼 수 있는 "본능적인
즐거움" 등으로 理解될 수 있을 것 같다.
　그리고 任璟은 唐詩(盛唐)의 意趣를 稱道하고 있으면서도 특히 形而上學
的인 理를 强調하고 있어 前記 嚴羽나 范晞文과는 또 다른 處地에 서고 있다.

大抵泥於意趣 墜失格律 詩家之禁 而專務格律 失其意趣 尤不可也 趣屬於
理 格屬於氣 理爲之主 氣爲之便 從容乎禮法之場 開元之際 其庶幾乎此 宋
人滯於理 明人拘於氣 雖有淸濁虛實之分 而均之有失之[50]

여기서 그는 表現論과 技巧論(格律)과 形而上學的인 것을 混合 折衷하
고 있으나, 開元年間(盛唐)의 唐詩를 가리켜 거의 理想的인 境地에 到達한
것이라고 한 것을 보면, 形而上學 쪽으로 多分히 기울어지고 있음을 알 수
있다. 그런데 여기서 한 가지 留意해야 할 것은, 理·氣字가 함께 使用되고
있다고 해서 이를 性理學의 理氣論으로 置簿하는 일이 있어서는 안될 것이
라는 사실이다. 唐詩를 論하는 자리에서 宋代의 性理哲學을 云謂하는 결과
가 되기 때문이다.
　이밖에도 許筠의 『惺叟詩話』, 南龍翼의 『壺谷詩話』, 洪萬宗의 『小華詩
評』 등 詩를 論한 著述이 있으나 이것들은 대개 實際批評에서 흔하게 볼
수 있는 蓋然的인 風格批評으로 채워져 있어 文學理論으로 提示할 만한 것

---

49) 金得臣, 『終南叢志』.
50) 任璟, 『玄湖瑣談』.

은 찾아보기 어렵다. 다만 이러한 印象批評的인 風格表現에 있어서도 그 대부분이 氣骨 意格에 관한 것이며 審美的인 것이나 技巧的인 것은 극히 制限되어 있어 論詩의 基本 性格을 窺知하는 데는 도움 資料가 될 수 있을 것 같다.

4. 漢詩 研究의 課題

詩를 통하여 자신의 모든 것을 實現한 梅月堂 金時習은 그의 詩觀도 역시 詩로써 말했다.[51]

但看其妙處	我願得其妙
莫問有聲聯	不勞空哦咻

詩는 그 妙處만 보면 되는 것이며 聲聯과 같은 것은 論하지 말라는 것이다. 이는 다만 平素 陶淵明의 詩世界를 追崇하던 金時習의 形而上學的인 詩觀의 一端으로 볼 수도 있지만, 또한 이는, 우리 나라 漢詩의 現實을 남먼저 看破한 金時習이, 聲律과 같은 技巧論을 拒否하고 있는 發言이라는 點에서 특히 중요한 의미를 가지는 것이라 하겠다. 한편 金時習의 詩文을 收拾 編集한 것으로 널리 알려져 온 尹春年은 그의 <詩法原流序>[52]에서 漢詩의 正統論을 正面으로 功斥하고 있는데 이 또한 우리 나라 漢詩의 境界를 自覺한 先驅的 現實論으로서 매우 중요한 의미를 던져 주는 것이라 할 것이다. 그 發言 內容은 다음과 같다.

---

51) 拙稿,「梅月堂의 詩世界」,『人文論叢』제3집, 서울大 人文大, 32면.
52) 嘉禾懷悅用和 編集,『詩法原流』序.

余少時 嘗見眞景元所撰文章正宗 而疑之曰 文章有正宗乎 若果有之則所謂
正宗者 不過今人之所論句法而已 以外安有他正宗哉 又見揚伯謙所撰唐詩正
音 而疑之曰 唐詩有正音乎 若果有之則所謂正音者 亦不過今人之所論平仄而
已 此外安有他正音哉 然則古人之所作 自合於正宗正音 而今人之所作 亦自
合於正宗正音矣 今人有何不及於古人 而古人豈獨能勝於今人哉 ……

尹春年은 여기서 擬古的인 正統論을 辛辣하게 攻擊하고 있다. 그에게 批
評의 對象이 되고 있는 것은 "正宗"과 "正音"이다. 詩·文을 함에 있어 標
準이 되는 模範 敎科書가 어떻게 따로 있을 수 있느냐는 것이다. 文章을 함
에 있어서는 句法이나 익히면 되는 것이고 詩作에 있어서는 平仄이나 알면
그만이라는 主張이다. 文章正宗과 唐詩正音(唐音)은 兩者 共히 文學理論
書가 아니며 選文 選詩集에 지나지 않는 것이다. 그리고 그는 계속하여 다
음과 같이 批評의 고삐를 늦추지 않았다.

又見李西涯之詩話 曰李太白杜子美爲宮 韓退之爲角 余竊疑之曰 今人作詩
只以五字七字爲句法而已 未聞有正路也 只以平上去入爲平仄而已 未聞有五
音也 …… 然則今之句法 只湊合五字七字者也 非古人之所謂正宗者也 今之
平仄 只辨別平上去入者也 非古人之所謂正音者也 然世無知者 則正宗正音之
妙 何從而學之 何從而聞之哉 余因而自嘆 曰時有古今而心無古今 地有彼此
而人無彼此 然則我國豈有異於中國 而今人亦豈不及於古人乎 ……

傳統的인 擬古主義的 技巧論을 向하여 一喝을 加한 것이다. 西涯는 李
東陽이며 "詩話"는 『懷麓堂詩話』를 指稱하는 것일 것이다. 李東陽은 明代
의 代表的인 技巧論者로 定評되어 있다. 여기서 今人이라고 한 것은 우리
나라 詩人으로 보아도 좋을 것이다. 우리 나라 詩人은 五言 七言으로 構成
되는 體製(句法)와 四聲의 交互原理로 된 平仄法이나 지키면 足한 것으로

생각한 尹春年은 五音과 같은 것은 들어보지도 못했다고 陳述하고 있다. 특히 그는 今世의 사람들이 알지도 못하는 이른바 古人들의 正宗 正音을 어디서 배우고 들을 수 있느냐고 反問하고 있으며, 時間에는 古今이 있지마는 마음에는 古今이 있을 수 없으며 땅덩어리에서 보면 中國과 우리 나라가 서로 다르지마는 사람에 있어서는 彼와 此가 있을 수 없으니 우리 나라라고 해서 中國과 다를 것이 없고 今人이 古人에 미치지 못할 까닭도 없다고 說破하였다. 이는 擬古的인 技巧論에 대한 단순한 拒否反應 이상의 중대한 發言이 아닐 수 없다. 그래서 그가 結論的으로 提示한 詩家의 이른바 正宗이라고 하는 것은 體와 意 그리고 聲이라고 하였다. 그의 說明에 따르면, 體는 五言 七言과 같은 詩의 體製이며 意는 心統性情의 常套的인 表現論에서 效用的인 四端七情論을 配合한 것이 되고 있으며, 聲에 있어서는 自然의 呼吸之氣로써 解明하고 있다.

이상으로, 우리 나라 漢詩의 現實을 일찍이 自覺한 바 있는 金時習과 尹春年의 先驅的인 發言을 들어 보았거니와, 이는 곧 漢詩의 傳統이 사실상 前時代의 것이 되어 버린 轉換期의 歷史的 現實에 있어 漢詩 研究의 基本 課題를 提示해 주는 暗示的 敎訓이 될 수 있을 것이다. 우리 나라 漢詩가 槪念의 詩요 精神의 것이라는 歷史的 現實을 確認하였을 때, 審美論이나 技巧論이 到達할 수 있는 限界를 사실로 承認하고 槪念의 詩가 含蓄하고 있는 깊은 意趣를 攄得 發掘하는 것만이 漢詩 研究의 當面 課題가 될 것임을 自覺하여야 할 것이다.

5. 結言

文言으로 中國詩를 배운 우리 나라 漢詩는 基本的으로 槪念의 詩이며

精神의 것이다. 그러므로 이러한 우리 나라 漢詩의 限界를 사실로 是認하고 當面한 漢詩硏究의 基本課題를 摸索하려는 것이 本稿의 意圖다. 그러나 漢詩의 傳統이 前時代의 것이 되어 버린 오늘에 있어, 復古的인 實際批評의 方法에 따라 中國詩와 우리 나라 漢詩의 境界를 探索하기에는 우리들의 能力은 制限되어 있다. 그러므로 本稿에서는 우리 나라 詩人·批評家들이 中國의 文學理論을 受容할 때 보여 준 可聽範圍의 限界를 確認함으로써 우리 나라 詩人·批評家들이 追求해 온 詩世界의 意志를 看破하고 이를 통하여 우리 나라 漢詩의 實相을 파악해 보고자 했다. 이러한 作業을 遂行하는 과정에서 우리 나라 批評理論에 貫流하고 있는 表現論을 발견하게 되었으며, 이것은 곧 우리 나라 漢詩의 限界를 自覺한 現實的 基盤 위에서 成熟된 것임을 알게 되었다. 中國文學의 傳統的인 批評體系에서 보면, 形而上學的인 것, 審美的인 것, 效用論的인 것, 技巧論的인 것, 表現論的인 것으로 이름 붙일 수 있는 多樣한 展開를 보이고 있으나, 이것을 受容 展開한 우리 나라에 있어서는 文言詩에 걸맞지 않는 技巧論과 審美論 같은 것에 대해서는 疎遠한 反應을 보이고 있다. 다만 個性을 重視하는 表現論과 意趣를 崇尙하는 形而上學的인 것이 表現論과 配合 折衷되고 있을 뿐이다. 이는 곧 槪念의 詩가 含蓄하고 있는 깊은 意趣를 摸索 發掘하는 것만이 漢詩硏究의 當面 課題가 될 것임을 自覺케 하는 것이다.

(『震檀學報』 18집, 1979)

西浦의 松江歌詞論에 대하여

1. 序言 ─妥協論의 術數

　지금까지 整理된 우리 나라의 古典文學史는 한마디로 말해서 노래(詩歌)와 이야기(小說)의 文學史라 할 것이다. 文學史에 있어, 詩歌와 小說이 그 大宗이어야 한다는 것에 대해서는 一應 할 말이 없다. 그러나 우리의 古典文學史의 경우, 이러한 常識은 現實로 通用되지 않았다. 本質보다는 形式이, 內容보다는 理念이 重視되어 왔었다. 이리하여 詩歌에 있어서는 國文詩歌로 그 範圍를 限定하는 反面에 小說에 있어서는 그 記錄文字에 관계없이 漢文小說까지도 包容하는 妥協論이 容認되어 왔다. 이와 같이 우리의 常識을 困惑케 한 根本的인 原因은 물론 文字史의 特殊事情 卽 表記手段의 二重體系에서 起因하는 것이지만, 그러나 보다 重要한 事實로 指摘되어야 할 것은 文學史의 記述이 文學外的인 理念의 作意에 대하여 支配된 그 風土라 할 것이다. 記錄文字에 관계없이 韓國人에 의하여 韓國의 思想과 生活感情을 表現한 文學事象을 韓國文學史의 對象으로 受容하는 處地에서 記

述한 文學史의 경우에 있어서도 이러한 混沌은 가시지 않았다. 우리의 常識을 어리둥절하게 하는 것이 바로 이러한 混沌 속에서 記述된 文學史의 '妥協論'이며 그 術數다.

韓國의 漢文學은 詩・賦・論・策・序・跋・記 등을 爲主로 한 데 대하여 純韓國文學은 詩歌・小說 등의 文藝를 爲主하여 發達하였다는 特質을 考慮하여 說話・小說 등은 비록 漢文으로 表記되었다 하더라도 純韓國文學部門에 넣어서 考慮할 것이라.[1]

는 것이 그것이다. 韓國文學을 漢文學과 純韓國文學으로 일단 兩分해 놓고 漢文學 가운데서 특히 漢文小說만 純韓國文學으로 包攝하기 위하여 여기에 妥協을 企圖한 것이다. 그리하여 그 妥協要件으로 提示한 것이 '文藝爲主論'이다. 그러나 妥協은 妥協으로 끝냈어야 했을 것이다. 妥協에는 非理가 있을 뿐이며, 여기에는 文學論의 不在를 의미하는 것 外에 아무것도 있을 수 없다. 漢文小說은 文藝物이지마는 이른바 正統漢文學이 文藝物이 되지 못한다는 事實을 糊塗하기 위하여는 또 한번 妥協을 試圖해야 하기 때문이다. 차라리 漢文學의 一方 通行으로 말미암아 內房의 구석에서 사실상 그 빛을 發하지 못한 國文詩歌와 小說文學이 우리 漢文學史의 正宗이어야 한다는 것이 나았을 것이다. 다시 말하면 韓國文學史를 大衆文學史로 엮으려는 當初의 內面的 意圖를 鮮明하게 하는 것이 오히려 좋았을 것이다.

本稿에서 다루고자 하는 西浦의 松江歌詞論에 있어서도, 從來 우리 學界에서는 이러한 內面的인 意圖를 事實로 容納하여 여기에 稱譽만 더하는 것으로 自足해 왔다. 그러나 여기에서 우리는, 현재 우리 나라 小說史에 있어 不朽의 巨作이라 推仰되고 있는 <九雲夢>과 같은 小說作品을 著作한 西

---

1) 趙潤濟, 『韓國文學史』, 서울:東國文化社, 1965, 4~5면.

浦의 입을 통하여 松江歌詞에 대한 論評까지 얻어 듣게 됨으로써 餘他의 松江歌詞論은 白眼視하고 唯獨 西浦의 所論에 滿腔의 讚辭를 보내고 있는 現實도 아울러 읽어야 할 것이다. 그래서 本稿에서 指摘하고 싶은 것은, 西浦의 松江歌詞論은 어디까지나 우리 나라의 傳統的인 歌詞 卽 노래 文學에 대한 短評에 지나지 않는다는 것이다. 그러므로 그는 歌詞의 眞와 贋을 論하였으며 그러기 위하여 歌詞 風土의 周邊 事情을 事實로 說明한 것이다.

그래서 本稿에서는, 첫째 오늘날 우리 古典文學史에 있어 그 中核을 차지하고 있는 노래 文學(歌詞)의 風土를 다시 한번 檢討하고 둘째는 松江歌詞를 論한 諸家의 論議를 現實文脈 속에서 再認識하고, 셋째는 이러한 바탕 위에서 西浦가 던진 松江歌詞論의 虛實을 分明히 하고자 하는 것이다.

2. 歌詞論의 周邊

歌詞는 '歌辭'로도 表記되고 있지마는 그러나 그 表記에 관계없이 歌唱으로 불려진 그의 音樂性은 否認할 수 없다. 그런데 '歌辭'로 表記하는 경우에 있어서는, 歌詞는 歌辭로만 表記하여야 한다는 見解와 또 歌詞와 歌辭는 그 時期에 따라 各各 區別하여 使用하여야 한다는 主張이 있기도 하였다. 그러나 前者나 後者의 見解는 다같이 '歌辭'를 音樂과 無關한 것으로 보려는 點에서는 다를 것이 없다. 다만 前者에 있어서는 傳統的인 歌詞는 歌唱으로 불려진 樂曲의 歌詞가 아니었다는 것을 强調한 것이고 後者의 경우는, 初期에는 歌詞가 歌唱으로 불려졌지만 後期에 와서 그 音樂性을 喪失했다는 것에 留意한 것이다. 만약 傳統的인 歌詞文學이 그 內容이나 性格이 크게 變質하여 '歌詞'와 '歌辭'를 따로 表記하여야 할 要因이 그 內部에서 發生하였다면 이것은 이미 別個의 文學形式이 되어야 했을 것이다. 특히 '詞'

와 '辭'의 音樂性 有無를 가리기 위하여 '詞'는 中國의 詞曲, '辭'는 辭賦에 擬比하려는 見解도 있어 왔지만 이는 더욱 받아들이기 어렵다. 歌詞는 傳統 的인 우리 나라 노래로서 漢體詩인 樂府나 辭賦·詞曲과는 따로 있어 왔던 것이다. 그리고 '詞'와 '辭'는 異字同義로 쓰이기도 할 뿐 아니라 歌詞는 노 래로 불려진 詩를 의미하는 것으로 歌詞의 屬性은 '詞'나 '辭'에만 있는 것이 아니고, 앞서 '歌'에 있었다는 事實에 注目해야 할 것이다. 더욱이 우리 나라 傳統的인 歌詞는 中國에 있어서 後代의 新樂府가 辭를 먼저 製作하여 이 에 音曲을 붙이려 한 것과 같이 音曲과 辭의 先後關係도 分明하지 않다. 設 使 歌詞가 後代에 와서 그 音樂性을 喪失하였다 하더라도 이는 歌詞文學 自體의 發展的인 事實 위에서 求해야 할 것이다. 周知하는 바와 같이, 中國 의 樂府도 처음엔 모두 管絃에 올려져 歌唱되었던 協律된 詩였지만 後代에 오면서 그 範圍가 不分明하여 古體詩의 歌行 등과 境界가 明確하지 않았 다. 古詩十九首와 같이 時代가 經過함에 따라 樂章과 歌辭와의 關係 卽 音 樂의 演奏 同伴 與否가 문제가 되었고 唐代에 와서 白居易가 新樂府를 創 立하여 歌辭가 音樂과 합쳐지기를 企圖하였으나 결코 音樂에 不合하였다는 史實을 記憶할 必要가 있을 것이다. 이와 같이 中國에 있어서도 後世의 樂 府는 漢代의 樂府에서 많이 變質된 것임을 알 수 있다. 우리 나라에서도 樂 府의 創作을 企圖하였으나, 中國의 音律을 理解하기 어려운 우리 나라의 處地로서는 그것의 創作이 어려운 것은 물론이거니와 설사 作品으로 成功한 것이 있었다 하더라도 그것을 絲竹에 붙이기란 期待할 수 없던 것이어서 그 것은 한갓 文言詩의 구실 밖에는 더 할 것이 없었다. 唐中葉부터 中國에서 도 歌唱할 수 있는 새로운 詩體로서 詞가 創作되었고 그 뒤에 또 曲이 登 場하였는 바, 이는 곧 時代가 經過함에 따라 詩와 歌(音樂)가 別個의 藝術 로 分化 移行되어 가는 過程을 事實로 立證한 것이라 할 것이다. 『靑丘永 言』에도 보면

古之歌者必用詩　歌而文之者爲詩　而被之管絃者爲歌　歌與詩　固一道也　自三百篇　變而爲古詩　古詩變而爲近體　歌與詩　分而爲二　漢魏以下　詩之中律者號爲樂府　然未必用之鄕人邦國　陳隋以後　又有歌詞別體　而其傳於世　不若詩家之盛　蓋歌詞之作　非有文章　而精聲律則不能　故能詩者　未必有歌　爲歌者未必有詩　至若國朝　代不乏人　而歌詞之作絶無　而僅有有　亦不能久傳　豈以國家專尙文學　而簡於音樂故然耶

라 하여 詩와 歌는 원래 不可分離의 관계에 있었던 것이어서 詩經詩, 古體詩 등도 모두 歌唱되어 왔던 中國의 史實을 確認하고 있으며 近體詩에 와서(絶句는 唐代에도 歌唱되었음) 비로소 詩와 歌가 分離되기에 이르러 여기에 音樂에 入曲하기 위한 歌詞라는 새로운 詩體가 發生하였다고 指摘하고 있다.(여기에서의 歌詞는 詞·曲 등을 指稱하는 것일 것임) 그러나 歌詞를 製作하는 것은 文章(詩도 包含)을 하는 者 中에서도 특히 音樂에 精通하지 않고서는 不可能하므로 詩와 歌를 아울러 하기가 어렵다고 하였다. 그리고 그는 한편 우리 나라에 있어서의 歌詞(여기서는 傳統的인 우리 나라 歌詞도 아울러 指稱한 것일 것임)가 흔치 않은 것은 나라에서 文學만 崇尙하고 音樂을 疏忽히 한 데도 理由가 있겠지만, 그것이 間或 製作되었다 하더라도 文字도 記寫되지 않았기 때문에 그렇게 된 것임을 示唆하고 있다. 詩는 音樂의 精神이며 樂曲은 音樂의 身體, 音樂의 歌詞를 詩, 樂曲의 詩에 歌詞가 지나치게 번잡하면 符節을 맞추기 어렵다는 劉勰의 말을 聯想케 한다.[2]

　우리 나라에서 歌唱으로 불려진 노래로서 현재까지 傳하고 있는 것은 모두 國文으로 記寫되어 있으며 가끔 漢文으로 飜譯된 것이 있기는 하지만, 이는 그 뜻만 나타내는 데 지나지 않았다. 앞에서도 指摘한 바와 같이 우리

---

2) 劉勰, 『文心雕龍』, 「歌詞論」.

나라에도 樂府나 詞曲과 같이 音樂과 有關한 漢體詩가 없었던 것은 아니지
만, 實際에 있어 이것들을 歌唱할 수는 없었다. 우리 나라 노래(歌詞)는 그
名稱에 있어서도 吟, 曲, 謠, 歌, 詞, 別曲, 樂章, 樂府, 歌詞 등으로 多岐하
게 使用되고 있지만, 이는 모두 우리 나라의 傳統的인 노래 위에 붙여진 것
이며 中國의 詞曲이나 樂府와는 물론 관계가 없는 것들이다. 이러한 우리
나라 노래 文學에 대하여 先人들의 見解를 들어 보면 다음과 같다. 먼저 李
滉은

吾東方歌曲 大抵多淫哇 不足言 如翰林別曲類 出於文人之口 而矜豪放蕩
兼以褻慢戲押 尤非君子所宜尙 (…中略…) 凡有感於性情者 每發於詩 然今之
詩 異於古之詩 可詠而不歌也 如欲歌之 必綴以俚俗之語 蓋國俗音節 所不得
不然也[3]

라 하여, 옛날의 詩는 歌唱으로 불러졌지만 오늘날의 詩는 노래로 부를 수가
없기 때문에(여기서 詩는 漢詩를 가리키는 것임) 歌唱을 하려 하면 어쩔 수
없이 우리 나라 말로 엮을 수밖에 없다고 하고 또 이러한 事情은 우리 나라
音節이 中國과 다르므로 그렇게 될 수밖에 없다고 하였다. 洪萬宗도 이에
대하여 다음과 같이 말하고 있다.

我東人 不解音律 自古不能作樂府歌詞 (…中略…) 而中華之人 其詞或不入
腔 或不叶音 況我偏邦 寧望其能爲詞曲乎 (…中略…) 我東人所作歌曲 專用
方言 間雜文字 率以諺書傳行於世 盖方言之用 其國俗不得不然也 其歌曲 雖
不能與中國樂譜比並 亦有可觀而可聽也 按象村集 其書芝峰朝天錄歌詞曰 中
國之所謂歌詞 卽古樂府曁新聲 被之管絃者 俱是也 我國則發之藩音 協以文

---

3) 李滉, <陶山十二曲跋>.

語 此雖與中國異 而若其情境咸載 宮商諧和 使人詠嘆淫佚 手舞足蹈 則其歸
一也云 (…下略…)[4]

우리 나라에서는 中國의 音律을 了解하지 못하기 때문에 詞曲을 한다는
것을 期待할 수 없는 것이므로 우리 나라 사람들이 지은 詞曲은 오로지 우
리말을 使用하였으며 간간이 漢字를 섞어 썼는데 이는 나라 事情이 그럴 수
밖에 없다고 하였다. 또 그는 우리 나라의 歌曲은 물론 中國의 樂譜와는 比
肩할 수 없지만 그 가운데는 더러 볼 만하고 들을 만한 것도 있다 하여 象村
申欽의 말을 빌어, '中國의 樂府는 管絃에 올려 졌으나 우리 나라의 경우에
있어서는 우리 나라 音에서 나온 것을 漢字語에 맞추기 때문에 이 점에 있
어서는 中國과 다르지만 그러나 그 感情과 意境이 담겨 있어 사람으로 하여
금 感動케 하는 데 있어서는 마찬가지다'고 한 것을 事實로 認定하고 있다.
그리고 여기서는 傳統的인 歌詞를 歌曲으로 表記하고 있다. 李晬光은 우리
나라의 樂府와 歌詞에 대하여 다음과 같이 말하였다.

我東樂府 有與民樂 洛陽春 步虛子 豊安曲 靖東曲 淸平樂 水龍吟 金殿樂
履霜曲 五冠山 紫霞洞 動動 鳳凰吟 翰林別曲 致和平 滿殿春 醉豊亨 鄭瓜亭
等曲 (…下略…)[5]

여기서 樂府라고 한 것은 물론 우리 나라 노래를 말한 것이며 比較的 短
形의 노래들을 列擧하였다. 그리고 그는 또 歌詞에 대하여 다음과 같이 말하
고 있다.

我國歌詞 雜以方言 故不能與中國樂府比並 如近世宋純鄭澈所作 最善 而

---

4) 洪萬宗, 『旬五志』.
5) 李晬光, 『芝峰類說』(影印本), 景仁文化社, 259면.

不過膾炙口頭而止 惜哉 長歌則感君恩 翰林別曲 漁父詞 最久 而近世退溪歌
南冥歌 宋純俛仰亭 白光弘關西別曲 鄭澈關東別曲 思美人曲 續美人曲 將進
酒詞 盛行於世 他餘水月亭歌 歷代歌 關山別曲 古離別曲 南征歌之類甚多
余亦有朝天前後二曲 亦戱耳[6]

여기서 보면 一見 樂府(노래)와 歌詞를 區別하는 듯이 보이나 <翰林別
曲>을 樂府와 歌詞속에 混入하고 있는 것으로 보아 樂府와 歌詞는 事實上
區別되지 않고 있으며 노래 形式의 長短에 따라 일단 이렇게 나누어 본 것
으로 보인다. 다만 後者는 中國의 樂府와 對比하려는 데 그 意圖가 있는 것
같다. 그러나 우리 나라의 歌詞는 우리말과 漢文이 섞여서 된 것이므로 中國
의 樂府와는 同日에 論할 수 없음을 指摘하고 있다. 이에 대해서는 申欽도

　蓋語音殊也 中華之音以言爲文 我國之音 待譯乃文 故我東非才言之乏 而
如樂府新聲無焉可慨[7]

라 하여 우리 나라도 재주나 말이 모자라는 것은 아니지만 말과 글이 서로
다르므로 우리말을 漢文으로 옮기지 않으면 音에 맞을 수 없어 樂府와 같은
것을 지을 수 없음을 慨嘆하고 있다.
　이상을 要約해 보면, 말과 글이 서로 달라 中國의 音律을 解得할 수 없는
우리 나라에서는 中國의 樂府와 같은 것으로는 歌唱할 수 없으므로 우리 나
라에서 歌唱으로 불려질 수 있는 노래는 우리 나라 말로 지을 수밖에 없었
고, 그러나 中國의 樂府 같은 것과는 比肩할 수는 없지만 우리말로 된 歌詞
中에도 더러 볼 만한 것이 있다는 것이다.

---

6) 上揭書, 337면.
7) 申欽,『象村集』, <放翁詩餘序>.

3. 松江歌詞論의 虛實

　위에서 歌詞에 대한 여러 見解를 疏略하게나마 살펴보았고, 松江의 歌詞에 대한 論議도 아래에 적어 보겠지만 대개는 같은 方向으로 集約되고 있는 것 같다. 漢詩文을 一方的으로 崇尙하였으면서도 정작 歌唱으로 부를 수 있는 노래를 漢體詩로 創作하여 부를 수 없었던 當時의 時代事情에서 松江은 超逸하게 國文으로 歌詞를 製作하여 이 方面에서 뛰어난 솜씨를 보였다는 것이 諸家의 共通的인 論評이다. 이들을 간추려 보면 다음과 같은 것들이 있다. 上記 李晬光의 所論을 다시 보면

　　我國歌詞 雜以方言 故不能與中國樂府比並 如近世宋純鄭澈所作 最善 而不過膾炙口頭而止 惜哉 (…下略…)[8]

라 하여 우리 나라의 歌詞가 우리 말을 漢字와 섞어 썼으므로 中國의 樂府와는 같은 次元에서 비교할 수는 없지만 그러나 近世 鄭澈이 지은 것은 매우 잘된 것이다. 한갓 人口에 膾炙하는 정도에서 그치고 만 것이 哀惜하다고 하였다. 그리고 詩學으로 當代의 大手였던 許筠도

　　鄭松江善作俗謳 其思美人曲及勸酒辭 俱淸壯可聽 雖異論者 斥之爲邪 而文采風流 亦不可掩 比比有惜之者 (…下略…)[9]

鄭松江은 俗謠를 잘 지었을 뿐 아니라 특히 그 가운데서도 <思美人曲>

---

8) 李晬光, 前揭書.
9) 許筠, 『許筠全集』(影印本), <惺叟詩話>, 大東文化研究院, 237면.

과 <勸酒辭>는 모두 맑고 壯快하여 들을 만한 것이 있다고 稱讚하고 있다.
論者에 따라서는 이를 邪道라고 하여 排斥하기도 하였지만 그러나 松江의
文采와 風流로는 그렇게 짓지 않고서는 배기지 못했을 것이라고 하여 그의
豪蕩한 氣質에까지 論及하고 있다. 술과 노래를 함께 좋아한 松江의 爲人에
대해서는 그 幕下에 있었던 申欽의 말이 아마 的中한 것이라 하겠다.

　　觀其風調灑落　資性淸朗　愛人下士　不爲畛域　廉於物欲　信於交知　居家孝悌
入朝潔白　當求之古人中　有時持盃半酣　口詠手書　長詩短歌　交就錯成　(…下
略…)[10]

이로 보면, 素脫한 그의 爲人은 한잔 술이 얼큰하면 입으로는 읊고 손으로
는 써서 長詩(歌詞를 指稱한 듯) 短歌를 뒤섞어 엮어 나갔다고 하니 松江의
歌詞는 바로 그 風流 그것이라 할 듯도 하다. 그리고 前記 洪萬宗은 松江의
歌詞 作品 個個에 대하여 그 內容과 體例에까지 評語를 加하고 있다.

　　我東人　不解音律　自古不能作樂府歌詞　(…中略…)　我東人所作歌曲　專用方
言　間雜文字　率以諺書傳行於世　盖方言之用　其國俗不得不然也　(…中略…)
余取其長歌中　表表盛行於世者　略加評語如左　(…中略…)　關東別曲　松江鄭澈
歷擧關東山水之美　說盡幽遐詭怪之觀　狀物之妙　造語之奇　信樂譜之絶詞　思
美人曲　亦松江所製　復申前詞未盡之意　語益工而意益切　可與孔明出師伯仲間
也　將進酒　亦松江所製　盖倣太白長吉勸酒之意　又取杜工部所製綑麻百夫行君
看束縛去之語　詞皆通達　句語悽惋　若使孟嘗君聞之　淚下不但雍門琴也[11]

이는 松江의 歌詞를 論한 가장 適切한 論評이라고 하겠다. 우리 나라 사

---

10) 申欽, 『耳目所及』(筆寫本).
11) 洪萬宗, 前揭書.

람들은 中國의 音律을 解得할 수 없으므로 中國의 樂府나 詞曲과 같은 것을 創作할 수 없는 事情을 事實로 認證하고 있으며(本 引用文 中에는 나타내지 않았음) 또 그는, 이러한 國俗의 事情에 따라 우리 나라 歌曲은 모두 國文으로 記寫되어 流傳하고 있으므로 이것을 中國의 歌詞와 同日에 論할 수는 없으나 그 가운데는 널리 세상에 알려진 것도 있다 하여 그 代表的인 例로 陳復昌의 <歷代歌>, 宋純의 <俛仰亭歌> 그리고 松江의 歌詞를 들고 있다. 그리고 그는 특히 松江의 <續思美人曲>과 같은 것은 그 語意가 工巧 切實하여 저 諸葛孔明의 <出師表>와도 비길 만하다고 極讚하고 있다.

끝으로 本稿의 中心課題가 될 西浦의 所論을 보면 다음과 같다.

松江關東別曲 前後美人歌 乃我東之離騷 而以共不可以文字寫之 故惟樂人輩 口相受授 或傳以國書而已 人有以七言詩翻關東曲而不能佳 或謂澤堂少時作 非也 鳩摩羅什有言曰 天竺俗最尙文 其讚佛之詞 極其華美 今譯以秦語 只得其意 不得其辭理 固然矣 人心之發於口者爲言 言之有節奏者爲歌詩文賦 四方之言雖不同 苟有能言者 各因其言而節奏之 則皆足以動天地通鬼神 不獨中華也 今我國詩文 捨其言而學他國之言 設令十分相似 只是鸚鵡之人言 而閭巷間樵童汲婦 咿啞而相和者 雖曰鄙俚 若論眞贋 則固不可與學士大夫所謂 詩賦者 同日而論 況此三別曲者 有天機之自發 而無夷俗之鄙俚 自古左海眞文章 只此三篇 然又就二篇而論之 則後美人尤高 關東前美人 猶借文字語 以飾其色耳[12]

이 글이 실려 있는 『西浦漫筆』의 雰圍氣부터 보면, 여기에는 대부분이 中國의 詩文·史評이 收錄되어 있으며 間或 우리 나라 漢詩文에 대한 論評도 있다. 松江歌詞를 論한 것도 그 중의 하나다. 이 漫筆의 壓卷은 史評이

---

12) 金萬重, 『西浦集·西浦漫筆』(影印本), 通文舘, 652면.

며 이 가운데는 그의 短見을 流露하고 있는 곳도 더러 있지만, (栗谷의 養兵論 등) 그러나 詩文評보다는 史評 속에 볼만 한 것이 많다.(孟子에 대한 論難 등) 일단 이러한 漫筆의 雰圍氣를 먼저 了解하는 것은 松江歌詞論의 文脈을 檢討하는 作業에 있어서도 一助가 될 것이다. 그리고 이 歌詞論을 吟味함에 있어 分明히 하여야 할 것은 이는 傳統的인 우리 나라 歌曲에 대한 所論이라는 事實을 看過해서는 안된다.

西浦 所論의 要諦를 그 文脈 속에서 간추려보면 대개 다음과 같은 몇 가지 事實을 要約할 수 있겠다. 첫째, 松江의 歌詞를 歌唱되는 歌詞로 본 것이다. 그러므로 그는 이를 우리 나라의 <離騷>라 하였고(<離騷>는 원래 朗誦體의 賦인데 여기선 다만 屈原賦의 汎稱으로 본 듯함) 文字(漢字)로 記寫할 수 없음을 안타깝게 여겼다(異本에 따라서는 '惜其不可以文字寫之'로 된 것도 있음). 그래서 樂人들에 의하여 口傳되던 것을 國文으로 記錄하기도 하였고 이를 또 漢詩로 飜譯하여 보았지만 신통하지 않았다는 것이다. 이에 대해서는 이미 위에서 지적한 바와 같이, 現實을 事實로 말한 데 지나지 않는 것이며 訓民正音 序文의 '國之語音 異乎中國 與文字不相流通'과 다를 것이 없다. 둘째는 우리 나라의 詩文은 中國말로써 하기 때문에 아무리 흉내를 내어도 비슷한 데까지밖에 이르지 못한다는 것이다. 그래서 그는 樵童 汲婦가 흥얼거려서 서로 어울리는 소리가 비록 鄙俚하다고는 하지만 그 眞과 僞를 따진다면 士大夫의 이른바 詩·賦와 同日에 論할 수 없다고 하였다. 이것 역시 이미 先人들이 論及한 바와 같이 우리 나라 歌曲 風土의 現實을 뒤늦게 確認한 것에 지나지 않는다. 특히 여기서 注目해야 할 것은, '樵童汲婦의 흥얼거리는 소리'와 '士大夫의 詩賦'를 同日에 論할 수 없다고 한 것인데 이는 文字 그대로 詩·賦를 우리 나라 노래와의 관계에서 그 '眞과 僞'를 論한 것으로 결코 作品論이 될 수 없는 것이다. 다시 말하면 이것들을 等次元의 관계에서 把握하여 그 優劣을 論한 것이 결코 아닌 것이다. 樵童 汲婦의 흥얼거리는 것을 鄙俚하다고 한 것이 곧 이러한 事實을 뒷받침

해주는 端的인 證左가 될 것이다. 그리고 文字 곧 漢字로 把握하고 있는 그
가 특히 中國의 文字를 萬國에 獨尊한 것이라고 喝破하고 있는 事實도 看
過해서는 안 될 것이다.[13]

　이러한 觀點에서 볼 때 오늘날 古典文學史에서 記述된 松江歌詞論의 鑑
賞이 얼마나 感傷的인 것이었던가를 쉽게 짐작할 수 있다. 아래에 그 例를
들어 보기로 한다. 陶南 趙潤濟 博士는 그의 『韓國文學史』에서

　　그리하여 國學의 精神은 顯著히 表出昂揚되었으니 西浦 金萬重 같은 이는
斷然코 일어서서 國語의 尊嚴性을 부르짖고 國文學의 優劣性을 主張하였던
것이다. (…下略…)[14]

라 하여 西浦가 우리 國文學의 優秀性을 主唱한 先驅者인 것처럼 描寫하
고 있다. 故 具滋均 敎授도 「金萬重의 文藝觀」에서

　　西浦는 한문학자이면서 우리 국어의 존엄성을 가장 인정하고 스스로 국문으
로 소설을 창작함으로써 이 주장을 실천한 사람으로 (…下略…)[15]

이라 하고 그 아래에 『西浦漫筆』 所載 松江歌詞論을 例로 들고 있다. 그리
고 『西浦漫筆』을 解題한 丁奎福 敎授는

　　…… 國文詩歌의 重要性을 認定하여 國民文學을 強調하고 있다. (…中略…)
慕華思想의 舊殼을 脫皮하고 中正한 見地에서 中國의 詩的事象과 班論에
대하여 明晳하게 觀察하고 있다.[16]

---

13) 上揭書, 515면.
14) 趙潤濟, 前揭書, 206면.
15) 具滋均, 『國文學論藁』, 博英社, 1966, 315면.

라 하여 甚至於 우리 나라 漢詩風의 變遷過程을 說明한 素朴한 西浦의 所
論에 대해서까지도 어울리지 않는 讚辭를 올리고 있다.

4. 結言

  이상을 要約하면 대략 다음과 같은 몇 가지 事實로 集約될 수 있을 것 같
다. 첫째, 傳統的인 우리 나라 노래 文學의 特殊事情을 中國의 樂府나 詞
曲과의 관계에서 把握함으로써 우리 나라 歌詞의 實體를 究明하고 둘째, 歷
代 先人들이 들려준 松江歌詞에 대한 참된 소리를 西浦의 그것과 相互 比
較함으로써 오늘날 우리 國文學史에서 記述된 西浦의 松江歌詞論이 얼마
나 그 中核에서 빗나가고 있었는가를 再檢해 본 것이다.

(『李崇寧先生古稀紀念國語國文學論叢』, 1977)

---

16) 丁奎福, 『西浦集 西浦漫筆』 解題.

漢文小說의 挿入詩에 대하여

1. 序言

傳來의 표현대로 따른다면, 小說 속에 나오는 漢詩는 小說詩, 本事詩 또는 間詩라고 부르는 것이 일반적이다. 그러나 本稿에서 이러한 呼稱을 거부하고 굳이 '挿入詩'를 고집하는 것은, 일단 '소설작품 속에 漢詩가 挿入되고 있는' 實相을 사실로 파악하고 이러한 文學 現象을 그 始源에서부터 다시 檢討하려는 데 있는 것이다.

만약 '小說詩'란 用語를 그대로 받아들인다면 우선 다음과 같은 두 가지 側面에서 誤解를 유발할 우려가 있다. 첫째, 小說詩는 일반 漢詩와는 다른 小說 作品 專用의 特殊한 形式의 詩로 錯覺될 수 있으며 둘째, 機能上으로 보아, 小說詩라고 하면 이는 소설작품 속에 裝飾的으로 끼어 있는 無意味한 挿入詩로 인식될 수도 있기 때문에 詩로서의 機能은 그만큼 減退되고 말 것이다. 그리고 本事詩란 본래 情感·事感·憤怨 등의 本事를 敍述하는 樣式에서 비롯한 것이므로 傳奇의 분위기에는 疎遠한 용어가 될 것이다. 특히 間

詩라고 할 경우 이것은 中間에 끼어있는 詩, 즉 詩로서의 機能은 완전히 度外視한 용어가 되고 말 것이다.

현대 소설에 있어서도 詩나 노래가 작품의 중간에 삽입되는 현상은 흔히 있는 일이다. 주인공이 직접 詩作을 하는 경우가 있는가 하면 작품의 전편을 지배하는 분위기가 詩的인 것도 있다. 그러나 이것들은 대개 순간의 분위기 처리를 위하여 계획적으로 조작되는 것이 일반적이어서, 작품의 展開過程에 있어 이것들이 하는 구실은 극히 制限的이다.

그러나 古典小說 특히 漢文小說에 詩歌가 揷入되고 있는 現象은 그 樣相이 이와 다르다. 대부분의 漢文小說은 詩歌가 揷入되고 있을 뿐만 아니라 이러한 現象은 거의 通時代的인 것이 되고 있기 때문이다.

최초의 소설 작품으로 알려져 있는 『金鰲新話』(<南炎浮州志> 除外)를 비롯하여 <元生夢遊錄>, <琴生異聞錄>, <周生傳>, <達川夢遊錄>, <皮生冥夢錄>, <壽城宮夢遊錄>, <相思洞記>와 같은 것에 있어 이들 揷入詩歌의 機能은 단순한 揷入 現象 이상의 의미를 가지고 있으며, 後期의 作品 가운데서도 <鍾玉傳>과 같은 것은 全篇이 거의 詩歌로 채워져 있기도 하다.

그러나 지금까지 이들 작품의 연구에 바쳐진 우리 學界의 노력은 初期段階의 연구에서 試圖될 수 있는 모든 方法들이 동원되었으며, 특히 近者에 이르러서는 작품의 深層構造를 탐색하는 작업에도 精力을 보이고 있지만 정작 漢文小說의 구조적 특질을 결정짓는 揷入詩의 기능이나 의미 구조와 같은 문제에 대하여 본격적으로 천착한 작업은 나타나지 않았다. 물론 揷入詩 문제를 직접 主題로서 다룬 研究業績이 없는 것은 아니다. 그러나 이는 對象을 『金鰲新話』와 같은 個別 作品으로 제한하고 있을 뿐만 아니라, 그 成果도 『金鰲新話』에 나오는 揷入詩의 現場을 事實로 報告하는 데서 그치고 있다.[1] 다만, 揷入詩의 문제를 직접적으로 擧論하지는 않았지만 『金鰲新話』와 같은 漢文傳奇 속에 나오는 漢詩群을 단순한 揷入詩의 現象으로 파악하지 않고『金鰲新話』자체를 詩小說로 규정한 研究成果가 관심을 모으기도 하였다.[2] 이밖에도 <壽城宮夢遊錄>의 작품 연구에서 揷入詩의 문제를 중요한 關心事로 浮刻시키기도 하였지만, 이러한 노력은 문제의 중요성을 지적하는데서 그치고 있을 뿐, 詩歌가 揷入된 漢文小說 全般을 構造的으로 파악하는 데까지는 미치지 못하였다.[3] 그러므로 本稿에서도 小說作品에 揷入되고 있는 詩歌의 諸樣相을 一瞥하고 아울러 그 기능과 의미 구조도 함께 파악하여 지금까지의 研究에서 看過되어 온 漢文小說의 構造的 特徵을 다시 檢證하고자 하는 것이다.

2. 揷入詩의 樣相

現傳하는 우리 나라의 漢文小說 가운데서 詩歌가 전혀 揷入되어 있지 않은 작품은 極少數다. 本稿의 준비를 위하여 조사한 작품만 하더라도 20餘篇에 달하지만 初期의 작품 가운데 揷入詩가 전혀 나타나지 않은 작품은 <崔陟傳>과 <江都夢遊錄> 정도이며 後期의 것으로는 燕岩의 작품이 대체로 이에 속한다. 揷入詩가 있다고 하더라도 장식적으로 한두 首 정도가 參與하고 있는 경우도 數的으로 많지는 않다. <花史>나 <愁城志>와 같은 初期의 假傳과 <大觀齋夢遊錄> 그리고 說話系의 <崔孤雲傳>이 이에 속하며 後期의 것으로는 <烏有蘭傳>과 燕岩의 一部 作品이 이에 해당한다. 이상을 토대로 하여 揷入詩의 現場을 살펴보면, 時代別로는 初期의 것일수록 揷入

---

1) 金鎭斗, 「金鰲新話의 揷入詩研究」, 高麗大學校 敎育大學院 碩士學位論文, 1979.
2) 拙稿, 「梅月堂의 詩世界」, 『人文論叢』第3集, 서울大 人文大, 1978.
3) 蘇在英, 「雲英傳研究」, 『亞細亞研究』 통권 41號, 1971.
   宋貞愛, 「雲英傳研究」, 서울大學校 碩士學位論文, 1977.

詩의 參與가 적극적인 반면에 後期의 現實批評的인 諷刺小說에 이르러서는 이러한 現象이 현저하게 減退되고 있음을 알 수 있다. 이를 作家別로 보면, 대체로 詩才가 뛰어난 작가일수록 揷入詩의 介入이 두드러지게 나타난다. 梅月堂의 『金鰲新話』를 비롯하여 林悌의 <元生夢遊錄>, 權韠의 <周生傳> 등이 그 단적인 例가 될 것이다. <大觀齋夢遊錄>은 理想的인 文人王國을 그린 文人의 戲筆이지만 作者의 創作詩篇을 한 편도 볼 수 없는 사실은 이러한 현상으로 설명되어도 足할 것이다.

그러나 揷入詩의 有無나 多寡現象을 原因的으로 규명하거나 이들 작품을 상호 비교하는 것과 같은 것은 本稿의 課題가 아니다. 大量으로 또 必然的으로 漢文詩歌가 參與하고 있는 소설작품 가운데서 이들 詩歌가 干涉하고 있는 구체적인 樣相을 考察하는 것이 本稿의 중요 과제가 될 것이다. 그러므로 아무리 많은 揷入詩가 소설 속에 介在하고 있다 하더라도 그것들이 일정한 기능을 다함이 없이 무의미하게 작품 속에 혼잡되어 있다면 이러한 작품들은 本稿의 대상에서 제외될 것은 물론이다. 『金鰲新話』를 비롯하여 <元生夢遊錄>, <周生傳>, <壽城宮夢遊錄>과 같은 초기의 작품들은 대체로 이러한 요건을 구비하고 있을 뿐만 아니라 作家도 모두 一世에 이름을 드날린 詩人이라는 점에서 주목된다.

文은 體製보다 앞서는 것이 없다고[4] 하였거니와 詩도 그 例外는 아니다. 前記 작품들은 편마다 各體詩가 거의 망라되고 있으며 辭賦 詞曲까지도 동원되고 있어 揷入詩의 다양한 세계를 확인하게 된다. 대체로 近體가 주류를 이루고 있지만 古調 長篇과 노래(歌)들도 적지않게 가담하고 있다. 그러나 여기서 우리의 관심을 끌게 하는 것은 近體의 機能이다. 사건의 발단에서부터 비롯하여 構成 展開에 轉機가 있을 때마다 거의 例外없이 近體가 이에 등장하고 있으며 그 가운데서도 특히 七律이 優勢하게 나타나고 있다. 물론

---

4) 徐師曾, 『文體明辯』 卷之首, <文章綱領>.

우리 나라 漢詩가 五言보다는 七言이, 七言 가운데서도 絶句가 律詩보다
量的으로 우세한 史實에서 보면 이것은 자연한 현상일 수도 있다. 例를 보면
다음과 같은 것들이다.

　　한 그루 배꽃나무는 외로운 나와 함께 짝해 주는데
　　가련하다. 달밝은 밤을 호올로 보내누나.
　　젊은이 홀로 누운 호젓한 창가에
　　어느 곳 예쁜 님이 퉁소를 불어 주나.

　　一樹梨花伴寂廖　　　可憐孤負月明宵
　　靑年獨臥孤窓畔　　　何處玉人吹鳳簫

　　이는 <萬福寺樗蒲記>에서 梁生이 달밤에 나무 밑을 거닐면서 고운 님이
나타나기를 기다리고 있는 현장이다. 안짝은 현재 자기가 처해 있는 위치를
노래한 것이며, 바깥짝은 새로운 사건의 到來를 豫示的으로 읊조린 시그날과
도 같은 것이다.

　　풍류재자 이씨 총각
　　아리따운 최씨 처녀.
　　그 재주 그 얼굴
　　한번 보면 배 부르리.

　　風流李氏子　　　　窈窕崔氏娘
　　才色若可餐　　　　可以療飢腸

　　이는 李生窺墻傳의 초두에서 李生과 崔娘의 인물을 五言으로 설명한 것

이다. 이 역시 將來에 만나게 될 두 사람의 인연을 豫告하고 있는 것이나 다를 것이 없다.

이러한 현상은 <元生夢遊錄>이나 <周生傳>, <達川夢遊錄>, <相思洞記> 등 대부분의 작품에서 모두 같은 樣相으로 나타나고 있다. 그리고 邂逅나 離別과 같은 必然的인 契機에도 七言近體가 거의 예외없이 적극적으로 참여하고 있다.

> 무산 열두봉에 첩첩이 싸인 안개
> 반쯤 들난 봉우리는 붉고도 푸르구나.
> 이몸의 외로운 꿈 수고롭게 하지 마오.
> 구름과 비가 되어 양대 위에 내리리.

> 巫山六六霧重回　　半露尖峰紫翠堆
> 惱却襄王孤枕夢　　肯爲雲雨下陽臺

이는 <李生窺墻傳>에서 李生과 崔娘을 만나게 한 七言絶句 三首中의 하나다. <周生傳>에서 周生이 俳娘과 만났을 때에도 그의 기쁨을 詩로써 바치고 있다.

> 하늘가 타향에서 몇 해나 지냈던고
> 만리 길 돌아오니 얼마나 글렀더니.
> 두주의 높은 이름 예대로 그냥 있고
> 작은 다락 구슬 방울 저녁빛에 빛나누나.

> 天涯芳草幾霑衣　　萬里歸來事事非
> 依舊杜秋聲價在　　小樓珠箔捲斜暉

　여기에서 俳娘은 周生의 재주를 다시 확인하게 되고 부부의 緣도 여기서 비롯한다. 傳奇에 있어서 離別은 어쩌면 必然的인 것인지도 모른다. 그러나 이 때에도 詩에 의하여 離別은 劇化된다.

　　　　고궁의 고운 버들 새 봄볕을 담뿍 띠고
　　　　천년 만년 우리 사랑 꿈마다 찾아드네.
　　　　오늘 저녁 이곳에 와 옛자취 찾아보니
　　　　하염없는 슬픈 눈물 수건을 적시네.

　　　　故宮柳花帶新春　　千載豪華入夢頻
　　　　今夕來遊尋舊跡　　不禁哀淚自沾巾

　이는 <壽城宮夢遊錄>에서 雲英이 金進士 앞에서 마지막으로 읊조린 七絶이다. 모든 것이 끝나고 있는 순간을 詩로써 劇化한 것이다. 물론 必然的인 契機도 없이 무의미하게 七言이 동원되기도 한다. <萬福寺樗蒲記>의 親戚處子 詩와 <壽城宮夢遊錄>의 10人 宮女詩가 그 대표적인 例가 될 것이다. 주인공의 詩 한편을 위하여 그만큼 浪費를 하고 있는 것으로도 볼 수 있지만, 이는 漢文傳奇가 詩의 文學임을 보여주는 한 斷面이기도 하다.
　그러나 長篇에 있어서는 그 機能이 이와 다르다. 古調 長篇이 도처에 등장하고는 있지만, 그러나 이에 있어서는 그 必然性을 찾아보기 어렵다. 긴박한 상황이나 劇的인 效果가 요구되는 순간에도 이것들이 참여하는 경우가 없다. 대개는 獨白으로 끝나고 있을 뿐이다. <醉遊浮碧亭記>에서는 무려 40韻을 일시에 뽑아내는 長篇의 驅使力을 誇示하고 있지만, 이것은 작품의 構成 展開에 있어서 별다른 의미를 가지지 못할 뿐 아니라 사실상 작품은 여기서 끝난다. 詩才를 자랑하는 자기 과시에 지나지 않은 것이다.
　이 밖에도 詞와 노래가 자주 나타나고 있지만, 中國詩를 文言으로 體驗한 우리 나라 詩人들에게 있어서는, 어떠한 形式의 노래도 그것은 노래의 歌辭를 전달하는 구실 이상의 것이 될 수 없다. 이것들이 하는 機能도 대개는 분위기 조성에 기여할 뿐이다.

挿入詩의 수준은 전적으로 작가의 능력에 의존하는 것이지만, 그러나 이것들을 作家의 本格的인 詩作과 對比하는 작업은 결코 무의미하지 않을 것이다. 이른바 '小說詩'의 일반적인 성격을 窺知하는 노력으로서도 값진 것이 될 수 있기 때문이다. 詩家의 本領은, 立題, 設意, 選韻, 協律과 같은 基本 綱領에 따라 形式과 內容이 서로 긴장으로 결속될 때만이 도달가능한 세계다. 그러나 小說 속에 挿入되고 있는 詩歌들은 事實의 전달이 一次的인 임무이므로 이것은 본격적인 詩의 제작을 어렵게 하는 중요한 이유가 될 수도 있다.

3. 挿入詩의 機能

傳奇는 꿈 이야기다. 꿈 속의 이야기이거나 꿈같은 이야기다. 幻夢으로 裝置를 한 것은 꿈으로 가장하기 위한 方便에 지나지 않는다. 非日常的이고 非現實的이기 때문에 現世의 非情한 對決이나 갈등도 없고 다만 神奇와 優雅와 甘味로운 것으로 차 있을 뿐이다. 그러나 꿈은 現實의 念願이며 그 延長이다. 때문에 그것은 情感과 憤怨과 사랑으로 차 있어야하며 사랑 때문에 悲劇的이어야 한다.

傳奇는 꿈 속의 이야기이기 때문에 基本的으로는 敍事文學이지만 꿈의 文學이기 때문에 抒情的이다. 짤막한 抒情詩나 思惟詩에 뛰어난 반면 敍事詩에 약한 것이 東洋의 詩風土이고 보면 敍事文學의 構造 속에 抒情的인 詩의 要素가 介入될 수 있는 餘地는 언제나 充分하다.

그러므로 傳奇 속에 詩와 노래가 挿入되었을 때, 전체적인 분위기는 抒情

的이며 詩的인 것이 된다. 그리고 詩 때문에 이야기거리가 그만큼 單純化되는 것은 당연하다. 그러나 本稿의 課題는 이러한 形式的인 사실 발견에 있는 것이 아니다. 小說(특히 漢文 傳奇) 속에 끼어 있는 揷入詩歌가 작품의 構成 展開에서 기여하고 있는 구체적인 구실이 무엇인가를 檢證하는 것이 本稿의 中心 課題다.

다만 우리 나라 漢文古典小說의 대부분은 그 構成이 만남과 이별의 단순 구조로 되어 있어, 紛糾나 葛藤은 없거나 微微하며, 破局이라는 劇的 사태도 찾아보기 어렵다. 때문에 揷入詩가 작품의 構成 展開 과정에서 할 수 있는 機能도 制限的일 수밖에 없다.

그러나 漢文小說의 構成 形式으로 보아 특히 다음과 같은 단계에 있어서는 揷入詩의 機能이 공통적으로 중요한 구실을 다하고 있음을 알 수 있다.

첫째, 사건이 야기되는 사태 즉 '만남'이 있기에 앞서 이를 豫示的으로 告知하는 단계를 설정하고 있는 것이 그것이다. 이것은 대부분의 漢文小說에서 공통적으로 나타나고 있는 현상이며 그 機能은 전적으로 揷入詩에 의존하고 있다. 이와 같이 導入 段階에서 보여준 이러한 構成 形式은 詩歌가 揷入되고 있는 漢文小說에서만 볼 수 있는 特有의 현상으로서도 중요할 뿐 아니라 이것은 또 全篇에 전개될 사건의 向方과 작품의 분위기까지도 함께 읽을 수 있게 하는 기능을 다함으로써 더욱 중요한 의미를 가진다. <萬福寺樗蒲記>를 포함하여 <李生窺墻傳>, <醉遊浮碧亭記>, <元生夢遊錄>, <周生傳>, <相思洞記>, <達川夢遊錄> 등이 모두 같은 구성 형식을 하고 있는 바 그 한 例를 元生夢遊錄에서 보면 다음과 같다.

맺힌 한이 강물에 드니 목이 메여 흐르지도 못하고
갈대꽃 단풍잎엔 싸늘한 바람뿐이네.
분명히 이곳은 장사의 언덕인데
의제의 영령은 어느 곳에서 노니는고

恨入長江咽不流　　荻花楓葉冷颼颼
分明認是長沙岸　　月白英靈何處遊

　비분강개한 元子虛가 長沙로 쫓겨난 義帝의 신세를 追想하면서 다음 단계에 전개될 심각한 사태를 예시적으로 告知하고 있다.

　둘째, 漢文小說의 구성 형식에서 보아 '만남'은 곧 사건의 발단을 의미한다. 이 단계에 있어 詩의 參與는 必須的이며 積極的이다. 이 때의 揷入詩는 사실상 意思傳達의 通路가 되고 있기 때문에 만남의 契機를 마련해 주는 媒介的 구실을 한다. 이에 대해서는 이미 앞에서 그 例를 보인 바 있지만, 다시 그 現場을 보면 다음과 같다.

　길 위에 저 총각은 누구집 도련님인고
　푸른 깃 넓은 띠가 버들 사이에 비치네.
　이 몸이 대청 안에 제비가 될 수 있다면
　주렴을 사뿐 걷어 담장을 넘어가리.

路上誰家白面郎　　靑衿大帶映垂揚
何方可化堂中燕　　低掠珠簾斜度牆

　이것은 <李生窺墻傳>에서 崔娘이 李生에게 준 詩다. 이에 和答한 李生의 七絶 三首中 그 마지막 것을 보면 다음과 같다.

　좋은 인연 되는지 나쁜 인연 되는지
　공연히 시름하여 하루가 삼추 같네.
　28자 절구시로 사랑 이미 맺었으니
　어느날 남교에서 고운 임을 만날고

好因緣耶惡因緣　　空把愁腸日抵年
二十八字媒已就　　藍橋何日遇神仙

　여기서는 揷入詩의 通路를 이용하여 두 사람의 結緣이 쉽게 이루어지고 있다. 그러나 <壽城宮夢遊錄>의 경우에는 그 양상이 이와 다르다. 詩가 사랑을 눈뜨게 하는 媒介機能을 하고 있기는 하지만 邂逅를 어렵게 하는 妨害要因 때문에 詩作은 되풀이되고 숨가쁜 緊張이 따른다. 여기서 우리의 관심을 끌게 하는 것은, 散文으로 된 封書에 있어서도 書末에 詩를 붙이고 있는 것이 그것이다. 특히 <壽城宮夢遊錄>에 있어서 柳泳은 事件의 觀察者이며 이야기의 陳述者에 지나지 않는다. 다만 이야기 傳達을 劇化하기 위하여 꿈 속에서 事件의 周邊까지 近接하고 있는 것이다. 이로써 보면, 이 작품에 있어서도 事件의 발단은 大君의 請囑에 의하여 金進士가 製進한 詩에서 비롯하고 있음을 알 수 있다.

　셋째, 모든 것이 끝나는 最後의 순간에 있어서도 揷入詩는 大尾를 장식하는 중요한 구실을 하고 있다는 것이다. 傳奇에서의 離別은 이미 豫料된 結果에 지나지 않는 것이지만 앞에서 보인 作品들은 거의 대부분이 詩로써 끝나고 있으며 심지어 <相思洞記>와 같은 작품은 마지막 封書에서도 書末에 七言絶句 五首를 붙이고 있다.

4. 結言

　筆者는 拙稿「梅月堂의 詩世界」에서 梅月堂의 『金鰲新話』를 詩小說로 본 바 있거니와, 本稿에서는 漢文小說로 등장하고 있는 揷入詩의 機能이 소설작품의 구성 전개 과정에서 어떠한 구실을 다하고 있는지를 살펴, 漢文

小說에 있어서, 이야기를 運搬하는 것은 散文이지만 事件의 內容을 支配하는 것은 詩임을 알아 낼 수 있었다.

첫째, 만남과 이별의 단순 구조를 하고 있는 漢文傳奇에 있어서는 사건의 발단 단계 즉 사건이 惹起되는 사태에 앞서, 漢詩가 揷入되는 도입단계를 설정, 사건의 惹起를 豫示的으로 告知하고 있으며

둘째, 사건의 발단 즉 만남이라는 이 단계에는 必須的으로 詩를 삽입시켜 揷入詩로 하여금 意思傳達의 通路가 되게 하고 있다.

셋째, 만남이 끝나는 최후의 순간에 있어서도 揷入詩는 大尾를 장식하고 있다.

작품 속에 참여하고 있는 揷入詩는, 各體詩가 두루 網羅되고 있으나 중요한 계기에는 七絶이 압도적으로 우세하다. 그 밖의 詩歌는 대체로 분위기를 조성하는 도움 구실을 하고 있을 뿐이다.

揷入詩의 參與度는 前期의 傳奇가 적극적임에 반하여 後期의 現實批評的인 諷刺小說에서는 消極的이다.

(『韓國古典散文硏究』, 1981)

李奎報의 '新意'에 대하여

—그 虛實을 中心으로—

1. 序言

　　우리 학계의 한문학 연구는 지금까지도 그 본령인 詩·文에 대한 본격적인 접근이 거의 기도되지 않은 채, 小說이나 批評 분야와 같은 주변 지대의 연구에서 머뭇거리고 있다. 간혹 詩作에 대한 연구가 있어 오기는 하였지만 이것 역시 대개는 작품의 소재적 연구에서 더 나아가지 못하고 있는 실정이다.

　　李奎報의 문학에 대한 연구도 물론 그 예외가 아니다. 초기부터 長篇 古詩 <東明王>이 民族의 大敍事詩로 각광을 받으면서, 이규보는 그가 專主로 한 詩·文에서는 퇴색하고 오히려 다른 방면에서 照明을 받기 시작했으며, 그 초점이 모아진 것은 詩論이다. 그러나 시론에 있어서도 정작 다루어져야 할 것들은 그 핵심이 천착되지 아니하고 흔히 詩作法으로 제시되는 '新意'(이규보 자신은 新語라고만 하였다)와 같은 용어의 매력에 관심이 집중되어 엉뚱한 문제들을 파생시키곤 했다. 이른바 李仁老의 '用事'와 李奎報의 '新意'를 대립관계로 파악하여 이를 문제삼는가 하면, 신의는 이규보의 사상,

의식, 기질 등 그의 정신세계에 無所不在하는 원동력처럼 미화되기도 하였다. 이러한 현상은 결과적으로 이규보의 진면목을 일그러지게 하는 여러 가지 문제를 야기시켰으며, 학계의 편에서 보면, 詩理論의 不在라는 곤궁한 처지를 단적으로 드러내 보인 것이 되었다.

그러나 신의는 이규보가 마련한 독창도 아니며 崔滋가 즐겨 쓴 작시법의 상식을 확인한 것에 지나지 않는다. 적어도 이규보의 신의를 거론하기 위해서는, 먼저 신의의 현장을 정확하게 읽어야 할 것이며, 이것이 이규보의 시론에서 자리하고 있는 의미가 검토되어야 할 것이다. 그리고 이규보의 詩作과 이것들이 어떻게 들어맞는가도 아울러 해명되어야 했을 것이다. 더욱이 이것을 이규보의 의식 세계에까지 확산 전개하려면 그에 대한 全人的 연구가 선행되어야 하는 것이 상식이다. 이러한 작업을 수행하는 일도 없이 다만 新奇만 좇아 이규보의 모든 것을 '新'으로써 설명하려 할 때 거기에 문제가 노출되는 것은 필연적인 결과가 아닐 수 없다.

그러므로 본고에서는 첫째, 신의의 현장을 사실대로 읽고 둘째, 신의에서 파생된 문제들을 摘示하여 이것들을 이규보의 시론과 신의의 본뜻에 비추어 그 거리를 밝힐 것이며, 셋째, 이규보 시론의 핵심을 재확인하여 당시 이규보가 우리 시의 현실을 어떻게 파악하고 있었는지 거기까지 문제삼아 볼 것이다.

2. '新意'의 現場

우리 나라 비평사에서 '신의'를 처음으로 말한 사람은 이인로이며, '신의'를 즐겨 쓴 사람은 최자다. 이규보는 그의 『白雲小說』에서 '新語'를 말했을 뿐, 정작 신의는 말 끝에 올리지 않았다. 이규보를 신의의 화신처럼 만든 것도 최자다. 이인로의 『破閑集』에서부터 차례로 그 현장을 보이면 다음과 같다.

옛적에 黃山谷이 詩를 論評하여 이르되, 옛 사람의 뜻을 바꾸지 아니하고 그 말을 만드는 것을 換骨이라 하고, 옛 사람의 뜻을 본떠서 形容하는 것을 奪胎라 하였으니 이것은 비록 산채로 긁어 먹고 날로 삼키는 것과는 그 차이가 天壤之判이지만, 그러나 剽竊하여 공교하게 만든 것임에는 틀림없다. 어찌 이른바 옛 사람이 도달하지 못한데서 新意를 낸 것이 妙하게 된 것이라 하겠는가.

昔山谷論詩 以謂不易古人之意 而造其語 謂之換骨 規模古人之意 而形容之 謂之奪胎 此雖與夫活剝生呑者 相去如天淵 然未免剽掠潛窃以爲之工 豈所謂出新意於古人所不到者之爲妙哉[1] — ①

이것이 '신의'를 말한 최초의 것이다. 그러나 이규보는 자신의 기록에서 신의를 언급한 일이 없으며, 다만 '新語'를 말했을 뿐이다. 이규보의 말을 들어보면 다음과 같은 것이 그 대표적인 것이다.

나는 어려서부터 放浪하고 檢束함이 없어 讀書를 정밀하게 하지 못했다. 비록 六經이나 諸子·史書의 글도 대강 섭렵만 하였을 뿐 그 근원을 窮究하는 데까지는 이르지 못했다. 하물며 諸家의 章句의 글은 말할 것도 없다. 그 글에 익숙치 않았으니 그 體를 본받아 그 말을 훔쳐 쓸 수 있겠는가. 이것이 新語를 지어 내지 않을 수 없는 까닭이다.

余自少 放蕩無檢 讀書不甚精 雖六經子史之文 涉獵而已 不至窮源 況諸家章句之文哉 旣不熟其文 其可效其體 盜其語乎 此所以不得不作新語[2] — ②

그러나 정작 이규보의 '신의'를 제조한 것은 최자가 한 일이다. 그의 『補閑

---

1) 李仁老, 『破閑集』 권하.
2) 李奎報, 『白雲小說』.

集』은 그 題名에서 보면,『파한집』을 續補한 것이지만, 이 책이 중요하게 기여한 것은 이규보의 시작에 대하여 최대의 稱譽를 보낸 사실이다. 그는『보한집』의 도처에서 신의를 말하고 있어 일일이 摘示할 수 없으나 그 중요한 것 중에서 일부를 보이면 다음과 같다.

公은 어릴 때부터 붓을 달리면 다 新意를 創出해내고 文辭를 吐하는 것이 많아질수록 달리는 기운이 더욱 씩씩하여 ……

公自妙齡 走筆皆創出新意 吐辭漸多 聘氣益壯 ……[3] ― ③

이것은 이규보의 詩作에 대하여 포괄적으로 언급한 것이지만, 구체적인 작품을 들어 이규보 시에 대하여 신의를 강조한 것도 흔하게 찾아볼 수 있다. 그 하나를 보이면 다음과 같다.(작품은 생략)

李花를 두고 읊은 두 篇은 故事를 사용함에 깊고 얕음이 있어 그 優劣이 스스로 나누어진다. 李仁老는 다만 오얏나무만 말하고 꽃은 말하지 않았다. 비록 用事는 깊지만 무엇이 공교한가. 이규보는 거의 故事를 사용하지 아니하고 新意를 숭상할 뿐이다.

李花兩首 用事有深淺 優劣自分 眉叟但言李不言花 雖用事深何工 文順公率不用事 盖尙新意耳[4] ― ④

위에서 두 편이라 한 것은 이인로와 金克己의 시를 두고 한 말이다. 이규보는 李花를 읊었는데 그 시에 대해서는 구체적인 품평도 없이 거의 맹목적

---

3) 崔滋,『補閑集』권중.
4) 同上.

이다. 다음은 이인로와 이규보의 시작 경향에 대하여, 양인의 진술과 세인의 비평, 그리고 최자 자신의 견해를 함께 보여준 것이다.

이 학사 眉叟는 말하기를, '문을 닫고 黃山谷과 蘇東坡의 두 文集을 읽고 난 다음에라야 말이 굳세고 韻이 옥소리를 내어 作詩의 三昧境을 얻게 된다.' 하였고 李奎報는 '나는 古人의 말을 도습하지 아니 하고 新意를 創出해 낸다' 하였다. 당시 사람들이 이 말을 듣고, 兩人의 들어갈 곳이 같지 않다고 생각했지만 이것은 잘못된 것이다. 그 깊은 사정은 비록 다르지만 들어간 것은 같은 문이다. 어째서 그렇겠는가.

李學士眉叟曰 杜門讀黃蘇兩集 然後語遒然韻簫然 得作詩三昧 文順公曰 吾不製古人語 創出新意 時人聞此言 以爲兩公所入不同 非也 其壺奧雖異 所 入皆一門 何也[5] — ⑤

남의 글을 읽어 이것으로 用事의 資로 삼거나, 직접 새로운 意境을 내어 作詩를 하거나 간에, 그 깊은 의미에 있어서는 차이가 있을지 모르지만 추구하는 것은 시로 같은 것임을 말하고 있다. 이를 다시 확인할 수 있는 것이 다음 글이다.

무릇 故事를 쓰는 것은 같지 아니하다. 혹은 이름을 쓰고 혹은 言行을 쓰기도 한다. 그러나 대개 故事를 사용한 詩句는 新意가 적다.

凡用故事不同 或名號或言行 大抵用事之聯 罕有新意[6] — ⑥

---

5) 同上.
6) 同上, 『補閑集』 권하.

이처럼 최자는 『보한집』의 여기저기에서 그렇게 많은 신의를 말하고 있지만, 정작 그의 新意가 무엇인가를 알게 해 주는 것이 다음 글이다.

李仁老 시는 매미를 말한 것은 매우 상세하지만, 李奎報는 말이 간결하고 意가 새롭다.

眉叟詩言蟬甚詳 文順公言簡意新[7] — ⑦

이상으로 이인로가 처음으로 보여준 신의와 이규보가 직접 진술한 신어, 최자에 의하여 강조된 신의·意新의 현장을 보았다. 이를 다시 정리해보면 대략 다음과 같이 요약될 것이다.

첫째, ①에서 보면 이인로가 황산곡의 말을 인용할 때 이미 이인로 자신이 신의가 시작법에 있어서 上乘이라는 것을 먼저 인지하고 있었으며

둘째, ⑤에서 최자가 결론을 내린 것처럼, 고사를 사용하거나 스스로 신의를 창출해 내건간에 詩作의 門庭에 들어가기는 마찬가지이다. 용사나 신의는 방법의 차이일 뿐 궁극에 있어 추구하는 것은 마찬가지다. 이를 재확인한 것이 ⑥이다.

셋째, 최자가 강조한 신의는 결국 ⑦에서 말한 意新(뜻이 새롭다) 그것 이상이 아님을 알 수 있다.

이로써 보면, 최자의 '신의'는 시의 본질이나 체제를 논하는 시론의 대상도 아니며, 이규보의 전유물은 더욱 아님을 알 수 있다. 이는 진부한 비유를 거부하고 생동감 있는 참신한 人間 정서의 표현을 추구하는 시작법의 교양이요 상식에 속할 뿐이다. 그러므로 용사나 신의를 시론의 차원에서 파악하여 '用事論', '新意論'을 운위한 초기의 논의는 처음부터 방향감각을 상실한 것이며, 이

---

7) 同上, 『補閑集』 권중.

신의에서 導出展開한 신기한(?) 문제들은 다시 거두어 들여져야 할 것이다.

다만, 여기에서 지나칠 수 없는 사실은, '신의'가 시작법에서 추구하는 이상이요 상식론에 지나지 않는 것임에도 불구하고 최자가 그처럼 신의를 되풀이하고 있는 이면의 의도를 살필 필요가 있다는 것이다. 일찍이 金宗直이 말한 바와 같이,[8] 고려 중기의 騷壇은 오로지 東坡를 배울 뿐이었는데 이규보는 이러한 風尙에서 빠져 나와 스스로 새로운 자기 시를 쓰려고 하였기 때문에 최자가 그 기상을 높이 산 것이 틀림없는 것 같다. 최자 자신이 文言으로 中國詩를 체험한 우리 시의 한계를 스스로 간파하고 있었기 때문에 이것이 가능했음은 물론이다.[9]

3. 新意에서 派生된 문제들

신의의 실상은 앞에서 그 대강을 살펴보았거니와 이 신의에서 굴절된 虛像은 이규보 문학의 연구에 많은 문제들을 던지고 있다. 이러한 현상은 그의 시론에까지 확산되어 신의의 '精神'이 시론 위에까지 군림함으로써 이규보의 個性主義는 다른 방면에서 해석 평가되고 있는 실정이다.

이규보의 시론은 그의 『白雲小說』에서 단적으로 나타나 있으며 그의 詩觀을 명확하게 피력하고 있는 것은 다음 글이다.

詩는 意境이 主가 되므로, 意境을 設定하는 것이 가장 어렵고 말을 꾸미는 것은 그 다음이다. 意境은 또한 氣를 爲主로 하기 때문에 氣의 優劣에 따라 意境의 深淺이 결정될 따름이다. 그러나 氣는 天性에 根本한 것이어서 後天的으

---

8) 金宗直, 『佔畢齋集』, <靑丘風雅序>.
9) 拙稿, 「古典詩論의 韓國的 展開에 대하여」, 『震檀學報』 제48호 참조.

로 배워서 얻을 수는 없다. 그러므로 氣가 劣한 사람은 글을 다듬는 것을 能事
를 삼고 意境을 앞세우지 않는다. 대체로 글을 꾸미고 다듬어 그 句를 아롱지게
하면 아름답게 되는 것은 틀림없다. 그러나 그 속에 함축되어 있는 深厚한 意境
이 없으면, 처음에는 볼 만하나 다시 씹게 되면 맛이 없어지고 만다.

夫詩以意爲主 設意最難 綴辭次之 意亦以氣爲主 由氣之優劣 乃有深淺耳
然氣本乎天 不可學得 故氣之劣者 以雕文爲工 未嘗以意爲先也 盖雕鏤其文
丹靑其句 信麗矣 然中無含蓄深厚之意 則初若可觀 至再嚼則味已窮矣

여기서 보인 ‘詩以意爲主’의 意는 원초의 ‘詩言志’를 재천명한 것이며 ‘意
亦以氣爲主’는 曹丕의 文氣論 이후 개성주의 쪽으로 기울어진 ‘詩言志’의
표현론의 경향을 사실로 수용한 것이다. 그러므로 그는 ‘綴辭次之’에서 제시
한 바와 같이, 辭語・聲律과 같은 형식적인 기교론을 부차적인 것으로 후퇴
시키고 있다. 그래서 그는, 氣의 淸濁은 아비라도 자식에게 넘겨줄 수 없다
고 한 曹丕의 생각을 ‘不可學得’으로 표현하고 있다.

‘意’를 중시하고 ‘氣’(재기・기질・개성)를 강조한 것이 이규보 시론의 요체
다. 그러나 우리의 관심은 이러한 그의 시론이 당시의 시대 상황에서 어떠한
의미를 가지느냐에 있다. 그 무렵 騷壇의 風尙이 東坡一邊倒의 宋詩學 影
響圈에 있었음에도 불구하고 그는 자연적인 인간의 정서 특히 개인의 개성을
더욱 강조한 개성주의적 표현론을 제시하고 있기 때문에 그의 시관은 우리
나라 비평사에서 중요한 의미를 가지는 것이다. 文言으로 중국시를 체험한
우리 나라 漢詩의 현실에서 볼 때, 최자의 말과 같이, 東坡詩의 五言이나 七
言을 한 句 그대로 따서 쓴다 하더라도 기교적인 형식미의 추구로서 도달 가
능한 세계는 시원적으로 제한되어 있다. 당시 시인들의 동파시에 대한 일반적
관심이, 동파의 시세계를 우리 것으로 극복 수용하려는 데 있었던 것이 아니
고 동파를 한갓 시 수업의 대상으로만 생각하고 있었던 것이 사실이고 보면,

이러한 의미에서 이규보의 비평사적 위치는 평가를 부여받아 마땅하다.

이와 같은 비평사의 현실에도 불구하고 일부 해석학자들에 의하여 이규보는 최자가 제조한 신의와 그의 意·氣 때문에 혹은 이기철학자로 혹은 선진적인 사회사상가로 위대한 민족주의자로 그 모습이 일그러지고 있다. 그 현장의 일부를 보이면 다음과 같다.

(1) 용사와 신의를 대립 관계로 파악한 것

초기의 연구 성과가 대부분 이러한 방향을 좇고 있으며, 이에 대해서는 필자가 다른 곳에서 이미 지적한 바 있으므로 여기서는 재론하지 않는다.[10]

(2) 理氣論으로 飛躍한 것

예 1) 이규보가 말한 氣는 성리학의 理氣論에서의 氣와 동일개념이다.[11]

예 2) 이규보는 이기철학을 중심적인 내용으로 하는 새로운 유학의 선구자 노릇을 함으로써 김부식이 숭상한 漢唐유학과는 다른 사상을 마련했다.[12]

元나라로부터 처음으로 성리학을 배워온 安裕와 白頤正은 이규보가 死去한 이후에 세상에 나온 사람들이다. 이로써 보면, 이규보는 우리 나라에 소개도 되지 않은 성리학을 미리부터 了知한 선지적인 학자가 된 셈이다. 설사 이규보가 뒷시대에 태어났었더라도 선천적인 기질이나 재기를 강조한 이규보에게 성리학은 체질적으로 걸맞을 수 없었을 것이라는 단정은 충분히 가능하다. 아무튼 이러한 發論은 교양인의 상식마저도 완전히 저버린 소치임에 틀림없다.

(3) 社會思想과 聯關시킨 것

예 1) 신의를 존중하는 이규보의 문학관은 현실을 바람직한 방향으로 개조하고자 하는 신흥사대부의 진취적인 자세에서 나온 것이다.[13]

---

10) 拙稿, 「漢文古典의 研究史的 檢討」, 『韓國學報』 제18집, 1980 참조.
11) 全鎣大, 「麗朝詩學研究」, 서울大 大學院, 1974, 45면.
12) 趙東一, 『韓國文學思想史試論』, 知識産業社, 1978, 87면.

예 2) 시세계를 통해서 본 그의 의식 속에는 민족사의 새로운 진로에 대한 포부와 함께 좀 더 폭넓게 현실을 파악하려는 전진성이 나타나고 있다. 사물에 대한 현실주의적인 파악과 농민에 대한 이해 등이 그것이다.[14]

예 1)에서 보인 '설의'의 '의(意)'는 언어라고 하는 표현수단을 빌리기 이전의 인간의 정서를 뜻한다. 그러므로 설의(設意)는 '意境을 어떻게 나타내느냐' 하는 일반론이다. 원초의 '言志'나 '志之所之'의 딴 표현에 지나지 않는다. 이것은 문학 내부의 문제이며, 이규보 개인의 것은 더욱 아니다. 이규보를 신진사대부로 만든 유래는[15] 오래된 연유를 가지고 있으므로 이것을 따질 겨를은 없다. 다만 일생을 두고 벼슬에 연연하여 權臣들에게 次韻詩로써 접근한 이규보가 어떻게 신흥 사대부로 설명될 수 있을 것인지, 변질을 거듭한 그의 의식 세계를 문집의 앞뒤에서 다시 확인하는 노력이 있어야 할 것이다. 이것은 예 2)의 경우에도 그대로 적용될 수 있는 것이다. 이규보의 현실주의도 바로 이런 것인가 묻고 싶을 정도다.

4. 結言

이규보의 '신의'는 그 실상에 대한 정확한 검증이나 해명을 하는 일도 없이 이규보의 모든 것 위에 군림하는 지배원리처럼 착각되어 왔다. 때문에 이것은 이규보의 문학 바깥에까지 확산되어 이규보의 진면목을 일그러지게 하는 많은 虛像들을 제조하게 되었다. 그래서 그는 일찍이 신흥사대부로 등장하게 되었으며 성리학이 우리 나라에 들어오기도 전에 선지적인 이기 철학자가 될

---

13) 同上, 79면.
14) 金時鄴, 「李奎報의 新意論과 詩의 特質」, 『韓國漢文學研究』 3·4집, 1978~1979, 137면.
15) 李佑成, 「高麗中期의 民族敍事詩」, 『成均館大學校 論文集』 7집, 1962 참조.

수 있었으며, 위대한 민족주의자로서 또는 농민을 아끼는 사회사상가로 발전하는 데까지 이르렀다.

그러나 우리 나라 비평사상 처음으로 신의를 긍정적으로 발론한 사람은 이인로이며, 이를 즐겨 사용한 사람은 최자다. 이규보는 다만 '신어'만 말했을 뿐이다. 이규보의 '신어'는, 진부한 비유를 거부하고 참신한 인간 정서의 표현을 추구하는 시작법의 교양이요 상식에 지나지 않는다.

이규보의 시론은, 의를 중시하고 기를 강조한 것이 그 요체다. 의는 원초의 '詩言志'를 재천명한 것이며, 기(재기 · 기질)는 曹丕의 文氣論 이후 개성주의 쪽으로 기울어진 표현론의 경향을 사실로 수용한 것이다. 그러므로 그는 형식적인 기교론을 부차적인 것으로 후퇴시킨 것이다. 이것이 우리 나라 비평사에서 이규보의 무게를 저울질하는 관건이 될 것이다.

참고문헌

金聖基, 「高麗漢詩硏究」, 서울大 大學院, 1978.

金時鄴, 「李奎報의 新意論과 詩의 特質」, 『韓國漢文學硏究』 3·4, 1979.

金周漢, 「崔滋評論硏究」, 『高麗時代의 言語와 文學』, 1975.

金學主, 「中國에 견주어 본 李奎報의 氣論」, 『震檀學報』 48, 1979.

閔丙秀, 「古典詩論의 韓國的 展開에 대하여」, 『震檀學報』 48, 1979.

______, 「漢文古典의 硏究史的 檢討」, 『韓國學報』 18, 1980.

徐首生, 『高麗朝漢文學硏究』. 1971.

申東旭, 「高麗詩評考」, 『韓國現代文學論』, 1972.

李圭虎, 「韓國古典詩品硏究」, 서울大 大學院, 1979.

李炳漢, 「韓國古典詩論의 展開」, 서울大 文理大學報 25, 1970.

______, 『漢詩批評의 體例硏究』, 서울대출판부, 1975.

李源綱, 「韓國詩話類에 있어서의 詩觀에 관한 硏究」, 1975.

張德順, 『國文學通論』, 新丘文化社, 1960.

全鎣大, 『麗朝詩學硏究』, 서울大 大學院, 1974.

趙東一, 『韓國文學思想史試論』, 知識産業社, 1978.

趙鍾業, 「高麗詩論硏究」, 『忠南大語文硏究』 1, 1963.

車柱環, 「崔滋의 詩評」, 『東亞文化』 9, 1970.

崔信浩, 「初期詩話에 나타난 用事理論의 樣相」, 『古典文學硏究』 1, 1971.

崔雲植, 「李奎報의 詩論」, 『韓國漢文學硏究』 2, 1977.

(『白影鄭炳昱先生還甲紀念論叢』, 1982)

朝鮮後期 詩論 研究
-18세기를 중심으로-

1. 序言

穆陵盛世는 朝鮮前期의 안정에 힘입어 이룩된 당연한 결과이거니와, 壬·丙兩亂을 치르고 난 騷壇의 荒凉은 이후 70여 년 동안 적막 그대로이다. 외세의 침탈로부터 화평을 되찾은 肅宗代에 이르러 文風이 다시 일어나기 시작, 前代의 詩作에 대한 수습·정리·批評의 文字들이 한꺼번에 쏟아진다. 金得臣의 『終南叢志』를 비롯하여 洪萬宗의 『小華詩評』과 『詩評補遺』, 南龍翼의 『壺谷詩話』, 金萬重의 『西浦漫筆』, 金昌協의 『農巖雜識』 등이 모두 이때의 것이다. 이로써 보면 穆陵盛世가 막을 내리면서 蔚然했던 조선전기의 문운이 일단락되고, 肅宗朝에 이르러 騷壇에도 새로운 朝鮮後期 시대의 전개를 예고하게 된다.

그러나 洪萬宗이 역대의 詩話를 集大成하여 詩話叢林을 편집하고 있는 것으로도 알 수 있듯이 이것들의 대부분은 기왕의 중요 비평서에서 試圖한 작품론을 재확인하거나 著名한 詩人들의 詩作에 얽힌 주변 이야기에 흥미를

보이고 있을 뿐 獨自的인 批評을 행한 것은 극히 제한되고 있으며 당대의
騷壇에 대해서도 언급한 것이 별로 없다. 洪萬宗이 직접 저술한『小華詩評』
이나『詩評補遺』도 그러한 것에 지나지 않는다. 이러한 현상은 걸출한 詩人
의 배출을 보지 못한 당시의 詞壇 사정을 그대로 반영한 것이라 할 것이다.

太平盛世를 謳歌하던 肅宗代의 번영은 政治 內部에서 불붙기 시작한 黨
論의 苛烈로 말미암아 士林은 빛을 잃고 騷壇은 다시 山林 속으로 雌伏하
게 되어 詩文에 대한 論說도 찾아보기 어렵게 된다.[1] 때문에 이 시기에 편찬
된 詩話書들도 作品論의 전통을 그대로 잇거나, 詩作의 배경, 字句의 訓釋
에 머무르고 있을 뿐 체계적으로 詩를 논한 자료들은 보여주지 않았다. 따라
서 조선후기 시론의 체계를 수립하는 일이 긴요한 과제로 인식되고 있는 것
은 사실이지만 이를 감당할 작업의 수행 또한 쉬운 일은 아니다. 이 때 가능
한 작업의 방법은 개별 작가의 詩作 현장에 뛰어들어 그들의 詩論을 추구·
확인하는 데서부터 비롯하는 것이겠지만 그렇다 해도 현존하는 文集의 대부
분이 조선후기의 것임을 감안한다면 사정의 어려움이 상존하기는 마찬가지다.
그러므로 본고는 이러한 상황을 고려하여 주요 詩人의 인맥을 중심으로 한
시대의 제한된 부분에서부터 논의의 단서를 찾고자 한다.

이러한 처지에 설 때 三淵 金昌翕(1653~1722)의 존재는 후기 시론 논의
에 가장 큰 단서를 제공해 준다. 金昌翕은 仲兄 昌協과 함께 肅宗朝 文壇
을 이끈 인물이기도 하거니와 이들의 후손과 문하에서 배출된 인물들이 향후
100여년 동안 문단의 중심이 되고 있기 때문이다. 주요 인물만 들어보아도
何山 崔孝騫, 弼雲 金令行, 芝村 李喜朝, 槎川 李秉淵, 順庵 李秉成 兄弟,
陶谷 李宜顯, 老稼齋 金昌業, 恕庵 申靖夏, 槐軒 兪廣基, 知守齋 兪拓基,
兼山 兪肅基 등의 杞溪 兪氏, 東圃 金時敏, 茅洲 金時保, 위항인 洪世泰,
그리고 그들의 주위에 있었던 南有容, 黃景源 등이 그들이다. 따라서 이들을

---

1) 閔丙秀·朴喆熙,『韓國文學批評講解』, 開文社, 1983 參照.

중심으로 한 詩壇의 움직임과 詩論을 살피는 것으로도 후기 시론의 동향을 파악할 수 있을 것으로 여겨진다.

2. '眞詩'의 唱導

肅宗朝의 가장 걸출한 文人의 한 사람인 農巖 金昌協은 前代 문학에 대해 다음과 같이 진단하고 있다.

세상에서 일컫기를 本朝의 詩는 宣祖 때 가장 성하였다고 한다. 내 생각에는 詩道가 衰한 것이 실로 이때부터인 것 같다. 대개 宣祖 이전에 시를 쓰던 사람들은 대개 宋詩를 배워 더러 格調가 雅馴하지 못하고 音律이 조화롭지는 못해도, 그 요체는 疎鹵質實 沈厚老健하여 아름답게 수식하지 않았지만 절로 一家를 이루었다. 그러나 宣祖代를 보면 文士들이 우연히 일어나 唐詩를 많이들 배우게 되었다. 그러다가 王士禎·李攀龍의 詩가 점차 우리 나라에 들어오자 모방하기를 좋아하여 다듬고 수식하기만 하였으므로, 그 이후 같은 길을 가게 되어 音調가 서로 같아 天然의 자질이 남아 있지 않게 되었다. 宣祖 이전의 詩를 읽으면 그 사람됨을 그래도 알 수 있었지만, 이후의 시를 읽으면 그 사람됨을 볼 수 없게 되었다. 이것이 詩道 盛衰의 구분인 것이다.

世稱本朝詩, 莫盛於穆廟之世, 余謂詩道之衰, 實自此始, 盖穆廟以前, 爲詩者, 大抵皆學宋故, 格調多不雅馴, 音律或未諧適, 而要亦疎鹵質實, 沈厚老健, 不爲塗澤豔冶, 而各自成, 其爲一家言, 至穆廟之世, 文士蔚興, 學唐者寖多, 中朝王·李之詩, 又稍稍東來, 人始希慕倣效, 鍛鍊精工, 自是以後, 軌轍如一, 音調相似, 而天質不復存矣. 是以讀穆廟以前詩, 則其人猶可見, 而讀穆廟以後詩,

其人殆不可見, 此詩道盛衰之辨也.[2]

요컨대 모방을 즐기어 詩語의 조탁에나 힘쓰게 됨으로써 作家의 개성이 매몰되어버린 전대 시의 한계를 김창협은 지적하고 있는 것이다. 전대 시의 이러한 한계는 農巖 一門이 공감했던 듯하다.

金昌翕 역시 이러한 생각을 보이고 있다. 三淵은 拙修齋 趙聖期에게 長文의 편지를 보내어 東方詩의 폐단을 논하였고, 이에 대해 졸수재가 반박하여 서로 공방이 진행된다. 이는 다시 金昌協에까지 논쟁이 확산되거니와 이들이 주고받은 편지는 이 시기 詩論의 향방을 가늠케 해주는 좋은 자료이기도 하다.[3] 朝鮮의 詩道에 대한 김창흡의 진술은 다음과 같다.

우리 조선에 있어 詩道의 系統을 말하기는 어렵지만 상하 수백 년에 어찌 총명하고 재주 있어 本色에 가까운 자들이 없었겠는가? 그러나 道가 행해지지 못한 것은 古跡에 밝지 못하였기 때문이요, 어릴 때부터 열심히 익혀 노숙해 진 자들도 대개 과거에 얽매이다가 세속의 논에 드는 것에 급급해 하게 된 것이다. (…중략…) 그 중에 李安訥은 더욱 심하고 車天輅는 화미한 자이다. 일찍이 그들의 글을 자세히 살펴보았지만, 보면 볼수록 허무하게도 눈에 뛰는 것이 없고 종일 보아도 詩라고 할 만한 것이 없었다. 格法은 허물어졌고, 音調는 텅 비고, 意致는 썩었으며, 情思는 얕고, 元氣는 약하고 妙理는 아득하다. 精華가 없으니 썩은 나무에 비해도 오히려 나무가 강하고, 風韻이 없으니 石榴에 비해도, 石榴가 더 굳세며, 眞色이 없으니 진흙에 비해도 진흙이 더 윤기가 나며, 新態가 없으니, 먼지에 비해도 먼지가 오히려 훨훨 날릴 지경이니, 도대체 비할 데가 없다.

---

2) 『農巖集』 권34, <雜識>.
3) 이들의 논쟁은 李鍾虎, 「三淵 金昌翕研究」, 『韓國文學研究』 9・10合集(1987)에 소개된 바 있다. 그러나 여기에 실린 三淵의 詩論은 후술하겠거니와 초년의 것인지라 완숙의 경지는 아니다.

이러니 종내 詩가 없게 된 것이다.

　　若在我朝 若詩道之統 蓋難言哉 雖然上下數百年 亦豈無聰明才慧近於本色
者而道之不行 常由於不明故跡 其童習而老熟之者 大抵攄其科習之餘力 惟副
急媚俗之爲快 (…中略…) 於其中 東岳特其甚者也 五山抑靡者耳 嘗試卽其所
述 搜而尋之 蓋亦勤矣 看來看去 枵然若光耀之視無有 終日視而無所謂詩者 以
言乎格法則頹也 以言乎音調則啞也 以言乎意致則腐膚也 以言乎情思則淺稗也
以言乎元氣則繭然也 以言乎妙理則邈如也 以其無精華而比於朽木 則猶且瘦勁
也 以其無風韻而比於完石 則猶且牢確也 以其無眞色而比於泥塗 則猶且滋潤
也 以其無新態而比於塵垢 則猶且升揚也 終之無所比焉 則終果無詩焉矣[4]

　김창흡은 이처럼 전대 시인의 대표라 할 만한 李安訥과 車天輅의 존재를
완전히 무시하고 있다. 마찬가지로 金昌協 역시 비슷한 시기 詩名을 드날렸
던 鄭斗卿에 대해 "그 意氣가 앞사람의 그림자만 쫓아 그 시가 비록 淸新豪
俊하고 세속의 악착스럽고 썩은 기운은 없지만 그 정치한 말과 오묘한 意思
는 古人의 깊은 경지를 엿볼 수 없고, 멋대로 휘달렸지만 詩家의 變要를 극
진히 하지 못했다."[5]고 평하였다.

　農巖과 三淵이 이러한 비판을 가한 것은 새로운 詩道의 정립을 전제로 한
것이다. 農巖이 앞서 든 글에서 우리 나라 시인들이 唐詩를 배우면서 개성이
없어졌다고 했을 때 唐詩 자체를 부정한 것도 아니며, 宋詩를 배울 때 그래
도 개성이 남아 있다고 해서 宋詩 자체를 전적으로 긍정한 것은 아니다. 農
巖은 바람직한 詩는 性情이 드러나고 天機가 유동해야 한다고 하였다. 이
근거에서 農巖은 唐詩가 이를 얻어 自然에 가까웠다는 점에서는 긍정될 만

---

4)『三淵集』拾遺 권15, <與拙修齋趙公>.
5) "鄭東溟 …… 意氣追逐前人影響 故其詩 雖淸新豪俊 無世俗齷齪庸腐之氣 然其精言
　　妙思 不足以窺古人之奧 橫騖旁驅 又未能極詩家之變要."「農巖雜識」권34.

하다고 하였다. 그러나 明詩는 唐詩의 이러한 경지를 잘못 배웠고, 宋詩가 갖는 故實議論의 폐단을 고치려다 도리어 天眞을 잃었다는 점에서 비판하고 있다.[6] 따라서 學詩의 모범은 唐詩에 있지만 같을 필요는 없다고 한다. 배울 바는 性情의 興寄를 주로 한다는 作詩의 원리이지, 聲音氣調의 기법이 아니기 때문이다.[7] 이러한 농암 시론의 핵심은 天機·天眞·自然 등의 용어를 중심으로 개진한 것이다.

三淵 역시 天眞이나 天機, 自然 등의 용어를 자주 구사하고 있거니와, 앞에서 보인 本色·眞色 등도 동질적인 의미로 쓰인 것이다. 이와 함께 삼연은 새로이 쓰여져야 할 詩의 전범을 詩經詩에서 구하고 있다. 삼연은 1720년 詩經 節南山에서 雨無正까지를 읽다가 뜻이 잘 통하지 않아 곤혹을 겪으면서 다음과 같은 주목할 만한 발언을 하고 있다.

程子와 朱子의 說은 모두 雅가 風보다 낫다고 하는데 그 말은 정당한 것 같다. 그러나 내 생각에는 (이 시들은) 天眞이 露呈되어 安排를 고려하지 않은 것은 여항 아녀자의 氣에 많이 있다. 만약 노숙한 사대부가 붓에 먹을 적셔 草를 잡아, 몇 차례 수정을 가했다면 辭라고 할 수는 있겠으나, 그러나 天機와는 거리가 있다. 이에 따라 아무렇게나 지껄인 동요가 靈驗이 많은 것은 神이 와서 安排를 하지 않았기 때문이다.

程朱之說 皆云雅勝乎風 以其語皆正當 而竊謂天眞呈露 不容安排 多在於 街童巷女之口氣 若老成士大夫濡毫起草 容或有累次點竄 則命辭雖當 而稍與 天機有間矣 以是之故 童謠沒巴鼻者 槃多靈驗 以其神來而不安排也[8]

---

6) 위와 같음.
7) 위와 같음.
8) 『三淵集』 권35, <日記>.

三淵은『西浦集』의 序에서 김만중의 詩文은 性靈을 온축하고 있으며 天
眞이 흐르고 있다는 논리로 칭찬하고 있거니와,[9] 이 글은 西浦漫筆의 閭巷
民謠의 옹호론과 유사한 느낌을 준다. 아무튼 三淵이 詩經詩의 본질은 바로
天機의 유동에 있다는 점, 이것은 다시 인간의 性情을 자연스럽게 유로한 것
에 있음을 확인시켜 준다. 이러한 三淵의 詩論은 다음과 같은 오랜 세월을
통해 배태된 것이다.

내가 어리석어 백 가지 중에 아는 것이라곤 하나도 없지만 오직 詩道에 三十
年을 用心하였다. 처음에는 반드시 格을 높이 세우고 法을 古에서 찾는 것을
표준으로 삼아 우리 나라 사람들의 비루한 풍습을 교정하려 하였고, 표방하는
바가 남들과 호응되어 문득 '漢古唐律은 뛰어나도다. 위로 구름에 미칠 듯하도
다'고 하였다. 그렇기는 해도 스스로 운용을 하려 하면 한결같이 그림자만 좇게
되고, 일삼은 바가 漢이라고는 하지만 진짜 漢이 아니며, 唐이라고 하는 것도
진짜 唐이 아니라 스스로 만든 漢과 唐이었다. 이에 그만두고 돌아오니 어려운
것이 싫증이 나 다시는 聲病으로 법도를 궁구하려 하지 않게 되었다.

余之迂疎 百無所解 獨於詩道三十年用心矣 其始以立格必高取法必古爲準
務以矯東人卑靡之習 其自標致 與夫爲人嚮導 輒曰 漢古唐律 崔崒乎 上薄雲
宵 抗論則然 而及其自運 一皆是尋逐影響 而爲者所謂漢者 非眞漢 唐者非眞
唐 而乃自己之漢與唐也 於是廢然而返 因難生厭 不復以聲病爲究竟法矣[10]

朝鮮人으로서 漢詩를 어떻게 써야 하는지에 대한 고충이 진솔하게 표출된
글이다. 오랜 연구 끝에 도달한 三淵의 시론은 이처럼 진실된 詩를 써야 한
다는 것으로 귀착되었다. 拙修齋와 논쟁을 벌일 때 32세의 三淵은 務勝心이

---

9)『三淵集』권23, <西浦集序>.
10)『三淵集』권23, <觀復稿序>.

앞서 東岳과 五山을 비난하였지만, 이제는 이러한 입장이 정리되고 있다. 다음은 三淵詩論의 정리된 모습이다.

詩道는 法이 없을 수는 없지만 法에 얽매여서는 아니된다. 나는 일찍이 朱子가 詩를 논함을 보았다. 風雅의 正變 구분이 명확하여 어떤 사람의 질문에 답하기를 "關關雎鳩가 어디 출처가 있는가"라 하였다. 통쾌하도다, 이 말이여. 천고의 고착을 깨고 聲病에 물든 자들에게 活句가 될 만하다. 무릇 詩란 무엇인가? 性靈에 근원을 두고 物象에 가탁하는 것이지, 울긋불긋 섞어 문식을 가하고 宮商으로 선율을 삼은 것은 전범이 될 수 없고 변화에 맞추어 가야 할 것이다. 神은 일정한 방향이 없고 易理에는 일정한 體가 없으니 시도 이래야 한다. 象에도 變轉이 있어 눈 속에 파초가 있어도 되고 境은 빼앗기는 것이 있어 조그마한 풀싹 속에 須彌山이 들어가도 되는 것이다. 이 어찌 안배하고 얽어서 될 것이겠는가? 우리 東方詩의 연원은 얕아 모범으로 삼을 만한 것이 없는데도 忌諱에만 밝고 습용에 익숙하여 실로 삼백년의 폐단이 되고 있다. 그래도 宣祖 이전은 巧拙은 있지만 각기 眞態를 드러내었다. 그러나 그후 고상한 데로만 빠져들어 수식이 날로 勝하게 되었으며, 기휘가 더욱 상세해지고 습용이 더욱 익숙하게 되었다. 옛것을 법으로 삼는 것이 아니라, 마침내 法에 얽매이고 만 것이다. 따라서 사물의 이름을 댈 때에는 반드시 사전에 의존하고, 고사를 쓸 때에는 반드시 내력이 있게 하니, 악착같고 상투적인 것에서 한 발자국도 벗어나지 못하게 되어, 마침내는 眞機의 활용이 묶여 나아가지 못하게 되었다. 이러니 다시 흐름을 중간에서 끊어 뗏목을 띄워 오를 수 있겠는가? 한꺼번에 논하자면 百家가 一格이니 한 사람의 작품에도 境과 事가 한데 어우러지고 情致가 뒤섞여 버렸고, 千篇一律이 되어 구분할 수 없게 되었다. 아! 詩可以觀이라 하였거늘 어찌 이와 같이 하려드는가.

詩之爲道 不可無法 不可爲法所拘也 不侫嘗聞朱子論詩矣 其於風雅正變之

別 非不截然 至答或人之問 則曰關關雎鳩 出自何處 快哉斯言 可以破千古膠
固之見 而足爲聲病家活句矣 夫詩何爲者也 原於性靈 假於物象 靑黃之錯爲
文 宮商之旋爲律 不可爲典要 惟變所適 神無方而易無體 詩亦如之 故象有所
轉雪中芭草可也 境有所奪芥裏須彌可也 是豈可以按排苟滯爲哉 我東爲詩 淵
源旣淺 無復憲章之可論 而獨其詳於忌諱 狃於仍襲 實爲三百年痼弊 然而宣
廟以前 雖有巧拙 猶爲各呈其眞態 以後漸就都雅 則磨礱粉澤之日勝 而忌諱
愈詳 仍襲愈熟 非古之爲法 而終爲法拘也 故命物之必依彙部 使事之要有來
歷 蹙蹙圈套之中 不敢傍走一步 遂使眞機活用 括而不行 豈復有裁斷中流 而
超津筏而上者乎 盖合而論之 百家一格 卽夫一人之作 而境事雷同 情致混倂
又是千篇一律 無可揀別矣 噫詩可以觀 豈欲其如是哉[11]

형식에 얽매이지 않고 각자의 개성을 자연스럽게 표출해야 한다는 詩論의
등장은 필연적인 추세이다. 이로써 道學者들에 의해 끊임없이 제기되었던
"詩는 性情에 근본을 두어야 한다"는 주장에서 "詩는 인간의 자연스러운 감
정을 드러내는 것이다"는 견해로 변화를 보이게 된 것이다. 이러한 변화는 물
론 중국에서의 상황과 무관하지 않다. 袁宏道를 위시한 公安派들이 擬古主
義에 반발하여 "風流本色"을 주장하며 진실된 情과 性靈의 자연스러운 유로
를 강조한 것이 三淵에게 영향을 끼친 것으로 보인다. 또 중국시론의 흐름에
서 公安派를 뒤이은 錢謙益·賀貽孫 등에 이르면 진실된 감정이 없는 전대
의 시를 비판하고 眞情에 근거한 眞詩를 제창하게 되거니와 이들의 논리는
三淵의 그것과 동궤의 것이기도 하다. 錢謙益 이후 賀貽孫의 시론은 三淵의
것과 더욱 근접되어 있다. 賀貽孫의 詩論의 핵심은 '性靈'·'本色'·'天籟'
등을 통해 진실된 情을 자연스럽게 표출한다는 것에 있다.[12] 여기서 性靈은

---

11) 『三淵集』 권23, <何山集序>.
12) 王英志, 『淸一詩話硏究』, 江蘇古籍出版社, 1986, 22~37면. 이하 賀貽孫에 대한 것은
   이 책을 참조하였음.

인간의 자연스러운 감정을 뜻하는 것으로 袁枚 등의 性靈說과 일정한 관계가 있다. 三淵과 農巖이 이 용어를 詩論에 끌어들여 性靈說의 단서를 보인 것은 賀貽孫의 영향과도 무관하지는 않은 듯 싶다. 또 賀貽孫이 "詩를 지음에 本色을 귀하게 여긴다"고 하였는데 이 말은 진정한 감정을 자연스럽게 드러낸다는 점에서 性靈과 유사하다. 이 역시 三淵이 眞色·本色이라고 했을 때의 의미와 동일하다. 天籟는 莊子에서 끌어온 것으로 本色의 의미를 구체화시킨 것이다. 農巖과 三淵이 즐겨 쓰는 天機 역시 莊子에 근원을 두고 있는 말로, 이들이 좀더 詩作 방법상의 포괄화를 꾀하기 위해, 天籟라는 용어보다 더 함축성이 있는 天機로 대체한 듯하다. 실제 農巖과 三淵의 문하생과 친한 사이로 李縡의 문인이기도 한 南有容은 다음과 같이 말하고 있다.

나는 어릴 때 太華子에게 詩를 배웠다. 언젠가 소나무 아래에서 쉴 때 바람이 불어오자 형은 나를 보며 "자네는 바람의 성질을 아는가? 무릇 바람은 허공을 떠돌다가 사물에 육박하고 나서야 소리가 나게 된다. 그러나 바람을 받는 것의 성질이 굳세기 때문에 그에서 나는 소리도 우아하고 맑다. 시를 쓰는 것이 이와 같다."라고 하였다.

余少學詩于太華子 子嘗憩松下 有風至焉 子欣然顧余曰 若知夫風乎 夫風遊於太空 薄於物 而後爲聲 然彼受之者 其性剛焉 故其爲聲 乃穆然而淸焉爲詩亦猶是乎[13]

이는 賀貽孫의 天籟說을 확인한 것이며, 性情을 자연스럽게 표출한다는 天機論의 다른 표현이라 할 수 있다.

---

13) 『雷淵集』 권13, <漢魏晋詩選序>.

3. '眞詩'의 餘響

지금까지 金昌翕 詩論의 淵源과 대강을 살펴보았다. 그러나 三淵의 詩論은 性情을 자연스럽게 표출한다는 일반론적 진술에 그치고 있지만, 그의 문하에 의해 구체적인 詩作의 방안으로 구체화된다. 다만 문하 시인의 구체적 대응이 三淵이 제시한 眞詩의 어느 특정 부분을 확대시켜 나간 것인가를 중시하여야 할 것이므로, 여기서는 다양한 발전의 가능성 특히 그 개별성을 중심으로 살펴보기로 한다. 따라서 겹치는 부분이 있기도 하겠으나 편의상 나누어 보았다.

1) 天機의 詩的 표출

天機는 眞機·天眞·眞色·本色·眞態 등의 용어로 진실된 감정의 표출임을 확인하였다. 그러나 天機라는 용어의 함축성에 유의할 필요가 있다. 일상적으로 天機는 莊子 大宗師의 "其嗜欲深者 其天機淺"에서 天賦的인 悟性이나 聰明을 지칭한다. 이와 함께 性理學者들이 이 말을 쓸 때에는 造化의 오묘한 비밀을 가리키기도 한다. 徐敬德이 〈天機〉라는 제목으로 詩를 썼거나[14] 李滉이 "뜨락의 풀과 意思는 일반이거니 능히 은미한 뜻 헤아리리오. 太極圖說에 天機가 드러났으니 마음을 가라앉힘에 달려 있다네"[15]라고 읊조렸을 때에 이 말이 그다지 詩와 긴요하지 않았다. 정작 張維와 李睟光에 이르러 詩論에 적용된다.[16] 여기에서 天機의 개념이 自然을 강조한다는

---

14) 『花潭集』 권1.
15) "庭草思一般 誰能契微旨 圖書露天機 只在潛心耳." 『退溪先生之集』 권3, 〈庭草〉.
16) 天機의 문학적 수용은 張源哲, 「朝鮮後期文學思想의 展開와 天機論」(韓國虐待學院

점에서 農巖과 三淵은 이를 계승하였다고 할 수 있다. 그러면서도 특히 三淵은 이를 前代詩의 비판 논리로 삼으면서 眞詩의 제창으로 연결시켰다.

이러한 眞詩의 조건으로 제시된 天機는 農巖의 문하이면서 三淵의 詩友였던 洪世泰에로 이어지면서 당대의 공감대를 형성한다.

寫景이 淸圓한 것은 봄 새와 같고 抒情이 悲切한 것은 가을 벌레 같도다. 느낀 바가 있어서 울리는 것은 天機 중에 自然히 유출되는 것이니 이것이 바로 眞詩다

若夫寫景之淸圓者 其春鳥乎 而抒情之悲切者 其秋蟲乎 惟其所以爲感而鳴之者 無非天機中自然流出 則此所謂眞詩也[17]

洪世泰는 三淵이 직접 명명하지 않았던 새로운 詩를 眞詩로 명명하며 詩論을 계승하고, 이를 作詩의 원리로 적극적으로 차용하기에 이른다. 洪世泰는 이러한 眞詩를 다음과 같이 읊고 있다.

서류 뭉치 비로소 처리하고 나니
몸 한가로워 흥취를 알겠도다.
연기는 시냇가 지붕에 피어오르고
참새는 비오는 가지 밑에 모여드네.
말로에 인생살이 기우뚱하고
虛名은 한갓 일장춘몽이라네.
인연 따라 즐겁기도 슬프기도 하니
그려내면 곧 眞詩라네.

碩士論文, 1982)에 연구된 바 있다.
17) 『柳下集』 권6, <海東遺珠序>.

밤비 바람 겹쳐 얼마나 지독했는지
아침에 비로소 깨달았나니.
울타리까지 흰 물 넘실넘실
땅 바닥에 흩어진 청솔가지.
옛 친구 누가 오려나
가난한 처 손수 밥을 짓는다.
홀로 산 대나무 자라는 것 어엿비 여겨
뜻이 가는 대로 新詩를 그려내네.

이 생애 원래 약질인데도
그래도 친구들에게 의지받게 되었네.
베갯머리에 시냇물 훤하고
담장 위엔 홰나무 마주하네.
구름 걸린 멧부리 함께 잠자고
옆집에 불을 빌어 아침을 짓네.
우습다 부자들
어찌 좋은 시 짓겠나.

始輟杏文草　　　身閑趣可知
烟生溪上屋　　　雀聚雨中枝
末路看某累　　　浮名覺黍炊
隨緣有憂樂　　　寫出卽眞詩

夜雨兼風甚　　　朝來始得知
侵籬生白水　　　落地有靑枝
舊客誰相問　　　貧妻尙自炊

獨憐山竹長　　　　隨意寫新詩

此生元弱植　　　　猶幸倚親知
枕外分溪色　　　　墻頭對檜枝
岳雲同夜臥　　　　隣火接朝炊
却笑裘羊輩　　　　何曾有好詩[18]

이 시에서 보인 대로 위항인 洪世泰의 生活과 그에 대한 감정을 수식없이 자연스럽게 표출하는 것이 新詩요, 眞詩라고 홍세태는 생각하고 있는 것이다. 三淵은 이러한 홍세태에 대하여 다음과 같이 말한다.

　　仲兄이 홍세태를 논하여 詩人의 태도가 있다고 하였는데 나 역시 肥瘦가 中道를 얻었다고 할 따름이다. 悍健·深遠·高潔·雅正·幻眇·淸新·緊切·巧妙 등은 모두 가깝지 못하다.

　　仲兄論洪有曰 有詩人態度 吾亦曰肥瘦得中 如斯已矣 如悍健深遠高潔雅正 俊亮幻眇淸新緊切巧妙　都未近之[19]

여기서 農巖은 洪世泰가 詩人의 態度가 있다고 하였는데 이는 揚雄이 法言에서 이른바 辭人과 대비되는 개념으로, 애써 꾸미려하지 않는 진솔한 태도를 말하며, 三淵이 이른바 '肥瘦의 中道'는 자신의 비천한 신분적 제약으로 인한 悲憤을 적절히 토로했음을 말한 것이다. 곧 洪世泰의 眞情에 바탕한 眞詩에서 능력을 인정한다는 말이다. 홍세태 역시 이를 잘 알고 있는 그대로 자신들이 詩를 잘 쓸 수 있는 방향이 여기에 있었던 것이다. 이에 따라

<hr>

18)『柳下集』권11, <呈南隣>.
19)『三淵集』권19, <答士敬>.

洪世泰는 天機라는 용어를 통해 자신들의 詩의 위상을 한층 올려놓을 수 있었던 것이다.

　　무릇 사람이 天地의 가운데 태어나 情을 느끼고 언어로 표현한 것이 詩가 되는 것이므로 貴賤에 관계없기는 한 가지이다. 이 때문에 三百篇이 里巷의 歌謠에서 나온 것이 많다.

　　夫人得天地之中以生　而其情之感而發於言者爲詩　則無貴賤一也　是故三百篇多出於里巷歌謠之作[20]

三淵이 前代詩를 비판하기 위한 논리를 마련하면서 街巷의 童女의 민요가 天機를 보존하고 있다는 말을 확장시켜 신분이 천하더라도 詩를 잘 쓸 수 있다는 입지를 마련했다. 이러한 논리는 西浦의 國文詩歌 옹호론에 이어, 洪大容이 <大東風謠序>에서 天機論을 통하여 국문시가의 의의를 더욱 강조한 것으로 계승된다. 그리고 다른 한쪽으로는 委巷人이 지은 詩의 의의를 더욱 강조하는 쪽으로 연결된다.

　　무릇 詩는 天機이다. 天機가 사람에게 깃드는데 처지를 가리지 않는다. 사물에 구애된 바가 적으면 능히 얻게 된다. 委巷의 선비는 궁하고 천하므로 세상에서 말하는 功名榮利는 밖으로 흔들리거나 안으로 골몰함이 없어야 天眞을 온전히 하기가 쉽다. 또 일삼는 바가 좋아하는 것이면서도 또 전념할 수 있게 되었으니 그 형세가 그런 것이다.

　　夫詩者天機也　天機之寓於人　未嘗擇其地　而澹於物累者　能得之　委巷之士

---

20) 『柳下集』 권9, <海東遺珠序>.

惟其窮而賤焉 故世所謂功名榮利 無所撓其外而泊其中 易乎全其天 而於所業
嗜而且專 其勢然也[21]

李天輔는 吳瑗, 南有容, 黃景源 등과 친하였고 農巖과 三淵의 門下라 할
수 있는 인물답게 三淵의 논지를 이어받고 있다. 그러면서 위항인의 존재를
더욱 부각시킬 수 있게 되었다. 보다 주목되는 것은, 위항인들이 士大夫보다
天眞을 잘 보존하고 있으므로 더 詩를 잘 쓸 수 있음을 강조하게 되었고, 한
편으로 詩業에 오로지할 수 있는 專門詩人으로서의 위항인의 위상을 정립하
였다는 점이다. 李天輔는 이어 "鄭來僑가 파리한 학처럼 淸脩하고 그 미간
을 바라보면 詩人임을 알겠다"고 하고, 또 "그 詩가 疏宕演漾하여 詩人의
態度를 얻었고, 종종 聲調가 慷慨하여 燕趙의 筑을 치는 선비와 나란히 달
리는 것 같다"[22]고 하여 이 점을 분명히 하고 있다.
  三淵이 天眞을 강조한 詩論이 위항인들에게는 적극적 의미를 지님에 비해
일반 사대부들의 作詩에서는 시가 저절로 지어진다거나, 不得已해서 지어진
다는 소극적 논리로 계승된다. 南龍翼의 曾孫인 南有容의 詩論은 여기에 속
한다.

  詩는 뜻을 말로써 나타낸다. 뜻으로 부득이하고 말로는 전할 수 없게 된 다음
에야 詩가 있게 된다. 무릇 새가 봄을 알리면 그 소리가 즐겁고, 벌레가 가을을
알리면 그 소리가 슬퍼지니, 이 어찌 즐겁고 기쁜 것에 뜻을 두었겠는가? 또한
소리를 빌어 그 뜻을 통하였을 뿐이다.

  詩言志 志有不得已而言之不能傳 然後乃詩焉 夫鳥之鳴春 其聲樂 蟲之鳴

---

21) 『晋龍集』 권6, <浣巖集序>.
22) "其爲人淸脩如瘦鶴 望其眉宇 可知爲詩人", "其爲詩也 疏宕演漾 得詩人之態度 而往
    往聲調慷慨 有若與燕趙擊筑之士 上下馳逐" 위와 같음.

秋 其聲悲 是何嘗有意於悲樂歟 亦假之聲 以通其志而已[23]

봄에 새가 울고 가을에 벌레가 울듯 시를 쓴다는 것은 洪世泰에서 보인
것인데, 이를 계승하면서 자연스럽게 시가 지어지는 것이라 하였다. 이는 앞
서 南有容이 兄 南有常에게서 들은 '바람에 의해 부딪친 사물의 소리'가 시
가 된다는 것과 짝을 이루면서 賀貽孫의 天籟說과 상통한다. 이러한 不得已
作詩論은 함께 교유하였던 吳瑗에게 극단화되어 無心論까지 등장한다.

  至人은 無心하다. 꼭 無心하려 하면 진짜 無心한 것이 아니다. 자연히 없어
져야 無心이요, 우연이라도 있으면 有心이니 이것도 無心이 아니다. 나는 성품
이 山水를 좋아하고 벗을 좋아하고 또 술을 좋아하며, 또 詩도 좋아한다. 그 詩
는 까닭이 없으면 짓지 않으니, 산이나 물에 임하면 짓고, 벗이 있으면 짓고, 술
이 있으면 짓는다. 많은 것을 구하지 않고 공교로운 것도 구하지 않는다. 흥이
나고 뜻이 이르면 無心하게 나타나지, 有心하게 해본 적은 없다. 有心하게 이룬
것도 반드시 無心하겠다고 하지 않았다. 따라서 이와 같이 하여 좋은 것도 있고,
좋지 않은 것도 있었는데, 좋은 것은 굳이 기록하고, 좋지 않은 것도 또한 버리
지 않았다. 남들이 보고자 하면 감추지 않았고, 좋다고 하면 기뻐하였다. 좋지
않다고 지적하면 감복하지 않음이 없었다. 이미 뛰어난 재주와 기이한 기세가
없어 이와 같이 마음을 썼을 뿐이니 남들이 귀하게 여길 것도 없고 나 또한 믿
지 않는다. 天機의 自然스러움을 아는 자는 알 것이로다.

  至人無心 必於無心 非眞無心也 自然而無則無心 偶然而有則有心 此眞無
心也 吾性好山水 好友朋 好酒 又好詩 其詩 無故不作 登山臨水則作 見朋友
則作不求多 不求工也 方其興會意到 其無心而發者 未嘗使之有心也 有心而

---

23)『雷淵集』권11, ＜溪嶽集序＞.

成者 不必欲其無心也 故有如是而好者 有如是而不好者 好者固錄之 而不好
者 亦不棄也 人有求見者未嘗隱也 稱其好未嘗不喜也 摘其不好未嘗不服也
旣無雋才奇氣而其用心不過如此 人固不之貴 吾亦不自信 天機之自然 知者其
知之[24]

여기서는 天機의 개념이 거의 老莊의 無爲 수준까지 변화했음을 알 수 있
다. 이때 제기되는 문제는 詩가 詩다운 것이 무엇인가에 대한 배려가 사라져
버렸다는 점이다. 이 문제 역시 이 시기 문인에 의해 인식된 것 같다. 三淵의
문하인 金時敏의 <東圃集序>는 이런 이유에서 시를 두 갈래로 나누어 설명
하는 방식을 택하고 있다.

詩는 두 가지 길이 있다. 혹 天機에서 발하는 것이 있고, 혹 人工으로 얻는
것이 있다. 天機에서 발한 것은 비유하자면 聖人의 일이요, 사람들이 모두 능히
할 수 있는 것이 아니어서 風雅頌 이후 대개 많지 않다. 人工에서 얻은 것은 비
유하자면 仁을 행하여 익숙하게 되는 것과 같아, 人工으로 익숙한 경지에 이르
게 되면 비록 괴로이 생각하고 애써 찾지 않아도 어느 순간 훤하게 天機에 통하
게 될 것이다. 비록 그렇지만 이 또한 반드시 재주가 있는 자가 그 공력을 다한
다음에야 가능한 것이다. 그렇지 않다면 長短을 서로 가리워 줄 수도 없을 터이
고 巧拙도 반드시 편벽된 바가 있을 것이다. 奇雅함을 숭상하는 자는 輕虛에
빠질 것이요, 典實함에 힘쓰는 자는 진부한 데 빠질 것이며, 조직하는 것은 纖
碎에 귀착되고, 華澤은 분칠하는데 귀착될 것이다. 남들이 하는 대로 따르면서
도 一邊에 떨어지지 않는 자는 드물다.

詩有二道 有或發之天機 有或得之人工 發於天機者 譬之聖之事也 非人人

---

24) 『月谷集』 권9, <題詩稿後>.

所可能　故風雅頌以後　盖無多焉　得之人工者　譬之爲仁而熟者　人工能到熟處
則雖不苦思力索　而有時汤然乎天機矣　雖然是必有才分者　又盡功其力　然後爲
可能也　如其不然　則長短不能相掩　巧拙必有所偏　尙奇雅者　失之輕虛　務典實
者　失之陳冗　組織者　歸於纖碎　華澤者　歸於粉繪　其能緣督以爲經　不落於一
邊者　鮮矣[25]

詩 창작에서 天機論이란 이미 이상일 뿐 현실적인 방도가 없다는 점을 인
정하고 있다. 대신 人工을 성실히 하면 天機에 이를 수 있다는 절충론을 편
다. 물론 天機論의 계승이라는 점에서 人工이 지극하면 곧 天機가 된다는
사족도 놓치지 않았다. 오히려 이 부분을 장황히 말하고 있다. 그러나 詩作에
있어 天機論이 여기에 이르면 당위적 명제로 작용할 뿐 실질적 의미가 오히
려 사라져 버린다. 이렇게 되면 人工이 天工처럼 보이도록 시를 짓는 것이
과제가 된다. 이는 다시 위항인과 같은 전문 시인 집단의 전문성이 요구되는
훗날을 기다려야 한다.

2) 本色과 畵論의 접맥

三淵이 詩는 眞態나 本色, 眞色을 드러내야 한다고 했을 때, 그것은 天機
와 동질적인 개념으로 솔직한 감정을 자연스럽게 드러내는 것이었다. 그러나
이때 감정의 흥기를 유발하는 대상물을 어떻게 시에서 처리하는가가 문제이
다. 앞에서 天機論의 시적 전개가 眞情의 표출에 초점을 맞추었다면 다음에
는 眞景의 형상화가 문제될 수 있다.

三淵이 젊은 시절 拙修齋와 詩學에 대해 논쟁을 할 때, 이미 詩에서 갖추

---

25) 『東圃集』.

어야 할 중요한 부분의 하나가 眞色이었으나,[26] 이 때에는 시가 드러내는 윤택을 지칭하였다. 三淵은 拙修齋와 논쟁을 거친 후 오히려 拙修齋의 詩論을 상당히 수용한다. 앞서 살핀 대로 三淵의 詩論이 후기에 변화를 보인 것도 이 때문이다. 이 점에서 拙修齋와의 논쟁에서 車天輅의 詩를 어떻게 볼 것인가에 대해 다시 살필 필요가 있다. 문제가 된 五山의 詩는 <北闕>이라는 작품의 "風外怒聲聞渤海 雪中愁色見陰山"句이다.[27] 이에 대해 三淵은 비린내가 나서 가까이할 수 없다고 하였지만 이에 반하여 拙修齋는 이 작품이 北塞에 있을 때의 작품으로 소리가 귀에 울리고 모습이 눈에 접한 듯하다고 평하고 있다. 拙修齋는 五山詩의 사실성을 칭찬한 것이고 三淵은 이를 그 바탕에서부터 부정하고 있다. 中國 歷代 詩人의 評이 이를 잘 보여준다.

杜甫의 詩는 形과 神이 모두 妙한 것이요, 李白은 神行일 뿐이다. 이 때문에 杜甫는 萬象을 구비하여 形形色色 형체에서 벗어남이 없다. 따라서 그 警句를 뽑자면 이루 헤아릴 수 없다. 李白의 詩는 妙處가 光景의 영롱함에 있는지라 실로 경구 가운데 뽑을 만한 것은 없다. 岑參과 高適·王維·孟浩然 등이 物態를 잘 묘사한 것을 李白과 비교해보면 그래도 李白이 한 단계 위이지만, 形과 神이 모두 갖추어진 杜甫에게 부끄럽기는 마찬가지이다.

子美之詩 形神俱妙者也 李白只神行者也 所以子美牢籠萬象 形形色色 無所逃形 故摘其警句 亦不可勝數 李白詩妙處 多在光景玲瓏 實無警句 可掇取者 以岑高王孟善寫物態者 較諸李白 則李白固高一層矣 然形神俱妙 終愧子美卽均焉[28]

---

26) 주 3) 참조.
27) 李鍾虎의 앞 논문에 따르면 이 시는 『五山集』에 보이지 않고 『終南叢志』에 보인다고 하였다.
28)『三淵集』 권19, <答士敬別紙>.

三淵은 여기서 岑參·高適·王維·孟浩然 등이 物態는 잘 묘사했지만 이 物態가 신령스러운 情과 융화되지 못한 한계가 있다고 하였다. 이 점을 좀 더 분명히 하기 위해 三淵은 같은 곳에서 寫景을 어떻게 해야 하는지 다음과 같이 말하고 있다.

　　眞影을 그릴 때 그 神情을 얻음을 귀히 여긴다. 다만 形骨에 그치면 그 사람이 아니다. 詩를 짓는 것도 이와 같다. 형체만 그리고 神을 놓치기보다는 색채를 略하고 神駿을 살리는 것이 낫다.

　　寫眞貴得其神情　只以形骨而已　則便非其人　作詩亦然　與其摸形而遺神　不若略其玄黃而得其神駿也[29]

여기서 三淵은 그림에 비유하여 詩作의 원리를 설명하고 있는데, 그 요지는 情과 境의 合一이다. 이때 三淵은 다시 眞情에서 나아가 神情을 말하고 있다. 이는 三淵이 자연스러운 감정으로서의 眞情을 강조하면서도 이를 直敍하기보다는 대상을 통한 感興·영감을 포착하여야 함을 놓치지 않는 것이다. 위항인이 眞情으로 치달아 시의 맛을 감쇄시킨 것 역시 神情이 부족한 것으로 설명할 수 있으며, 전술한 性靈이 다시 神情과 유사한 것임을 알 수 있게 한다. 그런데 특히 우리의 관심을 끌게 하는 것은 이러한 三淵의 詩論은 王士禎의 神韻說에 매우 가깝다는 사실이다. 그러나 三淵과 王士禎의 선후 관계는 불과 20년의 차이가 있는 것으로 보아 三淵의 王士禎의 神韻說에 직접적인 영향을 받은 것으로는 보이지 않는다. 그리고 앞에서 말한 賀貽孫의 시론도 직접 영향을 받았는지는 미지수이다. 아무튼 王士禎은 南宗文人畵와 밀접히 관련되고 있으며, '詩畵本一律'을 주장한데 유의할 필요가 있다.[30] 三

---

29) 위와 같음.
30) 王英志, 앞의 책 68~85면 이하 王士禎의 시론도 여기서 참조하였다.

淵은 <何山集序>에서 '神'을 강조하며 눈 속의 파초나 풀싹 속의 須彌도 무관하다고 하였는데,[31] 王士禎 역시 "세상에서 王右丞이 눈 속의 파초를 그렸다고 하는데 시도 이와 같다"고 하고 있어 두 논지가 흡사하다. 위의 인용문으로 보아 神의 의미가 王士禎의 詩畵論과 일정한 관계를 유지하고 있는 용어로 해석되어도 좋을 것 같다. 굳이 神韻을 王士禎의 것에 결부시키지 않더라도 南齊의 謝赫이나 唐 張彦遠 등에서 畵論과 관련된 詩論이 보이기도 한다.[32]

이와 같은 詩論은 農巖과 함께 尤庵의 門人이었던 水村 任埅에게서도 보인다. 任埅은 中國의 歌行을 정리하면서 다음과 같은 유형 분류를 하고 있다.

내가 널리 책을 취하여 살펴보니 그 正格에 두 가지가 있었다. 景物을 摸寫하고 造語가 淸新한 것은 本色이니 佛家로 비유하자면 頓悟派라 하겠고, 事情을 論說하고 辭로 부연한 것은 本色이 아니니, 漸修派라 하겠다.

余乃取而細繹之 其正格有二焉 摸寫景物 而造語淸新者 乃其本色也 譬如禪家之悟派也 論說事情 而遣辭敷陳者 非其本色 譬如禪家之漸派也[33]

이 글은 회화를 직접 거론하지는 않았지만 寫景과 神情의 조화를 다른 식으로 표현하고 있다는 점에서, 위에서 살핀 三淵의 詩論이 18세기 초반 詩壇에서 낯선 것이 아님을 알 수 있게 한다. 또한 三淵의 詩論을 이은 그의 문하에서도 詩를 평할 때 이와 같은 詩論을 차용하고 있음을 볼 수 있다.

그(金昌業)의 詩는 淸遒精核한데 景象을 묘사하고 事情에 절박하였다.

---

31) 주 10) 참조
32) 王英志, 앞의 책, 69면.
33) 『水村集』 권8, <歌行六選序>.

爲其詩 淸邈精核 描景象切事情[34]

(金時敏은) 만년에 다시 精深工篤해져 境이 참되고 語가 절실하니 渾然히
一家를 이루었다.

晩更爲精深工篤 境眞語切 渾然成一家[35]

그대는 詩를 짓는가? 시는 짓는 것이 아니다. 境과 神이 만나 자연스럽게 詩
가 되는 것이니 이것이 詩이다.

君作詩乎 詩不可作 境與神會 自然爲詩 是詩也[36]

위 인용문에서 金昌業은 三淵의 동생으로 詩畵로 알려져 있는 인물이므
로 그 詩에 대한 평가 역시 묘사의 우수성에 초점이 가 있다. 또 세 번째 인
용문에서 '境與神會'는 神韻說에서 이른바 '興會神到'와 닮아 있는 개념이기
도 하다. 보다 주목되는 것은 두 번째 인용문으로 여기서는 '境眞'을 말하고
있어 虛景이 아닌 眞景이 관심사로 대두되고 있음을 알 수 있다. 農巖의 門
人이었던 申靖夏의 조카 申昉은 農巖과 三淵이 비판하였던 東溟의 詩를 보
다 구체적으로 비판하고 있다.

東溟의 詩는 虛景을 그리는데 뛰어나지만 實景에는 능하지 못하다. 文集 가
운데 古樂府 및 從軍行・出塞曲 등이 있는데 대부분 閒適하고 幽談하지만 景
物을 묘사한 것은 적다. 대개 시에서 귀하게 여기는 바는 性情을 陶寫하여 興

---

34) 『茅洲集』 권9, <老稼齋集跋>.
35) 『渼湖集』 권13, <東圃集跋>.
36) 『錦石集』 권8, <葵老金仲寬詩稿序>.

會에 寄託하고 事物에 卽하여 스스로 즐거움을 푸는 것이다. 古人이 樂府를 지을 때 진실로 그러한 일이 있고 까닭이 있어 지었지만 후대의 작자는 이를 모의한다. (…중략…) 古에도 眞古가 있으니, 內에 있고 外에 있지 아니하며 意境에 있지 제목에 있지 않다. 모름지기 오늘날의 일상어를 써야 하되 비근한데 떨어지지 않게 하여야 바야흐로 그 古함을 볼 수 있다.

　東溟詩 善作虛景 而不能寫實景 集中古樂府及從軍出塞之作 居多閒適幽淡 寫景狀物之致蓋小矣 夫所貴乎詩者 爲陶寫性情 寄託興會 卽事卽物 以自舒娛也 古人之爲樂府 眞有其事 有爲而發 後之作者皆擬之也 (…中略…) 古有眞古 在內不在外 在意境 不在題目 須能用今人家常語 而使不落卑近 方見其古[37]

여기에서는 東溟의 擬古樂府를 비판하고 있는데, 實景과 實事가 아니고, 日常語도 아닌 점에 이유를 두고 있다. 이와 같이 전개된 詩論에서 이제 眞景이 문제로 떠오른다.

이 시기에 한국회화사에서 가장 주목되는 것이 謙齋의 眞景山水이다. 그런데 이 眞景山水가 언제 어찌하여 나왔는지 정확히 알려져 있지 않다.[38] 그러나 근년에 이 방면에서 연구성과를 내고 있는 崔完秀[39]의 지적대로 三淵과의 관련은 매우 깊다. 謙齋가 盛名을 날리게 된 것 자체가 金昌業이 그의 그림을 北京에 가져가 好評을 받게 된 데서 출발하거니와[40] 謙齋는 槎川 李秉淵, 柳下 洪世泰를 비롯한 三淵의 문인들과 매우 밀접하였다.[41] 이로 보아 謙齋가 眞景山水를 그리게 된 것은 三淵의 詩論에 힘입은 바가 클 것으로

---

37)『屯庵集』권8, <詩話>.
38) 李東州,「謙齋一派의 眞景山水」,『亞細亞』1969.4.
39) <謙齋眞景山水畵考>『간송문』29(1985)와 1989년 2월부터 韓國經濟新聞에 연재하고 있는 <眞景山水> 참조
40) 李東州, 위의 논문.
41) 謙齋와 三淵・農巖 및 그 門下의 교유는 崔完秀의 앞 논문에 잘 정리되어 있다.

추측된다. 謙齋는 南宗畵의 영향이 분명히 감지되고 있는데[42] 전술한 바와 같이 南宗畵와 관련이 깊은 王士禎과 유사한 詩論을 보임이 그 한 증거라 하겠다. 神韻說의 주창자나 三淵이 모두 寫景과 神情의 융합을 중시했기 때문이다. 즉 眞景에 바탕을 둔 眞情의 유로로써 三淵의 詩나 謙齋의 그림이 일치성을 보일 수 있기 때문이다. 다음은 이를 뒷받침하는 자료들이다.

일찍이 三淵의 詩와 鄭歚의 그림으로, 높은 곳에 수고로이 오르지 않아도 衆香城과 萬瀑洞이 눈앞에 森然하여 문을 닫고 안석에 기대어 하나하나 읊조리노라면 이 몸은 늘 楓嶽에 있고 누워서 名山을 유람하니 古人이 부럽지 않다. 詩와 그림을 다시 논하겠는가?

蓋嘗得於淵翁之詩 鄭歚之畵 不費凌躒登頓之勞 而衆香萬瀑 森然眼前 閉戶隱几 諷詠指點 而此身常在於楓嶽 臥遊名山 眞不羨古人也 其詩與畵更何論乎[43]

여기서 謙齋의 그림이 金剛山을 잘 묘사하였던 것처럼, 傘緣의 詩도 金剛山을 눈에 선하도록 묘사하였음을 알 수 있다. 이 점은 다음 기록에서도 확인된다.

세상에서 그림을 논하는 자들은 반드시 鄭歚의 그림을 三淵의 詩에 맞춘다. 대개 國朝의 그림이 鄭歚에 이르러 비로서 그 변화를 극진히 하였지만, 鄭歚의 그림이 나오자 세상에서 鄭歚을 배우려는 자들은 鄭歚의 筆力이 없으면서 그 法을 단지 훔치기만 하니, 그림의 쇠함이 鄭歚에게서 시작했다고 말하지 않을 수 없다. 내가 일찍이, 요즘의 詩를 하는 자들은 三淵에게로 발걸음을 돌리지

---

42) 安輝濬, 『韓國繪畵의 傳統』, 文藝出版社, 1988, 143면.
43) 『蒼霞集』 권7, <送士浩時中往遊楓嶽序>.

않으면 사람들이 다투어 이상하게 여기지만, 그러나 三淵의 학식이 없으면서도 단지 그 기이함만 배워 그 병통을 받아들였을 뿐이니 詩의 쇠퇴도 三淵의 책임이 아니라고 할 수 없을 것이라고 하였다.

> 世之論畵者 必以元伯之畵 配三淵之詩 盖國朝之畵 至元伯而始極其變 然元伯之畵出 而世之學元伯者 無元伯筆力 而徒竊其法 畵之衰 未必不自元伯始 余嘗謂今之爲詩者 不步趨三淵 則人爭怪之 而無三淵學識 而徒學其奇 故適足以受其病 詩之衰 三淵又不得辭其責矣[44]

眞景을 대상으로 眞情을 읊고 그린 두 사람의 영향력이 지대하였음을 알 수 있거니와, 眞景과 眞情의 詩란 함부로 쓸 수 있는 것이 아님을 분명히 하고 있다. 天機論이 변전하여 無爲而作에까지 이르렀을 때의 위험성이 지적된 것과 동일한 논리라 하겠다.

여기서 덧붙이고 넘어가야 할 것은 眞景山水의 감상에 대한 문제다. 眞景山水가 寫景만을 중시한 것이 아니라는 사실과 아울러 詩의 영역에서 三淵이 寫景에도 神情이 중요하다고 한 말을 다시 기억할 필요가 있다. 農巖의 후손인 楓皐 金祖淳이 "謙齋는 터럭끝까지도 모두 自得하였으므로 筆墨이 양쪽 다 조화를 이루었으니 天機에 깊이 통달하지 않은 사람이라면 대개 이에 이를 수 없다."[45]고 한 것은 그림을 天機論으로 설명한 것으로 이는 三淵의 詩論과 同軌의 것임을 짐작할 수 있으며 따라서 謙齋의 그림에 대해서도 神情을 중요시 한 것이라 할 수 있을 것이다.

---

44) 『晉庵集』 권7, <鄭元伯畵帖跋>.
45) 『楓皐集』 권16, <題謙齋畵帖>(崔完秀, <謙齋眞景山水畵考> 36면에서 재인용).

4. 結言

　韓國漢文學史에서 朝鮮後期는 穆陵盛世 이후 황량해진 文壇에 새로운 바람이 일기 시작한 肅宗朝로부터 시작한다. 그러나 이 시기에 나온 대부분의 비평이 前代 詩論을 정리하거나 재확인한 데 그치고 있다. 본격적인 후기 詩論의 단서는 農巖을 이은 三淵에게서 시작한다.

　본고는 三淵을 중심으로 하여 18세기 詩論의 향방을 추적해 보았다. 農巖과 三淵은 前代詩가 관습에 익숙해져 개성이 사라져 버린 점을 비판하고 있는데, 三淵은 이를 극단적으로 東邦無詩라고 하였다. 그리고 天機·眞機·本色·眞色 등의 용어를 구사하며 진솔한 감정을 자연스럽게 표현하는 眞詩를 써야 한다고 하였다. 이러한 詩論은 錢謙益의 詩論과 맞닿아 있는 한편, 明淸詩論史에서 性靈·本色·天籟 등의 용어를 구사하며 진실된 情을 자연스럽게 표출해야 한다는 公安派와 賀貽孫의 詩論과 유사한 발전을 보인 것이다.

　그러나 三淵의 詩論을 수용한 18세기 문인들은 몇 갈래로 자신에게 맞는 논리로 분화시킨다. 洪世泰를 필두로 한 委巷詩人들은 天機를 世俗의 功名에 구애되지 않는 상태로 연결시켜, 天眞을 온전히 보전한 자신들에게 詩人의 태도가 있다고 하였다. 이는 곧 專門詩人 집단의 도래를 의미하기도 한다. 다른 한편 天機論은 山林으로 잠복한 詩人들에게 沈染되어 不得已作詩나 無爲作詩로 극단화되기도 한다. 물론 이것이 一時의 명제로 제시될 수 있으나, 三淵의 학식에 뒤떨어진 재주로는 현실적으로 그 權能을 인정받기는 어렵다. 그래서 人工을 지극히 하면 따라서 天機에 이를 수 있다는 절충론도 나타나게 된다.

　三淵의 詩論은 文人畵의 활성화와 함께 畵論과 접맥된 형태를 띠기도 한다. 三淵은 이때 단순한 寫景보다 神情과의 융합을 주장한다는 점에서 神韻

說과 유사한 측면이 발견된다. 이 점은 三淵의 문하로 이어져 비평에서 形·神의 결합이 詩의 정수로 인식된다. 한편 三淵이나 그 門下와 일정한 관계를 유지했던 謙齋의 '眞景山水'도 그 이론적 근거는 三淵의 詩論에서 暗示된 바 큰 것으로 여겨진다. 실제 三淵의 詩와 謙齋의 그림이 후세에 병칭되고 있는 것도 여기서 기인하는 것이라 할 것이다.

우리는 위에서 三淵이 개성이 사라진 전시대의 시를 부정하고 새로운 詩의 창작을 창도한데 뒤이어 그의 문하에서 다시 이를 심화하여 계승하고 있음을 살펴보았다. 이러한 詩論은, 謙齋에 의해 정착된 '眞景山水'가 이후 퇴조하기 시작하는 것과 같은 문맥에서 19세기에 이르러 쇠퇴하는 것으로 보인다. 그러나 한편으로는 三淵의 眞情과 眞境에 근거를 두어야 한다는 詩論을 긍정적으로 수용하면서 後四家와 같은 전문 시인집단이 문단의 牛耳를 잡는다. 後四家는 사물을 과학적이고 객관적으로 바라보면서 이를 회화적 기법으로 형상화하기도 한다. 이와 함께 秋史·紫霞 등 淸朝 考證學과 韻律學의 영향을 받은 一群의 시인에 의하여 새로운 시론이 싹트기도 한다. 그러나 이러한 이후의 시론은 稿를 달리하여 새롭게 규명되어야 할 문제이므로, 後稿로 미루기로 한다.

(『韓國文化』 11, 1990)

退溪詩의 形象化 方式에 대하여

1. 序言

　　退溪 李滉(1501~1570, 字 景浩)은 2000수가 넘는 詩篇을 제작하고서도 "시가 많으면 그것도 하나의 흠(詩多亦一塵)"[1]이라 하여 스스로 文人으로 불리우기를 원하지 않았다. "한번 文人으로 불리우면 족히 볼 것이 없다(一號以文人不足觀)"는 것이 그의 생각이다. 그러나 그는 "흥이 일어났을 때 정이 함께 따라가면 시를 짓지 않을 수 없다(興來情適已難禁)"[2] 하기도 하고 또는 "시가 道를 배우는데 방해가 된다 말하지 말라(莫謂小詩妨學道)"[3] 라 하여, 詩만 따로 말할 때에는 결코 시를 부정하지 않았다. 心性의 함양을 위해서는 시의 필요성을 인정했던 것으로 여겨진다. 그러나 학자의 자세로 돌아갔을 때 그에게 詩는 그렇게 긴절한 것이 되지 못한다(詩於學者最非緊

---

1)『退溪集』권5, <又雪月中賞梅韻>.
2)『退溪集』권3, <吟詩>.
3)『退溪集』권3, <次權生好文>.

切).[4] 일찍이 四端七情을 論할 때 "四端理發而氣隨之 七情氣發而理乘之"[5]라 한 이 立論때문에 그는 理氣二元論者가 되었고, 이것은 곧 이른바 理氣互發說의 근거가 되기에 이르렀다.

이에 대하여 栗谷 李珥는 '氣發理乘之'는 옳지만 '理發氣隨之'는 수용할 수 없다 하여 그는 '一元論的 二元論者'로, 그의 주장은 '理氣共發說'로 置簿되기도 했다. 그러나 우리의 관심은 이러한 本體論이나 心性論과 같은 것을 확인하려는데 있는 것이 아니다. 다만 그의 '理發氣隨之'는 '理가 發하면 氣는 이에 따라간다'는 것이므로, 理와 氣 사이에는 先後가 있음을 말한 것이 되며, 이것은 곧, 理가 氣보다 貴하다는 論理로 歸着하게 될 수 있기 때문이다.

이와 같은 理貴氣賤的 思考는 退溪詩의 바탕을 이해하는데 중요한 端緒를 제공하는 것이므로 말이 여기에까지 미치게 된 것이다. 그러나 한결같은 自然의 理는 소중하게 여기면서도 可變的인 自然의 現象에 대해서는 意志의 움직임을 보이지 않은 退溪詩의 바탕을 이해하고자 할 때 이는 소중한 의미를 가진다.

퇴계는 그의 景物詩에 있어서도 事物과 詩人 사이에 介在하는 사실만 말하고 있을 뿐 外景 자체를 꾸미는 일은 하지 않았다. 그의 詩作에서 景物詩와 述懷詩가 쉽게 나누어지지 않는 것도 이 때문이다. 漢詩는 제목을 먼저 읽으라는 가르침도 있지만 退溪의 景物詩에서 題名은 큰 의미를 가지지 못하는 것이 대부분이다.

일반적으로 詩人들은 物象을 통하여 계획된 시인의 主意를 드러내 보이려 한다. 그러나 퇴계의 경우, '立象盡意'의 凡庸한 定石 따위에 介意치 않았기 때문에 對象을 꾸미는데 필요로 하는 描寫 形式과 같은 것은 처음부터 있지 않았다. 있었다면 그것은 對象과의 關係 樣相을 알게 해주는 說明만이 있을

---

4)『退溪全書』第4冊, 言行錄 권5, 類編 文錄.
5)『栗谷全書』권1, 書2, 答成浩原 참조

뿐이다.

 이로써 보면 退溪는 말로써 시를 쓴 시인이기보다는 '뜻'으로 시를 쓴 넓은 의미의 文人쪽에 가깝다 할 것이다. 이 때의 '뜻' 조차도 古典 문맥에 대한 이해 없이는 알아차릴 수 없는 것들이 대부분이어서 그 意象조차도 선명하지 않을 때가 많다.

 그러므로 그의 시는 넓고 깊은 古典의 바다 위에 떠 있는 작은 배라 해도 좋을 것이다. 그래서 古典의 바다가 거칠게 일렁이면, 배는 그 형상조차 알아보기 어렵게 된다. 바다가 정적을 되찾았을 때 비로소 배의 형상은 선명하게 빛난다. 援用하고 있는 古典의 세계가 워낙 廣博해서 일일이 말하는 것조차 어렵거니와, 심지어 理學의 圈域에서 異端視하는 老·莊의 引援도 헤아릴 수 없을 정도로 많다. 특히 일정한 인간관계가 형성된 사이에서 이루어지는 次韻詩와 같은 것에 있어서는 한시의 權能인 짤막한 감동조차도 이미 찾아볼 수 없다. 바다가 일렁일 때란 이를 두고 이름이다. 바다가 平靜을 되찾았을 때 그 위에 띄워진 배의 形象化가 어떻게 이루어지고 있는가를 부분 검증이나마 시도해 보려는 것이 본고의 의도다.

 지금까지 退溪詩에 대한 연구는 여러 방면에서 탐색되었으나 대개는 학자의 편에서 바라본 정신의 宣揚에서 그치거나, 또는 맑고 깨끗하고 욕심없는 삶의 방식에 찬사를 바치는 것들이었다. 그것들은 80년대에 이르러 盛時를 이룩하는 듯 하였으나 中國 淡江大學의 王甦 교수의 『退溪詩學』(1985) 이후에는 주로 학위 논문 등에서 간헐적으로 몇 편의 연구 성과가 나타나고 있는 정도다.[6]

---

6) 王甦 교수의 『退溪詩學』 이외에도 80년대 이후의 연구 성과 가운데 필자가 직접 확인한 것으로는, 李東歡의 「退溪 詩世界의 한 局面」(『退溪學報』 25집, 1980), 徐首生의 「退溪 詩書의 特異性」(『退溪學報』 36집, 1982), 洪瑀欽의 「退溪의 梅花詩帖에 대한 研究」(『인문연구』 4호, 영남대 인문과학연구소, 1983), 李猷의 「한국 퇴계선생의 詩作을 논설함」(『退溪學報』 40집, 1983), 李家源의 「退溪詩의 特徵」(『退溪學報』 43집, 1984), 李章佑의 「退溪의 使行詩」(『退溪學研究』 제2집, 1988), 金周漢의 「李退溪의 文學觀」(『退溪學報』 61집, 1989), 鄭錫胎의 「退溪의 梅花詩에 대하여」(『退溪學研究』 제5집, 1991), 金榮

본고에서도 주로 초기작에서 흔하게 보이는 景物詩와, 晚年의 陶山 退居 때의 詩作 가운데서 비교적 篇幅이 크지 않은 感事·述懷詩를 통하여 立象 盡意의 과정이 어떻게 이루어지고 있는가를 檢索하게 될 것이다. 篇幅이 큰 次韻·贈答詩와 같은 것은 다음 일거리로 미룰 수밖에 없었다.

2. 景物詩

景物詩에서는 먼저 寫景을 하고 다음 단계에서 敍情을 하는 것이 詩家의 전통이다. 漢詩의 구성 원리로 통용되는 起·承·轉·結이나 正反合의 논리에도 가장 잘 맞아떨어지는 방식이다. 物象을 통하여 詩人의 主意를 드러내는 이른바 '立象盡意'도 발전적으로 다듬어진 表現일 뿐이다.

그러나 退溪의 詩作에 있어서는 이러한 기본 률도 고려되지 않고 있으며, 때문에 의지적으로 外景을 아름답게 꾸미는 일은 더욱 하지 않았다. 立象도 하지 아니하고 事實만 말하기 때문에 작자의 意象도 言表에 쉽게 나타나지 않는다. 可變的인 自然 現象을 통하여 한결같은 自然의 理를 보려할 뿐이다.

다음의 詩作들은 이러한 시세계의 부분 검증에 선택된 자료들이다.

洙의 「退溪漢詩文學의 特色에 관한 試論」(『退溪學硏究』 제6집, 1992) 등이 있으며 이 밖에도 이원주의 「퇴계선생의 문학관」(『한문학연구』 8집, 계명대, 1981), 이창룡의 「퇴계의 두시 수용양상」(『국어국문학』 87호, 1982), 김태안의 「퇴계의 매화시 고찰」(『안동문화』 6집, 안동대, 1985) 등이 알려져 있으나 확인하지 못했다. 학위논문으로는 정석태의 「이퇴계의 매화시」(고려대 석사학위논문, 1987), 정운채의 「퇴계 한시 연구」(서울대 석사학위논문, 1987), 조철제의 「퇴계 이황의 시문학고」(동국대 석사학위논문, 1987), 이택동의 「퇴계 매화시 연구」(서강대 석사학위논문, 1989), 정동화의 「퇴계 이황의 산수시 연구」(단국대 석사학위논문, 1993) 등이 알려져 있으나 얻어 보지 못했다.

성중에서 어찌 풍류를 다하리요

물 멀고 산 긴 것도 제각각 자유라네.

시험삼아 묻노니, 동쪽 정자 경치 뛰어난 곳에서

한 병 술로 어떻게 친구를 붙잡을 수 있을까.

城中那得盡風流　　水遠山長各自由

試問東亭收勝處　　一尊堪勸故人留

－＜聚勝亭＞[7]

　이 작품은 義州 雜題 十二絶 가운데 하나이므로 義州에 있는 聚勝亭을 읊은 것임에는 틀림없지만, 구체적인 취승정의 모습은 알 길이 없다. 다만, 경치가 뛰어난 곳에는 亭子가 있다는 정도의 평범한 이치를 말하고 있을 뿐이다. 그것도 시험삼아 물어 본다고 하여 애써 작자의 뜻을 보이지 않으려 하고 있다. 그래서 義州에 있는 聚勝亭 실물을 보지 않고서도 退溪는 이 작품의 제작이 가능했을지 모른다. 그의 ＜寄題搜勝臺＞ 詩와 같은 것도 퇴계가 居昌 고을을 지나다가 搜勝臺(처음에는 搜勝臺가 아니었던 것을 退溪가 이렇게 이름을 바꾸게 하였다 함)의 勝景을 말로만 전해 듣고 實景은 보지도 않은 채 수승대를 읊은 것으로 알려져 있다. 이는 퇴계시의 중요한 부분을 알게 해 주는 대목이기도 하다. 實景을 보지 않고서도 시를 쓸 수 있다면, 그가 얼마나 시를 좋아했던가를 사실로써 설명해 주는 것이기 때문이다. 역대 이름 있는 시인들 가운데에는 樓亭에 바친 詩作들이 많다. 鄭知常의 유명한 ＜長源亭＞도 그러한 것이다. 정지상은 이 시에서 "岧嶢雙闕枕江濱 淸夜都無一点塵"이라 하여 시인은 長源亭을 가까운 거리에서 직접 만나고 있다. 그러나 퇴계의 ＜聚勝亭＞에서는 작자와 취승정과의 거리를 전혀 알아낼 수 없게 한다.

---

7)『退溪集』권1.

다음 작품에서는 특히 詩題의 의미가 어떤 것인가 확인할 필요가 있다.

> 통군정 위에서 강물을 바라보니
> 하늘 끝 아득히 바다로 들어가네.
> 정작 이것이 술이 된다 해도
> 이별의 시름 없애기는 어려우리.

> 統軍亭上望江流   天際微茫入海洲
> 正使變成春酒綠   古今難盡別離愁

-<統軍亭>[8]

이 작품 역시 義州 雜題 十二絶 중의 하나다. 그러나 統軍亭은 이 시의 제작에 通路를 제공하고 있을 뿐이다. 흐르는 강물을 바라볼 수 있게 하는 空間으로만 제공되고 있다. 대륙민족과의 역사적 관계를 고려한다면 통군정은 군사적으로 중요한 의미를 가지는 곳이다. 때문에 義州를 지나치는 詩人의 발길을 빈번하게 하였으며, 詩選集에서 뽑아준 <統軍亭> 시도 여러 편이 있다. 李安訥의 대표작으로 꼽히는 <登統軍亭>도 그러한 것 중의 하나다.

그러나 退溪의 <統軍亭>에는 이에 대한 의미 부여가 전혀 이루어지지 않고 있다. 더욱이 轉句의 '春酒綠'과 같은 것은 統軍亭과 더불어 같은 意味網에 수용될 수 없는 乖離를 느끼게 한다. 다음은, 퇴계시의 물량 중에서도 많은 부분을 차지하고 있는 梅花詩의 하나다.

> 시내 가에 벙실벙실 두 가지 서 있어
> 향기는 앞 숲에까지 건너고 모습은 다리 밑에 비치네.

---

8) 『退溪集』 권1.

바람불어 서릿발 얼어붙는 건 두렵지 않지만
따뜻한 빛 맞아들여 꽃 떨어질까 걱정이네.

溪邊粲粲立雙條　　香度前林色映橋
未怕惹風霜易凍　　只愁迎暖玉成消

－<梅花>(庚申)[9]

　매화만 있고 작자의 主意는 있지 않은 작품이다. 대체로 시인들은 마음 속에 묻어둔 비밀을 사물의 立象과정을 통하여 감동적으로 나타내려 한다. 그러나 이 작품의 안짝은 눈앞에 있는 매화의 모습 그대로이며 바깥짝 역시 매화의 뜻을 그대로 옮겨 놓고 있을 뿐이다. 작자의 寓意도 찾아볼 수 없다. 結句의 '玉成消'는 '옥이 녹는다'로 직역될 수 있는 것이지만 이때의 '옥'은 매화의 흰 꽃을 말한 것이므로 여기에는 작자의 뜻이 붙여질 수도 없다. 徐居正의 <春日>詩 "金入垂楊玉謝梅"에서도 '金'은 누른빛을, '玉'은 매화꽃의 빛깔을 대표하는 白梅花의 흰 꽃을 가리킨 것이다.

　이와는 달리 다음의 <隴雲精舍> 같은 작품은 구체적인 精舍는 말하지 않고 精舍의 이름 '隴雲'만 즐기고 있다.

언제나 陶弘景의 隴上 구름 사랑했는데
스스로 즐길 수는 있지만 그대에게 보내주지 못하네.
느즈막에 집을 지어 그 가운데 누웠으니
한가한 정 절반은 野鹿(백성)이 나누어 갖네.

常愛陶公隴山雲　　唯堪自悅未輸君

晩來結屋中間臥   一半閒情野鹿分

-<隴雲精舍>¹⁰⁾

이 작품은 陶山 雜詠 十八絶 가운데 하나다. 陶山 생활의 한 부분을 읊은 것이므로 舍의 外景과 같은 것은 무감각할 수도 있다. 그러나 扁額을 隴雲精舍라 했을 때 그것은 이미 陶弘景의 閒趣를 擬倣한 것이기 때문에 隴雲精舍의 實景 따위는 말끝에 올리지 않았던 것이다. 隴雲精舍에서 陶弘景의 詩情을 연상하는 것으로 自足하고 있기 때문이다. 그 陶弘景의 詩는 다음과 같다. "此中何所有 嶺上多白雲 只可自怡悅 不堪持贈君"이 그것이다. 바같짝은 <隴雲精舍>의 情趣와 완전히 겹치고 있으며, 안짝의 '嶺上白雲'은 <隴雲精舍>의 '隴雲'으로 이어지고 있다.¹¹⁾

다음은 주변의 自然 現象을 바라보고 內在하는 理만 말하고 있는 작품이다.

> 뜨락의 풀도 의사는 한결같은 것
> 뉘라서 숨은 뜻을 깨달을 수 있으리요
> 태극도설에 천기가 드러나 있으니
> 다만 마음을 가라앉힘에 있을 뿐이네.

庭草思一般   誰能契微旨
圖書露天機   只在潛心耳

-<庭草>¹²⁾

이 작품은 陶山雜詠 十八絶(七言)에 이어 五言으로 쓴 二十六絶 중의

---

10) 『退溪集』 권3.
11) 陶弘景의 詩는 『국역 퇴계시』, 한국정신문화연구원, 26면 주에서 옮긴 것임.
12) 『退溪集』 권3.

하나다. 뜨락의 풀을 바라보고 內在하는 自然의 理를 말한 이 시의 形象化 方式은 바로 退溪詩의 바탕을 이룬다. 庭草의 아름다움이나 무성함 같은 것은 마음 쓸 대상이 되지 못한다. 可變的인 現象보다는 內在하는 理를 貴하게 여기는 理貴氣賤的 思考를 그대로 보여주고 있을 뿐이다. 한결같은 자연의 理는 理學의 古典에 潛心할 때 스스로 깨달을 수 있다는 것이다. 작자 자신의 主意는 여기에도 나타내 보이지 않았다.

　다음의 <次韻> 역시 理學者的 관심을 직접 言表에 드러내지 아니하고서도 內在하는 자연의 理를 읊조리고 있는 작품이다.

풀에는 한결같은 의미가 있고
시냇물은 언제나 끝없는 소리 있네.
할 일 없는 사람들은 믿지 않겠지만
씻은 듯이 깨끗한 빈 정자로다.

草有一般意　　　溪含不盡聲
遊人如未信　　　蕭洒一虛亭

―<次韻>

　이 작품은 紹修書院 입구에 있는 景濂亭의 扁題로, 지금까지도 이곳을 찾아드는 사람들의 시선을 끌리게 한다. 景濂亭 주변에 있는 풀과 시냇물을 바라보고 이것들에 內在하는 自然의 理를 말한 것이다. '一般意', '不盡聲'이 그것이다. 정작 그 대상으로 제공되고 있는 景濂亭에 대해서는 사실 그대로 '빈 정자'임을 말하고 있을 뿐이다.

　다음의 <翠微>와 같은 작품에서도 '翠微'는 작품 속으로 들어가는 조그마한 通路가 되고 있을 뿐, 主旨와의 만남은 전혀 찾아볼 수 없다.

　　東隴길을 통하여 翠微에 올랐더니
　　구일이라 허리에 술병을 차고 있네.
　　도리어 陶淵明보다 처지가 나아
　　국화만 공연히 손에 가득하네.

　　東隴上翠微　　　　九日携壺酒
　　却勝陶淵明　　　　菊花空滿手

—<翠微>[13]

　　이 작품도 陶山雜詠 二十六絶 가운데 하나다. 앞에서 보인 <統軍亭>과 마찬가지로 題名으로 선택된 '翠微'는 이 작품의 전개를 돕는 공간으로 제공되고 있을 뿐이다. 重九日을 맞아 도연명의 국화에 대한 연상이 이렇게 굴절되고 있는 것이다.

　　陶山雜詠은 退溪의 陶山 生活에서 가장 친근한 삶의 부분들이므로 퇴계의 景物詩를 이해하는데는 이만한 것이 없다. 다음의 <魚梁>, <江寺>, <土城> 등도 모두 二十六絶에 들어있는 것들이다. 차례로 보이면 아래와 같다.

　　임금님의 玉食은 모름지기 진기해야지
　　銀魚는 수랏상에 올리기 알맞는 것.
　　높이 높이 魚梁을 잘라 만들고
　　깊고 넓게 그물을 거듭 쳐 놓았다네.

　　玉食須珍異　　　　銀屑合進供
　　峩峩梁截斷　　　　濊濊罟施重

—<魚梁>[14]

---

13) 同上.

이 작품에서는 先寫景 後敍情의 기본 룰에도 구애받지 아니하고, 전편을 사실 설명으로 끝내고 있다. 특히 안짝에서 임금님의 밥상에 오르는 銀魚를 설명하느라 정작 魚梁에 대한 설명조차도 바깥짝으로 밀리고 있다. 理學者的 한계를 여기서도 볼 수 있다.

옛 절은 강언덕에 텅 비어 있고
방장에서 놀던 신선 아득하구나.
반도 복숭아 어느 때에 이르러
열매 맺어 다시 완상하게 될까.

古寺江岸空　　　仙遊杳方丈
蟠桃定何時　　　結子重來賞

-<江寺>[15]

여기서도 江寺는 聾岩 李賢輔 선생을 떠올리는데 제공된 매개물이요 공간일 뿐이다. 농암이 이미 고인이 되었으므로 신선으로 받들고 있으며, 반도 복숭아를 말끝에 올린 것도 이 때문이다. 그러나 承句의 '仙遊杳方丈'은 수식어와 피수식어의 거리가 멀어 뜻으로는 읽혀지지만, 修辭 技法으로는 흐름이 유연하지 아니하다. 깊은 뜻만 있고 형식의 아름다움은 찾아볼 수 없다. 그러므로 이 작품에서는 古典의 바다가 거칠게 일렁이고 있어, 그 위에 떠 있는 배의 아름다움을 찾아볼 수 없게 한다. 다음은 <土城>이다.

어느 시대 사람이 국난을 막았던가
옛 전적들 아득하여 알아보기 어렵구나.

---

14) 同上.
15) 同上.

시절이 태평하여 무너진 채 오래도록 버려두었기에
토끼굴이 된 토성에는 풀넝쿨만 깊네.

禦難何代人　　　古籍莽難考
時平久已頹　　　兎穴深蔓草

-<土城>¹⁶⁾

생생하게 眼光에 들어오는 土城보다는 역사 속에 묻혀 있는 토성을 말하
고 있어 전편의 분위기는 침울하기만 하다. 바깥짝에서 보여준 '무너진 土城'
에는 나라의 현실을 걱정하는 寓意가 담겨져 있다. 그러나 바깥짝은 近體詩
의 律格이 지켜지고 있지 않아 五言 絶句가 되지 못한다.

다음에는 山居 四時 十六絶 중에서 첫 번째 <暮>를 보기로 한다.

동자가 산에 가서 고사리를 따오니
반찬이 넉넉하여 배고픔을 면하겠네.
전원에 돌아온 나그네임을 알아보고
저녁 이슬이 옷을 적셔도 소원은 어기지 않네.

童子尋山採蕨薇　　　盤飧自足療人飢
始知當日歸田客　　　夕露衣霑願不違

-<暮>¹⁷⁾

이 작품에서의 저녁(暮) 풍경은 陶淵明의 <歸田園居> '夕露霑我衣'의
'저녁(夕)'을 연상하는데서부터 비롯되고 있다. 그래서 작자는 자신이 누리고

---

16) 同上.
17) 『退溪集』 권4.

있는 山處에서의 삶조차도 도연명의 田園 生活을 依倣하는 것으로 自足하고 있다. 결과적으로 이 작품의 '夕露衣霑願不違'는 작자 자신의 삶의 부분을 도연명의 그것으로 대체하고 있는 것이다. 이와 같이 자신의 삶의 부분까지도 古典의 세계에 의탁하는 退溪詩의 단면은 다음 작품에서도 확인할 수 있다.

가을 회포 구슬퍼 혜초 난초 시들고
물 떨어지고 하늘 비어 기러기 날으려 하네.
窮通의 근심 걱정 관계치 않나니
古今의 시비를 알아 무엇하리.
천연대 아득하여 한가로이 읊조리고
柞櫟遷 길어서 술 취한 채 돌아오네.
다만 도연명이 만년을 보낼 땅이니
옷이 저녁 이슬에 젖더라도 소원이 어긋나지 않았으면.

秋懷慘慄蕙蘭腓　　水落天空鴈欲飛
不係窮通憂與樂　　何知今古是兼非
天淵臺迥閒吟坐　　柞櫟遷長帶醉歸
但使淵明終老地　　衣沾夕露願無違

－<秋日遊陶山夕歸>[18]

작자가 놀고 있는 곳이 陶山이므로 이 작품에서도 陶淵明을 떠올리고 있지만, 그러나 退溪는 이 시에서 끝내 자신의 삶의 방식을 겉으로 드러냄이 없이 도연명의 '衣霑夕露願無違'에 미루고 있다. 이와는 달리 다음의 <觀魚

───────────────

18) 『退溪集』 권3.

石>과 같은 작품에서는 觀魚石이라는 자연물 '돌(石)'에는 조금도 마음쓰는
일이 없이 돌에 붙여진 '觀魚'라는 이름 풀이만 일삼고 있다.

> 물고기 마음 안다는 莊子·惠子의 말 너무 뛰어나
> 子思의 솔개 난다는 말과 같지 아니하네.
> 이 이치를 지금 사람들 만약 알아차린다면
> 함께 와서 天淵臺 구경하는 것 사양하지 마소

> 知魚莊惠論超然　　不似沂公說對鳶
> 此理今人如會得　　莫辭來共玩天淵
>
> －<觀魚石>[19]

　　스스로 詩題로 선택한 觀魚石에 대해서는 철저하게 말을 아끼면서도 理學
者들이 異端視하는 莊子·惠子까지 동원하면서 自然의 理만 論하고 있는
것이 이 작품이다. 鳶飛魚躍의 理致를 안 연후에 天淵臺와 같은 自然 景觀
을 玩賞해야 할 것이라는 것이 主旨다.
　　이상에서 본 바와 같이 退溪의 景物詩는 先寫景 後敍情의 전통적인 기본
룰을 따르지 아니하였다. 外景을 꾸미거나 그리는 일을 하지 않았을 뿐 아니
라 物象을 통하여 작자의 主意를 나타내 보이는 것은 더욱 하지 않았다. 可
變的인 自然 現象은 말하지 아니하고 內在하는 自然의 理만 보려한 것이
退溪詩의 핵심부분이다.

---

19) 『退溪集』 권4.

3. 感事·述懷詩

感事詩나 述懷詩는 主情文學의 대표격이다. 다만, 전자는 現在的 感興을 위주로 하기 때문에 전편의 분위기가 動的이지만, 후자는 過去追隨的인 鑑賞에 흐르기 쉽기 때문에 靜的인 분위기를 조성하는 것이 속성이다. 그러나 退溪의 경우, 만년에 특히 卽興的인 感事詩와 사람들과 주고 받은 贈答詩가 우세를 보이지만, 情感의 流露를 최대한으로 억제하고 있는 그의 詩作에는 사실의 진술만이 전편에 넘실거리고 있을 뿐이다. 다음에 보이는 詩篇들은 이러한 詩世界의 단편을 확인하는데 모자람이 없을 것이다.

숨어사는 사람이 책을 베고 누웠더니
등불 그림자가 반만큼 벽을 가렸네.
새찬 바람 조용해진 줄 아지 못하고
꿈속에도 아직 두려움이 남아 있네.
한밤중에 닭은 달을 보고 울어대고
바다 빛은 바윗골로 튀어 오르네.
하늘은 텅 비어 사방이 고요하고
달빛이 밝으니 온 방이 훤하네.
일어나 의관을 단정히 하고
지난 일 더듬으니 느낌이 많아지네.
푸르디푸른 저 허공에는
텅 비어 본래 一物도 없다네.
두드리면 눈이 내리고
성내면 바람이 일어나네.
찌면 비가 노끈처럼 줄줄 내리고

닫히면 추워서 아교풀도 꺾어지네.

그 사이 좋은 날이란

열흘에 하루도 얻기 어렵네.

治亂도 번갈아 바뀌어지고

善惡도 번복하는 일이 자주 있다네.

어찌하여 잘 다스려진 날은 적고

어찌하여 착한 사람 모자라는가.

하늘이 이런 때가 있다면

사람에게 이 책임 있느니라.

사람이 그 책임 다 하기만 하면

천시도 아마 조화를 이루리라.

하물며 사람은 천부의 예지 타고났는데도

날로 蟊賊에게 갉아 먹히네.

淸明은 겨우 한순간

벌써 구정물에 휩쓸리었네.

우뚝하도다 옛 성현들

그 말씀 해와 같이 밝도다.

모르는 사람은 그만이지만

알고도 어찌 힘을 쓰지 않는지.

파고들수록 깊은 것은 牛山章이니

병중에도 항상 두세 번 반복하네.

幽人枕書臥	燈影翳半壁
不知厲風濟	夢中餘怵惕
荒鷄號霜月	海色騰巖谷
沈寥萬境靜	昭朗一室白

興言整冠襟　　　撫事增感激
蒼蒼太虛內　　　湛然本無物
或搏而雪下　　　或怒而風作
或蒸雨繩懸　　　或閉寒膠折
其間好光景　　　十日難一得
治亂互推遷　　　善惡多反覆
奈何治日少　　　奈何善人乏
在天斯有時　　　在人斯有責
人能盡其責　　　天時庶調變
矧人秉帝衷　　　日用多蟊賊
淸明僅一瞬　　　已被黃流汨
卓哉古聖賢　　　其言皦如日
不知者已矣　　　知之胡不勗
雋永牛山章　　　病中恒三復

－<十八日朝晴感興>[20]

　　長篇의 구사력을 아낌없이 과시한 작품이다. 그러나 비가 개인 다음날 아침의 감흥을 독자와 함께 느낄 수 있을 만큼 감동을 주지 못한다. 마치 天道에 異變이 생겼을 때 그 책임을 인간들에게 묻곤 하던 天道策의 한 부분을 보는 듯하다. 비가 개인 十八日 아침의 감흥을 따로 읊조린 것이기보다는 古典에 잠심하며 살아가는 작자 자신의 일상적인 삶의 단편을 여기서도 그대로 보여주고 있을 뿐이다.

　　다음은 溪上의 가을 興致를 읊은 <溪上秋興>이다.

---

20) 『退溪集』 권2.

구름 돌아가고 비 걷혀 저녁 하늘 푸르른데
서풍이 숲에 불어 그 소리 바삭바삭.
물새들 세상일 잊고 오래도록 서 있더니
갑자기 솟아올라 흔적 없이 날아가네.

雨捲雲歸暮天碧　　西風入林鳴策策
溪禽忘機入多時　　忽然決起飛無迹

－<溪上秋興>[21]

溪上의 가을 景觀만 말하고 있을 뿐 작자의 興感은 움직임을 보이지 않는다. 退溪의 興趣와 主意 어느 하나도 찾아보기 어렵다.
다음의 <上元夜溪堂對月>에서도 退溪는 역시 대보름달을 바라보고서도 일상적인 삶의 체험만 진술하고 있다.

溪翁이 호올로 溪堂에서 자는데
밤중에 창을 열고 달빛을 바라보네.
달빛은 넘실넘실 파란 연기 사라지고
일만 구멍에 바람이 자 온방이 고요하네.
아이들 관등놀이 우리 풍속 아니며
새해를 점치는 농민들 참으로 미욱하기도 하지.
어떻게 華山圖를 모두다 열람하여
조용히 마음 가라앉히어 周易을 읽으리.

溪翁獨向溪堂宿　　半夜開窓看月色

---

21) 『退溪集』 권3.

金波瀲灩絲烟滅　　萬竅無風一室寂

賞燈兒戲非吾俗　　占歲氓情乃眞惑

何如閱盡華山圖　　惰鑑惺惺讀周易

-<上元夜溪堂對月>[22]

작자는 정월 대보름의 달과 마주하고서도 자신의 興趣는 쏟아냄이 없이 다만 밤중에 창을 열고 '달빛'을 바라본다고만 했다. 정월 보름날의 민속놀이 같은 것이 어떻게 주역을 읽는 것만 같겠느냐는 것이 이 시에서 보여준 퇴계의 대보름 달맞이 정서다. 다음은 퇴계의 시세계를 이해하는데 중요한 것을 제공해 주는 작품이다.

꽃을 심은 병든 나그네 10년만에 돌아오니
나무는 늙었지만 뜻을 다해 꽃되었네.
꽃에게 물으려 해도 꽃은 말을 하지 않으니
이런저런 온갖 일 술잔에 맡길 밖에.

저녁 비 부슬부슬 새소리 서글픈데
온갖 꽃 말없이 한갓되이 가지를 떠나네.
어떤 사람 젓대소리 봄 원망을 불어주나
하늘가에 고운 풀 끝없는 뜻인 것을.

栽花病客十年回　　樹老迎人盡意開

我欲問花花不語　　悲歡萬事付春杯

晩雨廉纖鳥韻悲　　千花無語浪辭枝
何人一笛吹春怨　　芳草天涯無限思

　　　　　　　　　　　　　　－<紅桃花下寄金秀珍二首>[23]

　紅桃花下에서 모처럼 봄의 情趣가 微動하고 있지만, 이 작품에서 알아내어야 할 것은 자연 속에 내재하는 '意思'를 말한 부분이다. 이 시에서 퇴계는 반기는 늙은 나무도 '뜻'을 다해 꽃을 피운다고 하였으며 하늘 가 고운 풀에도 끝없는 '뜻'이 있음을 말하고 있다. '樹老迎人盡意開', '芳草天涯無限思'의 '意'와 '思'가 바로 그것이다.

　感事·述懷詩에서조차 事理만 밝히고 자신의 뜻을 드러내 보이려 하지 않은 退溪는 작자의 主意를 보여야 할 그 자리에 즐겨 古典으로 置換하곤 했다. 다음의 작품들도 이러한 사실을 확인케 하는 것들이다. 이러한 방식은 景物詩에서도 恒用해온 것이거니와 感事·述懷詩에는 더욱 그러하다.

　　일분도 기움이 없이 십분 둥근데
　　하물며 묵은 병이 근래에 나아감에랴.
　　잔을 든 이태백은 읊으면서 묻고
　　세상 걱정에 두보는 앉아서 잠못이뤘네.
　　계수를 깎아 내면 응당 더 희겠지만
　　姮娥가 살고 있는데 곱게 한들 무엇하리.
　　진중한 至人[濂溪]은 心地가 신묘하니
　　한결같은 깨끗함을 누가 또 전할까.

　　十分圓未一分偏　　況復沈痾近少痊

---

23) 同上.

把酒李生吟且問　　傷時杜老坐無眠
斫來桂樹應多白　　栖得姮娥底用妍
珍重至人心地妙　　一般灑落又誰傳
―<玩月>[24]

달을 완상하기 위해서는 작자의 情感을 움직여야 한다. 그러나 이 작품에서는 달에 얽힌 사실 설명으로 일관하고 있을 뿐이다. 정작 작자 자신의 主意를 보여주어야 할 尾聯에서 그는 理學의 開祖인 周濂溪를 끌어와 '胸襟의 灑落함이 光風霽月과 같음'을 연상하고 있다. 특히 首聯 上句의 '十分圓未一分偏'은 4/3의 기본틀을 벗어나면서까지 둥근 달의 사실을 설명하고 있다.

푸르디 푸른 재마루에 모두다 기둥나무와 맞설 만한데
무슨 일로 뿌리를 옮겨 높은 데서 끌어내렸나.
부질없이 山苗의 길고 짧음 비교하기보다
동산의 대나무와 어떻게 아우 형 되게 할 건가.
비바람 몰아쳐도 뿌리는 움직이지 아니하고
눈서리 얼어붙어도 기운은 청신함이 있네.
그 누가 알리오 茅山에 숨은 陶弘景이
언덕 위의 구름과 묵은 약속 있는지를.

嶺上蒼蒼盡對楹　　移根何事下崢嶸
山苗枉使校長短　　院竹何如作弟兄
風雨震凌根不動　　雪霜凍裂氣餘淸
誰知善聽茅山隱　　隴上和雲有宿盟
―<種松>[25]

---

24) 『退溪集』 권3.
25) 同上.

이 작품에서도 작자의 뜻을 드러내 보여주어야 할 尾聯에서 퇴계는 소나무를 옮겨 심는 사실조차도 隱者 陶弘景의 雅趣와 接合시키고 있을 뿐 숨겨둔 자신의 뜻은 따로 말하지 않았다. 그러나 그의 대표작으로 꼽히는 義州雜題의 <山川形勝>에서는 대륙의 관문 義州가 지니고 있는 무한한 의미를 아래와 같이 노래하기도 했다.

九龍淵 구름 기운 저녁에 서늘하고
松鶻山 하늘에 닿아 흰 해 나직하네.
성문이 닫히기를 앉아서 기다리니
나팔소리 우렁차게 큰 강 서쪽으로 건너가네.

龍淵雲氣晚凄凄　　鶻岫摩空白日低
坐待山城門欲閉　　角聲吹度大江西[26]

大江(鴨綠江) 서쪽으로 울려 퍼지는 우렁찬 나팔소리를 통하여 의주가 지니고 있는 무한한 의미를 대륙 저쪽으로 불어 보내고 있다. 모처럼 그의 寫意가 微動함을 본다.

4. 結言

退溪의 詩世界는 廣博한 古典의 바다 위에 띄워진 조그마한 배와 같은 것으로 앞에서 비유한 바 있다. 그래서 고전의 바다가 거칠게 일렁일 때면 바

---

26) 『退溪集』 권1.

다 위에 떠 있는 배의 形象은 알아볼 수도 없는 것이 된다. 그러나 바다가 平靜을 되찾았을 때 배의 모습은 아름답게 빛난다.

특히 그에게는 理貴氣賤的인 우주관이 시세계 위에 군림함에 따라 外景의 묘사를 필요로 하는 景物詩에 있어서도 可變的인 物象은 말하지 아니하고 內在하는 自然의 理만 말하려 했으며 작자 자신의 主意도 보여주지 않았다. 그래서 그는 심지어 스스로 自然物을 詩題로 선택하고서도 景物은 말하지 아니하고 題名의 내용풀이만 일삼기도 했다.

이러한 그의 시세계는 主情文學의 대표격인 感事·述懷詩에도 그대로 확장되고 있을 뿐이다. 外物을 玩賞하면서도 情感의 움직임은 보여주지 않았으며 오로지 事理를 밝히는 것으로 自足했다. 이럴 때일수록 작자의 主意를 나타내 보여주어야 할 자리에는 대부분 古典으로 置換하곤 했다. 그래서 退溪는 理를 귀하게 여기는 철학적 사고 때문에 인정이 거세된 메마른 시세계를 이룩하게 되었다.

(『韓國漢詩硏究』 5, 1997)

‘雄渾’系 詩作의 特性에 대하여

1. 序言

　詩는 그 사람이 쓴다. 그래서 ‘詩는 個性이 쓴다’는 요즘말을 가능하게 한 것인지도 모른다. 詩를 통하여 시인의 얼굴을 알아차려야 하고 그 속마음을 읽어내어야 하기 때문에 옛 사람들도 ‘論詩가 作詩보다 더 어렵다’고 했다. 더욱이 表意文字인 漢字의 含蓄이나 彈力 때문에 ‘말 바깥에 있는 말’까지도 읽어 내어야 하는 漢詩의 경우 어떠한 準則이나 技術로도 그것을 評하거나 論하는 일은 특히 어려울 수밖에 없다.

　그래서 漢詩를 品騭하는 방법도 여러 가지가 있어 왔으며 그 가운데서도 가장 흔하게 通用되어온 것이 品格 批評이다. 雄渾, 豪放, 豪宕, 典雅, 流麗, 淸切 등 二字語로 批評을 行한 것이 그 대표적인 것이다. 그러나 이 역시 詩作의 優劣을 論한 것이기보다는 詩世界의 特徵을 말한 것에 지나지 않는다.

　역대 어떤 작가나 비평가도 스스로 ‘雄渾’이나 ‘流麗’를 제조하고서도 그렇게 評論한 이유나 근거를 구체적으로 해명해 주지 않았다. 후대에 이르러 通篇 또는 逐句 비평의 방법으로 다양하게 시평을 행한 경우도 있지만, 이 때 역시 그렇게 말한 까닭을 해명해 주지 않았다. 그러므로 本稿에서는, 그 많은 批評用語 가운데서도 유독 '雄渾'이라는 品目 하나를 선택하여 그렇게 品評한 까닭이나 근거를 구체적인 작품의 검증을 통하여 그것이 내장하고 있는 아주 작은 부분의 의미라도 읽어 내고자 하는 것이다.

5세기 말 梁, 劉勰(456~521)의 『文心雕龍』은 기본적으로 論文書이지만 이 책의 <体性>부분에서 작가의 작품을 종합 분석하여 ①典雅 ②遠奧 ③精約 ④顯附 ⑤繁縟 ⑥壯麗 ⑦新奇 ⑧輕靡 등으로 말한 것도 그러한 것 가운데 하나이며, 이는 그가 살았던 시대의 대표적인 발언이기도 하다. 특히 그는 "나는 天地 自然의 原理를 기반으로 하고 聖人의 가르침을 스승으로 한다."라 하여 그의 문학하는 태도가 自然과 人文을 함께 하는 것임을 확연히 보여 주었지만, 정작 그는 修辭가 빛나는 문장을 구사하여 읽는 이로 하여금 미궁 속으로 끌려 들어가는 듯 어지럽게 했다. 후세의 비평가들로 하여금 그토록 감상적인 批評用語를 量産케 한 것도 먼 원인은 유협의 재주에서 비롯한 것인지 모른다.

유협의 『문심조룡』은 종합 문학 이론서의 성격이 강하지만, 유협과 같은 시대에 鍾嶸(469~518)이 찬집한 『詩品』은 이름 그대로 본격적인 詩評書라 할 수 있다. 구체적으로 말하면 漢魏 以下 122人의 五言詩(古詩) 작가들을 上·中·下 三品으로 品等을 나눈 詩人論에 가깝다. 그러나 종영은 여기에서 그치지 아니하고 詩人들의 시세계에 대하여 일일이 單字 또는 二字語로 品評을 붙이고 있다. 深, 雄, 靡, 奇, 精切, 美瞻, 淸遠, 綺麗, 閒雅, 淸便宛轉 등이 그것이다. 후세의 多岐한 비평용어들이 이처럼 먼 곳에서부터 발원한 것임을 쉽게 알게 해 준다.

唐末의 시인이자 비평가이기도 한 司空圖(837~908) 역시 鍾嶸과 같이 『詩品』 즉 『詩品二十四則』을 설정하여 그 용어를 보다 세련되게 다듬어 中

國文藝思想史에 承前啓後의 큰 자리를 차지했다. 雄渾, 冲澹, 纖穠, 沈着, 高古, 典雅, 綺麗, 含蓄, 豪放, 縝密, 淸奇, 飄逸, 曠達 등이 그가 만들어 낸 것 가운데서도 중요한 것들이며, 이것들은 곧 후대의 비평 용어와 가장 닮아 있음을 알 수 있다. 특히 그는 이를 해명하기 위하여 品目마다 四言十二句를 덧붙이는 의욕을 보이었지만, 읽는 이로 하여금 老莊 사상의 奧地帶로 이끌어 가는 듯 몽롱하게 할 뿐이다. 더욱이 그는 味外之旨, 韻外之致 등을 주장하여 言外의 境地에까지 의미망을 확장하려는 욕심을 보이어 漢字語의 彈力性을 최대한 활용한 비평가가 되기도 하였다. 그러나 이는 후대의 비평가들이 행한 품격 비평이 인상 비평으로 흐르게 한 端初를 열어 준 결과가 되기도 했다.

南宋, 嚴羽의 『滄浪詩話』도 <詩辯>, <詩体>, <詩法>, <詩評>, <詩證> 등 五部分을 包括하는 일종의 詩批評書지만, 그 가운데서도 <詩辯>에서 제시한 '九品'이 곧 詩의 品格을 말한 부분이다. 高, 古, 深, 遠, 長, 雄渾, 飄逸, 悲壯, 悽惋 등이 그것이다. 『滄浪詩話』는 小本이지만, 그 主旨는 '以禪喩詩'에 있다. 그러나 그가 제창한 '妙悟' 즉 「禪道惟在妙悟, 詩道亦在妙悟」는 후대의 異論도 없지 않았다. 盛唐의 '興趣'를 推崇한 엄우는 특히 江西詩派와 四靈派의 萎靡에 강력하게 반발하여 詩의 優美性을 강조하였으며, 이 때문에 후대의 神韻說과 性靈說에 직접적으로 영향을 끼쳤다.

明初 高棅(1350~1423)의 『唐詩品彙』는 기본 성격으로 보면 唐詩選本이지만, 고병 역시 嚴羽를 이어 盛唐을 높이 드러내고 있다. 그래서 그는 各體詩를 正始, 正宗, 大家, 名家, 羽翼, 接武, 正變, 餘響, 旁流 등 九格으로 品目을 정하였다. 그리고 이 가운데서 正始는 대체로 初唐으로, 正宗, 大家, 名家, 羽翼은 盛唐으로, 接武는 中唐, 正變·餘響은 晚唐에 각각 包括되고 있으며, 旁流는 方外人 등 불확실한 신분 계층들을 卷末에 붙인 것이다. 그러므로 이 책은 一定한 準則에 따라 唐詩를 선발한 것이 아니라, 時世의 先後, 文章(詩格)의 高下, 社會的 身分階層 등 複合 기준에 의존하고 있음을

알 수 있다. 다만, 盛唐의 品等을 4단계로 설정한 것은 盛唐을 尊崇하여 詩格의 品秩을 多段階化한 것이다. 때문에 동일한 시인이라 하더라도 작품에 따라서는 大家에 들게 하기도 하고 또는 羽翼에 入屬시키기도 하였다. 大家의 첫머리를 차지하는 杜甫조차도 그의 <八陣圖>와 같은 작품은 羽翼의 대열에 참여시키고 있다. 뿐만 아니라 『唐詩品彙』에 이르러 唐詩를 4단계로 區分하는 立論은 사실상 固着되었으며, 盛唐의 詩史的 자리 매김도 여기에서 끝막음을 한 셈이다. 그러나 高棅은 여기에서 그치지 아니하고 個別 作家의 詩世界에 대해서도, 일일이 品格批評을 行하고 있는 것이 本稿에서 관심을 가지게 한 부분이다. 孟浩然과 王維를 가리켜 "今觀襄陽之淸雅 右丞之精緻 ……"라 한 것이든가, 韓愈에 대하여 "…… 汪洋大肆而莫能止者"라 한 것 등이 그런 보기다.

우리 나라에서는 詩의 品格을 論하여 따로 品目을 설정하는 등의 일은 있지 않았다. 다만 個別作家나 作品에 대한 品格批評은 초기의 詩話書에서부터 나타나고 있으며 詩選集의 批註欄이나 각종 詩文集의 序跋, 雜著 등에서도 흔하게 行해져 왔다. 白雲小說, 補閑集, 櫟翁稗說 東人詩話, 靑丘風雅, 慵齋叢話, 謏聞瑣錄, 遣閑雜錄, 晴窓軟談, 惺叟詩話, 國朝詩刪, 小華詩評, 壺谷詩話 등에서 個性의 차별화 기준으로 품격용어를 즐겨 사용해 왔다. 이 가운데서도 일관되게 唐詩性向으로 批註를 통하여 비평의 慧眼을 보인 것은 『國朝詩刪』이다. 그러나 어떠한 詩話詩評書에서도 남의 詩作을 비평하는 수단으로 品格을 말하였을 뿐 본격적인 品格論을 개진하는 데까지는 이르지 않았으며, 스스로 品格批評은 行하고 있으면서도 그렇게 말한 근거나 이유에 대하여 직접 해명한 일 또한 있지 않았다.

지금까지 이 방면에 대한 학계의 연구작업도 역사적으로 있어온 品格論이나 品格批評의 현장을 조사・정리・보고하는 수준에서 그치고 있을 뿐이며,[1]

---

1) 정요일・박성규・이연세의 『고전비평용어연구』가 그 집대성적인 업적이 될 것이다.

구체적으로 '雄渾'이나 '流麗' 등으로 品評된 詩作의 實體를 분석적으로 해명하는 데까지는 관심을 보이지 않았다. 그러므로 本稿는, 지금까지 어떤 詩人이나 批評家도 돌보지 않은 '雄渾의 의미'에 대하여 그 대답으로 제공할 수 있는 조그마한 부분이라도 찾아보려는 것이어서, 지극히 試圖的이고 만족스럽지 못한 방법으로 '雄渾'을 檢證하고자 하는 것이다. 이를 위하여 本稿에서는 앞에서 보인 詩話書나 詩選集에서 특히 '雄渾', '豪放', '豪宕' 등으로 品評한 작품들을 중심으로 하여 그렇게 평가한 까닭의 所在를 탐색하는데 주력하게 될 것이다.

그러므로 品目間의 優劣을 가리는 일은 할 수 없지만 서로 다른 差別性은 말할 수 있을 것이라는 판단에 따라 '雄渾'系 詩作의 特性만이라도 따로 검색하려 하는 것이다. 설명의 편이를 위하여 ①말이 거센 작품, ②構圖가 空闊한 작품, ③誇張이 심한 작품 등으로 나누었지만, 이것들 사이에는 서로 겹치는 부분이 있어, 확연하게 境界가 그어지지 않는 것도 있을 수 있을 것이다.

2. 말이 거센 작품

'말이 거세다' 라는 것은 全篇의 構成과 관계된 것이기보다는 말을 만들 때 詩語의 선택을 어떻게 하느냐와 직결되는 것이다. 이는 個性이 가장 잘 드러나는 부분이며, 시인의 타고난 기상과 관계가 깊다. 그러므로 독자로 하여금 壯快感을 주는 것이 特徵이다. 生動感을 주기 위하여 動詞를 번다하게 사용하거나 動的인 美感을 자아낼 수 있는 동사를 즐겨 선택한다. 氣豪意豁, 氣槪洋洋, 一氣直下 등 '氣槪' 때문에 주목받은 작품들이 대체로 여기에 入屬될 수 있을 것이다. 독자에게 강렬한 감동을 주는 작품들이 모두 이에 包

含될 것이다. 이런 작품의 배경은 대개 으스스한 古戰場이거나 北風이 몰아치는 邊塞일 때가 많다. 따뜻한 마음의 故鄕으로 통하는 南國의 情緖 같은 것은 殆無한 地帶다.

　구체적인 보기를 들어 語激한 작품들을 검증하기로 한다. 다음은 楊士俊(?~?)의 七言律詩 <乙卯幕中作> 중 首聯 부분이다.

　　　장군의 大捷은 만인의 장관이라
　　　따르던 장사들도 대부분 돌아올 수 있겠네.

　　　將軍一捷萬人觀　　　壯士從遊汔可還

－<乙卯 幕中作>[2]

　軍幕에서 쓴 것이다. 양사준은 楊士彦의 아우이지만 道仙的 취향으로 일관한 형의 시세계와 서로 對照가 될 만큼 사뭇 다르다. 許筠은 이 가운데서도 上句 부분을 특히 ‘氣槪洋洋’ 이라 하여 그 기상을 칭도하고 있다. 7字 가운데 1字도 氣勢와 관계없는 것이 없다. ‘將軍’, ‘一捷’, ‘萬人’, ‘觀’ 모두 그러한 것들이다. ‘一’과 ‘萬’의 句中對가 뛰어날 뿐 아니라, 특히 볼거리를 크고 장중하게 드러내기 위하여 ‘萬人觀’을 제조한 솜씨는 활달한 氣稟까지도 쉽게 알아차릴 수 있게 한다.

　다음 역시 軍陣을 배경으로 한 작품이다. 權韠의 <題林子中懽陣中>이 그것이다. 七言律詩의 首聯과 頷聯을 보인다.

　　　시간을 알리는 나팔 소리에 그 많은 부엌에서 연기 피어오르고
　　　진중에는 새 떼가 가로질러 산천을 누르네.

---

2) 『國朝詩删』 권5.

紅光이 땅에 남아 있어 창이 햇빛에 빛나고
흰 빛 기운이 공중에 질펀히 퍼져 칼이 하늘에 섰네.

畵角吹開萬竈烟　　陣橫雲鳥壓山川
赤光在地戈揮日　　白氣漫空劍倚天

－<題林子中懽陣中>[3]

許筠은 이 4句를 특히 '極豪壯'이라 했다. '畵角'과 '吹' 모두 강렬하게 청각에 호소하기 위하여 선택한 말들이다. 군막의 문루에서 시간을 알리는 나팔 소리가 울려 퍼지는 것을 뜻한다. '萬竈'도 萬重의 氣勢를 보이고 있으며, '陣橫'의 '橫'은 軍陣을 가로질러 새의 무리가 날아감을 말한 것이다. '雲鳥'는 雲集하여 날아가는 새 떼의 기상을 그린 것이다. '戈揮日'과 '劍倚天'의 대응이 일품이거니와 특히 '倚' 조차도 '立'의 뜻으로 사용되고 있어 動的인 美感을 준다. '戈'와 '劍'이 氣槪의 表象인 것은 물론이거니와, '赤光在地', '白氣漫空'의 '赤光'과 '白氣'도 각각 '붉은 빛', '흰 기운' 등 氣槪를 드러내지 않은 것이 없으며 그 말 또한 거센 것이 된다. 이러한 보기는 樓臺, 舍亭, 寺刹을 대상으로 한 작품에서도 쉽게 찾아볼 수 있다. 먼저 黃廷彧의 <吉州砥柱臺>부터 보기로 한다.

벼락이 내리쳐도 움직이기 어렵고
산과 바다가 뒤집혀도 호올로 남았네.

雷風擊搏猶難動　　岳海驚翻只獨留

－<吉州砥柱臺>[4]

____

3)『國朝詩刪』권5.
4)『國朝詩刪』권5.

七言律詩의 頷聯을 보인 것으로 許筠이 '氣壯語激'이라 評한 부분이다. "混沌初分積氣浮 何來巨石峙中流"라 한 首聯의 下句를 보면, 이 砥柱臺는 물 가운데 있는 거대한 돌임을 알 수 있다. 허균이 말한 그대로 '雷風', '擊搏', '岳海', '驚翻' 어느 하나 말이 거세지 않은 것이 없다. 氣槪가 지나쳐 몸과 마음을 움츠러들게 한다.

太平盛世의 象徵物로 定評이 난 樓亭을 직접 읊은 詩作에도 말이 거센 것들이 있다. 林亨秀의 七絶 <受降亭>도 그러한 것 가운데 하나다.

취한 몸으로 胡床에 기대어 술잔을 드는데
미인이 정답게 앉아 은 아쟁을 타네.
깊은 산 사냥을 끝내고 돌아오는 시간 늦어
말을 달려 빙하를 건넜더니 칼과 창이 울었지.

醉倚胡床引兕觥　　佳人狎坐戛銀箏
陰山獵罷歸來晚　　馳渡水河劍戟鳴

-<受降亭>[5]

이 작품은 사냥에서 돌아온 시인 등이 亭上에서 벌이고 있는 술판의 분위기를 읊은 것이지만 안짝과 바깥짝은 시간의 先後가 바뀌어 있으며 全篇의 얼굴은 樂府의 出塞曲과 같다. 亭名이 이미 중국의 受降城을 연상케 하거니와, 題名만으로 보면 樓亭詩이지만 분위기는 樂府와 다를 것이 없다. 受降亭의 소재지가 江界의 萬浦鎭이고 보면 出塞曲의 분위기를 자아낼 수 있는 것은 물론이다. 그러나 이 작품의 안짝은 현재의 亭上에서 벌어지고 있는 酒燕의 분위기를 읊은 것이지만 바깥짝은 詩人 등이 수렵을 끝내고 돌아온 체

---

5)『國朝詩刪』 권2.

험적인 사실을 말한 것이어서 時間의 先後에서 보면 안짝과 바깥짝은 차례가 바뀌어 있다. 그래서 許筠도 술판의 분위기를 읊은 起句에 대해서는 ‘極其豪宕’이라 하였으며, 바깥짝은 ‘俠氣翩翩’이라 했다. 그러나 起句에서 선택한 ‘胡床’과 ‘兕觥’조차도 異國風을 느끼게 하는 것으로 친근감을 주지 않는 것들이다. ‘胡床’은 중국식으로 만든 걸상이며 ‘兕觥’은 우리 國土에는 있지도 않은 술잔이다. 특히 바깥짝의 경우 ‘陰山’은 중국의 산 이름을 빌어 깊은 산의 으스스한 분위기를 이끌어 낸 것이며, ‘劍戟鳴’과 같은 것은 豪氣를 과다하게 드러내어 도리어 시의 진실을 減殺케 한다.

寺刹題詠에도 語激한 작품들을 볼 수 있다. 다음은 李胄 詩의 한 부분을 보인 것이다.

아침해가 붉은 빛을 내뿜으며 바다에서 뛰어 오르니
구름이 흰빛을 이끌고 巫閭에서 나오네.

朝日噴紅跳渤澥　　晴雲拖白出巫閭[6]

이는 許筠이 李胄의 시세계를 論評할 때 그 보기로 제시한 것이며, 이 부분을 가리켜 ‘甚有力’이라 했다. 그는 題名도 밝히지 않았으나 이 시구는 李胄의 七言律詩 <望海寺>의 頷聯 부분이다.[7] 사찰은 대개 深山幽谷의 勝景에 자리잡고 있는 것이 일반적인 현상이지만, 이 절은 이름 그대로 바다를 바라볼 수 있는 높은 곳에 있어 이 작품의 제작을 가능케 한 것이다. 望海寺는 여러 지방에 같은 이름으로 存置되고 있어 정확하게 所在地를 말하기는 어렵지만, 작자 李胄가 咸鏡道 都事로 재직한 사실과, 그의 문집에 七寶亭 詩가 함께 있는 것으로 보아 咸興의 望海寺인 것으로 보인다. 그러나 우리의

---

6) 『惺叟詩話』.
7) 韓國文集叢刊 所收 『忘軒遺稿』에서 확인된 것이다.

관심은, 아침에 해가 떠오르는 광경을 "跳渤澥'라 하여 마치 물고기가 바다에서 뛰어 오르듯 묘사한 것이라든가, 흰 구름이 피어나는 모습을 '晴雲拖白'이라 한 것과 같은 말의 거셈을 확인하는 데 있다.

사찰제영에서 흔치 않은 語激의 極限을 보는 듯하다. 그러나 이와 같이 힘과 기개로 이루어진 語激한 詩作과 그렇지 않은 작품과의 差別性을 재확인하기 위해서는 '流麗'나 '淸切' 등으로 定評이 나 있는 餘他의 樓亭詩나 寺刹題詠들과 맞대어 보는 것도 검증 방법의 하나가 될 것이다. 樓亭詩와 寺刹題詠은 기본적으로 그 물량이 과다할 뿐 아니라 名品으로 꼽히는 작품도 일일이 枚擧할 수 없을 만큼 많다. 그 가운데서도 '流麗', '淸切'로 이름을 얻은 시인은 대체로 唐詩 性向의 詩作으로 一世에 이름을 드날리었다. 樓亭詩로는 崔慶昌의 <映月樓>와 高敬命의 <百祥樓>, 그리고 寺刹題詠으로는 鄭以吾의 <竹長寺>와 鄭知常의 <開聖寺>를 보기로 한다.

> 옥난간에 가을이 오니 이슬 기운도 맑고
> 수정 주렴 서늘하니 계수나무 꽃이 활짝 피었네.
> 仙駕도 오지 않고 은하수 다리도 끊어졌으니
> 슬프게도 선랑은 흰머리가 돋았네.

> 玉檻秋來露氣淸　　水晶簾冷桂花明
> 鸞駕不至銀橋斷　　惆悵仙郎白髮生

－<映月樓>⁸⁾

허균은 이 작품에 대하여 "此君絶句篇篇皆淸切"이라 하여 맑고 깨끗한 의사를 칭도하였거니와, 이 絶句에서는 격렬한 詩語는 도무지 찾아볼 수 없

---

8) 『國朝詩刪』 권2.

다. 서술어로 사용되고 있는 ‘來’, ‘淸’, ‘冷’, ‘明’, ‘斷’, ‘生’ 어느 하나도 힘이나 기세를 느끼게 하는 것이 없다. 맑고 여리고 깨끗하여 조용한 감동을 줄 뿐이다. 高敬命의 <百祥樓>는 다음과 같다.

취한 몸으로 사다리 타고 높은 다락에 올랐더니
냇가에 꽃다운 풀이 시야에 들어오네.
수궁의 주렴 보고 땅이 없는가 여겼는데
靈山의 煙霞가 제일 높은 곳에 있네.
하늘 밖에 매화는 피리 소리 따라 날고
달빛 아래 연꽃잎은 仙舟와 함께 아득하네.
바람을 타고 浮丘公의 소매를 잡으려 하니
仙鶴이 너울너울 날아 十洲를 희롱하네.

醉蹕梯颸十二樓　　晴川芳草望中收
水宮簾箔疑無地　　蓬島煙霞最上頭
天外梅花飛玉笛　　月邊蓮葉渺仙舟
監風欲揖浮丘袂　　笙鶴飄然戲十洲

—<百祥樓>[9]

　이 작품에 대하여 허균은 특히 通篇批評을 하고 있으며 “江西派의 詩法을 깨끗이 씻고 唐詩圈域에 들었으므로 자못 流麗·淸遠하다” 했다. 이는 高敬命의 詩世界를 선언적으로 말한 것이기도 하지만, 한편으로 ‘流麗’와 ‘淸遠’은 唐詩의 것임을 알게 해준다.
　樓閣은 예로부터 太平盛世의 象徵物이기도 하지만, 이 작품은 특히 樓閣

---

9) 『國朝詩刪』 권5.

이 있는 한 폭의 仙遊圖를 보는 듯하다. 梅花, 玉笛, 蓮葉, 仙舟, 笙鶴, 十洲 만으로도 仙境의 배경으로 충분한 것들이기 때문이다. 百祥樓는 關西八景의 하나로 淸川江이 굽이치는 勝地에 위치하고 있기도 하지만, 이 작품에 이르러 다시 仙境으로 승화되고 있다. 다음은 鄭以吾의 대표작 중에 하나인 <竹長寺>다.

공무 끝내고 한가한 틈에 성곽 밖 서쪽으로 나갔더니
중도 보이지 않고 절도 낡았고 길도 울퉁불퉁하네.
그래도 老人星壇 가에는 봄바람이 일찍 불어
붉은 살구꽃 제법 피고 산새도 우네.

衙罷乘閑出郭西　　僧殘寺古路高低
祭星壇畔春風早　　紅杏半開山鳥啼

－<竹長寺>[10]

허균은 굳이 『東人詩話』를 인용하면서까지 이 작품이 雅麗・淸便하다고 했으며 唐詩속에 넣더라도 부끄럽지 않을 것이라 했다. 욕심을 내거나 豪氣를 부리지 않았으며, 이 작품은 특히 承句에서 세 가지 사실을 함께 말하고 있으면서도 나란히 대등하게 사실만 말하고 있어 조용하게 균형이 유지되고 있다.

중도 보이지 않고 절도 낡았고 길조차 울퉁불퉁한데 그래도 봄바람은 일찍 불어와 살구꽃도 피고 산새도 지저귄다고 한 이 興致야말로 이 작품의 品格을 '雅麗'로 판정받고도 남음이 있게 해준다. 다음은 鄭知常의 <開聖寺>를 보일 차례다.

---

10) 『國朝詩刪』 권2.

百步에 아홉 번 돌아 높은 산에 올랐더니

허공에 집 몇 칸이 떠 있을 뿐이네.

맑디맑은 샘물은 찬물로 떨어지고

暗淡한 낡은 벽엔 푸른 이끼인 양 얼룩졌네.

돌머리 소나무는 한 조각달에 늙어 있고

하늘 끝 구름은 千點山에 나직하다.

세상만사 이곳에는 이를 수 없으니

숨어사는 사람만이 오래 오래 한가롭겠네.

百步九折登巑岏　　家在半空唯數間

靈泉澄淸寒水落　　古壁暗淡蒼苔斑

石頭松老一片月　　天末雲低千點山

紅塵萬事不可到　　幽人獨得長年閑

－<開聖寺八尺房>[11]

　이 작품은 開聖寺라는 사찰을 소재로 한 것이지만, 鄭知常의 仙趣를 한 눈으로도 알게 해 준다. 특히 頷聯과 尾聯은 隱者의 노래로서도 훌륭하게 성공한 부분이며, 頷聯上句의 “靈泉澄淸寒水落”은 그의 雅氣를 청각으로도 들을 수 있게 한다. 激烈힌 語詞의 선택도 없으며, 豪氣를 부리는 일은 더욱 하지 않았다. ‘雄渾’과 ‘流麗’의 境界가 이렇게 현격한 것임을 확인하는 데 모자람이 없다.

---

11) 『大東詩選』 권1.

3. 構圖가 空闊한 작품

 열린 空間에서 자유분방하게 뜻을 펼친 작품을 말한다. 外景에 갇히거나 사실에 구애받지 아니하고 뜻이 나아갈 수 있는 境界를 최대한으로 확장하게 될 때 構圖가 크고 넓은 시를 쓸 수 있기 때문이다. 記述方式으로 따진다면, 描寫形式보다는 說明的이며 背景의 선택에 있어서도 周邊的인 것보다 眺望的이다. 情感의 流露를 절제하고 言外의 餘蘊을 기대하는 작품들이 대체로 이에 속한다. 그러므로 이런 작품들은 立象盡意의 作詩原理에서 逸脫하여 立象보다는 盡意쪽에 무게를 부여하려는 것이 특징으로 지적될 수 있다. 그러므로 이러한 작품들의 경우 外景은 뜻을 寄托하는 수단일 뿐이다. 대체로 意思가 通暢하여 읽는 이로 하여금 痛快感을 준다. 작품의 실제를 아래에 보이고 해명을 돕기 위하여 '流麗', '纖靡'로 定評이 난 작품도 함께 곁들일 것이다. 金麟厚의 <石泉第酬唱>부터 보기로 한다.

 술잔을 주고받는 것은 깊고 얕은 차이요
 서로 부르고 화답하는 것은 길고 짧은 노래일 뿐이다.
 이 사이에 진정한 뜻이 있나니
 어느 누가 大音의 이치를 알겠는가.
 얼굴을 치켜들고 크게 한바탕 웃으니
 조용히 소나무 바람의 음악이 들리네.

 酬酌淺深間　　　唱和長短吟
 此間有眞意　　　誰人知大音
 仰面發一笑　　　靜聽松風琴

―<石泉第酬唱>[12]

6句로 구성된 五言古詩다. 許筠은 이 작품을 '氣自豪放'이라 하여 호방한 기상을 칭도하고 있거니와, 이는 시인이 快哉를 부르짖고 있는 5·6句의 通暢함을 특히 이렇게 말한 것이다. 이 작품은 술자리에서 시를 주고받는 것으로 시작되고 있지만, 정작 시인이 말하고자 한 것은 '大音'의 진정한 뜻에 있다. 큰 소리일수록 희미하게 들린다는 것이 大音의 본 뜻이다. 그러므로 大音과 對應을 이루고 있는 것이 바로 크게 소리나지도 않는 '松風音'이기도 하다. 이렇게 主旨를 통쾌하게 마무리하고 있는 것이 이 작품의 높은 곳이다. <浮碧樓>도, 그 선택한 소재는 서로 다르지만 意思가 내닫고 있는 尾聯의 통쾌감은 위의 작품과 서로 닮아 있음을 알 수 있다.

어제 永明寺를 지나다가
잠깐 浮碧樓에 올랐네.
텅빈 성에는 한 조각달이 걸려 있고
늙은 돌 위에는 구름도 千秋나 되었네.
麒麟馬는 떠나가고 돌아오지 않는데
天孫은 어느 곳에서 노닐고 있는고?
난간에 기대어 길게 휘파람 부니
산은 푸르고 강물 절로 흐르네.

昨過永明寺　　　暫登浮碧樓
城空月一片　　　石老雲千秋
麟馬去不返　　　天孫何處遊
長嘯依風磴　　　山淸江自流

―<浮碧樓>[13]

―――――――――――
12) 『國朝詩刪』 권7.
13) 『東文選』 권10.

　이 작품에서 부벽루는, 시인의 意象을 운반하는데 필요한 通路를 제공하는 것으로 그치고 있다. 意象을 의탁할 外景으로 값하지 못하고 있으며 꾸밈의 대상은 더욱 되지 못한다. 詩的 空間을 무한대로 확장하여 역사 속으로 사라진 東明王을 회고하고 있다. 마음껏 내달릴 수 있는 공간을 확보할 수 있었기 때문에 시인은 자유 분방하게 시간의 連綿함을 노래할 수 있었다. 尾聯이 통쾌감을 주는 것도 이 때문이다. "난간에 기대어 길게 휘파람 분다."고 했지만 이 때의 '휘파람'은 시인의 氣象일 뿐이며 정작 그 소리는 큰 것도 아니며 긴 것도 아니다. 특히 尾聯에서는 '風, 磴, 山, 淸, 江'과 같은 'ng'音의 연결이 좋아 청각을 울려주는 효과도 크다. 盧守愼의 다음 작품도 시인이 설정한 넓은 공간 때문에 읽는 이로 하여금 豪快感을 준다.

열엿샛날 초가을 밤
삼천리 弱水 앞에 있네.
태평성세엔 누각이 좋은데
우주에는 神仙이 얼마나 되는가?
굽은 난간엔 맑은 바람 지나가고
긴 하늘에는 흰 달이 걸려 있네.
서글피 길게 휘파람 부니
외로운 학 너울너울 날아가누나.

二八初秋夜　　　三千弱水前
昇平好樓閣　　　宇宙幾神仙
曲檻淸風度　　　長空素月懸
愀然發大嘯　　　孤鶴過翩翩

－〈喚仙亭〉[14]

盧守愼은 五律 가운데 得意作이 많거니와 이 작품은 그 가운데서도 가장 빼어난 것으로 꼽힌다. 乙巳士禍의 餘孼로 南荒으로 유배된 작자 노수신이 몸은 配所에 있지만 太平盛世를 구가하는 여유를 보이고 있는 작품이다. 무한대로 설정한 넓은 공간에서 태평성세를 노래하는 시인의 모습은 바로 앞에서 보인 李穡의 그것과 다름이 없다. 크게 휘파람 불며 시원하게 달리는 尾聯의 기상은 <浮碧樓>의 그것을 다시 보는 듯하다. 허균은 노수신의 筆力이 굳세고 커서 기상이 一世를 덮을 만하다 하였거니와, 이처럼 構圖가 크고 넓은 것은 그의 氣宇가 남달리 큰 것에 힘입은 것이라 할 것이다.

다음은 情感이 流露되기 쉬운 贈別詩 가운데서, 構圖가 크고 넓은 작품을 보인 것이다. 물 흐르듯 곱고 아름다운 시를 함께 보이어 서로 다른 얼굴을 확인할 것이다. 盧守愼의 <東湖送別>과 鄭知常의 <送人>, 李純仁의 <贈別>을 차례로 본다.

성동 땅 3월에 큰 호수가 잔잔한데
한줄기 숲 속의 바람이 서로 함께 맑네.
떨어지는 꽃잎은 세상 인심을 따르는 법인데
버들가지는 어찌하여 사람의 정을 얽어매느냐.

城東三月大湖平　　一帶林風相與清
花片本來隨世態　　柳條何以繫人情

—<東湖送別>[15]

七言律詩의 首聯과 頷聯만 보인 것이다. 허균은 首聯 上句를 '起便雄奇', 下句를 '渾渾不窮', 頷聯은 한마디로 '何等感慨'라 逐句評을 보이었다. 雄渾

---

14) 『大東詩選』권3.
15) 『國朝詩刪』권6.

系 작품들도 제1구에서부터 기상을 펼쳐 보이는 것은 드문 일인데 이 작품은 "城東三月에 大湖平이라" 하여 허균으로부터 "시작하자마자 문득 雄奇하다"라는 비평을 끌어내고 있다. 이 작품에서 제시한 '大湖', '林風', '花片', '柳條' 등은 모두 문자 그대로 '스스로 그렇게 있는' 大自然의 景物에 지나지 않지만, 이것들은 시인의 손이 닿을 수 있는 가까운 거리의 外景이 아니다. 멀리서 바라 본 自然物일 뿐이다. 더욱이 시인이 아롱지게 꾸미려는 대상은 전혀 아니다. '大湖平'은 넓고 평온한 세상을 '林風淸'은 맑고 깨끗한 士風을 寓意的으로 말한 것일 것이다. 頷聯의 餘蘊은 '花無能十日紅'의 人情物態를 말하려는데 있을 것이다. 意象의 폭이 얼마나 넓고 큰가를 쉽게 알아차릴 수 있다. 다음 작품들은 시원하게 내달리는 意象의 흐름은 찾아볼 수 없고 情感의 流露만 있을 뿐이다.

> 비 개인 긴 뚝엔 풀빛 더 파란데
> 南浦에서 임 보내니 슬픈 노래 울린다.
> 대동강 저 물은 언제나 다할 것인고
> 해마다 흘린 눈물로 푸른 물결 더 보태네.

> 雨歇長堤草色多　　送君南浦動悲歌
> 大同江水何時盡　　別淚年年添綠波

—<送人>[16]

　<大同江>, <送友人>, <大同江別曲> 등 다른 이름으로도 알려져 있다. 이 작품을 후세에까지 전해 준 『破閑集』 등 초기의 詩話書들이 이 작품의 이름을 말해주지 않았기 때문이다. 鄭知常의 詩作 가운데서 詩選集에 전하

---

16) 『東文選』 권19.

고 있는 13편이 모두 널리 알려진 名篇들이지만, 그 가운데서도 送人(七絶)은 이별의 노래로 사랑받은 絶唱이다. <大同江別曲>이라는 이름이 붙여진 것도 물론 이 때문이다. 그러나 이 작품은 처음부터 話者의 체험적인 슬픈 사연을 여성적인 톤으로 호소하고 있기 때문에 감추어진 意象 같은 것은 찾아 볼 수 없으며, 晚唐을 숭상한 정지상의 流麗를 확인할 수 있을 뿐이다. 다음은 李純仁의 <贈別>이다.

> 한 동이 술자리로 즐긴 이 밤의 만남을
> 어느 곳에서 가장 그리워하게 될까.
> 오래된 驛亭에서 밝은 달과 마주하거나
> 강남에 두견새가 울 때일 걸세.

> 一樽今夕會　　　何處最相思
> 古驛逢明月　　　江南有子規

> ―<贈別>[17]

이 작품은 이별한 이후의 만남을 상상적으로 그려본 것이다. 일찍이 李睟光도 그의 『芝峯類說』에서 雄渾한 기상이 모자라는 것을 흠으로 지적하였거니와, 中・晚唐을 익힌 李純仁의 淸致를 아낌없이 보여준 대표작 가운데 하나다. 渾厚한 意象이나 내달리는 氣象은 처음부터 李純仁의 것이 아니다.

다음은 같은 제목으로 시를 쓴 두 시인의 名品을 맞대어 보아 構圖가 큰 詩作의 얼굴을 재확인하고자 한다. 鄭夢周의 <定州重九韓相命賦>와 鄭誧의 <重九>를 차례로 보인다.

---

17) 『孤澤逸稿』 권1.

定州에서 重九날 높은 곳에 오르니
국화꽃 예와 같이 눈앞에 환하네.
개펄은 남으로 宣德鎭에 이어졌고
산봉우리는 북으로 女眞城에 기대었네.
백년동안의 전쟁은 흥하고 망하는 일
만리에 온 병사는 慷慨로운 情일세.
술 끝나자 대장이 말 위에 올려주니
얕은 산 비낀 해가 붉은 깃발 비추네.

定州重九登高處　　依舊黃花照眼明
蒲潊南連宣德鎭　　峰巒北倚女眞城
百年戰國興亡事　　萬里征夫慷慨情
酒罷元戎扶上馬　　淺山斜日照紅旌

－<定州重九韓相命賦>[18]

　이 작품에서 보여 준 바와 같이 정몽주 시의 要諦는 사실만을 말하는 '紀實'에 있으며 意象을 운반하는 기운도 스스로 힘차다. 끝없이 펼쳐져 있는 北塞의 山川을 말하고 전쟁으로 얼룩진 역사를 회고하며 대장부의 慷慨를 읊조린 것이다. 그러나 情感의 流露를 최대한으로 절제한 그의 시에는 窘拙한 데가 없다. 無限大로 뻗어 있는 邊塞의 空間에서, 시인의 慷慨를 가장 豪快하게 보여준 것은 尾聯 부분이다. 술자리를 끝내고 말 위에 오른 시인의 眼光에는 遠近의 모든 산이 淺山으로만 보인 것이다. 실재하는 산악의 높낮이에 관계없이 말잔등에 올라 탄 시인의 氣槪 앞에 그렇게 보였을 뿐이다.
　그러나 다음 작품 鄭誧의 <重九>는 닫혀 있는 공간에서 주변적인 景物

─────────────

18) 『圃隱集』 권1.

에 쉽게 情感을 流露시키고 있다. 그래서 정몽주의 <重九>와 좋은 대조를
보인다.

> 땅이 궁벽하여 가을도 가려 하는데
>
> 산이 추워 아직 국화도 피지 않았네.
>
> 병이 드니 시 짓기 더욱 괴로운 줄 알겠고
>
> 가난할 때 술 사오기 어려움 깨닫네.
>
> 들길에 나서면 하늘이 크고
>
> 마을의 빈터엔 햇발이 비꼈네.
>
> 나그네 회포를 풀 길이 없어
>
> 어둑한 저녁 무렵 田家를 지나네.

> 地僻秋將盡   山寒菊未花
>
> 病知詩愈苦   貧覺酒難賒
>
> 野路天容大   村墟日脚斜
>
> 客懷無以遣   薄暮過田家

-<重九>[19]

　　景과 情을 반반으로 섞으면서 주변 物態에 쉽게 情感을 풀어내고 있으며
全篇의 흐름도 스스로 곱기만 하다. 이 작품의 배경이 어디인지 확인할 수
없지만, '山寒菊未花'나 '野路天容大'로 보아 山野를 兼有한 山村일 가능성
이 높다. 그래서 선택한 外景이 주변적인 것으로 한정되고 있으며 뜻이 내달
릴 수 있는 공간 또한 극히 제한적이다. 다음과 같은 작품은 金剛, 智異와
같은 靈山의 늠름한 기상을 바라보고 시인의 氣槪를 그대로 投入해본 것이

---

19) 『雪谷集』 권하.

다. 曺植의 <天王峰>과 宋時烈의 <金剛山>을 차례로 보인다.

천석들이 저 종을 쳐다보시오
큰 것이 아니면 두드려도 소리나지 않네.
萬古의 天王峰
하늘이 울어도 울지를 않네.

請看千石鍾　　　非大扣無聲
萬古天王峰　　　天鳴猶不鳴

—<天王峰>[20]

기본적으로는 居敬의 자세를 지리산 천왕봉에 投影한 것이다. 그러나 지리산처럼 거대한 산을 바라보면서 늠름한 偉容을 배우고자 하는 자세를 읽을 수도 있지만, 무한대로 펼쳐져 있는 지리산 공간을 향하여 시인 자신의 意象도 함께 펼쳐 본 것이다.

산과 구름이 함께 희어
구름과 산을 구별하기 어렵네.
구름이 돌아가고 산만 서 있으니
일만 이천 봉이라.

山與雲俱白　　　雲山不辨容
雲歸山獨立　　　一萬二千峰

—<金剛山>[21]

---

20) 『大東詩選』 권2.
21) 出典　未詳.

宋時烈의 작품으로 알려져 있으나 그의 文集에는 보이지 않는 작품이다. 눈과 구름이 덮인 金剛山을 바라보고, 구름과 눈이 걷혔을 때의 偉容을 그려본 것이다. 世傳의 평가로는 전래의 金剛山詩 가운데서 기상이 뛰어나기로는 이만한 것이 없다고 한다. 송시열의 기상이 이 작품과 맞아떨어지기 때문에 송시열이 이 작품의 작자가 되었는지 모른다.

4. 誇張이 심한 작품

詩話 批評書에서 '豪宕', '雄杰' 등으로 逐句 비평을 받은 작품이 대체로 이에 속할 것이다. 스스로 非凡을 시험하거나 自己誇示에 沒入한 시인의 작품들도 이에 속한다. 물론 雄渾系 작품들은 共通分母로 氣槪를 바탕에 깔고 있기 때문에 '語激한 작품'이나 '構圖가 넓은 작품', 그리고 '誇張이 심한 작품' 사이에는 劃然하게 境界가 그어지지 않을 때도 있지만, 그 가운데서도 豪杰스럽게 非凡을 시험하거나 自己 誇示慾을 드러낸 작품들이 있다. 그러므로 이들 작품은 정도를 지나치는 誇張이 따르게 마련이어서 全篇의 構圖와 같은 것도 後次的인 것이 되기 쉬우며, 말을 많이 하는 시인들의 古調長篇 가운데서 흔하게 보인다.

앞에서 보인 대로 名作의 寶庫라 할 수 있는 樓亭詩와 寺刹題詠부터 먼저 보기로 한다. 鄭道傳의 <公州錦江樓>, 林億齡의 <竹西樓>, 金淨의 <淸風寒碧樓>를 차례로 본다.

　　그대는 보지 못하였는가
　　賈太傅가 湘水에 글을 던지고
　　李太白이 黃鶴樓에서 詩를 읊던 것을.

生前의 不遇를 근심하지 마오

豪逸한 氣槪가 千秋에 늠름하네.

또 보지 못하였는가

병든 몸 3년 동안 炎州에 묶였다가

돌아올 때 또 다시 錦江樓에 오른 것을.

강물이 유유히 흐르는 것만 보았을 뿐

어찌 알았으리오, 세월 또한 머물지 않는 것을.

이내 몸 두둥실 가을 구름이라

부귀공명 또 다시 구해 무엇하리오

고금의 감회 긴 탄식일 뿐

노래 소리 격렬하고 바람도 우수수한데

갑자기 백구 한 쌍 날라오누나.

君不見賈傳投書湘水流	翰林醉賦黃鶴樓
生前轗轗不足憂	逸氣凛凛横千秋
又不見病夫三年滯炎州	歸來又到錦江樓
但見江水去悠悠	那知歲月亦不留
此身已與秋雲浮	功臣富貴復何求
感今思古一長吁	歌聲激烈風颼颼
忽有飛來雙白鷗	

－＜公州錦江樓＞[22]

　　장편의 七言古詩다. 작자가 南州로 쫓겨났다가 풀려난 사실을 西漢의 賈
誼가 長沙王의 太傅로 流謫되어 湘水에서 屈原을 조상한 것에 비유하고 있

------

22) 『國朝詩刪』 권8.

으며, 돌아와 錦江樓에서 지금 慷慨詩를 읊조리고 있는 자신을, 李白이 黃鶴樓에서 賦詩하고 있는 것에 비기고 있다. 더욱이 '功臣富貴復何求'라 하여 부귀공명 같은 것은 다시 구하지 않겠다 하고는 곧바로 '歌聲激烈風颼颼'라 하여 豪氣에 찬 誇示慾을 감추지 못하고 있다. 다음은 林億齡의 <竹西樓>이다.

    강물은 봄을 맞은 누각에 부딪치며 달리고
    하늘은 눈 덮인 고갯마루와 어울려 누각을 에워싸고 있네.
    구름은 시 짓는 붓을 따라 솟아 나오고
    새들은 술자리를 떨치면서 날아오르네.

    江觸春樓走   天和雪嶺圍
    雲從詩筆湧   鳥拂酒筵飛

                                              -<竹西樓>[23]

    五言律詩의 首聯과 頷聯만 보인 것이다. 竹西樓는 關東八景의 하나로 秀麗한 景觀으로 이름난 누각이다. 이 작품에서는 外景을 꾸미는 일은 전혀 돌보지 않았지만 句마다 동사를 중복 사용하여 動的인 美感을 주고 있어 首聯은 '雄放'으로 頷聯은 '跌宕可觀'으로 허균의 칭송을 받아내었다. 그러나 誇張이 정도를 지나쳐 시인의 非凡을 시험하는 데는 성공하고 있지만, 竹西樓의 얼굴은 알아볼 수 없게 했다. 다음은 金淨의 <淸風寒碧樓>이다.

    반박이 열리니 산천이 장대하고
    하늘과 땅이 이곳에 깊숙이 숨어 있도다.

---

23) 『國朝詩刪』 권4.

바람은 만고의 구멍에서 나오고
강물은 새벽의 누각을 흔드네.

盤鬪山川壯　　　乾坤茲境幽
風生萬古穴　　　江撼五更樓

―<淸風寒碧樓>[24]

　　五言律詩의 首聯과 頷聯을 보인 것이다. 허균이 특히 이 부분을 가리켜 '豪放自恣'라 했기 때문이다. 허균이 지적한 대로 지나치게 豪氣를 부려 放恣하기까지 하다. 직접 寒碧樓를 말한 부분이 없기 때문에 이 작품은 다른 누각으로 이름을 바꾸더라도 豪放한 작품으로 남는 데에는 모자람이 없을 것이다. 지나치게 非凡을 시험한 나머지 詩의 진실까지도 減殺되고 있다.
　　다음에는 체험적인 삶의 부분을 노래한 詩作들을 보기로 한다. 鄭希良의 <混沌酒歌>와 黃五의 <寒蟬>을 차례로 본다.

　　귀양살이 한 이래로 직접 술을 빚어 마셨다. 거르지도 않고 짜지도 않아 이름 붙이기를 혼돈주라 했는데 이는 옛법을 숭상함이다. 취하면 '어어'하며 노래를 불렀는데 그 노래는, "내 막걸리 내가 마시고 내 천성을 내가 보전하네. 내가 술을 스승으로 삼지만 聖人(청주)도 아니요 賢人(탁주)도 아니라네"라 하였다. 대개 그 즐거움을 즐기는 자는 마음에서 즐기나니 늙음이 찾아오려는 것도 알지 못한다. 남들이 누가 나의 즐거움이 이 술임을 알겠는가. 皐陶와 稷契이 요순을 도운 것과, 顔子와 曾子가 공자를 얻은 것과, 庖丁의 소, 稽康의 풀무, 큰 匠人이 恩賞을 내린다 해도 작은 바가지를 만들지 않는 것과, 난장이가 만물을 다 준다해도 매미와 바꾸지 않는 것 등 그 즐거움이 나와 더불어 마찬가지니, 시를

---

24) 『國朝詩刪』 권4.

지어 보인다.

긴 밧줄로 가는 해를 붙잡아 매려하고
큰 돌로 이지러진 하늘을 기우려 했네.
미친 계획 잘못된 계산은 영락함을 자초하여
반세상에 갑자기 늙은이가 되었네.
어찌 내가 혼돈주 마시는 따위로
담소 중에 唐虞 시절을 만날 수 있겠는가.
혼돈에는 도가 있음을 사람들이 알지 못하니
이 법은 멀리 浮丘公에서부터 전해왔네.
伯夷도 아니고 柳下惠도 아니지만 그 천성을 보전하고
성인도 아니고 현인도 아니지만 앞으로 이와 같은 것 없으리라.
누룩 君을 불러서 독 아래 가두었더니
밤낮으로 게트림 소리 뻘럭뻘럭 하는구나.
잠깐 사이 봄 강이 비를 맞아 질펀한 듯
고색 창연하게 빚어져 맑고도 무르녹았네.
큰 바가지에 따라서 浮丘에게 절하고
만고에 不平한 가슴 씻어버리네.
한번 마심에 신선과 통하는 듯
우주가 열리려 할 때처럼 몽롱한 것 같네.
두 번 마심에 자연과 합하여
혼돈을 陶鑄하여 홍몽 천지를 뛰어넘네.
손으로 혼돈 세상을 어루만지고
귀로 혼돈의 바람 소리를 듣네.
넓고 큰 醉鄕에는 내가 주인이니
이 벼슬은 天爵이요 사람이 준 것이 아니라네.
어찌 구구하게 술 거르는데 두건을 사용하리오

도연명 역시 지리멸렬한 사람이었네.

謫居以來, 釀酒自飮, 不漉不壓, 名之曰混沌. 尙古也, 醉則輒嗚嗚以歌. 其歌曰, 我飮我濁, 我全我天. 我乃師酒, 非聖非賢. 夫樂其樂者, 樂於心, 不知老之將至也. 人孰知余之樂是酒也. 皐陶稷契之佐堯舜, 顔曾之得孔子, 庖丁之牛, 嵇康之鍛, 梓人不以慶賞成虞, 傴僂不以萬物易蜩, 其樂與我均也. 作詩以見之.

長繩欲繫白日飛	大石擬補靑天空
狂圖謬筭坐濩落	半世倏忽成老翁
豈如飮我混沌酒	坐對唐虞談笑中
混沌有道人未識	此法遠自浮邱公
不夷不惠全其天	非聖非賢將無同
招呼麴君囚甕底	日夜噫氣聲蓬蓬
俄傾春流帶雨渾	醞釀古色淸而濃
酌以巨瓢揖浮邱	澆下萬古崔嵬胸
一飮通神靈	宇宙欲闢如蒙曨
再飮合自然	陶鑄混沌超鴻濛
手撫混沌世	耳聽混沌風
醉鄕廣大我乃主	此爵天爵非人封
何用區區頭上巾	淵明亦是支離人

―<混沌酒歌>[25]

景物詩가 없는 激情의 시세계를 단적으로 보여준 작품이다.[26] 이 작품은 自序에서 밝히고 있는 바와 같이 "대목은 아무리 恩賞을 내려준다 해도 조그마한 바가지 따위를 만들지 않는다"한 데서부터 호기를 부리고 있다. 또 陶

---

25) 『虛庵遺集』 권3.
26) 閔丙秀, 「鄭希良의 詩世界」, 『韓國漢詩作家硏究』 4 참조.

淵明이 머리에 쓴 두건으로 술을 걸러 마셨다 하여 이를 '支離人'으로 꼬집고 있는 것은 물론 豪氣의 所致다. 그는 손으로 혼돈의 세상을 어루만진다고 호기를 부렸지만 이 '혼돈' 역시 名色이라고는 아무 것도 없는 無有의 카오스가 아니다. 정희량은, 激情을 이기지 못해 호기도 부리고 스스로 非凡도 시험해 보지만 그는 끝내 자기 속에 침몰하게 될 뿐, 자기과시를 일삼는 데까지 나아가지 못한다.

쓰르라미가 새벽에 빠져나가고
껍질이 청산에 남아 있다네.
초동이 주워서 집에 돌아와 보니
천하에 갑자기 가을 바람이 일어나네.

寒蟬曉脫去　　　殼在靑山中
樵童摘歸時　　　天下生秋風

-<寒蟬>[27]

原題는 <脫殼>이지만 <寒蟬>으로도 많이 알려져 있다. 轉句의 '樵童摘歸時'는 한시의 꾸미는 법을 전혀 고려하지 않은 蕪雜과 傲慢을 그대로 보인 것이다. 우리말을 그대로 옮겼을 뿐이다. 그러나 산에 있는 쓰르라미 껍질을 주워 집에 가져왔더니 '天下生秋風'이라 한 것은 不平한 심사를 극복하기 위하여 豪氣를 부려본 것이며 誇張이 지나친 것도 이 때문이다.
　一世에 이름을 얻은 名家 중에도 말을 많이 하는 시인들이 있다. 이런 시인들은 대체로 誇示慾이 강하여 스스로 非凡을 시험하느라 豪氣를 부리기도 하며 때문에 誇張이 정도를 넘칠 때가 많다. 豪宕, 跌宕 등으로 品評받은 작

---

27) 『綠此先生詩集』.

가의 詩作에 대체로 이런 것이 많다. 李奎報, 徐居正의 작품 가운데서 찾아
보기로 한다.

> 흐르는 물소리에 아침저녁 지나고
>
> 어촌의 민가는 쓸쓸하기만 하네.
>
> 호수가 하도 맑아 한복판에 공교하게 달을 찍어 놓았고
>
> 포구가 넓어서 들어오는 조수를 탐욕스레 삼켰네.
>
> 낡은 돌이 물결에 닳아 숫돌처럼 평평하고
>
> 부서진 배가 이끼에 묻혀 누운 채 다리가 되었네.
>
> 강산의 온갖 경치 읊어내기 어려우니
>
> 화가의 솜씨 빌려야 묘사할 수 있겠네.

流水聲中暮復朝	海村蘿落苦蕭條
湖淸巧印當心月	浦闊貪呑入口潮
古石浪春平作礪	壞舡苔沒臥成橋
江山萬景吟難狀	須倩丹靑畫筆描

－<扶寧浦口>[28]

原題는 <題浦口小村>이지만, <浦村>, <扶寧浦口> 등으로도 널리 알려
져 있다. 이규보는 사물과 마주할 때마다 그냥 지나치지 못하는 호기심 때문
에 多作을 일삼는 시인이 되었으며 이러한 詩作의 無節制 때문에 그는 말을
많이 한 시인이 되었다. 그리고 앉아서 때를 기다리지 못하는 성급함 때문에
스스로 權貴에게 나아가 시로써 벼슬을 구하는 등 自己誇示의 수단으로 스
스로 非凡을 시험하기도 했다.[29]

---

28) 『大東詩選』 권1.

29) 閔丙秀, 「李奎報의 詩世界」, 『韓國漢詩作家硏究』1 참조.

이 작품은 그의 대표작 가운데 하나이기도 하지만 말을 많이 한 詩作의 대표적인 보기가 되기도 한다. 특히 頷聯은 말을 많이 한 보기로서도 드문 것이거니와 자신의 非凡을 시험하기 위하여 마음껏 호기를 부린 것도 이 부분이다. 특히 下句의 '浦闊', '貪呑', '入口'에서 闊·貪·呑·入 등을 각각 '서술어', '동사수식어', '동사', '동사' 등으로 사용하고 있으며 동사를 부사적 용법으로 사용하는 것은 극히 드문 일이다. '貪呑'을 제조한 그의 솜씨는 욕심과 호기의 合作이라 해도 좋을 것이다.

누른빛 버들에 들고 흰빛은 매화를 떠나는데
작은 연못 봄물은 이끼보다 푸르네.
봄 시름 봄 흥취 어느 것이 깊고 얕은가
제비가 오지 않아 꽃도 아직 피지 않네.

金入垂楊玉謝梅　　小池春水碧於苔
春愁春興誰淺深　　燕子不來花未開

　　　　　　　　　　　　　　　　　－<春日>[30]

좋은 시를 얻는 일보다 많은 시를 즐겨 쓴 徐居正은, 1만 수가 넘는 시편을 제작하였지만 이러한 그의 多作癖은 말로 시를 쓰는 文字行進을 거듭하는 결과를 가져오게 되었다.[31] <夏日卽事>와 이 <春日>은 그의 대표작으로 꼽히는 名品이기도 하거니와, 풍부한 말솜씨를 유감없이 과시한 것이 <夏日卽事>라면 이 <春日>은 첨예한 재주와 호탕한 기상을 함께 읽게 해준다. 특히 結句의 "제비가 오지 않아 꽃도 아직 피지 않네"는 凡常을 뛰어넘은 그의 風度와 豪宕을 모처럼 읽을 수 있게 한다. 이야말로 그의 시 세계가 宋

------

30) 『四佳集』 권31.
31) 閔丙秀, 「徐居正의 詩世界」, 『韓國漢詩作家研究』 3, 참조.

詩圈域에만 갇혀 있지 않았음을 사실로써 보여준 것이다. 唐詩의 興致가 아니고서는 豪宕이란 처음부터 있기 어려운 것이기 때문이다.

5. 結言

漢詩는 表意文字인 漢字의 含蓄美와 彈力性 때문에 言表에 나타낸 말만 읽어서 그 眞髓에 접하기 어려울 때가 많다. 言外의 餘蘊까지도 함께 읽어야 하기 때문이다. 그래서 옛 사람들도 "論詩는 作詩보다 어렵다"고 하였으며, 때문에 漢詩를 品騭하는 방법도 다양하게 제시되어 왔다. 그러나 그 가운데서도 가장 흔하게 通用되어 온 것이 品格批評이었으며 雄渾, 豪放, 豪宕, 典雅, 流麗, 淸切 등 二字語로 批評을 행한 것이 그 대표적인 것이다. 물론 이것들은 詩作의 優劣을 論한 것이기보다는 개별 작가의 시세계에 대하여 그 특징이나 차별성을 말한 것에 지나지 않는다.

梁, 劉勰(456~521)의 『文心雕龍』 이후 많은 작가와 비평가들이 스스로 '雄渾'이나 '流麗' 등을 제조하여 직접 通篇 또는 逐句 비평의 방법으로 다양하게 품격 비평을 행해왔지만, 그렇게 말한 까닭이나 근거를 구체적으로 해명해주지 않았다. 그러므로 本稿에서는 그 많은 批評用語 가운데서도 다만 '雄渾'이라는 品目 하나만을 선택하여 그렇게 品評한 까닭을 구체적인 작품의 검증을 통하여 조그마한 부분이라도 읽어내고자 하는 것이다.

지금까지 이 방면에 대한 학계의 연구성과도, 역사적으로 있어온 品格論이나 品格批評의 현장을 조사·정리·보고하는 수준에서 그치고 있을 뿐이며, '雄渾'이나 '流麗' 등으로 品評된 詩作의 實體를 분석적으로 해명하는 데까지는 관심을 보이지 않았다. 그러므로 本稿에서는 雄渾의 의미에 대하여 그 대답으로 제공할 수 있는 조그마한 부분이라도 찾아내기 위하여 ① 말이 거센 작품 ② 構圖가 空闊한 작품 ③ 誇張이 심한 작품 등으로 나누어 雄渾의 實體를 검증하려는 것이다. 그러나 雄渾系 작품들은 대개 氣勝한 個性이 바탕에 깔려 있어 이것들 사이에는 서로 겹치는 부분들이 있을 수 있으며 확연하게 境界가 그어지지 않을 때도 있을 것이다.

'말이 거센 작품'이란, 詩語의 선택을 어떻게 하느냐와 직결된다. 시인의 타고난 기상과 관계가 깊어 독자로 하여금 壯快感을 주는 것이 특징이다. 이런 작품의 배경은 대개 으스스한 古戰場이거나 북풍이 몰아치는 邊塞일 때가 많다.

'構圖가 空闊한 작품'이란, 열린 공간에서 자유분방하게 뜻을 펼친 시편을 말한다. 사실이나 外景에 구애받지 아니하고 뜻이 나아갈 수 있는 境界를 최대한으로 확장하게 될 때 구도가 크고 넓은 시를 쓸 수 있기 때문이다. 情感의 流露를 절제하고 言外의 餘蘊을 기대하는 작품들이 대체로 이에 속한다. 대개 意思가 通暢하여 읽는 이로 하여금 痛快感을 준다.

'誇張이 심한 작품'이란, 豪宕·雄杰 등으로 品評받은 작품이 대개 이에 속한다. 豪杰스럽게 非凡을 시험하거나 自己誇示慾을 드러낸 작품들 가운데 많다. 이들 작품은 정도를 지나치는 誇張이 따르게 마련이어서 全篇의 構圖와 같은 것은 후차적인 것이 되기 쉬우며, 말을 많이 하거나 시를 즐길 거리로 삼는 시인들의 古調長篇 가운데서 흔하게 보인다.

(『韓國漢詩研究』 7, 1999)

漢詩 作家論

李建昌과 그 一門의 文學

1. 序言

寧齋 李建昌이 在世한 19세기 후반은 이른바 開化期라고 하는 激動期이었다. 文明開化라고 하는 새로운 時代意志가 一方的으로 모든 것을 威壓的으로 支配한 時期이었다. 文明開化라고 하는 變化하는 外部的인 側面만 가지고 이 時期의 時代的인 性格을 規定하려 든 것은 그 出發에서부터 잘못된 것이다. 持續的인 自己維持를 위한 部內의 主體的인 意志가 완전히 날치기를 當한 것이다. 文學의 世界에서도 例外가 아니었다. 西歐化한 日製文學이 그 商標만 바꾸어 우리의 新文學으로 脚光을 받은 時代이다. 甲午政變을 한갓 開化꾼의 불장난으로 본 寧齋 李建昌은 滄江・梅泉・古懽堂・修堂 등과 함께 이 時代 文學研究에 있어 重要한 一席을 차지하는 一世의 眞才이다. 물론 한 時代의 文學史가 곧 個個 文學의 單純한 總和로써만 可能한 것이 아니지만, 그러나 이들의 文學의 그 透徹한 時代意志가 이 時期 文學의 높은 山脈으로 바라보아질 것임에는 틀림이 없다. 그리고 近世에 보

기 드문 寧齋 一門의 硏究는 우리 나라 傳統時代의 文學과 思想 그리고 歷史와 精神을 함께 理解하는데 그 重要한 課題가 될 것을 믿어 의심치 않는다. 本稿의 作業이 다만 그 실마리를 끄집어내는데 一助가 된다면 萬의 一이라도 幸이 되지 않을까 생각한다.

2. 寧齋 一門과 黨論

寧齋는 1852年(哲宗 3年) 5月 26日 江華島 沙谷에서 태어났다. 이곳 江華島는 高麗 高宗 때에 있었던 蒙古兵의 侵寇以後 江都라는 이름으로 불리어지기도 하였거니와, 이는 大陸民族의 威壓的인 侵略이 있을 때마다 이 江華島가 避難地 首都의 구실을 하게 됨으로써 이 같은 이름으로 불려지게 된 것이다. 寧齋 一門이 이곳에 世居하게 된 것도 그 事情에 있어 差異가 있기는 하지만, 이곳을 避難地로 擇한 點에서는 다를 것이 없다. 前者는 兵火의 禍를 避하기 위하여 이곳을 臨時 首都로 擇한 것이고, 後者의 경우는 當時 날로 그 樣相이 極烈해 가던 黨論의 渦中에서 逸脫 隱居하기 위하여 이곳 섬 속으로 옮겨 살게 된 것이다. 寧齋 一門이 霞谷 鄭齊斗의 門下에 出入하게 됨으로써 霞谷이 晩年에 退居하고 있던 江華와 因緣을 가지게 되었으며 이는 곧 後日 黨禍로 落拓하게 된 寧齋 一門의 隱身處를 미리 마련한 契機가 된 셈이다. 처음 匡明이 이곳으로 옮겨 올 때만 해도 그 門戶가 盛하여 一門의 擧皆가 서울에서 살았으며 黨論의 禍가 직접 그들 一門에까지 미치지는 않았던 때였다. 그러나 그의 養嗣子 椒園 忠翊이 쓴 다음과 같은 글에서 보면[1]

---

1) 李忠翊, 『椒園遺稿』, <先考妣合葬誌>.

先考往來多從文康公 學于江華之鎭江山下 先考於門戶盛時 已不樂京居 卜
宅於摩尼山 (…中略…) 跡不入城府三十年 至乙亥坐律 …… (文康公은 霞谷
鄭齊斗)

이때 이미 匡明은 서울 生活에 염증을 느끼고 이곳 江華島 摩尼山下에
卜居하게 된 것을 알 수 있다. 위의 글만 가지고는 匡明이 언제 江華島에
移居하게 된 것인지 그 正確한 時期는 알 수가 없지만, 霞谷이 江華에 退居
하게 된 것이 그의 61歲되는 해[2] 즉 肅宗 36年(1710)이고 또 匡明이 그 門
戶가 盛할 때 이미 江華에다 집을 마련하여 살았다는 사실로 보아 적어도
辛壬獄事때 老論四大臣을 功斥한 主動人物의 한 사람인 眞儒(匡明의 伯
父, 眞儒가 그의 伯父인 晩成 앞으로 入系함으로써 堂叔이 됨) 등 少論一
派가 禍를 當하게 된 景宗 4年(英祖卽位年, 1724) 以前에 이곳 江華에 옮
겨 산 것이 틀림없는 것으로 보인다. 더욱이 "跡不入城府三十年 至乙亥坐
律 ……"이 示唆하는 바에 따르면 "乙亥"는 곧 羅州壁書事件으로 匡明 自
身은 勿論 그 從兄弟들이 모두 極邊으로 竄謫된 英祖 31年 보다 30年 前
인 英祖 1年 또는 그 以前부터 杜門不出 하고 摩尼山下에서 蟄居하고 있
었다는 것인바, 이러한 一聯의 事實을 綜合해보면 匡明이 江華에 移居하게
된 것은 肅宗末 景宗初라 하겠으며, 이로부터 머지않아 있었던 少論의 失勢
以後 30年 동안을 隱身하고 살다가 마침내 英祖 31年에 永遠히 돌아오지
못한 귀양의 길을 떠난 것이다. 이로 보면 비록 그가 門戶가 盛할 때 江華로
옮겨 살게 되었다고는 하지만 그의 伯父 眞儒 등이 聯名으로 老論四大臣을
功斥하여 이들에게 죽음의 약사발을 내리게 한 辛壬獄事의 非情한 殺戮戰
을 보고 이미 세상에 뜻을 잃고 그 隱身處를 求하여 섬 속으로 찾아든 것이
라 보아진다.

---

2) 鄭齊斗, 『霞谷集』「年譜」 參照.

寧齋 一門의 硏究에 있어 注目해야 할 事實은 바로 이 黨論과 家學이다. 黨論으로 말미암아 一門이 支配階層의 權座에서 疎外 脫落되어 窮士居鄕의 辛苦를 勘耐해야만 하였고 累世에 걸쳐 反對勢力과의 사이에 嫌郤이 벌어져 下僚에 沈淪하게 되었으며 일찍이 淸要職에 오르지 못한 것이다.

定宗 別子 德泉君 厚生을 그 鼻祖로 삼는 이들 王孫은 그 六世에 이르러 石門 景稷(官 吏曹判書)과 白軒 景奭(官 領議政) 兄弟가 우뚝 솟아 以後 數代에 걸쳐 이른바 六眞 八匡에 이르는 동안 家世 貴顯하였다. 六眞 八匡이라 함은 石門과 白軒 兄弟의 曾孫 및 玄孫 中에서 특히 眞淳・眞洙・眞儒・眞儉・眞伋(以上 石門曾孫)과 眞望(白軒曾孫) 등 六人과 匡世・匡輔・匡呂・匡師・匡贊(以上 石門玄孫) 및 匡德・匡誼・匡度(以上 白軒玄孫) 등 八人을 措稱하는 것으로 이들 中 匡度를 除外한 13人이 모두 大科에 올랐으며 擧皆가 詩文・書畫 또는 淸白高行으로 世人의 推重을 받았다. 이밖에도 恒齋 匡臣은 文行으로 세상에 알려진 바 되었지만 前記 八匡 속에는 들지 못했다. (眞伋이 寧齋의 本生六代祖임)

이와 같이 當代의 閥閱로 알려진 이 一門이 破家의 危機에 直面하게된 것은 이미 앞에서 指摘한 바와 같이 辛壬獄事에서 그 禍根이 發端된 것이다. 寧齋의 7代祖인 戶曹參判 大成의 5子中 眞儒・眞儉・眞伋 三兄弟가 모두 文科에 올라 可謂 盛時를 이루었으나 伯兄 眞儒(伯父 晩成 앞으로 入系)가 老論四大臣을 功斥한 辛丑疏에 疏下 六人의 一人으로 加擔함으로써 黨禍의 慘劇이 여기서 비롯된 것이다. 英祖가 卽位하자 政局이 바뀌어 眞儒는 使行에서 돌아오는 途中 渡江을 하자마자 配所로 떠나야만 하였고 丁未換局으로 宥恕의 길이 트이는 듯하였으나 그 이듬해에 일어난 李麟佐의 亂에 少論一派가 連累되어 壬寅疏와 無關한 辛丑疏의 聯名 諸人 中 살아남은 眞儒 등이 뒤에 모두 杖下의 冤鬼가 된 것이다. 이때부터 家勢는 기울기 始作하였으며 決定的으로 一門이 破家의 大棘을 겪게 된 것은 그 뒤 英祖 31年에 있었던 羅州壁書事件이었다. 이때의 情況은 圓嶠 匡師가 쓴 <無

妄軒先生墓誌銘>에 잘 나타나 있다.[3]

> (…前略…) 家事大棘 兩弟及群從弟 並投南北塞 (…下略…)
> (無忘軒은 匡師의 兄 匡泰)

이로써 이미 죽은 眞儒에게는 追律이 加해져 그 子孫은 海島로 옮겨지고[4] 諸姪이 모두 南北 極邊으로 竄謫되어 돌아오지 못했다. 이때 寧齋의 高祖인 椒園은 先考(匡明)와 本生先考(匡顯) 모두 南北塞로 竄謫되어(匡明은 甲山, 匡顯은 機張) 謫舍의 冤魂이 된 苦艱을 겪게 되었다. 이에 이르러 椒園은 거듭되는 家難에서 헤어나지 못해 家眷을 이끌고 流轉하기 시작, 或은 畿峽間으로 或은 舊居地인 王城의 西江으로 轉轉하였으나 그가 安住할 樂土를 發見하지 못하고 다시 江華로 돌아오게 된다. 이와 같은 當時의 어려운 事情에 대하여 그의 아들 岱淵 勉伯은 다음과 같이 記錄하고 있다.[5]

> (…前略…) 椒園君免喪 而益無以爲活 盡室轉從畿峽間爲童子師 權儒人爲人縫紝以享先 而餔兒女 (…中略…) 晚移王城之西江 親舊幾盡凋謝過從多新知 椒園君不樂也 蓋去椒園二十年而反園 (…下略…)

그리고 椒園 自身이 쓴 <龜搓說>에서도 다음과 같이 말하고 있어[6] 그가 얼마나 流轉하였는가를 쉽게 알 수 있다.

> 余平生多不在家 炎風朔雪 身備經之 所履行蓋累萬里 居又數遷 丁未春 自

---

3) 李匡師, 『圓嶠集』 <無妄軒先生墓誌銘>.
4) 李建芳, 『蘭谷存稿』 「家傳」.
5) 李勉伯, 『岱淵遺稿』 <先考妣合葬誌>.
6) 李忠翊, 『椒園遺稿』 坤.

沁島 舟至疃梁 在疃梁五年三四遷 辛亥秋 至松岳之陽 復七年 卜居于長湍之
都納山下 其間五移屋 ……

失勢한 兩班士類가 甘受하지 않을 수 없었던 苦境 그대로다. 얼마나 찢
어지게 가난하였던지 岱淵이 쓴 五言長詩 <自西江歸沙谷舊居釣魚仙浦>
에 보면

(…前略…) 我心不在魚 但恨負淸水 更患米薪貴 盡室島鄕徒 (…下略…)

물 가운데 낚시를 드리우고도 마음은 쌀과 땔나무에 있었다니 可謂 赤貧
如洗의 貧窮 그것이었던 모양이다. 이는 執權勢力의 外廓地帶에 閑居하면
서 形式的인 洗練의 美를 가지고 그들의 價値尺度로 삼고 있던 當時 近畿
地方 沒落兩班들의 典型과도 一面 통하는 바가 있다. 生産手段의 擴大 없
이 支配階層의 人口만 增加해 가던 當時의 社會 實情에서 보면, 단순한 朋
黨에서 出發한 黨論이 그 末弊에 이르러 무서운 殺戮戰으로 變質해 가는
過程에서 量産된 沒落兩班의 自然的인 增加 또한 必然的인 結果라고 할
것이다.

黨論의 禍가 猛獸나 洪水의 禍보다도 무섭다고 한 것은 黨禍의 餘孽이
얼마나 무서운 것인가를 雄辯으로 說明해 준 것이기도 하겠거니와 이러한
實相은 寧齋 一門의 경우에서 더욱 切感하게 된다. 辛壬獄事에서 비롯하여
羅州壁書事件에 이르는 一聯의 黨禍로 그 一門이 大棘을 겪게 되었다는
것은 前述한 바 있거니와 以後 170餘 年에 이르도록 伸冤마저 되지 못하다
가 나라가 亡하는 隆熙 2年에 가서야 그것도 亡國內閣에서 그 冤枉을 伸雪
하게 되었다. 그 一門이 沈滯한 것은 물론이요 反對勢力과의 嫌郤이 얼마나
컸던가를 짐작하고도 남음이 있다 하겠다. 蘭谷 建芳은 그의 <從六世祖北
谷公家傳>에서 다음과 같이 쓰고 있다.[7]

乙亥又加追律 子孫徒海島 群從皆坐謫 煙瘴地且錮 其世永不原宥 經一百
七十有餘年 而爲隆熙二年戊申 時日本脅約 置統監 監視國政 內閣諸臣欲以
伸雪冤枉爲名 於是被錮諸家 皆得解 而公亦除罪名 還授其職牒焉 (…下略…)

支配階層의 勢力圈에서 離脫된 兩班士類中에는 그들의 故土로 돌아가
農土 위에서 安住하면서 白頭 常民으로 轉落하는 경우가 많았으며 특히 朝
鮮王朝 後期에 이르러서는 이들이 地方에서 勢力을 扶植하여 有力한 地方
土豪로 君臨하기도 하였다. 그러나 寧齋 一門의 경우는 그렇지 않았다. 그
렇게 어려운 家勢를 이끌고 나가면서도 宦路에 뜻을 잃고 오로지 "固窮" 그
것을 家憲으로 지켜왔으며 堂中에는 讀書하는 祖子孫이 끊이지 않았던 것
이다. 岱淵이 쓴 다음 글에서만 보아도 이러한 그들 家訓을 窺知하는데는
不足함이 없을 것 같다.[8]

椒園君居海中 貧且老 人多憫其窮者 而君自謂非窮也 嘗曰吾室中有讀書祖
子孫三世 尙復溫飽之望耶 故家常蕭然 而人見其自得色 至乙亥 是遠壯元及
第 椒園君聞報瞿然 曰吾意理或有是 而未之敢願也

孫子 是遠이 大科에 及第한 것을 보고도 반가워할 줄 모르는 椒園이었다.
椒園은 一生을 布衣로 마쳤지만 三敎에 博通하고 高識至行으로 世人의 推
重을 받았다. 그의 아들 岱淵도 家學을 繼承하여 宏博長德으로 그 이름이
알려졌으나 그의 母夫人 權氏의 가르침에 따라 仕宦에 뜻을 버리고 進士에
서 自足하였다. 沙磯 是遠이 魁科에 뽑혀 비로소 出仕를 한 것이다. 그러나
晚年에 벼슬이 吏曹判書에까지 오르긴 하였지만, 그도 처음에는 仕宦한 지
10餘年에 이르도록 顯職에 나아가지 못하였다. 純祖에서부터 高宗에 이르기

---

7) 李建芳, 前揭書.
8) 李勉伯, 前揭書.

까지 4代 歷事를 하였지만 70平生에 그가 自願하여 얻은 벼슬은 出仕한지 10餘年만에 乞縣하여 얻은 康翎縣 뿐이었다. 老父母의 奉養을 위하여 鄕里에서 가까운 康翎縣을 擇한 것이다.

그러나 任地에 나아가기도 前에 아버지는 세상을 떠나고 끝내 그 臨終마저 지켜보지 못했다. 累代에 걸쳐 江華에서 살았으므로 純元王后와 江華도령 哲宗의 知遇를 입어 大用의 길이 트이기는 하였으나 선뜻 나서지 못한 沙磯이었다. 20餘 次에 걸친 辭疏를 통하여, 工曹參判·開城留守·刑曹判書·咸鏡監司·吏曹判書 등의 굵직한 자리들을 모두 사양할 수밖에 없었던 沙磯에게는 그만한 事情이 있었다고 하겠다. 高宗이 그 卽位初에 宗臣에 대한 특별 배려로, 그 一門이 모두 不振한 가운데서도 沙磯만이 唯獨 正憲階에까지 올려놓았지만, 吏曹判書란 자리는 沙磯가 감당하기에는 오히려 높은 벼슬이었을지도 모른다. 極烈 少論이 廟堂의 문턱을 드나들기에는 역시 不安한 出入이 아닐 수 없었으며 더욱이 그 所信이나 抱負를 펼 수 있으리만큼 廟堂의 雰圍氣가 好意的이지 못한 것이 事實이다. 寧齋가 玉堂生活 10餘年에 上直을 한 것이 단 한번밖에 없었다 하며[9] 일찍부터 그 同列들과도 相避를 하고 지냈다는 것은 이러한 事情을 설명하기에 充分한 相補的 事實이 될 것이다. 一部 少論中에는 老論의 外廓地帶에서 棲息하면서 家世代代로 宦路에서 떠난 일이 없지마는 黨論의 被害라고는 단 한번의 귀양살이도 모르고 지내온 집안도 있다. 그러나 寧齋 一門은 그러한 집안과는 嚴格히 區別되어야 할 그들대로의 家憲을 지켜온 집안이다.

朝鮮王朝時代의 黨論에 대한 著述이 결코 적은 것은 아니지마는, 寧齋가 著述한 『黨議通略』만큼 體系있게 씌어진 글도 없으며 또 寧齋의 손에서 이 책이 씌어졌다는 것은 결코 우연한 일이 아니다. 그가 『黨議通略』 序文에서 밝힌 바에 의하면 이 책은 그의 祖父 沙磯가 手錄한 國祖文獻 百餘卷中에

---

9) 李建昌, 『明美堂集』 <明美堂詩文集敍傳>.

서 특히 黨議에 관계되는 것만 拔萃 整理하여 이를 二卷으로 成篇한 것이다. 그러나 거슬러 올라가면 이에 앞서 그의 高祖 椒園이 일찍이 그의 <君子之過說>에서 黨禍의 遠因을 抉摘한 바 있으며 그의 曾祖父 岱淵이 또한 그가 著述한 「憨書」[10]에서 朝鮮朝 黨禍의 深根을 針刺 刀割한 일이 있는 바 이 『黨議通略』이야말로 傳家의 寶稿가 寧齋의 붓끝을 빌어 세상에 그 빛을 發한 것이라 할 것이다. 黨禍에 밀려 累代에 걸쳐 沈淪을 거듭하면서도 오로지 固窮 그것을 家憲으로 삼아 家學을 지켜온 寧齋 집안에서 이 책이 나왔다는 것은 오히려 自然한 일로 보아질 수도 있을 것이며 後世의 公議에도 좋은 典據와 模範을 보인 결과가 된 것이라 할 것이다.

寧齋가 百餘卷이나 되는 國朝文獻 가운데서 특히 黨議에 관계되는 記事만 골라 뽑아 成冊한 것은 그가 그 序文에서 밝힌 바와 같이, 國朝의 黨弊가 歷代에 보지 못한 것으로서, 穆陵 乙亥(宣祖 8年으로부터 元陵 乙亥(英祖 31年)에 이르는 180年 동안 公私間의 文字에 記錄된 것 中에서 10에 7·8이 모두 黨議와 관계되는 것이므로 이 黨議에 관계되는 記事를 따로 추려서 成冊을 해두지 않고서는 後世 史家들이 正史를 編纂하는데 있어 그 判斷이 흐려지게 될 憂慮가 있다고 본 것이기 때문이다. 그의 뼈에 사무친 黨禍의 體驗에서 보아 지저분한 朝鮮王朝의 政治風土의 縮圖가 바로 이 黨論이라고 看破한 것이다. 그래서 그는 後世 史家들에게 그 準據를 보이기 위하여 史料의 整理作業에 나선 것이다. 그러니 그기 <原論>에서 指摘한 바와 같이[11] 古今의 朋黨이란 至大 至久 至難言한 것일 뿐 아니라 더욱이 自身이 黨中의 人物이었기 때문에 記事의 取捨·選擇과 記述의 公正에 무척 苦心한 것이다. 黨論이란 원래 君子의 朋黨에서 出發한 것이지마는 朝鮮王朝時代에서와 같이 士類政治가 오래 繼續됨으로써 그것이 末流에 이르러 모두 黨中의 黨으로 派黨이 되어 彼와 我의 對立으로 그 樣相이 變質된

---

10) 鄭寅普, 『簷園國學散藁』「憨書」參照.
11) 李建昌, 『明美堂集』 권11, <原論>.

政治風土下에서는 사실상 是非曲直·正邪忠逆을 가리기란 어려운 일이 아닐 수 없다. 寧齋가 『黨議通略』의 編述에 그 原稿가 된 國朝文獻을 가리켜 모두 記述한 것이요 하나도 創作한 것이 없다고 강조한 것은 곧 그의 編述態度를 解明키 위한 迂廻的인 변명이라 할 것이다.

그는 처음부터 끝까지 事實의 記述에서 그쳤을 뿐 그의 意見이나 批評같은 것은 아예 加하려 들지를 않았다. 寧齋를 가리켜 記事에 良手라고 極讚해 온 滄江 金澤榮도 이『黨議通略』에 대해서는 다음과 같이 말하고 있다.[12]

其所撰黨議通略一書 蕪疎頗多 不似出於其手 此無他以其涉於時諱 心懷畏難 但述諸說 不加精裁故也 覽者宜諒之

寧齋의 손에서 나온 글인가 의심할 정도로 다만 諸說을 記述만 하고 精裁를 加하지 않았다고 하면서도 오히려 讀者로 하여금 그렇게 밖에 쓸 수 없었던 寧齋의 心境을 理解해 줄 것을 부탁하고 있는 것이다. 그의 再從弟 蘭谷은『黨議通略』跋文에서, 寧齋의 허물은 黨에 있는 것이 아니오 오히려 黨을 하지 않은 데 있었다고 하였으며 특히 辛壬獄事와 같은 경우에 있어서는 저편을 두둔하고 이편을 깎아 내린 것이라 하여 寧齋가 黨人이었기 때문에 오히려 自派의 立場을 분명히 드러내지 못한 것을 안타까워하였던 것이다.

去年에 出刊된 『蘭谷存稿』에 보면 蘭谷의 從六世祖인 北谷公(眞儒)의 家傳이 실려 있다. 朝鮮王朝가 亡하고 黨論이 終熄된 지 이미 오래인데도 기어코 辛壬獄事의 顚末을 세상에 펴 보이고 싶었던 모양이다. 辛壬獄事의 黨禍가 이 寧齋 一門에 있어서는 얼마나 그 餘孼이 컸던가를 짐작케 하는 것이다.

---

12) 金澤榮,『韶濩堂集』 권8, <雜言>.

3. 寧齋 一門과 陽明學

우리 나라에 있어 陽明學의 淵源系譜는 처음부터 成立되지 못하였거나 아니면 그 脈絡이 있었다 해도 永遠히 알 수 없는 수수께끼가 될 지 모른다. 陽明을 아는 者는 많았지만, 門外에서 陽明을 말하는 사람은 거의 볼 수가 없었기 때문이다. 朱子學만이 一方的으로 通行하기 위하여 陽明을 容納하지 않은 것이다. 이러한 不毛의 風土 위에 陽明學을 家學으로 傳한 집안이 있다면 이는 우리 나라 儒學史 연구에 있어 重要한 事實로 받아 들여야 할 것이다. 寧齋 一門이 바로 그렇다. 寧齋 一門에 陽明學의 傳統을 심어준 것은 霞谷 鄭齊斗이다. 谿谷－遲川－霞谷의 垂直關係가 밝혀져 있지 않은 지금에 있어 그 繼起相承한 淵源系譜는 아직 溯考할 길이 없다. 그리고 미리 附言해 두고자 하는 것은 本稿의 作業이 陽明學의 本旨와 같은 것을 그 硏究 對象으로 하는 思想史의 연구작업이 아니므로 여기서는 다만 陽明學의 傳統이 寧齋 一門의 家學으로 傳하게 된 系譜的인 考察에서 그치려는 것이다. 霞谷과 寧齋 一門이 그 因緣을 가지게 된 정확한 사정은 알 수 없다. 다만 筆者의 아는 바로는 寧齋의 5代祖인 匡明(1701~1778)이 霞谷의 孫壻가 된 血緣的인 關係의 成立에서 그 緣故의 실마리를 찾을 수밖에 없다. 匡明은 霞谷의 아들인 府使 厚一의 사위요, 靜觀齋 李端相의 外孫壻이다.[13] 그는 江華의 鎭江山 아래로 霞谷을 찾아가 거기서 배운 것이다. 그러나 匡明은 그 遺業이 文字에 傳하는 것이 없어 그가 무엇을 배운 것인지는 알 수 없다. 陽明을 獨契한 외로운 霞谷이 그에게 陽明의 學을 가르친 것은 쉽게 짐작할 수 있는 일이다. 그러나 그의 從弟 圓嶠 匡師(1705~1777)와 從兄 恒齋 匡臣(1700~1744)은 바로 霞谷 앞에 나아가 陽明을 배웠다. 물

---

13) 李忠翊, 前揭書.

론 江華로 찾아가 배운 것이다. 霞谷이 江華에 退居한 것이 그의 61歲되는 肅宗 36年(1710)이고 前期 匡明이 이미 그 門戶가 盛할 때부터 江華에 드나들은 것을 보면 이들이 霞谷에게 배우기 시작한 것은 모두 20前後의 젊은 나이였을 때다. 圓嶠가 王學을 霞谷에게 배웠다는 것은 그의 墓誌에 다음과 같은 짧은 記錄이 있을 뿐이다.[14]

> 公於諸經四書 多不能曲從先儒 尊事鄭霞谷先生 而先生主王氏 公於王氏亦未契致良之說

霞谷을 師事하고도 王學을 배우지 않았을 리 없지만 다만 時諱를 꺼리어 그렇게 적었을 것이다.

陽明에 心醉하여 本格的으로 陽明을 배운 사람은 恒齋이다. 圓嶠는 그가 쓴 <祭恒齋從兄文>과 <五兄恒齋先生行狀>에서 다음과 같이 記錄하고 있다.[15] 그 祭文에서는

> 始慕晦菴 闡明格致 後聞霞谷新建之說 (…中略…) 求之數歲 尊崇信慕 終乃生疑 復將王朱二書在 一一參互 比較得失 始時黑白棼然 參差如是 累歲血戰不已 終見晦翁純然無庇 王之爲說 過高而捷 (…下略…)

이라 하여 生疑를 한 일이 있기도 하였지만 그러나 그 行狀에 적은 아래의 記錄를 보면 霞谷의 王學이 결코 외로웠던 것만은 아니었음을 알 수 있다.

> 後以事入江都 拜鄭文康先生 文康以大老邃學 世或議其右新建 先生初不欲見 及見精深篤實 歎曰 不見其書未可輕詆 歸取王文成集 讀之曰 非若晦翁之

---

14) 李匡師, 『圓嶠集』, <墓誌>(李匡呂撰).
15) 李匡師, 前揭書 권9.

醇然 見道精約 要亦可取 何至斥以異類 爲作擬朱王問答 以辨之

<擬朱王問答>을 지어 그의 自得한 境地를 펴 보이기까지 한 恒齋가 나왔기 때문이다. 이밖에 匡明의 養嗣子인 椒園과 圓嶠의 季子 信齋 令翊이 있다. 家學으로 陽明을 배우기는 하였지만 信齋는 이에 心醉하지는 않았다. 아버지의 謫舍를 찾아 南北塞로 奔走한 信齋는 圓嶠의 영향을 가장 많이 받은 사람 中의 하나이다. 椒園은 그가 쓴 <從祖兄信齋先生家傳>에서 다음과 같이 傳하고 있다.

忠翊 嘗喜王氏致良知之說 先生曰 王之學 浮高染禪 須學晦庵爲正 忠翊 久而後信其然

스스로 儒林·文苑傳에 드는 따위를 우습게 생각하고 俊傑이 되기를 自期한 椒園이 王學에 心醉한 것은 自然한 일이며 後日 晦庵의 學을 믿었다 해도 거기서 知足할 爲人이 아니다. 다만 椒園의 高識으로 王學에 대한 遺業이 文字에 傳함이 없는 것이 아쉬울 뿐이다. 後代에 와서 蘭谷이 陽明을 邃學하였다고 하나 文字에 傳하는 것이 없고 다만 그가 가르친 爲堂 鄭寅普가 비록 그 自得한 境地에까지 이르지는 못하였지마는 近世陽明學의 宗旨를 紹介한 것이 있다. 寧齋 一門의 家學에서 빼놓을 수 없는 또 한가지 事實은 朝鮮朝後期에 擡頭한 實事求是의 新風에 따른 國學의 硏究가 그것이다. 圓嶠는 그가 지은 <五音正>에서 聲韻의 差誤를 辨正하였다. <五音正>은 傳하지 않고 그 長文의 序가 『圓嶠集』에 있어 그 一斑을 窺知할 수 있을 뿐이다. 그의 長子 燃藜室은 國故에 該博하여 『練藜室記述』을 編纂하였고 圓嶠의 書訣後編을 代述한 季子 信齋는 그의 <論文章之弊>에서 歷代 文章의 弊端을 辨斥한 卓見을 보였으며 <論曆載陰陽避忌>에서 曆學에 대한 그의 卓論을 보이었다. 三敎에 博通하고 高識至行으로 推重을 받은 椒園은 그의 假說上下에서 假를 功斥한 一大論說을 펴 보였으며 그의 <論文新義序>에서는 文字學에 대한 그의 높은 識見을 살필 수 있다. 그는 神仙도 배우고 佛道에도 깊은 理解가 있었다. '題自書坐忘論後 題佛經金銀字帖後'와 같은 文字는 모두 그러한 데서 나온 것이다. 豪邁한 선비 岱淵은 그가 著述한 「憨書」에서 當時 社會의 諸積弊를 그 深根에서부터 파헤침으로써 文人으로는 相望도 못할 卓論을 편 바 있다.[16] 특히 雄特하면서도 麤率함이 없는 그의 文章은 椒園과 함께 當代의 名章이라 아니할 수 없다. 岱淵遺稿 一卷書가 아직도 寫本으로 있어 널리 읽혀지고 있지 못할 따름이다. 이로 보면 寧齋·耕齋·蘭谷 從兄弟가 一代의 文章으로 이름을 나란히 하였거니와 이는 결코 文章의 집 뜰 아래서 文章이 났을 뿐이다.

4. 寧齋와 그의 文學

寧齋가 15살 되던 해 高宗 3年(1866)에 丙寅洋擾가 있었다. 이때 그의 祖父 沙磯가 仲弟 止遠과 함께 殉節하였다. 이로 因하여 江華에서 別試를 보였고 이 道科에서 어린 孫子 建昌에게 及第가 내려진 것이다. 寧齋의 行狀에 의하면 이로부터 그는 古詩文을 익히기 시작하였고 그 文名이 널리 搢紳間에 알려져 四方에서 찾아드는 사람이 많았다 한다. 開城의 少年 書生 金澤榮이 寧齋를 찾아온 것도 이 무렵의 일이었으며[17] 이 뒤의 일이긴 하지만 全羅道 光陽에서 올라온 시골 선비 黃玹도 그의 시골티를 벗어보려고 寧齋를 찾았던 것이다.[18] 寧齋가 처음으로 出仕한 것이 19歲이었다. 起居注에

---

16) 鄭寅普, 『簷園國學散稿』.
17) 李建昌, 『明美堂集』 권4, <送金于霖遊燕序>.
18) 李建昌, 同上書 권4, <送黃雲卿書>.

補任되어 玉堂에 들어간 것이다. 그러나 朝中最年少의 覇氣를 자랑한 寧齋는 처음부터 大院君의 비위에 거슬리어 大院君이 攝政하고 있는 동안 그는 떨치지 못하였다. 더욱이 그때까지도 黨禍의 餘孼이 가시지 않아 일찍부터 그는 당시의 權貴들과의 사이에 심한 嫌郤을 意識하게 되었으며 그로 因하여 그 同列과의 사이에서도 相避를 할 수밖에 없었던 것이다. 결코 그의 宦路가 順坦하게 열린 것은 아니었다. 그의 風貌는 보통사람을 지나지 않았지만 剛直한 性格의 所有者이었던 그는 事理를 보는 慧眼이 남다른 바 있어 어떠한 不義와 誘惑도 容納할 줄 모르는 爲人이었다. 仲弟인 耕齋 建昇은 寧齋의 行狀에서 다음과 같이 記錄하고 있다.[19]

惟公則終始不迷 屹然 獨立於胥溺之中 得全大節 是用何道哉 無利心 故見義明 見事亦明 事變百出 不能或也 (…中略…) 公體不踰中人 然眉目疎朗 神采英發 性剛正明白 無矯情 無矜色 與人言 坦率簡易 然截然有不可犯之色 心無嗜好 獨好書 (…下略…)

安協을 모르는 그의 清明剛介한 性格은 廷臣들과의 사이에 심각한 摩擦을 일으키기도 하였지만, 그의 立朝大節은 世人의 稱譽를 받았다.

湖南 右道의 按廉使가 되어 忠淸道의 暗行에 나선 寧齋는 當時의 權臣이자 忠淸監司인 趙秉式의 非違를 論覈하였다가 도리어 趙秉式의 逆襲으로 北邊의 碧潼으로 귀양살이를 가야만 했다. 이때 그의 나이 불과 26살이었다. 御史의 修業이 여기서부터 비롯된 것이다. 31살에 通政階에 올라 다시 京畿十三邑을 按廉하기에 이르러 賑恤使로서의 任務를 훌륭히 遂行하였다. 33살에 어머니 尹氏夫人의 초상을 맞아 이로부터 鄕里에서 보내는 시간이 많아졌으며 闋服後 2年만에 다시 梁山郡守로 있던 아버지 象學의 喪을 맞

---

19) 李建昇, 『耕齋集』, <先伯氏參判府君行狀>.

아 任地인 梁山으로 奔喪을 하지 않으면 안되었던 것이다. 이 二憂를 當하
는 사이에 그의 빛나는 文學修業이 江華鄕里에서 이루어졌으며『黨議通略』
의 大作이 이 때에 著述된 것이다. 40세에 다시 나와 漢城少尹이 되었으며
그 이듬해에 北道에 나가 咸興亂民을 按覈하고 돌아와 承旨가 되었다. 그러
나 東學亂民의 鎭撫問題에 있어 처음부터 强硬한 立場에 선 그는 끝내 宣
撫使 魚允中과의 사이에 異見을 보여 다시 全羅道 寶城으로 流謫의 길을
떠나게 되었다. 이때 그의 나이 42歲이었으며 甲午政變이 있기 한해 前의
일이다. 第一次 金弘集 內閣이 成立되자 그에게 工曹參判의 벼슬이 내려졌
으나 그는 應하지 않았다. 甲午政變을 멀리하기 위하여 江華 鄕第로 내려간
寧齋에게 이러한 벼슬자리가 眼中에 있을 리 없다. 綺堂 鄭元夏·紋園 洪
承憲 그리고 耕齋와 蘭谷이 한자리에 모여 講論으로 세월을 보내고 있을 때
였다. 江華섬에 陽明學 200年의 傳統을 심어준 霞谷의 故風을 잊지 않고
모여든 이들이었다. 新官制가 行해진 뒤에도 寧齋를 아끼는 朝廷의 一部에
서는 계속 그에게 法務協辨·經筵侍講 등의 자리를 내려보냈으나 그는 끝
내 이를 拒絕하였다. 그가 마흔다섯 살 되던 해에, 사실상 그에게는 마지막의
機會가 되었지만, 다시 高宗은 外職을 勸하여 海州觀察使를 除授하였다.
세 차례에 걸쳐 嚴命이 내렸지만 세 번 다 사양하였다. 마지막으로 觀察使의
榮官과 古群山島 流配를 놓고 兩者中에서 어떤 것을 擇하겠느냐는 嚴旨가
내렸으나 寧齋는 서슴지 않고 古群山島 流配를 自願하였다. 月餘만에 赦還
이 되었지만 그는 마치 다가오는 그의 最後를 豫見이라도 한 듯이 자기 손
으로 그의 詩文集敍傳을 지어 두고 2年 후에 세상을 떠난 것이다.

　이상에서 그의 出處의 대강을 살펴보았거니와, 47年의 짧은 生涯中에서
그 殆半을 廟堂에서 보내고서도 官人으로서의 寧齋는 그의 蘊抱를 펴지 못
했다.

　그러나 그는 그의 文學을 통하여 그 英采을 드러내었다. 韓國漢文學史에
있어 그 마지막 章을 빛낸 것이다. 滄江·梅泉 그리고 寧齋 自身이 詩弟子

로 自處한[20] 古懽堂 姜瑋와 함께 그 이름을 나란히 하였던 것이다. 弱冠에 이미 文名으로 널리 알려진 바 되어, 後日 그와 가장 가까운 文友가 된 滄江과 梅泉도 처음에는 모두 寧齋를 통하여 發薦이 되었다. 너무 文章으로 이름이 높았기 때문에 詩人으로서의 寧齋는 文名의 그늘에 가려 그 빛을 제대로 발하지 못한 결과가 된 것이나 다름이 없다. 이러한 事例는 唐宋 八家의 경우에서도 마찬가지다. 韓愈·歐陽修가 모두 뛰어난 詩人이었지만 詩가 文을 따르지 못하여 詩名이 相對的으로 드날리지 못했을 뿐이다. 흔히들 曾鞏을 가리켜 詩가 없는 것이 恨이라 하지만, 曾鞏에게 있어서도 그 事情에 있어서는 다를 바 없다. 훌륭한 詩가 없어서 그런 것이 아니고 다만 文名이 너무 盛했을 따름이다.

　滄江을 비롯하여 寧齋의 詩를 論하는 대부분의 사람들은 寧齋의 詩에 白居易의 風이 있다고들 한다.[21] 아마 寧齋詩의 脫俗한 面을 들어 그렇게 본 것으로 여겨진다. 그러나 寧齋 自身은 宋詩를 배운다고 하였다. 그의 詩 <讀蘇黃詩>에서 보여 준 것이 그것이다.[22]

　　子瞻作俚語　奕奕天仙氣　魯直爲艶句　兀兀枯禪味 (…中略…) 子瞻尙可慕 魯直大可畏 (…下略…)

　이밖에도 東坡詩에 次韻한 詩作이 많은 것으로 보아 寧齋가 東坡詩를 배운 것만은 사실이다. 梅泉이 그러하듯이 寧齋의 詩世界에서 看過할 수 없는 事實은 역시 陸放翁의 영향이다. 放翁의 詩를 읽지 않은 詩人은 적지마는 放翁을 배웠다고 말하는 詩人도 흔하게 보지 못한 것과 마찬가지로 梅泉과 寧齋에 있어서도 이 경우에서는 마찬가지다. 寧齋의 詩作中에서 특히 그의

---

20) 姜瑋, 『古懽堂集』 序文.
21) 李建昌, 前揭書 序文(金澤榮 作) 및 行狀(李建芳 撰).
22) 李建昌, 前揭書 권5 所載 <讀蘇黃詩>.

30代作이 주가 된 <少休收草> 詩篇 속의 作品中에는 만약 그것을 放翁의 詩卷 속에 混有하여 둔다면 어느 것이 寧齋의 作品인지 辨別조차 하기 어려울 정도의 것이 많다. 그 一例로 寧齋의 <夜凉>과 放翁의 <題書齋壁>과 같은 詩는 그 眞情에 있어 너무도 相似한 데가 많다. 深齋 曺兢燮이 寧齋와 梅泉의 詩를 比較하여 다음과 같이 말한 적이 있다.

大抵 寧文雖若氣短 然其一段光彩炯然處 終未易及 其詩亦自成一家 雖骨力稍若遜於梅泉 而其眞情流出 風格動人處 又恐梅泉做不能到 此則繫於人而不繫於詩者 要之 二家詩性 大略相似 幾有不可辨者

寧齋와 梅泉은 그 詩性에 있어서는 너무 비슷한 데가 많아 서로 가리기가 어려울 정도이고 다만 骨力과 風格 같은 것에 있어 그 所長이 다를 뿐이라고 하였다. 그러나 骨力이나 風格이라고 하는 것은 사람의 天眞과 관계가 있는 것으로서 결코 詩의 工拙과 관계가 있는 것이 아니라고 하였다. 兩人 共히 陸放翁의 영향이 깊이 작용한 것이 아닌지 모르겠다. 그런데 寧齋 自身이 그 晩年에 가서 實吐한 것을 보면 錢牧齋를 배운 것이 事實로 드러난다. <題有學集後>에서 다음과 같이 읊고 있는 것이다.

四十年來苦學詩 何曾夢見杜陵爲 劍南廣博遺山峻 不諱錢翁是本師

杜甫는 감히 엄두도 못 내고 陸放翁은 너무 廣博하고 元遺山은 너무 峻險해서 배우기가 어려웠지만, 錢牧齋가 자기의 스승이었다는 것은 숨길 수가 없다고 한 것이다. 牧齋를 배운 것은 사실이지만 그러나 그것을 드러내 보이고 싶지 않은 그 苦衷의 一端을 엿볼 수 있다. 明淸 兩代에 仕宦한 牧齋의 欠이 寧齋에게 거리낄 수밖에 없었을 것이다.

詩人에게는 各己 그 所長이 있기 마련이다. 滄江은 古詩에 長하고 梅泉

은 結句에 長하다고 하는 것이 一般的인 評이다. 寧齋에게도 굳이 그 特長을 들라고 한다면 그것은 古詩라고 하여야 할 것이다. 古詩를 먼저 하는 것이 詩人의 正道임은 물론이다. 滄江·梅泉·寧齋를 오직 그 風格에서만 본다면 滄江과 梅泉이 神韻에 있어 寧齋를 앞선다고 하겠지만 그러나 이러한 風格과는 관계없이 寧齋詩의 特長은 平淡한데 있다고 할 것이다. 만약 寧齋의 詩世界를 그 時期에 따라 나누어 본다면 대개 3期로 나눌 수 있을 것 같다. 20代의 詩修業期와 30代의 本格的인 文學修業期, 그리고 40代의 悲憤凄楚한 詩境이 그것이 될 것이다. 20代를 가리켜 詩修業期라고 하였지만, 그러나 23살에 歲幣使의 書狀官이 되어 赴燕하는 길에 古懽堂과 酬應한 紀行詩에서 이미 그의 詩才를 認定받기에 이르렀으며 특히 당시의 翰林名士 黃鈺, 張家驤, 徐郁 등으로부터 嗟歎을 받았던 것으로 보아 그의 詩의 進境이 얼마나 速成하였던가를 알 수 있을 것이다. 그리고 끝으로 寧齋詩에 있어서 添言해 둘 것은 그의 탁월한 諷刺의 手法이다. 火田民의 生態를 그린 <峽村記事>를 비롯하여 魄屈한 서울 兩班들을 識弄한 <老烏> 등의 古詩와 <鹿言>과 같은 奇文에서 보여준 人生批評 같은 것은 寧齋의 文學世界에 있어 諷刺文學의 새로운 素地를 提示한 중요한 事實로 받아들여야 할 것이다. 이상에서 寧齋의 詩世界를 疏略하게나마 살펴보았다. 다음에는 文章家 寧齋의 面貌를 더듬어 보기로 한다.

　寧齋는 우리 文學史上 漢文學의 傳統이 그 終焉을 告하는 19세기 後半의 激動期에 巍然히 나타나 우리 漢詩文學의 終章을 빛낸 文章家이다. 그는 특히 古文에 뛰어난 솜씨를 보여 우리 文學史에 있어 드물게 보는 古文의 名手가 된 것이다.

　滄江 金澤榮이 抄選한 『麗韓文選』 序文에 보면 다음과 같이 말한 것이 있다.

　　氣也者 不可以人力强爲之

이는 平素 古文을 좋아하는 滄江 자신이 특히 氣가 勝한 文章을 取擇한 選文의 基準의 一端을 보인 것이다. 그래서 이 文選의 選에 든 九家는 모두 古文의 良手들이며 이 文選에 抄錄된 文은 古文中에서도 특히 氣勝한 文章이 많은 것은 물론이다. 그러나 九家中에서 金富軾과 李益齋는 모두 古文을 崇尙하던 以前時代의 人物이어서 그들의 文이 完全한 古文일 수 없는 것은 사실이다. 다만 이들이 古文을 倡導한 初創期의 開拓者이며 특히 記事文에서 名手라는 點에서 그들의 文이 文選에 들 수 있었을 것이다.

그런데 여기에서 古文이라 하는 것은 물론 唐宋八家를 模倣한 文體를 말하는 것이며(或者는 이를 新古文이라고도 한다) 이러한 流風은 末世에 와서는 심지어 難句 僻字를 羅列하여 文理가 통하지 않는 글까지도 古文이라 하는 弊端을 빚는 데까지 이르기도 하였다.

寧齋의 文學을 아는 가장 가까운 文友는 역시 滄江과 梅泉이다. 이들 兩人은 똑같이 寧齋를 가장 가까운 文友로 自處하고 있다. 梅泉은

生平文字之交 以寧齋滄江二公爲最 而於寧齋傾向尤深 夢晤歲常數十 至晚年稍減矣[23]

이라 하였고 滄江은

余交遊之中 能知餘生平本末 及與共文字甘苦之境者 惟寧齋爲然故 ……[24]

라 하여 서로 그 知己임을 자랑하고 있다. 그러나 梅泉은 寧齋의 文學을 論한 文字가 없으므로 寧齋의 文學을 理解하는데 있어서는 도움을 주지 못한다. 이에 대하여 或者는 滄江이 일찍이 寧齋에 의하여 發薦이 된 感恩 때문

---

23) 黃玹, 『梅泉集』「事行零錄」.
24) 金澤榮, 『韶護堂集』 권8 「雜言」.

에 寧齋의 文學에 대한 滄江의 論評은 그것이 適評이 되지 못할 것이라고
한 적이 있다. 그러나 그러한 妄庸으로 滄江의 文學을 云謂하는 따위의 輕
擧는 삼가해야 할 것이다.

寧齋는 滄江이 指摘한 바와 같이 八家中에서도 王曾과 歐陽子의 사이를
往來하였으며[25] 그는 특히 記事에 뛰어난 솜씨를 보였다.[26] 이에 대하여 滄江
은 다음과 같이 말하고 있다.[27]

李寧齋 記事之文 氣骨雖不及朴燕岩 洪淵泉 然亦一近世之良手也

그러나 巖栖는 寧齋의 記文에 대하여 다음과 같이 말하고 있다.[28]

寧齋之文 尤與前日所見不同 修堂麗澤二記 辭理俱短 兪叟銘 理掩於辭 不
足爲法

辭와 論理가 모두 短하고 論理가 辭에 가리어 法度에 맞지 않다고 한 것
이다. 그러나 이 글은 이에 앞서 滄江에게 보낸 편지에서 보인 자기의 短見
을 변명한 것이다. 그는 또 그 뒤에 滄江에게 보낸 편지에서 계속하여 다음
과 같이 嚴密한 비평을 加하고 있다.

寧齋 固是一代眞才 而其薄處 終不可謂 人生天地間 是十九首嫩語 何至揷
入於記事 (見<修堂記>) 天下後世吾不敢知 一似孩童口氣 豈宜加之於銘人
(見<李杏西墓誌>) 見山堂記 無一字不似牛山 而摹擬之過 天眞已喪

---

25) 李建昌, 前揭書 序文 및 行狀.
26) 金澤榮, 前揭書.
27) 金澤榮, 前揭書.
28) 曹兢燮, 『巖栖集』 권8, <與金滄江>.

十九首 속에 있는 "人生天地間"과 또 "天下後世吾不敢知"와 같은 文字는 記文에 當치도 않거니와 <見山堂記>에 있어서는 一字一句 모두 王半山을 模倣한 것이어서 그 天眞을 잃고 있다고 하였다. 그러나 이에 대하여 耕齋가 그의 兄을 변명한 다음과 같은 글이 있다.[29]

嘗記寧齋爲晉州人作南冥年譜 及曺老愚墓銘 而其弟耕齋 謂其人 曰吾兄自以序太留心 故不佳 不若銘之以無意出之爲得意 然則 文之工不工 亦有非己之所能爲者 其然其不然乎

일부러 애써 지은 <南冥年譜序>는 잘되지 않고 오히려 생각지 않고 지은 <曺老愚銘>은 得意作이 되었으니 글이 잘되고 못되는 것은 자신도 어찌할 수 없는 것이라 하였다. <先母淑人坡平尹氏行略>이나 <姜古懽墓誌銘>과 같은 것은 모두 上乘에 속하는 글이며 특히 寧齋의 所長處인 序卷 所載 <送朴梧西行臺之燕序>나 <送呂司諫赴謫序>와 같은 得意作을 보면 앞서 있었던 아쉬움은 一時에 霧散되고 말 것이다.

深齋는 누구보다도 寧齋의 高明을 稱道해 왔으며 특히 記事에 있어서는 當代의 第一人으로 推重한 것이다. 아래에 적은 글이 바로 그것을 보인 것이다.[30]

李朝惟文苑傳 不容假託 至如道學儒林 不勝其僞冒 卽使一代眞才如寧齋者 處之未知其何所決也 寧齋有論蘆沙集一書 眼目極高而云云

深齋는 계속하여 같은 글에서

---

29) 曺兢燮, 前揭書.
30) 同上.

由此觀之　使寧齋修一代之史　亦未必其推度之毫忽不差也

寧齋와 같은 一世의 眞才에게 修史를 맡긴다면 그래도 제일 낫지 않겠느냐는 그 期待의 一端을 보인 것이다. 그리고 한편으로 寧齋는 論議에도 뛰어난 재주를 보였다. 이에 대하여도 滄江과 巖栖는 모두 讚辭를 보내고 있다. 滄江은 그의 雜言에서[31]

李寧齋　原論　論己亥禮說　論啓運宮禮說三篇　在吾邦爲百世之大議論　而文亦稱之其中　啓運論　尤鑱削精妙　可與王半山　幷驅耳

라 하여 論議만 훌륭한 것이 아니고 그 文章도 王半山에 비길 만하다고 하였다. 巖栖는 특히 寧齋의 論議에 대해서는 칭찬을 아끼지 않았다.[32]

寧齋之學識　本不及農巖　而其操執議論　誠有過之者　文章則終有如前日所論治衰之異　要其精妙處　可與望溪惜抱　相上下　而非今人之所及

이라 한 것이라든지 또[33]

兢於寧齋文　見之不多　然始原論　及與諸弟　論蘆沙集書　每讀之　不覺寢食爲廢　盖其眼目之高　思解之徹　不但近代所未見

이라 한 것은 非但 近代에서만 보지 못한 것이 아니라 古代에서도 보지 못하였다고 한 것이므로 이 이상의 칭찬이란 있을 수 없는 것이다.

---

31) 金澤榮, 前揭書.
32) 曹兢燮, 前揭書.
33) 同上.

그런데 寧齋의 文에 대한 一般的인 評에 따르면 寧齋는 그 至精至雅한
데서 理法이 갖추어졌으나 氣弱한 것은 어쩔 수 없는 것이라고 하였다. 이에
대하여 滄江은 다음과 같이 말하고 있다.[34]

朴燕巖承農巖之雅 而昌大雄變之 自後 洪淵泉以下 去益愈淸 而元氣亦隨
而稍薄

巖栖는 이에 대하여 到處에서 그의 見解를 披歷하고 있다.[35]

執事於吾東近日作者 文與寧齋 詩推梅泉 自擬以季孟之間 然忘謂執事之文
辭理微遜於寧齋 而氣則勝之

또 다른 곳에서[36]

大抵 寧齋雖若氣短 然其一段光彩炯然處 終未易及 其詩亦自成一家云云

巖栖는 이에 앞서 滄江에게 보낸 長文의 편지에서 다음과 같이 氣를 주
장하는 그의 입장을 밝힌 바 있다.[37]

寧齋之文 只得如執事所論 然朱子論文以治世亂世衰世爲等 治世之文典雅
亂世之文雄奇 衰世則薄劣而已 今以是說 而求之 八家則韓文以治世之雅兼亂
世之雄 歐曾以雅勝 蘇氏以雄勝 柳有亂世之音 王有治世之音 而皆帶衰世之

---

34) 金澤榮, 前揭書.
35) 曹兢燮, 前揭書.
36) 曹兢燮, 前揭書, <答金滄江>.
37) 曹兢燮, 前揭書, <與金滄江>.

氣 若執事所撰我朝七家 則谿澤農淵 有雅氣 燕巖有雄氣 而臺山寧齋 皆以雅
音 俱不免衰氣 (臺病於切刻 寧病於輕弱) 此則似其人品性情之使然 不專由於
學力也

흔히 文章의 高下를 점치는 基準으로 氣와 理法을 든다. 이런 경우, 理法
은 배우면 되는 것이지만 氣는 人力으로 할 수 없는 것이라 한다. 그러나 理
法은 文章의 法度이므로 氣와 理法은 원래 同日에 論할 수 있는 比較의 對
象으로서의 範疇에 속하는 것이 아니다.

氣를 主張하는 入場에서는 사람은 대개 寧齋의 文章을 가리켜 氣가 短하
긴 하지만 精雅한데가 있다고 한다. 뛰어난 論議의 재주를 兼하고 있는 그의
雅氣는 記事의 良手로서 遜色이 없다 할 것이다.

甲午政變을 끝내 容納하지 않고 東學의 蜂起를 한갓 民亂으로 다스릴 것
을 主張한 寧齋는 그러나 결코 그 時代의 頑固한 樸學의 무리와는 區別되
는 自己世界를 가지고 있었다. 傳統的인 朱子學體系에 反撥하여 陰陽五行
說을 辨斥하였고 太極說에 있어서도 깊은 懷疑를 보였다.[38] 화려한 宮室은
있어도 利用厚養의 道具가 絶無한 것을 慨嘆한 그는 使行의 任務가 그 어
느 때보다도 重한 것을 看破한 것이다.[39] 淸國事情에 누구보다도 밝은 그였
기 때문에 李鴻章을 큰 거간꾼으로 보았던 것이다.[40] 外國政情에 생소하면서
성급히 開國을 서두르는 輕擧를 지극히 위험한 붕장난으로 본 것이다. 위험
적으로 接近해오는 倭洋夷의 正體에 危懼意識이 앞섰기 때문이다.

---

38) 李建昌, 前揭書 「讀易隨記」 所載 <易說僭疑> 參照.
39) 李建昌, 前揭書 <送朴梧西行臺之燕序>.
40) 李建昌, 前揭書 <明美堂詩文集敍傳>.

5. 結言

疏略하나마 寧齋를 낳은 寧齋 一門의 系譜的인 追跡을 통하여 近世에 보기 드문 寧齋 一門의 家學을 보았다. 陽明學 200年의 眞跡을 더듬어 보았고 훌륭한 文學을 보았으며 時代意識에 앞장서 간 近代意識의 先驅를 보았다. 辛壬獄事의 餘孽로 거의 破家의 苦境을 헤매이면서도 家憲으로 지켜 온 困窮 그것을 통하여 祖孫 相傳의 大節을 보여 주었다. 더욱이 朝鮮王朝의 傳統社會가 마지막에 이르는 時期에 處하여 寧齋 耕齋 蘭谷 從兄弟가 나란히 그 文名을 세상에 드날리게 된 것은 우리 漢文學史의 終章을 장식하는데 있어 한 큰 山脈으로 記錄될 것이다.

(『東亞文化』 第11輯, 1972)

梅月堂의 詩世界

1. 序言

1) 研究史의 反省

지금까지 梅月堂의 研究에 바쳐진 우리 學界의 研究 成果를 一瞥해 보면, 대체로 다음과 같은 두 方面으로 集約될 수 있을 것 같다. 첫째, 傳奇集 『金鰲新話』에 대한 小說史的 研究가 그 中心 課題로 浮刻되어 온 것이 사실이며, 그 다음으로는 『梅月堂集』에 收錄된 雜著 및 論說을 『金鰲新話』와 對比 研究한 思想 論議가 이에 속하는 것이라 하겠다.

崔南善에 의하여 『金鰲新話』의 行方이 確認 紹介된 이래, 한때 國內에서는 그 자취를 찾아보기 어렵게 되었던 『金鰲新話』가 다시 日本으로부터 우리 나라에 逆輸入되었고[1] 이에 따라 이후 우리 學界에서 보여준 이에 대한 關心은 『金鰲新話』의 小說史的 位置를 定立하는데 刮目할 만한 成果를

---

1) 崔南善, 「金鰲新話解題」, 『啓明』 19호, 1927.

이룩하였다. 梅月堂에 대한 傳奇的 研究를 비롯하여『金鰲新話』의 形成過程을 追跡하는 文獻學的 比較研究와, 그의 作品 文脈을 檢證하는 實證的인 解釋學的 研究 등 初期 段階의 研究에 바쳐질 수 있는 모든 것들이 網羅되면서『金鰲新話』에 대한 研究는 一時 그 盛況을 이룬 감이 없지 않았다.[2] 특히 작품의 外在的 要素를 重視하는 思想 研究는 一見 매우 重要한 의미를 가지는 듯하여 持續的으로 研究되기도 하였다. 그러나 어쩌면 悲劇的일 수도 있는 浪漫과 神奇로 가득찬 傳奇集『金鰲新話』에 대한 文獻學的 解釋學的 研究가 到達할 수 있는 限界는 처음부터 豫料되는 것이었으며, 그리고 作品 밖에 提示된 社會思想・哲學思想의 收拾으로 周邊 探索만을 일삼은 一部의 思想 議論들은 그것이 本格的인 文學研究의 作業에까지 이르기 힘든 것은 自明하다. 더욱이 虛構와 事實의 距離를 考慮하지 않은 文學思想의 研究와 같은 것은 文學理論의 不在라는 스스로의 限界를 사실로 드러낸 그 밖의 의미는 賦與될 수 없다. 虛構의 세계인『金鰲新話』와, 社會的 實踐的 倫理를 강조한 論說의 文脈을 等次元에서 把握한 思想 論議가 文學論에 속하는 일이 될 수 없기 때문이다. 그리고 최근에 발표된 一部 成果 중에는 梅月堂의 詩作에 대한 接近을 企圖한 것이 없지 않으나 이 또한 本格的인 作品論에서 비롯한 것이 아니고 例의 愛民意識이나 現實

---

2)『金鰲新話』에 대한 重要 研究 成果를 時代順으로 보면 다음과 같다.
　　鄭炳昱,「金時習研究」,『서울大論文集』, 1958.
　　______,「金時習의 生涯와 思想」,『國文學散藁』, 新丘文化社, 1959, 222~237면.
　　朴晟義,「比較文學的 見地에서 본 金鰲新話와 剪燈新話」,『高大文理論集』 3집.
　　鄭鉒東,『梅月堂 金時習研究』, 新雅社, 1961.
　　拙　稿,「韓國小說發達史上」,『韓國文化史大系』 V, 高麗大 民族文化研究所, 1967, 1004~1018면.
　　李石來,「金鰲新話의 展開的 考察」,『李崇寧博士頌壽記論叢』, 乙酉文化社, 1968, 447~457면.
　　李在秀,『韓國小說研究』, 宣明文化社, 1969.
　　林熒澤,「現實主義的 世界觀과 金鰲新話」,『國文學研究』 13집.
　　李雲九,「梅月堂의 愛民意識과 詩의 性格」,『韓國漢文學研究』 제1집, 1975.

主義를 檢證하는데서 그치고 있어,[3] 前記한 思想論議의 延長에 지나지 않는 것임을 알 수 있다. 이 경우에 있어서의 梅月堂의 詩作이 提示한 문제들은 그것이 思想 硏究의 資料史的 구실을 하는데서 더 나아갈 수 없는 것은 당연하다.

이상에서 본 바와 같이, 梅月堂의 硏究에 관한 限, 우리는 일단 傳奇集 『金鰲新話』가 가지고 있는 스스로의 限界를 肯定的으로 是認해야 할 것이며, 그리고 『金鰲新話』 바깥에 散在해 있는 雜著와 論說의 文脈을, 虛構的인 傳奇의 세계인 『金鰲新話』와 同一線上에서 把握하려한 思想 論議가 결코 文學論의 할 일이 아님을 確認하는 作業이 先行되어야 할 것도 아울러 알아야 할 것이다. 本稿의 意圖도 곧 이러한 從來의 梅月堂 硏究에서 露出된 문제들을 克服하려는 한 試圖로서 梅月堂의 詩作에 대한 探索을 꾀하게 된 것이며, 이러한 企圖를 통하여 비로소 梅月堂의 詩篇이 그의 全人的 硏究에 있어 일찍이 그 類例를 찾아 볼 수 없는 惠澤 받은 資料가 될 수 있음을 발견하기에 이른 것이다.

『梅月堂集』 23권 중에서 15권이 詩集이며 여기에 수록된 詩篇만 하더라도 무려 2,200餘 首에 達하고 있다. 梅月堂의 事蹟을 傳하고 있는 現存 資料들을 綜合해 보면, 梅月堂에게는 이보다도 훨씬 더 많은 詩作이 있었던 것으로 보인다.[4] 그의 詩文集을 編成하는 過程에 있어서도 10年을 걸려 겨우 遺篇 3권을 收拾하였다고 하니,[5] 이는 이러한 事情을 說明해 주는 端的인 證左가 될 것이다.

文以貫道나 文以載道와 같은 道學文學觀이 支配하던 당시에 있어서는, 詩라고 하는 것은 한갓 선비 사회의 敎養物이거나 餘技에 지나지 않는 것이었지만, 그러나 梅月堂에게 있어서 이것은 그 이상으로 深刻하고 悲劇的인

---

3) 李雲九, 上揭書.
4) 李珥, 「金時習傳」.
5) 李耔, 「梅月堂集序」.

것이었다. 그의 타고 난 詩才와, 放浪으로 始終한 一生의 歷程이 서로 만나면서 이룩한 그의 詩世界는 어쩌면 그의 文學과 人生과 세계의 전부일지도 모른다. 詩를 위해 詩를 하는 浪費를 일삼으면서도 詩 말고는 다시 할 일이 없었던 그였기 때문에, 그에게 있어서의 詩의 意味는, 오직 詩를 하게 하는 衝擊과 詩를 하는 行爲 그것이 전부였으며 그 밖의 것에 대해서는 考慮도 하지 않았거니와 期待도 하지 않았다. 그러나 逆說的으로 보면, 이는 "藝術을 위한 藝術"을 하는 行爲에서 흔히 볼 수 있는 바와 같이, 否定的인 社會現實을 맑고 깨끗하게 反映한 藝術的 昇華現象으로 說明될 수도 있을 것이다. 그러므로 梅月堂과 그의 詩世界를 一義的으로 解明하는 方法에 의거하지 아니하고서는 梅月堂의 全人的 研究는 空疎를 免할 수 없을 것이다. 梅月堂의 研究에 바쳐진 그 많은 業績에도 불구하고 梅月堂의 眞正한 모습을 찾아 볼 수 없는 所以도 여기에 있는 것이다. 그러므로 本稿는 지금까지 硬直할 정도로 傳奇 研究에만 執着해 온 從來의 研究 方向에서 빠져 나와 그의 詩世界를 檢證하는 冒險을 企圖하게 된 것이며, 그 詩作의 詩史的 의미를 考慮하여 극히 制限된 範圍에서나마 批評的 接近을 試圖하고자 하는 것이다.

2) 研究 課題의 摸索

위에서 본 바와 같이 지금까지의 梅月堂에 대한 研究가 傳奇集 『金鰲新話』에 集中된 것이 사실이며 이러한 研究 成果로 얻어 낸 結論은 대체로 그의 儒佛思想의 導出과 같은 思想 論議에서 그치고 있었다. 그러나 따지고 보면, 『金鰲新話』에 대한 研究가 思想 論議로 歸着될 수밖에 없었던 것은 바로 傳奇集 『金鰲新話』가 가지고 있는 스스로의 限界를 사실로 證明한 것이며, 특히 儒佛 論議와 같은 思想的 研究는 이미 先人들이 指摘한 "心儒

跡佛”이나 “行儒而迹佛”을 確認한 것에 지나지 않는 것이 될 것이다. 그리고 그의 思想 論議에서 提示한 “現實主義思想” 卽 具體的으로 “人本主義” 또는 “民本主義”와 같은 것은 儒教理念으로 武裝된 梅月堂에게 있어서는 지극히 普遍的인 基本 思想의 端的인 表出에 지나지 않는 것이며 이는 또한 당시 社會의 實踐的인 儒家 理念의 典型에 속하는 것이다. 이것이 作品 속에 그대로 露出되고 있다면 梅月堂의 作家的 評價는 이상 더 나아갈 것이 없을 것이다. 더욱이 梅月堂의 現實主義思想을 感傷的으로 解釋한 “主氣論”의 提示는 그 根底에서부터 檢討되어야 할 문제점이 있다.[6] 主氣論이나 主理論과 같은 것은 性理學의 核心인 本體論에 속하는 것인데, 아직 性理學의 理論的 基盤이 薄弱한 당시에 있어 理氣論의 基本的인 講論도 없이 主氣論에까지 飛躍할 수 있는 氣理論의 開陳이 사실로 있었다면, 이는 우리 나라 儒學史上 特記할 사실이 아닐 수 없을 것이다. 그러나 『梅月堂集』에 收錄된 論說의 性格은 아직도 實踐的인 基本儒學의 範疇에서 더 나아간 것이 없으며, 특히 20代 以後 放浪으로 始終한 生平의 歷程으로 보아 그가 道學 文字에 執着할 수 있는 精神的인 安定 基調도 마련되기 어려웠다고 하겠다. 그가 性理群書를 接目한 사실은 오히려 詩集속에 나타나고 있는데[7] 이것도 그의 晩年의 일인 것 같다.

이상에서 본 바로서, 지금까지 梅月堂에 대한 思想的 研究는 그것이 梅月堂의 文學世界에 接近하기 위한 周邊 探索에서 그치고 있을 뿐, 本格的인 文學論에까지 이르지 못하고 있음은 自明하다. 그러므로 本稿에서는 梅月堂의 문학세계에 대한 本格的인 接近의 한 試圖로서 먼저 그의 詩世界를 探索하게 된 것이며, 이러한 詩的의 方法에 있어서도 從來의 思想 檢證과 같

---

6) 鄭炳昱, 「매월당집해제」, 『국역매월당집』 I, 세종대왕기념사업회, 1977 및 林熒澤, 前揭書.

7) 『梅月堂集』 권13 「關東日錄」에 得性理群書를 비롯하여, 實理, 一氣, 主敬, 存心 등의 詩篇이 있으나 理氣論과 같은 本體論에까지 深化되고 있는 것은 발견할 수 없다.

은 外的 研究의 桎梏에서 脫皮하여, 梅月堂의 詩作에서 얻어질 수 있는 여러 가지 문제 중에서도 특히 다음과 같은 사실들을 重點的으로 檢討하게 될 것이다. 첫째, 그가 詩를 하지 않고서는 어쩔 수 없었던 詩的 衝擊을 檢證해 보는 詩的 動機와 둘째, 現實世界에서는 자기의 精神的 價値(spritual value)를 實現할 수 없었기 때문에 詩를 통하여 自己 實現(self realization)을 企圖한 詩的 表現의 樣相을 追跡할 것이며(高度한 藝術性의 문제도 여기서 追求되어야 함은 물론이다), 특히 여기서는, 浪漫的인 傳奇의 세계를 선택하여 艶情詩를 實現한 詩小說의 세계가 檢討될 것이다. 셋째, 漢詩의 詩語에서 가장 常識的인 表現으로 나타날 수 있는 思惟와 感覺樣式을 살피고 넷째, 극히 制限的인 것이 되기는 하겠지만, 古典 詩論의 批評樣相을 基礎로 하여 詩 鑑賞의 試驗을 企圖해 보고자 하는 것이다.

2. 詩的 表現의 諸樣相

1) 詩的 動機

우리 나라의 詩人中에서 梅月堂처럼 自身에 관한 모든 것을 詩를 통하여 解明한 詩人은 아마 그 類例를 찾아보기 어려울 것이다. 詩의 文脈속에서 自身의 精神的 價値를 實現할 수 있었던 그는, 그로 하여금 詩를 쓰게 한 詩的 衝擊과 詩를 쓸 수밖에 없었던 詩的 動機도 모두 詩로써 읊었다. 그러므로 本稿의 作業도 그가 보여준 詩作의 現實文脈을 통하여 그에 관한 모든 것을 풀어 나가기로 하였다.

어린 時節 헛되이 功名에 기대를 걸었다가 모래 속에서 꼬리를 끌고 다니는 거북이 신세가 된 自身의 모습을 똑바로 바라 본 梅月堂 金時習은, 詩名 같은 것 얻어보았자 소용없는 것인 줄 알면서도 詩 말고는 따로 할 것이 없었기 때문에 詩를 위하여 詩를 쓰는 浪費를 일삼지 않을 수 없었던 것이다.

젊었을 때 功名의 꿈 부질없이 기약했다가
이제 와서 이 몸은 모래밭에 거북이라.
세상 인심 얇기가 매미 날개 같은데
한가한 꿈맛은 瓊玉 같이 달구나.
하늘하늘 맑은 연기 돌길에 서려 있고
곱디 고운 달빛은 솔가지에 떠 있구나.
詩人이란 이름 얻어 어디에 쓸 것인고
남쪽 창 작은 벽에 詩나 잔뜩 써붙인다.

早歲功名浪自期   此身端合曳沙龜
世情薄似蜩蟬翅   閑夢甛於瓊玉飴
裊裊淡煙凝石逕   娟娟寒月上松枝
詩名老大將何用   題遍南窓小壁時[8]

고 했다. 그러나 梅月堂에게는 그럴 수밖에 없었던 절박한 事情이 있었다.
일과 뜻이 서로 어그러지기 시작할 때, 지난 날 세상을 떠들썩하게 했던 그의
才名도 이제는 믿을 것이 못되었던 것이다.

이 몸과 세상 일이 이토록 어긋나니
才名 또한 스스로를 속이고 있다오

身世相違甚   才名亦自誑[9]

---

8) 권1, <漫成 二首> 제2수.
9) 권13, <身世>.

이 어처구니없는 事實 앞에서, 그가 스스로 克服 破壞하기에는 現實은 너무도 두꺼운 障壁이 아닐 수 없었다. 그래서 그가 그의 精神的 價値를 實現할 수 있는 方便으로 選擇한 것이 詩의 世界다. 그가 할 수 있는 모든 것을 詩로써 實現할 수 있었기에, 그는 詩를 쓰게 된 詩的 動機도 역시 詩로써 읊었다.

마음과 세상 일이 서로 어그러지니
詩를 하지 않고서는 즐길 일이 없다오
한번 취한 기분도 순식간의 일
잠 맛도 다만 잠깐 사일세.
송곳 끝을 다투는 장사치 이가 갈리고
말이나 먹일 오랑캐 한심하기만 하네.
인연 없어 밝은 천거에 몸 바치지 못하니
눈물을 닦으며 아! 탄식이나 할밖에.

心與事相反　　　除詩無以娛
醉鄕如瞬息　　　睡味只須臾
切齒爭錐賈　　　寒心牧馬胡
無因獻明薦　　　扠淚永嗚呼[10]

위에서 본 바와 같이, 그는 地上에서의 모든 것을 抛棄하고 詩로써 즐길 거리를 삼고자 하였으며 이것이 곧 그의 詩的 動機가 된 것이다. 詩的 衝擊 때문에 詩를 쓰게 된 아이러니를 演出하게 되었으며 詩를 위하여 詩를 쓰는 浪費를 하게 된 것이다. "마음과 세상일이 서로 어그러지니"에서 "마음"은

____

10) 권14, <敍悶> 제1수.

原初의 자기 모습이며 "세상 일"이란 梅月堂으로 하여금 窮地에까지 몰고 간 그의 不遇한 家庭 環境과 날로 醜惡해 가는 政治風土이며 "어그러진 것"은 바로 그 破綻의 宣言이다. 그래서 그는 이를 超克하기 위하여 "詩를 하지 않고서는 즐길 일이 없다"고 하였다. 原初의 梅月堂이, 屈折된 自己 모습을 克服 止揚하기 위하여 詩의 世界로 飛翔한 것이다. 그러나 그는 詩를 하는 行爲 그 자체에 의미를 賦與하려들지 않았기 때문에 그에게서 流出되는 모든 情緒가 詩로써 表現할 價値가 있는지 與否에 대해서도 생각하지 않은 것 같다. 가는 곳마다 詩를 뿌리고서도 스스로 이를 收拾하는 문제와 같은 것을 考慮하지 않은 것도 이러한 상황에서 把握되어야 할 것이다. 詩와 그의 世界가 함께 몽롱한 그런 상황에서는 自己를 包含한 모든 對象을 戲畵化하거나 웃음거리로 만들고 싶은 것은 오히려 自然한 것일지도 모른다.

십년을 두고 泉石에서 心肝을 씻었어도
몸과 세상 일이 도무지 꿈과 같으니.
단만 쓴맛 다하지 못해 바다 밖에도 가 보았고
공연히 장난 글을 세상에 마주 뿌렸네.
산 언덕에 숨어 살기 전생부터 소원인데
구름 끝에 신선 놀음 이 날의 기쁨이라.
어떻게 서까래 같은 王氏 붓을 얻어서
豪氣 있게 고린 선비 눌러 볼거나.

十年泉石洗心肝　　身世都如醉夢闌
未盡甘苦窮海外　　空留戲墨滿人間
山阿眞隱前生願　　雲水仙遊此日歡
安得如椽王氏筆　　一揮豪氣壓儒酸[11]

  자신과 세상 그 어느 것도 自己편이 되어 주지 않을 때, 그가 選擇한 또 다른 現實對決의 場所는 自然이었다. 이러한 事情은 그가 關西地方을 周流하고 나서 그때의 처지를 回顧한 다음 글에서도 確認된다.[12]

  余自少跌宕 不喜名利 不顧生業 唯以淸貧守志爲懷 素欲放浪山水 遇景吟翫 ……

  소시적부터 跌宕하여 세상의 名利나 生業과 같은 것은 돌보지 아니하고 마음 내키는 대로 山水를 放浪하면서 詩나 읊었다고 述懷하고 있는 것이 그것이다. 여기서 그는 跌宕하였다고 하였지만, 그러나 이는 세상을 한갓 살아가는 것만으로 滿足해 하는 庸劣한 俗物들의 放蕩과는 同日에 論할 수 있는 것이 아니다. 背信 당한 鬼才 金時習의 屈折된 모습이다. 세상을 自欺으로 살아가는 사람들의 그것과도 통하는 一面이 있다. 一切의 對象에 대한 本能的인 欲求를 포기한 狀態다. 現實의 壁이 너무 두꺼웠기 때문에 그는 世俗的인 名利나 生業을 내던지고 虛空으로 飛翔하거나 地下로 숨고 싶었던 것이다. 그러나 그는 스스로 選擇한 詩의 세계에 있어서는 現實을 凝視하는 날카로운 炯眼을 버리지 않았다. 이러한 그의 現實感覺 때문에 그는 하나의 세계를 敍述하였을 뿐 새로운 세계를 探索하는데 까지 이르지 못했다.

  나에게는 몇 마지기 밭이 있는데
  높았다 낮았다 바위 벼랑에 있네.
  콩 심고서 우거진 풀 매지 않았더니
  풀만 무성하고 콩 싹은 드무네.
  하늘을 우러러 노래 부르며

---

11) 권1, <十年>.
12) 권9, <宕遊關西錄後志>.

조용히 옛 사람 생각해 보네.

인생은 오로지 즐겁게 보낼 것인데

부귀가 이 몸을 괴롭게 구네.

이 내 몸 또다시 생각하지 말자

잘되고 못되는 건 하늘에 달린지라.

세상 사람 모두들 헐뜯고 짓씹으니

세상과 이 몸이 서로 모순될밖에.

조용히 陶淵明의 詩나 화답하다가

造化翁이 하는 대로 無로 돌아가리라.

我有數畝田	高下依巖碕
種豆蕪不治	草盛豆苗稀
仰天歌嗚嗚	靜言思古人
人生行樂耳	富貴勞我身
我身勿復慮	否泰在蒼旻
衆人正嘲嘁	世我相矛盾
細和淵明詩	乘化以歸盡[13]

밭이나 갈며 조용히 살아가려던 原初의 모습이 중간에 세상일이 끼어 들면서 屈折되고 있는 場面이다. 인생을 노래하려던 당초의 立意가 氣弱하여 達意의 경지에까지 이르지 못함으로써 詩로서 成功하지 못한 스스로의 弱點을 드러내고 있다.

좋은 詩를 쓴다는 것은 물론 어려운 일이다. 그러나 무엇을 어떻게 쓴 詩가 훌륭한 詩이냐는 물음에 應答하기란 더욱 어려운 일이 아닐 수 없다. 이

---

13) 권2, <草盛豆苗稀>, 陶淵明의 詩 <歸田園居>에서 따온 것.

를테면 우리가 흔히 疏忽히 하기 쉬운 詩語의 視覺的 聽覺的 效果와 같은 것들도 또한 만만치 않게 詩의 評價 基準으로 重視되어 오고 있기 때문에 이것들도 좋은 詩의 生産을 어렵게 하는 要因으로 지적될 수 있다. 그런데 文言으로 中國詩를 體驗한 우리 나라 詩人들은 비록 中國詩의 傳統을 그대로 배우기는 했지만, 그러나 詩的 表現의 工具로서의 言語에 대해서는 疏遠하다. 그러므로 우리 나라의 詩는 音樂的이기 보다는 槪念的이다. 李耔가 梅月堂의 詩를 評하여[14)

其爲詩浩蕩 朝夕烟雲 驅風罵雨 怒嗔喜笑 皆成句語 不規規於聲律 而典章不紊 不刺刺於詞華 而大璞愈麗

라 하였는데, 이 말은 成句만으로는 詩가 되는 것이 아니지만 梅月堂의 詩에 있어서는, 아예 聲律이나 修飾과 같은 것은 힘들이지 아니하고서도 詩作이 可能할 정도로 그의 詩才가 뛰어나 있었다는 사실을 지적한 것이다. 물론 梅月堂의 경우, 意識的으로 그러한 것을 考慮하지 않은 嫌이 없지 않으나, 이 문제는 우리 나라 詩人들이 甘受해야만 했던 共通的인 負擔이기도 하다. 우리 나라에서 樂府詩나 詞曲에서 成功하지 못한 所以도 여기에 있다. 그러므로 韓國詩에 관한 限 이러한 문제는 일단 留保하고 넘어가는 것이 敍述의 번거로움을 덜어주는 결과가 될 수도 있다.

中國의 批評史에도, 詩에 대한 見解의 차이 때문에 여러 流派들이 있어 왔다. 道學派, 個性派, 技巧派, 直觀派 등으로 불리는 것들이 그것이다. 그러나 그들의 주장에도 각각 한계가 있었다. 劉若愚는 "偉大한 詩"를 다음과 같은 것으로 說明하고 있다.[15)

---

14) 「梅月堂集序文」.
15) 劉若愚, 李章佑 譯, 『中國詩學』, 129~130면.

　　위대한 詩는 우리들에게 새로운 세계를 經驗하게 하거나, 낡은 세계를 새로운 방법으로 경험하게 만든다. 그렇기 때문에 위대한 詩는 眞實의 表現일 뿐 아니라 그것의 擴通이기도 하다. 同時에 위대한 詩는 새로운 경험의 세계를 創造하기 위하여 새로운 表現, 感覺과 音律의 새로운 結合, 單語와 心象과, 象徵과 聯想의 새로운 模型 등과 아울러 言語 驅使에 아직껏 보지 못한 新鮮한 方法을 반드시 곁들여야 한다.

고 하였다. 이는 물론 그 發想이 西歐의 文學理論에서 비롯하고 있어 이를 東洋의 古典 文學理論의 體系에서 收容하기에는 문제가 있는 것이며 또 여기서 詳論할 성질의 것도 되지 못한다. 다만, 그 論旨로 보아 詩的 創造 活動이 그만큼 어렵다는 것을 의미하는 것임에는 틀림없는 듯하다. 이에 따른다면 梅月堂의 詩는 처음부터 말하기 어려워진다. 다만, 本稿에서 劉氏의 所論에 따라 梅月堂의 詩를 試驗해 볼 수 있다면, 그것은 梅月堂이 그의 詩作을 통하여 새로운 세계의 探索을 可能하게 하였는지 與否를 檢證해 보는 정도에서 그칠 수밖에 없을 것이다. 왜냐하면 "새로운 세계의 探索"이라고 하는 것을 東洋의 古典 詩論에서 본다면, 그것은 곧 詩에 있어서 "達意"의 문제를 論議하는 것과 같은 것으로 解釋될 수 있기 때문이다. 물론 梅月堂의 詩作中에 達意의 경지에까지 이르고 있는 작품이 많은 것 같지는 않다. 立意가 이루어진 듯한 詩作들에 있어서도 대개는 그 中途에서 屈折된 自己 모습을 作意없이 露出시킴으로써 모처럼 이룩한 立意가 達意의 直前에서 破綻하고 있는 것이 대부분이기 때문이다. 그러나 이러한 문제는 梅月堂의 詩世界를 探索하는데 重要한 課題로 浮刻될 수 있기에 일단 의미는 주어질 수 있을 것 같다.

　　그런데 梅月堂은 個性主義者들의 主張과 같이,[16] 詩를 한갓 自己 表現으

---

16) 同上書, 121면 參照.

로만 생각했던 것 같으며 특히 그에게 있어서는 詩를 쓰게 하는 衝擊이 곧 詩라고 생각되었던 것 같다. 詩 말고는 따로 할 것이 없었기 때문에 詩를 쓰게 되었다고 해도 좋을 것이다. 詩를 쓰는 行爲 그것이 중요했기 때문에 詩를 하게 되었고 그렇기 때문에 그는 그에게서 流出되는 모든 情緒가 詩로서 表現할 價値가 있는지 與否도 考慮해 본 것 같지 않다. 그는 世間의 風月雲雨·山林泉石·宮室·衣食·花果·鳥獸, 人事의 是非得失·富貴貧賤·死生疾病·喜怒哀樂, 심지어 性命理氣·陰陽幽顯에 이르기까지 有形 無形의 가리켜 말할 수 있는 것은 읊조리지 않은 것이 없다. 그래서 그에게 있어서의 詩槪念은 오히려 비좁아서 그의 詩가 다만 情緒와 個性의 表現에 局限되고 있다는 批評은 어쩔 수 없을 것 같다. 感情의 流露를 自然 發生的으로 表白하기만 하였을 뿐 그 緊張이 持續되지 않았기 때문에 自身이 對答할 餘地조차 남기지 않았다.

짤막한 抒情詩나 思惟詩에 뛰어난 반면, 敍事詩에 약한 것이 東洋에 있어서의 詩의 風土이고 보면, 詩로서 抒情을 노래한 梅月堂이 到達할 수 있는 創造的 世界는 어쩌면 처음부터 그 限界가 豫見되는 것이었는지도 모른다. 그가 製作한 『金鰲新話』도 이러한 詩世界의 擴散에 지나지 않는다고 할 수 있다. 詩로써 이야기거리를 그만큼 單純化했다고 하여도 좋을 것이다.

東洋思想의 根幹을 이루고 있는 儒敎·道敎의 모든 敎理들은 처음부터 紛爭이 바람직하지 못하거나 不必要한 것으로 만들었다. 이것들도 그의 文學世界를 規制하는데 無關하지 않았을 것이다. 梅月堂은 紛爭을 싫어했다. 그래서 흔히 抒情詩에서 企圖하는 思想的 葛藤 같은 것조차도 深化시키지 못했다. 그는 너무도 쉽게 破綻을 宣言하곤 했기 때문에 그의 緊張은 새로운 세계를 넓고 깊게 探索하는데까지 이르지 못했다. 許筠의 論評에 따르면,

　　金悅卿高節卓爾 不可尙己 其詩文 俱超邁 以其遊戲 不用意得之 故强弩之 末 每雜蔓 語張打油 可厭也[17]

라 하여 힘들이지 않고 詩를 하기 때문에 그 끝에 가서는 매양 난잡하고 俚
俗의 말이 많다고 하였다. 正鵠을 찌른 評이라 하겠다. 詩가 다른 經驗世界
를 探索하기 위해서는 그것이 한갓 自己表現에 그쳐서는 안되며 거기에 觀
照가 隨伴되어야 한다. 그리고 文學的인 技巧도 아울러 지녀야 함은 물론이
다. 許筠의 評은 바로 이런 點을 看破한 것이다. 그런데 梅月堂 자신이 그
의 詩作에서 提示한 感覺은

다만 그 묘한 곳만 볼 뿐
聲聯 같은 것 묻지를 말 것이다.

但看其妙處　　　　莫問有聲聯[18]

내가 원하는 것은 그 妙理를 얻는 것
그래서 힘들이지 아니하고 노래만 부르네.

我願得其妙　　　　不勞空哦吶[19]

와 같은 것에 端的으로 나타나고 있는바, 그가 詩에서 追求한 理想은 오히
려 奧妙한 入神에 있었던 것 같다. 聲韻과 같은 것은 치음서부터 그를 수고
롭게 할 수 있는 것이 아니었으므로 말하지 않는 편이 낫다. 그러나 여기에
있어서도 그의 理想과 現實은 서로 어긋나고 있다는 것이 오히려 어울리는
評이 될 것이다. 물론 그의 詩에 있어서 이러한 理想을 사실로 成功한 것이
없는 것은 아니나 그가 製作한 詩의 의미는, "詩를 하는 行爲" 그 이상의 것

---

17) 許筠, 『許筠全書』, 大東文化研究院 影印本, <惺叟詩話>.
18) 권4, <學詩>.
19) 권1, <戲甚走題>.

이 될 수 없는 것이 대부분이다. 그의 詩 한 首를 아래에 적어 보기로 한다.

처사란 본래 閑雅한 것
그래서 소시부터 大道를 좋아했지.
그러나 세상일은 어긋나기 시작
속세에서 발자취 끊고 말았지요.
어려서부터 이름난 산 속에 놀면서
어리석은 俗人과는 사귀지 않았지.
晩年에는 폭포가에 자리를 잡아
淸溪의 늙은이 되려 했었네.
세상 사람 어떻게 이 뜻을 알겠나
대개는 말하기를 신세 망쳤다 하겠지.
處士도 또한 샘내지 아니하고
바람 불고 꽃 필 때마다 뇌쇄되기 일수라네.
때가 오면 혹시 나올지도 모르지만
仙境으로 떠나가기 기약한 몸이라오

處士本閑雅　　　早歲好大道
志與時事乖　　　紅塵跡如掃
少小遊名山　　　毗俗不交好
晩居瀑布傍　　　欲作淸溪老
世人那得知　　　尋常稱潦倒
處士亦不猜　　　每被風化惱
隱顯或無時　　　期往蓬萊島[20]

____

20) 권1, <自貽>.

모처럼 閑意를 일으켰다가는 일그러진 自己 모습을 지나치게 露出시킴으로써 長篇을 驅使할 기운은 이미 盡하고 끝내 自己 속으로 沈潛하고 말았다. 그리고 그의 詩作中에는 어렵게 살아가는 農民들의 生活相을 詩化한 社會 批評的인 詩作도 여러 篇이 있다. <嗚呼歌>, <咏山家苦>, <記農夫語>, <山畬> 등이 그러한 것에 속한다. 그러나 이들은 모두 長篇이어서 統一的인 構成이나 緊張의 維持가 어렵게 되어 있을 뿐만 아니라, 現實 感覺의 過多한 露出로 主題가 앞선 작품이 되고 있다. 妙奧를 追求하던 그의 理想과도 물론 먼 거리에 있다. 完全한 景만 描寫하고 情이 없는 詩는 妙한 韻文은 될지언정 좋은 詩라고는 할 수 없다. 이 詩에서도 그는 자신의 낡은 經驗世界를 사실로 敍述하고 있을 뿐, 새로운 內面世界를 寫出하는데까지 이르지 못하고 있다.

詩 말고는 따로 할 것이 없어 詩를 하게 된 그의 詩的 動機를 理解함이 없이 그의 詩에 接近하기란 사실상 어려운 일이 될 것이다.

2) 自己 實現

實踐的인 儒敎理念으로 武裝된 梅月堂의 體質에서 보면, 그는 모름지기 經術로써 明君을 輔佐해야만 했고 文章으로 經國의 大業에 이바지하여야만 했다. 그러나 정작 그가 몸을 맡긴 곳은 自然이요 禪門이었으며 그가 익힌 文章은 詩를 일삼는데 지나지 않았다. 禪門은 異端이요 詩作은 한갓 餘技로만 置簿하던 당시 社會의 風土에서 보면, 그가 行한 禪門에의 投跡이나 詩作에의 沈潛과 같은 것은 이미 당시 社會의 典範과는 먼 거리에 있는 것이다. 그러므로 그의 行跡이 怪奇하다든가 그의 詩作이 戲畵的이라는 譏評은 오히려 당연한 것인지도 모른다. 그가 읊조린 아래의 詩句는

儒術 배운 것 스스로 부끄러워함은

文章이 이 몸을 하도 그르쳤음이라.

自愧學儒術　　　　　文章多誤身[21]

이러한 상황에까지 이르게 된 자신의 處地를 잘 解明하고 있는 것이다. 儒家의 合理主義로 이러한 梅月堂의 處地를 가장 잘 辨明해 주고 있는 것은 다음과 같은 것이다.

　人見其形骸 遽指爲輕躁 狎侮肆罵 不以爲忌 噫 此其人之所以爲樂 而人方落其制內 迺更校其得失 豈不爲大可笑哉[22]

사람들은 그 모양만 보고는 경망하고 조급하다고 지목하고서 업신여기고 조롱하며 함부로 욕하지마는, 그러나 오히려 梅月堂은 이렇게 하는 것으로써 樂으로 삼았던 것인데 사람들은 이러한 梅月堂의 僞裝(계획)도 모르고서 도리어 그 잘잘못을 따지고 있으니 이 얼마나 우스운 일이냐는 것이다.

　이로써 보면, 梅月堂에게 있어서의 詩의 의미는, 詩를 하는 行爲 그 자체가 중요한 것이며, 좋은 詩를 쓰는 것과 같은 것은 딴 문제에 속하는 것이다. "詩가 없으면 말할 수 없기 때문에(無詩語未能)"[23] 그는 그에 관한 모든 것도 아울러 詩로써 말할 수밖에 없었다. 그래서 그는 그의 精神的 價値(spiritual value)를 詩로써 實現할 수 있었던 보기 드문 詩人이 된 것이다. 그의 生平이나 學問, 處世, 思想은 물론이요 詩作 自體에 대해도 詩로써 말한 것이 그의 詩世界다. 이와 같이 詩를 통하여 自己 實現을 이룩한 그는

---

21) 권1, <述古 十首> 제1수.
22) 李耔, <梅月堂集序>.
23) 권14, <夜吟>.

그의 답답한 一生의 歷程부터 詩로써 말하고 있다.

　　여덟 달만에 남의 말을 알아들었고
　　세 돌이 되면서 글을 읽을 수 있었네.
　　비와 꽃을 읊어서 句를 얻었고
　　소리와 눈물을 손으로 만져 알았네.
　　높은 정승이 집안에 드나들었고
　　여러 宗派에서 古典 書冊 선사하였네.
　　이 다음 벼슬길에 나아갈 때엔
　　經學으로 밝은 임금 도우려 했네.

　　八朔解他語　　　三朞能綴文
　　雨花吟得句　　　聲淚手摩分
　　上相臨庭宇　　　諸宗眂典墳
　　期余就仕日　　　經術佐明君[24]

　　이 詩는 梅月堂이 自述한 <上柳襄陽陳情書>의 內容과 一致하고 있다. 生後 8月에 글을 알았던 일이나, 3歲에 이미 글을 지을 줄 알았다는 것은 널리 알려져 온 사실이거니와 "雨花吟得句"는 "春雨新幕氣運開"와 "老木開花心不老"에 얽힌 作詩譚을 指稱한 것이다. 前者는 그가 세살 되던 해에 外祖가 첫 字를 "春"字로 하여 作句를 해 보라고 하였을 때 처음으로 지어 보인 것이며, 後者는 政丞 許稠가 집으로 찾아와 "老"字를 넣어서 글을 지어 보라고 하였을 때 作句한 것이다. 그는 또 같은 詩에서

---

24) 권14, <敍悶六首> 제3수.

어린 아이 宮闕에 달려갔더니

세종께서 특별히 비단을 내리셨네.

知申事가 불러서 무릎에 올려놓고

內侍는 글써라 졸라대었다.

입을 모아 모두들 똑똑하다 이르고

뛰어난 文才 났다고 서로 보려 야단이라.

어찌 알았으랴 집안이 기울어

野人으로 쑥밭에서 늙을 줄이야.

少小趨金殿　　英陵賜錦袍

知申呼上膝　　中使勸揮毫

競道眞英物　　爭瞻出鳳毛

焉知家事替　　零落老蓬蒿[25]

이 詩 역시 <上柳襄陽陳情書>에서 自述한 內容과도 一致하는 것이다.[26]
그 대강은 다음과 같다.

神童이 났다는 소문을 듣고 세종이 承政院에 불러 놓고 知申事(都承旨) 朴
以昌에게 시켜 그 事實 與否를 시험해 보게 하였는 바, 知申事가 무릎에 안고
이름을 부르면서 '너 글 지을 줄 아느냐' 하였더니 문득 "來時襁褓金時習"이라
대답하였고 또 벽에 걸린 山水圖를 가리키며 물었더니 "水亭舟宅何人在"라고
대답하였다. 이 사실을 아뢰었더니 世宗은, 직접 만나 보고 싶지만 世人의 耳目

____

25) 권14, <欸悶六首> 제2수.
26) "英廟聞而召于代言司　知申事朴以昌傳旨問虛實能否　知申事抱于膝上呼名曰　汝能作
　　句乎　僕便應曰　來時襁褓金時習　又指壁畵山水圖曰　汝又可作　僕卽應曰　小亭舟宅何人
　　在　如此　作文作詩不少　卽入啓傳旨曰　欲親引見　恐駭人聽　宜還　授家親韜晦敎養　至勤
　　待年長學業成就　將大用　賜物還家."

이 두려우니 집에 돌아가 家親의 가르침을 받아 부지런히 힘쓰면 後日 學業이 成就되는 때를 기다려 크게 쓰겠다고 하시고는 下賜品까지 주셨다.

다섯 살의 어린 나이로 세상을 떠들썩하게 한 神童 金時習이 後日 家勢가 기울어 한갓 野人으로 시들게 된 自身의 어처구니없는 一生을 回顧한 노래다. 그는 또 같은 詩에서

13세에 어머니 잃어
외할머니 데려가서 길러주셨네.
얼마 안가 외할머니 돌아가시고
生業은 一時에 비참하게 되었지요.
높은 벼슬 같은 것 마음에 없고
山林間에 노니는 것 좋아졌다오.
오로지 생각은 세상 일 잊는 것
내 멋대로 산 속에 숨어살겠소

失母十三歲   提携鞠外婆
未幾歸窀穸   生業轉懍懼
簪笏縈情少   雲林着意多
唯事忘世事   恣意臥山阿[27]

라 하였는데 여기서 보여준 人間 境涯는 <上柳襄陽陳情書>의 다음 記錄과 合致되고있다.[28]

---

27) 권14, <敍悶六首> 제4수.
28) "至十五歲 慈母見背 鞠於外公婆 公婆以獨外甥 愛而育猶子焉 及丁母憂 牽于農莊 不還京都 守墳三年 未及終制 而公婆又揖世矣 …… (以下略)."

13세에 어머니를 여의고 外祖母에게가 자랐는데, 外祖母는 외로운 外甥을 아들처럼 사랑하였습니다. 母親喪을 다했을 때는 農莊으로 데려가 서울엔 보내지 않았습니다. 守墳三年을 미처 마치기도 전에 外祖母도 또 세상을 떠났습니다. 홀아비가 된 아버지는 身恙으로 家事를 돌볼 수 없어 繼母를 맞이했습니다. …… 이미 마음과 일이 서로 어긋나 뒤틀어져 갈 즈음, 世宗과 文宗이 잇달아 昇遐하시고 세조께서 즉위한 초년에는 옛 친구와 巨木이 모두 他界하였으며 異敎인 佛敎가 크게 일어나고 斯文은 萎縮되었습니다. 뜻을 둘 곳이 없어 마침내 緇流들과 어울려 山水로 노닐었습니다.

15(13)세에 어머니를 여의고 外家에 데려가져야만 했던 그는 거기서도 安住할 터전을 잃게 되자[29] 原初의 時習의 모습은 이때부터 일그러지기 시작했으며 세상을 보는 그의 炯眼은 점차 健康을 잃어 가고 있었다. 특히 丙子之難(端宗遜位事件)으로 옛 親舊와 巨木들이 일시에 쓰러지게 되자 그는 世俗에서 몸을 거두어 緇流들과 짝하여 山水로 노닐게 된 것이다. 이 사실에 대해서는 그가 26歲 때 回顧한 〈宕遊關西錄後志〉의

一日忽遇感慨之事 以謂男兒生斯世 道可行 則潔身亂倫恥也 如不可行 獨善其身可也 欲泛泛於物外 …… 一夕忽悟 若染緇 爲山人 則可以塞願 遂向松都 ……

와 栗谷의 本傳에 있는

景泰年間 英陵顯陵 相繼而薨 魯山以三年遜位 於是時習 年方二十一 讀書

---

29) 13세에 어머니를 잃었다는 사실은 〈上柳襄陽陳情書〉에는 15세로 되어 있어 서로 맞지 않다. 그리고 外公婆를 外叔母로 보는 견해도 있으나 (李在秀氏의 『韓國小說研究』 등) 外公婆는 外祖父母를 가리키는 것이다.

于三角山中 人有自京城來者 時習閉戶不出者三日 乃大哭 盡焚其書 發狂 陷
于溷厠而逃之 托跡緇門 ……

과도 相合하는 것이다. 그러나 그는 비록 禪門에 依託하기는 하였지만 佛子
의 자격으로 出世하는 것이 싫어서 世祖가 여러 차례 불렀지만 나가지 않았
다고 했다.[30] 이것은 31세 되던 해 金鰲山에 山室을 卜築하고 여기서 終世
하려 할 즈음 圓覺寺 落成會에 參席하라는 世祖의 부름을 받고 上京했다가,
世祖로부터 圓覺寺에 남아 있으라는 命을 받았으나 不服하고 金鰲山으로
되돌아 간 事實과도 一脈 相通하는 것이다. 緇流들과 어울려 山水에 몸을
맡기고서도, 그러나 佛會의 자격으로 세상에 나오는 것을 싫어한 것이다. 다
시 말하면, 그 生涯의 대부분을 山寺에서 보내었지마는 불교는 좋아하지 않
았다는 것이 된다. 특히 그는 앞에서 보인 그의 述懷에서, 異敎가 크게 興起
하는 대신 斯文이 위축됨에 따라 그의 뜻이 荒凉해져서 緇流들과 짝하여 山
水에서 노닐었다고 하였다. 그런데 여기서 우리가 看過할 수 없는 사실은 스
스로 불교를 異敎라고 단정하면서도 異敎가 興起하고 斯文이 위축된 乖亂
속에서 어떻게 禪門에 投跡할 수 있었느냐는 것이다. 다시 말하면, 그 生涯
의 대부분을 山寺에서 보내고서도 佛敎를 좋아하지 않았다는 倫理的 乖離
를 어떻게 說明할 수 있느냐가 문제다.

> 냇가에서 악기 타며 즐겨 하는데
> 고사리는 북산에서 살져 가더라.
> 무슨 일로 긴 옷 입은 저 늙은이는
> 한 세상에 빈말을 그리 많이 하였나.
> 斯文이 쓸쓸해진 지 이미 오래고

---

30) "人以我爲喜釋 然不欲以異道顯世 故光廟傳旨 屢召而皆不就 處身益以疎曠."

텅 빈 것 안 지가 몇 해이던가.
누가 천년 뒤 오늘에 있어
聖學의 연원을 이을 수 있을까.

我在考槃澗	蕨薇肥北山
何事長裾翁	一世多空言
斯文已寂廖	曠矣知幾年
誰人千載下	似續洙泗傳[31]

이와 같이 斯文이 荒凉해지는 것을 안타까워하면서도 그는 이미 유유히 禪門의 境界에서 自適하고 있는 것이다. 다음 詩가 바로 그 모습이다.

반평생을 江海에서 사니 벗들도 많네만
오늘 서로 만나니 道 맛이 참같구나.
지팡이 짚고 홀로 가는데 물 속에 그림자 지고
평상을 펼쳐 놓고 나무 밑에 몸을 쉬네.
사천권의 佛經·眞言 가슴속에 남아 있어
百二의 산과 내는 한 티끌로 변했네.
氣味가 쓸쓸하나 얘기할 벗이 없고
차 끓이는 냄비 물만 가늘게 소리내네.

半生江海友如雲	今日相逢道味眞
飛錫獨行潭底影	敷床數息樹邊身
四千經偈留胸臆	百二山河轉一塵

---

31) 권8, <和淵明飮酒詩二十首> 제2수.

氣味蕭然無與話　　煮茶鐺水細粼粼[32]

　스스로 山林處士를 自處한 그가 迹佛을 敢行하여 禪의 세계에 心醉한 것은 일단 그의 處世에 있어 二律背反的인 自己 矛盾이 아닐 수 없다. 退溪가 "索隱行怪"로 貶한 것이라든지 李耔의 "行儒而迹佛"이나 栗谷이 "心儒跡佛"이라고 한 것은 모두 이런데서 緣由하는 것이라 하겠다. 아무튼 이에 대한 解明이 없이 梅月堂의 爲人을 理解한다는 것은 어려운 일임에 틀림없다. 이에 대한 自身의 辨明을 들어보면 다음과 같다.[33]

　나는 본디 佛老와 같은 異端을 좋아하지 않았지만 緇流들과 짝하게 된 것은, 緇流란 원래 物外人이요 山水도 物外境이라 이 몸이 物外에 놀고 싶어서 緇流들과 더불어 山水間을 노닐었습니다.

　僕素不好佛老異端　與髡者伴　髡本物外人也　山水亦物外境也　欲身遊物外　與髡者伴　而遊於山水也

하였다. 그러나 士君子가 세상에 處함에 있어서는, 뜻을 얻으면 나아가 벼슬을 하고 時宜를 얻지 못하면 鄕里로 물러가 隱忍自重 때를 기다려야 하는 법이다. 이에서 보면 그는 士君子가 갖추어야 할 基本姿勢를 스스로 저버리고 있는 것이다. 그는 스스로 <古今君子隱顯論>에서 聖賢의 進退는 義의 當否와 時의 可不可 如何에 달렸다고 說破하고 그 例로서 伊尹과 傅說 그리고 姜太公을 들고 있다. 이들은 모두 때를 기다려 顯達한 이들이다. 隱遁해 있을 때에도 潔身亂倫에 이르지 않았으며 顯達하였을 때에도 市名沽利를 하지 않았다. 그러나 梅月堂은 窮八十 姜太公이 達八十 살다 간 그러한

---

32) 권3, <贈峻上人> 二十首.

33) 上柳自漢書.

경지에까지 이르지도 못했다. 現實의 壁을 破壞하기에는 너무 英敏하였다. 그는 쉽사리 敗北를 宣言하고 山水에다 몸을 맡겼던 것이다. 여기에서 우리는 禪門에 몸을 던지고 山水로 放浪하게 된 그의 軌跡을 그 出處에서부터 追跡해 볼 필요를 느낀다.

朝鮮初期 身分秩序의 再編成 過程에 있어 地方 土豪들의 進出이 두드러지게 나타난다. 그러나 梅月堂의 家系는 여기에서도 除外된 것이 틀림없다. 아버지 日省이 蔭仕로 武職이라도 받은 것을 보면, 上代에서부터 閑微하기만 한 것은 아니었던 것 같으나(世系圖의 內容이 自述한 <上柳襄陽陳情書>의 그것과 一致하지 않고 있어 이에 대해서는 確言하기 어렵다) 이 무렵부터 家勢가 고단해지기 시작한 것은 事實인 것 같다. 서울의 泮宮 옆에서 태어난 그는 그가 돌아갈 鄕里가 없었다. 이는 그의 進退 문제와의 관계에 있어서도 중요한 사실로 浮刻되어야 할 것 같다. 그가 내뱉고 간 그 많은 詩作 속에서 歸鄕의 노래를 흔하게 들을 수 없는 안타까움도 여기에서 確認할 수 있다.

破綻한 自己 모습을 克服할 모든 것을 抛棄한 그가 일단 그의 生活方便으로 선택한 것이 緇門이었으며 이것이 곧 그의 人間境涯의 向方을 결정하는데 결정적인 구실을 하게 된 것이라 보아진다. 그러나 이러한 緇門에의 投迹은 결과적으로 그로 하여금 禪門에 耽惑케 하였으며 이에 따라 儒家의 現實主義·合理主義로 佛敎를 理解하고 解釋하려는 自己 合理化의 변명을 企圖하기에 이르렀던 것이다. 모든 意識의 消滅과 還生을 통한 報復을 要諦로 하는 佛家의 세계를 儒敎의 現實主義·合理主義로 해석함으로써 現實과의 安協을 企圖한 여기에서 마침내 그 思想體系의 乖離를 볼 수 있다.[34] 地上의 障壁 앞에 쉽게 敗北를 宣言하고, 屈折된 自己 모습을 스스로

---

34) 林熒澤敎授는 「現實主義的 世界觀과 ‘金鰲新話’」(『國文學硏究』 第13輯, 20면)에서 이러한 그의 思想의 乖離를 타락한 불교의 改革論으로 보았고 이것은 그의 民本 愛民 思想과 一致하는 것이라 하였다.

克服하지 못하는 破綻한 金時習에게 있어서는, 一切의 葛藤과 紛爭을 싫어하는 釋老의 세계야말로 그만이 惠澤 받을 수 있는 歸依處가 될 수도 있었을는지 모른다.

끝내 自己 合理化를 일삼은 그의 僞裝은 그러나 다음 詩句에서도 餘地없이 綻露되고 만다.

> 백년 동안 글 하느라 긴 길을 쏘다녔지만
> 그저 얻은 閑名만이 五湖에 가득하다.
> 필경은 이 몸도 한바탕 꿈일 것이니
> 한평생 일 없기는 나 같은 이 없으리라.

> 百年書劍走長途　　剩得閑名滿五湖
> 畢竟此身俱是夢　　一生無事莫如吾[35]

그의 宿命論的 人生觀을 노래한 것이 이것이다. 여기에서, 儒敎의 現實主義도 佛敎에 대한 現實主義的 解釋도 모두 破綻에 이르고 있으며 오직 의식의 壞滅만이 있을 뿐이다. 이러한 그의 思想的 乖離는 論說과 詩의 세계가 또한 그러하다. 自然發生的으로 情緖의 表出을 極大化한 詩의 세계와, 意識的으로 自己 合理化를 企圖한 論說文의 세계가 서로 어긋나고 있는 것은 오히려 당연할지 모른다.

그의 好佛에 대해서도 文集이나 詩集의 到處에서 流露되고 있어 일일이 摘記할 수 없으나 李耔는 이에 대하여 다음과 같이 말하고 있다.[36]

於釋典亦洞徹無礙 發輝精微 一日過東都 劃然大悟 曰禪理頗深 思量五載

---

35) 권1, <縱筆四首> 제2수.
36) 序文.

乃得透開 如吾道

이에 대해서는 栗谷도 梅月堂의 本傳에서 다음과 같이 말한 것이 있다.

至如禪道二家 亦見大意 深究病源 而喜作禪語 發闡玄微 穎脫無滯碍 雖老
釋名髡於其學者 莫敢抗其鋒

이라 하여 奧妙한 禪의 세계를 發闡함으로써 穎脫拔群하여 막히는 데가 없
었던 그 禪의 경지를 認定하고 있다. 直指人心하는 禪의 世界를 肯定的으
로 받아들인 그의 말을 들어보면 浮屠는 治世에는 不可하지만 去慾에는 可
하다고 했다.[37] 그러나 治世에 不當한 浮屠를 現實的으로 肯定한다는 것은
浮屠를 現實主義的으로 解釋하려는 苟且한 自己 辨明 그 이상의 것이 되지
못한다. 스스로 因果論的 輪回說이나 懺悔說을 拒否하면서도 山門의 깊은
곳에 앉아 佛經을 閱讀하던 自身의 모습은 결코 감출 수 없었던 모양이다.

> 한 줌 香은 다 타가고 가을밤은 깊었는데
> 귀뚜라미와 달빛이 禪의 마음 흔드네.
> 백년의 인생살이 헤아릴 수 없고
> 三世의 망령된 인연 찾을 곳이 없어라.
> 뜰 안에 나무는 바람 이슬 근심하고
> 산새는 골 안에 구름 든다 지저귀네.
> 창포 방석 종이 장막은 물보다도 더 맑은데
> 한가히 佛經 들고 古今을 훑어보네.

---

37) 권23, 「雜說」 參照.

一炷香殘秋夜深　　蛩聲月色攪禪心
百年人事不可計　　三世妄緣無處尋
庭樹正愁風露勁　　山禽似話洞雲侵
蒲團紙帳淸於水　　閑展禪經閱古今[38]

禪門의 眞情을 사실로 傳해 주는 것 같다. 자신의 辨明을 더욱 困惑케 하는 現場이기도 하다. 그러나, 그는 虛構的인 傳奇의 世界에서는 또 다른 次元에서 변명을 계속하고 있다. <南炎浮州志>에 보면 다음과 같은 것이 있다.

周公과 孔子의 가르침은 正道로써 邪道를 물리치는 일이었고 釋迦의 법은 사도로써 설문하여 사도를 물리치는 일이었습니다. 주공과 공자는 正道로써 邪道를 물리쳤기 때문에 그 말씀이 올발랐고, 석가는 邪道로써 邪道를 물리쳤기 때문에 그 말씀이 허황했습니다. 주공과 공자의 말씀은 올발랐으므로 군자가 따르기 쉬웠으며, 석가의 말씀은 허황했으므로 小人이 믿기가 쉬웠던 것입니다. 그러나 그 지극한 경지에 이르러서는 모두 군자와 소인에게 마침내 바른 도리에 돌아가게 하는 것이요, 결코 세상을 疑惑시키고 백성을 속여서 邪道로써 그릇되게 하는 것은 아닙니다.

周孔之敎　以正去邪　瞿雲之法　設邪去邪　以正去邪　故其言正直　以邪去邪　故其言荒誕　正直故君子易從　荒誕故小人易信　其極致則皆使君子小人　終歸於正理　未嘗惑世誣民　以異道誤之也

라 하여 그는 浮屠를 現實的으로 肯定·受容하기 위하여 "以邪去邪" 즉 "사도로써 사도를 물리치는 것"을, 儒家의 正道로서 邪道를 물리치는 것과

---

38) 권3, <夜坐看經>.

같은 次元에 歸着시키고 있다. 그런데 여기서 우리가 注目해야 할 것은 그의 작가적 力量이다. 그는 이 作品을 통하여 당시의 社會的 事實로서의 佛敎와 作家가 創造한 佛敎를 함께 提示하고 있는 것이다. 만약, 作品 속에 提示된 事實이 社會的 慣習으로서의 典型的 事實과 전혀 共通因數가 발견되지 않는다면, 이는 한갓 戱畫에 지나지 않는 것이 될 것이며, 반면에, 作品에서 提示된 事實이 社會的 事實의 單純 敍述에 지나지 않는 것이라면 이는 社會的 事實의 實錄에서 그치고 말 것이다. 그러나 그가 이 作品에서 提示한 佛敎는 당시 사회의 典型으로서의 事實이기도 하거니와, 한편으로는, 事實과 虛構의 距離 때문에 屈折 變異된 創造的 事實이기도 하다. 佛敎를 邪道로 規定한 것은, 事實과 虛構 사이에서 發見되는 共通的인 現象이며, 窮極的으로 佛敎의 敎示的 機能을 認定한 것은 作品에서 形象化된 屈折된 事實이다. 이에서 볼 때 이 作品이 비록 神奇로 가득찬 傳奇의 틀을 빌리고 있기는 하지만, 그 作家 意識에 대해서는 높이 評價해야 할 것이다. 이러한 그의 作家 意識은 詩의 世界에서도 事實로 드러난다.

> 붙들어 잡아도 可望 없는 일
> 聖學이 이렇게 황당할 줄이야.
> ‘이슬’ ‘달’ 즐겨 쓰는 詩句도 淺薄하고
> 찌꺼기 같은 註釋도 길기만 하네.
> 나도 능히 科擧에 合格할 수 있으리니
> 賢良으로 薦擧할 필요도 없소
> 漆雕開의 품은 뜻 그 누가 알아주리
> 구멍은 둥근데 자루만 공연히 모져 있구나.

> 扶持無復望　　　聖學太荒唐
> 月露詞章淺　　　秕穅訓註長

惟能捷科第　　　　不必擧賢良
誰識漆雕意　　　　鑿圓空柄方[39]

　天荒을 깨치는 듯한 逆說이다. 儒家의 本然의 姿勢를 스스로 抛棄하는 究境에까지 치달으면서도 그러나 失意와 破綻과 期待와 未練 그 어느 하나도 버리지 못하는 作家의 苦惱에 찬 모습을 읽을 수 있다.

　"期余就在日　經術佐明君"[40] 하겠다던 어린 시절의 꿈을 되찾아, 39세 때 오랜 放良을 淸算하고 다시 還俗하여 安息處를 求하기도 하였다. 그러나 끝내 그에게는 때가 오지 않았다.

조상 제사 못 받드는 것 언제나 恨스러워
본래 기약한 뜻 저버릴까 걱정했죠
세상 맑아지기 오랫동안 기다렸으나
임금님의 부르심이 오지 않았소
몸과 세상 어그러짐이 이렇게 심한데
세월은 덧없이 흘러만 갔소이다.
하늘이 만약 나를 불쌍히 여긴다면
반드시 否塞한 運命 기울 때가 있으리라.

可恨顚宗祀　　　　關心負素期
河淸俟望久　　　　鶴詔下來遲
身世乖違甚　　　　年光荏苒移
天公如憫我　　　　必有否傾時[41]

____

39) 권1, <述古十首> 제5수.
40) 前出 권14 「敍悶」 제3수.
41) 同上 제6수.

  마지막으로 걸어 본 그의 期待이다. 이는 <上柳襄陽陳情書>의 다음 記錄을 연상케 한다.

  今聖上登極 用賢從諫 輩欲筮仕 …… 將仕祭先 屢見身世相違 如圓鑿方柄 舊知已盡 新知未慣 孰知余之素志 故復放浪形骸於山水間矣

  還俗하자 어려운 生計를 이어가기 위하여 땅을 빌어 농사를 지으면서 安住하려 했던 것이다. 그러나 여기서도 그는 自安을 얻지 못한 것 같다. 結婚도 다시 하고 벼슬도 해 볼 작정이었던 모양이나 때는 끝내 그를 찾아주지 않았으며 얼마 되지 않아 그의 아내마저 죽고 말았다.[42] 모든 것이 끝난 이때 (49歲), 그는 六經子史를 싣고 關東으로 遊覽의 길에 올라 농사나 짓고 살면서 다시는 돌아오지 않기로 작정하였다. 還俗에서 失敗한 晩年의 失意는 倨傲하던 壯歲의 그것과는 對照的이었다.

  일마다 뜻대로 되지 않으니
  수심 속에 취했다가 다시 깨누나.
  새가 날아가듯 이 몸은 덧없고
  그 많던 계획은 마름풀 같네.
  經史를 배속에 너무 채우지 마라
  才名은 공연히 자기 몸 괴롭힌다.
  베개를 높이 베고 잘 생각이나 하라
  꿈에나 순임금 만나 말을 나눠 보리라.

  事事不如意   愁邊醉復醒

---

42) 李珥, 「金時習傳」.

一身如過鳥　　　　百計似浮萍
經史莫鏖腹　　　　才名空苦形
唯思高枕睡　　　　賡載夢處庭[43]

　세상과 인간 그 모두를 우습게 보던 壯心의 세계는 찾아볼 수 없고 人間 金時習의 自嘆만이 있을 뿐이다. 이에 이르러서는, 時事的인 것뿐만 아니라 家庭的인 悲劇에도 크게 傷心하였던 것 같다. 그가 세상에 내려가 살 수 없는 다섯 가지 이유를 自述한 이른바 五不可論[44] 가운데서도 그 세 가지가 妻에 관한 것이며 나머지 두 가지가 糊口策에 관한 것이다.

> 오십이 되고서도 자식 없으니
> 남은 생애가 가련하기만 하구나.
> 어떻게 泰運 否運을 점칠 수 있겠는가
> 사람도 하늘도 원망하지 않겠소
> 고운 해가 창호지에 밝게 비치니
> 깨끗한 티끌이 자리에 날리네.
> 남은 해에 바랄 것 별로 없으니
> 먹고사는 것일랑 편할 대로 맡기려네.

五十已無子　　　　餘生眞可憐
何須占泰否　　　　不必怨人天
麗日烘窓紙　　　　淸塵萍坐氈
殘年無可願　　　　飮啄任君便[45]

---

43) 권13, <感懷> 제2수.
44) 권21 「上柳襄陽陳情書」.
45) 권13, <自嘆>.

이에 이르러 모든 것은 끝나고 있었다. 젊은 시절에 헛되이 功名에 뜻을 두었다가 진흙 속에 기어다니는 거북이 꼴이 된 자기 처지를 후회하던("早歲 功名浪自期 此身端合曳沙龜")[46] 그러한 狀況도 아니었다. 功名과 學問 같은 것은 이미 떠난 지 오래였으며 老衰한 一身이 虛脫을 더할 뿐이었다.

經書 이제 내던진 지
벌써 몇 년 지났구나.
게다가 다시 바람의 간사한 것 핍박하다가
그 때문에 이(齒)와 머리털이 듬성해졌네.
한 劃이 거듭하여 둘로 보이고
'兼'字가 化해서 '魚'字로 보이네.
눈 속에 하늘을 멀리 바라보니
나는 모기가 大空에 가득 찼네.

經書今棄擲　　　已是數年餘
況復風邪逼　　　因成齒髮疎
奇爻重作二　　　兼裏看天際
雪裏看天際　　　飛蚊滿大虛[47]

人間的인 그 모든 것이 破綻에 直面한 悲劇의 章 바로 그것이다.

後世에 와서 金時習은 이 덕분으로 마치 節義의 化身처럼 崇仰되었고 到處에 그를 모시는 祠堂이 세워졌다. 그러나 이는 在野에서 處士的 方式으로 살아가는 사람들에게 矜持와 名分을 주기 위하여 企圖된 政治的 作意의 一端에 지나지 않는다. 士類들이 官界에의 進出 意欲을 自制케 하기 위한 最

____

46) 前出, 권1,「漫成」제2수.
47) 권14, <目羞>.

小限度의 保障策으로 마련한 것이다. 制限된 政治舞臺에서 支配層의 地位
確保를 永續化하기 위해서는 不得已한 對應策이었을지도 모른다. 그러므로
이들의 붓끝으로 그려진 金時習의 面貌도 事實과 다른 方向으로 做作되기
일쑤여서 현재까지 傳하고 있는 그의 史傳的인 記錄도 信憑性이 稀薄하다.
그의 自敍行狀이나 다름없는 <上柳襄陽陳情書>가 그리하고 栗谷이 지은
本傳도 그의 死去後 90年만에 이룩된 것이라는 사실에 留意할 必要가 있다.

　그러므로 本稿에서는, 自己 實現을 일삼아 온 그의 詩世界를 통하여, 그
의 人間境涯와 作家的 意識世界도 함께 檢證하는 번거로움을 곁들이게 되
었다.

3) 詩小說의 實現

　現實 속에서 꿈틀거리고 있는 自身의 모든 것을 詩로써 實現한 그는, 現
實에서 이룩하지 못한 理想과 꿈과 浪漫도 詩와 노래로써 實現하였다. 그것
이 『金鰲新話』다. (<南炎浮州志>만 詩가 보이지 않음)

　金時習이 만약 『金鰲新話』를 製作하지 않았다면, 아마 그는 영영 野說이나
傳記 등에서 奇人이나 乞僧의 모습으로 남았을지 모른다. 그러나 그는 <萬福
寺樗蒲記>, <李生窺墻傳>, <醉遊浮碧亭記>, <南炎浮州志>, <龍宮赴宴
錄> 등 다섯 篇으로 된 傳奇集 『金鰲新話』를 製作함으로써 우리 나라 小
說史에 新紀元을 樹立하였다. 이 책은 그 뒤 우리 나라에서는 잘 볼 수 없
게 되었다가 崔南善이 日本에서 逆輸入하여 1927년 『啓明』19호에 全文을
收錄 解題함으로써 쉽게 얻어 볼 수 있게 되었고 그간에 얽힌 事情도 알게
되었다. 崔南善은 그 解題에서

　　綺語艷聞의 此書를 撰함이 실로 偶然함 아님을 짐작할지니라. 그러나 現存

하는 것만으로는 金鰲新話란 결코 卓越한 大作이랄 것 아니며 先儒의 說과 가
치 明初 瞿佑의 剪燈新話를 倣한 一傳奇니, 그 體制와 措辭上에서 뿐 아니라,
立題命意와 取材設人에까지 剪燈新話를 藍本으로 하얏다 할 것이며, 더욱
……

이라고 하여 『金鰲新話』를 「綺語艶聞」인 戱作으로 보았다. 作者인 金時習
은 그의 <題金鰲新話>[48]와 <題剪燈新話後>[49]에서 그의 所懷를 다음과 같
이 읊었다.
　먼저 <題金鰲新話>를 보면

陋屋에 방석자리 오히려 따뜻하고
창가에 비친 梅影 달이 밝았구나.
등불을 돋우고 단정하게 앉아서
세상에서 못 보던 책 한가로이 읽는다.

矮屋靑氈暖有餘　　滿窓梅影月明初
挑燈永夜焚香坐　　閑著人間不見書

玉堂에서 글 할 마음 없어진 지 오래고
松窓에 앉았더니 밤은 정히 깊었구나.
구리 병에 香 꽂으니 책상은 깨끗한데
風流스런 奇話를 자세히 더듬어본다.

玉堂揮翰已無心　　端坐松窓夜正深

---

48) 권6.
49) 권4.

香揷銅瓶烏几淨　　風流奇話細搜尋

　　　　　　　　　　　　　　　　　－＜題金鰲新話＞

　여기서 우리는 『金鰲新話』의 創作意圖와 그 雰圍氣를 짐작할 수 있다. 다시 말하면, 세상일에 뜻을 잃은 作者가 世俗의 人間들이 보기 어려운 기이한 이야기를 아름다운 詩的 雰圍氣로 엮어 낸 것임을 알 수 있다. 이에 대해서는 『金鰲新話』에 직접적으로 영향을 미친 것으로 보아지는 剪燈新話의 讀後感詩인 ＜題剪燈新話後＞에서도 明瞭하게 읽을 수 있다.

　　山陽의 君子가 베틀과 북을 놀려
　　제 손으로 등불 돋워 기이한 말 써 보네.
　　文이 있고 騷가 있고 記事도 있어
　　遊戲와 익살이 차례와 순서 있네.
　　아름답기 꽃 같고 변화롭기 구름같아
　　풍류로운 이야기거리 한번에 그만이라.
　　처음엔 허황하나 뒷맛이 감칠래라
　　아름다운 경지는 사탕 맛 같네.

　　山陽君子弄機杼　　手剪燈火錄奇語
　　有文有騷有記事　　遊戲滑稽有倫序
　　義如春葩變如雲　　風流話柄在一擧
　　初若無憑後有味　　佳境恰似甘蔗茹

　　　　　　　　　　　　　　　　　－＜題剪燈新話後＞

가 그것이다. 風流와 이야기가 한데 어울려 甘味로운 佳境에 到達한 詩的 雰圍氣 바로 그것을 말하고 있다.

『金鰲新話』는 詩로서 엮은 怪奇譚이다. 文章에 있어서도 基本的으로는 散文이지만 儷騈套가 混雜되어 있어 전체적인 분위기는 詩的이다. 스스로 "四六文章己不高"[50]라 하고 있으면서도 儷騈套를 쉽게 버리지 못하고 있다. 그래서 浮華한 修辭로 一貫한 나머지 對象을 寫實的으로 描寫하지 못하고 美化하는 데서 그치고 있어 小說로서의 寫實性이 阻却되고 있는 것은 물론이다. 그리고 그는 그 舞臺를 幻夢으로 裝置하여 이를 帳幕으로 隱蔽하였다. 이는 물론 傳奇가 恒用하는 手法이지만, 그러나 그는 이러한 帳幕을 장치함으로써 그의 虛構的 自我를 實現할 수 있었다. 이러한 幻夢의 帳幕을 장치할 수 있는 自由가 許與되지 않았다면 그는 처음부터 小說의 製造를 斷念하지 않을 수 없었을 것이다.

天地 밖의 天地를 認定하지 않고 鬼神의 存在를 스스로 否定한 그가 이러한 장치를 企圖한 것은 그에게 있어서는 重大한 冒險이 아닐 수 없다. 『金鰲新話』를 가리켜 이른바 世俗小說로 斷定한 主張도 있는 듯하나[51] 이 것은 朝鮮後期에 대두한 世俗의 逸話的인 小說과는 스스로 區別되는 限界가 明白하다.

傳奇의 세계는 非日常的 非現實的이어서 現世의 非情한 對決이나 葛藤도 없고 다만 神奇와 優雅 그리고 甘味로운 것으로 차 있을 뿐이다. 그래서 이는 作者 자신의 慰安物로서도 좋으려니와 讀者에게 흥미를 끌 수 있고 또 감명도 줄 수 있다.

『金鰲新話』는 梅月堂 金時習의 原初的 自我가, 破綻한 社會的 自我를 破壞·克服하여 모처럼 浪漫的인 創造的 自我를 이룩한 場面이다. 그는 現實에서의 障壁이 너무 두꺼웠기 때문에 이를 破壞·克服하기 위하여 虛空으로 飛翔하게 되었던 것이며 이렇게 하여 到達한 세계가 바로 그가 장치한

---

50) 권8, <自然吟三首> 제1수.
51) 李慧淳, 「金鰲新話에 나타난 人鬼交歡小說의 類型的 考察」, 『李崇寧 先生 古稀記念 國語國文學論叢』, 57면.

幻夢의 세계다. 그리하여 그는 이러한 幻夢의 베일 속에서, 그에게 가장 缺乏되고 있었던 사랑을 노래할 수 있었고 地上에서 이룩하지 못한 그의 蘊抱를 마음껏 펼 수도 있었다.

<萬福寺樗蒲記>는 사랑을 노래한 作品이다.

> 한 그루 배꽃나무 외로움을 달래주나
> 휘영청 달 밝으니 허송하기 괴롭구나.
> 푸른 꿈 홀로 누운 호젓한 들창가로
> 어느 집 이쁜 님이 퉁소를 불어주네.

> 一樹梨花伴寂廖　　可憐孤負月明宵
> 靑年獨臥孤窓畔　　何處玉人吹鳳簫

> 외로운 저 비취는 제 홀로 날아가고
> 짝 잃은 원앙새는 맑은 물에 노니는데.
> 棋譜를 풀어보며 인연을 그리다가
> 등불로 점치고는 창가에서 시름하네.
> (등불의 明暗으로 吉凶을 점치는 것)

> 翡翠孤飛不作雙　　鴛鴦失侶浴晴江
> 誰家有約敲碁子　　夜卜燈火愁倚窓

　　　　　　　　　　　　　　　　　－<萬福寺樗蒲記>

로 시작하여 全篇이 사랑의 詩로 가득차 있다. 달콤한 傳奇의 世界가 아니고는 도달할 수 없는 낭만이 珠玉 같은 詩篇으로 點綴되어 있다. 그의 詩集에서는 물론이요 어떤 詩人도 쉽게 도달하지 못한 艶情詩의 세계가 여기에 펼쳐져 있다.

사랑이란 삶에 있어서 必須的이고 價値있는 經驗으로서 중요한 위치를 차지하는 것이지만, 다른 모든 것을 超越할 수 없다는 限界 때문에 그는 일찍이 사랑을 노래하지 못했는지도 모른다.

그리고 『金鰲新話』에서 誇示한 그의 長篇 能力은 詩의 수준에 있어서도 『梅月堂集』에 傳하는 다른 詩篇에 비하여 결코 貶下될 것이 아니다. 『金鰲新話』가 金鰲山 定着期에 쓰여진 것이라면, 비교적 安定을 되찾은 그의 生活에서 좋은 詩를 生産할 수 있는 可能性은 결코 우연한 것만은 아닐 것이다.

<李生窺墻傳>도 사랑의 詩篇이다. 李氏子와 崔家娘이 和答한 사랑의 노래는 可謂 艶情의 極致를 보는 듯한 느낌이다.

저기 가는 저 총각은 누구 집 도련님고
푸른 깃 넓은 띠가 버들 새로 비쳐오네.
이 몸이 화신하여 대청 안의 제비되면
주렴을 사뿐 걷어 담장 위를 넘어가리.

路上誰家白面郞　　靑衿大帶映垂楊
何方可化堂中燕　　低掠珠簾斜度牆

무산 열 두 봉에 첩첩이 싸인 안개
반쯤 들난 봉우리는 붉고도 푸르러라.
이 몸의 외론 꿈 수고롭게 하지 마오
구름 되고 비가 되어 양대에서 만나보세.

巫山六六霧重回　　半露尖峰紫翠堆

惱却襄王孤枕夢　　肯爲雲雨下陽臺

-<李生窺墙傳>

士君子로서는 감히 그 犯越을 꿈도 꾸지 못할 境界를 創造한 이 浪漫의
世界는 또 다른 次元에서 새로운 評價가 있어야 할 것이다. 李生과 崔娘의
現世에서의 離別은 지극히 日常的인 것이며, 幽明間의 交接도 이미 地上에
서 누릴 수 있는 사랑의 限界 그것을 超克하기 위하여 의식적으로 마련한
裝置에 지나지 않는다. 그리고 崔娘으로 하여금 죽음에 이르게 한 紅巾賊의
侵入과 같은 것도, 이러한 戰亂을 가져 온 必然的인 契機가 說明되어 있지
않을 뿐 아니라, 戰亂을 克服하려는 意志 같은 것도 전혀 露出되고 있지 않
다. 이는 오직 幽冥의 세계로 移入하기 위하여 제조한 架橋의 구실 밖에 더
하는 것이 없다.

　<醉遊浮碧亭記>는 그의 强烈한 歷史意識篇이다. 그러나 지나간 역사에
눈물지으며 歷史 속의 賢君을 追想하고 있지만, 여기서도 그는 優雅한 사랑
의 노래를 잃지 않고 있다.

양대에서 뵈온 님 다만 일장춘몽인가

가신 님 어느 해에 퉁소 불고 돌아오리.

대동강 푸른 물결 비록 무정하지마는

님을 여읜 저 곳으로 슬피 울며 흘러가네.

雲雨陽臺一夢間　　何年重見玉簾還
江波縱是無情物　　嗚咽哀鳴下別灣

-<醉遊浮碧亭記>

다만 여기서 우리가 注目해야 할 것은 그 어떠한 것에도 쉽게 陶醉할 줄

모르는 그의 정신 세계다. 日常的인 沒頭에서 쉽게 빠져 나오지 못하는 그는 몽롱하게 醉한 상태에 있는 것 같으면서도 언제나 깨어 있는 醒醒한 자세를 버리지 못했다. 理想과 現實의 乖離 속에서 一生을 放浪으로 일삼는 그였지만, 결코 그 어떤 것에도 쉽게 빠져 들어가지 못하는 意識世界의 한 단면을 읽게 해준다.

<南炎浮州志>와 <龍宮赴宴錄>에서 그는 龍宮과 炎浮州를 設定하였다. 天地 밖의 天地를 認定하지 아니하고 鬼神을 否定하고 因果論的 輪回說을 拒否한 그가, 地獄이나 다름없는 炎浮州와 龍宮을 設定한 것은, 一見 그 思想體系의 乖離를 드러낸 것 같기도 하다. 그러나 炎浮州나 龍宮은 傳奇에서 빌어 온 裝置에 지나지 않는다. 天地 밖의 天地를 認定하지 않는 그의 信念은 <南炎浮州志>에서도 事實로 나타나고 있다. 다만 우리가 注目하여야 할 것은 <南炎浮州志>에서 보여 준 作家 意識이다. 現實的으로는 邪道로 斷定한 佛敎에 대하여 窮極的으로 그 敎示的 機能만은 認定하고 있는 것이라든지, 現實世界에서는 다하지 못한 平素의 蘊抱를 이 作品을 통하여 아낌없이 開陳하고 있는 것과 같은 것이 그것이다. <龍宮赴宴錄>은 비록 그것이 龍宮에서 있었던 事實로 채워져 있으나 全篇의 대부분은 사랑의 노래와 詩로써 充滿되어 있다.

이상으로 보아 『金鰲新話』는, 그의 사랑과 꿈과 理想을 詩로써 實現한 傳奇集으로서, 그의 詩的 表現이 이룩한 또 하나의 세계가 될 것이다.

3. 思考와 感覺樣式

文言으로 中國詩를 體驗한 우리 나라 詩人들에게 있어서는 詩的 表現의 工具로서의 言語 卽 中國語에 대하여 疎遠하므로 詩語 自體의 視覺的 意

味論的 聽覺的 文法的인 여러 側面에 대해서는 처음부터 鈍化되어 있다. 그러므로 우리 나라 漢詩에서 容易하게 發見할 수 있는 것은, 詩語 가운데서 가장 常識的인 表現으로 나타날 수 있는 思惟와 感覺의 槪念과 方法 같은 것이 될 것이다. 그러나 이것은 社會的 文化的 環境에 대한 理解가 없이는 가능할 수 없는 것이기 때문에 이에 대한 接近은 곧 韓國 漢詩의 性格을 究明하는데 있어 중요한 作業이 될 수도 있다. 그러므로 本稿에서는 흔히 中國이나 韓國詩에서 主題的 素材가 되어온 自然, 閑, 時間, 歷史, 鄕愁, 술에의 陶醉, 사랑 등이 梅月堂의 思惟와 感覺樣式을 통하여 어떻게 表現되고 있는지를 더듬어 보고자 하는 것이다.

1) 自然

몸을 山水에 내던지고 一生을 그 속에서 노닐다가 간 梅月堂에게 있어서는, 自然은 그와 가장 가까운 거리에 있었다. 그러므로 文字 그대로 "스스로 그렇게 있는 것"으로 바라보지 못하고 自身이 그의 一部가 되곤 했다. 평소 陶淵明의 詩를 좋아한 그는 淵明에 있어서와 마찬가지로 自然에 깊은 의미를 賦與했다. 現實에 대한 失意가 크면 클수록 相對的으로 自然의 不變하는 永續性 때문에 특별한 深刻性을 부여하고 悲劇的인 感情을 깃들게 했다. 다음 詩에서 그러한 梅月堂의 感覺樣式의 一端을 읽을 수 있다.

바위에 의지하여 작은 집을 세웠는데
겨우 내 한 몸 용납할 수 있겠네.
떨어지는 잎으로 담요를 삼고
삭정이로 횃대를 만들어 보았네.
지붕은 소나무와 전나무로 하니

방은 작지만 마음은 즐겁네.

구름과 노을은 휘장이 되고

푸른 산은 스스로 병풍이 되었다네.

잔나비와 새들은 짝이 되어서

나의 마음 같은 것 얻었다 하네.

나는 방랑하는 나그네

구름 물 속에서도 오히려 편안하네.

물건의 성질에도 길들여져서

마시고 먹는 것 마른풀에 의지했네.

원컨대 날 추운 뒤 맹세를 맺어

즐거운 일 다함이 없게 하게나.

倚岩架小廬	僅得容我軀
落葉以爲氈	枯査以爲櫨
葺之兮松檜	室小心愉愉
雲霞爲帳幄	碧山爲屏風
猿鳥爲伴侶	得我心所同
我是放浪人	夷猶雲水中
物性亦馴擾	飮啄依枯叢
願結歲寒盟	行樂無終窮[52]

이때에 있어서의 自然은, 멀리서 바라보는 認識의 對象이 아니라, 가장 가까운 거리에 있는 生活의 一部가 되고 있기 때문에 고달프게 살아가는 나그네 金時習에게는 "스스로 그렇게 있는 것" 이상으로 비극적인 감정을 깃들게

---

52) 권3, <葺松檜以爲廬>.

한다. 現實을 拒否하는 傲兀한 批評精神을 쉽게 버리지 못하는 그에게 있어
서는, 自然은 또다른 하나의 現實 對決이 이루어질 수 있는 場所가 되기도
하였다. 다만 다음의 詩作은

> 나그네 淸平寺에 찾아 왔으니
> 봄 산에 올라 마음대로 놀아 보세.
> 새가 우는데도 외로운 탑은 고요하고
> 꽃이 져도 작은 시내는 흘러만 가네.
> 맛난 나물 철을 알아 더 한층 빼어나고
> 향기로운 버섯은 비 지나가니 더욱 부드럽네.
> 詩를 읊조리며 仙洞으로 들어가니
> 백년 묵은 내 시름 사라지누나.

> 有客淸平寺　　　春山任意遊
> 鳥啼孤塔靜　　　花落小溪流
> 佳菜知時秀　　　香菌過雨柔
> 行吟入仙洞　　　消我百年愁[53]

閑適을 自任한 秀作이다. 모처럼 物我가 한데 어울려 無我의 地境에 이르
고 있다. 그가 詩에서 追求하려던 奧妙한 세계에 이르고 있는 느낌이다.

2) 時間

　來世를 否定하는 儒家의 現實에서는, 時間은 더욱 切迫하고 哀切한 것이

---

53) 권13, <有客>.

아닐 수 없다. 梅月堂의 경우에서와 같이 現實에서 安住할 터전을 마련하지 못한 경우, 現實의 有限性은 더욱 안타까운 것이 된다. 젊은 시절의 倨傲하던 意氣가 晩年의 失意로 急轉할 때, 찾아 주지 않은 歲月은 悽絶을 더해 줄뿐이었으며 거기에는 기다림에 지친 自嘆이 있기 마련이다. 다음 詩에서 그 現場을 보기로 한다.

세상 일 하도 많이 변해가는데
측측하게 내 마음 상하기만 하네.
아침에는 이리와 범의 집에 겁내고
저녁에는 가시나무 덤불 피한다.
성큼성큼 하루해가 날아가는데
당당하게 歲月은 늙어만 가네.
대장부 세상에 살아가면서
어찌하여 품은 생각 펴지 못하나.
인생은 정녕 맷돌 갈기 같으니
다 가는 것 반드시 그 시기 있으리.
모름지기 몸가짐 삼가야 할 것
뜻이 크면 반드시 펼 기회 있으리라.
하늘이 만약 큰 소리 못치게 하면
말이나 적어서 뒷세상에 알려라.

世故屬多變　　惻惻傷我心
朝畏豺虎窟　　暮避荊棘林
冉冉白日飛　　鼎鼎光陰老
丈夫在世間　　胡不展懷抱
人生如磨礪　　磨盡自有時

直須愼行歲　　　　志大終有期
天如使不鳴　　　　立言要後知[54]

　하는 일없이 세월만 덧없이 흘려 보내는 안타까움으로 차 있다. 그러나 여기선 後日을 기다리는 壯歲의 雄志는 버리지 않고 있지만, 다음 詩에서 보이는 晩年의 失意는, 붙잡을 수 없는 시간에 대하여 어찌할 수 없는 自嘆으로 얼룩져 있다.

　　푸른 산 띠로 이은 초막 속에서
　　백발이 근심과 함께 하누나.
　　사람을 만나도 말을 못하고
　　눈물을 닦으며 못이룬 것 탄식하네.
　　큰 뜻은 해마다 줄어만 들고
　　늙은 나이 나날이 기울기만 하네.
　　묻노라 내가 아는 몇 사람 중에
　　나 같이 功名이 적은 사람 있던가.

青山茅屋裏　　　　白髮與愁幷
對人常不語　　　　扙淚歎無成
壯志年年減　　　　頹齡日日傾
問今知幾輩　　　　似我少功名[55]

---

54) 권1, ＜世故＞.
55) 권14, ＜夜吟＞.

3) 歷史

梅月堂에게 있어서 歷史는 强力한 認識의 對象이었다. 往古의 興亡盛衰에 눈물 짓고 歷史 속의 賢君을 追想했다. 太祖와 世宗에게 걸었던 期待가 깨어짐을 슬퍼하고 當今의 세상을 한탄했다. 이럴 때 거기에는 懷古詩가 남기 마련이다. 個人의 生命에서 느꼈던 것보다도 歷史에 대하여 더 많은 것을 느꼈던 것 같다. 地上에서의 모든 것을 抛棄한 그였지만 歷史에 無關心할 수 없는 知識人의 자세는 버리지 않은 것이다.

> 비바람 소슬하게 낚시터를 치는데
> 渭川의 고기 새 세상 일 꽤 잊었더니.
> 어쩌다가 늘그막에 난다긴다 장수되어
> 끝내는 伯夷・叔齊 굶어 죽게 했단 말가.

> 風雨蕭蕭拂釣磯　　渭川魚鳥識忘機
> 如何老作風雲將　　終使夷齊餓采薇
> ('風雲'은 '鷹揚'으로 쓰기도 함)[56]

옛날 그와 親舊였던 徐居正이, 찾아온 時習에게 그림 한 폭을 내 보이면서 詩 한 首를 付託한 것이다. 그림은 姜太公이 벼슬하기 前에 渭川에서 낚시질하고 있는 것을 그린 것이다. 벼슬깨나 하여 거드름을 피우고 있는 徐居正에게는 都是 맞지도 않는 그림이다. 그래서 그는 이같이 써 갈긴 것이다. 往古의 賢人을 追想하고 當今의 세상을 嘲笑한 것은 물론이다. 그러나 그는 變轉하는 現實에 대한 關心보다도 歷史 속의 興亡盛衰에 더 많이 눈물짓고

---

56) 권2, <嘲二釣叟>.

있다. 다음 詩에서 보기로 한다.

　　눈 오는 밤에 등불 돋우고 역사책을 읽다가
　　책 덮고 탄식하니 눈물이 흐르누나.
　　興亡은 有數한데 사람은 어디갔나
　　治亂도 종적없고 나는 새 간 곳 없네.
　　赧과 嬰이 포로된 것 분하지 아니하고
　　操政이 편히 산 것 그대로 미워라.
　　종이 조각 斧鉞이 해와 같이 분명하니
　　죽었으되 산 것 같아 그 냄새 남아 있네.

　　雪夜挑燈讀史書　　掩編長歎涕漣洳
　　興亡有數人何去　　治亂無蹤鳥沒虛
　　不念赧嬰屠就虜　　生憎操政耐安居
　　紙片斧鉞明如日　　雖死猶生臭有餘[57]
　　(赧은 周나라 최후의 王, 嬰은 秦始皇의 손자, 項羽에게 죽음. 操政은 曹操
　　와 秦政)

4) 閑

　一生을 두고 별 일 없이 살다 간 梅月堂에 있어서는, 어쩌면 閑 그것은
生活의 全部였을지도 모른다. 그러나 그의 詩에서 보여준 詩的 感覺은, 現
實的인 關心과 慾望으로부터 마음을 自由롭게 가지고 그 자신과 자연이 함

---

57) 권1, <看史傷心>.

께 平和스러운 狀態에 놓여지기가 어려웠던 모양이다. 閑意가 일어났다가도 世事나 다른 事物이 끼어 들어 분위기를 흔들어 놓곤 했다. 애써 身과 世에 無關心하려 한 梅月堂은 모든 것에 대한 一切의 執念에서 超脫하여 그야말로 泰然하고 별 일 없고 생각에만 잠길 수 있는 마음의 狀態에 놓이기가 어려웠던 것 같다. 이는 그의 一身과 마찬가지로 平和스러운 狀態에 安住할 수 없는 精神世界의 彷徨 그것을 의미하는 것인지도 모른다. "閑意", "閑極", "閑適", "偶成", "漫成", "謾成" 등 그의 詩作에서 보여준 그 많은 "閑"에도 불구하고 그는 完全한 閑逸 속에서 自適하지 못했다.

낙엽 쓰는 소리에 낮 꿈을 놀라 깨어
일어나 동쪽 산에 흰 구름 보네.
고기 새 저것들 마음도 취미도 없는 것이
세상 情 아닌 것 煙霞를 얻었네.
주렴 밖 국화 향기에 사람 情도 고요하고
뜰 앞에 이끼 보니 비가 처음 개인 때라.
까닭없이 슬픈 가을 興趣만 돋워 놓아
離騷經 암만 읽어도 마음 평안 못하여라.

掃葉聲中午夢驚　　起看東嶺白雲生
直將魚鳥無心趣　　剩得烟霞不世情
簾外菊香人正靜　　庭前苔潤雨初晴
無端起我悲秋興　　細讀離騷心未平[58]

이 詩는 閑適을 노래한 詩篇中의 하나다. 모처럼 일어난 閑意를 얻어 物

---

58) 권2, <掃葉>.

我를 超克한 觀照의 세계로 沒入하는 듯했으나 가리울 수 없는 공연한 情感의 橫出로 그는 끝내 心的인 自安을 얻지 못하고 있다.

> 꽃은 山中의 책력이요
> 바람은 고요한 때의 손님이다.
> 술 살 돈 없는 것이 恨스럽기도 하지만
> 담 넘엔 청해 올 이웃도 없네.
> 대나무 언덕에선 찬바람 불어오고
> 소나무 창에는 달빛도 새롭구나.
> 할 일 없이 노래 불러 도리어 破寂하니
> 이것이 道 아는 사람이랄까.

花是山中曆	風爲靜裏賓
恨無沽酒債	又欠過牆隣
竹塢凉吹急	松窓月色新
閑吟聊破寂	箇是道中人[59]

하도 답답하여 스스로 人外人, 物外境에 놓여지고 싶었으나, 쉽게 그러한 경지에 빠져 들어가지 못하는 自身을 원망하고 있다. 그는 陶淵明의 詩世界에 戀戀하고 있었지만, 그에게 있어서는 淵明의 境地에까지 이를 수 없는 스스로의 限界가 있다. 陶淵明이 만약 自然의 眞을 얻었다고 한다면, 그는 自然 속의 詩人을 詠嘆한 것에 지나지 않는다. 作品 속에 詩人 自身이 過多하게 露出되고 있음으로써 物我의 境界를 超脫하지 못하고 있다. 陶淵明은 眞情性에서 發露하여 傍門邪經에 出入하지 않았으므로 自然의 眞을 얻

---

59) 권1, <悶極>.

을 수 있었으며 文字 塗澤의 非를 알았기 때문에 "不工而佳"의 경지에 到
達할 수 있었던 것이다.

5) 愛情

일찍이 愛情의 세계에서 追放된 그에게 있어서는 "사랑"처럼 懇切한 것은
없었을 것이다. 그러나 그의 詩集 속에는 사랑에 대한 노래가 없다. 그러나
그는『金鰲新話』에서 裝置한 베일 속에서 일찍이 그 어떤 詩人도 到達하지
못한 사랑의 세계를 詩로써 읊었다. 그는 어쩌면 사랑의 노래를 부르기 위하
여『金鰲新話』를 製造하였는지 모른다. 달콤한 傳奇의 雰圍氣가 아니면 이
러한 사랑을 體驗할 수 없었기 때문에『剪燈新話』와 같은 形式을 일부러
빌어왔는지도 모를 일이다. 그 詩篇들은 대개 長篇이므로 여기서 例證하기
에는 번거로운 일이 될 것이다. 그 例示는 이미 前項에서 一部를 보이었으
므로 그것으로 代身하고자 한다.("詩小說의 實現"項 參照)

6) 鄕愁

鄕愁 그것은, 梅月堂에게 있어서는 처음서부터 있기 어려운 것이기도 하
였겠지만, 詩에 있어서의 鄕愁 感覺도 지극히 弱하거나 鈍化되어 있다. 집을
떠나면 금방 슬퍼지는 것이 人間이기 때문에, 鄕愁에 찬 詩가 나오는 것이
自然스런 일 같지만, 梅月堂은 一生을 流浪으로 보내며 凄楚한 自嘆을 일
삼고 있으면서도 歸鄕을 그린 詩는 흔하게 읊지 않았다. 돌아갈 곳이 없는
그는 일찍부터 歸鄕과 같은 것은 抛棄하였는지도 모른다. 그래서인지 그는
그가 오래 동안 몸 두고 있었던 金鰲山이 오히려 故山이 되고 있다. 그의 氣

盡한 鄕愁 感覺의 場을 다음 詩作에서 보기로 한다.

> 서울 땅 떠나온 지 몇 해 이미 지나니
>
> 고향에 가고픈 꿈 전과 다름없구나.
>
> 금오산에 구름 걷히면 첩첩한 산뿐이고
>
> 고래 놀던 동해 바다 一葉片舟에 떠 있으리.
>
> 보고픈 梅花는 눈 속에 아련하고
>
> 파초에 비 듣는 소리 창 앞에선 못 듣겠네.
>
> 봄이 오면 죽순은 해마다 자랄 테니
>
> 반드시 英靈 있으면 나 돌아오기 기다리리.

> 捷逃王畿已有年　　故山歸夢正依然
>
> 雲收鰲背千重岫　　風定鯨波一葉船
>
> 長有梅心懸眼底　　可堪蕉雨滴窓前
>
> 春來筍蕨年年長　　應有英靈待我旋[60]

그가 태어난 서울은 이미 떠난 지 오래였고 그가 돌아가고 싶은 故山은 金鰲山이었던 모양이다. 梅月堂(堂號) 앞에 피어 있는 梅花가 그립고 東海 바다에 떠 있는 一葉片舟가 눈에 선했던 것 같다. 이러한 金鰲山室에 대한 미련은 다음 詩에서도 事實로 確認된다.

> 고향의 잔나비·학 생각은 여전하기만 하고
>
> 맑은 꿈에 놀라 깬 지 벌써 수년 되었네.
>
> 금오산에 해 비치면 산봉우리 그림 같고

---

60) 권2, <憶故山>.

연기가 東海에 걷히면 파도는 하늘에 넘치겠지.

스스로 병이 있어 갈 수 없을 뿐이지

세상 생각에 다시 끌려 그런 것은 아니라오.

세모엔 갈까했더니 또 못 돌아가고

푸른 구름 가을 나무 月城이 그립네.

故山猿鶴思依然　　清夢頻驚已數年

日射鼇頭峯展畵　　煙開鯨背浪滔天

自緣身病不能去　　無復世情相累牽

歲暮欲歸歸未得　　碧雲秋樹月城邊[61]

　　여기서도 '故鄕'은 金鼇山이 있는 月城을 가리키는 것이다. 그가 태어난 서울에 대한 鄕愁 感覺은 完全히 去勢되어 있고 30代의 靑年時節을 보낸 慶州 金鼇山에 대한 미련이 濃度 짙게 나타나고 있다.

7) 술에의 陶醉

　　詩人들은 흔히 詩人과 세상의 위치를 뒤바꾸어서 자신의 個人的인 煩悶으로부터 빠져나가는 象徵으로서 醉를 追求하곤 한다. 평소 陶淵明의 詩를 즐겨 읽은 그는[62] <和淵明飮酒詩 二十首>를 쓰고 있지마는 술에 의해 陶醉되고 있는 상태를 象徵的으로 나타내지 못하고 있는 것 같다. 淵明의 <飮

---

61) 권2, <懷東都>.

62) <和陶淵明飮酒詩>를 비롯하여 <和淵明酬柴桑>, <和淵明郭主簿> 등 직접 淵明詩에 和韻한 것 以外에도 詩作의 到處에 流露되는 淵明에의 關心은 이루다 摘記할 수가 없다.

酒詩>에서와 같이, 醒醉間의 境界를 寓意的으로 深化하는데까지 이르지 못하고 있는 것이 그것이다. 否定的인 現實 感覺을 去勢하지 못하고 있어, 自然을 "스스로 그렇게 있는" 그대로 두지 못하고 있다. 一生을 별 일이 없이 보내고서도 정작 閑에서 피어오르는 眞情을 얻지 못하고 있는 것과 같은 상황으로 說明될 수 있을 것이다. 說明의 便宜를 위하여 陶淵明의 <飮酒詩>와 梅月堂의 <和淵明飮酒詩>를 비교 吟味함으로써 梅月堂이 到達한 醉鄕의 경지를 더듬어 보고자 한다.

> 가을 바람 왜 그리 차기만 한가
> 무서리 국화꽃에 담뿍 내렸네.
> 그 누가 국화꽃을 주우려 하여
> 세상 인정 훌쩍 걷어 떠나가려나.
> 외로운 새 스스로 돌아올 줄 알고
> 지는 해는 서산으로 기울어졌네.
> 봉황새는 날아서 내려오지 않고
> 까마귀만 저물 녘에 다시 놀라네.
> 잠자코 또 잠잠히 그쳐 버리니
> 나는 벌써 평생이 넉넉하구나.

> 秋風何凄凄　　　微霜粘菊英
> 何人掇其英　　　脩然離世情
> 獨鳥自知還　　　落日西山傾
> 鳳鳥翔不下　　　昏鴉捷復驚
> 嘿嘿且止止　　　我已足平生[63]

---

63) 권8, <和淵明飮酒詩> 제7수.

醉鄕 感覺은 찾아볼 수 없고 다만 寓意만 露出시킨 결과가 되고 있어, 詩的 情感을 感却하고 있다. 몸은 山林間에 던지고 있으면서도 그는 日常的인 沒頭에서 빠져 나와 쉽게 술에 의해 陶醉되는 경지에까지 이르지 못하는 것 같다. 淵明의 <飮酒詩>는 다음과 같다.

가을 국화 色香이 하 그리 좋아
이슬 젖은 꽃잎을 주워 모은다.
하물며 忘憂物 이 술이란 것은
세상일 잊고픈 마음 더더욱 깊게 하네.
한잔 술 홀로 들이키지만
술이 다하니 단지가 절로 기운다.
해가 져 왼 천지 숨을 죽이니
나는 새도 돌아와 숲에서 운다.
동쪽 처마 끝에 거리낌없는 몸이 되니
다시금 사는 의미 깨닫게 되네.

秋菊有佳色　　　裛露掇其英
況此忘憂物　　　遠我遺世情
一觴雖獨進　　　杯盡壺自傾
日入群動息　　　歸鳥趨林鳴
嘯傲東軒下　　　聊復得此生

"秋菊有佳色"에서 볼 수 있는 韻詩의 妙는 우리 나라 詩人들이 원래 攄得하기 어려운 것이기도 하겠거니와, 終篇의 "嘯傲東軒下 聊復得此生"에서 보여준 高遠한 寓意는, 眞性情의 流出이 없이는 到達하기 어려운 境地임에 틀림없을 것이다.

4. 批評的 接近

宋 倪思의 말을 빌리면, 文章은 體製가 먼저고 精工은 그 다음이라고 했다(文章以體製爲先 精工次之).[64] 明, 陳洪謨도 다음과 같이 말한 것이 있다.

文章英先於辯體, 體正而後, 意以經之, 氣以貫之, 辭以飾之, 體者文之軒也, 意者文之帥也, 氣者文之翼也, 詞者文之華也[65]

그러나 이러한 文章의 綱領에도 不拘하고 梅月堂의 경우에 있어서는 그 事情을 달리 하고 있었다(여기서의 文章은 詩의 槪念도 包含되는 것임). 詩 말고는 따로 할 것이 없었기 때문에, 詩를 위하여 詩를 하는 浪費를 일삼게 된 그에게 있어서는 體製와 같은 것은 처음서부터 먼 거리에 있었는지 모른다. 평소 陶淵明의 詩를 즐겨 읽은 그는 淵明의 경우처럼 旣往의 體製에 대하여 애써 拒否하려 한 것은 아니지만, 그러나 體製에 대한 그의 關心이 疎遠했던 것만은 事實이다. 이러한 사정은 그의 詩篇 속에 나타나고 있는 自身의 말을 들어보면 사실로 드러난다.

但看其妙處　　　莫問有聲聯[66]
我願得其妙　　　不勞空哦咻[67]

가 그것이다. 詩는 그 妙處만 보면 되는 것이며 聲聯과 같은 것은 論하지

---

64) 徐師曾, 『文體明辯』 卷首.
65) 同上.
66) 前出, 권4, <學詩>.
67) 前出, 권1, <戲甚走題>.

말라는 것이다. 이러한 그의 發言은, 梅月堂의 詩世界에 대한 後代의 批評과도 대체로 그 方向을 같이 하고 있다. 그러므로 이에 대한 後代人의 視角을 檢證하는 것은 곧 梅月堂의 詩世界에 接近하는 종요로운 作業이 될 수 있을 것이다. 이들을 차례로 보이면 대체로 다음과 같은 것들이 있다. 李耔는 그의 <梅月堂集序>에서

> 그 詩의 된 것이 浩蕩해서, 밀물인 듯 썰물인 듯 연기인 듯 구름인 듯 바람을 몰고 비를 호령하며 노하여 꾸짖고 기뻐 웃는 것이 모두 다 詩가 되었건만, 聲律에 拘束되지 않으면서도 法則이 문란하지 아니하고 修飾에 애쓰지 아니하되 큰 보석처럼 더욱 아름다웠다 — ①

> 其爲詩浩蕩, 朝夕煙霞, 驅風詈雨, 怒嗔喜笑, 皆成句語, 不規於聲律, 而典章不紊, 不刺刺於詞華, 而大璞愈麗.

고 하였으며, 같은 <梅月堂集序>에서 李山海는

> 그가 詩를 짓는데에는 自己 性情에 根本하여 읊고 나타냈으므로 애써서 꾸미지 아니하였어도 자연히 詩가 되어 긴 노래든가 짧은 詩가 나올수록 窘拙하지 아니하였다 — ②

> 其爲詩也, 本諸性情, 形於吟咏, 故不事鍛鍊繡繪, 而自然成章, 長篇短什, 愈出而愈不窘.

고 하였다. 그리고 梅月堂의 傳記를 쓴 尹春年과 李珥도 各各 다음과 같이 적고 있다. 먼저 尹春年의 것을 보면,

선생이 詩學에 대하여 餘事라고 했지만, 그러나 格이 높고 생각이 오묘하다.

先生雖於詩學爲餘事, 然格高思妙 — ③

라 하였고 李珥는

聲律과 格調에 있어서는 심히 생각지 않았으나 그 奇警한 것은 생각이 높고 먼데까지 이르고 있어 보통 사람의 생각보다는 뛰어나고 있으니, 雕篆하는 者가 가히 발돋움하고 바라볼 수 있는 것이 아니다. — ④

聲律格調, 不甚經意, 而其警者, 則思致高遠, 逈出常情, 非雕篆者所可跂望.

라 하였다. 이 밖에도 南龍翼이 『壺谷詩話』에서

金梅月之神邈 — ⑤

이라고 한 것이 있고 任璟이 그의 『玄湖瑣談』에서

金時習 銀樹霜披 珠臺月瀉 — ⑥

라고 하였다. 그러나 비교적 批評的 銳角에서 梅月堂의 詩를 論한 이는 許筠이다. 그는 그의 『惺叟詩話』에서

金時習은 높은 절개가 우뚝하여 짝할 만한 사람이 없다. 그 詩文도 모두 超邁하여 장난 삼아 힘들이지 아니하고 하였으므로 그 끝에 가서는 매양 난잡하고 俚俗의 말이 많다 — ⑦

> 金悅卿高節卓爾, 不可尙己. 其詩文, 俱超邁, 以其遊戲, 不用意得之, 故强
> 努之末, 每雜蔓, 語張打油, 可厭也.

라 하여 그 正鵠을 찌른 느낌이다.

　이상을 綜合해 보면, ①②③④⑦에서 共通的으로 발견되는 현상은, 첫째 梅月堂에게 있어서는 힘들이지 않고서도 天性으로 詩作이 可能하였다는 것이며 둘째, 그 생각이 높고 멀어 超邁 奧妙한데가 있었다는 것이다. ⑤⑥의 批評도 같은 方向에서 나온 것임은 물론이다. 그러나 이 두 方向을 다시 정리해 보면 前者는 詩作에 있어서 初步的인 作詩修業의 論證에서 그치고 있을 뿐 本格的인 作品論에까지 이르지 못하고 있다. 이는 陶淵明이 "不工而佳"의 경지에 이르고 있는 것과는 다른 次元에 있다. "不工" 즉 공을 들이지 않았다는 것과, "不用意" 즉 마음에 두지도 않았다는 것은 서로 그 세계를 달리 하는 것이기 때문이다. 後者의 경우는 흔히 東洋의 詩學에서 追求하던 理想論으로서, 대개의 경우 이는 詩人 自身의 人格과 直結되는 것이 일반적이다.

　위에서 본 諸家의 批評感覺은 本格的인 作品論에서 비롯된 것이 아니기 때문에 이것이 詩作 評價의 普遍的인 基準이 될 수 없음은 물론이다. 그러나 이러한 소박한 印象批評에 따른다고 하더라도, 그 詩作에 있어서 視覺的 聽覺的 效果와 같은 것이 考慮되지 않은 梅月堂의 詩에 있어서는 詩作의 全篇을 가늠하는 體製와 같은 것은 말하기 어려워질 수밖에 없다. 敍上한 批評의 두 方向에 따라 그 作品을 檢證해 보면 대체로 다음과 같은 것으로 例示될 수 있을 것 같다.

　　저녁 되자 산빛이 하도 좋아서
　　옛 역 다락에 올라 보았네.
　　말이 우니 사람은 멀리로 가고

물결 십는 노젓는 소리 부드럽구나.
庾公의 흥치도 얕지 않은데
王粲의 시름도 가시지 않네.
내일 아침 관문 밖에 나갈 때에는
구름 가에 여러 봉우리 빽빽하리라.

向晚山光好　　登臨古驛樓
馬嘶人去遠　　波囓棹聲柔
不淺庾公興　　堪消王粲憂
明朝度關外　　雲際衆峰稠[68]

全篇을 통하여 彫琢한 흔적이 발견되지 않는다. 그러나 그 흐름이 自在하여 窘拙하지 않다. 終篇에서 보여준 油然한 意境은 雕篆을 일삼는 者가 감히 발돋움하고 바라볼 수 있는 것이 아니다.

맥국에 처음으로 눈이 날리니
春城의 나뭇잎이 듬성해졌네.
가을 깊어 마을에는 술이 있는데
손 노릇 오래 하니 고기 맛을 모르겠네.
산이 멀어 하늘은 들에 드리우고
강이 머니 대지는 허공에 붙었네.
외로운 기러기 지는 해 밖으로 가니
나그네의 말발굽 머뭇거린다.

---

68) 권13, <登樓>.

貊國初飛雪　　　　春城木葉疎

秋深村有酒　　　　客舊食無魚

山遠天垂野　　　　江遠地接虛

孤鴻落日外　　　　征馬政躊躇[69]

　　廣遠한 경지를 自覺한 詩篇이다. 超邁한 그의 詩作이 모처럼 이룩한 成果라고 하겠다.

　　이상은 梅月堂의 詩世界를 檢證하는 노력으로서는 그 一齣에 지나지 않는 것이다. 그러나 梅月堂의 詩에 있어서는 그 批評的 接近이 처음서부터 어려울 수밖에 없다는 것은 이미 앞에서도 指摘한 바 있다. 그는 마음을 쓰지 않고 詩를 하기 때문에 體製와 같은 것은 처음서부터 틀려지고 있었으며, 그 다음으로 重視해야 할 意·氣의 문제에 있어서도 이는 사실상 말하기 어려운 것이 되고 만다. 外景만 描寫하고 情이 없는 詩가 많은가 하면 모처럼 立意가 이루어졌다가도 이것이 達意의 경지에까지 이르지 못하고 있는 것이 대부분이다. 作品 속에 詩人 자신이 無節制하게 露出되거나 現實的 批評感覺이 過多하게 流露되는 이것들이 그의 詩를 어렵게 하는 要因으로 지적되어야 할 것이다. 이러한 것에 대한 例實은 이미 앞에서 試圖한 바 있으므로 여기서는 그 번거로움을 피하고자 한다.

5. 結言

　　지금까지의 梅月堂에 대한 研究가, 傳奇集 『金鰲新話』에 集中되어 온 것

---

69) 권13, <途中>.

이 사실이거니와 이러한 『金鰲新話』에 대한 執着은 결국 傳奇集이 가지고 있는 스스로의 限界 때문에 그 壁에 부딪칠 수밖에 없었으며 이러한 脆弱點을 克服하기 위하여 企圖된 思想 論證은, 事實과 虛構를 같은 次元에서 照鑑하는 施行錯誤를 거듭함으로써 文學理論의 不在라는 自責을 免할 수 없게 되었다. 本稿의 企圖는 바로 이것에 대한 留意에서 출발한 것이다. 『梅月堂集』에 버려져 있는 詩篇을 收拾하여 梅月堂의 硏究에 새로운 方向을 摸索하고자 하는 것이다. 그래서 梅月堂이 이룩한 詩的 表現을 통하여, 詩 말고는 따로 할 것이 없었기 때문에 詩를 쓰게 된 詩的 動機를 보았으며, 詩를 통하여 自己 實現을 일삼고 있는 詩 속의 梅月堂을 읽을 수 있었다. 그러나 山水에 몸을 맡기고 一生을 放浪으로 始終하면서, 詩를 통하여 그의 精神的 價値를 實現하려한 梅月堂이었지만, 現實을 拒否하는 傲兀한 그의 批評感覺 때문에 自然과 그 사이에 일정한 거리를 維持하지 못하고 스스로 그 一部가 되곤 하였으므로 거기에는 悲劇的인 感情이 깃들기 일쑤였으며 그렇기 때문에 그의 詩는 自嘆을 일삼는 限界를 드러내고 있었다. 그래서 漢詩의 詩語 가운데서 가장 常識的인 表現으로 나타나고 있는 思惟와 感覺樣式을, 그의 詩에서 主題的 素材가 되고 있는 自然, 時間, 歷史, 閑, 鄕愁 등을 통해서 보면, 日常的인 沒頭에서 쉽게 빠져나가지 못하는 그의 現實感覺이 언제나 醒醒하게 깨어 있는 것을 발견할 수 있다. 그리고 詩로써 實現한 傳奇集 『金鰲新話』를 통하여, 그는 그에게서 가장 缺乏되고 있었던 사랑을 노래하고 있다. 傳奇라는 틀을 빌려 일찍이 우리 나라 詩人中에서 그 類例를 찾아 볼 수 없는 사랑을 노래하였다. <南炎浮州志>를 除外한 4篇은 艶情詩로써 채워져 있는 것이 그것이다. 儒家의 敎養에서 分明히 그 境界를 犯越하고 있는 것이다. 여기서 우리는 梅月堂의 또 다른 모습을 읽어야 할 것이다. 다만 처음으로 企圖해 본 梅月堂의 詩에 대한 批評的 接近은 그의 詩에 內在하고 있는 基本的인 문제의 限界 때문에 그 成果는 滿足한 것이 되지 못했다. 그는 힘들여 詩를 쓰지 않았기 때문에 漢詩에 있어 가장 重視해야 할 體製의 문제를 外面하고 있으며, 詩人 自身이 作品 속에 過多하게 露出됨으로써 그의 意境이 達意의 경지에까지 이르지 못하고 있는 것들이 그 要因으로 指摘될 것들이다. 그러나 지금까지 우리 學界에서 企圖한 漢詩 硏究는 그 大部分이 思想 論議로 一貫해 왔을 뿐 漢詩 自體의 진정한 모습을 발견하는데 까지 이르지 못했다. 本稿의 試圖는 이런 것을 追求하는데 보다 積極的인 意味가 있었다고 해도 좋을 것이다. 이것은 앞으로 우리 學界가 克服해야 할 主要한 課題가 되어야 할 것이다.

(『人文論叢』 3집, 서울대 人文大, 1978)

李奎報의 詩世界

1. 序言

　시인은 시로써 말을 하지만, 이규보만큼 자신의 모든 것을 시로써 말한 시인도 일찍이 있지 않았다. 그는 사물과 마주할 때마다 그냥 지나치지 못하는 호기심 때문에 무엇이 어떻게 있는지를 시로써 말하지 않고서는 견디지 못하였으며, 그의 놀이본능을 충족시키기 위하여 遊戲的인 詩作들을 제작하는 데까지 이른다. 앉아서 때를 기다리지 못하는 성급함 때문에 스스로 權貴에게 나아가 시로써 벼슬을 구하기도 하여 때로는 詩作의 無節制를 연출하기도 한다. 飮酒로 虛日이 없었던 그는 走筆로써 急作의 천재를 과시하기도 하여 그 物量도 그의 시세계에서 큰 비중을 차지한다.

　이렇게 하여 이규보는 2,000수가 넘는 시편[1]을 남기었으며, 특히 그는 체험적인 詩作法論을 직접 진술하고 있어 그의 시세계를 짐작케 하는 데 스스

---

1) 『東國李相國集』 前集에 1201수, 後集에 857수가 수록되어 있다.

로 도움을 제공한 결과가 되기도 한다. 이른바 그의 '新意'가 이것이다.

그러나 이와 같이 浩澣한 그의 詩作 때문에 후대의 이규보 연구도 그 물량에 있어서는 空前의 성과를 보이고 있지만, 반면에 이러한 사정이 이규보 시의 全鼎을 쉽게 맛볼 수 없게 하는 어려움이 되고 있는 것 또한 현실이다. 그래서 이규보 연구는, 한때 이른바 '新意', '新語'에 함몰되어 작품은 말하지 않고 작품 바깥에서 이규보를 바라보던 시기가 있었는가 하면, 이규보 연구가 가열되기 시작한 1980년대에 이르러 이규보 연구도 그의 詩作 쪽으로 관심이 집중되는 듯하였지만 그 성과는 대체로 소재주의적 논의가 주종을 이루었다. 이 밖에도 많은 시도들이 있어 왔지만 대부분 이규보의 의식세계를 탐색하는 迷惑에서 쉽게 탈출하지 못하고 있는 느낌이다.

그러므로 본고에서는, 시인 이규보의 시세계가 어떤 것인가를 물어 왔을 때, 그 대답으로 제공될 수 있는 매우 작은 한 부분의 解法이나마 求해보기 위하여 가장 凡俗한 방법으로 이규보 시의 겉보기부터 다시 살펴보기로 한 것이다. 이규보의 詩作이 그의 삶의 단계에 따라 현저하게 변화하고 있는 사실에 유의하여 그의 시세계를 다음과 같이 나누어 검증해 보기로 하였다. 힘과 패기와 술로써 시를 쓴 力動的인 詩作과 스스로 新奇를 시험하는 과정에서 이루어진 遊戲的인 詩作 등이 그것이다. 이것들은 대체로 20대의 청년시절에 이루어진 것이며 후세의 시선집에서 그의 대표작으로 뽑아준 대부분의 수작이 이 때에 이루어진 것이다. 仕宦에의 욕구 충족을 이룩하지 못하던 시절에 求官을 위하여 시를 제조한 效用的인 詩作들도 함께 검증해 보았다. 이 과정에서 示範한 詩作을 통하여 이른바 그의 '新意'와 '新語'의 현장도 함께 따져 보는 데까지 욕심을 내게 되었다. 다만 100편이 넘는 이규보 연구를 일일이 읽어낼 수 없었기 때문에 기왕에 발표한 연구성과를 성실하게 보고하지 못한 모자람을 미리 말해두지 않을 수 없다. 시 연구를 중심으로 참고문헌 일부만 따로 뒤에 붙였다.

2. 力動的인 詩作

　학자들은 道를 행하기 위하여 벼슬을 한다지만, 이규보는 문장을 세상에 행하게 하기 위하여 벼슬을 한 문인관료의 전형이다. 그러나 그는 젊은 시절부터 술을 좋아하여 23세에 겨우 禮部試에 擢第될 수 있었으며 이후에도 그는 청년시절의 대부분을 詩酒로 보냈다. 하루 술을 마시지 않았다 하여 <一日不飮>詩를 쓸 만큼 이 때 이규보에게 술은 그의 시를 생산하는 원천으로 또는 원동력이 될 수 있었으며 후세까지 화제를 남긴 名句들도 이 시기의 작품 가운데 많다. 그는 26세 때 이미 百韻詩 <呈張侍郎自牧>을 제작하여 長篇의 저력을 과시하기 시작하였으며, 환상적인 오언고시 <東明王篇>을 제작한 것도 이 때의 일이다. 史官의 자리에 오르지도 못한 그였기 때문에 감히 史筆을 잡는다는 것은 생각할 수도 없는 일이지만, 舊三國史의 신비로운 국조신화에 매혹되어 환상의 세계로 비상해 본 것이 <東明王篇>이다. 一筆에 三百韻의 기록을 이룩한 <次韻吳東閣世文呈誥院諸學士> 시 역시 28세의 젊은 나이에 제작한 것이다. 장편이란 원래 힘을 바탕으로 하는 것이기 때문에 이규보가 그렇게 많은 古調長篇을 구사할 수 있었던 것도 이규보의 힘이 그렇게 한 것이다. 물론 이 때 詩作의 수준이나 높낮이를 따지는 것은 사실상 큰 의미를 가지지 못한다. 그의 시를 가리켜 自由奔放하고 雄壯한 것으로 평가하고 있는 世論도 이 長篇을 제조하는 底力을 두고 한 말임은 물론이다.

　그가 스스로, 옛사람은 造意만 하고 造語는 하지 않았는데 자신은 뜻과 말을 함께 만들었기 때문에 세상의 빈축을 받았다고 자만한 그의 新意와 新語를 量産한 것도 대부분 20대의 젊은 나이에 이루어진 것이다. 그러나 이 때에 제작된 것으로 보이는 작품 가운데서도 造意에는 성공하고 있으나 이를 뒷받침해야 할 造語에는 실패한 것들도 많다. 이른바 新意와 新語의 경계는 결코 확연하게 그어질 수 없는 성질의 것임을 확인케 한다.

　다음에 보이는 詩作들은 왕성한 의욕과 내닫는 기세로 새로운 意境을 만
들어내는 데 성공한 작품들이다. 그러나 뜻은 앞서고 있지만 말이 이것을 받
쳐주지 못할 때 결과적으로는 말을 많이 한 詩가 되기도 한다. <七夕雨>로
널리 알려져 있는 古詩 <七月七日雨>부터 보인다.

　　　은하수 아득히 푸른 노을 밖에

　　　천상의 신선이 오늘 저녁에 다 모이네.

　　　베 짜는 소리 끊어지고 밤 베틀도 텅 비었는데

　　　오작교 가에는 신선 행차 재촉하네.

　　　만나자마자 서로 이별의 괴로움만 나누고

　　　도리어 내일 아침 또 만나기 어렵다 하네.

　　　두 줄기 눈물이 샘물처럼 흘러내리는데

　　　한바탕 가을 바람 비를 내리네.

　　　광한궁 선녀들 명주 수건 서늘한데

　　　홀로 계수나무 가에서 조용히 잠자네.

　　　저들 한쌍 하룻밤 즐기는 것 샘나서

　　　월궁을 깊이 닫고 빛을 내보내지 않네.

　　　적룡은 몸이 젖어 미끄러워 타기 어렵고

　　　청조는 날개가 젖어 날아가지 못하네.

　　　바야흐로 새벽이라 아마도 개일 듯한데

　　　직녀성의 비단옷을 더럽힐까 두렵네.

　　　銀河杳杳碧霞外　　　天上神仙今夕會 （泰）

　　　龍梭聲斷夜機空　　　烏鵲橋邊促仙馭 （御）

　　　相逢才說別離苦　　　還道明朝又難駐 （遇）

雙行玉淚洒如泉　　一陳金風吹作雨（遇）

廣寒仙女練帨涼　　獨宿婆娑桂影傍（陽）

妬他靈匹一宵歡　　深閉蟾宮不放光（陽）

赤龍下濕滑難騎　　靑鳥低霑凝不飛（微）

天方向曉汔可霽　　恐染天孫雲錦衣（微）

－＜七月七日雨＞[2]

뜻은 깊지만 말이 거칠어 힘만 느끼게 한다. 構圖가 넓고 크지만, 그가 말한 대로 말이 원숙하지 못하여 결과적으로 말만 많은 작품이 되고 있다. 그는 押韻에 있어서도 法則的인 것을 고려하고 있지 않다. 仄聲 泰韻으로 시작한 이 작품은 제2연에서 바로 遇韻으로 換韻하고 있다. 그래서 후대의 시인들은 제4구의 '仙馭'를 '飛蓋'로 고쳐 泰韻으로 바꾸어 놓았다.

다음은 前人의 詩作에서 意境을 빌리면서까지 造意를 하는 데 욕심을 내고 있는 작품이다. 近體 중에서 예를 보이기로 한다.

유령에 추위 들어 언 입술 터졌건만
분홍빛으로 단장하여 천진을 손상치 않았네.
피리 소리에 놀라 떨어지지 말고
잘 기다렸다가 우체부를 따라오게나.
눈을 맞고도 다시 눈꽃으로 단장하여
봄 오기 전에 몰래 한번 봄을 만들어보네.
옥같은 피부에 아직도 맑은 향기 남아 있어
선약 훔친 항아의 월궁 속의 모습인 듯.

---

2) 『東國李相國集』 권2.(이하 권수만 적음)

庾嶺侵寒折凍脣　　不將紅粉損天眞

莫敎驚落羌兒笛　　好待來隨驛使塵

帶雪更粧千點雪　　先春偸作一番春

玉肌尙有淸香在　　竊藥恒娥月裏身

—<梅花>³⁾

　이 작품에서 得意句는 "庾嶺侵寒折凍脣, 不將紅粉損天眞."과 "帶雪更粧 千點雪, 先春偸作一番春."이다. 차디찬 추위 속에서도 꽃을 피워 봄이 오기 전에 봄을 훔쳐 먼저 봄의 분위기를 만들어 내는 것으로 매화의 속성을 그려 내고 있다. 이 작품에는 李白의 <吹笛> 중 "황학루에서 옥피리 부니 오월의 강성에 매화가 떨어지네(黃鶴樓中吹玉笛, 江城五月梅花落)."라든가 王安石 의 "어지러이 스스로 강성에 떨어지니 아득히 역사를 따르기 어려워라(紛紛 自向江城落, 杳杳難隨驛使來)."⁴⁾ 역시 王安石의 <梅花>詩 "담모퉁이 몇 그루 매화, 추위를 능멸하고 홀로 피었네. 눈이 아닌 줄은 멀리서도 알겠거니, 그윽한 향기가 풍겨오니까(墻角數枝梅, 凌寒獨自開. 遙知不是雪, 爲有暗香 來)."를 點化하고 있음을 확인할 수 있으며 특히 '先春偸作一番春'은 梅堯 臣의 "다른 꽃들이 질투할까 두려워 봄이 오기 전에 옛 숲에서 먼저 피었네. (似畏群芳妬, 先春發故林.)"에서 意境을 빌린 것이 틀림없다. 그러나 梅堯 臣은 造語에는 온당하지만 造意는 이규보의 깊이를 따르지 못하고 있는 것 이 사실이다.

　다음 역시 남의 시구를 점화하면서까지 造意에서 기발함을 보인 작품이다.

동으로 바다와 산 넘어 길은 아득한데

하늘가에 한 번 떨어지더니 오래도록 지치도록 노는구려.

---

3) 권1.

4) <次韻道隱憶太平州宅早梅>.

누른 벼는 날로 살쪄서 닭과 오리는 기뻐하지만

벽오동 가을에 늙어 봉황새 시름 짓네.

연파에 범려의 놀던 배 돌아오지 않으니

눈 오는 달밤에 섬계를 찾는 배 띄우기를 기약하리.

이 성스러운 시대에 끝내 버림받지 않으리니

흰 머리로 맑은 물에 낚시질일랑 생각 마오.

海山東去路悠悠　　一落天涯久倦遊
黃稻日肥雞鶩喜　　碧梧秋老鳳凰愁
烟波不返遊吳棹　　雪月期浮訪剡舟
聖代未應終見棄　　莫思垂白釣淸流

－＜吳德全東遊不來以詩寄之＞[5]

　위의　제3구는　杜少陵의　"紅稻啄餘鸚鵡粒,　碧梧棲老鳳凰枝."를　蹈襲한　것이고　보면[6]　죽어도　남의　것을　훔치지　않겠노라고　한　이규보도　造意를　위해서는　補足으로　남의　것을　빌리고　있는　것이다.　그러나　제1연과　제4연은　首尾가　상응하여　그의　造意를　돋보이게　하고　있지만,　이　제2연은　그의　뜻이　나아가는　바를　긴장으로　연결하는　데는　제　구실을　다하지　못하고　있다.　다만　造語에는　성공하고　있으므로　이것이　落句로　流傳할　때에는　名句로　칭송　받기에　모자람이　없을　것이다.

　다음에　보이는　詩作들은　이규보의　왕성한　의욕에도　불구하고　造意에서는　새로운　것을　얻지　못하고　다만　新語를　제조하는　데　성공하고　있는　것들이다.

　사책으로　급제하여

---

5)　권1.
6)　徐居正,『東人詩話』권상.

좋은 옷 차려 입고 고향으로 돌아가네.

봄철에는 꾀꼬리와 함께 골짜기를 나오더니

가울엔 기러기 따라 따뜻한 곳으로 가네.

지는 해에 나그네 행색이 시름겹고

외로운 연기에 이별이 서럽네.

내년엔 틀림없이 만날 터이니

잘 가시오, 눈물 흘리지 마시고

謝策登高第　　　騰裝返故鄕

春同鸎出谷　　　秋趂鴈隨陽

落日愁行色　　　孤烟慘別腸

明年會相見　　　好去莫霑裳

－<秋送金先輩上第還鄕>[7]

　이 작품은 과거에 급제한 선배가 고향으로 돌아갈 때의 송별시다. 새롭게 제조한 뜻은 보이지 않지만, "落日愁行色, 孤烟慘別腸."의 佳句를 만드는 데 성공하고 있다. 다음의 <和宿德淵院>, <醉遊下寧寺>, <行遇洛東江> 등도 그러한 것들이다. 차례로 보인다.

해가 질 무렵에는 석 잔 술에 취하고

맑은 바람 불 때에는 베개 하나에 잠드네.

대나무 빈 것은 나그네 기질과 같고

소나무 늙은 것은 중 나이와 같네.

들판의 냇물은 이끼 긴 돌을 움직이고

---

7) 권1.

마을 밭둑은 푸른 산봉우리에 싸여 있네.
저녁 무렵 산 빛이 다시 좋아서
시 쓰고픈 생각이 샘물처럼 솟아나네.

落日三杯醉	清風一枕眠
竹虛同客性	松老等僧年
野水搖蒼石	村畦繞翠巔
晚來山更好	詩思湧如泉

-<和宿德淵院>[8] 2수 中 제1수

그의 왕성한 의욕도 새로운 意境을 내는 데까지는 이르지 못하고 있다. 그가 이 작품에서 얻어낸 것이 있다면 "竹虛同客性 松老等僧年"과 같은 新語를 제조하는 데 성공하고 있는 것이다. 물론 "竹虛同客性"의 '竹虛'는 말이 온당하지 못하지만 "松老等僧年"이 받쳐주고 있어 佳句로 인정받아 마땅하다 할 것이다. 다음 詩作도 마찬가지다.

우연히 호숫가의 절에 갔더니
맑은 바람에 술기운이 깨네.
들이 거칠어 불붙기 일수요
강이 어두워 구름이 쉬 생기네.
푸른 고개는 모래밭에 이르러 끊어지고
흐르는 물은 언덕을 끼고 나뉘네.
외로운 이 배 어느 곳에 정박하리요
어부의 젓대 소리 저녁에사 들리네.

---

8) 권7.

偶到湖邊寺	淸風散酒醺
野荒偏引燒	江暗易生雲
碧嶺侵沙斷	奔流夾岸分
孤舟何處泊	漁笛晩來聞

—<醉遊下寧寺>[9]

이 詩에서도 이규보는 頸聯에서 내닫는 기세로 新語를 제조하려 하고 있지만 그가 佳句를 얻어낸 것은 頷聯의 "野荒偏引燒 江暗易生雲"이다. "野荒偏引燒"가 거칠기는 하지만, 새로운 것을 추구하는 그의 의기를 잘 드러내보이고 있다.

백겹이나 두른 푸른 산 속에
한가로이 낙동강을 지나네.
풀은 우거져도 오히려 길은 있고
소나무 고요하니 절로 바람이 없네.
가을 물은 오리 머리처럼 푸르고
새벽 노을은 성성이 피처럼 붉네.
누가 알리요? 지칠 대로 노니는 이 손이
사해의 한 시 짓는 늙은이인 줄을.

百轉靑山裏	閑行過洛東
草深猶有路	松靜自無風
秋水鴨頭綠	曉霞猩血紅
誰知倦遊客	四海一詩翁

—<行過洛東江>[10]

---

9) 권6.

이 시에서는 頸聯의 "秋水鴨頭綠 曉霞猩血紅"이 新語를 찾아 나선 그의 욕구를 충족시켜 주고 있다.

그는 "어떻게 쓸 것인가"보다는 "무엇을 쓸 것인가"에 경도한 시인이기 때문에 뜻이 깊은 詩作일수록 생경한 新語를 양산하고 있는 것도 사실이다. 그러나 다음과 같은 작품은 그의 탐욕과 기상으로 名篇을 제작한 본보기가 되기도 한다.

산인이 산을 나오지 않아
옛 길은 거친 이끼에 묻히었네.
응당 세상 사람들이
나(산인)의 녹나월을 더럽힐까 두려워함이리라.

山人不出山　　　古徑荒苔沒
應恐紅塵人　　　欺我綠蘿月

－<北山雜題>[11] 9수 中 제9수

밖에 나오지 않는 산사람(山人)의 삶을 3인칭 시점에서 바라본 것이 이 작품이다. 結句가 다듬어지지 않아 난삽하게 느껴지기도 하지만 이런 것이 그가 제조한 新語임을 알게 해준다.

"山人不出山"은 후세의 시선집에서는 평성 '山'을 입성 '出'로 바꾸어 "山人不浪出"로 고치고 있으나 이 <北山雜題>는 모두 9수로 되어 있는 것으로 이미 제2수에서 "岩僧不浪出"을 보인 바 있다. "古徑荒苔沒"에서도 '荒'의 뜻이 온당하지 않기 때문에 후세 시선집에서는 '荒'을 '蒼'으로 바꾸기도 했다.

---

10) 同上.
11) 권5.

흐르는 물 소리에 아침 저녁 지나고

어촌의 민가는 쓸쓸하기만 하네.

호수가 하도 맑아 한복판에 공교하게 달을 찍어 놓았고

포구가 넓어서 들어오는 조수를 탐욕스레 삼켰네.

낡은 돌이 물결에 닳아 숫돌처럼 평평하고

부서진 배가 이끼에 묻혀 누운 채 다리가 되었네.

강산의 온갖 경치 읊어내기 어려우니

화가의 솜씨 빌려야 묘사할 수 있겠네.

流水聲中暮復朝　　海村蘺落苦蕭條

湖淸巧印當心月　　浦闊貪呑入口潮

古石浪春平作礪　　壞舡苔沒臥成橋

江山萬景吟難狀　　須倩丹靑畵筆描

—<題浦口小村>[12]

　　이 작품은 이규보의 기상과 造語의 솜씨를 함께 읽게 해준다. 처음 일으킨 시인의 뜻이 긴장으로 연결되고 있는 좋은 본보기가 되고 있다. 『大東詩選』에는 "湖淸巧印當心月"의 '當'을 '潭'으로 고치고 있으나 "浦闊貪呑入口潮"의 '入'과 '當'이 서로 짝을 이루고 있을 뿐 아니라, 이것들은 모두 動的인 미감을 고려한 것이다. 뜻과 말의 깊이를 헤아릴 수 있을 뿐 아니라 "浦闊貪呑入口潮"의 기상이야말로 이규보의 것임을 확인케 한다.

---

12) 권10.

3. 遊戲的 詩作

　　대상과 마주할 때마다 시를 쓰지 않고서는 지나치지 못하는 詩魔 때문에 이규보는 晩年의 病中에서도 시와 술은 그에게서 떠나지 않았다고 스스로 진술하고 있다. 그래서 상대에게 전달하기 위하여 시를 쓰는 효용적인 詩作 말고도, 전혀 전달할 뜻이 없이 놀이 본능의 충동에 의하여 만들어 낸 詩篇들도 많다. 스스로 '走筆'이나 '戲作'이라 선언한 작품은 물론 그 밖의 詠物詩에도 유희적인 詩作이 문집의 도처에 산견되고 있다. 平凡을 거부한 이규보 그가 새로운 뜻을 만들고 새로운 말을 제조하는 과정에서 그의 욕심이 과다하게 노출될 때, '奇拔'은 '奇怪'와 같은 속성이라는 俗說을 사실로 보여준 것이 이 遊戲的 詩作이라 할 것이다. 走筆과 急作으로 일찍이 그 유례를 찾아볼 수 없는 이규보가 新奇를 시범하는 과정에서 數十韻의 長篇을 戲作으로 떨어지게 한 것도 좋은 본보기가 될 것이다. 다음의 작품들을 보기로 한다.

> 묻노니, 너는 하늘 찌를 뜻 있을 텐데
> 무슨 일로 벽 틈으로 가로질러 나왔나?
> 속히 백척 높이 큰 대나무로 자라나
> 탐내는 사람 삶아 먹으려는 것 면해 보려마.

> 問渠端有干霄意　　何事橫穿壁罅生
> 速削琅玕高百尺　　免敎饞客日求烹
>
> 　　　　　　　　　　　　　　　　　　－〈竹筍〉[13]

---

13) 後集 권1.

　죽순은 부드럽고 담박한 맛 때문에 예로부터 반찬거리로 밥상에 오르기도 하지만, 그러나 지나치게 新奇를 좇은 나머지 '옆으로 벽틈을 뚫고 나온 怪異한 죽순'을 제조하면서 이 시는 戲作으로 떨어지고 있으며, 結句에서 죽순을 먹이로 전락케 함으로써 작품을 스스로 俗化시키고 있다.

　　앞 여울에 물고기와 새우가 많아

　　뜻이 있어 물결 가르고 들어가는구나.

　　사람 보고 갑자기 놀라 일어나서는

　　여뀌꽃 언덕에 도로 날아 모이네.

　　목을 빼어 사람 돌아가기 기다리다가

　　가랑비에 털옷이 젖어드는구나.

　　마음은 아직도 여울 고기에 있는데

　　사람들은 말하기를, 세상일 잊은 듯 서있다고

　　前灘富魚蝦　　　　有意劈波入

　　見人忽驚起　　　　蓼岸還飛集

　　翹頭待人歸　　　　細雨毛衣濕

　　心猶在灘魚　　　　人道忘機立

—<蓼花白鷺>[14]

　물고기를 노리는 백로의 모습을 그린 것이 시인의 뜻이다. 처음부터 관망자의 위치에서 백로의 모습을 그리다가 마지막 尾聯에서 세속적인 인간의 개입으로 시인의 놀이본능이 발동하고 있음을 보여준 작품이다. 頭聯의 '待人歸'나 '毛衣濕'이 새로움을 減却케 하고 있을 뿐 아니라 긴밀하게 行間을 연

---

14) 권2.

결해 주지 못한다. 특히 이 작품은 白居易의 <鶴>에서 意境을 얻어 온 것
으로 보이기 때문에 그것과 대조가 되기도 한다. "人各有所好 物固無常宜
誰謂爾能舞 不如閑立時"가 그것이다. '忘機立'은 '閑立'에서 點化한 것으로
보이지만, '忘機'는 인간들의 것이며 결코 白鷺나 鶴의 것이 아니다. 마지막
尾聯에서 이규보 특유의 新奇를 제조한 것이 결과적으로 작품을 戱化한 것
이 되고 있다.

온 가족이 푸른 산 옆에 와서 사는데

납작한 모자 가벼운 적삼으로 평상에 누웠네.

목이 마를 때 다시 시골 술 좋은 줄 알겠고

잠이 올 때 애오라지 들차(野茶) 향기 좋아하네.

대나무 뿌리 땅 위에 나와 용의 허리처럼 구불구불

파초가 창을 막아 봉황새 꼬리처럼 길구나.

삼복에 일찍 쉬고 백성의 송사도 적으니

때때로 다시 부처님 섬긴들 어떠리.

全家來寄碧山傍　　矮帽輕衫臥一床

肺渴更知村酒好　　睡昏聊喜野茶香

竹根迸地龍腰曲　　蕉葉當窓鳳尾長

三伏早休民訟少　　不妨時復事空王

－<寓居天龍寺有作>[15]

　山寺 주변의 삶을 한가하게 그리려 한 것이 이 시의 主旨이며, 得意句는
頸聯이다. 그러나 頸聯의 '竹根迸地'와 '蕉葉當窓'에서 뜻을 일으키고 있으

---

15) 권9.

나 '龍腰曲'과 '鳳尾長'이 天眞을 손상하고 있어 이 작품은 시인 자신에게 만족을 제공한 결과가 되고 만다. 다음에 보인 詠物詩들은 처음부터 전달하려는 效用的 목적이 없이 제작된 것이므로 이것들은 대개 시인 자신의 즐길거리 이상의 것이 되지 못한다. 특히 이규보에게는 그의 주변에 늘려 있는 모든 대상들이 그의 眼光을 흡족하게 해 주는 것이기 때문에 작은 짐승이나 미물들까지도 그 物態와 本性을 詩化하는 데 인색하지 않았다. 그래서 그는 <群蟲詠八首>詩에서 두꺼비, 개구리, 쥐, 달팽이, 개미, 거미, 파리, 누에 등을 읊고 있으며 이러한 혐오물을 소재로 선택할 때 그의 戲作은 이미 豫料된 것이라 할 것이다. 그 가운데 일부를 보인다.

우툴두툴 모양새 가증하고
엉금엉금 기어다니는 것도 어설프다.
벌레들은 그렇다고 가볍게 여기지 마라
월궁을 향하여 들어갈 줄 안단다.

非磊形可憎　　　　爬覿行亦澁
羣蟲且莫輕　　　　解向月宮入

－<蟾>[16]

사람 볼작시면 자주 뿔을 움츠리고
집이 있어 몸을 감출 줄 안다.
만과 촉 두 나라로 하여금 싸우게 하지 말라.
흘린 피가 천리에 강을 이룬다.

---

16) 권3.

見人頻縮角　　　有屋解藏身
莫敎蠻觸戰　　　千里血成津

―<蝸>[17]

사람은 하늘이 준 물건을 도둑질하는데
너는 사람들이 도둑질한 것을 도둑질하네.
모두 먹고 살기 위하여 하는 짓인데
어찌 다만 너에게만 탓하리.

人盜天生物　　　爾盜人所盜
均爲口腹謀　　　何獨於汝討

―<放鼠>[18]

　인간들의 삶을 비평하거나 현실문제를 꼬집는 것도 시의 효용적 기능의 한 부분일 수 있지만, 위에서 보인 詠物詩는 처음부터 전달할 뜻이 없이 시인의 즐길거리로 제작한 것이다. 무엇이든지 쓰지 않고서는 견디지 못하는 이규보의 詩魔가 미물의 세계에까지 간여하고 있을 뿐이다.

　詩 말고는 따로 즐길 일이 없다고 생각할 때에는 詩를 하는 행위 그 자체에 의미를 부여하려 하지 않으며 그 대상에 대해서도 애써 그것이 詩로써 표현할 가치가 있는지 여부를 생각하지 않는다. 이럴 때, 유희적인 詩作을 量産하게 되며, 이규보에게 특히 유희작이 많은 것도 이 때문이다. 스스로 戲作임을 선언한 작품을 그토록 많이 문집의 도처에 남기고 간 시인도 일찍이 있지 않았거니와, 그 대부분의 희작을 술로써 쓴 시인은 더욱 있지 않았다. 다음에 그 보기를 보인다.

---

17) 同上.
18) 권16.

푸른 산은 친구와 같아서

서로 만나면 바로 눈썹이 펴지네.

아름다운 술은 신부와 같아

서로 마주하면 피로한 줄 모르네.

내가 전에 찾아오려 할 때

꽃 피는 시절에 가겠노라 했었지.

봄빛은 나를 저버리지 않았고

봄날은 나를 위하여 더디게 가는구나.

이 때에 실컷 마시지 않으면

그 기약 버림만 같지 못하네.

이 말 아직도 끝나지 않았는데

선사는 이미 따른 잔을 다 비웠네.

앞의 말은 희롱일 뿐이니

여기에 항복하는 깃발 세우네.

青山似故人　　　相逢卽開眉

美酒如新婦　　　相對不知疲

我昔欲訪來　　　期以芳菲時

春光不我負　　　春日爲我遲

是時不劇飮　　　不若孤其期

此語方未旣　　　師已罄傾巵

前言特戲耳　　　於此竪降旗

－<訪通首座劇飮走筆>[19]

이규보 스스로 그의 非凡을 술로써 시범하려 하였으나 도리어 통수좌에게

---

19) 권11.

항복하고 있다. 이규보의 시세계에서 술은 그것이 직접 소재로 제공되기도 하고 때로는 시를 쓰게 하는 힘이 되기도 한다. 이 시에서도 술은 시를 쓰게 한 동기와 소재, 그리고 그의 走筆을 가능하게 한 모든 것이 되고 있다. 다음 작품 역시 술을 戱化한 것이지만, 대상과 일정한 거리를 두고 바라보지 못하고 술로 하여금 자신의 일부가 되게 함으로써 작품 자체를 打油詩로 만들고 있다. 다음의 <冬日與客飮冷酒戱作>도 그러한 보기가 될 수 있을 것이다.

눈 가득한 장안에 숯 값이 치솟아
차가운 병 언 손으로 향기로운 술 따르네.
뱃속에 들어가면 저절로 따뜻하게 되는 걸 그대는 아는가
아무쪼록 취기가 뺨에 오르는 것을 기다려 보게나.

雪滿長安炭價擡　　寒甁凍手酌香醅
入腸自暖君知不　　請待丹霞上臉來

—<冬日與客飮冷酒戱作>[20]

한평생 몸 망친 것이 오로지 술이거늘
네가 지금 술을 좋아하니 어떻게 된 일이냐?
이름을 삼백이라 한 것 내 이제야 후회하노니
너 하루에 삼백 잔 마실까 두렵기만 하네.

一世誤身全是酒　　汝今好飮又何哉
命名三百吾方悔　　恐爾日傾三百杯

—<兒三百飮酒>[21] 제2수

---

20) 권13.
21) 권5.

위의 것은 겨울에도 숯이 없어 손님과 함께 찬 술을 마시는 처지를 戲化
한 것이다. 찬 술과 붉은 뺨을 대비하려 한 당초의 뜻이 轉句에서 긴장이 弛
緩되어 戲作으로 떨어지고 있다. <兒三百飮酒>는 아들에게 술을 경계한 것
이다. 兒名 三百을 술 三百杯와 대비할 때 이미 유희는 豫料된 것이다.

4. 效用的인 詩作

이규보는 23세에 禮部試에 합격했으나 30대를 지나면서도 변변한 벼슬자
리에 오르지 못하다가 40세에 이르러 翰林에 보임된다. 이 사이 그는 고위관
료의 詩에 次韻하여 자신의 詩才를 과시하기도 하고 崔詵, 崔讜 등의 權臣
들에게 직접 벼슬을 구하기도 했다. 이 무렵 그는 一筆에 數十韻의 長篇 구
사력을 과시하고 있지만, 이 때의 詩作은 결과적으로 詩의 낭비만 일삼을 뿐,
그 예술적 성취에는 기여하지 못했다. 被傳達者가 一人으로 한정된 이러한
시편에서 명작을 기대하는 일은 있기 어렵기 때문이다. 그는 환로에 진출한
이후에도 微官末職에 있는 자신의 처지를 원망하는가 하면, 벼슬이 오를 때
마다 榮達의 기쁨을 시로써 보답하곤 한다. 40대를 지나면서 그는 주변의 관
료들과 次韻詩를 즐기고 있지만 그의 문집에 詩作의 物量도 감소되고 있으
며 이후 그의 창조적 力作도 찾아보기 어렵게 된다. 이규보는 만년에 이르러
詩經詩의 정신을 직접 詩로써 읊조리면서 詩의 效用的 기능을 강조하여 觀
風에 대한 의지를 과시하기도 하였다. "시인의 比와 興은 詩經에 근본을 둔
것이다(詞人比興本於詩)"[22]라든가 "正聲으로 돌이켜 雅頌으로 복귀하고저
한다(欲反正聲歸雅頌)"[23]와 같은 것이 詩經詩의 溫柔敦厚를 강조한 부분이

---

22) 後集 권4, <次絶句三首韻> 제3수.
23) 同上.

다. 그러나 그의 效用的 詩作 가운데는 敎化의 의지를 밝게 드러낸 것보다
는 대부분이 宦路에의 진출을 위하여 詩를 직접적으로 써먹고 있는 것들이
다. 다음에 그 단편을 보기로 한다.

천상의 금성 정기 떨어져 태어났고
산서에 철간이 높이 솟았네.
가문은 반정원을 이었고
나라에서는 곽표요로 믿고 있네.
백옥같이 마음 속에 아름다움 간직하고
청송같이 절개를 지키는구나.
서말 만큼이나 큰 담은 붉음이 서려 있고
여덟 뼘 둘레의 허리가 태산처럼 우람하네.
이광이 지금의 비장군이 된 듯
흉노는 한 고조를 공격하지 못하네.
자라가 신선도를 받들고 솟은 듯
봉황이 금지(禁池)에서 노는 듯하네.
바른 말은 뭇 준걸들을 놀라게 하고
갸륵한 충성은 두 조정을 도왔네.
한 몸에 문무를 겸비하였고
벼슬은 백일 동안에 뛰었네.
나는 시골에서 쓸쓸히 지내는 몸
어찌 세상에서 떠밀림을 견디리오?
목을 길게 빼고 한 번 떨치고 싶사오니
질풍 같은 힘 좀 빌려주시면 얼마나 좋겠습니까?

天上金精落　　　山西鐵幹喬

家承班定遠　　國倚霍嫖姚
白玉含中潤　　靑松守後凋
紅盤三斗膽　　岳立八圍腰
李廣今飛漢　　天驕不吠高
鼇撤仙島聳　　鳳入禁池翹
直論驚群俊　　孤忠翼兩朝
身兼雙美具　　官剩十旬超
我是水鄕冷　　邦堪陸海漂
引吭思一振　　何幸借扶搖

－<上直門下省金迪侯>[24]

이 작품은 30대 초기의 것으로, 이 무렵 그는 趙永仁, 崔讜, 崔詵, 閔湜, 李桂長 등 많은 權臣들에게 시를 올리고 있으며 이 시의 마지막 "引吭思一振 何幸借扶搖"에서 볼 수 있는 바와 같이 세상에 버려져 있는 자신을 그냥 두지 말고 쓰일 기회를 만들어 달라는 내용들이다.

오랫동안 명리 탐하여 지금도 꿈 속에 있으니
전원으로 가지 못하여 스스로 부끄럽구나.
흰 머리로 아직도 백관의 뒤에 있어
청삼과 목홀로 조례에 참석하네.

久貪名利夢方酣　　未去田園面自慚
白首猶居百寮尾　　藍衫木板趁朝參

－<元日朝會退來有感>[25]

---

24) 권8.
25) 後集 권1.

45세 되던 해의 작품이다. 40세에 한림이 된 후 이 때까지 8품의 微官末
職에 있으면서도 벼슬에 대한 미련 때문에 쉽게 전원으로 돌아가지 못하는
자신의 모습을 부끄럽게 여기고 있다. 그의 삶의 부분들을 알게 해주는 의미
이상의 것은 찾아볼 수 없다.

간관이란 벼슬은 要와 淸을 겸했으니
글 읽는 서생에겐 크게 어울리는 것.
흰 머리에 청삼이라 웃지를 마오
나졸들 길 인도하니 이만하면 영광이지.

拾遺班秩要而淸　　大副書生宿昔情
白首靑衫人莫笑　　金衣前導足爲榮

―〈初拜正言有作〉[26] 제2수

옛날 푸른 적삼 입었을 땐 사람들 피하지 않았는데
새로이 붉은 소매 날리니 뭇 사람들 다투어 따르네.
겉모양과 품계는 예와 같은데
한갓 옷차림의 귀천이 다를 뿐이네.

舊着靑衫人不避　　新披紫袖衆爭趨
形容班品猶依舊　　都爲身章貴賤殊

―〈初除司諫兼受金紫戲贈金正言〉[27] 제1수

〈初拜正言有作〉은 그의 나이 48세 되던 해에 右正言(六品)이 된 것을

---

26) 권14.
27) 권14.

그나마 다행으로 여기며 자위하고 있는 작품이다. <初除司諫兼受金紫戲贈
金正言>은 같은 六品이지만 右司諫이 되면서 특히 紫金魚袋를 하사받은
것을 金正言에게 과시하고 있는 것이다. 仕宦에 대한 그의 탐욕과 爲人을
함께 알게 해주는 작품일 뿐이다.

　　재상의 자리는 하늘보다 높아

　　평생을 두고 올라도 도달하기 어렵네.

　　그대가 만약 내가 오르기를 바란다면

　　먼저 구전단을 주게나.

　　그렇지 못하면 이 범골이

　　어찌 사모에 날개를 꽂을 수 있으리오?

　　나 또한 나를 잘 알고 있어서

　　본래 뜻을 낸 일이 없네.

　　세상에서 말하는 어진 사람들이

　　반드시 모두 재상은 아니리라.

　　다만 재주가 어떤가를 따질 뿐

　　조정의 반열에 관계하지 않으리라.

　　내가 만약 재상이 되지 못하면

　　그대에게 묻노니, 어떻게 보겠는가?

　　개나 말에 비하지 않는다면

　　틀림없이 초개같이 바라보겠지.

　　하물며 꿈 속에 있었던 일로

　　이렇게 축하하면서 나를 속인단 말인가?

　　相位高於天　　　　平生得到難

　　君如欲我到　　　　先與九轉丹

不然此凡骨　　　安得揷羽翰

予亦自知明　　　本非意所干

世之所謂賢　　　未必皆宰官

但論才何似　　　不係朝廷班

我若便未相　　　問子何如觀

不將犬馬視　　　應以草芥看

何況夢中事　　　此賀乃欺謾

　　　　　　－<李侍郎百全以夢中見予拜相來說且賀以詩拒之>[28]

　66세 되던 해, 이백전이 꿈에 이규보가 재상이 된 것을 보았다고 축하할 때 이를 아직도 재상의 자리에 오르지 못한 자신을 조롱하는 것이라 하여 역정을 내는 듯이 하고 있다. 만년에 이르러서도 꿈에 재상의 자리에 오른 것을 詩化하고 있는 것을 보면 그의 관료 지향적인 욕구의 정도를 짐작할 수 있다. 다만 그의 거친 힘은 30대 초반 權貴들에게 詩를 바치던 때에 미치지 못하고 있지만, 이 작품은 한가롭고 여유에 차 있어 만년의 시세계가 어떻게 변질하고 있는가를 잘 보여주고 있다.

　　　내 나이 사십이 넘어 한림원에 들어가

　　　이제 아상과 동등한 추밀원부사가 되었네.

　　　헤아려 보니 네가 7년이나 앞서나니

　　　긴 날개로 잘 하늘 높이 올라라.

我蹟強仕入花甎　　　今到黃樞亞相聯

計爾得除先七歲　　　好將長翮上鵬天

　　　　　　－<癸巳六月日喜兒子涵拜翰林>[29]

---

28) 권18.

29) 後集 권1.

이 작품 역시 그의 66세 되던 해에 아들 涵이 翰林에 오른 것을 보고 자기가 한림이 되었을 때보다 7년을 앞서고 있음을 회고하고 있다. 평범한 술회나 기쁨 이상의 강한 집념을 보여주고 있다. 아들이 벼슬길에 올랐다고 해서 자신의 처지와 맞대어 비교하는 일은 흔하게 볼 수 없기 때문이다. 이럴 때 작품으로서의 높낮이를 따지는 것은 의미를 가지지 못한다.

5. 韓國詩의 自覺

이규보는 남의 글을 훔치거나 빼앗을 수 없기 때문에 부득이 新語를 만들지 않을 수 없다고 했다. 그래서 그는 옛 사람들은 造意만 하고 造語는 하지 않았는데 자신은 뜻과 말을 함께 만들고도 부끄러워 할 줄 모르기 때문에 세상의 빈축을 받았다고 했다.[30] 이는 곧 자신의 뜻이 향하는 바에 따라 어떠한 형식에도 구애됨이 없이 독자적인 자기 시를 쓰겠노라고 선언한 것이다. 그리고 그는 이에 앞서,

詩는 意境이 주가 되므로 意境을 설정하는 것이 더욱 어렵고 말을 꾸미는 것은 그 다음이다. 意境은 또한 氣(才氣)를 위주로 하기 때문에 氣의 優劣에 따라 意境의 깊고 얕음이 결정될 뿐이다. 그러나 氣는 天性에 근본한 것이어서 후천적으로 배워서 얻을 수는 없다. (…중략…) 비록 그러하나 먼저 압운을 했어도 의경을 설정하는 데 방해가 되면 고치는 것이 좋다. 다만 남의 시에 화답할 때에는 만약 險韻이 있으면 먼저 운을 달 자리를 생각한 후에 의경을 조치해야 한다. 사정이 이에 이르면 차라리 그 뜻을 다음으로 할 뿐이요, 韻은 安置하지

---

30) 권26, <答全履之論文書> 참조.

아니할 수 없다.

　　夫詩以意爲主, 設意最難, 綴辭次之. 意亦以氣爲主, 由氣之優劣, 乃有深淺
耳. 然氣本乎天, 不可學得. (…中略…) 雖然凡自先押韻, 似若妨意, 則改之可
也. 唯於和人之詩也, 若有險韻, 則先思韻之所安, 然後措意也. 至此寧且後其
意耳, 韻不可不安置也.[31]

라 하여 詩는 타고 난 才氣로써 쓰는 것임을 강조하고 있다. 여기서 "詩以意
爲主"는 宋代의 『中山詩話』나 『珊瑚鉤詩話』에서도 논급한 것으로, 이는 原
始主義的인 "詩言志"의 표현론을 천명한 것이며 "意亦以氣爲主"는 曹丕의
文氣論 이후 개성주의 쪽으로 기울어진 표현론의 경향을 사실로 수용한 것
이다. 특히, 氣의 淸濁은 아버지라도 자식에게 넘겨 줄 수 없다고 한 曹丕의
생각을 "不可學得"이라 한 이규보의 발언은 주목할 일이다.[32] 더욱이 당시의
騷壇 風土가 東坡 일변도의 宋詩學 영향권에 있었음에도 불구하고 자연적
인 인간의 정서, 특히 개인의 개성을 강조한 그의 "不可學得"은 文言으로 中
國詩를 배운 우리 나라 文人들에게는 중요한 의미를 가질 수 있다. 이것이
당시 騷壇에 풍미하던 文氣論의 실체와 스스로 변별되는 이규보 자신의 체
험적인 作詩論으로 인정받는다면, 이규보는 이 때 이미 韓國詩의 과제를 앞
서 간파한 것으로 기록되어야 할 것이다.
　이러한 論議의 무게를 검증하기 위하여 蘇轍의 文氣論부터 먼저 보기로
한다.

　나는 나면서부터 글 짓는 것을 좋아하여 이를 깊은 데까지 생각해 보았다. 생
각컨대 글이라는 것은 氣가 그렇게 만드는 것이다. 그러나 文은 배워서 잘 할

---

31) 권22, <論詩中微旨略言>.
32) 閔丙秀, 「古典詩論의 한국적 전개에 대하여」, 『震檀學報』 18집, 1979 참조.

수 없지만 氣는 후천적으로 양성할 수 있다. 맹자는 "나는 나의 호연지기를 잘 기른다" 하였거니와, 지금 그 문장을 보면 관후하고 넓어서 천지 사이에 가득한 데, 그 氣의 크기와 잘 어울린다. 太史公은 천하를 돌아다니면서 세상의 명산대천을 두루 보았다. (…하략…)

轍生好爲文, 思之至深. 以爲文者, 氣之所形, 然文不可以學而能, 氣可以養而致. 孟子曰, "我善養吾浩然之氣", 今觀其文章, 寬厚宏博, 充乎天地間, 稱其氣之小大. 太史公, 行天下, 周覽四海名山大川. (…下略…)[33]

이것이 이른바 閱歷論이다. 名山大川을 周覽하면 氣도 養致할 수 있음을 이렇게 말한 것이다. 다음은 당시 竹林高會의 핵심 구성원이었던 林椿의 文氣論이다.

진실로 氣를 기를 수 있다면 일찍이 붓을 잡아 배우지 않는다 하더라도 문장은 더욱 스스로 기이하게 될 것이다. 그 氣를 기르는 자는 명산대천을 두루 관람하여 천하의 奇聞과 壯觀을 찾지 않으면 역시 가슴 속에 있는 뜻을 스스로 넓히지 못한다. 그러므로 蘇子由(子由:蘇轍의 字)는 山에 있어서는 종남산과 숭산·화산과 같은 높은 산을 보고 물은 황하와 같은 큰 것을 보며 사람은 구양공과 한태위를 본 뒤라야 천하의 큰 구경을 다했다고 생각하였다.

苟能養其氣, 雖未嘗執筆以學之, 文益自奇矣. 養其氣者, 非周覽名山大川, 求天下之奇聞壯觀, 則亦無以自廣胸之志矣. 是以蘇子由以爲於山見終南山嵩華之高, 於水見黃河之大, 於人見歐陽公韓太尉, 然後爲盡天下之大觀焉.[34]

---

33) <上樞密韓太尉書>, 『中國歷代文論選』(郭紹虞 主編).
34) <上李學士書>, 『西河集』 권4.

이는 소철의 文氣論을 그대로 수용한 것이다. 그러므로 임춘은 이밖에도
『西河集』의 도처에서 "文以氣爲主",[35] "凡作文以氣爲主"[36] 등으로 '文氣'를
말하고 있지만 이것들은 모두 그의 편지글 속에서 돌출한 말일 뿐, 이규보의
그것과는 스스로 변별되는 것들이다. 이규보의 '氣'는 그가 스스로 제조한 '才
氣'이기 때문에 하늘에서 稟受한 '天才'임을 뜻한다. 詩는 후천적인 人工으로
쓰는 것이 아니라 타고 난 재주로 쓰는 것임을 강조한 것이 立論의 핵심이
다. "由氣之優劣 乃有深淺耳"에서 氣에 優劣이나 深淺이 있다고 한 것도
그 타고 난 天才의 높낮이를 두고 말한 것이다. 文言으로 中國詩를 체험한
우리 나라 漢詩가 후천적인 用功으로 도달할 수 있는 한계를 스스로 자각하
고 있는 것이 이규보 시가 다른 시인들과 대비되는 뛰어남이며, 이것은 한국
시로서의 한시에 대한 自覺이 그렇게 한 것이다. 그래서 그는 東坡를 근세의
第一大家로 추켜 올리면서도 끝내 東坡를 본받았다고 하지 않았다. 이규보
는 스스로 동파시에 차운하기도 하고, 당시 시단의 일급 시인들과 함께 동파
의 詩韻으로 시를 짓기도 한다. 그러면서도 그가 東坡의 말을 그대로 훔쳐
쓰지 않으려 한 노력은 다음과 같은 작품에서 쉽게 찾아낼 수 있다.

> 아름다운 누대의 추녀 날아오르는 날개 같은데
> 푸른 산과 맑은 물이 겹겹이 둘렀네.
> 서리에 해가 비치니 가을 이슬 더하고
> 바다 기운이 구름을 찌르니 저녁 노을 흩어지네.
> 기러기는 우연히 문자를 이루면서 날아가고
> 백로는 스스로 그림 그리며 날으네.
> 미풍도 불지 않아 강물이 거울 같으니
> 길에 가는 행인들은 그림자와 함께 가네.

---

35) <上按部學士啓>, 『西河集』 권6.
36) <與皇甫若水書>, 『西河集』 권4.

金碧樓臺似蜃翬　　靑山環遶水重圍
霜華炤日添秋露　　海氣干雲散夕霏
鴻鴈偶成文字去　　鷺鷥自作畫圖飛
微風不起江如鏡　　路上行人對影歸

-〈甘露寺〉[37]

이 작품을 읽노라면 蘇軾의 〈和子由澠池懷舊〉를 떠올리지 않을 수 없다. 그 제1·2연을 보이면 다음과 같다.

人生到處知何似　　應似飛鴻踏雪泥
泥上偶然留指爪　　鴻飛那復計東西

'雪泥鴻爪'라는 成語의 출처가 바로 蘇軾의 이 작품이다. 蘇軾은 '鴻爪'를 인생의 지나간 蹤跡에 비유하고 있지만, 이규보의 '鴻鴈文字'는 '鴻飛'의 자연 모습일 뿐이다. 그래서 그 意境은 여기서 얻어올 수도 있었겠지만, 결코 그는 말을 훔친 흔적을 남기지 않았다. 詩의 뜻은 동파의 깊이를 따르지 못하고 있지만, 〈甘露寺〉에서 보여준 뜻과 말은 이규보의 것임에 틀림없다. 前人의 詩作을 읽을 때 이미 그 意境은 스스로 배우게 된다. 그러나 그 말과 뜻을 함께 따서 썼을 때 이것을 절취나 표략으로 논하게 될 뿐이다.

이상에서 우리는 이규보의 체험적인 作詩論을 살펴보았으며 東坡詩의 수용 양상도 극히 부분적이긴 하지만 검증해 본 셈이다. 그러나 우리의 할 일은 그가 실제로 그의 詩作에서 새로운 뜻을 내고 새로운 말을 만들어 스스로 한국시로서의 한시를 쓰려고 노력하고 있음을 확인하는 것이다. 앞에서 보인 작품들 가운데서도 특히 佳句로 꼽히는 다음 것들은 이규보 시의 진면목을

―――――――――――――

37) 권11.

알아보기에 충분한 것들이다.

落日愁行色　　　孤烟慘別腸　　　　　－〈秋送金先輩上第還鄕〉

湖淸巧印當心月　浦濶貪呑入口潮　　　－〈題浦口小村〉

竹虛同客性　　　松老等僧年　　　　　－〈和宿德淵院〉

野荒偏引燒　　　江暗易生雲　　　　　－〈醉遊下寧寺〉

黃稻日肥鷄鶩喜　碧梧秋老鳳凰愁　　　－〈吳德全東遊不來以詩寄之〉

竹根迸地龍腰曲　蕉葉當窓鳳尾長　　　－〈寓居天龍寺有作〉

위의 詩句들은 모두 이규보 스스로 새로운 意境을 내고 새로운 말을 만들어 名句를 이룩한 것들이다. 이 가운데는 말이 거칠고 다듬어지지 않은 것들도 있지만 이것이 오히려 이규보 시의 權能을 돋보이게 한 부분이다. 그러나 말의 뜻은 깊지만 詩의 뜻은 깊지 못하다는 평가를 감수해야 하는 것도 이 때문이다. 이규보는 시를 지을 때 마땅히 써먹을 말이 없으면 부득이 새로운 말, 즉 新語를 만들지 않을 수 없었다고 진술하고 있지만, 이 新語가 곧 한국인의 한시요, 한국시로서의 한시의 모습이기도 하다. 아무리 새로운 뜻을 얻었다고 하더라도 이것을 새로운 말로 나타내지 못하면 그 뜻은 凡常한 것이 되고 만다. 그러나 이른바 新意나 新語로 자기 시를 쓰노라고 자만하던 이규보도 그가 宦路에 오른 40대 이후의 詩作에는 새것을 추구하는 욕심도 이미 減殺되고 있다. 44세경에 제작한 것으로 보이는 〈春日訪山寺〉, 〈遊九品寺迫晚〉 같은 名篇을 제조한 이후 그의 詩作은 官邊에서 酬唱한 次韻

詩들이 대부분이며 그 물량도 현저하게 감소되고 있다. 그래서 젊은 시절에 는 달리는 힘으로 <七月七日雨>와 같은 명편을 제조하기도 하였지만 晩年 에 다시 같은 題名으로 제작한 <七夕詠雨>에서는 지난날의 넓은 구도와 기 상을 찾아보기 어렵다. <七月七日雨>는 앞에서 보이었으므로 <七夕詠雨> 만 보인다.

칠석에 비 오지 않는 날 적은데
나는 그 까닭을 모르겠네.
신령한 짝이 사랑을 이루려 하니
비를 내리는 신이 응당 질투하리라.
까마귀와 까치 짝으로 하여금
젖은 것이 무거워 도중에서 떨어지게 하고 싶어서라네.
만약 다리를 놓지 못한다면
은하수는 건널 수 없으리라.
차라리 헤엄쳐 건너갈 망정
이 밤을 헛되이 보내기는 어려우리라.
명년에 만약 다시 비가 온다면
차마 길이 마음으로 사모하기만 할 수 있겠는가

七夕少不雨	予莫知其故
靈匹將成歡	雨師應自妬
欲敎烏鵲侶	霑重落中路
假令橋未成	河水不可渡
寧且泳而歸	此夕難虛度
明年若復雨	忍可長懷慕

－<七夕詠雨>[38]

여기서는 <七月七日雨>에서 보여준 폭넓은 構圖와 달리는 힘을 찾아볼 수 없다. 平凡을 거부하고 非凡을 시험하던 이규보의 詩作도 이미 凡常으로 떨어지고 있음을 그대로 보여 줄 뿐이다. 新意와 新語를 제조하는 데까지 이르지 못하고 있을 뿐 아니라 오히려 진부하기까지 하다. 특히 晩年에 이르러서는 그의 저력을 과시하던 長篇의 구사력도 현저하게 減退하고 있다. 젊은 시절, 氣豪意豁한 東坡를 배우면서도 동파를 본받거나 그 畦徑에 얽매이기를 거부한 이규보는 만년에 접어들면서 스스로 平淡한 白樂天에 경도되고 있다.[39] 백낙천의 삶의 방식과 자신의 모습을 포개어 보면서 自慰하는 데까지 이르고 있다. <次韻和白樂天病中十五首>[40]가 그런 것에 속한다. 이에 이르러서는 그가 스스로 자부하던 자기 시의 창작은 물론, 한국시로서의 한시 모습도 찾아보기 어렵다.

6. 結言

학자는 道를 행하기 위하여 벼슬을 한다지만, 이규보는 문장을 세상에 행하게 하기 위하여 벼슬을 한 문인 관료의 전형이다. 그러나 그는 젊은 시절부터 술을 좋아하여 23세에 겨우 禮部試에 擢第될 수 있었으며, 이후에도 청년 시절의 대부분을 詩酒로써 보냈다. 하루 동안 술을 마시지 않았다 하여 <一日不飮> 詩를 쓸 만큼 이규보에게 술은 그의 시를 생산하는 원천으로 또는 원동력이 될 수 있었으며 후세까지 화제를 남긴 力動的인 名句들도 이 시기의 작품 가운데 많다.

---

38) 後集 권4.
39) 後集 권11, <書白樂天集後> 참조.
40) 後集 권2.

그는 26세 때 이미 百韻詩를 제작하여 長篇의 저력을 과시하기 시작하였으며 환상적인 五言古詩 <東明王篇>을 제작한 것도 이 때의 일이다. 장편이란 원래 힘을 바탕으로 하는 것이기 때문에 이규보가 그렇게 많은 古調長篇을 구사할 수 있었던 것도 그의 힘이 그렇게 한 것이다. 一筆에 三百韻의 기록을 이룩한 <次韻吳東閣世文呈誥院諸學士>와 같은 작품 역시 28세의 젊은 나이에 제작한 것이다.

그러나 그는 사물과 마주할 때마다 그냥 지나치지 못하는 호기심 때문에 무엇이 어떻게 있는지를 시로써 말하지 않고서는 견디지 못했다. 상대에게 전달하기 위하여 시를 쓰는 효용적인 詩作 말고도 전혀 전달할 뜻이 없이 그의 놀이 본능을 충족시키기 위하여 제작한 遊戱的인 詩作들도 많다. 그는 앞서 때를 기다리지 못하는 성급함 때문에 스스로 權貴에게 나아가 시로써 벼슬을 구하기도 하여 詩作의 무절제를 연출하기도 했다. 특히 벼슬길에 오른 40대를 지나면서 그는 주변의 관료들과 次韻詩를 즐기고 있지만 예술적인 성취를 이룩한 작품은 찾아보기 어려워진다. 飮酒로 虛日이 없었던 그는 走筆로써 急作의 천재를 과시하기도 하였지만 ‘走筆’, ‘戱作’으로 낭비를 일삼은 詩人은 일찍이 있지 않았다.

그는 스스로 詩는 意境이 주가 되므로 意境을 설정하는 것이 어렵고 말을 꾸미는 것은 그 다음이라 하였으며 意境은 또 氣를 위주로 하기 때문에 氣의 優劣에 따라 意境의 깊고 얕음이 결정될 뿐이라 하였다. 그리고 氣는 천성에 근본한 것이므로 후천적으로 배워서 얻을 수 있는 것이 아니라 하여 시는 타고난 才氣 곧 天才에 의하여 쓰는 것임을 강조하였다. 그래서 그는 옛사람들은 造意만 하고 造語는 하지 않았는데 자신은 뜻과 말을 함께 만들고도 부끄러워 할 줄 모르기 때문에 세상의 빈축을 받았다고 자만하기도 했다. 이는 곧 이규보 자신의 뜻이 향하는 바에 따라 어떠한 형식에도 구애됨이 없이 독자적인 자기 시를 쓰겠노라고 선언한 것이다. 그래서 그는 東坡를 근세의 第一大家로 추어 올리면서도 끝내 東坡를 본받았다고 하지 않았으며, 스스로 東坡詩에 차운하기도 하고 당시 시단의 일급 시인들과 東坡의 詩韻으로 시를 짓기도 하였지만 그는 東坡의 말을 그대로 훔쳐 쓴 흔적을 남기지 않았다. 이는 文言으로 中國詩를 체험한 우리 나라 漢詩가 도달할 수 있는 한계를 스스로 자각한 것이며, 槪念의 詩가 될 수밖에 없는 우리 나라 한시의 위상을 확인한 것이라 하겠다. 그러나 젊은 시절, 氣豪意豁한 東坡詩를 배운 이규보는 만년에 접어들면서 스스로 平淡한 白樂天에 경되되고 만다. 그래서 平凡을 거부하고 非凡을 시험하던 이규보의 詩作도 이에 이르러 凡常으로 떨어지고 만다. ·

참고문헌

1. 단행본

김경수, 『이규보 시문학 연구』, 아세아문화사, 1986.

김진영, 『이규보 문학 연구』, 집문당, 1984.

박성규, 『이규보 연구』, 계명대출판부, 1982.

서수생, 『고려조 한문학 연구』, 형설출판사, 1971.

심호택, 『고려중기 문학론 연구』, 계명대출판부, 1991.

장덕순 외, 『이규보 연구』, 새문사, 1986.

2. 논문

김시업, 「이규보의 新意論과 시의 특질」, 『한국한문학연구』 제3·4합집, 한국한문학
　　　연구회, 1979.

민병수, 「이규보의 '新意'에 대하여―그 虛實을 중심으로」, 『백영 정병욱 선생 환갑
　　　기념논총』, 신구문화사, 1982.

______, 「고려시대의 한시 연구」, 서울대 박사학위논문, 1984.

손정인, 「이규보의 詠物詩의 제재와 내용」, 『영남어문학』 12, 1985.

송병렬, 「이규보의 문학세계에 있어서의 戲作的 성향」, 성균관대 석사학위논문,
　　　1988.2.

신용호, 「이규보 연구―의식세계와 문학론을 중심으로」, 고려대 박사학위논문, 1985.

여운필, 「이규보시 연구」, 『국문학연구』 58, 서울대 국어국문학과, 1982.

이동철, 「이규보 시의 주제 연구」, 국학자료원, 1990.9.

전영춘, 「이규보 연구」, 『한문학연구』 1집, 계명한문학연구회, 1982.

전형대, 「이규보의 한시」, 『경기어문학』 2집, 경기대, 1981.

진축삼, 「이규보 연구」, 성균관대 박사학위논문, 1977.

최경환, 「이규보의 詩論과 시에 관한 연구」, 서강대 석사학위논문, 1983.

최신호, 「이규보 연구」, 고려대 석사학위논문, 1965.

(『韓國漢詩作家研究』 1, 1995)

李穡의 詩世界

1. 序言

　이색의 詩作은 4,347題 5,970여 수에 이르고 있어[1] 그 全鼎을 맛보는 일
도 쉽지 않거니와 설사 그러한 실천이 가능하다 하더라도 시세계의 특징을
한마디로 말하는 것은 어려운 일이 아닐 수 없다.

　그래서 지금까지 이색의 詩文學에 대한 연구 성과가 量과 質 모두 높은
수준에까지 이르고 있지만, 대체로 개괄적인 해명에서 그칠 수밖에 없었던 것
으로 여겨진다. 이색의 該博을 수용할 수 있는 준비가 갖추어질 때까지 이색
의 시문학에 대한 연구는 스스로 일정한 한계가 그어지지 않을 수 없을 것이
다. 그러나 분명한 것은 이색의 시를 이해하기 위해서는 먼저 그의 산문 체질
을 확인하는 데서부터 비롯해야 한다는 것이다. 李穡의 詩는 散文의 延長에
가깝기 때문이다. 구성이 산문적이며 한시에서 금기시하는 虛字를 즐겨 쓰는

---

1) 이 집계는 呂運弼의 『李穡의 詩文學 硏究』(태학사, 1995)에 의존했다.

句法도 그의 시가 산문적 속성을 共有하고 있기 때문이다. 대상을 꾸미려 들지 아니하고 설명하거나 해명하는 수법에 익숙해 있는 그의 개성과도 관계가 깊은 것은 물론이다.

그러므로 본고는 지금까지의 연구 성과를 총체적으로 검증하는 일도 할 수 없거니와, 또다시 이색의 시세계를 槪觀하는 일도 되풀이하지 않고자 한다. 다만 조그마한 부분 탐색에도 미치지 못하는 결과를 가져올지 모르지만, 雄渾한 風格으로 定評이 나 있는 그 '雄渾'의 의미가 어떤 것인가를 확인해보기로 하였으며, 이밖에도 주로 40대 이후에 量産한 <有感>, <述懷> 등의 의미와 그의 詩藁 도처에서 산견되는 歌, 行, 引, 吟, 曲, 謠 등 歌行體의 실상까지도 살피기로 한 것이다.

그리고 이 작업에서 할 일이 작가를 연구하는 것이지만, 이색의 生平과 같은 것은 이미 文集에서 그 대강을 수록하고 있을 뿐만 아니라 기왕의 연구에서 힘써 다루어왔기 때문에 본고에서는 지나칠 수밖에 없다.

2. 景物詩와 氣象

이색의 시세계에 대한 이해는 그의 산문 정신을 살피는 데서부터 시작하는 것이 첩경이 될 것이다. 이색의 문장은 그 폭이 넓을대로 넓어 한마디로 말하기 어렵지만 各體의 도처에서 名文을 量産하고 있는 것은 틀림없는 사실이다. 높은 곳도 없고 낮은 곳도 없으며 쫓거나 내닫는 성급함도 없이 한가롭고 여유에 차 있다. 애써 꾸미려 하지 않았지만 스스로 말이 풍부하여 佔畢齋 金宗直이 말한 그대로 먹을수록 맛있고 배부르게 해준다.

그의 시도 문장의 연장이다. 이를 알아보기 위해서는 銘에 序를 함께 붙인 다음 글이 적절한 보기가 될 것이다.

빛나는 위엄과 명성은 굳세고 밝도다.

바다의 도둑들이 무서워 떠나니 나라의 간성이로다.

지방의 토호들이 물러나 움츠리니 백성의 판관이로다.

開府에 封爵을 받았으니 벼슬로도 높은 것이로다.

생각건대 공의 마음, 아버지의 그것으로 마음을 삼아

맑은 얼음물, 쓴 나물로 깨끗하게 살았도다.

鴻山 높은 곳, 陣 사이에서 용맹을 날리니

영걸한 풍채는 찬 바람이 불고 기운은 세상에 떨쳤도다.

그대로 그림 그려 꼭 같게 하였으니 모두들 우러러 쳐다보리라.

옛 말에도 있듯이 덕은 털같이 가볍지만 들어올리는 이 적었더니

이것을 들어올린 이는 崔公뿐이니 공이 아니면 누구이겠는가?

바라건대 건강하시어 우리 임금 옆에서 오래오래 계시옵소서.

有烈威聲	惟剛惟明
海盜震怖	國之干城
土豪屛縮	民之司平
受封開府	惟仕之臕
惟公之心	心于乃父
惟水之淸	惟蘗之苦
峨峨鴻山	鼓勇陣間
英姿颯爽	氣振區寰
圖形惟肖	以聳瞻觀
惟古有語	德輶鮮擧
擧之惟公	非公誰歟
庶幾康强	在我王所

－＜判三司事崔公畵像贊＞[2]의 銘

이 글은 <判三司事崔公畵像贊>의 銘 부분이다. 序 부분은 길어서 보일
수 없지만, 序를 읽지 않아도 이 銘文이 오히려 최영의 모든 것을 감동적으
로 알게 해준다.

예로부터 散文贊이 없는 것은 아니지만 이 글은 銘에다 序를 붙인 頌贊
이다. 이렇게 長文으로 銘을 써내려간 韻文의 저력은 일찍이 辭賦에서 과시
한 韻文 능력을 다시 확인케 한다.

이와 같은 그의 솜씨는 본격적인 詩作에서도 그대로 이어지고 있다. 꾸미
거나 다듬는 일을 하지 않기 때문에 新警한 것으로 감동을 주는 名句는 제
작하지 않았지만, 특히 老成한 뒤의 작품은 양적으로도 우세할 뿐 아니라 그
의 該博을 과시한 것이 많아 문장가로서의 이색을 다시 떠올리게 한다.

한시는 제목을 먼저 읽으라는 교훈이 있다. 물론 한시에서는 명료하게 詩
題를 붙이는 것이 싫어서 스스로 ‘無題’를 題名으로 할 때도 있다. 그러나 이
색의 시세계에 있어서는 <無題>詩도 물론 많지만 ‘吟’, ‘歌’, ‘歎’, ‘賦’, ‘詠’,
‘有感’, ‘述懷’, ‘卽事’, ‘懷古’, ‘偶題’ 등 題名만으로는 도무지 그 主旨를 파악
할 수 없게 하는 것들이 너무 많으며 문집의 후반에 갈수록 일반 시인들과는
비교가 되지 않을 정도로 이러한 현상은 두드러지게 나타난다. 그런가 하면
明示的으로 樓亭, 寺刹, 古驛 등을 詩題로 붙인 景物詩에서조차 題名은 그
主旨를 알아내는 데 도움을 주지 못한 때가 많다. 시적 대상으로서의 자연 경
관은 시인의 意思를 운반하는 통로가 되고 있거나 매개물 이상의 구실을 하
지 못한다. 그의 대표작으로 꼽히는 <浮碧樓>도 그러한 것 중의 하나다.

어제 永明寺를 지나다가
잠깐 浮碧樓에 올랐네.
텅 빈 성에는 한 조각 달이 걸려 있고

---

2) 『牧隱文藁』 권12.

늙은 돌 위에는 구름도 千秋나 되었네.

麒麟馬는 떠나가고 돌아오지 않는데

天孫은 어느 곳에서 노닐고 있는고?

난간에 기대어 길게 휘파람 부니

산은 푸르고 강물 절로 흐르네.

昨過永明寺　　　暫登浮碧樓

城空月一片　　　石老雲千秋

麟馬去不返　　　天孫何處遊

長嘯倚風磴　　　山靑江自流

-<浮碧樓>[3]

　먼저 이 작품은 對偶가 온전하게 이루어져 있지 않아 近體의 律格을 거부하고 있다. 이 작품에서 작자는 부벽루를 직접 말 끝에 올림으로써, 부벽루는 意象을 운반할 때 그 통로를 제공하는 것에 지나지 않는 것이 되고 있다.

　首聯에서 "昨過永明寺 暫登浮碧樓"라 읊고 나서부터 부벽루는 이미 시인의 意境 밖으로 사라지고 있다. 다음 순간의 頷聯으로 들어가면서 작자는 懷古的인 感傷에 흐르고 있으며 時空을 초월하여 시적 공간을 무한대로 확장하게 되는 것이다. 尾聯의 '江自流'는 물론 李白의 <登金陵鳳凰臺>에서 가져온 것이지만, 이에 이르러서도 도도히 흘러가는 강물을 통하여 끊이지 않는 시간의 連綿함을 확인하고 있다.

　원래 힘이라고 하는 것은 '大樸而未刪'에서 나온다. 크게 질박하기만 하고 깎지 않아야 굳세고 힘차다. 이것은 물론 나무에다 비유한 것이다. 대강 가지만 치고 너무 깎지 않아야 강해진다는 것이다. 대패질을 많이 할수록 곱기는

---

3) 『牧隱詩藁』 권2.

하지만 약해지는 것은 물론이다.

　이 작품에서 이색은 아롱지게 꾸밀 대상을 이미 首聯에서 지나쳐버렸기 때문에 이로부터 그는 그 구도를 무한대로 설정할 수 있었다. 시적 대상인 부벽루는 意象을 일으키는 계기를 제공하는 데서 그치고 있기 때문에 그래서 스스로 설정한 넓은 공간에서 그는 자유분방하게 丈夫의 氣象을 펼칠 수 있게 된 것이다. 마음껏 내달릴 수 있는 공간을 확보했기 때문이다. 그러므로 굳이 부벽루가 아니더라도 平壤 근방의 어떤 곳이든 그의 懷古的인 감정을 불러일으키게 할 수 있는 곳이면 작품의 제작은 언제든지 가능할 수 있었을 것이다. 이를 확인하기 위하여 流麗한 風格으로 정평이 난 鄭知常의 詩篇 중에서 <開聖寺八尺房>을 보기로 한다.

百步에 아홉 번 돌아 높은 산에 올랐더니
허공에 집 몇 칸이 떠 있을 뿐이네.
맑디 맑은 샘물은 찬물로 떨어지고
暗淡한 낡은 벽엔 푸른 이끼인 양 얼룩졌네.
돌머리 소나무는 한 조각 달에 늙어 있고
하늘 끝 구름은 千點山에 나직하다.
세상만사 이곳에는 이를 수 없으니
숨어 사는 사람만이 오래오래 한가롭겠네.

百步九折登巑岏　　家在半空唯數間

靈泉澄淸寒水落　　古壁暗淡蒼苔斑

石頭松老一片月　　天末雲低千點山

紅塵萬事不可到　　幽人獨得長年閑

－<開聖寺八尺房>[4]

이 작품은 절에 이르기까지의 과정, 절이 있는 곳, 절 주변의 경관 등 全篇의 공간이 開聖寺로 한정되어 있으며 특히 頷聯은 너무 섬세하게 다듬어져 있어 곱고 아름다울 뿐이다. 이 작품에서 정지상은 아예 밖으로 내달릴 일은 엄두도 내지 않고 있다.

다음에는 이색의 寺刹詩를 보기로 한다. 그의 <憶山寺>는 이색이 지난날 거쳐간 山寺를 추억한 것이다.

그때 임천으로 향하지 못했던 것 한스럽기만 한데

늘그막에 궁한 신세 속이 절로 끓네.

위태로울 때 자취 숨기는 것은 운명을 알았음인데

복지에 가는 것도 인연이 없네.

산허리 탑 그림자 한낮에 우뚝하고

달빛 흔드는 풍경 소리 바람 밖으로 퍼져가네.

베 버선과 푸른 신발 마련할 수 있다면

뜰 앞 잣나무 아래서 참선이나 할텐데.

當年恨不向林泉　　歲晚窮途內自煎
晦迹危時知有命　　致身福地却無緣
半山塔影日中立　　搖月磬聲風外傳
布襪靑鞋如可辦　　庭前栢樹問參禪

　　　　　　　　　　　　　　　　－<憶山寺>[5]

이 작품 역시 律詩가 지켜야 할 格式을 온전하게 지키지 않고 있다. 頷聯과 頸聯의 對偶가 제대로 이루어지지 않고 있는 것이다. 이 작품의 頸聯은

---

4)『東文選』권12.
5)『牧隱詩藁』권11.

다음에 보이는 朴寅亮의 <使宋過泗州龜山寺>의 領聯에서 意象을 빌린 것
이 사실이지만, 이 시는 朴寅亮의 것과는 대조적으로 動的인 분위기를 이끌
어내고 있다. <使宋過泗州龜山寺>를 맞대어 보면 쉽게 알 수 있을 것이다.

험한 바위 괴상한 돌 겹친 그대로 산인데
위에 蓮塘이 있어 물이 사방으로 둘렀네.
탑 그림자 강에 거꾸러져 물결 밑에 일렁이고
풍경 소리 달을 흔들어 구름 사이에 떨어진다.
문 앞의 나그네 배엔 파도가 급한데
대나무 아래 중의 바둑은 대낮에 한가롭다.
사신의 임무를 띤 몸 이별을 어쩔 수 없어
시 한 수 남기고 다시 오기 기약하네.

巉岩怪石疊成山　　上有蓮坊水四環
塔影倒江飜浪底　　磬聲搖月落雲間
門前客棹洪濤疾　　竹下僧碁白日閑
一奉皇華堪惜別　　更留詩句約重攀

－<使宋過泗州龜山寺>[6]

<憶山寺>는 지난날의 山寺를 回憶한 것이고 <使宋過泗州龜山寺>는
宋나라에 사신으로 가는 길에 역시 山寺를 읊은 것이다. 이색은 이미 구체적
인 山寺를 摘示함 없이 막연하게 어떤 山寺라고만 하여 처음부터 山寺라는
매개물을 통하여 계획된 자기의 意境을 드러내 보이기로 한 것이다. 그러나
후자는 철저하게 山寺를 그려내고 있다. 이에 반하여 이색은 박인량이 山寺

------

6) 『東文選』 권12.

의 묘사에 사용한 頷聯을 빌려와 자신의 頸聯에서 쓰고 있어 처음부터 山寺를 꾸미는 일에 援用할 의도를 가지지 않았음을 드러내었다.

‘飜浪底’와 ‘日中立’, ‘落雲間’과 ‘風外傳’에 있어서도 動詞로써 마무리한 이색의 것이 물론 動的이다. 外飾에 공을 들인 박인량의 작품과, 의식의 내면을 파고든 이색의 시는 스스로 그 깊이와 무게에서 차이가 나누어질 수밖에 없다.

앞에서 樓臺와 사찰을 題名으로 한 詩作들을 살펴보았거니와 다음의 <寄東亭>은 亭子를 읊은 것이다.

봄이 깊은 골목에는 지나가는 사람 적고
복숭아꽃 오얏꽃 떨어지는 것도 많네.
지난 해도 이 정자 위에 앉았었는데
주렴에 드는 성긴 비가 술잔에 파문을 일으키네.

春深門巷少經過　　桃李花開落不多
記得去年亭上坐　　一簾踈雨酒生波

　　　　　　　　　　　　　　　　　　－<寄東亭>[7]

이 작품은 蘇軾의 <和子由澠池懷舊>의 ‘往日崎嶇還記否’에서 意象을 얻어온 것이 아닌가 의심을 냄직도 하다. 예로부터 樓亭은 태평을 상징하는 靜物이지만, 이 시에서 亭子는 이미 意境의 밖에 있으며 정작 작자가 노린 것은 지난날 앉았던 그 자리에서 주렴 사이로 들이치는 비를 맞으며 술을 마시는 일이다.

이색은 轉句의 ‘記得去年亭上坐’에서 강한 語勢를 느끼게 하고 있을 뿐,

---

7) 『牧隱詩藁』 권21.

술을 마시는 행위나 즐거움 따위를 직접 그리거나 말하는 일은 거들떠보지도 않았다. 마지막 結句에서도 句안에서 '踈雨'와 '生波'로 靜과 動을 대응시키는가 하면, '酒生波'에 이르러 조용해야 할 亭子의 분위기를 흔들어 動的인 美感을 이끌어낸 솜씨는 분명히 그의 氣象이 그렇게 한 것이다.

自然物을 詩題로 한 작품에서도 이색에게 題名은 소중한 것이 되지 못한다. 그는 題名으로 선택한 物象 뒤에 숨어서 시인으로서 바라본 주변 세계를 그리고 있을 뿐이다. 그러므로 이색의 시에서 題名은 主旨를 迷惑 속으로 이끌어가는 장치와 같은 것인지도 모른다. 다음의 <雀噪>는 그러한 典範이라 할 수 있는 것이다.

참새는 처마에서 지저귀고 해는 지려 하는데
晏子가 尼谿 아까워하던 일 멀리서 가엾게 여기네.
王風은 다행히 魯나라에서 일어났는데
女樂은 어찌하여 齊나라로부터 왔는가?
시든 풀과 옅은 안개는 遠近을 흐리게 하고
흰 구름과 산봉우리는 서로 높고 낮네.
봉황의 노래가 갑자기 문 앞을 지나는데
늙은 나는 바야흐로 滑稽를 전하려 하네.

雀噪茅簷日欲西　　遙憐晏子惜尼谿
王風幸矣興於魯　　女樂胡然至自齊
衰草淡烟迷遠近　　白雲靑嶂互高低
鳳歌忽向門前過　　老我方將傳滑稽

－<雀噪>[8]

---

8)『牧隱詩藁』권26.

이 작품은 題名 그대로 '참새의 지저귐'에서 이 시가 시작되고 있음을 알려주고 있을 뿐이다. 이 작품의 이름으로 붙여진 '雀噪'는 詩作의 端初를 열어주는 詩語 이상의 것이 되지 못한다.

멀리 孔子의 시대와 當今의 세상을 대비하면서 자신의 情懷를 풀어놓고 있지만, 主旨를 안개 속으로 빠져들게 하는 것도 이 시이다. 이러한 이색의 시편을 보고 있으면 唐詩의 興趣는 처음부터 그의 것이 아님을 절감하게 된다. 그가 杜甫를 좋아했다고 하지만 그것이 사실이라면 杜甫詩의 沈鬱을 좋아한 것일 것이다.

이러한 수법으로 제작한 그의 시편은 그의 詩藁 도처에서 산견된다. 그 구체적인 예를 보이면, <梅花三首>[9]에서 '梅在溪陰月在南'이라 한 것이라든가 <讀書>[10]의 '讀書如遊山', <雀聲>[11]의 '雀聲報喜小窓明', <蠶婦>[12]의 '城中蠶婦多', <板橋>[13]에서의 '板橋江畔草如烟' 등 이밖에도 흔하게 보인다.

다음의 <洞庭晚靄>와 <記安國寺松亭看雨>는 시인 스스로 氣象을 과시하려는 욕심을 보인 것으로 의미를 부여받음직하지만, 결과적으로 이들 시편이 雄渾한 氣象을 인정받을 수 있는 작품으로 성공하고 있는지의 여부는 또 다른 문제다. 먼저 <洞庭晚靄>를 보기로 한다.

한 점 君山에 저녁 노을 붉은데

吳와 楚를 통째로 삼킬 듯 기세는 다함이 없네.

긴 바람은 황혼의 날을 물어 떠올리는데

비단 등롱의 촛불은 어둠 속에서 비치네.

---

9) 『牧隱詩藁』 권6.

10) 『牧隱詩藁』 권7.

11) 『牧隱詩藁』 권27.

12) 『牧隱詩藁』 권22.

13) 『牧隱詩藁』 권2.

一點君山夕照紅　　闊呑吳楚勢無窮
長風吹上黃昏月　　銀燭紗籠暗淡中

—<洞庭晩靄>[14]

　이 작품의 承句는 스스로 기상을 말하고 있을 뿐 기상을 과시한 佳句를 만들지는 못하고 있다. 轉句에 이르러 "긴 바람이 불어와 저녁 달을 밀어올린다"라 한 표현은 振幅이 큰 그의 기상을 한눈으로 읽게 해준다. 다만 마지막 結句가 轉句의 기상을 받쳐주지 못하고 있어 결과적으로 이 작품은 轉句만 우뚝하게 佳句를 이루는 데서 그치고 있다. 다음의 <記安國寺松亭看雨>도 이와 크게 차이가 없는 작품이다.

　　가랑비에 맞추어 피리 소리 들리고
　　석양에 또다시 절의 종소리 들리네.
　　산이 머니 그 사이 여유로움이 넘치고
　　물이 넓으니 스스로 조용하네.
　　시원한 기운은 밝은 달에서 나오고
　　차가운 소리는 푸른 소나무에서 일어나네.
　　지금까지도 마음에 놀라움 남아 있는 것은
　　번개와 천둥이 나는 용을 쫓던 일이네.

　　小雨仍村笛　　斜陽又寺鍾
　　山遙多醞藉　　水闊自春容
　　爽氣生明月　　寒聲起碧松
　　至今心尙悸　　雷電逐飛龍

—<記安國寺松亭看雨>[15]

---

14) 『牧隱詩藁』 권10.

이 작품도 頷聯의 ‘山遙多醞藉’에서 廣遠한 기상을 보이었지만 尾聯의 ‘雷電逐飛龍’에서 生硬함을 드러내어 오히려 鄙俗하기까지 하다.

3. 有感詩의 無感

이색은 230수가 넘는 <有感>詩를 짓고 있으며, 이밖에도 <自詠>, <有懷>, <述懷> 등 詩題를 분명히 하지 않는 작품도 헤아릴 수 없이 남기고 있다. 이때에도 述懷詩의 속성이 지난날을 뒤돌아보는 것이 일반적인 현상임에 비하여 이색이 제작한 述懷詩는 역시 다른 작품과 마찬가지로 題名과 내용이 동떨어져 있다.

특히 40대 이전에서부터 스스로 ‘老衰’를 부르짖고 있는 이색은 스스로 ‘衰年’, ‘垂老’, ‘白頭’, ‘白髮翁’, ‘病餘’, ‘病後’, ‘病翁’, ‘多病’ 등을 남발하면서 많은 <有感>, <有懷>, <自詠>, <述懷> 詩를 量産하고 있다.

그러나 이것들의 내용을 한마디로 모아서 말하는 것은 거의 불가능에 가깝다. 지나간 역사를 비판하는 일에서부터 자신의 학문과 詩作의 세계, 仕宦과 世累 등 산문 형식으로 따지면 신변잡기에 해당하는 온갖 事象들을 韻文의 형식을 빌려 붓을 들 때마다 적어둔 것이라는 편이 나을 것이다. 그러므로 絶句보다는 律詩를 선택하고 있으며 絶句인 경우에는 대체로 連詩가 많다. 다음에서 그의 <有感>과 <述懷>의 현장을 보기로 한다.

목은은 퇴락함이 심하여
공명을 뒷사람들에게 넘겨주네.

---

15) 『牧隱詩藁』 권9.

시를 읊을 때는 古律詩를 하고
글을 쓸 때에는 법과 변칙이 함께 있네.
맑은 가을에 학은 아득하고
지는 해에 솔개는 어지럽네.
병 앓고나서 오히려 일을 좋아하여
태평성세를 노래하네.

牧隱摧頹甚　　　功名付後賢
我詩參古律　　　下字有經權
渺渺淸秋鶴　　　紛紛落日鳶
病餘猶好事　　　歌詠太平年

-<有感三首>[16] 제3수

이색은 이 <有感>에서 자신을 퇴색한 것으로 말하고 있지만, 이 작품은 40세 이전에 쓴 것이다. 『牧隱詩藁』는 詩體別로 編次를 하고 있지 않아 古體와 近體를 가려내는 것도 쉽지 않지만 이색 자신도 이 작품에서 스스로 시를 읊을 때에는 古律詩를 한 것으로 고백하고 있다.

그러나 이 작품은 全篇을 다 읽고나서도 작자가 전하고자 한 것이 무엇인지 말하기 어려워지는 것은 어찌할 수 없다. 작자 자신도 이런 것까지 생각하지 아니하고, 병을 앓고난 뒤의 새로운 기분을 이렇게 적어본 것인지도 모른다. 명료하게 題名을 붙이지 못한 것도 이 때문인지 모를 일이다. 다음은 40대 초반의 것으로 보이는 <有感>이다.

비웃다가 도리어 좋은 벼슬하여

---

16) 『牧隱詩藁』 권18.

분주하게 뛰어다니며 서로 오르기 다투네.
한산 이씨만 어찌 세상일 다 잊고 사는 자이겠는가?
마음을 쓴 것은 원래 배부르고 편안한 것 아니었네.

嘲笑還須作美官　　汗流奔走競相攀
韓山豈獨忘機者　　用意元非飽與安[17]

이 작품은 그가 40대에 이르러 관료로서의 자리가 굳어지면서 자신의 처지를 긍정적으로 해명하고 있는 것이다. 韓山의 鄕吏 家系에서 일어나 아버지 李穀 때 처음으로 중앙 무대에 진출한 이색의 신분 상승을 노래한 것이고 보면 이 작품이야말로 <有感>의 틀을 선택할 수밖에 없었을 것이다.

아버님께서 주신 자식 나 혼자 남았는데
하늘이 주신 세 아들도 혼사 다 끝났네.
어찌 문장이 二世까지 전하리오
다만 淸白한 것 자손들에게 끼쳐줄 뿐이네.
가을 모습 맑고 곱고 하늘은 엄숙한데
새벽 빛 분명하고 하늘 빛 따사롭네.
만물이 생성하는 것은 끝나지 않으니
크도다! 이렇게 사는 것도 乾元이 있음인저!

稼亭遺體獨吾存　　天賜三男又畢婚
豈有文章傳再世　　只將淸白遺諸孫
秋容淨麗天容肅　　曉色分明日色溫
萬物生成終不已　　大哉資始有乾元[18]

　　이 작품은 『周易』의 "大哉乾元 萬物資始"를 그대로 쓴 것이지만, 특히 이 시는 頌贊類 문장의 銘文을 읽고 있는 느낌이다. 금기시하는 虛辭를 쓰고 있는 것도 물론 그러한 것이다.

　　그러나 이 작품은 그의 만년에 이르러, 방황을 거듭하던 젊은 시절의 懷疑에서 빠져나와 긍정적인 삶을 謳歌하고 있는 한 단면을 보여준 것이다.

　　　　내가 東坡詩를 좋아하는데
　　　　그 豪氣는 俗塵을 뛰어넘네.
　　　　지금도 읊기를 쉬지 않아
　　　　아침부터 미소가 얼굴에 퍼지네.
　　　　원하노니 男婚女嫁 다 끝내고
　　　　손 잡고 명산에 유람하는 것을.
　　　　이 구절은 나를 위해 말한 것이니
　　　　확연히 미간에 나타나네.
　　　　명산은 곳곳마다 있어
　　　　새가 나는 저 밖에도 구름이 피어오르네.
　　　　푸른 산 봉우리는 스스로 높았다 낮고
　　　　흰 구름은 때때로 갔다가 돌아오네.
　　　　세상 어지러운 일 이미 다 끝났으니
　　　　홀가분한 이 몸은 관계할 일 없네.
　　　　나뭇잎 주워서 돌 위에 태우니
　　　　어찌 흰 머리 돋아나는 것 걱정하리요?
　　　　다만 조물주가
　　　　사람에게 너무 인색한 것 걱정할 뿐이네.

---

18) 『牧隱詩藁』 권33.

원하는 것이 과연 이루어질지 모르지만
더욱 나로 하여금 병을 앓게 하네.
그냥 버려두고 다시는 말하지도 말고
심신을 한가롭게 풀어 놓을지니라.

我愛東坡詩　　　豪氣超塵寰
至今吟不休　　　朝來微破顔
願言畢婚嫁　　　携手遊名山
此句爲我發　　　瞭然心目間
名山在在是　　　鳥外抽煙鬟
靑嶂自高下　　　白雲時往還
世累已遣盡　　　身輕無所關
拾葉煮白石　　　何憂雙鬢斑
但念造物者　　　於人多所慳
志願果遂否　　　益使吾痀癏
置之勿復道　　　且放神心閑

—<述懷>[19]

　이 작품 역시 그의 만년에 제작한 것이다. 長篇을 선택할 때부터 豫料된 일이지만, 이는 앞에서 본 <有感>들과는 또다른 양상으로 정감의 기복이 심하게 나타난다. 東坡詩를 통하여 意象을 일으키고 있지만 중간에 자연을 끌어들여 情懷를 털어놓기 시작한 시인은 모처럼 心神을 풀어놓고 한가롭게 살고 싶어하는 정을 보이고 있다.

---

19) 『牧隱詩藁』 권33.

4. 歌行과 現實 體驗

歌行의 淵源은 물론 멀리 樂府에서 온 것이다. 다만 음악을 수반하지 않으며 樂府題를 모의하지 아니하고 五・七言 위주의 古調長篇으로 제작할 수 있는 별종의 詩體라 할 수 있다.

그 특징은 편폭이 비교적 길고 語句와 聲韻이 자유로우며 押韻과 轉韻에도 일정한 규식이 없다. 語氣詞와 산문 구식의 응용이 가능하며 작자의 감정 기복과 서사적 수요에 편리하게 적응할 수 있다. 이로써 보면 歌行은 이색의 체질에 가장 걸맞는 형식이 될 수 있다 할 것이다.

장가행, 단가행
금옥이 울리고 궁성이 운다.
깊숙한 바다에 어룡이 근심하듯
찬란한 햇살에 귀신이 놀라듯.
빠른 우레, 폭우가 순식간에 지나듯
뜬 구름, 나는 솜 바람 따라 나부끼듯.
대랑의 검무 눈에 완연하고
왕우군의 필치 종횡하는 듯.
당시의 천자가 해서 땅 순수할 때
남녘 땅 사랑하여 문명을 열었지.
동방의 한 모퉁이 산과 물 깊어
시인들이 노래소리 어지럽게 하였네.
이 다음에 시를 뽑아 외국에 나가게 되면
응당 이 늙은이가 情을 펴기 어려웠음을 가여워하리.

長歌行　短歌行　　金聲玉振宮商鳴

幽沉入海魚龍愁　　晃朗薄日神鬼驚

疾雷暴雨瞥眼過　　浮雲飛絮隨風輕

大娘劍舞却宛轉　　右軍筆陣徒縱橫

時當天子巡海西　　帝睠南土開文明

東方一區山海深　　風人雜沓絃歌聲

他年採詩及外國　　當憐老牧難爲情

－<歌行>[20]

　이 작품은 이색이 시에 대한 관심이 純然하던 젊은 시절에 제작한 것이다. 한쪽 구석에 치우쳐 있는 우리 나라 시인들이 마구 노래를 불러, 자기 시도 이 다음 외국에 나가게 되면 자기 처지의 어려움을 동정 받게 될 것이라 말하고 있다. 우리 나라 노래에 대한 현실 체험을 진술하게 보이고 있는 것이다.

　이들 작품과는 또다른 양상으로 깊고 두터운 寓意가 숨겨져 있는 아래와 같은 작품도 있다. <竹枯歎>을 보인다.

대는 내가 매우 사랑하는 것

대숲은 바로 나의 집.

비바람에 대순이 응당 자랐을텐데

서울에서 나는 지금 혼자인 봄.

늘 꿈 속에서 찾아가

낭낭히 옥소리 듣는다.

산승은 도덕이 높아

비 맞으며 한 묶음을 나누어 가지네.

---

20) 『牧隱詩藁』 권10.

나막신 거꾸로 신고 좌우에 두었더니
의연히 예전처럼 푸르구나.
담장 그늘에 흙이 살찌고
반짝반짝 새로 목욕이나 한 듯.
긴 바람 구름을 불어 날려보내는데
가을 햇살은 역시 강렬하구나.
일러 말하는 것이 마치 위공과 같은 듯,
아름답게 淇水를 노래하네.
어쩌다 소갈병에 걸려
사마상여의 발자취를 좇나?
하늘도 무심히 아득하기만 하니
그 누가 내 미혹을 알아줄 수 있을까?

竹吾愛之甚	竹林是我屋
風露筍應長	京華我今獨
每尙夢中尋	琅琅聞佩玉
山僧他心通	帶雨分一束
倒屐置座右	依然舊時緣
墻陰土脉密	濯濯如新浴
長風吹雲飛	秋熱亦云酷
謂言如衛公	猗猗詠淇澳
胡爲病消渴	却繼相如躅
天意杳茫茫	誰能辨吾惑

－<竹枯歎>[21]

---

21) 『牧隱詩藁』 권5.

이 작품은 그 형식에서 보면 詠物 歌行에 해당한다. 그러나 이 작품 역시 進退의 懷疑에서 빠져 나오지 못한 젊은 시절에 쓴 것이다. 만년에 量産한 <有感> 등의 작품에서는 微小한 情懷조차 태연하게 진술하고 있는 데 반하여, 이 작품에서는 작자는 대나무라고 하는 物象 뒤에 숨어서 체험적인 심회를 읊조리고 있다. 長篇에서 흔히 보이는 이완이나 혼잡도 없이 全篇이 긴장으로 이어가고 있는 그의 힘이 돋보이는 작품이다.

5. 結言

6,000수에 가까운 이색 시의 全鼎을 음미하는 것은 결코 쉬운 일이 아니다. 지금까지의 연구 성과가 그만큼 쌓여왔지만 아직도 시세계를 개관하는 데서 그치고 있는 것도 이 때문일 것이다.

그러나 본고에서는 이색의 시세계를 그의 산문 체질에서 파악해야 함을 확인하고, ‘雄渾’으로 정평이 나있는 그의 시세계도 이러한 관점에서 해명하려 했다. 그러나 이러한 이색 시의 風格은 그의 젊은 시절에 제작된 景物詩에서 주로 찾아볼 수 있게 되었다. 그리고 그가 만년에 量産한 <有感>이나 <述懷> 등의 詩作에서 미소한 신변잡사까지도 遺漏 없이 말하고 있음을 알게 되었으며, 특히 이러한 작품들은 ‘有感’ 등의 몽롱한 틀과 산문 구식에 의존함으로써 가능할 수 있었던 것을 확인하게 되었다. 그리고 이색은 歌·吟·詠·曲·歎 등 歌行體의 틀 뒤에 숨어서 자신의 체험적인 현실을 노래하고 있음도 함께 알아 낼 수 있었다.

(『韓國漢詩作家研究』2, 1996)

徐居正의 詩世界

1. 序言

　　徐居正(1420~1488, 자 剛中, 호 四佳亭 또는 亭亭亭)은 그의 生平을 廟堂에 바치고서도 1萬首가 넘는 詩篇을 제작했다. 이는 韓國文學史上 前無後無한 事件이므로, 이를 창출한 서거정의 詩世界를 檢證하는 작업은 곧 조선 초기 漢詩史의 중요한 부분을 해명하는 결과가 될 수도 있다. 本稿 역시 이러한 起疑에서 비롯된 것은 물론이다. 그리고 그가 大邱地方의 寒族에서 몸을 일으켜 文臣으로서는 최고의 영예인 兩館大提學의 榮職을 23년 동안 누릴 수 있었던 사실도 역시 우리의 관심을 이끌리게 한다. 그의 시세계에 대해서는 다음에서 다시 살피겠지만 그가 地方의 寒微한 家系에서 일어나 중앙 정치 무대에 진출하게 된 과정에 대하여 자세하게 보고해 주는 자료는 발견되지 않는다. 다만 그가 그의 詩作을 통하여 직접 진술한 것을 보면 그의 世居之地는 大邱(達城)地方이고 永川에도 가족의 일부가 살았던 것으로 보인다. 그러나 그가 生長한 곳은 이미 京都였던 것으로 짐작된다.[1] 그래서 그는 成任과 같은 權貴와 일찍이 사귈 수 있었을 것이다.

그가 陽村 權近의 外孫으로 득세의 발판을 마련하게 된 그 때의 사정에 대해서는 그의 아버지 彌性의 墓表陰記를 통하여 대강 짐작할 수 있다.[2] 이에 따르면 한미한 서거정 一家의 門庭을 열어 준 것은 그의 아버지 彌性에서 비롯된 것으로 여겨진다. 그는 소년 시절부터 權踶와 친교가 있어, 장차 科第에 나아갈 때도 반드시 동시에 응시키로 약속할 만큼 가까운 사이었으며 만약 실패하면 그는 과거를 그만두기로 하였다 한다. 이후 권제는 과거에 합격했으나 彌性은 실패하여 다시는 擧業에 뜻을 두지 아니하고 生員에서 끝난 것으로 전해지고 있다. 그러나 그는 權近에 의해 큰 그릇이 될 것으로 인정받아 그의 사위가 되었고 그의 在世 기간이 오래지 않았지만 生員 출신으로 通政階에까지 올라 벼슬이 安州牧使에 이르렀다. 서거정의 경우, 그의 榮達이 오로지 이러한 婚戚의 後光에 힘입은 것으로만 설명될 수 없지만 徐氏 一門의 繁衍이 彌性에 의해 그 뿌리를 내린 것은 사실이다.

서거정은 25세 때 과거에 합격하여 이로부터 45년간 廟堂에 출입하면서 조정에 봉사했다. 仕宦 기간 중 外職으로는 단 한번 平安監司에 임명된 일이 있었으나 이것도 곧 朝議에 의하여 還職되었다. 여섯 임금을 섬기면서 지속적으로 內職에만 종사해 온 그는 45세에 兩館大提學의 자리에 올라 23년 동안 문신으로서는 최고의 영예를 누리었으며 文翰의 重任을 獨食했다. 40

---

1) <丙戌正月初五日 永川鄕第席上走筆>(四佳詩集 권14)이라 한 詩題와, <寄成同年重卿> 詩에 "生長同閭四十年"이라 한 것 등 서거정의 진술에 따르면 서거정은 永川에서 사람을 만나 자신의 고향이 大邱임을 밝히고 있으며 특히 <示阿姪彭周>(詩集 권4) 詩에는 "汝家達成本寒族 無人振起光門閥"이라 하여 門閥을 빛낼 인물이 없음을 탄식하고 있다. 이로써 보면 서거정의 世居之地는 大邱地方이고, 永川은 그의 가족 가운데 일부가 거주하던 곳으로 여겨진다. 또 大邱徐氏 世譜에 따르면, 그의 祖父와 曾祖父 산소는 慈仁縣이었음을 알 수 있다. 그러나 아버지 彌性 때 이미 京畿地方에 移居했던 것으로 보이며 그가 生長한 곳은 重卿(成任)과 함께 지낸 京都인 것으로 여겨진다. 大邱 徐氏가 達成 徐門에서 分宗한 것도 徐居正에서 비롯되고 있다. 그러나 그의 兄 居廣 一門만 嗣孫이 전하고 있을 뿐이다.

2) 達城墓誌錄 권1 上 참조.

대에 이미 消渴症으로 病弱해진 자신의 처지를 호소하며 歸去來를 부르짖었으나 그는 끝내 宦路에서 떠나지 못했다.[3] 이 때문에 金守溫, 李石亨, 金宗直, 李承召와 같은 一世의 名流들이 文衡의 榮官을 바라볼 수 없게 되었으며 이 가운데서도 특히 김종직과의 관계에 있어서는, 김종직에게 문형의 자리를 물려주는 것이 싫어서 久任을 했다는 야설도 있다. 김종직이 東文粹(文選集)와 靑丘風雅(詩選集)를 편찬한 것도 서거정의 동문선에 대항하기 위한 것이라는 好事家들의 뒷이야기도 전한다. 이와 같이 官人으로 始終한 그의 人間境涯는 서거정의 문학세계를 한마디로 말하기 어렵게 하는 필연적인 요인으로 작용한 것은 물론이다. 그에게는 官邊에서 전개되는 체험적인 사실을 통하여 보다 다양한 시세계의 확장을 가능케 하는 肯定과, 동시에 眞情의 流露를 어렵게 하는 世間으로부터 쉽게 逸脫할 수 없게 하는 否定이 그의 시세계를 혼돈케 했을 것임에 틀림없다.

서거정의 四佳集은 수종의 異本이 있지만 完帙本은 전하지 않고 있다. 그의 神道碑銘에는 詩文集이 70여 권이라 했지만 현존하는 이본들을 종합해 보면 모두 60여 권에 이르고 있으며 이 가운데서도 詩集의 缺卷을 빼면 현재 얻어 볼 수 있는 詩文은 30여 권 뿐이다. 특히 시집은 缺卷이 많은데다가 『東文選』, 『輿地勝覽』 所載 詩篇들을 補遺로 追錄하고 있다. 이 가운데는 이미 本集에 수록되고 있는 것을 중복하여 싣고 있는 것이 많아 엄격하게 작품의 物量을 헤아려 밝히는 일도 어려울 뿐만 아니라 설사 그러한 企圖가 이루어진다 해도 그 결과는 큰 의미를 가지지 못한다. 특히 근년에 널리 유행하고 있는 韓國文集叢刊에 수록되고 있는 四佳集은 國立中央圖書館藏本을 底本으로 하고 서울大學校 奎章閣藏本을 補添한 것이어서 서거정의 문학세계를 확인하는데는 모자람이 없다.[4]

---

3) 이러한 그의 호소는 詩作의 도처에 나타나고 있다. 구체적인 例證은 다음 장에서 보일 것이다.

4) 本稿의 作成도 韓國文集叢刊에 의존했으므로 본고에서 밝힌 卷數 등의 표시는 모두

다만, 四佳集은 詩集이 52권이나 되지만 그중 27권이 낙질되고 현재까지 전하고 있는 것은 25권에 지나지 않는다. 특히 총간본의 詩題 속에 간간이 나타나는 年紀를 추적한 결과 22세부터 40세 이전의 詩作은 겨우 2~3권 분량에 지나지 않아 청년 시절 서거정의 작품은 얻어 읽을 수 없게 되어 있다.[5] 서거정의 시문집은 그의 생전에 왕명으로 간행을 서두르게 됨에 따라 서거정 자신이 직접 편집에 참여하여 그가 死去하기 몇 달 전에 세상에 나왔다. 그럼에도 불구하고 서거정의 시편이 심하게 망실되고 있는 이유는 여러 가지 사실에서 찾아 볼 수 있겠으나, 다만 祖先의 遺集 보전의 성실한 담당자가 되어야 할 後孫의 絶滅이 그 가운데서도 중요한 원인이 된 것으로 보인다. 제자를 가르칠 여유를 가지지 못한 벼슬아치 인생의 비애도 작은 몫으로 이 이유 속에 포함될 수 있을 것이다. 서거정에게는 처음부터 嫡嗣는 있지 않았고 庶出이 있기는 하였으나 四佳의 神道碑銘과 大邱徐氏 世譜에 따르면 庶孫조차도 아들이 없어 血孫은 嗣絶되고 養嗣子의 入繼로 뒤를 잇고 있는 것으로 되어 있다.[6]

그러나 서거정의 遺作은 현재 殘帙本에 전하는 詩篇만으로도 5,000수를 상회하고 있어 그 全鼎을 맛보는 것은 결코 쉬운 일이 아니다. 그러므로 80년대 후반에 이르러 서거정 연구가 한때 호황을 누리는 듯 하였으나 東人詩話와 같은 詩話書 연구가 대부분을 차지하는 정도의 것이었으며 다만 몇 편의 학위논문에서[7] 서거정의 시세계에 대하여 광범한 조사 보고가 이루어지고 있는 것이 값진 성과라 할 것이다. 浩瀚한 서거정의 시세계를 品騭하는 일이 결코 쉬운 것은 아니지만, 그 욕심을 부려 본 것이 본고의 의도다.

위에서 보인 叢刊의 것이다.

5) 詩集 총 52권 중 22세(辛酉) 때의 작품과 37세 때의 작품 <哭成修撰和仲侃四首>가 권5에 수록되어 있고 40세에 제작한 <己卯春三月> 詩가 권8에 수록되어 있다. 이 己卯는 그의 40세 때다.

6) 魚世謙이 제작한 <神道碑銘>에 "四佳之後 皆一再傳而嗣絶"이라 기록하고 있다.

7) 崔明奎의 「徐居正과 그의 漢詩研究」(高麗大敎育大學院碩士學位論文), 李鍾建의 「徐居正詩文學研究」(東國大博士學位論文) 등이 대표적인 것이다.

2. 萬首詩의 作家

좋은 시를 얻는 일보다는 많은 시를 즐겨 쓴 서거정은, 그가 제작한 시편이 1만 수천 수를 헤아리게 되었지만 시를 쓰는 일이 日課가 되었다고 自述하고 있다.[8] 그는 病中에 한가하게 있을 때에는 하루에도 3·4수 혹은 6·7수, 경우에 따라서는 10수를 넘는 때도 있었다 한다. 家業을 이을 어진 자손이 없어 자기의 詩作이 마침내 장독의 덮개가 될 줄 알면서도 스스로 읊는 것을 그만두지 못하는 것을 自嘆하기도 하였다.[9]

다음 시편에 이러한 사정이 명료하게 나타나 있다.

시 한 수 읊고 나면 또 한 수 읊고
종일토록 시 읊는 일 밖엔 아는 게 없네.
지금까지 지은 시 만 수나 되는데
죽는 날에 가서야 읊지 못하겠지.

一詩吟了又吟詩　　盡日吟詩外不知
閱得舊詩今萬首　　儘知死日不吟詩

겉으로는 엄숙하게 效用論을 외친 그였지만 무료한 시간에는 시 짓는 일 말고는 따로 한 것이 없음을 진솔하게 고백하고 있다. 萬首나 시를 짓고서도 죽는 날까지는 시를 쓰게 되리라는 솔직한 심정의 吐露다.[10] 그가 東人詩話

---

8) <書抄稾後>(詩集 권52)에서 "僕少有詩癖 凡懽娛悲慽寓目屬耳 …… 今搜舊稾, 已萬有千首 猶不廢日課"라 했다.
9) <詩成自笑>(詩集 권29) 自序 부분 참조
10) 閔丙秀, 『韓國漢詩史』, 太學社, 1996, 222면 참조.

에서 "시는 小技에 지나지 않는 것이지만 世敎와 관계되는 것은 君子로서 마땅히 取할만 한 것"[11]이라 하여 스스로 詩를 救濟하고 있는 것도 어쩌면 시인 서거정의 자기 변명을 미리 준비한 것인지도 모른다. 그러나 이와 같이 시를 좋아하는 그의 性癖이 1만수가 넘는 시편을 제작하게 되었고, 결과적으로 그의 시는 대부분 卽興詩라 해도 좋을 것들이 되고 말았다. 그는 스스로 杜甫에 미친 것처럼 말하고 있지만,[12] 서거정은 두보시를 좋아하기만 하였을 뿐 마음을 태우면서 精練한 두보의 정신은 배우지 않았다는 것이 適評이 될 것이다.

서거정의 시세계에서 먼저 주목해야 할 것은 그의 주변 인물과 주고 받은 贈答·次韻詩의 量産이다. 너무 많은 物量을 쏟아 내었기 때문에 그의 시세계를 混濁하게 한 것도 이 부분이다. 구체적인 인간관계, 주어진 상황이 眞情의 流出을 어렵게 한 障碍 요인이 된 것도 물론 이 때문이거니와 결과적으로 그토록 막중한 물량에도 불구하고 秀作을 뽑아내지 못한 안타까움도 역시 多作의 過로 설명되어야 할 것이다.

이러한 그의 多作癖은 佛僧과의 酬酌에서도 적지 않은 물량을 남기고 있다. 이러한 사정은 물론 그가 젊은 시절 山寺에서 독서를 한 것에서부터 연유한 것이라 할 수 있겠지만, 그러나 스스로 儒者의 軌轍에서 확실하게 逸脫한 詩作조차도 詩集의 도처에서 발견할 수 있다. 그 상황이 스스로 儒者임을 포기하는데까지 이르고 있기 때문에 사태의 심각성을 염려하게 한다. 그는 <約姜菁川訪一菴專上人以病不能 詩以爲謝>[13]에서 "上人喜儒者 我亦愛逃禪"이라 한 것을 보면, 一菴上人이 儒者를 좋아한다는 것은 介意할 것이 못되지만 자신도 禪의 세계로 逃避하는 것을 좋아한다고 한 것은 결코 예

---

11) "詩者小技 然或有關於世敎 君子宜有所取之."(東人詩話 권중)
12) <一庵專上人房醉歸 明日 吟成數絶 錄奉> 詩에 "十年來往贊公房 老杜詩狂老更狂"
    이 있다(詩集 권31).
13) 詩集 권10.

사로운 발언으로 치부할 일이 아니다. "逃禪"은 禪의 세계에서 도망하려는 것이 아니라 禪 속으로 도망한다는 뜻이기 때문이다. 서거정이 후세 詩家들의 觀心圈에서 멀어진 것도 이러한 一聯의 사정과 무관하지 않은 듯 싶다.

서거정의 청년 시절 詩作은 대부분 逸失되고 없기 때문에 가장 왕성한 제작 의욕을 보인 40대 초반의 작품도 그에게는 사실상 초기작으로 묶여질 수밖에 없다. 물론 詩集의 후반에 이르면 晩年의 자신을 뒤돌아보는 述懷詩가 主宗을 이루고 있지만, 앞에서 이미 지적한 대로 40대의 초기 작품에는 贈答·次韻詩로 과욕을 부리고 있다. 이 무렵 가장 가까운 거리에서 그와 시를 주고 받은 인물은 姜景醇(希孟)과 洪日休(逸童)이며 뒤에 同參하고서도 많은 酬酌을 한 것이 金子固(紐)다. 특히 洪日休에게 그는 再和, 三和를 거듭하면서 거의 같은 시기에 30편의 시를 보내기도 한다.[14] 이러한 상황은 洪日休가 過飲으로 死去할 때까지 계속되며, 이를 가능케 한 것은 단순한 親交 이상의 자기 과시욕에서 기인하고 있는 것은 물론이다.

평소 술을 좋아한 서거정은 官邊에서 흔히 가지게 되는 宴會에서도 시로써 즐길 거리로 삼았으며, 過飲으로 술자리 酬酌이 어려울 때에는 술이 깬 다음 날 아침에 詩를 써서 同席했던 관료나 친구에게 이를 보내기도 했다. 그러나 이렇게 가는 곳마다 시를 뿌렸지만, 후세 評家들은 이러한 시의 浪費에 관심을 보이지 않았으며, 詩選集에서 이를 뽑아주지 않은 것은 물론이다.

그는 41세 되던 해에 燕京 수천리의 使行길에 오른다. 이 道程에도 그의 눈이 닿는 곳에는 시를 빠뜨리지 않았다. 후일 이때의 使行詩를 모아 <北征錄>을 만들었고 여기에는 明使 祁順의 序와 姜希孟, 申叔舟 등의 <讀北征錄>詩를 붙여 紀念碑的 사건으로 만들었다. 이때에도 그가 얼마나 詩를 즐겼는지 자신의 진술 속에 잘 드러나 있다.

---

14) 詩集 권8 참조.

깊은 숲은 어둡기 칠야와 같고

돌아가는 좁은 길은 실보다 가느네.

말은 다리 건너는 곳마다 두려워하고

사람은 험한 곳 오를 때마다 시름짓네.

시냇물 소리는 물길따라 끝이 없고

산빛은 새벽됨을 먼저 알게 해 주네.

용만땅이 가까움을 깨닫게 되나니

갈수록 기꺼이 시를 얻는다.

深林昏似漆　　　歸路細於絲

馬怕渡橋處　　　人愁躋險時

溪聲流不盡　　　山色曉先知

漸覺龍灣近　　　行行喜得詩

－<夜行>[15]

奉使臣의 막중한 임무를 띠고서도 시 짓는 즐거움을 진솔하게 토로하고 있다. 조금도 다듬은 흔적이 보이지 않는 即興詩의 典型이다. 尾聯의 "漸覺 龍灣近"에서 '漸'과 '近'은 사실상 뜻이 겹치는 것인데도 작자는 이에 개의치 않고 있다. 다른 곳에서도 흔하게 虛字를 쓰고 있거니와, 이 작품에서도 허자 사용을 꺼리지 않았다.

　지나칠 정도로 시짓기를 좋아하는 것도 好事癖과 통한다. 서거정은 40대 에 접어들면서 이미 病弱한 늙은이임을 자처하면서도 시를 필요로 하는 儀 式이나 行事에는 왕성한 의욕으로 詩篇을 바치고 있다.

　粧飾美를 屬性으로 하는 應製詩와 같은 것은 壯雄함을 특징으로 하기도

---

15) 詩集 권7.

한다. 內密한 情語와 같은 것은 도무지 찾아볼 수 없는 서거정에게는 체질적으로 應製詩와 같은 頌禱·歌詠이 그의 것으로 어울릴지도 모른다.

만년에도 그는 王命에 따라 <立春五殿春帖子>를 지어 그의 該博을 과시하고 있으며 내친 김에 <迎祥詩五首>도 함께 바치고 있다. 이때에는 층층으로 后妃들이 생존하고 있어 大王大妃殿을 비롯하여, 仁粹大王妃殿, 王大妃殿, 大殿, 中殿 등 五殿에 축도의 노래를 지어 바칠 기회가 부여된 것이다. 그의 대표작의 하나로 꼽히는 <應製七月誕辰賀禮作>이나 <應製月山大君風月亭> 6首도 그러한 것 중에 하나다. 그러나 貪多無得을 일삼은 그는 이러한 應製詩에서는 지나친 겉치레만 치중한 나머지 그의 意境이 어디로 향하고 있는지 알아차릴 수 없다. 絢爛만이 있을 뿐 신하로서의 微衷도 찾아보기 어렵다. 다음은 風月亭詩의 한 부분이다.

열두 개 난간은 푸른 연못을 마주 보고
높이 걸린 금빛 편액은 번쩍번쩍 빛나네.
하늘도 아끼고 땅도 감춰 준 천년의 승지
우거진 버들 환하게 핀 꽃 모두들 향기와 어울어지네.

十二闌干面碧塘　　高懸金額動龍光
天慳地祕千年勝　　柳暗花明百和香

－<應製月山大君風月亭詩 六首>[16) 제2수

六首 중 其二의 首聯과 頷聯을 보인 것이다. 서거정의 詩作은 힘을 들인 작품일수록 말이 많은 것이 오히려 약점으로 지적될 수 있다. 이 작품도 그러한 것 가운데 하나다. 頷聯 下句 "柳暗花明百和香"은 더욱 그러하다. /4/3/

---

16) 詩集 권30.

의 조직이 緊切하게 연결되지 못하여 말만 繁多하게 늘어놓은 결과가 되고 있을 뿐이다. 뿐만 아니라 '柳暗花明'의 句는 宋 陸游의 詩 <遊山西村>의 頷聯 "山重水複疑無路 柳暗花明又一村"에서 그대로 끌어 쓴 것이다. 이중에서도 下句가 특히 뛰어나 落句로도 널리 알려져 온 것이다. 그러나 이 시에서 援用하고 있는 '柳暗花明'은 원래 마을의 遠景을 그린 것이어서 제한된 空間 모습을 묘사한 風月亭詩에는 처음부터 걸맞지 않은 것이다. 過慾과 急作이 措辭의 放漫을 가져온 결과다. 그럼에도 불구하고 옛 사람들이 서거정의 시를 가리켜 富贍한 것으로 評價한 것은 그렇게 많은 말을 만들어 낼 수 있는 該博과 才能 때문이라 할 것이다.

사람을 떠나 보낼 때 시로써 전송하는 것을 흔히 送別詩·贈別詩라하며 옛 사람들은 이를 別章이라 부르기도 했다. 서거정과 같이 一生을 宦路에서 보낸 館閣文臣에게는 이러한 文字行爲는 필연적으로 요구되는 것들이며, 특히 急作이 그의 權能이기도 한 서거정에게는, 그의 好事癖을 자극하는데 충분한 계기를 제공하게 되었을 것이다. 그는 上黨府院君 韓明澮가 使行길에 오를 때 勿驚 30수의 別章으로 송별을 했다. 그것도 平聲 30韻을 총동원하여 一韻에 一首씩 30수를 지어 바친 것이다. 實例를 보이면, 東韻의 제1구를 "門閥西原擅海東"으로, 마지막 咸韻의 제1구는 "聖朝三五已登咸"으로 시작하여 30수를 읊어내고 있다.

送序類 散文에서도 그러하거니와 奉使臣을 보낼 때의 贈別詩 역시 勸勉의 뜻을 깃들이는 것이 일반적이다. 그러나 이 詩篇들의 내용은 대부분 韓明澮를 稱譽하는 것으로 채워져 있어 각각 한 수 씩 떼어놓는다면 이것들이 증별시임을 알아차리기 어려울 정도다. 그리고 七律로 쓴 이 작품은 구성 방식에 있어서도 /2/2/3/ 또는 /4/3/의 기본율조차 지켜지고 있지 않아 過慾과 多作은 좋은 시의 제작을 어렵게 하는 障碍 요인이 되고 있음을 확인케 한다. 다음은 冬韻의 首聯을 보인 것이다.

人物山川間氣鍾　　風雲千載際奇逢[17]

```
/ 2 / 4 / 1 /    / 2 / 3 / 2 /      …①
/ 4 / 3 /        / 4 / 3 /          …②
```

　①은 의미 단위에 따라 나눈 것이며 ②는 構成의 基本律을 보인 것이다. "인물은 산천의 간기가 모여서 나오고 풍운의 才氣는 천년만에 기이하게 만난다"가 그것이다. 그러나 이는 구성의 기본률에서 완전히 벗어나고 있다.

　예로부터 英傑한 인물을 가리켜 山河間氣의 인물이라 하였거니와, 이 시에서도 한명회를 칭도하기 위하여 그를 산하간기의 인물이라 한 것이 이 시인의 뜻이다. 이 시를 바친 것은 그의 나이 64세 때의 일로 추측되지만 그는 이 무렵까지도 많은 稱頌의 노래를 제작하였다. 따로는 시의 眞實을 의심나게 하는 急作이 없는 것은 아니지만, 그의 욕심과 該博이 아니고서는 도달할 수 없는 말의 盛饌을 과시해 왔다. 그래서 그는 名詩로써 大家의 경지에 이르렀다기보다는 急作의 名手로 후세에 이름을 드날릴 수 있었다. 이로써 보면 서거정은 情으로 시를 쓴 시인이기보다는 말로써 시를 쓴 多作의 大手라 할 것이다.

　그는 계절이 바뀔 때마다 계절의 길목을 놓치지 않았다. <立春>, <春日>, <夏日卽事>, <夏日>, <七夕>, <七月七日> 등 詩集의 도처에 꼭 같은 제목으로 시를 남기고 있어 제목만으로는 그의 시집에서 시를 찾기조차 어려울 지경이다. 그의 대표작으로 꼽히는 <春日>과 <夏日卽事>도 물론 이 가운데 있다. 無實한 誇示慾이 減殺된 老境에 이르러서도 그에게 詩에 대한 욕심은 가시지 않았다. 다만 남에게 주는 시로부터 자기 시를 쓰는 쪽으로 관심이 옮겨지고 있을 뿐이다. 그래서 그는 自作詩에다 또다시 次韻을 하는 자

---

17) 詩集 권44.

기 陶醉에 빠지기도 했다. <三月二日>, <又用前韻>, <三用前韻>, ……
<十用前韻> 등 10편의 차운시를 남기고 있는 것도 그러한 것이다. 다음이
原韻과 次韻詩의 일부다.

봄빛은 병든 늙은이를 속이고
계절의 물화는 내마음 뇌쇄케 하네.
흰 빛은 가느다란 미나리국 좋아하고
푸른 빛은 쑥으로 빚은 떡의 향기 애처로워하네.
잔치판 열리자 손님은 모여들려 해
술 사오는 노비들이 먼저 바쁘네.
내일이면 삼월 삼짓날
답청놀이 신나는 흥이 벌써 미치네.

春光欺老病　　節物惱心腸
白愛芹羹細　　靑憐艾餠香
開筵賓欲到　　沽酒婢先忙
明日重三是　　踏靑興已狂

－<三月二日>[18]

이 시에 다섯 번째로 次韻한 것이 아래 시다.

생애는 두개의 달팽이 뿔
세상 사는 맛이란 매미와 거북의 배.
대나무는 저렇게 은은한 것 좋아하고

---

18) 詩集 권31.

매화는 죽도록 향기를 아끼네.

강산은 다 늙은 이몸을 용납해 주는데

세월은 누굴 위해 저리 바쁜가?

흰 백발은 봄을 즐기는 행사가 아닌데

시짓고픈 마음은 미치고 또 미치네.

生涯兩蝸角	世味一蟬腸
竹愛多生靜	梅憐抵死香
江山容我老	日月爲雖忙
白髮非春事	詩懷狂更狂

―＜五用前韻＞

原韻에서 陽韻의 '腸', '香', '忙', '狂'을 선택했기 때문에 原題 ＜三月二日＞과 내용의 동질성이 전혀 없는 '誰憐阮籍狂', '花狂復月狂', '知我謫仙狂', '題詩喜欲狂' 등 무리한 '狂'의 행진을 거듭하고 있다. 그리고 그는 이 시에서 그의 生平을 "生涯兩蝸角"이라 하여 좁디좁은 세상에서 악착같이 살고 있음을 말하고 있으며 下句의 "世味一蟬腸"에 이르러서는 蟬腹龜腸의 故實을 끄러 들여 자신의 가난한 처지를 텅빈 매미의 배와 거북의 내장에 비유하고 있다. 誇張이 여기에까지 이르게 된 것은 바로 이 시에서 보인 그대로 '詩懷狂更狂'의 욕심이 아직도 가시지 않았기 때문이다.

서거정의 풍요로운 말의 세계는 그의 該博이 성취된 이후의 일이지만 狂的인 詩作에의 욕심은 이미 그의 少時적에서부터 비롯되고 있다. 20세 전후 작으로 보이는 ＜詠物四十三首＞가 그 증거다. 그 대상물의 이름들을 보이면 아래와 같다. 梅花를 비롯하여 杏花, 薔薇, 芍藥, 牧丹, 梨花, 海棠, 山茶花, 紫薇, 茶藦, 冬白(원문에 따름), 菊花, 四季花, 百日紅, 三色桃, 金錢花, 玉簪花, 蓮花, 躑躅花, 拒霜花, 梔子花, 竹, 蘭, 芭蕉, 萱, 檜, 萬年松, 梧桐,

楊柳, 丹楓, 葡萄, 石榴, 根子, 柿子, 華鴿, 錦雞, 唳鶴, 眠麝, 假山, 怪石, 瑠璃石 등이 그것이다. 花卉, 樹木, 鳥獸 등 일반인의 견식으로는 이름조차 쉽게 얻어들을 수 없는 것들도 있어 20세 전후의 견문이 여기에까지 미칠 수 있었을까 의아케 한다. 이 가운데서도 비교적 整齊된 작품 하나를 보이면 아래와 같다.

일년의 봄 흥취가 장미꽃에 찾아드는데
왼 시렁이 흩어지고 찢어져 스스로 부지하지 못하네.
몇 번이나 맑은 향기 퍼뜨려 나비를 바쁘게 했나
너무도 아름다워 거위새끼 시기하네.
물가에 그림자 비치어 마음 먼저 뇌쇄케 하고
빗 속에 활짝 피어 감상하기 더 어울리네.
난만한 동풍이 쉬지 않고 불어와
뜨락에서 말없이 시짓기만 독촉하네.

一年春事到薔薇　　滿架離披不自持
幾陣淸香煩蝶使　　十分濃艶妬鵝兒
水邊照影心先惱　　雨裏繁開賞漸宜
爛熳東風吹不盡　　半庭無語要催詩

—〈薔薇〉[19]

이 작품은, 말이 욕심을 따르지 못하고 있는 양상이다. 장미는 말하지 아니하고 장미의 形似만 말하고 있다. 이 작품 역시 말은 많지만 시인의 意匠을 분명하게 읽을 수 없게 한다. 특히 頷聯이 首聯을 이어 받지 못하고 있어 분

____

19) 詩集 권4.

위기를 더욱 混雜케 하고 있다. 그 밖의 작품도 대부분 이와 같아서, 시 작품
으로서의 감동을 독자에게 주지 못한다. 그러나 43개의 사물을 향하여 일시
에 그것도 5言으로 詩作을 기도한 것은 일찍이 우리 나라 漢詩史에서 그 類
例를 볼 수 없는 일임에 틀림없다.

3. 形象化 方式

1) 意象

詩人은 마음 속에 묻어 둔 비밀을 감동적으로 말하는 사람들이다. 그래서
傳統 時代 시인들도 詩는 말로써 뜻을 나타낸다 했다. 그러나 한시에서 뜻을
나타내는 방법은 직접적이기보다는 간접적이다. 직접 말하지 아니하고 物象
을 통하여 간접으로 말하려 했다. 이른바 '詩言志'도 이를 이름이며, '立象盡
意'와 같은 것도 이를 발전적으로 표현한 것일 뿐이다. 그러나 詩의 效用性
을 강조하는 詩人들은 지나치게 뜻을 숭상한 나머지 뜻은 根本이요, 꾸미는
일은 枝葉 末端이라 하여 말을 만드는 기술은 副次的이라 했다. 뿌리가 튼
튼하면 枝葉 華實은 스스로 충실하게 된다는 論理다. 그러나 작품 속에서
지나치게 뜻을 강조하거나 일시에 뜻을 드러내 보이면 이는 종교적 신앙을
강요하는 說理詩로 전락하기 십상이며, 반면에 말이 모자라 숨겨 둔 뜻의 비
밀을 제대로 드러내지 못하면 이 역시 독자에게 주는 감동은 그만큼 減殺될
것이다.

서거정은 소년시절에 이미 3년 동안 山寺에서 책을 읽어[20] 스스로 '早歲功
夫萬卷書'를 자랑할 만큼 그의 該博은 일찍부터 준비되고 있었던 것 같다.

---

20) <題山房> 詩에 "懶拙平生百不能 三年山寺讀書燈"(詩集 권3)이라 했다. '懶拙'은 서
    거정 자신을 가리킨 것이다.

그러나 그의 과다한 詩癖 때문에 이러한 該博은 그의 詩作을 量産하는데 기여했을 뿐, 좋은 시를 얻는 데에는 도움을 주지 못한 것이라 해도 좋을 것이다. 그의 시편에서 말을 많이 한 것이 약점으로 지적되고 있는 것도 이 때문일 것이다. 그래서 그의 詩作을 통하여 '立象盡意'의 이상이 어떻게 실천되고 있는지 아래의 작품들에서 검증해 볼 것이다.

> 미풍은 나뭇잎에 불고
> 이지러진 달은 성긴 가지에 걸렸네.
> 갑자기 이렇게 한 밤에 비내리니
> 어찌 천리 만리 떠나간 시름 견디리.

> 微風吹一葉　　　缺月掛踈枝
> 忽此三更雨　　　那堪萬里愁

—<窓外梧桐>[21]

이는 제목을 다른 것으로 바꾸어 놓아도 문제될 것이 없는 작품이다. 오동나무와 萬里愁가 긴밀하게 연결되지 못하고 있다. 특히 이 시는 崔致遠의 <秋夜雨中>에서 "窓外三更雨 燈前萬里心"을 그대로 옮겨놓고 있어 시의 진실까지도 의심케 한다. 다음은 그의 시집 도처에서 散見되는 '七夕'詩이다.

> 하늘에는 7월 7일의 풍류가 있는데
> 인간세계엔 어정대는 33세라네.
> 작은 누각은 밤새도록 서늘하기 물과 같은데
> 드러누워 은하수를 보니 달빛에 젖어있네.

---

21) 詩集 권2.

天上風流七月七　　人間蹭蹬三十三
小樓一夜涼如水　　臥見銀河月色涵

―<七夕 二首>[22] 제1수

일년에 한 번 견우와 직녀가 만나는데
7월 7일은 가을의 천지로다.
인생은 어찌 홀로 즐겁지 아니한가
그대와 더불어 마땅히 다시 풍류를 함께 하리라.

一年一度牛女會　　七月七日天地秋
人生何迺獨不樂　　與子宜復同風流

―<七夕戲贈金文良>[23]

　이 두 편의 詩作은 모두 表皮的인 감상만 보여주었을 뿐이다. 매년 7월 7일이 되면 하늘에는 풍류가 넘치는데 상대적으로 인간세계에는 이러한 즐거움이 없다는 것이 공통적인 主旨라면 主旨라 할 수 있다. 이 두 작품들에서는 공통적으로 인간들의 삶을 自嘆하고 있다. 앞의 시에서는 承句에서 이미 어정대는 30대를 한탄하고 있으며 뒤의 시에서는 轉句에서 즐거움이 없는 인생살이를 한탄하고 있다. 도무지 숨겨진 비밀이라고는 찾아 볼 수 없다. 사물의 형상화를 통하여 좋은 시를 얻으려는 노력 같은 것은 처음부터 포기한 작품이다. 물론 앞의 작품에서 77과 33을 손쉽게 대응시키고 있는 것은 기발한 말솜씨의 보임이라 할 것이다. 그러나 평범하고 소박한 女流의 작품에서도 알뜰하게 감추어 놓은 작자의 비밀을 알아차릴 수 있는 것이 있다. 다음이 그러한 것 가운데 하나다.

---

22) 詩集 권3.
23) 詩集 권4.

그 누가 곤륜산의 옥을 잘라 내어
곱게 다듬어 직녀의 빗을 만들었던고?
직녀는 견우와 이별한 뒤에
부질없이 창공에 던져 버렸다.

誰斲崑山玉　　　裁成織女梳
牽牛離別後　　　謾擲碧空虛

-<詠半月>[24]

이는 널리 알려져 있는 黃眞의 작품이다. 구성도 산문적이어서 쉽게 읽혀
지는 女流作의 전형을 보는 듯하다. 여자의 생활 주변에서 가장 가까운 거리
에 있으면서 治裝도구로서도 요긴한 '빗'의 형상이 허공에 떠 있는 반달과 겹
치는 부분이 있음에 착안한 작품이다. 임과 이별한 뒤에는 치장도구로서의
빗은 아무데도 쓸모없는 것이 되고 만다. 그래서 빗을 허공에 던져버렸다는
것이 작자가 숨겨둔 비밀이다.

다음의 서거정 작품들도 悠長한 말의 행진은 확인할 수 있지만, 숨겨둔 서
거정의 비밀을 찾아보기 어렵게 하는 것들이다.

친척들은 중당에 가득하고
놀러다니는 사람들은 먼 길 여행 즐기네.
술이 몇 순배 돌고 나더니
제각기 이별의 시름 말하네.
부인은 차가운 눈 바람 헤아려
진중히 겨울 옷을 챙기네.

---

24) 大東詩選 권12.

어머니는 먼 길 걱정하여

행로에 신중하라 타이른다.

인생은 공명을 중하게 여기는데

진퇴는 어찌 그리 느린가?

긴 밤 오늘은 어찌 더 그러한가

나는 취했지만 쉴 길이 없네.

親戚滿中堂　　遊子謂遠遊

酒行三四巡　　各言別離愁

婦稱風雪寒　　琢重理綿裘

母憂道路長　　行邁戒愼修

人生重功名　　行止何悠悠

長夜今何其　　我醉無由休

－<明日將發悵照有懷>[25]

이 작품이야말로 유장한 말의 행진으로 시종하고 있다. 그가 하고 싶은 말은 이미 다 끝내고 있어 감추거나 숨길 것이 있기 어렵다. 그러나 '遊子−遠遊', '酒行−四巡'은 각각 서로 겹치는 부분이 있음에도 불구하고 오히려 강조히는 이면의 기능도 함께 하고 있으며, '長夜今何其'와 같은 것은 중국시에서나 볼 수 있는 큰 솜씨를 보인 것임에 틀림없다. 말을 많이 하는 시인은 남의 시작을 끌어다 쓰거나 절취하는 일도 서슴지 않는다. 다음 작품은 그런 것의 하나다.

한 그루 이른 매화 수문 가에 있는데

---

25) 詩集 권3.

별도 기울고 달도 지는데 황혼은 빛나네.
유유히 집으로 돌아갈 꿈 생각하고 있는데
산 아래 맑은 샘물은 돌뿌리를 씻어내리네.

一樹寒梅傍水門　　參橫月落耿黃昏
悠悠記得還家夢　　山下淸泉漱石根

－<春寒 二首> 제2수

이 작품 역시 말은 많이 하고 있지만 首尾가 긴장으로 연결되지 못하고 있다. 특히, 承句는 起句를 이어받지 못하고 있으며 句內에서도 時制가 맞아 떨어지지 않고 있다. '參星이 기울어지고 달이 떨어지는 것'과 '황혼'은 시간과 상황 어느 것도 서로 어울리지 않는다. 承句에서 유독 말을 많이 한 소치라 해도 좋을 것이다. 특히 起句는 다음을 보면 이것의 출처를 바로 알아낼 수 있다.

一樹寒梅白玉條　　迴臨村路傍溪橋
不知近水花先落　　疑是經冬雪未消

이 작품은 唐 張謂의 <早梅>다. '一樹寒梅'와 '傍溪橋', '近水' 등이 이 시를 있게 하는데 뒷받침을 해준 것들이다. 뿐만 아니라 結句의 "山下淸泉漱石根"에서 '漱石根'은 詩語로 즐겨 쓰는 것이기는 하지만, 李崇仁의 <村居>에서 절취한 혐의가 짙다.

赤葉明村逕　　淸泉漱石根
地偏車馬少　　山氣自黃昏

李崇仁의 '淸泉漱石根'을 그대로 옮겨 온 것이며 '耿黃昏'조차도 이숭인의 "山氣自黃昏"과 무관하지 않은 듯하다. 이로써 보면 서거정의 <春寒>은 絶句 4句 가운데 2句를 남의 것에서 절취하여 자기 시로 조립한 것이 된다. 그의 시정신까지도 의심받게 하는 작품이다. 이러한 작품에서 意象의 所在를 따지는 것은 처음부터 무의미하다.

이와 같이 남의 詩句를 통째로 끌어 쓰면서까지 말의 잔치를 벌인 서거정 시의 무절제는 다음 詩作들에 있어서도 지속적으로 이루어지고 있다.

> 누구 집 울타리, 사립문을 닫았는가
> 우거진 버들 환하게 핀 꽃 또 한 마을이 있네.
> 해 저물어 당나귀도 갈 곳을 모르는데
> 다리 밑 흐르는 물엔 밝은 달빛 얼룩졌네.

誰家籬落掩柴門　　柳暗花明又一村
日暮蹇驢不知處　　小橋流水月明痕

—<楊州樓院次姜景醇韻>²⁶⁾ 제2수

앞에서도 이미 陸游의 詩句에서 '柳暗花明'을 끌어 쓴 사실을 확인하였거니와 이 작품에서는 1구를 통째로 절취하고 있음을 본다. 특히 이는 남의 시에 차운하고 있으면서 이러한 무절제를 감행하고 있다. 원래 陸游의 '柳暗花明又一村'은 산이 거듭되고 물이 막히어 사람 사는 마을을 찾아 볼 수 없다가 갑자기 버들이 우거지고 꽃이 환하게 핀 마을을 발견한 기쁨을 읊은 것이다. 서글픈 路程을 읊고 있는 것으로 끝맺고 있는 이 작품과는 전혀 어울릴 수 없다. 더욱이 '日暮'·'月明'과는 시제조차 맞지 않은 것은 물론이다.

---

26) 詩集 권8.

서거정은 함께 과거에 급제한 이른바 同年에게도 많은 시를 보내고 있지만, 여기서도 그는 眞情과 성실성 어느 하나도 찾아보기 어렵다. 뜻을 다하여 말한 것이기보다는 말로써 말을 이어가는 허세로 시종하고 있다. 다음은 申同年, 金同年, 琴同年 등에게 준 시작의 일부다.

年來多病故人疎　　　多謝高軒枉弊廬

　　　　　　　　　　　　－＜申同年自繩携酒見訪詩以爲謝＞[27] 七律

曾知多病故人疎　　　珍重同年不負子

　　　　　　　　　　　　－＜金同年孟携酒肉來訪＞[28] 七律

黃菊陶元亮　　　　　丹砂葛稚川

　　　　　　　　　　　　－＜次韻琴同年以寄＞[29] 제2수, 五絶

渴病同司馬　　　　　茶詩憶玉川

　　　　　　　　　　　　－＜次韻琴同年以寄＞[30] 제3수, 五絶

45년의 仕宦생활을 통하여 人臣으로서는 최고의 영예를 누린 그가 科擧에 함께 급제한 동기생들에게 준 詩作의 首聯과 안짝을 각각 보인 것이다. 함께 급제를 하고서도 변변한 벼슬도 하지 못한 처지에 술을 들고 찾아온 그들에게 "병을 많이 앓아서 찾아오는 친구도 드물다"라 한 것은 완전히 처지가 뒤바뀐 것이다. 서거정에게 '多病故人疎'란 가당치도 않은 말이다. 이 '多病故人疎' 역시 유명한 孟浩然의 "不才明主棄 多病故人疎"(＜歲暮歸南山＞)를 그대로 옮겨 놓은 것은 물론이다. 맹호연은 이 시를 唐明皇에게 보이었다가 明皇으로부터 도리어 "卿不求我 我豈棄卿"가라 하여 핀잔을 받은 것으로

---

27) 詩集 권10.
28) 詩集 권12.
29) 詩集 권28.
30) 詩集 권28.

널리 알려져 있다. 특히 琴同年에게 준 시편에서는 모두 中國 名士들의 이름만 나열하고 있을 뿐이다. 陶淵明, 葛洪, 司馬相如, 盧仝 등 삶의 방식도 서로 연결되지 않는 이름들이다. 이 가운데서도 '渴司馬'는 消渴症으로 고통받는 자신의 처지를 말하기 위하여 시집의 도처에서 빈번하게 쓰고 있다.

이와 같이 眞情이 去勢된 서거정은 그와 친교가 있었던 것으로 전해지고 있는 雪岑(金時習)에게도 여러 편의 시를 주고 있지만 眞情의 流露는 찾아지지 않는다. 다음은 雪岑이 찾아가 시를 요구했을 때 쓴 것이다.

> 스님은 부질없이 산에서 나오지 않는데
> 어느 날 산방에서 나올 것인가?
> 꽃 앞에서 술 마시고
> 달 아래 문을 두드린다.
> 한가한 구름은 나무잎처럼 가볍고
> 조용히 내리는 비는 고치실보다 가느네.
> 다정하게 나누는 말은 시화를 겸하니
> 여태까지 쓰임받지 못하던 때보다 낫구료.

> 山僧不浪出　　何日出山寮
> 酒向花前飲　　門從月下敲
> 閑雲輕似葉　　小雨細於繰
> 軟語兼詩話　　從來勝雉膏

> ─〈僧雪岑來訪索詩〉[31]

이 작품의 제작 연대는 서거정의 62세 경의 것으로 추정되는 바 金時習이

─────────────

31) 詩集 권31.

還俗하여 서거정을 찾아갔을 때의 것으로 보인다. 김시습이 환속한 것이 47세 경으로 알려져 있기 때문에 두 사람의 만남은 시기적으로도 일치하고 있다. 서거정과 김시습은 가까운 친구처럼 알려져 있기도 하지만 서거정은 김시습보다 15년 연장이므로 친교가 있을 수는 있지만 친구의 사이가 될 수 없는 관계다.

서거정은 이 시에서 '다정하게 말을 나눈 것'으로 꾸미고 있지만 서거정의 김시습에 대한 대우는 분명히 山僧으로 모시고 있을 뿐이다. 이 작품에서도 內密한 情語의 形象化는 어느 곳에서도 찾아볼 수 없다. 집으로 찾아 온 김시습에게 오히려 "산승은 부질없이 산에서 내려오지 않는데 어느 날 산방에서 나올 것인가"라 하여 산 속에 숨어사는 스님의 모습을 그리고 있다. 더욱 이 首聯 上句의 '山僧不浪出'은 李奎報의 <北山雜題>에서 '巖僧不浪出'을 표절한 것이다. 특히 頷聯은 唐 劉禹錫의 '今日花前飲'과 唐 賈島의 '僧敲月下門'의 意象을 교묘하게 再構한 것으로 首聯과는 전혀 동떨어지고 있어 지리멸렬을 보이고 있을 뿐이다. 이 작품에서 서거정이 김시습에게 자신의 뜻을 보여준 것은 尾聯 下句에서 '雉膏不食'의 故實을 빌려 "才德이 있어도 쓰임을 받지 못하던 때보다 낫다"고 한 것이다. 그나마 김시습의 환속을 환영하는 뜻으로 이렇게 쓴 것이 아닌가 여겨진다. 다음은 주변의 벼슬아치들에게 준 시편이다. 衒學의 현장을 확인케 하는 것들이다.

벼슬하고 하지 않는 것 그대는 결단할 수 있고
공명은 나에게 재갈을 물리지 못하네.
인정은 사물 때문에 바뀌고
세상 일은 마음과 서로 어긋나네.
흰 해는 아침부터 저녁까지 걸려 있고
푸른 산은 옳고 그름을 따지는 일이 없네.
행여 求田問舍를 하게 된다면

즐거이 그대와 함께 돌아가리라.

仕止君能斷	功名我不羈
人情因物改	世事與心違
白日自朝暮	靑山無是非
行當問田舍	甘與子同歸

―<尹察訪見和復次四首>[32]

　이 작품에서 우리의 주목을 끄는 것은 尾聯 上句다. ‘行’은 ‘행여’ 즉 가정법으로 쓰이고 있으며 ‘問田舍’는 ‘田舍를 묻는다’는 뜻이 아니고 ‘求田問舍’의 故事를 改造해 쓴 것이다. 농사나 짓고 다른 원대한 뜻은 가지지 않는다는 말이다. 이것이 次韻詩임을 의식하여 자신의 該博을 과시한 것이다.

조정에 공론이 남아 있어
사헌부에 어진 이를 얻었네.
깨끗한 뜻은 쇠와 같이 굳고
맑은 풍격은 늠름하기 서릿발 같네.
일신을 보호하느라 말 못한 것 부끄러워 하니
응당 鳳鳴朝陽의 서광이 비치리라.
문벌은 대대로 대간 벼슬 이어왔고
영재들은 스스로 빛을 발하네.

朝廷公論在	烏府得賢良
雅志堅如鐵	淸風凜似霜

---

32) 詩集 권5.

多蹇馬立仗   應見鳳鳴陽
門閥連臺諫   韃英自有光

-<奉鄭子文拜持平>[33]

稱揚으로 일관하면서 곡진하게 꾸미지도 않은 이 작품은 衒學도 함께 볼 수 있게 한다. 頸聯의 솜씨가 그것이다. "일신에 화가 미칠까 두려워 하여 일에 대하여 말하지 않는 것"을 '立仗之馬'라 하거니와 이렇게 살아 온 사실을 옹호·변명하기 위하여 '多蹇馬立仗'이라 했다. 원래 '立仗之馬'란 의장대 속에 들어 있는 말은 소리를 내거나 시끄럽게 하면 쫓겨난다는 것이 본래의 뜻이다. 이와 같이 남에게 詩를 바치거나 남의 시에 次韻할 때의 詩作에서는 대부분 자신의 該博을 과시하는 衒學으로 시종하고 있지만 이러한 서거정의 욕심도 그의 晩年에 있어서는 현저히 滅殺하여 別章이나 次韻詩와 같은 것은 거의 나타나지 않고 있으며 그 대신 情感이 넘치는 題畵詩·述懷詩·계절 노래 등이 시집의 대부분을 채우고 있다. 그의 대표작으로 꼽히는 <夏日卽事>, <春日> 등도 그의 晩年作 속에 들어 있다. 차례로 보인다.

반만 개인 햇살이 주렴에 비치는데
짧은 모자 가벼운 적삼엔 더운 기운이 스미네.
껍질 벗은 죽순은 비를 맞아 자라고
떨어지는 꽃잎은 바람을 받아 나네.
오래전에 붓 던지고 이름도 감추었으며
벼슬아치 시비하는 일 이미 싫어졌다네.
향로불 가물가물 첫잠을 깨었는데
찾는 손은 본래 적고 제비만 자주 돌아오네.

---

33) 詩集 권5.

小晴簾幕日暉暉　　短帽輕衫暑氣微

解籜有心仍雨長　　落花無力受風飛

久拚翰墨藏名姓　　已厭簪纓惹是非

寶鴨香殘初睡覺　　客曾來少燕頻歸

－<夏日卽事>[34]

전편이 특별히 높은 데도 없고 낮은 데도 없이 긴밀하게 연결되고 있다. 넉넉한 말솜씨와 넘치는 興趣를 함께 읽게 해준다. 서거정으로 하여금 富瞻한 시인으로 일컫는 증거도 이런데서 구할 수 있을 것이다. 특히 頷聯과 尾聯이 이를 뒷받침해 준다 하겠다.

누른빛 버들에 들고 흰빛은 매화를 떠나는데
작은 연못 봄물은 이끼보다 푸르네.
봄 시름 봄 흥취 어느 것이 깊고 얕은가
제비가 오지 않아 꽃도 아직 피지 않네.

金入垂楊玉謝梅　　小池春水碧於苔

春愁春興誰淺深　　燕子不來花未開

－<春日>[35]

이 작품은 회화적인 색채감각을 형상화하는데 성공하고 있을 뿐 아니라 모처럼 그의 豪宕을 잘 드러내 보여 준 것이다. "金入垂楊玉謝梅"는 뛰어난 색채감각이 극치를 이루고 있음을 보게 하며 "燕子不來花未開"에 이르러 그의 호탕을 절감케 한다. "누렇게 물들어가는 버들, 흰 꽃이 떨어지는 매화나

---

34) 詩集 권31.
35) 詩集 권31.

무"는 物象의 변화를 색채감각으로 形象化한 것으로, 예사로운 솜씨로 이를 수 없는 경지임에 틀림없다. 玉은 白玉이 本色이다. 이는 그의 시가 宋詩의 圈域에만 갇혀 있지 않았음을 사실로 보여준 것이기도 하다.

금년에는 국화가 비교적 늦게 피어
온 가을 맑은 흥취는 동쪽 울타리에 부질없네.
가을 바람은 대체로 정이 없는 것
국화속에 들지 않고 머리카락에만 드나니.

佳菊今年開較遲　　一秋淸興謾東籬
西風大是無情思　　不入黃花入鬢絲

　　　　　　　　　　　　　　　　　　－<菊花不開悵然有作>[36]

60대 후반에 제작한 대표작 중의 하나다. 자연물의 형상화를 통하여 노경에 있는 자신의 처지를 말하고 있다. 모처럼 立象盡意가 이루어져 수작을 제조하는데 성공한 것이다. 그러나 이 이후의 작품들도 述懷詩가 主宗을 이루고 있지만 대부분 主意가 빠져 있는 文字行進만 일삼고 있을 뿐이다.

동짓달 南至日
기나긴 밤 깊고 또 깊네.
화로에는 향불 스러지고
이불에는 얼음 얼기 알맞네.
얽매이지 않는 백년의 일
서두름이 없는 천년의 마음.

---

36) 詩集 권50.

조그마한 시편도 운율을 맞출 수 없으니

애오라지 다시 장단구나 읊어야지.

仲冬日南至　　　長夜深復深

香殘一爐火　　　氷合三幅衾

落落百年事　　　悠悠千載心

小詩不成律　　　聊復長短吟

—<夜詠>[37]

近體律詩도 짓기가 힘들어 律格의 구속이 비교적 자유로운 長短句나 읊조리겠다는 自白이다. 이 작품도 外形은 律詩 형식으로 8句를 이루고 있으나 廉法에 벗어난 五言古詩다.

우뚝한 바위는 물가에 누워 있고

절간의 누각은 산꼭대기에 서 있네.

지팡이 짚고 좁은 길로 중은 절을 찾는데

한밤 중 종소리는 나그네의 배에 들려오네.

立立奇巖枕水邊　　　上方樓閣架層顚

杖藜一徑僧尋寺　　　夜半鐘聲到客船

—<奇巖>[38]

이 작품은 山水八疊의 題畵詩 가운데 하나다. 結句 “夜半鐘聲到客船”은 청각의 효과를 극대화 한 것이므로 시각에 의존하는 題畵詩에는 걸맞기 어

---

37) 詩集 권50.

38) 詩集 권52.

렵다. 멀리서 바라보는 題畵詩에는 가당하지도 않은 남의 시구를 그대로 옮겨 놓았을 뿐이다. 이는 물론 체험적인 사실을 迫眞하게 읊어낸 唐 張繼의 <楓橋夜泊>에서 가져온 것이다.

> 흩날리는 첫눈은 솜보다 희고
> 폭포는 은빛같이 반공에 걸려 있는데,
> 가게는 문을 닫고 사람 소리도 적은데
> 겨울 강 어느 곳에 고깃배가 있는가?

> 飛飛新雪白於綿   懸瀑如銀掛半天
> 山店閉門人語少   寒江何處一漁船
>
> -<新雪>[39]

한시는 제목을 먼저 읽으라고 하거니와 이 작품은 主意가 도중에서 실종하여 전혀 首尾가 긴절하게 결속되지 않고 있다. 특히 "山店閉門人語少"는 유명한 陳澕의 <春興> "漁店閉門人語少"에서 '漁'를 '山'으로 바꾸어 놓았을 뿐이다. 承句에서는 '懸瀑'의 '懸'과 '掛半天'의 '掛'가 중복되고 있을 뿐 아니라, '如銀', '白於綿' 같은 비유법은 진부하기 이를 데 없다.

2) 修辭

修辭란 말과 글을 꾸미어 아름답게 만드는 것으로 정의하는 것이 일반적이다. 그러나 修辭의 要諦는 誠實에 있다. 성실이 따르지 않은 수사는 虛飾

---

39) 詩集 권52.

과 浮文으로 끝날 뿐이다. 물론 전통시대의 效用論者들은, ‘意’를 중요시하고 ‘綴辭’는 후차적인 것으로 置簿해 왔지만, 거꾸로 말하면, 수식이 있고서야 事物의 形象化가 이루어질 수 있으며, 사물의 형상화가 이루어졌을 때 ‘意象’을 드러낼 수 있다. 그러므로 修辭에 誠實이 缺如된 작품은 처음부터 공허한 것이 되지 아니할 수 없다. 서거정과 같이 1만 수가 넘는 시편을 제작하면서, 말로써 시를 쓴 시인에게는 더욱 그러할 수밖에 없다. 그는 스스로 “雖無文乞巧 得句語還工”[40]이라 하여 꾸미는 재주를 빌지 않았지만 시구를 얻기만 하면 말이 도리어 공교로워진다 했다. 그러나 그가 자랑하고 있는 말솜씨도 誠實이 수반되지 않을 때 詩文은 虛飾과 浮文을 면하기 어렵다. 구체적으로 예를 보이면, 그는 산문의 도처에서 “天地精英鍾於人”이라 하여, 사람은 천지의 정기가 모여 되는 것이라 칭송했다. 그래서 그는 시에서도 이미 앞에서 보인바와 같이 “人物山川間氣鍾”[41]이라 하여 2/2/3 또는 4/3의 구성률을 어겨가면서 인물은 산천의 間氣가 모여서 되는 것이라 했다. 그러나 그는 또다른 곳에서 “乾坤間氣岳鍾靈”이라 하여 天地의 間氣는 山岳에 靈氣가 모여 있다 했다. 이 시 역시 남의 잔치에 사람을 칭송하기 위하여 쓴 것이다. 그러나 이는 ‘天地’와 ‘山岳’, ‘間氣’와 ‘靈氣’가 각각 중복되고 있을 뿐 아니라 천지의 精英은 山岳에 모여 있다는 결론에 이르게 된다. 이러한 그의 無節制 無誠意는 다음의 작품들에서도 빈번하게 드러나고 있다.

산꼭대기 댕댕이 덩굴 손으로 휘어잡고
높은 데 올라 휘파람 불며 구름 끝에 서 있네.
땅은 서해에서 끝나 섬만 솟아 있고
산은 북극성에 가까워 누각도 차갑네.
예로부터 지금까지 이와 같을 뿐인데

---

40) 詩集補遺 一 <七夕>詩.
41) 詩集 권20, <丁丑覆試同年等(以下略)>.

백년만에 단 하루 나 홀로 한가롭네.
가슴속 불평한 기운 깨끗이 씻어내니
두 겨드랑에서 갑자기 날개가 돋아나네.

絶頂藤蘿手自攀　　登臨豪嘯立雲端
地窮西海島嶼出　　山近北辰樓閣寒
古往今來只如此　　百年一日吾獨閑
胸中洗盡不平氣　　兩腋忽然生羽翰

－〈上巖寺〉[42]

　　이 작품은 首聯에서부터 말을 많이 하고 있지만 山寺에는 전혀 介意하지 않고 있어 이 시의 제목은 오히려 〈山頂〉이라는 것이 옳았을지 모른다. 일상적인 작시 기법에서 보면, 尾聯 下句와 首聯 下句는 사실상 중복되고 있어 尾聯 下句는 首聯 下句에서 消化되었어야 할 것이다. 首聯의 '絶頂'과 '登臨'도 중복되고 있으며, 頸聯에서 짝을 맞추는 일도 지켜지지 않고 있음은 물론이다.

내가 속세에 있을 때 스승은 절에 있고
내가 산 속에 왔을 때 스승은 저자 속으로 가네.
내 푸른산을 좋아하지만 아무리해도 돌아가지 못하고
십년 동안 그리던 꿈 공연히 아련하기만 하네.
세상에서 얻은 백발 3만 자나 되는데
병든 몸에 오사모는 산과 같이 높네.

---

42) 詩集 권30.

我在紅塵師在寺　　我來靑山師入市

我戀靑山苦不歸　　十年魂夢空依依

紅塵白髮三萬尺　　烏帽龍鍾高似岳

(以下略)

　　　　　－<到冤山村含 招開慶住持專上人 適入城 詩以嘲之>[43]

　장편이므로 앞부분만 보이었거니와, 이 작품이 희작임을 감안하더라도 제3
聯의 '白髮三萬尺', '烏帽高似岳'과 같은 것은 無實한 誇張으로 가득차 있을
뿐이다.

　　돌아가고픈 홍취는 타락죽보다 짙고

　　벼슬살이 심정은 물에 소금 탄 듯이 담담하네.

　　평상시에 헐뜯는 일 그렇게도 시끄럽더니

　　늘그막에 명성은 쥐꼬리만큼 뾰족하네.

歸興濃於酥點粥　　宦情淡似水和鹽

平時毀譽牛毛擾　　末路聲名鼠尾尖

　　　　　　　　　　－<病中書懷 錄奉子固>[44]

　이는 頷聯과 頸聯만 보인 것이다. 虛字를 쓰면서까지 직유법을 구사하고
있으나 그 비유가 適實하지 못하여 陳腐하기만 하다. '毀譽의 시끄러움'과
같은 추상적인 사실을 강조하기 위하여 이를 物量으로 쇠털만큼이나 많다고
한 것은 無思慮, 不誠實을 그대로 보여 준 것이다. 더욱이 '淡＝水和鹽'은
不適切하기 이를 데 없다. 물에다 소금을 탄 것을 담담하다고 했으니 말이다.

---

43) 詩集 권14.
44) 詩集 권30.

조그마한 마루는 씻은듯이 깨끗한데
다 낡은 동화로와 마주 앉았네.
늙은 누에처럼 잠은 편안하고
파리한 학과 같이 몸은 한가롭네.
노쇠한 얼굴에는 붉은 빛 스러지고
병중에 수염은 흰빛으로 뒤덮였네.
웃으며 청동 거울 들여다보니
머리는 도무지 옛날 같은 것이 없네.

小堂淨如洗　　　坐對古銅爐
眠穩如蠶老　　　身閑似鶴癯
紅殘衰裏面　　　白盡病中鬚
笑攬靑銅鏡　　　頭顱似舊無

－<偶題>[45]

　　首聯과 頷聯이 緊切하게 결속되지 못하고 있을 뿐 아니라 尾聯이 사실상 頸聯과 중복되고 있어 신선미를 阻却하고 있으며 '如''如', '似''似' 등 직유법의 과다한 사용으로 生動感을 찾아보기 어렵다.

들판에 뜬 해는 어둑어둑 저물고
계곡의 구름은 엉기며 가네.
절이 멀어 외로운 탑이 희고
마을이 가까우니 온통 꽃이 환하네.
눈길을 보내니 돌아가는 갈가마귀 급하고

---

45) 詩集 권30.

몸을 뒤척이니 늙은 말이 놀라네.
풍류는 원래 시골에서 농사지으며 사는 것
나그네 흥취 더욱 우뚝하기만 하네.

野日荒荒晚　　　溪雲淰淰行
寺遙孤塔白　　　村近一花明
送目歸鴉急　　　飜身老馬驚
風流問田舍　　　客興轉崢嶸

-<廣陵途中>[46]

이 작품에서 작자는 杜甫의 <放船詩> "江市戎戎暗 山雲淰淰寒"에서 '山雲淰淰寒'을 절취하여 '溪雲淰淰行'을 제조했으며 '荒荒'과 '淰淰'을 대응시켜 疊字 효과를 노린 것이다. 그러나 이것들은 모두 본래의 의미를 가지고 있는 말들이어서 글자의 反復만으로 강조의 효과를 거두기 어렵다. 뿐만 아니라 尾聯의 '問田舍' 즉 '求田問舍'와 '客興崢嶸'은 온당하게 결속이 이루어지지 못하고 있는 보기로 지적되어야 할 것이다. 특히 廣陵으로 가는 도중에 客興을 云謂한 것은 작자의 誠實不在를 廣陵途中에 흩뿌리고 있는 것이기도 하다. 그러나 다음과 같은 것은 첩자를 통하여 색채감과 강조 효과를 동시에 노린 것으로 작자의 기발한 말솜씨를 확연하게 드러내 보인 것이기도 하다.

따뜻한 이 계절 작은 담 동쪽에
희고 붉고 간간이 자주빛과 분홍이라.

淸和佳節小墻東　　　白白朱朱間紫紅[47]

---

46) 詩集 권4.
47) 詩集 권4, <葵花>.

젊은 시절 서거정의 발랄한 말솜씨를 아낌없이 털어놓고 있지만, 이러한 말잔치에는 誠實이 빠져 있게 마련이다.

대사헌 맡은 요근래 흰 빛이 머리를 뒤덮었고
중간에 헐뜯는 일 죽도록 참아 내었네.
다만 성은을 도무지 갚지 못했으니
쉴 수 있는 휴일에도 쉬지 못하네.

憲長年來白盡頭　　中間謗議死堪羞
只是聖恩渾未報　　可休休日未休休

−<賀安教授 授吏曹正郎>[48] 제4수

이 시에서도 색채감을 돋보이게 하기 위하여 직설적으로 '흰 머리'를 '白髮'이라 하지 않고 '흰 빛이 머리를 뒤덮었다(白盡頭)' 하였다. 특히 結句에서는 '休'를 반복 사용하여 강조 효과의 극대화를 노리고 있으나, '可休休日'의 의미 단위는 '可休' '休日'로 나누어질 뿐이다. 그러나 이 작품에서 반드시 지적되어야 할 것은 작자의 誠實이 완전히 빠져 있다는 사실이다. 제목 그대로라면 安教授가 吏曹正郎으로 除授된 것을 축하하여야함에도 정작 이 시에서는 자신의 현실과 사정을 풀어내고 있을 뿐이다. 물론 이 작품이 4수로 된 연작시의 마지막 것이긴 하지만 高軒들이 흔히 자행하는 傲慢 그대로를 보이고 있을 뿐이다. 賀詩를 4수씩이나 쓰느라 없어서 좋을 것이 끼여든 것이다.

봉우리는 일만오천 개
우뚝하게 창공에 꽂혀 있네.

------

48) 詩集 권31.

산에서 내려왔다 다시 오르니
어디선가 학 한 마리 서로 따르네.

峯一萬五千　　　岌嶤揷空碧
下山復上山　　　相隨鶴一隻

−<送僧還山二首>⁴⁹⁾ 제2수

　이 시의 어느 곳에서도 스님을 떠나보내는 송별의 정을 찾아볼 수 없다. 스스로 즐길 거리로 쓴 것이라 하더라도 別章의 속성은 사람을 송별하는 것이다. 情과 誠實이 결여된 것이라면 이 시의 본래적 임무마저 저버린 것이 된다. 특히 이 작품에서는 仄聲으로 시작하는 仄起式을 선택하여 ‘一萬五千峯’을 말하느라 /2/3/의 구성률도 완전히 무시한채 ‘峯一萬五千’이라 하여 읽기조차 抑塞하게 만들었다.

　일생동안 병에 찌든 것 부끄러워했는데
　다섯 번이나 재상이 되어 이미 흰머리가 되었네.
　새해 맞아 술잔 들고 혼자 경하하는데
　2 곱하기 30에다 또 5세라.

一生長愧病沈綿　　五到黃扉已白顚
新歲擧杯聊自慶　　雙三十又單五年

−<寄金子固>⁵⁰⁾

　이 작품은 65세에 새해를 맞이하면서 同庚인 金紐에게 준 것이다. 서거정

---

49) 詩集 권44.
50) 詩集 권46.

은 이것이 친구에게 보내는 시라는 것은 완벽하게 잊어버리고 자신의 나이 65세임에 초점을 맞추고 있다. 그래서 그는 '雙三十又單五年'을 제조하는데 솜씨를 다하고 있을 뿐이다. 희작에 가까운 것이기는 하지만 그의 기발을 절감케 하는 대목이기도 하다.

쉴 수 있는 휴일도 쉬지 못하는데
가득 덮인 청산은 흰 머리를 비웃네.
전원에서의 어젯밤 꿈 마음 속에 새겨 두고 있거니
살찐 농어 말쑥한 순나물이 가을 강에 가득하네.

可休休日未休休　　贏被靑山笑白頭
記得田園昨夜夢　　鱸肥蓴滑滿江秋

−<自笑>[51]

모처럼 제목에 걸맞게 자기 시를 쓰고 있다. 욕심과 허세가 함께 去勢된 모습이다. 이미 다른 곳에서 써먹은 "可休休日未休休"를 再湯하면서까지, 쉬어야 할 나이에 쉬지도 못하는 자신의 처지를 개탄하고 있는 것이 이 작품의 主旨다. 그러나 꿈속에서나마 잊지 못해 마음 속에 간직하고 있는 전원의 즐거움을 그린 손씨는 逸品이 아닐 수 없다. '贏被靑山'의 '贏被'+'靑山'(가득 덮인+청산)은 수식 관계가 적절하지 못하지만, 여기서도 그가 즐겨 쓰는 '靑山'과 '白頭'의 靑白 대응은 秀越한 그의 말솜씨를 과시한 것임에 틀림없다. 그리고 '靑山'은 본래 墓地, 幽居 등의 상징적 의미도 있으므로 이 '靑山笑白頭'는 모처럼 진부한 비유의 숲에서 빠져나온 모습이기도 하다. 우리들이 예사롭게 쓰는 '人間到處有靑山'의 '靑山'도 이 때는 墓地의 뜻으로 쓰인 것

---

51) 詩集 권51.

이다. 다음은 國朝詩刪, 大東詩選 등에서도 뽑아준 徐居正의 대표작들이다.

　　발 그림자는 깊숙이 돌아가고
　　연꽃 향기는 속속 들어오네.
　　꿈은 외로운 베개 머리에 뱅뱅 도는데
　　오동나무 잎에는 빗소리가 급하네.

　　簾影深深轉　　　　荷香續續來
　　夢回孤枕上　　　　桐葉雨聲催

　　　　　　　　　　　　　　　　　　　－<睡起>[52]

　　四佳集에는 보이지 아니하고 國朝詩刪·大東詩選 등 詩選集에만 전하는
작품이다. 잠깐 낮잠에 빠졌다가 오동잎에 듣는 빗소리에 놀라 잠을 깬 시인
자신의 모습을 그린 것이다. 모처럼 起·承·轉·結의 구성이 긴절하게 結
束되고 있다. ‘深深’, ‘續續’ 등 疊字 효과는 큰 것이 되지 못하고 있으며, 結
句의 “桐葉雨聲催”는 陸游詩 <雨後絶涼偶作>의 ‘桐葉雨聲長’을 踏襲한
것이지만, 그 구성이 漸入佳境이다. 특히 轉句와 結句의 變轉이 돋보이는
작품이다. 오동잎은 원래 잎의 면적이 넓어서 오동잎에 비듣는 소리 역시 예
로부터 큰 것으로 여겨 왔다. 그러므로 “오동잎에 비듣는 소리가 낮잠을 깨게
한 것”이라 한 서거정의 솜씨는 대가의 것임에 틀림없다.

　　여윈 말 타고서 삼전도에 이르니
　　서풍이 불어와 모자를 기울게 하네.
　　맑은 강은 떠나가는 기러기 날개 적시고

____

52) 國朝詩刪 권1.

지는 해는 돌아가는 갈가마귀를 보내네.

고목에는 누른 잎이 환하고

외로운 마을엔 흰 모래밭이 드러나네.

푸른 산이 끝나려는 저 곳

멀리서 보아도 내 집인 줄 알겠네.

羸馬三田渡	西風吹帽斜
澄江涵去雁	落日送還鴉
古樹明黃葉	孤村見白沙
靑山將盡處	遙認是吾家

－<三田渡道中>[53]

國朝詩刪에는 鄭希良의 작품으로 되어 있으나 잘못인 듯하다. 四佳詩集補遺에 수록되어 있으나 이 역시 續東文選의 것을 再錄한 것이다. 全篇의 구성이 悠然하여 서거정의 시세계에서는 드물게 보이는 작품이다. 頸聯의 "古樹明黃葉 孤村見白沙"에서 '明'과 '見'은 五言絶句에서의 詩眼과도 같은 것이어서 이 작품의 수준을 스스로 높게 해 준다. 尾聯 下句의 "遙認是吾家"와 같은 것도 晩唐의 수법을 여기서도 보는 듯하다.

4. 結言

徐居正은 스스로 "시는 小技에 지나지 않는 것이지만 世教와 관계되는

---

53) 詩集補遺 1.

것은 君子로서 마땅히 취할 만한 것이라"하여 效用的인 詩觀을 開陳하고서도 그는 이러한 標榜과는 관계없이 1萬首가 넘는 詩를 제작하여 萬首詩의 작가가 되었다. 그는 좋은 시를 많이 쓴 시인이 되지는 못했지만 詩作의 물량에서 보면 이는 韓國文學史上 紀念碑的 事件이 아닐 수 없다. 一生을 廟堂에 몸을 바치고서도 이렇게 많은 시편을 제작할 수 있었다는 것은 일단 주목받아 마땅한 일이다. 현재까지 전하고 있는 그의 시편은 25권(補遺 제외)에 불과하지만 四佳詩集 52권의 卷次로 보아 그의 시작이 1萬首에 이르렀다는 사실은 수긍할 수 있는 일이다. 그리고 그가 어떻게 하여 大邱地方의 寒族에서 몸을 일으켜 중앙의 정치무대에까지 진출할 수 있었는지 그 자세한 사정도 알 길이 없다. 다만 그 一門은 大邱와 永川 사이에서 世居하였다가 아버지 彌性 대에 京都에 올라와 權踶와 같은 權貴와 사귀게 되었고 이를 계기로 陽村 權近의 사위가 될 수 있었으며 이로써 서거정 또한 婚戚 관계의 後光을 입을 수 있었던 것으로 보인다. 達成 徐門에서 大邱 徐氏가 分宗을 하게 된 것도 서거정에서 비롯된 것은 물론이다(嗣孫은 서거정의 兄 居廣쪽에만 전한다).

그러나 우리의 관심은 그의 詩世界다. 한마디로 말하여 그의 시는, 事物의 形象化를 통하여 시인의 秘密을 드러내 보이는 이른바 '立象盡意'의 방식에 의존하지 아니하고 말로써 시를 쓰는 文字 行進만 거듭한 결과가 되었다. 그의 젊은 시절 작품은 대부분 逸失된 것으로 보이거니와 40~60대 초반까지의 20여년 동안 그는 생애 가운데서 실질적으로 가장 왕성한 시작 활동을 보이었지만, 이 때 그가 제작한 시편들은 남에게 주는 것이 主宗을 이루었다. 次韻詩, 送別詩, 贈答詩 등이 모두 그러한 것들이다. 뿐만 아니라 그는 官邊에서 일어나는 사건들에 대해서도 계기가 주어질 때마다 시로써 참여하였다. 하루도 시를 쓰지 않고서는 지나치지 못하는 그의 好詩癖과 자신의 該博을 과시하려는 過慾이 어우러져 이러한 詩世界를 이룩하게 된 것이다.

그는 權臣에게 시를 바치기 위하여 平聲 30韻으로 30편의 시를 제작하기

도 하였으며, 詠物詩 43수를 일시에 뽑아내는 急作의 능력을 과시하기도 했
다. 그러나 이러한 그의 多作癖은 말의 잔치로 시를 쓰는 不誠實을 자행하
게 되었으며 결과적으로 그의 시는 主意의 행방조차 찾아볼 수 없는 혼탁한
卽興詩를 量産하는 데까지 이르게 된다. 다만 晚年에 접어들면서 지난날의
욕심은 減殺되고 자신을 뒤돌아보는 述懷詩가 主宗을 이룬다. 그의 대표작
도 대부분 이때에 제작된 것이다.

(『韓國漢詩作家研究』 3, 1997)

鄭希良의 詩世界

1. 序言

정희량(1469~1502?, 자 淳夫, 호 虛庵, 散隱, 본관 海州)이 자기 이름으로 세상에 산 것은 34년으로 일단 끝난다. 34세 되던 해(1502)에 종적을 감춘 이후, 다시 스스로 모습을 드러낸 일도 없으며, 그의 이름으로 남긴 것이라고는 아무 것도 확인되지 않기 때문이다. 그러므로 그의 문학세계 역시 34세로 끝나고 있을 뿐이다.

정희량의 유작은 『虛庵遺集』[1] 2책이 전하고 있으나 그 가운데서도 詩作은 대부분 流配地에서 쓴 것으로, 젊은 시절의 좌절과 失意, 宥恕를 기다리는 안타까움 등 삶의 어두운 부분을 읊조린 것들로 채워져 있다. 정희량은 스스로 귀양살이 이후의 시편만으로도 1000수가 넘는다고 진술하고 있지만[2] 지금 우리들이 얻어볼 수 있는 詩作은 그 절반도 되지 못한다. 그의 遺著는 虛

---

1) 本稿는 韓國文集叢刊 所收 『虛庵遺集』에 의거하였음.
2) 『虛庵遺集』 권1, <寄止亭>.

菴遺集에 실려 있는 것이 전부다.

『본집』은 정희량이 잠적한 9년 뒤(1511, 중종 6)에 同年 李堣와 친구 金士衡(士衡은 字인듯함) 등이 3권 1책으로 간행한 것이며『속집』은 1897년(光武 1年)에 傍系後孫 光淑, 鴻錫, 冕錫 등이『본집』에서 누락된 詩文과 그밖의 관련기록들을 수습하여 印行한 것이다. 1939년 평북 정주에서 후손 家夏, 英根 등에 의하여 중간된 바 있다.

『본집』은 권1에 시 142수, 권2에 시 111수, 권3에 시 99수가 수록되어 있다.『속집』은 권1에 시 14수와 賦, 疑, 說 등이 1편씩 수록되어 있으며 권2는 附錄, 권3은 撫錄으로 꾸며져 있다. 그러나 시 14수 가운데 別稿로 처리되고 있는 5수에 대해서는 그 眞否와 信認 與否를 쉽게 말하기 어렵다.[3] 더욱이 속집은 본집의 간행으로부터 400년 뒤에 이루어진 것이라는 사실도 고려되어야 한다. 그밖의 글도 追悼詩, 遺事, 戊午史禍黨籍, 同門錄, 師友錄 등으로 구성되고 있어 정희량이 직접 쓴 것이 아님은 물론이다. 위에서 보인 것들을 정리하면 정희량의 詩作은 360여 수에 지나지 않으며, 續東文選, 箕雅 등 選拔冊子에 뽑힌 것은 모두 10편이다.

그러나 지금까지 流傳하고 있는 정희량의 詩作들은 대부분 혈기 넘치는 30대 초반의 것이며, 그것도 流配 공간에서 제작된 것이라는 사실이 반드시 고려되어야 한다. 이러함에도 불구하고 지금까지 정희량에 대한 학계의 관심은 그의 道家的 趣向의 삶에 집중되어 왔다. 특히 불투명한 마지막 잠적의 미스터리가 상승작용을 하면서 道家流의 일생을 탐색하는 것으로 만족해 왔으며 정작 그의 문학세계에 대해서는 본격적으로 논하지 않았다.

정희량의 이름이 사상에 알려지기 시작한 것은 1492년(성종 23) 그가 생원시에 합격하면서부터였으며 公人으로서의 삶이 시작되는 것도 물론 이때부터다. 그는 1495년(연산 1) 言事疏에 걸려 海州로 귀양길에 오르기도 했지

---

3) 속집의 <題送傍院壁>은 國朝詩刪에 無名氏의 <題院壁>으로, <沈江日韻>은 羅湜의 長吟亭遺稿에 <閑中偶吟>으로, 芝峰類說에는 崔壽峸의 작품으로 추정하고 있다.

만 이해 여름에 풀려나 文科에 급제도 하고 문신들이 初任職으로 가장 選好하는 禮文館 檢閱의 자리에 오르기도 한다. 그러나 1498년(연산 4) 戊午史禍가 일어나자 4년간 流謫의 고난을 겪게 되었으며 여기에서 풀려나면서 그는 그의 모든 것을 끝내고 만다. 당시 史臣은 이러한 정희량의 사람됨을 가리켜 "儒生 때에 상소하여 時事를 논하다가 海州로 귀양갔었고, 과거에 급제, 예문관에 뽑혀 들어갔었는데, 성질이 蘊藉하지 못하고 자부심이 너무 강하여 남이 자기 위에 있는 것을 허락하지 않았다. …… 卜書 보기를 좋아하여 매양 일이 있게 되면 반드시 吉한가 凶한가를 먼저 점쳤었다 ……"[4]라 적고 있다. 이 논평은 정희량의 爲人을 가장 적실하게 말한 것이다. 그러나 지금까지 정희량에 대한 연구는 대체로 이 논평의 앞부분은 가벼이 지나쳐 버리고 오히려 뒷부분의 역수가적 삶에 관심의 강도를 보이었다. 시세계에 대한 연구작업은 극히 부분적으로 이루어져 왔으며 연구성과의 물량도 빈약하다.[5]

그래서 정희량의 詩作들도 대체로 그의 人間境涯를 확인하는 자료로 제공되어 왔으며 문학작품으로서의 값어치도 온당하게 자리매김을 하는 데까지 이르지 못했다. 귀양살이는 대개의 경우 폐쇄된 幽棲空間의 삶이어서 孤獨과 失意가 있을 뿐이다. 때문에 이곳에서 제작된 詩作들도 대개는 憂愁가 깃들기 십상이지만 정희량의 流謫詩들은 반드시 그러하지 아니하다. 현실에 대한 懷疑와 불만의 激情이 도처에서 분출되고 있으며 적막함직한 시적 분위기도 때로는 각박하게 마무리될 때가 많다.

인간과 자연의 만남을 통하여 一切의 갈등과 분쟁도 스스로 融合統一을 꾀하는 景物詩에서조차 그가 선택한 詩語들은 激切하기만 하다. 그러므로

---

4) 朝鮮王朝實錄 燕山君 日記 권44 8年 5月 14日.
5) 필자가 직접 조사한 論文으로는 洪順錫의 「虛菴 鄭希良論」(『漢文學論集』 6집, 檀國漢文學會, 1988), 孫燦植의 「虛菴 鄭希良의 生涯와 行蹟」(『국어교육』 65・66합집, 한국국어교육연구회, 1989), 金南基의 「鄭希良 漢詩研究」(『韓國漢詩研究』 3, 韓國漢詩學會, 1995) 정도다.

本稿에서는 사실상 景物詩가 없는 激情의 시세계를 구체적인 작품을 통하여 확인할 것이며 有感, 書懷, 有懷, 偶吟, 偶書 등으로 이름붙여진 感事, 述懷 詩의 특징을 탐색하게 될 것이다.

2. 生平의 明暗

鄭希良은 34세 되던 해에 갑자기 잠적한 후 다시 세상에 나타나지 않았기 때문에 그가 자신의 이름으로 세상에 산 것은 34년간이다. 이와 같이 그는 일생의 마무리를 불투명하게 했기 때문에 종적을 감춘 이후에도 많은 일화를 남기었고 잠적 이후의 저작이라는 詩篇도 일화 속에 流傳하고 있다. 더욱이 일제말기에 그의 후손임을 주장하는 형제들이 사적과 문헌을 가지고 나타나 마침내 海州 鄭氏 大同譜에 追錄하는 데까지 이르게 된다.

그러나 정희량의 遁迹이 好事家들의 호기심을 충족시키어 일화를 양산하였다 하더라도 일화 속에 나타나는 정희량은 이미 정희량이 아니며 그에 관한 모든 것은 둔적 이전에서 끝내어야 한다. 일화속에서 정희량은 때로는 머리를 깎은 佛僧으로 때로는 머리를 기른 方士의 모습으로 變身을 거듭하지만, 이러한 사실 때문에 그를 道仙家로 치부하는 것도 온당한 자리매김이 되지 못한다.

그는 儒者로 發身하여 官人으로 일생을 마감했다. 24세(1492, 성종 23)에 生員試에 장원하였으며 27세(1495, 연산군 즉위 원년) 때 별시에 丙科 23인 중 여덟 번째로 급제하여 官人으로서의 體格을 갖추었으며 承文院 權知副 正字에 발탁되면서 宦路에 오르게 된다. 이 해에 그는 다시 예문관 검열이 되고, 그의 뛰어난 재주가 인정되어 申用漑, 李冑, 金馹孫, 南袞, 成重淹, 洪 彦忠, 朴誾 등 14인이 賜暇讀書의 榮寵을 받을 때 그도 이 가운데 한 사람으로 참여하게 된다. 이들은 후일 서로 정치적으로는 처지를 달리했지만, 정희량이 朴誾, 南袞, 成重淹, 洪彦忠 등과 가까운 詩友가 될 수 있었던 것도 여기에서 비롯된 것이다.

이와 같이 정희량은 27세 때 宦路에 올라 그가 遁迹하기까지 7년 동안 벼슬살이를 했지만 그에게 仕宦시절은 밝은 부분보다도 어두운 부분이 더 많았다. 뿐만 아니라 그는 生員試에 合格하고 아직 文科에 오르기도 전에 儒生으로서(生員試에 합격하였어도 文科에 급제하기 전이므로 유생일 뿐이다.) 대궐에 상소를 하였다가 上聽에 거슬려 유배의 신세가 되기도 했다. 1492년 겨울, 성종이 승하하였을 때 대궐에 佛事를 行한다는 말을 듣고 성균관, 四學 및 方外의 유생들이 대궐 앞에 모여 그 不可함을 上疏하였다가 言論의 責任도 없는 儒生들로서 말이 不敬함에 관계되고, 대신을 비방함에 걸려, 정희량은 疏文을 기초하였다는 이유로 유생 중 가장 중한 벌로써 外方에 放逐되었다. 승지, 대간, 홍문관에서 유생을 刑訊하는 것이 불가함을 아뢰었으나 그는 끝내 海州에 流竄되는 신세가 되었다. 孔子를 배운 사람이 異端을 배척했다가 이런 지경에 이른 것이다. 그리고 그는 29세 되던 해(연산 3년) 예문관 대교에 승진하여 임금의 덕에 대하여 10개 조목의 상소를 올렸다. 唐, 魏徵이 <十漸疏>를 올린 전례에 따라 <治政十條>를 올린 것이다. 그는 여덟 번째 조목에서 異端을 물리칠 것을 주장했다. 老子·佛氏의 이른바 淸淨·寂滅의 도는 도가 아니라 하고 도는 오직 하나일 뿐이라 했다. 이는 앞에서 보인 儒生疏와 더불어 釋敎와 道仙家流를 정면으로 부정하는 立論에서 나온 것임은 물론이다.

30세(연산 4, 戊午, 1498)되던 해 史草 사건으로 金馹孫의 獄事가 일어나자 정희량은 鄭汝昌 등이 亂言한 것을 알면서도 告하지 않았다 하여 義州로 定配되었으며[6] 2年 후에 金海로 移配되었다가 이듬해 天變으로 放免된 것

---

6) 『燕山君日記』 권30, 7년 26일.

으로 보인다. 이때 佔畢齋 金宗直의 門人들이 대부분 禍를 입었으며 이때 죽음을 면한 사람들도 6년 뒤 甲子年에 오히려 죽임을 당하였다. 귀양에서 풀려난 정희량은, 이 무렵 政事가 날로 어지러워지고 있음을 보고 다가올 화가 지난날의 것보다 더 가혹할 것을 예감, 祖江 가에 두 짝의 신발을 남겨 놓고 종적을 감추었다. 가족에게 화가 미칠 것을 우려하여 그렇게 하였을 것이라는 同情論도 있어 왔지만, 이 때 그가 죽지 아니하고 혹시 세상을 피하여 잠적하였다 하더라도 정희량이라는 이름의 삶은 여기에서 끝난 것이다. 이후 그가 이 세상 어딘가에 살아 있었다 하더라도 그것은 정희량의 것이 아니다.

佔畢齋와 정희량과의 師授관계가 이루어진 것도 분명하게 알려져 있지 않지만 점필재의 晩年(60세)[7]에 원근에서 학자가 모여들었다는 사실과, 점필재가 정희량보다 38세 年長이라는 사실로 보아 이때 정희량의 나이 22세이므로 이무렵 정희량이 점칠재 門庭을 찾은 것이 아닌가 여겨진다. 특히 점필재의 50대에는 지방에 있을 때가 많아 정희량이 10대의 소년시절에 향촌에까지 찾아가 가르침을 구한 것 같지는 않다. 점필재가 死去하기 직전에 師弟의 만남이 이루어진 것으로 보인다. 金馹孫이 점필재 앞에 나아간 것도 草溪에서였으며 점필재의 52세때 일이다.

현실정치를 匡正하려는 의지가 강하면 강할수록, 일에 대한 成就欲求가 크면 클수록, 세상과 일이 뜻과 같지 않을 때 挫折의 落差도 크게 마련이다. 점필재의 문인이라는 이유 때문에 極邊으로 유배의 신세가 된 정희량은, 보기 드물게도 귀양살이의 어두운 부분들을 激切한 詩語도 일일이 표출하고 있으며, 그의 虛菴遺集에는 이때 이룩한 詩篇들이 대부분을 차지하고 있다. 그래서 그의 유배시에는 失意와 孤獨, 困窮과 暗鬱의 悲感을 노래한 懷人, 感事, 述懷詩로 가득 차 있으며, 그러한 가운데서도 정치현실에 대한 관심과

---

7) 『佔畢齋集』, <佔畢齋年譜> 참조.

世俗에의 回歸를 기다리는 안타까움도 꾸밈없이 읊어내고 있다. 구체적인 작품을 보이면 다음과 같은 것들이 있다.

시가 이루어져 詩仙에게 보내려는데
내평생 마음으로 가장 친한 친구일세.
저 먼 곳에 떨어져 있어 소식마저 끊어지니
서울의 봄을 저버린 것 홀로 안타까워하네.

詩成欲寄謫仙人　　許我平生意最親
一別天涯消息斷　　獨憐孤負禁城春

－<憶擇之>[8]

李荇에게 보낸 시다. 직설적이고 말이 많아 감추어진 意趣를 볼 수 없게 하는 작품이지만, 서울을 그리는 世俗의 情을 잘 드러내고 있다. 다만 轉句는 鄭夢周의 <征婦怨>에서 起句의 "一別年多消息稀"를 借用한 것으로, 起句를 끌어와 轉句에서 쓰고 있으므로 轉句에서 보여주어야 할 意象을 제대로 드러내지 못하고 있는 아쉬움이 있다.

객창의 눈바람에 등불을 켜니
이몸의 몰골이 머리기른 중과 같네.
서울에 있는 친구들 응당 나를 기억하리니
뼈만 남은 초췌한 모습 말하지 말게나.

客窓風雪點孤燈　　身世依俙有髮僧

---

8) 『虛庵遺集』 권1.

京洛故人應憶我　　莫言憔悴骨嶒峻

－＜別仲說還京＞[9]

　서울로 돌아가는 朴誾과 헤어지면서 쓴 것이다. 義州 配所에서 쓴 초기작으로 여겨진다. 아직도 세속의 먼지를 깨끗이 털어버리지 못하고 있기 때문에 초췌한 자기 모습을 서울에 있는 친구들에게 말하지 말라고 부탁하고 있다. 이 작품 역시 세속인의 典型을 그대로 보여주고 있을 뿐이다. 그런가 하면 그는 一室生涯의 귀양살이 와중에서도 현실정치에 대한 관심과 집념을 저버리지 못하는 자신의 모습을 그대로 보여주기도 한다. 일찍이 宦路에 뛰어들었다가 문자 그대로 宦海의 苦境을 현실로 체험하고 있으면서도 治者로서의 본분을 잊어버리지 못한다. 다음의 작품들이 그러한 보기가 될 것이다.

　　　북풍에 하늘 기운이 막히어
　　　서쪽 변방에 눈구름이 떨어지네.
　　　넓은 들판에는 바야흐로 칩거가 시작되고
　　　푸른 강물에는 갑자기 우레소리 울리네.
　　　음양이 서로 싸움박질을 하니
　　　행여 절기가 놀랄까 두렵네.
　　　至治의 道를 누구에게 물어보리
　　　외로운 이 신하는 정히 슬프기만 하네.

　　　北風天氣閉　　　西塞凍雲摧
　　　大野方成蟄　　　滄江忽動雷

---

9) 同上.

陰陽相戰薄　　　　節序恐驚回
至治憑誰問　　　　孤臣政獨哀

-<冬雷>¹⁰⁾

이 작품은 首聯과 頷聯에서 오히려 對偶가 잘 이루어지고 있다. 변방의
冬寒 속에서도 治世의 道가 行해지고 있는지를 궁금해하는 이 작품은 작자
의 숨겨둔 뜻을 尾聯에서 드러내고 있어, 首聯에서 頸聯까지를 다시 읽게
한다. '北風', '凍雲', '成蟄', '動雷', '節序'의 含意를 재확인하여야 하기 때문
이다. 눈구름이 덮혀 있는 현실, 칩거하고 있는 자신의 모습, 시끄러운 세상,
'삶의 질서'를 節序가 잘못 돌아갈까 걱정하는 것으로 바꾸어 놓은 솜씨는 적
절함의 강도를 드높여 준다. '閉', '摧', '薄' 등의 동사 채용도 상황을 받쳐주
는 말로서는 激切하기 이를 데 없다. 정희량의 長處이자 약점으로 지적되기
도 하는 激切한 詩語의 표출이 이 작품에서 다한 느낌이다. 孔孟을 배운 전
형적인 治者의 모습을 확인케 한다. 다음의 작품도 同軌의 것이다.

> 쓸쓸한 객관에는 밤기운 맑은데
> 꿇어앉은 시인의 마음 차가웁기만 하네.
> 가물거리는 등불에 일편단심 늙어 있고
> 시간을 알리는 나팔소리에 흰머리 돋아난다.
> 만리까지 따라온 것은 오직 술 마시고 얻은 병
> 십년 동안 헛되이 시인 이름만 만들었네.
> 지금껏 배운 것이 經術 아님을 깨달았나니
> 풍진 세상 쫓아버리고 태평성세를 건너갈 뿐.

---

10) 同上.

旅館蕭條夜氣淸　　騷人危坐膽崢嶸
殘燈一点丹心老　　畫角三聲白髮生
萬里相隨惟酒病　　十年虛做是詩名
多慚所學非經濟　　只逐風塵度太平

－<夜深獨坐有感而作>[11]

　좁디좁은 유배지의 생활공간에 꿇어앉아 자신을 뒤돌아보는 작품이다. 과장이 심한 작품이기는 하지만, 임금을 향하여 충성을 맹서하고 있으며, 經國의 大業에 보탬이 되지 못하는 詩人으로 이름 얻은 것을 후회하고 있다. 經術로써 明君을 輔佐해야만 하고 문장으로 經國의 大業에 이바지해야만 했던 그가 한갓 餘技에 지나지 않는 詩業에만 침잠했다가 지금의 처지가 된 것을 부끄러워하고 있다. 이러한 정희량을 方外人으로 치부하거나 道家類로 끌어넣는 것은 無思慮한 所致가 아닐 수 없다. <해동전도록>에서 정희량을 단학파로 끌어들이고 있지만, 이러한 입론은 그가 잠적 후에도 생존하고 있었다는 사실이 전제되었을 때만 가능한 것이므로 정희량의 이름으로는 받아들일 수 없는 일이다.

　이러한 정희량의 志氣는 그의 家系를 살피는 것으로도 설명에 도움을 줄 수 있다. 그의 출생지는 알려져 있지 않지만, 사실상 海州鄭氏의 中始祖이기도 한 高祖 鄭易 이후, 一門이 累代에 걸쳐 중앙관직에 진출하고 있는 것으로 보아 世居之地가 京都일 가능성은 충분하다. 정희량이 스스로 그의 호를 虛菴이라 한 것도 그가 富平에 살 때 부평에 있는 虛菴山에서 취한 것이며, 仲弟 希儉이 富平의 桂陽山 아래 살았기 때문에 별호를 桂陽이라 한 것도 이를 뒷받침해 준다.

　鄭易은 여말에 李芳遠(조선조 태종)과 同榜及第를 한 사이이며 후일 태

____

11) 同上.

종의 둘째 아들 孝寧大君에게 맏딸을 시집보내어 사돈관계로 발전하게 된다. 정역은 그의 중후한 품성으로 벼슬이 一品에까지 올랐으며 이로부터 해주정씨 일문은 대를 이어 名德을 배출하여 명문거족으로서의 이름을 오로지할 터전을 이룩하게 되었다.[12] 그는 두 아들 忠敬(형조참판)과 忠碩(동지중추부사)을 두었으며, 충경 이후의 大宗派에서는 八代封君이 이어져 榮爵을 누리었다. 충경의 아들 悰(정희량의 再從祖父)은 世祖에게 죽임을 당한 文宗의 부마 寧陽尉이며, 그의 유복자로 태어난 眉壽(정희량의 再從叔)는 후일 端宗妃 宋氏의 侍養子가 되어 단종 兩位의 제사를 받들었다 하며 中宗反正에 참여하여 공신에 책봉되기도 했다.

충석의 뒤를 이은 次宗派에는 文才로 일세에 이름을 떨친 정희량을 비롯하여, 구국의 勳功과 大節로 아름다운 이름을 후세에 드리운 農圃 鄭文孚 등이 가문의 이름을 빛내었다. 乙巳士禍에 汚名을 남긴 鄭彦慤도 정희량의 조카이자 정문부의 조부다. 다만 정문부의 후손들은 정문부의 유언에 따라 晉州地方에 世居하면서 중앙에 올라가는 일이 없었다 한다.

이와 같이 비정한 정치현실을 눈으로 확인하면서 仕宦家에서 성장한 정희량은 남달리 뛰어난 詩才로 불타오르는 激情을 모두 시로써 보여주었다.

3. 景物詩가 없는 激情의 詩世界

조선왕조에 들어와서도 宋詩를 숭상하던 習尙은 달라진 것이 없었으며, 다만 鄭以吾, 李詹 등이 唐詩의 風氣를 보였을 뿐이다. 그러나 徐居正의 아성에 도전한 金宗直에 이르러 스스로 豪放과 新警을 거부하고 嚴重·放達

---

12) 자세한 것은 拙編, 『貞度公 鄭易實錄』 참조.

한 시세계를 구축하면서 唐域에 근접하고 있음을 볼 수 있다.

더욱이 佔畢齋의 門下에는 이름높은 학자·문인들이 다수 배출하였거니와 그 가운데서도 李胄·姜渾·鄭希良은 시로써 이름을 얻었으며, 이들은 申從濩·朴祥 등과 함께 모두 唐域에 드나들고 있었다. 특히 정희량의 시는 流麗하거나 드날리지도 않았으며, 豪放과 新警을 즐긴 자취도 보이지 않는다. (뒤에 작품을 통하여 다시 말할 것이다)

그가 戊午史獄에 연루되어 義州에 定配되었을 때, 이곳에서 曹偉를 만나서로 시를 화답하였으며 그때 주고 받은 詩作이 虛菴遺集에도 여러 편 보인다. 조위는 점필재의 문하에서 수학했을 뿐 아니라 점필재의 처남이기도 하다. 그래서 그는 聖節使로 北京에 다녀오는 길에 渡江하자마자 서울로 압송되었다가 의주에 귀양살이 신세가 된 것이다. 다만 조위와 정희량은 동문수학한 처지이지만 조위는 정희량보다 15년 연장이어서 이들이 서로 시를 주고 받았다 하더라도 이들의 만남은 단순한 시적 교유 이상으로 정희량의 시세계에 큰 進境을 가져오게 한 계기가 되었던 것으로 여겨진다. 정희량이 조위에게 보낸 시편들 가운데는 "奉呈梅溪先生, 錄呈梅溪先生" 등이 많아 예를 갖추어 詩를 바치고 있음을 알 수 있다. 그러나 이미 앞에서 지적한 바와 같이, 정희량이 10년 동안 헛되이 詩名만 좇아다닌 것을 후회하고 있는 것을 보면 이때 이미 그의 詩作은 높은 수준에 이르고 있었음도 알 수 있다. 조위가 그에게 준 가르침이나 끼친 영향이 어떤 것인지는 확언하기 어렵지만, 정희량의 시세계에는 '嚴重'과 '沈鬱'이 主潮를 이루고 있다. 정희량의 시에 대해서는 曹偉가 아래와 같이 말한 것이 있지만, 정희량의 시가 江西의 圈域에 깊이 進入한 흔적은 쉽게 찾아지지 않는다.

장자의 큰 붓이 자나치게 드날리고 있지만
어찌 燕 땅의 돌을 수창옥에 비기리오?
어허, 虛菴이 정말 두려웁나니

근래의 시편들은 진사도·황정견에 가깝네.

蒙君巨筆過揄揚　　燕石何容較水蒼
咄咄滎陽眞可畏　　爾來詩律逼黃陳

−<又呈虛菴>[13]

위의 시에서 '滎陽'은 鄭氏의 中國 관향이지만 고려시대 정씨의 관향도 이렇게 쓰곤 했다. 鄭襲明을 滎陽 鄭襲明이라 한 것도 같은 경우이다. 그러므로 이 시에서 滎陽은 정희량을 가리킨 것은 물론이다.

이 시에서 조위는 정희량의 근래 詩作이 陳師道·黃庭堅에 가깝다고 했다.[14] 虛庵遺集의 師友錄에는 19명의 교유인물이 수록되어 있으며, 이들은 대부분 점필재의 문하생이거나 정희량이 龍山 讀書堂에서 공부할 때의 동료들이다. 이 가운데서도 친교가 있었던 사람은 朴誾, 李荇, 洪彦忠, 南袞 등이며 특히 박은, 이행은 이무렵 江西派를 主導하고 있던 인물이어서 정희량이 이들을 통하여 黃陳의 江西派詩에 관심을 가지게 된 것은 부인할 수 없을 듯 싶다. 그러나 정희량은 박은보다 10년, 이행보다 9년 위이므로[15] 이들로부터 시를 배우거나 영향을 받은 것이라기보다는 이 때 騷壇의 風尙이 黃陳에 경도되고 있었기 때문에 정희량 시의 성향이 진사도·황정견에 가까운 것으로 일컫게 되었는지 모른다. 정희량 시의 '침울'이 이러한 평가에 관계되었을 가능성도 물론 있다.

그는 7언 율시에서 特長을 보이었거니와 그의 대표작으로 꼽히는 다음 작품들도 모두 七律 가운데서 뽑힌 것들이다.

---

13) 『虛庵遺集』 권2. <次梅溪寵示之作> 原韻.
14) 정희량의 江西派的 性向에 대해서는 金南基의 前揭論文에서 지적한 바 있다.
15) 拙著, 韓國漢詩史에서는 정희량이 박은보다는 10년, 이행보다 9년 아래라 하였으나 이는 착오다. 앞뒤의 문맥을 보면 의도와는 달리 순간의 착오임을 바로 알 수 있다.

변방에선 일마다 마음이 상하는데

강가에서의 미친 노래는 은자의 것이 아니라네.

봄에도 꽃은 보이지 않고 아직도 눈만 보이며

이곳에는 기러기도 오지 않거니 하물며 올 사람 있으랴?

봄 기운이 스산하여 비는 새벽까지 이어지고

가는 풀이 무성한데 바람이 나루에 찼네.

슬프다, 좋은 시절에 오랫동안 나그네 되었으니

흐르는 눈물이 또 수건 적심을 어이하랴?

邊城事事動傷神　　海上狂歌異隱淪

春不見花猶見雪　　地無來雁況來人

輕陰漠漠雨連曉　　細草萋萋風滿津

惆悵芳時長作客　　可堪垂淚更霑巾

-<鴨江春望>¹⁶⁾

압록강의 봄경치를 읊고 있는 것으로 보아, 義州 유배지 작품임에 틀림없다. '강가에서 읊조리는 이 노래'가, 삶의 방법으로 선택한 은둔이 아님을 강조한 이 작품은, 어쩔 수 없이 이렇게 된 자신의 처지를 直敍的으로 고백하는 것으로 끝내고 있다. 짤막한 감동을 던져주는 방식의 絕句로써는 처음부터 불가능한 것이었기 때문에 七律을 택한 것이다. 또한 이 작품은 唐, 杜甫의 <春望>, 東方虯의 <王昭君>을 연상케 하는 것도 어쩔 수 없다. 특히 이 시에서 보여준 尾聯의 기법은 오히려 杜甫의 風氣까지도 확실히 느끼게 한다. 그러므로 정희량의 시가 黃陳에 근접하고 있는 것으로 일컫는 속단은 작품읽기를 거듭하지 않은 감상론이라 할 것이다. 그리고 다음 작품 <書懷>

---

16) 『虛庵遺集』 권2.

같은 것은 그의 시가 唐域에 얼마다 깊이 빠져들고 있었는지 한 눈으로 알
수 있다.

　　　지난 해 城市에 갔을 때
　　　돌아오는 길엔 나뭇잎이 흩날리고 있었지.
　　　강남에 봄풀이 푸르르고 있는데
　　　묵은 이 나그네는 돌아갈 것인가 돌아가지 않을 것인가?

　　　去歲都門道　　　　離亭葉正飛
　　　江南春草綠　　　　舊客歸不歸

　　　　　　　　　　　　　　　　　　　　　　　　　-＜書懷＞[17]

　　唐, 王維의 ＜送別＞ 바깥짝 "春草年年綠 王孫歸不歸"와 이 작품의 意匠
이 얼마나 닮아 있는지를 쉽게 알 수 있을 것이다.

　　　구름처럼 눈을 스치는 일은 일마다 새로운데
　　　어지러운 세상에서 미친 노래 부르며 홀로 우노라.
　　　백년 삼만육천 일을
　　　사방 동서남북 떠도는 신세라네.
　　　송옥의 원통한 노래는 낙엽 때문 아니었고
　　　이태백의 슬픈 가락은 남은 봄을 애석해 한 것이라.
　　　취향에 한가한 땅이 남아 있다면
　　　유령에게 이웃하자 청하고 싶구나.

---

17) 同上 권3.

過眼如雲事事新　　狂歌獨泣路歧塵

百年三萬六千日　　四海東西南北人

宋玉怨騷非落木　　謫仙哀賦惜餘春

醉鄉尙有閑田地　　乞與劉伶且卜隣

－<次季文韻>[18]

이 작품은 成重淹의 詩에 次韻한 것이다. 箕雅에 수록되어 있는 것이지만 虛庵遺集 三刊本(1897)에는 本集 속에도 選載되어 있다. 이 시는 宋詩學을 처음 배우기 시작한 고려중기 林椿의 <次友人韻>을 다시 보는 듯하다. 특히 頸聯의 "宋玉怨騷非落木 謫仙哀賦惜餘春"은 <次友人韻>의 "科第未消 羅隱恨 離騷空寄屈平哀"와 그 句法이 너무도 비슷하다. 그러나 首聯 上句의 '過眼如雲事事新'과 같은 것은 수사기교가 직설적이며, 情感의 流露가 과다하여 깊은 골짜기를 지나는 듯한 긴장을 느끼게 하지 못한다. 시냇물이 깊은 골짜기를 흐를 때처럼 시인의 뜻이 향하는 바를 쉽게 알아보지 못하게 하는 것이 宋詩의 恒用하는 수법이기 때문이다.

그러나 정희량의 詩作에는 한 시대의 俗尙으로만 설명하기 어려운 부분들이 많다. 천편일률적으로 뽑아내는 感事・述懷詩에는 분출하는 激情으로만 얼룩져 있기 때문이다. 그래서 그의 시세계에는 景物詩의 基本律을 제대로 따른 경물시조차 쉽게 찾아지지 않는다. 세상과 일이 漆夜와 같은 암흑으로 뒤덮여 있을 때, 詩人은 山河의 부드러운 선을 바라보지 못할 수도 있다.

경물시는 기본적으로 시인과 자연의 만남으로 이루어지는 것이므로, 한시의 대부분은 경물시로 채워져 있다. 그러나 정희량에게 경물시는 열손가락으로 꼽을 수 있을 만큼 수적으로 열세하기도 하거니와, 그나마 그의 경물시는 눈물어린 激情으로 채색되어 있어 사실상 그에게는 경물시가 없는 것이나 다

---

18) 同上 권2.

름이 없다.

앞에서 보인 그의 대표작 <鴨江春望>은 경물시로서도 대표적인 보기가 된다. 이 작품은 위에서 지적한 대로 杜甫의 <春望>이나 東方虬의 <王昭君>에서 意匠을 가져온 것은 숨길 수 없다. <春望>에서는 “國破山河在 城春草木深(나라는 깨어졌으나 산하는 그대로 남아 있어 성에는 봄이 와 초목이 무성하다)”이라 하여 변할 줄 모르는 자연질서는 긍정적으로 수용하고 있다. <王昭君>에서는 “胡地無花草 春來不似春(오랑캐 땅에는 꽃이 없어 봄이 와도 봄같지 않다)”이라 하여 봄이면 꽃이 피는 자연의 조화까지도 부정하는 듯 하지만, 그러나 봄이 와도 봄을 느끼지 못하는 王昭君의 처지를 강조하기 위하여 오랑캐 땅에는 꽃이 없다고 했다. 오랑캐가 사는 곳이라 하더라도 봄이 오면 꽃은 피기 마련이다. 이러한 역설은 오히려 짧막한 감동을 주기도 한다. 그러나 정희량에게 찾아온 봄은 오직 눈물에 젖어 있을 뿐이다.

이밖의 경물시에서도 그의 격정은 표현의 강도조차도 激切로 치닫고 있다.

반공에 우뚝 솟은 천마산 모습

그 아래 지나는 행인 정신이 빠지려 하네.

멀리서도 알겠거니 몸을 숨긴 표범이 구름 끝에서 먹이 씹고 있는 것을

석양에 찬 바람 그칠 줄 모르네.

半空釖立天磨山　　下有行人魂欲死

遙知伏豹哺雲端　　落日寒風吹不止

−<天磨山>[19]

천마산은 예로부터 지나가는 詩人墨客의 발길을 멈추게 한 名山이다. 朴

---

19) 同上 권1.

閒, 李荇, 南袞의 天磨錄도 이 곳에서 함께 놀던 때의 시를 모은 것이다. 그러나 이 작품에서 우리의 눈을 끄는 것은 '天磨山'보다도 '伏豹哺雲端'이다. '伏豹'란 처음 벼슬한 사람이 守直함을 말한다. 다른 관리들이 모두 退出한 뒤 혼자 남아 전송하는 모습이 마치 몸을 숨긴 표범이 잡은 먹이를 지켜보고 있는 것과 같다는 데서 유래한 말이다. 그러나 정희량이 선택한 '伏豹'는 본래의 뜻으로 사용하려 한 것으로 보인다. '魂欲死', '伏豹', '寒風' 등 이것들은 모두 激情의 강도를 높이기 위하여 선택한 詩語들이다. 이것들의 含意는 결코 時事와 無關하지 않다. 다음 작품도 북받치는 情懷가 怪石처럼 뭉쳐있는 현장을 한눈으로 알게 해준다.

질펀하게 흐르는 물은 평지 위에 떠 있고
높이 솟은 산들은 먼 숲에 묻혀 있네.
골짜기가 깊어 주린 호랑이 숨어있고
나무가지가 미끄러워 놀란 새 떨어지네.
못쓰게 된 신발짝은 지나간 발자국 슬프게 하고
맑게 갠 날 창문에는 옛사람의 마음 서려있네.
편주타고 湖海로 나가고 싶던 사나이의 뜻
오늘따라 다시 점점 앞으로 나아가네.

蕩漾浮平地　　　崢嶸沒遠林
峽深藏餓虎　　　枝滑落驚禽
敗履悲前跡　　　晴窓有古心
扁舟湖海志　　　此日復侵尋

－＜雪後＞[20]

---

20) 同上.

이 작품은 한마디로, 句內 및 句間의 관계유지가 긴장으로 연결되지 않아 의사의 흐름조차도 通暢함을 느끼게 하지 못한다. 눈이 내린 뒤의 景觀을 읊은 것은 首聯밖에 없으며 頷聯의 '주린 호랑이', '놀란 새' 등은 이미 자연경관이 아니다. 시인이 바라본 세상의 일그러진 모습일 뿐이다.

頸聯에서는 懷古的인 감상에 흘렀다가 尾聯에 이르러 끝내 현실에서 눈을 떼지 못하고 집념의 분출로 끝내고 만다. 이와 같이 응어리진 시인의 情懷는, 스스로 純然한 경물시의 제작을 어렵게 했다. 때문에 어쩔 수 없이 感事·述懷詩를 量産하게 되었으며 따라서 憂愁의 농도도 짙은 색깔로 깔린다.

그의 시세계에는 직접 '感事', '有感', '述懷' 등으로 이름 붙인 작품 말고도 親朋들과 주고 받은 詩篇들도 대부분 깊은 憂愁로 채색되고 있으며, 삶의 주변에 찾아오는 季節조차도 몽롱한 煙霞로 덮여 있는 것들이 많다. 다음은 친구들에게 주었거나 次韻한 詩篇 가운데서 뽑은 것이다.

나는 지정(남곤)을 아끼는 사람
우연히 하룻밤을 같이 지냈었지.
올 때는 세상 피하는 학과 같더니
갈 때는 놀라 날아가는 기러기 같았네.
저 멀리 강과 바다 아득하여
떠나간 종적을 찾을 수 없네.
매일같이 해 저무는 저녁 구름 바라보았더니
나로 하여금 늙은이 되게 하네.

吾憐止亭人　　偶爾一夜同
來如避世鶴　　去若驚飛鴻
江海杳茫茫　　不可尋其蹤

每望日暮雲　　　令我成老翁

—<寄止亭>²¹⁾

　　南袞에게 준 것이다. 남곤은, 정희량 스스로 형제처럼 가까운 사이임을 자부한 친구다. 우연히 찾아온 남곤과 하룻밤을 같이 지냈지만 훌쩍 떠나가버린 그를 그리워하고 있다. 그러나 이 작품은 尾聯에 이르러 진부한 自嘆으로 끝내고 있을 뿐, 이별의 아쉬움이 감동적으로 전달되지 못하고 있다. 특히 尾聯 下句는 上句와의 관계를 긴절하게 이어받지 못하여 凡俗으로 끝나고 있다. 그리고 이 작품은 5언 율시와 같이 8구로 조성되고 있지만 簾法이 近體 律格에 맞지 않는다. 앞에서 보인 <雪後>도 이와 마찬가지로 5언 8구이지만 근체의 율격을 갖추지 않았으며, <天磨山> 역시 7언 4구지만 염법을 지키지 않아 근체 절구는 되지 못한다. 다음은 次韻詩에서 보여준 悲嘆의 소리다.

지난날 시냇가에서 손수 꽃 심던 일 생각하니
선생은 매일같이 술에 취해 잠들곤 했지요.
하늘가에 영락한 몸 이와 같은데
세월은 의연히 永和 때와 같구료.

憶昔溪頭手種花　　　先生日日醉眠多
天涯落魄身如此　　　歲月依然似永和

—<春日次季文韻>²²⁾

　　정희량이 함께 賜暇讀書를 한 동료 중에서도 가장 많은 시를 주고 받은 것은 남곤과 성중엄이다. '寄止亭', '次季文韻' 등으로 이름붙인 시편들을 여

---

21) 同上 권3.
22) 同上 권2.

러차례 반복 제작하고 있는 것이 구체적인 증거다. 남곤에게는 직접 시를 준 것이 많은 반면에 성중엄과의 사이에서는 차운시로써 정을 나누고 있다. 특히 차운시에서, 선배인 조위와 후배인 성중엄의 시에 차운한 것이 많은 것도 이채를 띈다. 남곤은 2년 아래이기 때문에 親朋으로서의 거리를 가까이 할 수 있지만, 조위는 15년 연장이고 성중엄은 5년 연하이므로 직접 시를 주는 방식보다는 차운시로써 대접한 것으로 보인다. 그들의 시편에 차운함으로써 자신의 詩修業까지도 함께 할 수 있었는지 모른다.

삶의 주변에 찾아오는 節序의 변화에도 그의 반응은 민감했다. 사계절 가운데서도 특히 그를 傷心케 한 것은 '봄'이었던 것으로 보인다. 그의 문집에는 '春日'을 비롯하여 '春晝', '春寒', '春望', '春懷' 등 시의 제목 위에 '春'을 冠稱으로 사용한 작품들이 많지만 정작 정희량의 眼光 속에 들어온 봄은 비바람치거나 어둑한 안개로 덮여있는 스산한 봄일 뿐이다. 다음의 작품들도 그러한 것 가운데서 뽑은 것이다.

이 못난 몰골이 늙으려 하는데
차가운 세월은 제 스스로 지나가네.
강가에 봄은 녹다 남은 눈 바깥에 있고
세상의 일들은 저녁 구름 앞에 있네.
물 많은 고장에는 개인 날이 적고
남쪽 고을에는 비오는 날이 많네.
그대 그리워하지만 보지 못하니
사무치는 슬픔이 매화가에 떨어지네.

潦到人將老	崢嶸歲自遷
江春殘雪外	世事暮雲前
澤國少晴日	蠻鄉多雨天

憶君空不見　　　悲絶落梅邊

-<春日有懷士華>[23]

봄날 南袞을 그리워하며 쓴 것이다. '澤國', '蠻鄕' 등으로 보아 金海 移配 이후에 쓴 것이 틀림없다. 남곤은 역시 가까운 친구이므로 마음 깊은 곳에 자리하고 있는 情懷를 아낌없이 털어놓을 수 있었던 것 같다. 그러나 정희량에게 찾아온 봄은 밝고 맑고 부드러운 대상이 아니다. '殘雪外', '暮雲前', '少晴日', '多雨天' 등 모두 어둡고 음울한 것들뿐이다. 景은 情에 의하여 생명력을 얻을 수 있고 情은 景을 통하여 의탁할 곳을 찾을 수 있다. 이러함에도 불구하고 景에 의탁한 정희량의 情은 슬픈 것뿐이다. '悲絶落梅邊'으로 마무리하고 있는 것도 그러한 것이다.

봄날 가야땅
강물 위엔 어스름한 봄기운 쌓여 있네.
졸고 있는 버들은 술에 노곤한 듯하고
걷힌 구름은 숲에 의지하려 하네.
흰새는 어두운 하늘가로 사라지고
푸른 산은 비 지난 곳에 잠겨 있네.
고향이 온통 눈(眼) 속에 들어와
마디마디 나그네 시름만 깊으네.

春日伽倻國　　　江天積厚陰

柳眠如困酒　　　雲捲欲依林

白鳥冥邊去　　　靑山雨處沈

---

23) 同上 권3.

故鄕渾在眼　　　　　寸寸客愁深

－<春望>²⁴⁾

이 작품 역시 옛 가야국의 땅 金海 유배지의 봄경치를 읊은 것이다. 그러나 봄이 온 이곳의 山河도 온통 어둡고 비에 젖어 있다. 이것은 시인의 客愁가 깊기 때문이다. 격정을 태울 만한 에너지조차 고갈하였는지 激切한 詩語의 사용도 減殺되고 있다. 높고 낮은 곳도 없으며 意思의 흐름도 抑塞함이 없어 좋다. 어쩌면 移配 이후 오랜 유배 생활에 지쳐 있는 遷客의 모습 그대로 보여준 것인지도 모른다. 다음은 체험적인 삶의 부분을 직접 말한 것들이다.

연래로 압록강은 삭막하기만 한데
세상쪽으로 머리돌려 학문의 길 물으려 하네.
객지에서 또다시 한식날 비를 맞으니
꿈속에서도 오히려 고향의 봄이 그립네.
일생동안 시름맺힌 병 흰 머리만 늘어나
만리 밖의 이 산하는 쫓겨난 신하 붙여주네.
바로 이 게으름 때문에 영락하게 되었거니
운명이 시인의 앞길 막은 것이 아니라네.

年來索寞鴨江濱　　　回首塵沙欲問津
客裏又逢寒食雨　　　夢中猶憶故鄕春
一生愁病添衰鬢　　　萬里溪山着放臣
直以踈慵成落魄　　　非關時命滯詩人

－<偶書>²⁵⁾

---

24) 同上.
25) 同上 권1.

의주 유배지에서 쓴 것이다. '偶書'는 문집의 도처에서 자주 보이는 것이지만, 이것들은 대부분 逐客의 憂愁를 激情으로 엮은 것들이다. 이 시편 역시 몸과 마음이 겪고 있는 유배지 현실을 고백한 것이다. 아직도 激情을 불태울 에너지를 축적하고 있는 시인은 학문의 길에 정진하여[問津] 보다 나은 경지에 이르려는[通津] 의지를 보이고 있다. 때문에 시인은 零落한 현재의 逐客 신세를 時運으로 탓하지 아니하고 자신의 모자람을 自責하는 여유를 보인다. 일신의 변화하고 있는 모습에 대해서는 작품 도처에서 '衰鬢'을 빈발하여 30대 초반의 나이에 걸맞지 않는 과장을 일삼고 있지만, 다만 자연과의 관계 설정에 있어서는 溫情的이다. 이때까지도 放還을 기대하는 의주 유배지 작품의 한 단면이기도 하다.

이 작품은 許筠의 『國朝詩刪』에서도 뽑아주고 있으며, 특히 頷聯을 極讚하고 있다. 이 부분이 唐人의 수법을 닮고 있기 때문이다. 그러나 尾聯이 각박하리만큼 직설적이어서 唐詩類의 멋을 減하고 있다. 다음 <夜坐煎茶>와 <混沌酒歌>도 마음과 몸의 현주소를 운치있게 보여 주려는 선비의 豪氣까지도 엿보게 한다.

밤이 얼마나 되었길래 눈이 내리려 하고
靑燈 켠 낡은 집은 추워서 잠이 오지 않네.
직접 상 위에 이끼긴 병을 가져다가
푸른 강의 차디찬 물을 쏟아부었네.
느리게도 하고 급하게도 하여 화력을 고루 다스리니
벽위에 달 떠오르고 푸른 연기 일어나네.
소나무 바람 쉬쉬 빈 골짜기 울리는 듯
폭포수 좍좍 긴 냇물을 울리는 듯,
뇌성·우뢰 화가 난 듯
급한 바퀴 굴러서 수레가 넘어진 듯,

잠간 사이 구름 걷히고 바람도 그치고

파도도 일지 않고 맑으면서 잔잔하네.

큰 바가지에 한번 기울이니 눈빛처럼 빛나고

간담이 탁 뚫리어 신선과도 통하네.

천천히 혼돈의 구멍을 뚫어

홀로 神馬를 타고 先天의 세계에 노니네.

지난 날의 자갈밭 땅 뒤돌아보니

요마와 속념이 모두 아득하구나.

다만 깨달았나니, 마음의 근원은 넓고 스스로 운행하여

物外의 소요천에 마음대로 노니는 것을.

점점 가경이 다하고 묘처에 이르러

손뼉치며 부질없이 이소편을 읊조리네.

내 듣건대, 상계의 진인은 깨끗함을 좋아하여

이슬을 마시며 똥오줌도 아니 눈다던데.

노을을 먹고 옥을 먹고 나이를 늘일 수 있어

골수를 씻고 털을 베고 童顔처럼 곱다지.

나도 세상에서 이와 같이 보거늘

어찌 고목과 더불어 오래 살기를 다투리.

그대는 보지 않았는가, 屈소은 삼백 편에 주리었는데

한만한 道德經 문자는 공연히 5천언이나 되네.

夜如何其天欲雪　　　青燈古屋寒無眠

手取床頭苔蘚腹　　　瀉下碧海冷冷泉

撥開文武火力均　　　壁月浮動生青烟

松風颼颼響空谷　　　飛流激激鳴長川

雷驚電走怒未已　　　急輪轉越轅轅巓

須臾雲捲風復止　　波濤不起淸而漣
大瓢一傾氷雪光　　肝膽洞徹通神仙
徐徐鑿破混沌竅　　獨御神馬遊象先
回看向來轇礫地　　妖魔俗念俱茫然
但覺心源浩自運　　揮斥物外逍遙天
漸窮佳境到妙處　　拍手浪吟離騷篇
吾聞上界眞人好淸淨　　嘘吸沆瀣糞穢痊
餐霞服玉可延年　　洗髓伐毛童顔鮮
我自世間看如此　　豈與枯槁爭長年
君不見盧仝飢三百片　　文字汗漫空五千

-<夜坐煎茶>²⁶⁾

직접 차를 끓여 마시는 雅趣를 읊어낸 것이다. 全篇을 一韻으로 엮어낸 이 작품은, 七律에 特長을 보인 정희량이 古調長篇에서도 재능을 인정받기에 충분함을 보여준다. 그러나 마음의 깊은 연못에 일렁이는 激情 때문에 이 작품 역시 드날리지 못하고 있다.

정희량의 '침울'은 여기서도 어쩔 수 없는 듯이 보인다. 특히 우리의 관심을 끄는 것은 結聯이다. 茶를 좋아하는 盧仝을 끌어들이고, 老子의 道德經을 부질없는 것으로 힐난하는 豪氣도 부려보지만, 이 또한 刻薄한 마무리임을 면할 수 없을 것이다.

귀양살이 한 이래로 직접 술을 빚어 마셨다. 거르지도 않고 짜지도 않아 이름 붙이기를 혼돈주라 했는데 이는 옛법을 숭상함이다. 취하면 '어어'하며 노래를 불렀는데 그 노래는, "내 막걸리 내가 마시고 내 천성을 내가 보전하네. 내가 술

---

26) 同上 권1.

을 스승으로 삼지만 聖人(청주)도 아니요 賢人(탁주)도 아니라네"라 하였다. 대개 그 즐거움을 즐기는 자는 마음에서 즐기나니 늙음이 찾아오려는 것도 알지 못한다. 남들이 누가 나의 즐거움이 이 술임을 알겠는가. 皐陶와 稷契이 요순을 도운 것과, 顔子와 曾子가 공자를 얻은 것과, 庖丁의 소, 稽康의 풀무, 큰 匠人이 恩賞을 내린다 해도 작은 바가지를 만들지 않는 것과, 난장이가 만물을 다 준다해도 매미와 바꾸지 않는 것 등 그 즐거움이 나와 더불어 마찬가지니, 시를 지어 보인다.

긴 밧줄로 가는 해를 붙잡아 매려하고

큰 돌로 이즈러진 하늘을 기우려 했네.

미친 계획 잘못된 계산은 영락함을 자초하여

반세상에 갑자기 늙은이가 되었네.

어찌 내가 혼돈주 마시는 따위로

담소 중에 唐虞 시절을 만날 수 있겠는가.

혼돈에는 도가 있음을 사람들이 알지 못하니

이 법은 멀리 浮丘公에서부터 전해왔네.

伯夷도 아니고 柳下惠도 아니지만 그 천성을 보전하고

성인도 아니고 현인도 아니지만 앞으로 이와 같은 것 없으리라.

누룩 君을 불러서 독 아래 가두었더니

밤낮으로 게트림 소리 뻘럭뻘럭 하는구나.

잠깐 사이 봄 강이 비를 맞아 질펀한 듯

고색창연하게 빚어져 맑고도 무르녹았네.

큰 바가지에 따라서 浮丘에게 절하고

만고에 不平한 가슴 씻어버리네.

한번 마심에 신선과 통하는 듯

우주가 열리려 할 때처럼 몽롱한 것 같네.

두 번 마심에 자연과 합하여

혼돈을 陶鑄하여 홍몽 천지를 뛰어넘네.

손으로 혼돈 세상을 어루만지고

귀로 혼돈의 바람 소리를 듣네.

넓고 큰 醉鄕에는 내가 주인이니

이 벼슬은 天爵이요 사람이 준 것이 아니라네.

어찌 구구하게 술 거르는데 두건을 사용하리오,

도연명 역시 지리멸렬한 사람이었네.

謫居以來, 釀酒自飮, 不漉不壓, 名之曰混沌. 尙古也, 醉則輒嗚嗚以歌. 其
歌曰, 我飮我濁, 我全我天. 我乃師酒, 非聖非賢. 夫樂其樂者, 樂於心, 不知老
之將至也. 人孰知余之樂是酒也. 皐陶稷契之佐堯舜, 顔曾之得孔子, 庖丁之牛,
嵇康之鍛, 梓人不以慶賞成虞, 傴僂不以萬物易蜩, 其樂與我均也. 作詩以見之

長繩欲繫白日飛	大石擬補靑天空
狂圖謬筭坐濩落	半世倏忽成老翁
豈如飮我混沌酒	坐對唐虞談笑中
混沌有道人未識	此法遠自浮邱公
不夷不惠全其天	非聖非賢將無同
招呼麴君囚甕底	日夜噫氣聲蓬蓬
俄傾春流帶雨渾	醞釀古色淸而濃
酌以巨瓢挹浮邱	澆下萬古崔嵬胸
一飮通神靈	宇宙欲鬪如蒙矓
再飮合自然	陶鑄混沌超鴻濛
手撫混沌世	耳聽混沌風
醉鄕廣大我乃主	此爵天爵非人封
何用區區頭上巾	淵明亦是支離人

－<混沌酒歌>[27]

이 작품은, 自序에서 밝히고 있는 바와 같이, 손수 술을 빚되 거르거나 짜지도 않고 술을 마시는 즐거움을 호기롭게 읊조리고 있다. "대목은 아무리 恩賞을 내려준다 해도 조그마한 바가지 따위는 만들지 않는다" 한 것이 크게 호기를 부린 부분이다. 또 陶淵明이, 머리에 쓴 두건으로 술을 걸러 마셨다 하여 이를 '支離人'이라 꼬집고 있는 것도 물론 그의 호기가 그렇게 한 것이다. 그는 그가 빚은 술을 혼돈주라 했지만 그는 허황된 꿈만 꾸다가 零落한 신세가 된 자신을 한탄하고 있으며 이 술을 마시고 만고에 不平한 가슴을 씻어내었다고 했다. 그는, 손으로 혼돈의 세상을 어루만진다고 호기를 부렸지만 이 '혼돈' 역시 名色이라고는 아무 것도 없는 無有의 카오스가 아니다. 엄연히 그의 발아래 있는 현실세계다. 취향에는 자신이 주인이라 一喝한 것도 생생하게 깨어있는 의식의 외침이다. 다만 마음 놓고 長短句를 구사한 이 솜씨는 樂府의 餘響이 여기에까지 와닫고 있음을 알게 해 준다.

정희량의 시세계에는 詩作에 붙여진 이름에 관계없이 마음의 응어리를 풀어놓은 述懷詩가 많다. 그 가운데서도 직접 술회시임을 알게 해 주는 것으로는 '有感', '書懷' 등이 그 대표적인 것들이다. 그러나 이들은 대부분 激情을 연소케할 에너지조차 消盡된 상태의 것들이어서 생동감이 없는 작품이 많다.

만리 밖 龍灣의 길

천년 세월에 귀양 온 사람도 많았지.

나는 짝이 없는 외톨이

늙은이의 눈물 연하에 떨어지네.

萬里龍灣道　　　千秋謫客多

我來無伴侶　　　老淚落煙霞

―<有感>[28]

---

27) 同上 권3.

의주 생활의 후기작으로 보인다. 초기작에서는 고향을 그리는 情感의 표백이 많았으나, 이 작품에 이르러서는 마음의 바다에서 꿈틀거리던 격정도 눈물 속에 용해되고 있을 뿐이다. 스스로 늙은이로 자처하고 있지만 이것 역시 마음의 연륜을 과대포장한 것일 뿐이다. 모처럼 정희량 시의 平淡한 句法을 보는 듯하다.

모래밭에 풀들은 아직도 얼어붙어 있는데
봄바람 불어오니 살아나려 하네.
어스름한 봄기운은 강물 위에 어둑하고
희미한 햇빛은 구름사이로 환하네.
떠돌이 나그네는 어버이 그리는 눈물뿐이요
외로운 신하는 나라 떠나온 정 뿐이네.
세상 일에 마음 상할 땐 혼자 탄식하나니
시름의 실마리 정말 차거웁구려.

沙草尙含凍　　春風吹欲生
輕陰連海暗　　薄日漏雲明
遊子思親淚　　孤臣去國情
感時仍獨歎　　愁緒政崢嶸

-<春日書懷>[29]

김해 配所에서 쓴 것으로 보인다. 봄바람이 節序의 변화를 알려주고 있지만, 시름으로 닫혀있는 시인의 가슴은 차가웁기만 하다. 다른 작품에서의 봄 기운은 시인의 격정을 촉발하기에 충분했지만 이 작품에 이르러서는 정감의

---

28) 同上 권2.
29) 同上 권3.

동요를 볼 수가 없다. '輕陰', '海暗', '薄日', '獨嘆', '愁緖', '崢嶸' 등 시인 앞에 다가오는 萬有는 모두 어둠과 시름으로 착색되어 있다. 특히 頷聯 下句 "薄日漏雲明"은 李奎報의 <夏日即事> 轉句, 즉 "薄雲漏日雨中明"을 옮겨온 것이다. 정희량의 '薄日'은 어둡고 희미한 부정적인 햇빛일 뿐이지만 이규보의 '漏日'은 엷은 구름에서 빠져나온 밝고 긍정적인 햇님이시다. 歸不歸를 점칠 기력조차 이미 상실한 상태에서 부른 노래다.

4. 結言

鄭希良의 詩篇은 모두 360여 수가 전하고 있을 뿐이다. 이것마저도 대부분 척박한 流配地 공간에서 씌어진 것이어서 정희량의 다양한 시세계의 면모는 찾아보기 어렵게 되어 있다. 귀양살이 이후에 쓴 시만으로도 1000수를 넘는다고 自述하고 있지만 오늘날 우리들 앞에 남겨진 것은 이 정도에 지나지 않는다. 佔畢齋 金宗直의 문인이라는 이유 때문에 極邊으로 쫓겨난 신세가 된 정희량은 그의 詩作을 통하여 귀양살이의 어두운 부분들을 激切한 詩語로 일일이 표출하고 있다. 그래서 그의 유배시에는 실의와 고독, 곤궁과 암울의 悲感을 노래한 述懷詩로 가득 차 있으며, 이러한 가운데서도 현실 정치에 대한 懷疑와 불만의 激情이 분출할 때에는 유연하던 意思의 흐름도 刻薄으로 급전하여 시를 그르치기도 한다. 다만 金海 移配 이후의 시작에서는 격정을 불태울 에너지조차 消盡한 듯 격절한 표현 수법도 무기력해 진다.

그래서 한시에서 가장 흔하게 보이는 景物詩조차도 정희량의 것은 열 손가락으로 꼽을 수 있을 정도로 빈약하다. 景과 情의 交合으로 이루어지는 景物詩에서는 景은 情에 의하여 생명력을 얻을 수 있고, 情은 景을 통하여 의탁할 곳을 찾게 된다. 그러나 정희량이 정을 의탁한 외경은 대부분 어둡고 슬픈 빛으로 착색되어 있으며, 특히 세상일이 시 속에 끼어들 때에는 웅어리진 격정의 분출로 그의 시는 刻薄한 문자로 格下되기 일쑤다. 그래서 그에게는 사실상 純然한 경물시가 없는 것이나 다름이 없다.

대체로 정희량 시의 바탕은 '嚴重'과 '沈鬱'이 주조를 이루고 있거니와, 수준 높은 唐人의 수법으로 詩作을 시범하고서도 그의 시가 드날리지 못하다는 평가를 감수해야만 한 것은 이 때문이다. 그의 시가 江西派에 근접하고 있다는 일부의 비평도 있어 왔지만 이는 당시의 騷壇 習尙이 강서파 쪽으로 기울어지고 있던 사실과 무관하지 않다. 정희량의 詩友로서 가까운 거리에 있었던 朴誾, 李荇 등이 당시 강서파의 선두 주자인 것은 물론이다.

정희량은 34세의 젊은 나이에 갑자기 종적을 감추었다가 다시 그의 이름으로 세상에 나타난 일이 없으므로 이러한 그의 所終은 호사가들의 호기심을 자극하기에 충분하였으며, 이로부터 많은 일화를 남긴 주인공이 되었다. 때로는 머리깎은 佛僧으로, 때로는 머리 기른 方士로 做作되기도 하였으며, 마침내 그는 金時習의 뒤를 잇는 道脉에 편입되기도 했다. 그래서 정희량에 대한 학계의 관심 역시 그의 道仙家的 趣向과 제 2의 삶의 부분에 집중되었을 뿐 시세계에 대한 본격적인 탐색은 이루어지지 않았다. 그러나 그의 詩作 속에 담겨 있는 정희량의 모습은 도선가도 아니며 佛僧이나 方士는 더욱 아니다.

그는 儒者로 發身하여 官人으로 일생을 마무리하였거니와, 아직 벼슬길에 오르기도 전에 유생의 신분으로 대궐에 상소했다가 海州에 귀양살이를 떠나는 것으로부터 그의 政治 歷程이 시작되었으며, 29세의 신진 관료로 '治政十條'를 올려 '闢異端'을 주장하는 등 强性 政治 官僚로서의 체질을 분명하게 드러내었다.

무오사화에 연루되어 의주, 김해 등 配所를 전전하면서도 그는 끝내 세상 돌아가는 일에서 눈을 떼지 않았다. 특히 그의 家系는 고조부 鄭易 이래로 명문 거족으로서의 名德을 잃지 않았으며, 그의 再從祖父 悰(文宗 사위)이 세조에게 죽임을 당하는 등 一門이 政治的 殃禍로 苦境을 겪으면서도 累代

에 걸쳐 중앙관직에 진출하였다. 이러한 강성 정치 관료로서의 체질과, 그의 불투명한 遁迹 사이에는 엄청난 乖離가 있어 정희량의 모든 것을 한마디로 말하기 어렵게 하지만, 적어도 그의 문학 세계에 관한한 方外人이나 道仙家로 자리매김하는 無思慮는 사라져야 할 것이다.

(『韓國漢詩作家研究』 4, 1998)

退溪詩의 變異 樣相에 대하여

1. 序言

退溪 만큼 詩를 좋아하고 사랑한 학자도 드물다. 작품의 篇幅은 고려함이 없이 편수만을 헤아린다면 詩人 杜甫를 상회하고 있으며 그것도 대부분 40대 이후의 것이고 보면 퇴계의 詩趣를 확인하는데는 이것만으로도 모자람이 없다.

지금까지 우리들이 바라본 退溪詩는 어쩌면 "높고 큰 나무"에 비견될 수 있을지 모른다. 그러나 퇴계시의 세계는 한마디로 말하기 어려운 부분들이 많다. 젊은 시절의 진솔함, 老境의 意趣, 晩年의 和答 등 그 多段階的 變異의 모습이 큰 폭으로 획이 그어질 수 있기 때문이다. 그리고 詩集의 편성 과정이 多端한 것도 퇴계시의 이해를 어렵게 하는 대목이다. 內集, 外集, 別集, 續集, 遺集 등으로 分編되어 있는 시집은 퇴계시의 총체적인 흐름을 한 묶음으로 파악하기 어렵게 할 뿐 아니라 그 全鼎을 쉽게 맛볼 수 없게 한다. 다행히 근년에 權五鳳 교수에 의하여 정리 편집된 『退溪詩大全』[1](이하 大

슾이라 함)의 印行으로 퇴계시의 제작 연대가 대부분 밝혀졌으며, 이에 따라 내집, 외집, 별집, 속집, 유집 등의 성격을 짐작하는 데도 크게 도움을 주었다.

내집은 만년작이 대부분이고, 편집자가 가장 아끼는 작품들은 대부분 이속에 편입되어 있는 사실도 알 수 있었다. 구체적으로 예를 보이면, 같은 시기에 쓴 關東錄 所載作 중에서도 수준의 높이를 인정받음직한 작품은 내집에, 그렇지 않은 것은 외집·별집·속집·유집에 분산 수록하고 있기 때문이다. 외집, 별집, 속집, 유집은 대체로 젊은 시절의 것이거나, 편집자의 사랑을 받지 못한 작품들의 묶음으로 추정된다. 특히 유집은 시집 속에 편입시키는 것조차 바라지 않았던 詩作의 집합으로 여겨진다. 편집자의 편집기준을 드러내어 말할 수는 없지만, 深學으로 이룩한 老境의 詩作에 값어치의 무게가 주어진 것임에 틀림없다. 33세 이전의 작품 중에 내집에 入錄된 것은 단 1수밖에 없으며 이후 40세까지의 작품도 단 5수가 選入되어 있는 사실은 이를 증거해주는데 보탬이 될 수 있을 것이다. 연전의 拙稿「退溪詩의 形象化 方式에 대하여」[2]도 그 자료는 대부분 내집에서 선택한 것이므로 결론의 導出도 그렇게 이루어진 것이다.

이로써 보면, 앞에서 말한 퇴계시의 "높고 큰 나무"는 곧 老成한 퇴계시의 표상이라 해도 좋을 것이다. 그러나 "높고 큰 나무"는 그 根幹이 충실하여 만인이 우러러 바라보는 대상은 될 수 있지만, 거기에는 여리고 아름다운 華實은 보기 어렵다. "높고 큰 나무"도 아름다운 華實을 자랑하는 "작고 여린 나무"의 시간을 경과해야 했지만, 작자인 퇴계 자신을 포함하여 퇴계시의 관찰자들은 퇴계시의 "작고 여린 나무"는 애써 지나치거나 사랑을 보내지 않았던 것으로 보인다. 그러므로 본고에서는 "작고 여린 나무"의 아름다운 華實을 일차적으로 확인하고, "작고 여린 나무"에 대답을 보내주고 있는 퇴계시의 마지막 단계인 "枯木"의 意思를 경청하여, 그 삶의 의미도 함께 읽으려 한다.

---

1) 退溪詩의 제작 연대에 대해서는 전적으로 權五鳳 교수의 『退溪詩大全』에 의존하였다.
2)『韓國漢詩硏究』5, 韓國漢詩學會, 1997.

다만, 퇴계의 시집에는 32세까지도 단 8수의 시만 남겨져 있으며, 34세에서 39세까지 5년 동안 제작한 시편은 겨우 16수에 불과하다. 이러한 사실은, 퇴계의 젊음과 퇴계시의 젊음 사이에는 엄청난 괴리가 상존하고 있음을 알게 한다. 젊은 시절에는 詩趣가 있지 않아 詩作에 관심을 보이지 않았거나, 詩를 제작하였더라도 의사에 흡족하지 않아 작자 스스로 파기했을 가능성도 있으며, 퇴계 자신이 말한 대로 舊學에 심취하여 詩를 짓는 따위의 餘事에는 마음을 기울이지 않았는지 모른다. 그러나 후세까지 무성한 이름을 전하는 문장가들의 경우, 이러한 현상은 상상하기 어렵다. 李奎報와 같은 문장가는 물론 퇴계와 同日에 論할 수 있는 인물은 아니지만, 20代 중반에 이미 100韻, 300韻의 長篇을 뽑아 내었으며, 각종 시선집에서 뽑아준 대표작의 대부분도 이 때에 이루어진 것들이다.

퇴계의 경우, 情感의 기복이 많았어야 할 젊은 시절의 詩作에는 여리고 정결함으로 채워져 있을 뿐, 시를 통하여 젊음과 낭만의 움직임을 보여준 것은 오히려 40대 초반에서부터 확인되고 있다. 본고에서 힘들인 성과도 결과적으로 이 부분에서 찾아질지 모른다.

2. 젊음과 摸寫의 意志

퇴계는 40대에 이미 病弱함을 호소하고 있지만, 퇴계시의 "작고 여린 나무"는 40대 후반까지도 젊음의 기품을 유지하고 있다. 앞에서 지적한 대로 퇴계시는 그만큼 시발이 늦었기 때문에 40대에 진입하면서 오히려 젊은 시절에만 있음직한 낭만을 향유할 수 있었던 것으로 보인다. 10대에 제작된 퇴계시는 오직 3수를 전해 주고 있을 뿐이지만, 그렇게 맑고 깨끗하고 진지하다. 18세 작 <野池>와 19세 작 <詠懷>를 차례로 보인다.

이슬에 젖은 예쁜 풀은 푸른 언덕을 둘렀는데
맑디 맑은 연못은 먼지 모래 한 점 없네.
구름 날고 새 지나가는 것은 원래 그렇게 하는 거지만
때때로 제비 녀석 물결 차는 것 두렵네.

野草夭夭繞碧坡　　小塘淸活淨無沙
雲飛鳥過元相管　　只恐時時燕蹴波

―<野池>(『外集』 권1)[3]

　안짝 특히 承句는 중복을 피하지 않아 다듬어지지 않은 아쉬움이 있지만,
바깥짝의 발상 전환은 너무도 여리고 진솔하기만 하다. 퇴계시 가운데도 이
렇게 여린 작품이 있음을 처음으로 확인하게 된다. <詠懷>는 다음과 같다.

숲 속 집 그 많은 책들을 이토록 좋아하는데
한결같은 심사는 십여 년이 되었네.
근래에는 마치 진리의 근원을 만난 것 같아
내 마음 가다듬어 하늘을 쳐다보네.

獨愛林廬萬卷書　　一般心事十餘年
邇來以與源頭會　　都把吾心看太虛

―<詠懷>(『外集』 권1)

　연보에 따르면 퇴계는 12세에 논어를 배우기 시작하였고 14세에 淵明의
시를 좋아하여 그 爲人을 흠모하였으며 20세에는 周易을 읽어 그 뜻을 강구

---

3) 退溪集에서 인용한 작품은 그냥 外集, 別集 등으로 출전을 밝혔다.

하였다 한다. 십여 년을 한결같이 책 읽기를 좋아한 자신의 진솔한 모습을 그대로 보여 주고 있을 뿐 아니라 먼 앞날을 향한 결의의 표명도 빠뜨리지 않고 있다. 제3구의 말 만든 솜씨는 아직 다듬어지지 않은 모습 그대로이지만, 首尾가 相應한 결구의 결의는, 학자로 대성할 조짐을 여기에서도 찾아볼 수 있게 한다.

20대에도 퇴계시는 2수만 남기고 있다. 21세 때 夫人 許氏를 맞이했지만, 27세에 喪配를 하는 어려움을 겪었으며 이 무렵의 시편 역시 서책 속에 묻혀 있는 퇴계 자신의 모습을 보여주는데서 그치고 있다. 26세 작 <山居>도 그러한 것 가운데 하나다.

깨끗한 높은 서재 푸른 산 옆에 있는데
만권의 도서가 그 속에 있을 뿐이네.
동쪽 시냇물 문 앞을 돌아 서쪽 시냇물과 합치고
남쪽산은 푸른 빛으로 이어져 있고 북쪽 산은 길다네.
흰 구름 자고 가더니 처마가 젖어 있고
밝은 달 때때로 와 왼 방이 서늘하네.
산 속 집에 산다고 아무 일 없다 말하지 마오
평소에 뜻한 일 다시 헤아리기 어렵다네.

高齋蕭灑碧山傍　　祇有圖書萬軸藏
東澗遶門西澗合　　南山接翠北山長
白雲夜宿留簷濕　　淸月時來滿室凉
莫道山居無一事　　平生志願更難量

—<山居>(『外集』 권1)

이 작품은 <芝山蝸舍>에 混載되어 있는 첫 번째 것을 따로 떼어 낸 것

이다. 퇴계에게 시는 이때까지도 신나는 즐길거리가 되지 못하고 있으며 책
더미 속에 묻혀 사는 젊은 선비의 자기 표현 수단에 지나지 않은 듯이 보인
다. 당연히 科場에 나아가는 것이 定則으로 되어 있는 현실에서 어찌할 줄
모르는 마음의 움직임을 진솔하게 말하고 있다. 쉽게 咏嘆으로 흐르지 않은
尾聯은 진솔과 무게를 함께 느끼게 한다.

28세에 진사가 된 그는 學業에 뜻이 없었으나 주변의 권유로 32세에 文科
初試, 33세에 鄕試를 거쳐 34세에 大科에 급제하여 곧 벼슬길에 오른다. 그
러나 30대에도 그는 많은 시작을 보여 주지 않았다. 33세 때 처음으로 東海
에서 南海에까지 周覽하면서 이른바 <南行錄>을 남길 만큼 여러 편의 시를
남긴다. 그러나 出仕 이후에도 詩作은 거의 있지 않았으며 특히 37세에 內
艱을 당한 뒤로 3년 동안 한편의 시도 쓰지 않았다. 다음은 南으로 出遊했을
때의 작품 가운데서 뽑은 것이다.

배는 긴 다리 옆에 누워 있고
정자는 깍아 세운 골짜기 가에 우뚝하네.
물가의 모래는 눈보다 희고
봄 물은 연기처럼 푸르네.

舟臥長橋側　　　　亭高絶壑邊
渚沙白於雪　　　　春水綠如烟

-<陜川南亭韻>(『遺集』 권2)

詩趣의 움직임은 있지 아니하고 대상을 있는 그대로 그려내고 있을 뿐이
다. 대체로 이런 작품들이 遺集 속에 흩어져 있거니와 다음 작품도 그러한
것 가운데 하나다.

반석은 손바닥처럼 평탄하고

맑은 샘물은 뱀처럼 달리네.

시를 읊으며 냇가에 풀을 찾고

술병을 들고 꽃이 있는 곳을 묻네.

봄이 늦으니 객지에서의 시 읊기도 괴롭고

구름 옮겨가니 저녁 경치 다채롭네.

귓가에서 산새가 우니

조잘조잘 그 시름 어찌하리.

盤石平如掌   淸泉走似蛇

吟詩尋澗草   携酒問山花

春晚羈吟苦   雲移暮景多

耳邊山鳥語   啁哳奈愁何

－＜鼻巖示同遊＞(『遺集』 권2)

『大全』의 주에 따르면, 鼻巖은 馬山의 舞鶴山 정상에 있다고 한다. 무한 대로 펼쳐져 있는 푸른 공간을 眼光 속으로 끌어들이지 아니하고 눈 앞에 흩어져 있는 주변을 摸寫하는데서 그치고 있다. 여리고 청정한 초기시의 모습 그대로다.

그러나 40대에 접어들면서 학문의 세계에도 큰 획이 그어질 만한 변화를 가져온다. 다음의 自述을 통하여 사실을 확인해 본다.

세 낸 집은 서쪽 성과 가깝고

빈 뜰은 나무 숲에 가려 있네.

뭇 매미 좋은 그늘을 얻어

아침부터 저녁까지 서로 재촉하네.

잠깐 사이에 황혼이 들어
창문에는 불더위 사라지네.
새 달이 바다에서 솟아 올라와
밝디 밝게 담 모퉁이에 비추네.
벌레 소리 사방 벽에서 나오고
풀에 맺힌 이슬은 멱 감은 듯 번득인다.
시절이 바뀌니 갑자기 한숨이 나오고
가는 세월은 물 흐르듯 빠르네.
舊學은 괴롭스리 이미 늦었고
新知는 자못 두렵기만 하다오.
오래된 병은 본래의 마음을 잘도 저버리고
잘못된 계산은 시속에 맞아떨어지기 어렵네.
소인은 獻愚하는 것만 생각하고
군자는 知足을 귀히 여긴다오.
오래도록 잠을 이루지 못하는데
깜박깜박 촛불이 책을 비춘다.

儆屋近西城	空庭翳樹木
群蟬得佳蔭	日夕和相促
須臾入黃昏	窓戶失炎溽
新月出海來	皎皎臨墻曲
蟲鳴在四壁	草露飜似沐
感時忽興嘆	徂年水流速
舊學苦已晚	新知良可悶
沈痾喜負心	謬筭難諧俗
小人思獻愚	君子貴知足

悠悠不成寐　　　　耿耿照書燭

－<早秋夜坐>(『內集』 권1)

　세월이 지남에 따라 자신의 학문세계도 새로운 경지에 이르고 있음을 말한
것이다. <早秋夜坐>의 '가을'과 '밤'을 빌려 意思의 깊은 곳을 말하려 하고
있기 때문이다. "感時忽興嘆"과 "徂年水流速"은 곧 舊學에만 매달려 있을
수 없는 현실 변화를 말하기 위한 도입부분이다. 지금까지의 經典之學에서
일탈하여 理學의 圈域에 진입하고 있는 학문 세계의 進境을 완곡하게 진술
하고 있다. 이것은 곧 더 많은 詩作을 시범하는 전기가 되기도 한다. 이 작품
을 보면, 수사기교는 고려되지 않고 있으며, 말하고자 하는 것을 말하는 것으
로 自足하고 있다. "耿耿照書燭"은 脚韻 때문에 '燭'의 자리가 바뀌고 있는
것이지만, 말 만드는 일은 고려하고 있지 않은 증거다.

　30대의 南行 때에도 퇴계는 '平生不工詩'라 하여 평소 때 詩에 힘쓰지 않
았음을 고백하였지만, 40대에 접어들면서 잦은 遠遊로 많은 기행시를 남겼다.
이때에 이르러 젊음과 꿈과 낭만을 시로써 실천하고 있다. 각종 시선집에서
뽑아 준 대표작 <義州>도 이 무렵(41세)의 작품이다. <義州雜題十二絶>
가운데 <山川形勝>을 뒷 사람들이 특히 <義州>라 한 것이다. <山川形勝>
과 <聚勝亭>, <統軍亭>을 차례로 보인다.

　九龍淵 구름 기운 새벽에 서늘하고
　松鶻山 하늘에 닿아 흰 해가 나직하네.
　성문이 닫히기를 앉아서 기다리니
　나팔소리 우렁차게 큰 강 서쪽으로 건너가네.

龍淵雲氣晚凄凄　　　鶻岫摩空白日低

坐待山城門欲閉　　　角聲吹度大江西　　　　　－<山川形勝>(『內集』 권1)

성중에서 어찌 풍류를 다하리요
물 멀고 산 길며 모두 제각각이라네.
시험 삼아 묻노니, 동쪽 정자 승경이 모인 곳에
한 병 술 권하여 친구를 붙들 수 있을는지.

城中那得盡風流　　水遠山長各自由
試問東亭收勝處　　一尊堪勸故人留

—〈聚勝亭〉

통군정에 올라서 강물을 바라보니
하늘 가 아득히 바다 속으로 들어가네.
저 강물 모두 술을 만든다 해도
고금의 이별 시름 다 없애기 어려우리.

統軍亭上望江流　　天際微茫入海洲
正使變成春酒綠　　古今難盡別離愁

—〈統軍亭〉

　　예로부터 의주는 대륙 민족이 한반도에 들어오는 길목이다. 그래서 灣府가
무사하면 나라가 편안하다 했다. 灣府는 義州 龍灣과 釜山 東萊府를 가리
키는 말이다. 쉴 사이 없이 대륙 민족의 침공을 받아 온 우리 역사의 현실에
서 보면, 의주는 苦難의 부정적 의미도 함께 내장하고 있는 곳이다. 그러므로
〈山川形勝〉에서 '강 건너 대륙으로 날려보내고 있는 나팔 소리'야말로, 작자
퇴계의 慷慨로운 情 바로 그것이다. 이처럼 통쾌하게 젊음의 義氣를 발산하
고 있기 때문에 이 작품이 높은 평가를 받아낼 수 있었던 것이다.
　　樓亭은 昇平의 표상이며 風流의 象徵物이기도 하거니와, 聚勝亭, 統軍亭

은 지나가는 詩人들의 발길을 멈추게 한 곳이다. 퇴계의 묻어 둔 풍류도 이 들 亭子 앞에서는 어쩔 수 없었던 모양이다. 두 편 모두 情感의 流露를 아 낌 없이 보여주고 있기 때문이다. 특히 <統軍亭>의 제3구는 수사 기교에 있 어서도 逸品이다. '春酒'와 '綠酒' 즉 두개의 '술'을 合成하여 入聲字 '綠'으 로 끝내고 있는 '春酒綠'은 造意 쪽에 마음을 쓰다가 그렇게 된 것이기도 하 지만 造語에도 성공한 결과가 되고 있다.

40대 초반에서부터 遠遊를 즐기기 시작한 퇴계는 중반에 이르러서도 많은 기행시를 남기고 있으며, 이것들은 대부분 가려져 온 퇴계시의 꿈과 낭만을 한 눈으로 읽게 해 준다. 다음 작품들은 퇴계의 詩趣와 凡常도 함께 확인할 수 있게 하는 것들이다.

搜勝이라 새로이 이름을 바꾸었는데
봄을 맞으니 경치가 더욱 아름답구나.
먼 숲엔 꽃이 피려하는데
어두운 골짜기는 아직도 눈에 묻혀 있네.
찾아가 눈으로 보지 못하고
마음속에 상상하는 일만 더 보탠다네.
이 다음 올 때엔 한 잔 술 마시며
큰 붓 휘둘러 구름 덮힌 벼랑에 시 한 수 쓰리라.

搜勝名新換	逢春景益佳
遠林花欲動	陰壑雪猶埋
未寓搜尋眼	唯增想像懷
他年一尊酒	巨筆寫雲崖

—<寄題搜勝臺>(『別集』 권1)

搜勝臺는 慶南 居昌의 愼氏 마을 뒷산 개울 한 가운데에 있는 바위 이름이다. 주변 경관이 아름다워 바위를 돋보이게 한다. 퇴계는 이 곳을 직접 찾아가 보지도 못하고 지나는 길에 시 한 수 남기면서 '愁送'이라 부르던 옛 이름을 고쳐 '搜勝'이라 했다. 그러나 읽는 이로 하여금 이 시를 다시 읽게 하는 것은 尾聯 부분이다. 이 다음 다시 와 술 한잔 마시면서 큼직하게 바위에 시 한수 쓰겠다는 것이다. 퇴계의 風流와 詩趣를 구김 없이 말해 주고 있기 때문이다. 이 작품에서도 頷聯 下句의 "陰壑雪猶埋"는 깎고 다듬은 흔적이 보이지 않는다.

40대 후반에 이르러서도 퇴계시의 '凡常'은 도처에서 발견된다. 다음의 <絶句>도 그러한 것 가운데 하나다. 6수 중 제2수를 보기로 한다.

뜨락의 풀은 쓸쓸하고 오동잎은 시들었는데
오늘 꽃을 심는데 몇 사람이나 옮겨갔나?
우연히 베개 가져오라 하여 머리 받치고 누웠더니
몸과 세상 모두 잊고 나비꿈 꿀 때라네.

庭草荒涼梧葉衰　　種花今日幾人移
偶呼一枕支頭臥　　身世渾忘蝶夢時

-<絶句>(『續集』 권1)

퇴계시에서 『莊子』 句를 援用한 것은 흔하게 볼 수 있는 일이지만, 이 작품에서는 직접 『莊子』의 圈域을 넘나들면서 '나비꿈'을 꾸는 平凡을 보이기도 한다. 특히 사실을 있는 그대로 옮겨 놓은 제3구의 '凡常'은 독자와의 거리를 그만큼 가깝게 한다.

퇴계시 가운데에는 來者와의 사이에 주고받은 名篇도 많아 퇴계시의 品目을 다채롭게 해 준다. 다음 작품도 그렇게 이해해도 좋을 것 가운데서 뽑은 것이다.

십년동안 아득히 기로에서 헤매느라
고향으로 가는 지팡이 덧없이 버려두었구나.
산에 사는 스님은 도무지 일이 없어서인지
또 풍진 세상을 향하여 괴로이 시를 지어 달라 하네.

十載茫茫走路歧　　故園閒卻一筇枝
山僧可是都無事　　又向風塵苦乞詩
　　　　　　　-<士遂自書堂攜印上人來請題詩卷三首>(『續集』 권1)

　이 작품은 퇴계 보다 3년 연하인 林亨秀(字, 士遂)가 印上人을 데리고 와서 詩卷에다 시를 지어 달라고 청하여 3수를 써 준 것 가운데 첫번째 것이다. 임형수는 이 무렵 가장 많은 시편을 주고받은 사이였지만, 乙巳士禍에 賜死되고 만다. 퇴계의 詩作 중에는 佛僧와의 사이에서 주고받은 物量도 막중하다. 그러나 『內集』을 편집하는 과정에서 편집자는 이것들을 전혀 고려하지 않았다. 이 작품도 별집에 편입되어 있는 것은 물론이다. 특히 이 작품에서 우리의 眼光을 긴장하게 하는 것은 제2구의 "故園閒卻一筇枝"이다. 이는 『破閑集』의 "故山閒却一溪雲"[4]을 그대로 받아 쓴 것이고 보면, 시를 사랑하는 퇴계의 詩趣를 쉽게 짐작할 수 있을 것이다. 특히 釋敎를 異端視하던 儒家의 體質에서, 僧侶와의 사이에 서로 시를 주고 받는 관계를 일정하게 유지해 온 사실도, 退溪의 詩趣와 無關하지 않다.

　40대 중반을 지나면서 퇴계는 詩作의 도처에서 身病을 호소하는 빈도수가 높아지고 있다. 특히 47세에 이르러서는 病때문에 책을 읽을 수 없고 가슴속

---

4) 『破閑集』 권중.

의 시름을 풀 길이 없다 했다.[5] 그러나 이 무렵 그는 韻書가 없어서 남의 책을 빌려 보는 처지이면서도 吟風弄月을 그치지 않았다. 더욱이 46세에 再娶夫人 權氏(30세에 再娶)와 死別하고 48세 때에는 慘慽을 당하는 등 (아들 寀의 죽음) 家患이 겹치고 있지만, 48~49세 사이의 丹陽·豊基守 재임 시에는 오히려 多作을 시범하고 있다. 단양과 풍기의 수려한 山川景槪가 病苦와 憂愁를 떨쳐버리는데 好材가 될 수도 있었을 것이다. 이 때의 작품들 중에는 다음과 같은 것도 있다. <石潭曲>, <宿淸心樓>, <馬上> 등을 차례로 보인다.

내달리는 물줄기가 돌 여울로 내려가니
沼 하나 하도 맑아 차고 푸르네.
진달래는 벼랑 끝에 난만하게 피어 있고
이끼는 낚시 돌에 얼룩져 있구나.
갈매기는 나처럼 한가로웁고
미꾸라지도 제 낙을 아는 모양이지.
어느 때 조그마한 배 한 척 마련하여
길게 노래 부르며 밝은 달과 즐길꼬?

奔流下石灘	一泓湛寒碧
躑躅爛錦崖	莓笞斑釣石
白鷗似我間	儵魚知爾樂
何時辦小艇	長歌弄明月

—<石潭曲>[6](『內集』 권1)

---

5) 『別集』 권1, <養生絶句, 次古人韻示景霜> 序 참조.
6) <戲作七臺三曲> 중 제8수이다.

사미승이 치는 종소리에 왼 산이 저무는데

성루의 북 소리 나팔 소리는 돌아오는 배를 맞이하네.

멀리 보이는 촛불 그림자는 별처럼 흩어지고

청심루 높은 곳에 창문이 열려 있네.

원님은 술자리 베풀어 나그네 시름 위로하는데

피리 소리는 원망하는 듯, 서리는 가을 하늘에 날리네.

술자리 끝나 사람 흩어지고 강 달이 돋아 오르니

꿈속에 흰 학 타고 봉래산에 노닐겠네.

沙彌撞鐘一山暮　　江城鼓角迎歸櫓

望中燭影撒如星　　淸心樓高啓窓戶

使君置酒慰客愁　　笛聲憤怨霜飛秋

酒闌人散江月出　　夢騎白鶴遊蓬丘

－<宿淸心樓>(『別集』 권1)

아침에 갈 때엔 아래로 맑은 시냇물 소리 듣고

저녁에 돌아 올 땐 멀리 푸른 산 그림자 바라보네.

아침에 가고 저녁에 돌아오는 것 모두 산수간에 일이니

산은 푸른 병풍이요 물은 맑은 거울이라네.

산 속에 있을 땐 구름 위에 사는 학이 되고 싶었고

물가에 있을 때는 물결 위에 노니는 갈매기가 되고 싶다네.

태수가 된 것이 내 일 그르친 줄 알지 못하고

두꺼운 얼굴로 仙境에서 노닌다 하네.

朝行俯聽淸溪響　　暮歸遠望靑山影

朝行暮歸山水中　　山如蒼屛水明鏡

在山願爲棲雲鶴　　在水願爲游波鷗
不知符竹誤我事　　强顔自謂遊丹丘

—<馬上>(『內集』 권1)

말로써 그림을 그리고 있는 퇴계의 摸寫 意志는 분명 시인의 것이다. 퇴계의 泉石膏肓이 여기서도 확인되는 것은 어쩔 수 없다. 가는 곳마다 名區·勝景을 제조하고 있는 수법은 시인으로서도 높은 경지에 이르고 있음을 과시한 것이 틀림없다. <石潭曲>은 <戲作七臺三曲> 10수 가운데 여덟 번째 것이다. 마음껏 情感을 풀어 七臺와 三曲을 두루 描破하고 있으면서도 이를 덮고 가리우기 위하여 스스로 戲作이라 하고 있다. 그러나 이들 작품은 모두 內集에 편입되고 있으며 나머지 七臺 二曲을 그린 솜씨도 逸品이다.

淸心樓는 驪州를 지나는 詩人 墨客이면 한번쯤 고개 들어 한 수 시를 쓰지 않을 수 없게 하는 名所이거니와, 퇴계의 이 작품은 오히려 流麗한 唐詩風의 興致를 느끼게까지 한다. <馬上>은 仙境 속을 거닐면서 朝行暮退하는 太守의 모습을 눈으로 보듯이 그려낸 것이다. 고을 원의 몸으로 이 곳에 다다른 것은 부끄럽게 여기고 있지만 꿈 같은 仙遊에 대해서는 역설적으로 반기고 있다.

3. 老境의 意趣

퇴계는 知天命의 나이에 접어들면서, 문자 그대로 하늘이 자신에게 負荷한 使命이 무엇인가를 확신한 듯이 보인다. 理學에의 침잠이 그것이다. 그러나 자신의 病弱한 모습을 심각하게 호소하고 있는 것도 이 무렵부터다. 그래서 그는 벼슬하느라 身病도 다스리지 못한 不敏을 부끄러워하면서 退溪로 돌아가 居處를 정한다.[7] 그러나 그의 성리학적 思考가 詩作 위에 군림하면서 그의 시세계는 空前絶後의 說理詩를 量産하고 있으며, 病弱과 시가 서로 만날 때에는 意趣만 좇는 難解詩를 제작하게 된다. 造語는 돌보지 아니하고 造意만 일삼기 일쑤다. 이러한 당시의 사정은 다음 진술을 통하여 확인할 수 있다.

혼자 한잔 술 마시고
한가로이 도연명과 위응물의 시 읊어보네.
숲과 물 가운데서 노닐고 있으니
거리낌없이 마음이 즐겁네.
옛 책은 진실로 맛이 있지만
병이 많아 생각에 잠기는 것 두려워지네.
악을 미워하여 더러운 냄새에 의분을 느끼고
선을 사모하여 뒤에 난 것을 슬퍼하네.
시냇물은 밤낮으로 흘러가기만 하지만
산 빛은 예나 지금이나 이대로라네.
어떻게 내 마음 달랠 수 있을까
성인의 말씀은 나를 속이지 않네.

獨酌一杯酒	閒詠陶韋詩
逍遙林澗中	曠然心樂之
古書誠有味	多病畏沈思
疾惡憤遺臭	慕善嗟後時
溪聲日夜流	山色古今玆

---

7) 『內集』 권1, <八月十五日初吟> 및 『內集』 권1, <退溪> 참조.

何以慰吾心   聖言不我欺

－<和陶集移居韻> 제2수(『內集』 권1)

　평소 도연명과 같은 삶의 방식을 사랑했기 때문에 退溪에의 卜居도 도연명에 擬比해 본 것이다. 그래서 도연명의 시 가운데서도 특히 <移居>를 선택하여, 이에 화답하는 형식으로 退溪에서의 삶을 진술하고 있다. 진술이라기보다는 보고라 하는 쪽이 보다 사실에 가까울 것이다. 善惡을 판단하여, 병치레를 하면서도 성인의 말씀에 의존하고 있는 50세 幽居 생활의 한 부분을 진솔하게 말하고 있다. 다음 작품도 이때의 心緖를 그대로 풀어낸 것이다.

동방의 어떤 한 선비
일찍부터 뜻이 斯道를 사모하였다네.
양식을 짊어지고 선생님을 찾아갈 생각도 했지만
한 구석만 지키다가 늙어만 가네.
누구가 미로를 깨우쳐 줄까
사람들은 모두 늙은이를 싫어한다네.
몸을 움츠리고 사방을 둘러보아도
동호인은 찾아볼 수 없네.
공연히 五車書를 알았는가 했더니
끝내 萬金의 보배보다 나을 줄이야.
지극하도다 천하의 으뜸가는 즐거움은
예로부터 바깥에 있지 않았다네.

東方有一士   夙志慕斯道
春糧欲往從   守隅今向老
孰能諭迷塗   人皆惡衰槁

蘼蘼顧四方	不見同所好
空知五車書	終勝萬金寶
至哉天下樂	從來不在表

　　　　　　　　　　　　　　－<和陶集飮酒 二十首> 제11수(『內集』권1)

　삶과 행동 양식은 도연명을 擬倣하고 있지만, 뜻이 나아가는 방향은 서로 境界를 달리하고 있다. 耳目을 즐겁게 한다거나 심금을 울리는 따위는 전혀 고려되고 있지 않다. 늙음을 맞이한 학자의 현실 체험을, 꾸미는 일도 없고 詠嘆도 없이 記事文을 쓰듯이 진술하고 있을 뿐이다. 시인과 학자의 거리를 절감케 하는 대목이다.

　퇴계는 君子의 學은 ‘爲己’일 뿐이라 했거니와 그는 스스로 爲己之學을 비유하여 “깊은 산 속에 있는 난초가 하루 종일 향기를 내뿜고서도 스스로 그 향기가 나는 것을 알지 못하는 것과 같은 것”[8]이라 했다. 이 시의 ‘不在表’는 이러한 정신을 시속에서 말한 것이다. 다음은 程朱를 追崇하는 학문적 立地를 직설적으로 천명한 것이다.

　舜과 文王은 세상 떠난 지 오래이고

　산의 동쪽에서 봉황새도 오지를 않네.

　상서로운 麒麟 또한 이미 멀리 떠났으니

　말세가 된 이 세상 혼몽하게 취한 것 같네.

　程子와 朱子를 우러러 사모하면서부터

　많은 어진 이 연달아 일어났네.

　우리들은 늦은데다 궁벽한 땅에서 태어나

　홀로 德性을 닦기에는 우매하다네.

---

8) “君子之學, 爲己而已 …… 如深山茂林之中, 有一蘭草, 終日薰香, 而不自知其爲香 ……”(『言行錄』권2 類編, 學問 第一).

아침에 도를 들으면 저녁에 죽어도 좋다,

이 말씀 진실로 맛이 있구려.

舜文久徂世　　朝陽鳳不至

祥麟又已遠　　叔季如昏醉

仰止洛與閩　　群賢起鱗次

吾生晚且僻　　獨昧修良貴

朝聞夕死可　　此言誠有味

－<和陶集飮酒二十首>　제14수(『內集』 권1)

周濂溪·程伊川 같은 철인은 모두 떠나고

張南軒·朱子 같은 현인 또한 날아갔다네.

口耳之學이 유전하는 것 한탄하지 말구려

후세의 학자들이 훌륭하게 같은 곳으로 귀착하고 있다오

濂伊群哲皆龍逝　　湖建諸賢亦鳳飛

莫嘆流傳資口耳　　後來作者偉同歸

－<閒居次趙士敬具景瑞金舜擧權景受諸人唱酬韻十四首>　제5수(『內集』 권2)

　　두 작품 모두 先哲을 追想한 것들이다. 고유명사를 詩語로 선택하는 것은
금기사항으로 되어 있지만, 이런 따위는 돌보지 않았다. 전자는, 도연명의 <飮
酒>시 20수에 화답하는 형식을 취하고 있지만, 매인데 없이 시원하게 살아가
는 도연명의 산수취향과는 그 경계가 다르다. 述懷詩의 분위기를 닮고 있지
만, 운문으로서의 감동은 느껴지지 않는다. 程朱를 신봉하는 不退轉의 志向
을 확인하게 한다. 특히 제5연 上句는 '朝聞道夕死可矣'(『論語』, 「里仁」)에
서 '道'를 빼고 그대로 옮겨 놓은 것이지만 핵심은 오히려 道를 강조한 것으

로, 先賢의 道에 심취하고 있는 퇴계 자신의 意趣를 고백하고 있는 것이다.
후자는 趙穆(字 士敬) 등 及門諸人이 서로 주고받은 시편에 차운하여 이들
을 격려한 것이다. 그러나 시의 틀을 빌려 先哲들의 가르침이 결코 헛되지
않았음을 강조하고 있을 뿐이다. 시의 효용성이 극대화되고 있는 현장이다.
다음 작품은 특히 朱子를 酷信하는 退溪의 學問的 偏向을 陽的으로 보여준
것들이다.

마음은 중천에 뜬 밝은 해와 같은데
잠깐 사이 벌써 나쁜 기운 뭉쳐진 구름 보이네.
아무리 해도 향취와 악취 합해짐을 보지 못하지만
일념으로 마땅히 순임금과 도척을 분간할 줄 알아야지.
크고 큰 좋은 이삭은 뽑힐까 두렵고
빛나는 바탕은 모름지기 문채가 나야 할 것이라.
주자의 아름다운 가르침 더욱 깊이 감복하나니
두 글자 정녕 '謹'과 '勤'일 뿐이네.

心似中天白日輪　　斯須已見綴氛雲
千方不見薰蕕合　　一念當知舜跖分
濯濯嘉苗唯怕揠　　彬彬美質正須文
晦庵嘉訓尤深服　　二字丁寧只謹勤

－<次韻山谷次郭右曹>(『別集』권1)

邵康節이 천지의 이치를 열어 우리 주자에게 전하니
주역의 핵심이 이 책에 환하구나.
얼마나 연찬하고 자문하였던가
그러나 늙도록 학문이 엉성하여 밉기만 하다네.

邵闢乾坤傳我朱　　易中心髓洞茲書
幾加硏索兼咨訪　　到老猶嫌術業疎
　－<溪上與金愼仲惇敍 金士純琴壎之禹景善 同讀啓蒙 二絶示意 兼示安道孫兒>
(『續集』 권2)

　2편 모두 程朱를 학문의 표준으로 한[9] 퇴계의 학문적 경향을 직접 말해 준 것이다. 앞의 시는, 黃庭堅이 郭右曹의 시에 차운한 것을 다시 차운한 것이다. 原韻은 볼 수 없지만, 江西詩派의 盟主인 황정견의 시에 차운한 의미가 쉽게 찾아지지 않는다. 주자의 가르침에 감복하고 있는 자신을 발견하고 있을 뿐이다. 뒤의 작품은 문인들과 함께 주자의 『易學啓蒙』을 읽고 절구 2수로 독후감을 쓴 것 가운데 첫 번째 것이다. 朱子書의 玄關을 재확인하면서 문인들과 그 손자에게까지 자신의 뜻을 보여 준 것이다. 주역의 이치를 말한 것이기보다는 朱子에 埋沒되고 있는 퇴계 자신의 모습을 그대로 보여 준 것이나 다름이 없다. "邵闢乾坤傳我朱"의 '我朱'는 특히 주자에 경도되고 있는 퇴계의 진솔을 확실하게 보여 준 것이다.

　주자에 심취하여 修書, 講道 등에 강한 집념을 보인 50대 중반의 퇴계는 詩作을 통하여 그의 意趣를 실천하고 있다. 理學 文字를 직접 言表에 드러내 보이는가 하면, 物我 사이에 介在하는 萬有의 理致는 하나뿐임을 강조하기도 했다. 일찍이 '草有一般意'[10]라 하여 '풀에도 한결 같은 뜻이 있음'을 말한 바 있는 그는 이 무렵 "바위와 사슴도 그 본성은 같은 것(山巖性情鹿麋同)"[11]이라 했다. 결과적으로 情感보다는 理致를 강조하는 시편을 그만큼 양산하고 있다. 다음 작품들은 이러한 사실을 긍정적으로 확인케 하는 것들이다.

---

9)『言行錄』 권2 類編 學問第一. "先生學問一以程朱爲準".
10)『別集』 권1, <景濂亭> 참조.
11)『內集』 권2, <冒雨入用安驛> 참조.

꽃을 심은 병든 나그네 십년 만에 돌아오니
늙은 나무 사람을 맞으며 뜻을 다해 피어 있네.
나는 꽃한테 물어보고 싶어도 꽃은 말하지 않아
슬픔에 잠긴 세상 만사를 봄 술잔에 붙이네.

栽花病客十年回　　樹老迎人盡意開
我欲問花花不語　　悲歎萬事付春杯

　　　　　　　　　　－＜紅桃花下寄金季珍 二首＞(『內集』 권2)

밝은 달은 하늘 위에 있고
숨어사는 사람은 창문 아래에 있네.
금빛 물결이 玉淵에서 맑게 일렁이지만
본래 두개의 것이 아니네.

明月在天上　　　　幽人在窓下
金波湛玉淵　　　　本來非二者

　　　　　　　　　　－＜八月十五夜西軒對月 二首＞(『內集』 권2)

사람은 마음 비우고 창문 아래 책상과 마주 보고 있는데
풀들은 생기를 띠고 왼 뜰에 가득하네.
사물과 나 사이에 원래 거리가 없음을 알려고 하면
청컨대 眞精이 처음부터 묘하게 합쳐 있음을 보시오

人正虛襟對窓几　　草含生意滿庭除
欲知物我元無間　　請看眞精妙合初

　　　　　　　　　　－＜次韻 金惇叙＞(『別集』 권1)

첫 번째 시는 상주목사 金彦琚에게 준 것이고, 두 번째 것은 8월 보름날 西軒에서 달을 보고 지은 것이며, 마지막 것은 金富倫의 시에 차운한 것이다. 그러나 '老樹盡意', '草含生意'의 意는 '草有一般意'의 '意'다. 萬有와 人間에게 한결같이 內在하는 自然의 理다. 이를 뒷받침해 주는 것이 '金波 玉淵 非二者'와 '物我元無間'이다. 그런가하면 다음과 같은 작품은 理學 文字를 직설적으로 言表에 드러내고 있는 보기다.

대학 공부는 일상생활에서 해야 하나니
곧바로 힘쓰면 그 단서를 찾아낼 수 있으리라.
지극한 善에 머물 줄 알면 그것이 곧 眞이요
몸을 성실하게 할 줄 아는 것이 중대한 관건이라네.
차례에 비록 구분이 있더라도 함께 나아가야 할지니
규모가 비록 크더라도 전체를 보아야 한다네.
전체를 보고 함께 나아간다 해도 나는 벌써 늙었으니
그대에게 청하노니, 종신토록 노력하여 일을 일으키지 않도록 하시오

大學工夫日用間　　直須功力可求端
能知止善爲眞的　　始識誠身是大關
次第縱分當互進　　規模雖大在融看
融看互進嗟吾老　　請子終身不作難

－<送南時甫>(『續集』 권2)

이 작품은 南彦經(字 時甫)을 송별하면서 준 시다. 그러나 내용은 送人과 관계없이 大學 공부를 勸勉하고 있으며 권면의 강도 또한 訓戒 이상이다. 이러한 說理詩의 경우, 대체로 말을 만드는 일에는 마음을 쓰지 않을 때가 많지만 尾聯 上句의 '嗟吾老'는 수사 기법으로도 돋보이는 부분이다.

　이와 같이 性理語를 직설적으로 사용하여 說理詩를 제작하고 있을 때의 퇴계시는, 理學의 강론에 필요로 하는 표현 수단에 지나지 않는다. 그러나, 50대 퇴계시 가운데는 시에 대한 사랑과 시 공부의 깊이까지도 함께 측정할 수 있는 작품들을 보여 주기도 했다. 다음 작품들은 그의 詩趣가 얼마나 맑고 깊은 것이었는지 확인할 수 있을 것이다.

　　산 꽃이 어지러이 피는 것 버려두어라
　　도리어 길 위에 나 있는 저 풀들이 어여쁘구나.
　　뜻이 맞는 그 사람은 기약하고도 오지 않으니
　　이 술동이를 어찌 하리요?

　　不禁山花亂　　　　還憐經草多
　　可人期不至　　　　奈此綠尊何
　　　　　　　　　　－〈春日閒居次老杜六絶句〉 제2수(『內集』 권2)

　　뱃머리 봄물은 파랗게 기름을 뿌린 듯한데
　　유희하는 갈매기 떼를 저물 녘에 바라보네.
　　아지 못게라, 만물 중에 어떠한 것이
　　너희들과 같이 한가한 정취가 또 있는지.

　　春水船頭綠潑油　　　晚來貪看戲群鷗
　　不知萬類中何物　　　更有閒情與汝儔
　　　　　　　　　　　　　　－〈虛興倉江上〉(『內集』 권2)

　두 편 모두 唐風을 느끼게 하는 작품들이지만, 앞의 시 ‘何人期不至’는 宋 陳師道의 시 ‘客有可人期不至’에서 가져온 것이며, ‘奈此綠尊何’는 王維의

시 '其如綠水何'를 點化한 것이다. 두 번째 시 '春水船頭綠潑油'의 '綠潑油'
는 鄭誧의 시 '風靜長江綠潑油'의 '綠潑油'와 같은 것이다. 여기서 우리는
두가지 사실을 말할 수 있을 것 같다. 그 하나는, 시 공부의 깊이가 여기에까
지 이르고 있었다는 사실이며 두 번째로는, 말을 만들어야 할 부분은 援引에
의존하고 퇴계 자신은 造意에만 마음을 쓰고 있었다는 사실이다. 이러한 사
실은 <陶山雜詠 十八絶> 가운데 하나인 <隴雲精舍>[12)]에서도 쉽게 찾아
볼 수 있다. 안짝 "常愛陶公隴上雲 唯堪自悅未輸君"에서 그는 隴雲精舍의
實景 따위는 말끝에 올리지도 아니하고 "항상 陶弘景의 隴上雲을 사랑한다"
하여 陶弘景의 시[13)]에서 隴上雲을 빌려 쓰고 있기 때문이다.

그러나 50대 후반을 지나면서 퇴계는 시를 아끼는 情趣를 스스로 확인하
고 있으며, 마침내 "詩不誤人人自誤"[14)]라 선언하는데까지 이른다(60세 작).
시를 사랑하는 心緖를 다음에서도 찾아낼 수 있다.

> 병든 이 몸 들어 앉아 봄을 보지 못했는데
> 그대 오매 가슴 열려 심신이 깨어났네.
> 이미 알았거니, 이름 보다 못한 선비 없다는 것을
> 연전에 공경 다하지 못한 것 부끄럽기만 하네.
> 좋은 곡식은 돌피 잘 익는 것을 용납하지 않나니
> 가느다란 먼지도 새로이 거울 닦는 데엔 해가 된다네.
> 정이 지나친 詩語는 모름지기 깎아 버리고
> 공부에 힘쓰는 일 각자 나날이 가까이 합시다.

> 病我牢關不見春　　公來披豁醒心神
> 已知名下無虛士　　堪愧年前闕敬身

---

12) 『內集』 권3.
13) 陶弘景의 시는 "此中何所有 嶺上多白雲 只可自怡悅 不堪持贈君"이다.
14) <吟詩>(<和子中閒居二十詠>).

嘉穀莫容稀熟美　　纖塵猶害鏡磨新

過情詩語須刪去　　努力工夫各日親

―<贈李叔獻>　제1수(『外集』 권1)

삼일 동안 궂은 비 흰 눈으로 변하여

온 하늘에 솜눈 날리고 땅에는 새싹이 돋네.

봄은 시인의 감상거리 없게 한 것 부끄럽게 여겨

동산 숲을 단장하여 흰 꽃으로 바꾸었네.

三日霪霖變玉華　　滿空飄絮地滋芽

東君愧乏詩人賞　　粧点園林替萬花

―<贈李叔獻>　제2수(『外集』 권1)

　4수 가운데 첫 번째와 두 번째 것이다. 栗谷이 이른 봄날(2월) 퇴계를 찾아 갔다가 비에 갇혀 3일을 머문 뒤 떠날 때 溪上에서 준 시다. 이밖에도 贈別詩 1수와 방문을 받았을 때 3수 등 모두 8수를 제작하고 있다. 35년 年下의 後學에 대한 예우가 이처럼 극진함을 알 수 있게 하거니와, 특히 첫 번째 시 頷聯 上句의 '已知名下無虛士'는 퇴계의 포용력을 高評받게 하는 佳言으로도 널리 알려져 있다. 그러나 우리의 관심은 첫째시의 尾聯 "過情詩語 須刪去"와 둘째시의 바깥짝 "東君愧乏詩人賞 粧点園林替萬花"의 情趣에 있다. 시를 아끼는 시사랑의 깊이와 시세계의 變異를 한꺼번에 확인할 수 있기 때문이다. 전자는 물론, 율곡의 詩才가 뛰어남을 보고 혹여 시에 깊이 빠져들면 공부에 해가 될까 충고한 말이지만, 시를 사랑하는 자신의 체험적인 사실에서 보아 이렇게 우려하고 있는 것이다. 특히 후자의 경우, '東君愧乏詩人賞'은 말은 다듬어지지 않았지만 理致를 푸짐하게 전달하는 솜씨는 예사로운 경지가 아니다. 봄에 눈이 내린 형상을, 봄의 '뜻'에 따라 눈으로 꽃을 피우게 했다는 盡意의 경지는 퇴계의 意趣를 극대화하고 있는 佳境이 아닐 수 없다. 더욱이 시인에게 감상 거리를 제공하기 위하여 그렇게 하였다는 '시인'은 바로 퇴계 자신일 수도 있다. 다음은 스스로 시인의 구실을 선언적으로 인정한 것이다.

영화를 탐내느라 늙도록 알려지지 못한 것 부끄러워
병든 몸으로 돌아와 性命을 보존했네.
시인의 말 맛있음을 이제사 깨달았나니
온 강의 밝은 달도 임금님의 은혜라네.

貪榮深愧老無聞　　百病歸來性命存
始覺詩人言有味　　一江明月亦君思

−<東齋感事十絶>　제3수(『內集』 권3)

40, 50이 되고서도 학문으로 세상에 이름이 알려지지 않으면 이 또한 두려워할 것이 없다(四十五十而無聞焉, 斯亦不足畏也已)라 한 『論語』[15]의 '無聞'을 빌려 자신을 낮추고 있지만 그러나 우리의 관심은, 비로소 '시인의 말이 맛이 있음'을 고백하고 있는 사실이다. 이것이 59세 때의 발언이고 보면, 안짝과 바깥짝의 호응도 적절한 것임을 알 수 있다.

4. 晚年의 和答

60대 이후의 퇴계시에는, 50대처럼 理致를 강조하기 위하여 性理語를 직

---

15) 『論語』 「子罕」.

접 言表에 드러내는 일은 사라지고 있으며, 젊은 시절의 詩作에서처럼 대상을 향하여 말로써 그림을 그리듯한 摸寫 意志도 감쇄되고 있다. 보다 가까운 거리에서 대상과 마주하여 서로 반기고 속삭이며, 떨어져 있을 때는 멀리서 그리워한다. 物我가 하나가 되어 영혼과 영혼의 交接이 이루어지는 데까지 이르기도 하며 물음과 대답을 주고 받는 관계로 발전하기도 한다. 앞에서 퇴계의 晚年作을 '枯木'의 詩라 한 것도 이 때문이다. 학문을 강론하던 及門諸人과의 사이도 이미 이때는 자랑스런 近隣으로 또는 정다운 삶의 同途者가 되고 만다. 이러한 사실을 확인하기 위하여 첫째, 계절을 읊은 작품 가운데 가장 흥취를 보인 '봄'노래, 둘째, 그가 酷愛한 '梅花'詩, 셋째, 門客 가운데서도 가장 많은 시편을 주고 받은 趙穆에게 준 작품 등 지난 날의 詩作에 대하여, 마지막 단계인 60대에 이르러 스스로 어떻게 和答하고 있는가를 보기로 한다.

> 맑은 새벽에 아무런 할 일도 없어
> 옷을 헤치고 서쪽 난간에 앉아 있네.
> 집안 아이들은 뜰을 쓸고
> 너무 적적하여 도리어 문을 걸어 잠그네.
> 가느다란 풀들은 그윽한 섬돌 사이에서 나오고
> 좋은 나무들은 꽃다운 동산 여기저기 흩어져 있네.
> 비가 오기 전에는 살구꽃도 드물게 보이더니
> 복숭아꽃은 밤사이에 번화하게 피었네.
> 앵도는 흰 꽃이 날리고
> 오얏꽃은 눈처럼 번득이네.
> 고운 새는 스스로 뽐내기라도 하는 듯
> 꽥꽥 소리 높이 아침 햇볕에 울고 있네.
> 세월은 훌쩍 떠나고 머물어 주지 않아
> 그윽한 회포 말하기 어렵네.

삼년 동안 지나온 서울의 봄
움츠리고 살아가기 멍에 밑에 망아지 같았네.
어정어정 끝내 무슨 도움 주었던가
아침저녁 나라의 은혜에 부끄럽기만 하네.
(이하 생략)

清晨無一事   披衣坐西軒
家僮掃庭戶   寂寥還掩門
細草生幽砌   佳樹散芳園
杏花雨前稀   桃花夜來繁
紅櫻香雪飄   縞李銀海飜
好鳥如自矜   間關哢朝暄
時光忽不留   幽懷悵難言
三年京洛春   局促駒在轅
悠悠竟何益   日夕愧國恩
(下略)

—<感春>(『內集』 권1)

아침 내내 뜨락은 아직도 쌀쌀한데
빈 숲에 해 떠오르니 새 소리도 한가롭네.
이름 없는 작은 풀은 일이 많은 듯 하고
봄바람은 푸르름을 온 섬돌에 불어넣네.

朝來庭院尙輕寒   日出空林鳥韻閒
細草無名多事在   春風吹綠滿階間

—<春日閒居偶興>(『別集』 권1)

버들이 있는 시냇가 모래 위에 앉았더니
어린아이들 너울너울 새옷을 자랑하네.
누가 알리오 온 낮에 가득 불어오는 봄바람에
온갖 향기 그 많은 꽃봉오리 수놓아 내보내는 줄을.

傍柳尋溪坐白沙　　小童新試從婆娑
誰知滿面東風裏　　繡出千芳與萬葩

―<春日溪上二絶> 제2수(『內集』 권3)

　　<感春>은 봄이 오는 길목에서, 眼光에 들어오는 대자연의 향연을 있는 그대로 그려내고 있을 뿐이다. 특히 이 작품은 36세 작으로 그가 과거에 급제하고 처음으로 벼슬살이를 할 때, 3년 동안의 질곡 같은 서울 생활에서 맞이한 봄이어서 부풀어오르는 흥취도 끌어내지 못하고 있다. 그러나 經術로써 나라에 보답해야 할 儒家的 思考를 濾過없이 表白하고 있는 젊은 시절 퇴계의 모습을 여기서도 볼 수 있다. <春日閒居偶興>은 제작 연대를 확언할 수 없는 작품이지만, <感春> 이후의 작품임에 틀림없는 듯하다. 대상의 表象을 꾸미거나 그려내는 단계를 뛰어넘어, 萬有 속에 內在하는 理致를 말하고 있기 때문이다. 그래서 이름 없는 풀들도 한결 같은 뜻이 있어 '일이 많다'고 하였으며, 봄바람의 뜻에 따라 푸르름을 섬돌에 붉어넣는다 했다. 현상은 말하지 아니하고 원리를 말하려 한 것이다. 푸르른 봄을 있게 한 자연의 理를 말하고 있다. <春日溪上>은 61세 때에 제작한 것이다. 봄노래를 통하여 60대 퇴계시의 진면목을 확인할 수 있는 값진 작품이라 할 것이다. 시인의 큰 솜씨로도 다듬어내기 어려운 명편을 제작하고 있다. 동풍 곧 봄바람은 봄의 使者다. 그 봄바람과 작자는 하나가 되고 있다. 온 얼굴에 가득 찬 봄바람과 작자가 공유하는 理에 의하여 千芳・萬葩를 만들어 내고 있는 것이다. 봄을 있게 하는 자연의 理와 퇴계 자신에 內在하는 理는 하나이기 때문이다.

다음은 '梅花' 詩에서 퇴계시의 變異 양상을 살펴본 것이다.

전에 남방으로 노닐 적에 매화 마을을 찾았는데
풍치가 하도 좋아 나날이 시혼을 녹였지.
하늘가에서 홀로 마주했을 때 國色에 감탄했고
驛路에서 가지 꺾어 보내려니 세상 먼지가 슬펐네.
근래 서울에서 괴롭도록 그리워하여
밤마다 맑은 꿈이 옛 동산으로 달려갔네.
그러나 어찌 알리요 이곳이 바로 西湖인 것을
우연히 만나 서로 쳐다보니 그 웃음이 따사롭네.
꽃다운 마음 적막하여 늦봄에 피어 있어
백옥 같이 정숙한 모습 아침해를 맞는구나.
학과 짝한 高士는 산에서 나오지 아니하고
輦을 사양한 여자는 항상 문을 닫고 산다네.
하늘이 늦게 피게 하여 복사꽃, 살구꽃을 누르니
묘한 곳은 시인의 말로써도 다하지 못하네.
예쁜 것이 어찌 鐵石心腸에 관계되리
병중에 가져온 술항아리 사양하지 마오

我昔南遊訪梅村　　風烟日日銷吟魂
天涯獨對歎國艶　　驛路折寄悲塵昏
邇來京輦苦相憶　　淸夢夜夜飛丘園
那知此境是西湖　　邂逅相看一笑溫
芳心寂寞殿殘春　　玉貌綽約迎初暾
伴鶴高人不出山　　辭輦貞姬常掩門
天敎晚發壓桃杏　　妙處不盡騷人言

媚嫵何妨鐵石腸　　莫辭病裏攜嬰罇
　　　　　－<湖堂梅花暮春始開用東坡韻二首> 제1수(『內集』 권1)

망호당 아래 한 그루 매화나무
몇 번이나 봄철에 말을 달려 왔던가?
천리길 떠나면서 너를 저버리지 못해
찾아와 또다시 술에 취해 보련다.

望湖堂下一株梅　　幾度尋春走馬來
千里歸程難汝負　　敲門更作玉山頹

　　　　　　　　　　　　－<望湖堂尋梅>(『內集』 권1)

봄철이 저물어 가는 영남의 한 마을에
곳곳마다 도리화 피어 사람의 넋을 잃게 했네.
밝디 밝은 천지에 외로운 나무 서 있어
흰 색 하나로도 어두운 꽃 색깔들을 씻어 줌직하네.
풍류는 섣달의 눈도 상관하지 아니하고
韻格은 다시 봄 동산에 뛰어나네.
옛적에 仙山에서 몇 번이나 완상했던가
이십년 만에 다시 만나니 기쁜 빛이 따사롭네.
바람이 불 때엔 완연히 西湖와 같고
달빛을 받을 때엔 아침에 해 뜨는 줄도 모르겠네.
나더러 왜 이렇게 여위었느냐고요
흰머리 되도록 오랫동안 산골에 묻혀 있었다오
요근래 스스로 煙霞에 병이 깊었으니
지금 와서 어찌 난초 향기 말하리요?

저 먼 곳 친구들은 만나볼 수 없으니
너와 더불어 날마다 술이나 마실 밖에.

靑春欲暮嶠南村　　處處桃李迷人魂
眼明天地立孤樹　　一白可洗群芳昏
風流不管臘雪天　　格韻更絶韶華園
道山疇昔幾仙賞　　廿載重逢欣色溫
臨風宛若西湖伴　　對月不覺東方曒
問我綠何太瘦生　　白首長屛雲巖門
向來自有烟霞疾　　今者何須蘭臭言
天涯故人不可見　　與爾日飮無何罇
　－<節友壇梅花暮春始開　追憶往在甲辰春　在東湖訪梅於望湖堂　賦詩二首　忽
　　忽十九年矣　因復和成一篇　道余追舊感今之意　以示同舍諸友>(『內集』 권3)

퇴계 시집에서 처음으로 梅花詩를 보여준 것은 33세 때의 <梅花詩>이지
만 이는 南遊途中에 쓴 長篇일 뿐이며, 집중적으로 梅花詩를 제작하기 시작
한 것은 60대 중반 이후의 일이다. 42세 때 <玉堂憶梅>를 제작하고 나서 2
년 간격으로 <湖堂梅花暮春始開…>와 <望湖堂尋梅>를 쓰고 있지만 이것
들은 모두 40대 중반에 이루어진 것이다. 이로부터 16년 뒤에 다시 <湖堂梅
花暮春始開…>의 續作으로 <節友壇梅花…>를 제작하고 있으며, 이는 19
년 전에 제작한 <湖堂梅花暮春始開…>에 스스로 和答한 것이다.
　<湖堂梅花暮春始開…>는 호당 매화가 늦은 봄에 비로소 피었기 때문에
동파 시의 운자를 써서 2수를 지은 것이다. 앞부분 제3연까지는 南行 때의
매화를 回憶한 것이며, 제4연 이후의 것이 湖堂의 매화를 읊은 부분이다. 직
접 구체적인 호당 매화의 形似는 말하지 아니하고 고사를 援用하여 매화의
속성을 말하고 있을 뿐이다. 梅妻鶴子로 이름난 林逋의 西湖, 貞潔한 여자

班婕妤 등의 고사를 이끌어 쓰고 있기 때문이다. 특히 마지막 연 上句의 "아무리 예쁜들 철석 심장에게 무슨 상관이 있겠느냐"라 한 것은 매화와 작자 사이에는 그만큼 일정한 거리가 있음을 알게 해 준다. 한잔 술 들면서 위로 받고 싶은 대상으로 매화를 선택한 것이라 해도 좋을 것이다. <節友壇梅花…>와 맞대어 보면 그 사이에 시세계의 變異幅이 얼마나 컸던가를 쉽게 알 수 있을 것이다.

<望湖堂尋梅>의 望湖堂도 湖堂 안에 있다. 46세 되던 2월에 영남으로 돌아가게 된 퇴계는 차마 그냥 떠날 수 없어 다시 망호당 매화를 찾아, 실컷 술이나 마시겠다고 호소한 것이 시의 主旨이다. 이 작품도 앞의 작품과 마찬가지로 작자가 위안 받고 싶은 대상으로 매화를 선택한 것이다. 그러나 <節友壇梅花…>는 節友壇 매화가 늦은 봄에 피기 시작하자 19년전 望湖堂 梅花를 찾아 갔을 때를 추억하여 44세 당시에 제작한 <湖堂梅花暮春始開…>의 '매화'를 향하여 62세의 老境에 스스로 和答하고 있는 작품이다. 溪堂의 節友社(節友壇이라고도 한다.)에 핀 매화를 보고 멀리 서울에 있는 湖堂의 매화를 추상하며 物我가 서로 하나가 되고 있다. 몸은 嶺南에 있으면서도 서울에 있는 湖堂의 매화와 서로 和答하는 사이로 관계 설정을 하고 있는 것이 이 작품의 돋보이는 곳이다. 이 때의 매화는 이미 形象化의 대상이 아니다. 서로 묻고 대답하는 대화의 상대가 되고 있다. 문자 그대로 節友가 되고 있다. 다음의 작품에서도 매화는 이미 가까운 이웃으로, 또는 다정한 친구로 말을 주고받는 사이가 되고 있다.

감사할손 梅仙이 쓸쓸히 나와 짝해

맑고 깨끗한 客窓에 꿈 속 혼이 향기롭네.

동으로 돌아가면서도 너를 데리고 가지 못하니

서울의 먼지 속에 조히 아릿다움 간직하게나.

頓荷梅仙伴我凉　　客窓蕭灑夢魂香
東歸恨未携君去　　京洛塵中好艶藏

－<漢城寓舍盆梅贈答>(『內集』 권5)

들으니 陶仙도 우리들처럼 쓸쓸하다기에
그대 돌아갈 때를 기다려 天香을 풍기리라.
원컨대, 만날 때나 헤어져 그리워 할 때에도
玉雪과 淸眞을 함께 고이 간직하시기를.

聞說陶仙我輩凉　　待公歸去發天香
願公相對相思處　　玉雪淸眞共善藏

－<盆梅答>(『內集』 권5)

　66세 때에는 몸에 병이 깊어 二三朔間에 出仕한 날이 겨우 4, 5일에 불과
했다고 하거니와[16] <漢城寓舍盆梅贈答>과 <盆梅答>은 69세 때의 작품이
다. 이 두 작품은 각각 별개의 작품으로 편집되어 있지만, <漢城寓舍盆梅贈
答>은 주인이 盆梅에게 준 것이고, <盆梅答>은 盆梅가 주인에게 대답한
것이다. 그러므로 <漢城寓舍盆梅贈答>의 내용은 '贈答'이 아니고 '主贈盆
梅'에 해당하는 작품이다. 두 편 모두 가까운 이웃이나 다정한 친구를 떠나보
낼 때 주고받는 贈別詩에서 보다 돈독한 友誼를 느끼게 한다. 영혼과 영혼의
대화를 연상케 하는 경지에까지 이르고 있다. 특히 <盆梅答>의 承句 '待公
歸去發天香'은 天香을 發하는 매화의 屬性과 인간들이 주고 받는 인정의 나
눔이 완전히 하나의 理致임을 알게 해 준다. 그러나 '伴我凉'과 '我輩凉'을
제조한 솜씨는 措辭에 공을 들이지 않은 아쉬움을 남기게 한다. 물론 '香'字

---

16) 『年譜』 권2.

가 속해 있는 陽韻을 脚韻으로 선택한 결과일 수도 있다.

　다음 작품 <季春至陶山山梅贈答>은 梅花와 贈答한 마지막 것이다. <梅贈主>와 <主答>으로 명료하게 贈答을 企圖하고 있는 이 작품은 매화라는 自然物에 완전히 인격을 부여한 퇴계의 마지막 선물이기도 하다.

　　은총과 명성이 어찌 그대에게 어울리었던가

　　흰머리에 俗塵 좇느라 몇 해를 지났던고?

　　오늘은 다행이 許退의 은혜 입었으니

　　더욱이 내가 꽃을 피울 때에 이렇게 왔음에랴.

　　寵榮聲利豈君宜　　　白首趨塵隔歲思

　　此日幸蒙天許退　　　況來當我發春時　　　　　　　　-<梅贈主>(『內集』 권5)

　　열매로 간 맞추려고 그대 얻은 것 아니요

　　맑은 향기 사랑하여 스스로 읊조린 거지.

　　나 이제 오기로 한 약속 지켰으니

　　밝은 때를 저버렸다 미워하지 않으리.

　　非緣和鼎得君宜　　　酷愛淸芬自詠思

　　今我已能來赴約　　　不應嫌我負明時　　　　　　　　-<主答>(『內集』 권5)

　위의 두 작품은 퇴계가 69세 되던 해 3월, 致仕를 力請하여 陶山 鄕里로 돌아왔을 때, 山梅와 陶山主人 퇴계 사이에서 주고 받은 것들이다. 퇴계 스스로 주인과 매화 사이를 왕래하면서 자신의 분신과도 같은 매화와 대화를 나누고 있다. 마침 꽃을 피우는 봄철에 돌아와준 주인을 반가워하는 山梅에 대하여, 약속을 저버리지 아니하고 다시 古里를 찾아 온 주인으로서의 의리를 과시하고 있는 것이 두 편의 내용이다. 특히 만년에 매화를 酷愛한 퇴계는, 가장 가까운 거리에서 자신의 귀향을 반겨줄 대상으로 매화를 선택했기 때문에 그에게 완전한 人格을 부여하고 있다. 晚年의 病苦와 외로움이 한꺼번에 포개어질 때, 매화에 대한 애정은 쉽사리 영혼과 영혼의 교섭으로까지 발전할 수 있을 것이다.

퇴계의 시집 가운데에는 及門諸人와 주고받은 시편도 엄청난 물량이다. 그러므로 그렇게 많은 次韻·贈答詩를 통하여 퇴계시의 變異 양상을 다시 확인하는 일도 결코 무의미하지 않을 것이다. 이를 위하여 만년의 퇴계와 詩作의 왕래가 가장 빈번했던 趙穆(字 士敬, 號 月川)에게 준 퇴계의 次韻·贈答詩 가운데서 사실을 확인하려 한다.

퇴계보다 23년 年下인 조목이 퇴계의 門庭에 출입하기 시작한 것이 언제부터인지는 확언할 수 없으나 퇴계와 주고받은 시편의 대부분은 퇴계의 만년에 이루어진 것이며 50대의 퇴계시 중에 조목에게 준 시는 數三篇이 있을 뿐이다. 앞에서 보인 <閒居次趙士敬具景瑞金舜擧權景受諸人唱酬韻十四首>도 51세 때의 것이며, 아래에 보인 또다른 <閒居次趙士敬穆具景瑞鳳齡金舜擧八元權景受大器相唱酬韻> 역시 이 무렵에 제작된 것이다.

格物 存心하니 이치가 스스로 통하여
눈앞에 있는 어떤 땅도 光風이 불지 않음이 없네.
실천이 어려운 일인줄 비로소 알았으니
어려운 곳에서 어려움 없으면 거의 통달한 것이라네.

格物存心理自融　　眼前無地不光風
始知實踐眞難事　　難處無難庶漸通
　　　－<閒居次趙士敬穆具景瑞鳳齡金舜擧八元權景受大器相唱酬韻>　제3수

（『別集』 권1）

예로부터 지금까지 수천 년 동안

이곳은 동쪽 구석 해 뜨는 변두리 땅.

孔孟·程朱의 책은 다 가지고 있지마는

연원과 계통은 인연이 없는 듯하네.

今來古往幾千年   此地東窮日出邊

孔孟程朱書總有   淵源統緒見無緣

　　　－＜閒居次趙士敬穆具景瑞鳳齡金舜擧八元權景受大器相唱酬韻＞ 제9수

　　　　　　　　　　　　　　　　　　　　　　　　　（『別集』 권1）

　　이들 작품은 趙穆 등 門徒들이 서로 酬唱한 시편을 보고 거기에 퇴계가 차운한 것이다. 시의 틀을 빌리고 있지만, 이것은 程朱의 新知를 門下의 젊은이들에게 강론하고 있을 뿐, 운문으로서의 감동 같은 것은 전혀 느낄 수 없다. 理學의 奧髓에 心醉하고 있던 퇴계의 50대 深學을 사실로 보여준 것이다. 그러나 10여 년이 지난 60대 작품에는 來者를 기다리는 아쉬움과 삶의 의미를 되새겨 보는 연민의 정으로 차 있다.

이 사람 약속하고서도 오지 않으니

아마도 나귀와 종놈이 없기 때문이겠지.

그대를 사랑하면서도 곤궁한 삶을 도와주지 못하니

난초의 향기 저버린 듯 부끄럽기만 하네.

若人期不來   應坐無驢僕

愛君莫資窮   愧負心蘭馥

　　　　　　　　　　　　　　－＜懷士敬＞（『外集』 권1）

흰눈이 우뚝 선뜻 눈 앞이 보이지 않아
강둑길 찾아오는 사람 알지 못하네.
山堂에 앉아 멀리 그대들 생각하는 곳엔
다만 부용 한 가지가 보일 뿐이네.

雪立群峰眩眼花　　訪人江路不知賒
山堂坐望思君處　　只見芙蓉一朶麼

　　　　　　　　　　　　　　　　－＜八月十五日次士敬＞(『遺集』 권1)

　官人으로서의 趙穆은 현달하지 못했지만, 오히려 固窮을 지키면서 일생동안 학문에 정진한 그는 학자로서 칭송을 받았으며 특히 퇴계의 만년에 가장 많은 시를 주고받은 제자로 사랑을 받았다. 50대의 퇴계는 문도들과 함께 주자의 『易學啓蒙』을 토론하고 있었지만, 60대 후반의 퇴계와 조목의 관계는 시를 통하여 삶의 의미를 함께 되새기는 가까운 이웃이 되고 있다. 위의 작품 ＜懷士敬＞(64세작)도 그러한 것 가운데 하나다. 약속을 하고서도 오지 못하는 사정이 가난 때문임을 알면서도 도와주지 못하는 것을 안타까워하고 있다. 난초의 향기 같이 그윽한 사람을 저버린 것이라 부끄러워하는 마음의 한구석에는 이미 師弟 관계를 뛰어 넘은 사람과 사람의 만남이 자리하고 있었기 때문이다. 아래 작품 ＜八月十五日次士敬＞은 來者를 기다리는 아쉬움이 이토록 절실할 수 있는 것인지 읽는 사람조차도 새삼 깨닫게 하는 감동을 준다. 이 작품에서 '芙蓉'은 芙蓉峰이며, 조목이 부용봉 아래 살고 있었기 때문에 이렇게 말한 것이다. 강둑 길을 지나는 사람 가운데 혹시라도 자신을 찾아 줄 사람이 있지 않을까 기다리는 마음의 연못에는 만남의 情을 애타게 그리워하는 간절함이 깊은 곳에 일렁이고 있다. '枯木'의 시에서 바라는 바가 바로 이런 것일 것이다.

5. 結言

퇴계만큼 시를 사랑한 학자도 드물다. 2000수를 상회하는 퇴계의 詩作은 篇幅을 따지지 아니하고 편수만을 헤아린다면 중국의 대표적 시인인 杜甫를 능가한다. 그러나 퇴계시의 세계는 한마디로 말하기 어려운 부분들이 많다. 시집의 편성 과정이 다단한 것도 퇴계시의 이해를 어렵게 하는 대목이다. 내집, 외집, 별집, 속집, 유집 등으로 分編되어 있는 시집은 퇴계시의 총체적인 흐름을 한 묶음으로 파악하기 어렵게 할 뿐 아니라 그 全鼎을 쉽게 맛 볼 수 없게 한다.

그러나 우리의 관심은, 퇴계시의 變異 양상이 삶의 단계에 따라 큰 폭으로 획이 그어지고 있다는 사실이다. 32세까지도 단 8수의 시만 제작하고 있는 퇴계는 40대에 진입하고서도 오히려 젊음의 기품을 유지하고 있다. 始發이 늦었기 때문에 40대 후반에 이르기까지도 젊은 시절에만 있음직한 낭만을 이 때까지도 향유할 수 있었는지 모른다. 詩趣의 움직임은 있지 아니하고 대상을 있는 그대로 그려내고 있을 때다. 학문의 세계도, 지금까지의 基本儒學에서 逸脫하여 理學의 圈域에 進入하고 있다. 이것은 곧 더 많은 詩作을 시범하는 전기가 되기도 했다.

그러나 程朱에 심취한 50대의 퇴계는 그의 理學的 思考가 詩作 위에 군림하면서 空前絶後의 說理詩를 量産하고 있으며, 造語는 돌보지 아니하고 造意만 일삼는 難解詩를 제작하고 있다. 주자에 埋沒되어 修書, 講道 등에 강한 집념을 보인 50대 중반의 퇴계는 詩作을 통하여 그의 意趣를 실천하고 있다. 理學 文字를 직접 言表에 드러내 보이는가 하면, 物我 사이에 介在하는 萬有의 理致는 하나 뿐임을 강조하기도 했다.

60대의 퇴계시에는, 50대처럼 理致를 강조하던 說理詩의 자국은 말끔히 사라지고 있으며, 젊은 시절의 詩作에서처럼 대상을 향하여 말로써 그림을 그리듯 한 摹寫 意志도 감쇄되고 있다. 物我가 하나가 되어 영혼과 영혼의 交接이 이루어지고 있으며, 함께 물음과 대답을 주고받는 호혜 관계로 발전하기도 한다. 주자의 『易學啓蒙』을 토론하던 門徒들과의 사이도 이미 이때는 만남의 정을 아쉬워하는 삶의 同途者가 되기도 한다. 본고에서 晩年의 퇴계시를 가리켜 '枯木'의 시라 말한 것도 이 때문이다.

(『韓國漢詩作家研究』 5, 2000)

제4부

漢詩의 素材論的 接近

韓國 漢詩와 愛情

1. 序言

  愛情은 東西古今을 막론하고 文學을 낳게 하는 원동력이요, 중요한 소재의 하나다. 우리 나라 漢詩文學에서도 艷情詩는 물론 있어야 하며 있었던 것이 사실이다. 그러나 우리 학계의 漢詩 硏究는 아직도 그 소재사적 연구의 수준에서 더 나아가지 못하고 있거니와, 그나마 艷情詩에 대한 연구는 찾아보기 어렵다.[1] 그러므로 우리 나라 漢詩文學에서 艷情詩가 있었다면 어떻게 있어 왔는지를 검증 확인하는 일이 먼저 수행되어야 할 것이다.

  인간의 보편적 감정인 남녀간의 사랑이 원천적으로 봉쇄된 전통 시대 사회에서는, 실질적으로 漢詩 생산의 담당자이기도 한 사대부들의 애정 교감도 부인과 기생을 제외하고는 제도적으로 허용되지 않았던 것이 사실이다. 이러한 상황에서, 우리 나라 漢詩 가운데도 艷情詩가 있었다면 어떤 형태로 있었

---

[1] 다만, 최근 애정 한시를 모아 간략히 설명을 보탠 선집이 나와 있을 뿐이다. 김도련·정민, 『꽃피자 어데선가 바람불어와』, 교학사, 1993.

는지, 본고의 작업도 이러한 의문에 대하여 최소한도의 해답이나마 제공할 수
있도록 하려는 의도에서 비롯한 것이다. 그러므로 본고에서는 구체적인 작품
의 내질을 논하는 것은 별고로 미룰 수밖에 없다.

中國에서는 民間의 歌謠를 채집한 樂府詩에서부터 사랑의 노래가 그 전
범을 이룩했다. 흔히 漢代 이전의 樂府라 부르는 詩經詩의 대부분(약 70%)
이 서정시이며, 그 가운데서도 艶情詩가 절반을 차지하고 있어 문인들의 손
에 의하여 艶情詩가 제작되기에 앞서 이미 邃古時代의 민간 노래에서부터
그 단초를 찾을 수 있다.

그러나 우리 나라의 漢詩文學에서 艶情詩는 우선 그 물량이 극히 제한되
고 있을 뿐 아니라, 漢詩가 우리 문학의 정화로 정착된 이후에 있어서도 艶
情詩에 있어서는 우리의 정서를 쉽게 드러내지 못하고 있음을 볼 수 있다.
중국의 漢詩를 글을 통하여 그대로 배운 것이 우리 나라 漢詩이고 보면 艶
情詩를 제작하는 과정에 있어서도 樂府와 같은 중국의 노래 문학을 그대로
수용 模擬하는 것은 필연적인 사실이 될 수밖에 없다. 그러나 여기서 우리가
짚고 넘어가야 할 일은, 중국의 樂府는 그것이 古代 社會의 詩歌 형태로 정
착하는 과정에서, 이미 그것들을 있게 한 그 이전의 풍속과 사실이 그대로 韻
語로써 형상화 된 것이므로 그것대로 역사성을 가지지만, 우리 나라 시인들
이 배운 樂府는 오직 그 詩歌로서의 틀만 얻어 익혔을 뿐 내용을 이루고 있
는 사실이나 배경에 대해서는 공소할 뿐이라는 것이다.

그러므로 사실상 우리 나라 漢文學의 開祖라 할 수 있는 崔致遠의 詩作
가운데서도 이미 艶情詩의 단편을 읽을 수 있지만, 구체적으로 <江南女>와
같은 작품에서 작자는, 중국쪽 艶情文學의 중요한 배경이 되고 있는 江南의
民風을 그대로 노래하는 데서 그치고 있을 뿐, 韓民族의 정서를 逼眞하게
드러내는 데까지는 이르지 못하고 있다. 결과적으로 이 작품에서 崔致遠은
자기 자신의 목소리로 사랑을 노래한 것이기보다는 樂府라는 기왕의 틀을 빌
려 詩 수업을 한 것에 지나지 않는다. 그러나 이 이후에 제작된 본격적인 艶

情詩에 있어서도 체험적인 시인 자신의 사랑을 시화한 것이 아니고 樂府와 같은 전통적인 형식을 빌려 관습적으로 詩作을 하고 있을 뿐이다.

그러므로 본고의 관심도, 회고적인 述懷詩에서보다 한층 더 정회 깊은 主情의 문학이어야 할 艶情詩의 작자가 스스로 마련한 장치를 사용하여 작품 속의 화자이기를 기피하여 스스로 관찰자적 처지에서 사랑 노래를 부르고 있다는데 있으며, 이러한 詩作이 그 물량에서만 본다면 도리어 우세하다는 사실이다. 물론 악부를 模擬한 艶情詩에는 이러한 현상이 배제될 수는 없겠지만, 그렇지 않은 詩題에서도 흔하게 볼 수 있기 때문이다. 자유 연애가 허용되지 않은 전통시대 사회에서 1인칭 시점의 체험적인 艶情詩의 제작을 기대하기 어렵다든가, 또는 3인칭 시점의 작품에서도 애정을 투사하는 방법은 시인의 기교에 달린 것이라 일축할 수도 있겠지만, 작품 속의 작자가 없는 艶情詩의 허전함은 어쩔 수 없다.

그러나, 이러한 현상을 전통적인 문학의 관습에서 보면 樂府題의 <採蓮曲>이나 <竹枝詞> 등이 가장 흔한 것이고, <無題詩>와 같이 이미 중국 대륙에서 恒用해온 이왕의 틀을 模擬하여 관습적으로 차용한 것도 흔하게 볼 수 있다. 이를 다시 작품 속에 등장하고 있는 시적 화자를 중심으로 따져 보면 그 실상은 더욱 복잡해진다. 작품과 작자와의 거리가 가장 먼 것에서부터 보면, 사물에 가탁하여 애정의 실마리를 풀어내는 작품이 있는가 하면, 처음부터 문학의 유희로 시종하는 작품도 있다. 가장 흔한 것으로는 3인칭 시점에서 바라보는 觀照的인 작품이라 할 수 있으며, 남성 작가가 작품 속의 화자를 부녀자로 치환하는 수법의 것도 물론 이에 속한다. 이것들은 모두 일종의 代理 充足 行爲라 할 수 있으며 樂府題의 詩作에서 흔하게 보이는 것들이다.

일반적으로 작자의 허구적 抽體驗을 동원하여 작품을 제조할 때, 작품 속의 화자는 작자의 의도에 따라 마음대로 위장될 수 있으므로 사회의 비난에서부터 자유로워질 수 있는 방법으로서는 가장 안이한 것일 수 있다. 유교가

삶의 기본 강령으로 지배해 온 우리 전통시대 사회의 현실에서 보면 이러한
수법은 지극히 당연한 것이 될 수도 있을 것이다.

물론, 이와는 달리 보다 진솔한 애정 체험을 직접 韻詩化한 작품이 전혀
없는 것은 아니다. 그러나 이때에도 우리는 엉뚱한 곳에서 새로운 사실을 발
견하게 된다. 부녀자가 남성을 그리는 詩作이라든가, 士大夫의 班列에는 참
여하지도 못하는 委巷人의 詩作 속에서 오히려 진솔한 愛情이 流露되고 있
는 것을 찾아 볼 수 있는가 하면, 정작 당시 詩業의 전담자이기도 한 士大夫
의 詩篇에서는 일상적인 애정의 발로를 보기 어렵다는 사실이다. 흔히 기생
에게 던져주는 <贈妓>, <寄妓>詩가 가장 흔하게 보이는 것들이며, 역설적
으로는 이미 幽明을 달리한 아내의 죽음을 슬퍼하는 <悼亡>詩 속에 가끔
사랑의 淚痕을 확인할 수 있는 것이 있다.

그러나 다행하게도 위의 사실을 통하여 우리는 두 가지 공통적인 사실을
발견하게 된다. 이때 기생이나 부녀자들은 모두 制度的으로 허용된 애정의
대상이라는 사실과, 그리고 이들 작품은 대체로 別離나 죽음과 같은 비일상
적인 극한 상황에서 이루어진 것이라는 사실이다. <贈妓>詩도 그 내용을 들
여다보면 대개는 이별이라는 비정한 상황에서 씌어진 것들이다. 다만 이러한
詩作들도 평소 일상적인 삶의 언저리에서는 억제되고 간섭받아온 사랑이라는
보편적 정감이, 대상과의 마지막 순간에 이르러 일시에 그 진정의 유출을 보
인 것이 라는 가정이 가능할 때 이 역시 값진 것이 될 수 있을 것이다.

그러므로 본고에서는 우리 나라 艶情詩를, 관습적으로 抽體驗的인 사랑을
노래한 것과, 직접적으로 체험적인 사랑을 노래한 것으로 크게 나누어 그것들
의 제 모습을 찾아 보이기로 하였다. 이러한 가정에서 얻어진 몇 가지 사실을
미리 말한다면 그것은, 艶情詩의 제작 역시 대부분 남성들에 의하여 이루어
져 왔지만, 여성들이 직접 제작한 작품은 물론이고 남성이 제작한 작품 가운
데서도 시적 화자가 여성인 작품들이 이채를 발하고 있다는 사실이다. 樂府
를 模擬한 작품에도 여성화자가 개입하고 있는 것이 대다수이고 보면 결과적

으로 본고의 작업도 이런 것들이 있어 온 실상을 살피고 이를 해명하는데 힘을 들이는 것이 될 것이다.

2. 慣習的인 사랑의 노래

우리 漢詩에는 사랑을 노래한 것이 극히 적다. 中國에서는 樂府와 詞가 사랑 노래의 전범이 되고 있지만, 文言으로 中國詩를 배운 우리 나라 漢詩는 처음부터 노래 문학을 제조하는 도구로서는 적합하지 않았다. 때문에 漢詩로써 사랑의 노래를 제작하는 일은 처음부터 그 한계가 豫料되는 일이다. 그러므로, 中國의 音律에 소원한 우리 나라 시인들은 樂府와 詞를 생산하는 일도 극히 제한적이었으며, 특히 詞에 있어서는 본격적인 작품의 제작을 기도하는 것조차 쉬운 일이 아니어서 우리 文學史에서 詞文學의 위상은 처음부터 그 定立을 기대할 수 없었다 해도 좋을 것이다. 다만 樂府는 일정한 형식이 없고 그 名題와 사의 내용이 다양하여 후세에 模擬作의 量産을 가능케했다. 우리 나라에도 이미 高麗 中末期에 歌, 行, 吟, 咏, 曲 등을 題名 밑에 붙인 樂府 형식의 詩作들이 나타나고 있지만, 우리 나라에서는 일반적으로 古樂府의 名題를 그대로 模擬한 것이 많아 이것들이 樂府系의 詩篇임을 쉽게 알 수 있게 해준다. 그러므로 본고에서 찾아내고자 하는 艶情詩의 대부분도 이런 형태로 제작된 것들이다. 이렇게 제조된 사랑의 노래들은 樂府詩의 전통을 그대로 모방하여 남성들이 제작한 작품이라 하더라도 시적 화자는 대체로 여성들이거나 최소한 3인칭 시점으로 되어 있으며, 이것이 관습적으로 통용되어 왔다. 이밖에도 사랑의 노래를 제작하는 방법으로 특정한 詩題를 차용할 때도 있다. 그 중의 하나가 <無題詩>다. 唐 李商隱 이후로 <無題>라는 제명의 詩作 가운데는 특히 애정을 소재로 한 것들이 많았기 때문이다.

그러나, 樂府나 <無題詩>와 같은 模擬作과는 또 다른 방식으로 艶情詩를 제작하고 있는 것들이 있다. 작자가 작품 속에 화자로 개입하는 일이 없이 작품의 바깥에서 3인칭 시점의 관찰자로서 詩作을 하거나 또는 사물에 가탁하여 사랑을 노래한 것들도 있다. 문인들이 艶情詩를 직접 제작하기 시작할 때 문학의 관습이라는 전통적인 틀을 이용한 전형적인 방법이므로 이때 제작한 작품들은 대체로 작가의 직접적인 체험보다는 허구적인 抽體驗에 의존한 것이 많다.

1) 樂府系의 사랑 노래

樂府는 민간의 노래를 채록한 것이어서 그 가운데에는 사랑의 노래가 많다. 그러므로 후세 문인들이 사랑의 노래를 제작할 때에도 그들은 전통적인 樂府의 형식을 빌렸다. 그러나 이들 시인이 제작한 樂府는 이미 古樂府가 아니며 樂府를 模擬한 歌辭에 지나지 않는다. 특히 樂府는 전통적으로 사랑의 노래로 통용되어 왔기 때문에, 文人들이 사회의 因襲으로부터 구속받지 아니하고 자유롭게 艶情詩를 쓸 수 있게 하는 방법으로 樂府에의 模擬를 애용하게 된 것이다. 우리 나라에도 高麗時代에 이르러 간헐적으로 樂府의 模擬作임을 짐작케 하는 古調長篇이 제작되고 있지만, 樂府는 원래 일정한 형식을 가지고 있지 않으므로 우리들에게 확실하게 樂府임을 알게 해주는 詩作이 보이기 시작한 것은 樂府의 名題를 그대로 빌려 쓴 模擬作이 나오면서부터라 할 것이다.

高麗 中末期의 漢詩 작품 중에는 題名 아래 歌, 行, 吟, 咏, 曲 등을 붙인 것들이 있어 이것이 樂府 형식을 模擬하고 있음을 알게 해주지만 이밖에도 樂府 名題를 그대로 차용하고 있는 <妾薄命>, <征婦怨>, <江南曲>,

<江南柳> 등은 우리 나라 초기의 樂府系 艶情詩임을 확인케 해 준다. 다음
은 鄭夢周의 <征婦怨>이다.

　　　한번 헤어지고 세월 흘러 소식 드무니
　　　변방에서 죽었는지 살았는지 누가 알리요.
　　　오늘 아침 비로소 겨울옷 부치나니
　　　울며 떠날 때 뱃속에 있던 아이라오.

　　　一別年多消息稀　　塞垣存沒有誰知
　　　今朝始寄寒衣去　　泣送歸時在腹兒

　　　　　　　　　　　　　　　　　　　　　　　—<征婦怨>[2]

　　이 작품은 제목부터 樂府시의 名題를 그대로 따서 쓰고 있기 때문에 7言
4句의 평범한 絶句이지만 樂府임에는 틀림없다. 起句에서 抑塞함이 있는 것
은 옥의 티가 될 수 있겠지만, 詞語가 豪放하고 意思가 飄逸한 圃隱詩의 長
處를 아낌없이 드러내 보인 작품이다. 軍役 때문에 오랫동안 남편과 헤어져
있어야만 했던 여인의 원망을, 헤어질 때 뱃속에 있던 아이가 장성하여 아버
지의 옷 심부름을 하는 것으로 극대화하고 있다. 부부 사이의 애정을 소재로
하여, 전쟁이 많았던 高麗 後期의 역사적 실상까지도 우회적으로 비판하고
있는 것이 이 작품이다. 이와 유사한 것으로 <寄遠>이라는 題名의 작품이
있다. 전쟁 때문에 헤어져 살아야만 하는 남녀 사이의 애정을 여인의 편지 형
식으로 쓴 것이므로 그 성격에 있어서는 <征婦怨>과 크게 다를 것이 없다.
　　李穀의 <妾薄命> 역시 남성 시인의 작품에 시적 화자는 여성이 등장하고
있는 보기이다.

---

2) 鄭夢周, 『圃隱集』 권1.

나면서부터 남의 얼굴 모르고
장성한 나이에도 집안 깊이 살았네.
한번 고운 얼굴이 탈이 되어
도리어 돌이 옥인 양 되어버렸네.
미움과 사랑은 옛부터 무상한 것
아침에는 예뻐하다 저녁에는 소원하네.
답답한 마음 가을날의 부채 신세이니
그대 수레에 오를 꿈 끊어졌네.
금 침상 누굴 위해 먼지를 털리오
비단 이불 오래 전에 치워졌다네.
규방은 텅 비고 찬 달은 지고
반딧불 흐르는 것만 보이네.
시름에 잠겨 잠시 꿈을 꾸니
어린 시절의 풀싸움 아련하네.
세상에는 사마상여의 재주 없으니
누가 다시 좋은 옛날 돌려주리오

生不識人面	長年在深屋
一爲色所誤	反遭珉欺玉
憎愛古無常	朝恩暮乃疎
悒悒詠秋扇	望絶登君車
金牀爲誰拂	繡被久已收
閨空寒月落	但見螢火流
沈憂暫成夢	依稀鬪百草
世無相如才	誰令復舊好

-<妾薄命次李白韻>³⁾

이 작품은 愛情無常이라는 보편적 주제를 담고 있어 우선 강한 현실감을 획득하고 있다. 그러나 한 여인의 애절한 사랑을 읊은 것이지만, 여기에는 民風을 살피는 강한 觀風 의식이 바닥에 자리하고 있어 초기 艶情詩의 중요한 단면을 읽을 수 있다. 李齊賢이 민간에 유행하는 노래를 수집하여 絶句 형식의 小樂府를 제작한 것과 같은 차원의 것이다. 애정이라는 보편적인 주제를 樂府 형식으로 형상화한 것이지만, 단절된 애정 때문에 고통받는 민간의 風俗圖를 韻詩化하고 있기 때문이다. 이런 뜻에서 보면 위에서 보인 <征婦怨>과 크게 다를 것이 없다. 다만 한 여인의 비극적인 애정의 편력을 고발하고 있으면서도, 詞語가 謹嚴한 李穀의 기본 체질에 변함이 없는 것 또한 특기할 일이다.

朝鮮 王朝에 들어와 새 王朝의 기반이 안정을 찾으면서 擬古樂府의 제작이 현저하게 나타나기 시작한다. 載道的인 文學觀이 대두된 시대 상황이지만, 臺閣의 文臣들이나 詩文으로 一世를 울린 文人들에 의하여 본격적인 艶情詩의 제작이 이루어진다. 화려한 館閣의 솜씨에 의하여 이루어진 艶情詩야말로 현란한 秀作의 양산을 가능케 하는 것은 필연적인 사실이다. 이때의 작자로는 남다른 재주로 여러 편의 艶情詩를 남긴 月山大君을 비롯하여, 특히 擬古風의 漢詩를 적절하게 제작한 成侃, 成俔 형제와 申欽 등이 걸출한 예다. 이들에 의하여 <獨不見>, <長相思>, <秋夜長>, <妾薄命>, <妾安所居>, <妾換馬>, <有所思> 등 다양한 名題의 擬古樂 模擬作이 나타나고 있으며, 名題와는 관계없이 남녀간의 이별을 슬퍼하고 있는 것이 대부분이다. 이 가운데서 月山大君의 <有所思>와 成俔의 <秋夜長>을 차례로 보이면 다음과 같다.

아침에도 님 생각
저녁에도 님 생각.

---

3) 李穀, 『稼亭集』 권14.

그리운 님 어디에 있는가

천리 머나먼 길 끝이 없는 곳.

바람 부는 물결에 바라봐도 넘을 수 없고

하늘가 기러기에겐 편지 전할 기약 없어라.

오래 묵은 소식을 전하고자 하니

마음은 실날같이 헝클어진다.

朝亦有所思　　　暮亦有所思

所思在何處　　　千里路無涯

風潮望難越　　　雲雁托無期

欲寄音情久　　　中心亂如絲

—月山大君, <有所思>[4]

가을밤 길어라, 가을밤 길어라

구름 사이 밝은 달 맑은 빛이 흐르네.

하늘은 맑디맑고 이슬은 남실남실

난초꽃 빼어나고 국화꽃도 향기롭네.

고운 님 저 멀리 하늘가에 있어서

붉은 분 눈물에 씻겨 빈방이 시름겹다.

기러기 남으로 날아오건만

소식 한 자 가져오지 않네.

길은 멀고 험한데

꿈길에 다니느라 공연히 바쁘네.

깊은 밤 다듬이질 남몰래 애간장 끊는데

---

4)『國朝詩刪』권4.

적막한 비단 이불 누구 위해 향기롭나.

秋夜長 秋夜長　　　雲間明月流淸光
天澹澹 露瀼瀼　　　蘭有秀　菊有芳
良人遠在天一方　　　紅鉛洗淚愁空房
鴻雁南飛翔　　　尺書不得將
道路阻且長　　　魂夢空忙忙.
夜深搗夜暗斷腸　　　錦衿寂廖爲誰香.

-<秋夜長>[5]

成俔의 이 작품은 古樂府를 模擬한 艶情詩의 전형을 시범한 것이다. 악부에서 즐겨 쓰는 장단구를 구사하면서 一韻到底로 높은 재주를 과시한 본격적인 염정시다. 효용적인 문학관이 군림하기 시작한 조선시대의 文苑에서도 詞章學의 不可偏廢를 주장한 成俔은 國初의 문물 제도를 정비한 관각의 大手에 걸맞게 스스로 作詩의 전범이 될만한 詩作을 가려 뽑아 『風騷軌範』을 편찬하였으며, 직접 擬古樂府詩集인 『風雅錄』을 편찬하고 있다. 『風雅錄』에는 뛰어난 염정시가 많기 때문에 특히 관심이 끌리게 된다. 그러나, 成俔의 염정시 가운데는 宮庭을 배경으로 한 작품이 자주 나타나고 있어 이 역시 臺閣文章의 한 부분임을 알게 해준다.

朝鮮 中期에 이르러 騷壇 일각에서 唐詩風을 즐겨하는 習尙의 대두와 때를 같이하여, <宮詞>, <採蓮曲>, <竹枝詞> 등이 출신과 신분을 가리지 않고 줄기차게 제작되면서 艶情詩의 새로운 시대가 열린다. <宮詞>도 그 始原은 물론 樂府에서 구해야 하지만 이 詩體의 속성은 宮中 여인의 哀歡을 그리는 것을 특징으로 삼는다. 그러나 이때에 이르러 그 본래적인 諷諫의 강한 이

---

5) 成俔, 『虛白堂集』 「風雅錄」.

미지는 희석되고 궁중 여인의 애절한 사랑을 담은 작품이 나타나면서 염정시의 권역에 진입하고 있는 것이 있다. 서로 다른 처지에서 제작된 李達의 <宮詞>와 許筠의 <宮詞>는 이러한 사정을 단적으로 말해주고 있는 것이다.

그러나 이 가운데서도 <採蓮曲(詞)>의 전통은 우리 나라 염정시의 주조를 이루면서 특히 朝鮮後期 委巷人의 작품에서 이채를 발하고 있다. <襄陽曲>, <宮詞> 등의 염정시를 제작하고 있는 李達은 <採蓮詞>에 있어서도 화사한 唐詩의 솜씨로 佳作을 뽑아내고 있으며, 문장가 申欽의 <採蓮曲>은 그 작자층의 다양함을 단적으로 보여준 것이라 할 것이다. 조선후기에 이르러서는 시로써 후세에 이름을 전하고 있는 시인 墨客의 문집에서 <採蓮詞>를 찾아내는 것은 결코 어려운 일이 아니다. 특히 委巷人과 가까운 거리에서 함께 살고 간 시인들의 詩作 가운데서 <採蓮曲>을 흔하게 발견하게 되는 것은 그 시사하는 바가 크다 할 것이다. 많은 樂府系의 염정시를 제작하고 있는 李德懋, 申維翰, 金鑪 등이 <採蓮曲>을 제작하고 있는 것도 이러한 맥락에서 보면 당연한 일이라 할 것이다.

먼저 李達의 <宮詞>를 아래에 보인다.

> 봄바람에 뜨락마다 꽃잎 떨어져 날리자
> 시녀는 향을 태우며 저녁 문을 닫는다.
> 온 봄 다가도록 그대는 오지 않아
> 침전 문의 자물쇠에 푸른 이끼 덮였네.

> 東風院院落花飛　　侍女燒香掩夕扉
> 過盡一春君不見　　殿門金鎖綠生衣

—李達, <宮詞>[6]

---

6) 『國朝詩刪』 권3.

宮詞라는 틀을 빌려 한 宮人의 슬픈 사랑을 상상적으로 그려본 것이다. 唐詩의 멋과 바람으로 이룩한 詩人의 산물이다.

다음에는 <採蓮曲>과 <竹枝詞>를 보일 차례다. 唐詩의 흥치가 없이는 이루어지기 힘들던 <採蓮詞>는 조선 중기 이후 염정시의 대명사가 되다시피 한다. 그 名題는 물론 樂府에서 차용한 것이지만 이때부터 우리 나라 염정시의 전범으로 자리를 굳히게 된다. <採蓮詞>의 本鄕이 南國이기 때문에 시인의 기호를 자극하기에 물론 충분한 것이기도 하지만 문자 그대로 거리에 버려진 위항인들이 즐겨 제작하고 있는 것을 보면, <採蓮曲>은 민간의 것임을 다시 확인케 한다. 申欽, 申維翰, 李德懋의 <採蓮詞>를 차례로 보이면 다음과 같다.

　　동쪽 마을 아가씨 버선도 신지 않아
　　서리같이 흰 다리로 개울을 건너네.
　　개울 머리 노 젓는 사내 누구집 낭군인지
　　손에 연꽃을 들고 웃으며 말 건네네.
　　배를 타고 어디론가 함께 가버렸는데
　　떠나간 개펄에는 원앙새 놀라 일어나네.

　　東隣女兒脚不襪　　兩足如霜踏溪渚
　　溪頭盪槳誰家郎　　手折荷化笑相語
　　移船同去不知處　　別浦驚起鴛鴦侶

　　　　　　　　　　　　　　　　　　　　　　　　　　—申欽, <採蓮曲>[7]

名題가 <採蓮詞>이긴 하지만, 이 작품은 작자 신흠의 염정시일 뿐이다.

---

7) 申欽, 『象村集』.

화려하면서도 亂에 이르지 않은 여유를 보이고 있다. 문인에 의하여 본격적
인 사랑 노래가 제작되고 있는 과정의 작품으로 기록되기에 충분하다.

    오나라 아가씨 나이 열 다섯

    얼굴이 빼어나 꽃같이 곱다네.

    강남곡 잘 부르며

    강남의 배에서 자랐지.

    연밥 따러 긴 포구로 들어서니

    포구의 달빛은 금비녀를 비추네.

    그 님은 가고 돌아오지 않으니

    이내 마음 홀로 잠들기 어려워라.

吳娃年十五	眉目如花姸
慣唱江南曲	生長江南船
採蓮入長浦	浦月照金鈿
良人行不歸	花心難獨眠

—申維翰, <採蓮曲>[8]

    부평초 위에 가을 바람 쌀쌀하게 불어오니

    팔월이면 장삿배 돌아올 때네.

    상사곡 한 가락 연잎에 쓰노니

    강물에 떠내려가면 낭군께서 아시겠지.

    蘋末秋風颯颯吹   商船八月是歸期

---

8) 申維翰, 『靑泉集』.

相思一曲題蓮葉　　流下楊江郎得知

-<採蓮曲>[9]

優柔하고 한가로운 申維翰의 詩世界와 精緻하고 세련된 李德懋의 詩世界가 이 작품에서도 대조적으로 펼쳐져 있어 다양한 염정시의 세계를 사실로 확인할 수 있다.

<竹枝詞>는 변방의 풍속을 읊조리거나 민간에 유전되는 남녀간의 애정을 노래하는 양식으로 통용되어 온 것이다. 낭만적인 實景을 노래하고 詩化하는 것을 특징으로 하기 때문에, 樂府風의 염정시를 즐겨 제작한 조선후기의 <竹枝詞> 중에는 특히 이름있는 시인들의 작품이 두드러지게 많다. 세칭 後四家의 四家詩集에 다량의 <竹枝詞>가 발견되고 있는 것도 그러한 것 중에 하나다. 李學逵와 柳得恭의 작품을 보인다.

산유화 노래가 고개 넘어 전하여
낙동강 물결에 소리가락 이어지네.
어여쁜 열다섯 노래하는 아가씨
달지는 강에 저 근심을 어이하리.

山有花傳嶺外歌　　遺音不斷洛東波
鴉頭十五唱歌女　　月落楓江愁奈何

-<金官竹枝詞>[10]

을밀대 서쪽으로 봄 해도 뉘엿뉘엿
기생 묻힌 선연동은 풀더미도 치마폭이라.

---

9) 李德懋, 『靑莊館全書』.
10) 李學逵, 『洛下生藁』「因樹屋集」.

애닯다 오늘 여기 서쪽에서 노는 이 몸
소소의 무덤 앞에서 애간장을 끊는구나.

乙密臺西春日曛　　嬋娟洞裏草如裙
可憐今日西遊客　　又斷情腸蘇小墳

−<西京雜絶>[11] 제1수

　위의 것은 <山有花歌>의 애절한 사연을 빌려 낙동강을 배경으로 하는 金海 지방 처녀들의 슬픈 사랑을 노래한 것이다. 실재한 지역의 풍속과 이어지는 사연들이 낭만적인 시풍과 잘 어우러지고 있어 韻詩의 감동을 더해주기도 한다. 柳得恭의 <西京雜色> 역시 色鄕으로 이름나 있는 平壤 기생들의 슬픈 사연이 무덤의 이미지에 의하여 극대화되고 있다. 중국의 名妓 蘇小를 끌어쓴 것도 이 때문이다. <竹枝詞>라는 名題를 직접 차용하지 않았지만 이와 같은 작품은 모두 <竹枝詞>의 범주에 드는 것이다.

2) 觀望者의 사랑 노래

　妓生과 婦人을 제외하고는 異性間의 愛情交感이 이루어질 수 없는 사회에서 시인이 염정시를 제작할 때에는 허구적인 抽體驗에 의존할 수밖에 없다. 이때 시인은 작중의 화자와 작자가 동일시되는 것을 회피하기 위하여 여러 가지 장치를 사용한다. 그 장치 중에서 가장 흔하게 이용되고 있는 것이 염정시의 전범으로 애용되고 있는 樂府의 틀을 빌리는 일이며, 다음으로는 작자가 시적 정황에 개입하는 것을 억제하여 최소한 3인칭 시점으로 일정한

---

11) 柳得恭, 『泠齋集』.

거리를 유지하면서 詩作을 하는 것이다. 이때 작자는 철저하게 관찰자가 되어 시를 서술하고 있을 뿐이다. 우리 나라 漢詩에서 염정시의 대부분이 前者의 방법을 따른 것이며 관망자의 詩作이 그 다음으로 많다. 그러나 이러한 작품의 시적 화자는 모두 여성이며 사연은 대체로 別離가 아니면 기다림이다. 작품을 보이면 다음과 같은 것들이 있다.

> 열다섯 아리따운 아가씨
> 남 보기 부끄러워 말못하고 헤어지네.
> 돌아와 대문을 굳게 닫아걸고
> 배꽃에 비친 달보고 혼자 눈물짓네.

> 十五越溪女　　　羞人無語別
> 歸來掩重門　　　泣向梨月花

—<閨怨>[12]

이 작품의 시적 화자는 물론 소녀이며 작자인 林悌는 철저한 관망자가 되고 있다. 회화적인 수법으로 인간의 내면 세계에 흐르고 있는 비밀을 정태적으로 그려내고 있으며, 결구의 "배꽃에 비친 달"은 열다섯 살 아가씨의 어찌하지 못하는 서러움을 더욱 고조시키는 객관물로 제조되고 있어 작자 스스로를 은폐하는데 성공하고 있다. 林悌는 <無題詩>를 많이 남긴 시인으로도 유명하지만, 이처럼 題名의 뜻조차 흐리게 하는 수법도 그 의도에 있어서는 이와 마찬가지일 것이다.

남성 작자가 여성 화자를 활용하는 염정시로는 <無題詩>를 빼놓을 수 없다. 唐詩를 즐겨하는 시인들이 염정시를 제작할 때 애용하는 名題 중의 하나

---

12) 林悌, 『白湖集』.

가 <無題詩>다. <無題>는 일찍이 李商隱이 示範하여 名作을 이룩한 것으로 이성간의 相思를 유려하게 표출해내는 特長을 가지고 있기도 하다.

주렴 밖 봄바람에 나뭇잎 푸르른데
옥 같은 우리 님 그 어디에 계시는지.
이별 후 거문고는 먼지가 앉아
오늘 아침에야 겨우 이별곡을 타보네.
이별 곡조 괴로와 내 어찌 들으리요
꽃가지에 쌍쌍이 나는 나비만도 못하네.
쌍쌍이 나는 나비들
밤마다 꽃잎에서 쌍쌍이 자네.

簾外春風芳樹綠　　相思何處人如玉
瑤絃別後掩素塵　　今朝才理離鸞曲
離鸞聲苦那忍聽　　不及樹間雙飛蝶
雙飛蝶　　　　　　夜夜雙棲芳樹葉

―崔大立, <無題>[13]

여인의 濃艶한 기다림을 노래한 것이다. 형태를 파괴하고 있는 것은 악부에서 항용하는 수법이지만 후반부의 物景은 相思의 情을 倍加하고 있다. "離鸞曲", "雙飛蝶" 등 동어반복으로 의미가 강조되고 있을 뿐 아니라, 악부의 분위기로 이끌고 있다.

　조선후기에 이르러 委巷人의 시세계가 중요하게 변질하고 있는 현장을 여기서도 찾아볼 수 있다. 이밖에도 작자는 철저하게 은폐되고 있지만 사물에

---

13) 『昭代風謠』.

가탁하여 농도 짙은 사랑의 노래를 제작하고 있는 현상이 역시 조선후기 委
巷人의 詩作 속에 두드러지게 나타난다. 다음은 崔成大의 것이다.

그대는 나무숲

나는 인동초.

꽃마다 절로 얽히며

잎마다 절로 기대네.

歡爲樸樕林   儂作忍冬草

花花自紐結   葉葉自偎斜

—<古艶雜曲>[14)]

분바르고 노란 칠하니 저절로 멋진 자태

다정한 재롱을 누구가 알아주리

서글피 봄꽃떨기 남은 것 다 떨어지니

다시 높은 바람 타고 다른 가지에 오르리

傳粉塗黃自好儀   多情輕薄有誰知

春叢悵望殘紅盡   更舞風高上別枝

—<蝴蝶 蟋蟀>[15)]

앞 <古艶雜曲>의 분위기는 古樂府에서 온 것으로 보이지만, 두 편 모두
艶情의 濃度가 사대부의 詩作에서는 구할 수 없는 것들이다. 작자의 은폐
기술도 이에 이르면 사랑의 노래를 제조하는데 방해될 것이 없다. 소재를 중

---

14) 崔成大, 『杜機詩集』 권1.
15) 崔成大, 『杜機詩集』 권1.

요시하는 염정시에서 작품의 수준을 논하는 것은 또다른 문제에 속한다.

3. 체험적인 사랑의 노래

실질적으로 우리 나라 漢詩 제작의 담당자이기도 한 양반 士類들이 실재적 체험을 소재로 염정시를 제작할 때의 대상은 妓生과 婦人이다. 이때에도 기생에게 준 詩作은 別離의 아쉬움을 노래한 것이 많으며, 특히 부인에게 준 것 중에는 죽은 부인에게 바치는 <悼亡詩>에서 애틋한 사랑이 流露되고 있음을 본다.

일단 1인칭 시점으로 작자의 체험적인 사실을 詩化한 것이므로 의미는 인정받아 마땅하다. 그러나 여성 작가에 의하여 제작된 염정시는 대개 실재 상황을 바탕으로 한 것이기 때문에 작품의 수준 따위를 고려할 겨를이 없는 우리 나라 염정시의 세계에서 보면 이보다 값진 것이 없다.

조선후기에 이르러 남성 작가의 1인칭 시점에서 제작한 염정시가 가끔 발견되고 있지만, 그 양적인 열세 때문에 역사적인 서술 자료로서 채용되기에는 미흡한 수준이다.

1) <贈妓詩>와 <悼亡詩>의 사랑

기생에서 준 작품은 그 名題조차 통상 <贈妓>, <寄妓> 등으로 획일적으로 사용할 때가 많다. 그 내용에 있어서도 장난기 어린 희작이 있는가 하면, 아쉬운 이별을 슬퍼하는 것으로 애정을 표출하는 것이 대부분이다.

그러나 체험적인 사랑을 작자의 직접적인 목소리로 들을 수 있는 전형 또한 이것이고 보면 염정 문학으로는 소중한 것이 될 수밖에 없다. 다음은 銀臺仙이라는 기생과의 交歡을 박진하게 보여준 姜渾의 작품이다.

부상관 속에는 한바탕 즐거운 사랑
자는 객은 이불 없고 촛불도 가물가물.
열두 봉 무산에서 새벽 꿈에 미혹되어
역루의 봄밤이 찬 줄도 몰랐네.

扶桑館裏一場驩　　宿客無衾燭燼殘
十二巫山迷曉夢　　驛樓春夜不知寒

－姜渾, <寄星山妓>[16]

姜渾이 嶺南監使로 내려갔을 때 星州 기생 銀臺仙을 사랑하여 扶桑驛에서 하룻밤을 같이 지낸 체험적인 사실을 詩化한 것이다. 이 작품은 전통적인 관습의 틀을 깨뜨리고 交歡의 현장을 진솔하게 미화하고 있다. 일반적으로 <贈妓詩>에서는 찾아보기 어려운 특기할 작품이다. 물론 상대가 기생이기 때문에 육체적인 性愛를 몽롱하게 그릴 수 있었던 것이다. 분위기를 몽롱하게 하고 싶을 때 巫山이나 雲雨와 같은 <高唐賦>의 전고를 흔히 활용한다.

이 밖에 <贈別>, <贈人>, <別情人>, <送人>, <懷人>, <待人> 등으로 되어 있는 작품 중에도 기생과의 사랑을 다룬 것이 많다. 다음은 別離의 아쉬움을 그려낸 鄭誧의 작품이다.

새벽녘 등불은 다 지워진 화장을 비추는데
이별을 말하려니 애간장이 먼저 끊어지네.

---

16) 『國朝詩刪』 권2.

달이 지는 뜨락에 내려 사립 열고 나가보니
살구꽃 성긴 그림자 옷에 가득하구나.

五更燈燭照殘粧　　欲語別離先斷腸
落月半庭推戶出　　杏花疎影滿衣裳

―鄭誧, <梁州客館別情人>[17]

　새벽 무렵 사랑하는 사람과의 이별이 성긴 살구꽃 그림자와 어우러지면서
아쉬운 이별의 정감을 더해주고 있다.

　위에서 본 바와 같이 기생과의 사랑을 주제로 한 漢詩 작품에는 농염의
정도를 잴 수 없을 만큼 간절하고 다양하다. 그러나 정작 작자의 실재한 婦
人에게 준 것은 夫婦有別의 엄격한 倫理綱領 때문에 애정의 농도도 그만큼
희석되거나 감쇄되기 마련이다. 부부간의 사랑은 오늘날의 그것과 크게 다를
리가 없지만, 현재까지 전하고 있는 작품조차 흔하지 않다. 우리 나라의 漢詩
史에서 부부간의 愛情을 노래한 염정시는, 남성 시인이 멀리 떠나 있을 때
가족에 대한 근심과 위로의 정을 담아 보내는 <寄內>와, 죽은 아내를 애도
하는 <悼亡> 등이 대표적인 것이다. 전자의 보기로는 吳達濟의 <瀋獄寄內
南氏>가 널리 알려져 있는 작품이다.

　금슬의 사랑 깊은데
　만난 지 이년도 안되었네.
　지금은 만리에 떨어져
　헛되이 백년의 기약 저버렸네.
　넓은 땅 편지도 이르기 어렵고

---

17) 『靑丘風雅』 권7.

산은 막혀 꿈도 또한 더디구나.

내 삶은 점칠 수 없으니

뱃속의 아이나 잘 키우게.

琴瑟恩情重　　　相逢未二朞

今成萬里別　　　虛負百年期

地闊書難寄　　　山長夢亦遲

吾生未可卜　　　須護腹中兒

－吳達濟, <瀋獄寄內南氏>[18]

　결혼한 지 채 2년도 안되어 瀋陽에 끌려가 옥중에서 지은 것이다. 百年偕老 하자는 기약조차 萬里 瀋陽의 옥중에서는 지킬 수 없고, 살아서 돌아가리라는 기대조차 할 수 없는 상황이므로 뒷일을 부탁하고 있을 뿐이다. 부부간의 사랑을 소재로 한 작품은 대개 濃艶은 거세되고 담담함의 미학을 고집하게 마련이다. <寄內>類의 작품은 白居易에서부터 본격화되었거니와 그의 <寄內>나 <贈內>는 부인과의 생활담을 담담히 읊조리고 있는 것들이다. 吳達濟의 이 작품에서도 부인에 대한 그리움은 그리움으로 끝내고 있다. 꿈에서조차 부인의 모습은 볼 수가 없다고 하여 그리움의 강도만 더해주고 있을 뿐이다. 생사를 예측할 수 없는 자신의 급박한 처지 때문에 염정시에서 흔히 보이는 애틋한 감정 같은 것은 처음부터 제거될 수밖에 없다. 부인을 소중히 하는 마음가짐 때문에 사랑하는 감정도 쉽게 드러내지 못하고 있는지 모른다.

　부인과의 사랑을 주제로 한 또다른 유형으로는, 역설적으로 죽은 부인을 위로하는 <悼亡詩>가 있다. <悼亡詩>는 潘岳이 喪妻했을 때 지은 데서 유래한 것으로 알려져 있거니와, 우리 나라에서 널리 알려진 絶調는 金正喜

---

18) 『大東詩選』 권3.

의 <配所挽妻喪>이다.

> 어떻게 월로 불러 명부에 호소하여
> 내세에는 부부가 바꾸어 태어날까.
> 내가 죽고 그대는 천리 밖에 살아
> 그대에게 이 슬픔 알게 하리라.

> 聊將月老訴冥府　　來世夫妻易地爲
> 我死君生千里外　　使君知我此心悲

—金正喜, <配所挽妻喪>[19]

　　제주도로 귀양가 있을 때 妻의 죽음을 듣고 지은 작품이다. 유배지에서 처의 죽음을 당하는 극한 상황에서 지은 것이기는 하지만, 來世에는 부부의 처지를 바꾸어 태어나게 하여 처를 잃은 자신의 슬픔을 부인에게도 알게 하겠노라고 한 이 작품은 日常的인 漢詩의 세계에서 보아도 높은 수준에 속한다. 한편 <悼亡詩> 가운데는 부인의 죽음을 직접적으로 슬퍼하는 수법을 회피하고, 부인과 관계 깊은 사물을 매개로 하여 부인을 잃은 공허감을 노래할 때가 많다.

> 책상에는 부질없이 여칙문만 남아 있고
> 산머리에 외로운 무덤 하나 생겼네.
> 만리장천 떠나가 소식이 없으니
> 인간 세상 어디에서 그대 다시 만나리.

---

19) 『大東詩選』 권4.

案上空餘女則文   山頭唯有一孤墳
長天萬里無消息   何處人間更見君

-<哭內>[20]

부인이 쓰던 책상 위에 남아 있는 女則文과 산머리에 새로 생긴 부인의 외로운 무덤을 대비시켜 죽음의 사실을 확인케 하고 있는 수법이 이 작품의 묘처다. 그러면서도 수식에는 힘들이지 않고 다시 만날 수 없는 애절함을 드러내고 있을 뿐이다. 최대한으로 정감을 억제해야 하는 <悼亡詩>에서 지킬 것을 제대로 지킨 것이다. 부부간의 사랑은 "和而不樂, 哀而不傷"의 전통 윤리에 간섭을 받아야 하기 때문이다. 이러한 사정은, 기생이나 小妾에게 던져준 別離詩와 비교될 때 그 斷層이 선명하게 드러난다.

2) 懷恨의 사랑 노래

여성이 제작한 염정시는 체험적인 사랑의 실재 상황을 그린 것이 대부분이지만, 작자의 대부분은 妓生이며, 그 사연은 대체로 이별과 기다림으로 얼룩진 懷恨으로 가득 차 있다. 다음은 黃眞伊의 <奉別蘇判書世讓>이라는 작품이다.

> 달빛 어린 뜨락에 오동잎 다 지고
> 서리맞은 들국화 노랗게 피었네.
> 누각이 높아 하늘은 한 척이요
> 사람이 취해 술이 천잔이라.

---

20) 楊士彦, 『蓬萊集』.

흐르는 물은 거문고 소리 따라 차지고

매화는 피리소리에 향기롭다.

매일 아침 서로 헤어지고 나면

그리는 정은 푸른 물결처럼 길게 뻗치리라.

月下庭梧盡　　　霜中野菊黃

樓高天一尺　　　人醉酒千觴

流水和琴冷　　　梅花入笛香

明朝相別後　　　情與碧波長

－黃眞伊, <奉別蘇判書世讓>[21]

黃眞伊가 蘇世讓과 이별하며 지어준 이 작품은, 남성 시인이 사랑하는 여인과 헤어지면서 주고 간 작품과 품격에 있어서도 크게 다르지 않다. 다만 詩妓로 명성을 떨친 黃眞伊에 걸맞게 한눈에 기생의 작품임을 알게 해 줄 뿐이다.

여성 작가가 愛情의 실제 상황을 노래한 작품은 대부분 기생이나 첩의 작이다. 閭閻의 女性이 남편, 혹은 情人을 그리워하는 詩作을 한다는 것은 생각하기 어렵다. 다만 許蘭雪軒은 공부하러간 남편을 그리워하면서 <寄夫江舍讀書>라는 작품을 남기고 있으며, 특히 金三宜堂은 남편과 생년월일이 같고 또 부부간의 금슬이 좋아 부부간에 詩로 화답을 한 것도 여러 편 전하고 있어 이채를 발한다. 다음은 남편 許氏와 金三宜堂이 첫날밤에 주고받은 시이다.

서로 만나니 모두 광한전의 신선이요

____

21) 『大東詩選』 권12.

오늘밤 분명 옛 인연을 이었도다.

배필은 원래 하늘이 정하는 법

세간의 중매는 모두 시끄럽기만 하도다.

相逢俱是廣寒仙　　今夜分明續舊緣

配合元來天所定　　世間媒妁摠紛然

열여덟 신선 열여덟 선녀

동방화촉 인연도 좋을시고

같은 날 태어나 같은 곳에 살게 되니

오늘 밤 상봉이 어찌 우연이리오

十八仙郞十八仙　　洞房華燭好因緣

生同年月居同閈　　此夜相逢豈偶然

－＜贈夫＞[22]

　天定配匹로 만난 인연의 즐거움을 夫婦가 酬唱한 것이다. 金三宜堂은 이 이외에도 여러 차례에 걸쳐 남편과 주고 받은 시를 남기고 있어 부부간의 애정시를 나란히 볼 수 있게 했다.

　女流의 漢詩 중에 남편이나 情人에게 주는 詩는 金三宜堂이나 黃眞伊의 예에서 보는 것처럼 남성이 여인에게 주는 것과 크게 다르지 않다. 그러나, 사랑하는 남성과 헤어져 있을 때 제작된 작품은 특정한 詩題를 모방한 것이 많다. 이렇게 제작된 愛情詩는 강한 현실성을 획득하게 된다.

---

22) 金三宜堂, 『三宜堂遺稿』.

쓸쓸한 가을 바람에 오동가지 일렁이자
푸른 하늘 어둑하고 기러기 더디게 날아간다.
푸른 사창에 기대어 잠 못들어 하는데
눈썹 같은 초생달이 서편 못에 오르네.

西風摵摵動梧枝　　碧落冥冥雁去遲
斜倚綠窓仍不寐　　一眉新月上西池

－楊士奇妾, <閨怨>[23]

이 작품은 楊士奇의 妾이 楊士奇를 애절하게 기다리는 것처럼 인식된다.
<閨怨>은 唐 王昌齡 이래 남편과 이별한 여인의 한을 그리는 전통을 가지
고 있어 擬古的 성향이 매우 강하다.

3) 거리의 사랑 노래

조선후기에 이르러 사대부의 班列에 참여하지 못하는 委巷人이나 이들과
가까운 거리에 있었던 詩人 중에는 일찍이 사대부의 詩作에서는 찾아보기
어려운 새로운 염정시를 양산하고 있지만, 이들 역시 그 형식에 있어서는 대
개 전통적으로 애용해온 擬古風을 그대로 차용하고 있을 뿐 체험적인 사랑
의 정감을 1인칭 시점으로 염정시를 제작하고 있는 경우는 극히 드물다. 현
재까지 전하고 있는 작품 가운데서 李德懋와 黃五의 것을 보이면 다음과 같
은 것이 있다.

관사 동편에 닭 울음 그치지 않는데

---

23) 『大東詩選』 권12.

새벽별 달과 짝하여 하늘가에 반짝이네.
말굽소리 갓 그림자 몽롱한 들판에
색시를 조각 꿈에 밟으며 가노라.

不已霜鷄郡舍東　　殘星配月耿垂空
蹄聲笠影朦朧野　　行踏閨人片夢中

－李德懋, <曉發延安>[24]

　진작 떠났어야 할 작자가 사랑하는 사람과의 헤어짐이 아쉬워서 하룻밤을
같이 새우고 새벽에 길을 떠나는 작자의 실재적인 사실을 그린 것이다. 설사
세련된 李德懋의 뛰어난 솜씨가 허구적으로 이룩한 것이라 하더라도 객관적
으로 이 작품은 작자의 체험적인 사실을 그림처럼 그린 것이다. 사대부의 반
열에 끼지도 못하는 李德懋에 의하여 이와 같은 염정시가 제작되고 있는 사
실은 조선후기 한시 문학이 중요한 변화를 획득한 것임에 틀림없다. 다음은
黃五의 것이다.

아가씨는 열네 살 나보다 큰데
그네를 배워서 제비처럼 나네.
창문 너머 감히 큰 소리로 말못하고
감잎에다 몇 글자 글을 써서 던진다.

小姑十四大於余　　學得鞦韆飛鳶如
隔窓未散高聲語　　柿葉題投數字書

－<秋天>[25] 제4수

---

24) 『靑莊館全書』 권9.
25) 黃五, 『綠此集』.

黃五는 그를 알게 해주는 어떤 文字에도 그의 신분이 밝혀져 있지 않은 것으로 보아, 분명히 사회로부터 대접받지 못한 신분의 소유자임에 틀림없다. 그의 詩作은 소재가 광범할 뿐 아니라 꾸미는 일을 도무지 하지 않았기 때문에 굳세고 힘찰 뿐이다. 委巷人의 거칠음이 이와 같은 진솔한 염정시를 내게 한 힘이 되었는지 모른다.

4. 小說 속의 사랑 노래

우리 나라에서도 漢文으로 씌어진 愛情小說은 이미 『太平通載』에 실려 전하는 <崔致遠傳>에서 그 틀이 확립되었고, 朝鮮朝에 들어와서 金時習의 『金鰲新話』 속에 있는 <李生窺墻傳>과 權韠의 <周生傳>에서 빛을 발하였다. 愛情小說은 <崔致遠傳>에서부터 재치있는 愛情詩를 삽입하고 있거니와, 이러한 특징은 <李生窺墻傳>과 <周生傳>에 이르면 愛情詩의 비중과 의미가 더욱 커진다. 그러므로 <李生窺墻傳>이나 <周生傳>과 같은 愛情小說은 詩로 읽는 소설이라 해도 좋을 것이다.

<李生窺墻傳>은 松都에 살던 李生이 崔氏의 딸을 만나 사랑을 나누는 데서 시작한다. 부모의 반대로 李生은 嶺南地方으로 귀양을 가게 되고 崔娘은 相思의 병에 걸리게 되자, 이에 崔娘의 부모가 나서서 李生과 결혼을 성사시키고, 두 사람은 다시 만나 사랑을 나누게 된다. 그러나, 紅巾賊의 난으로 피난을 가다가 崔娘은 죽고 李生은 홀로 죽음을 면한다. 李生은 집으로 돌아와 쓸쓸히 지내고 있는데 죽은 崔娘이 나타나 다시 옛날처럼 사랑을 즐긴다. 얼마후 崔娘은 다시 저 세상으로 가고 李生도 병이 들어 죽는 것으로 되어 있다. 이 작품에는 愛情詩가 삽입되어 있으며, 이 揷入詩는 작중 인물의 성격이나 심리상태 등을 나타내는 데서 그치지 않고, 서사적 문맥 속에서

韻語를 읽는 즐거움도 함께 맛보게 하는 미학을 담지하고 있다.
　『金鰲新話』에는 <南炎浮洲志>를 제외하고는 작품마다 염정시가 삽입되고 있으며, 특히 <李生窺墻傳>에 몽롱한 염정시가 많다. <李生窺墻傳>의 서두 부분에서부터 다음과 같은 사랑의 노래를 읊조리고 있다.

　　홀로 사창에 기대니 자수가 더디고
　　온갖 꽃 사이에 꾀꼬리 운다.
　　무단히 동풍이 원망스러워
　　말없이 바느질 멈추고 내 님을 생각하네.

　　獨倚紗窓刺繡遲　　百花叢裏囀黃鸝
　　無端暗結東風怨　　不語停針有所思

　　길가에 희멀건 총각은 누구집 서생인가
　　푸른 깃 큰 띠가 수양버들에 비치네.
　　어찌하면 처마의 제비가 되어
　　나즈막이 주렴을 헤치고 담장을 넘으리오.

　　路上誰家白面郎　　靑杉大帶影垂楊
　　何方可化堂中燕　　低掠珠簾斜度牆

　첫째 수에서 젊은 여인이 자신의 장래 낭군에 대한 상념을 노래하고 감정의 움직임을 말하고 있다. 다시 둘째 수에서는 길 가는 서생의 모습을 언뜻 보고 자신이 담장을 넘어 자유로이 연애를 하고 싶은 충동을 묘사하였다. 이 시를 통해 <李生窺墻傳>이 어떻게 진행될 것인지 그 전개 양상을 豫料할 수 있다. 다시 이 시를 얻어들은 李生도 시를 써 담장 안으로 던진다.

무산 열두 봉우리 안개 속에 나타나
뾰족한 푸른 봉우리 반남아 드러나네.
양왕의 외로운 꿈 수고롭게 하지 마오
구름과 비되어 양대 위에 내리리.

巫山六六霧中回　　半露尖峯紫翠堆
惱却襄王孤寢夢　　肯爲雲雨下陽臺

　이 시는 자신을 襄王에 비기고 崔娘을 무산신녀에 비긴 다음, 자신 역시
고독하여 崔娘을 만나 사랑을 나누고 싶다는 뜻을 밝힌 것이다. 여기서 삽입
시는 서사의 전개에 필수적일 뿐만이 아니라, 심리묘사까지 겸하고 있다. 그
러나, 삽입시가 서사적 전개에 부수적인 기능만을 하는 것은 아니다. 오히려
애정전기소설을 읽는 즐거움은 주어진 서사문맥 속에서 몽롱한 애정시를 감
상하는데 있다. 기본적인 서사는 산문으로 처리하되, 그러한 산문적 문맥 속
에서 韻語를 읽는 묘미가 더욱 빛을 발하는 것이다. 따라서 뛰어난 시인이
아니고서는 전기소설의 진면목을 보여줄 수 없는 것이다. 이러한 사정은 朝
鮮 中期 대표적 시인의 한 사람인 權韠의 <周生傳>에서도 확인된다.
　<周生傳>은 기본적으로 산문소설이지만 전체적인 분위기는 달콤한 韻語
로 채워져 있는 것이 특징이다. 周生을 중심으로 俳桃와 仙花의 삼각 애정을
그린 것이 이 작품이다. 고향으로 돌아온 周生이 俳桃라는 기생을 만나 사랑
을 나누다가, 仙花라는 여인을 만나게 되어 다시 仙花와 애정을 나눈다. 俳桃
에게 仙花와의 밀회가 발각되어 周生은 仙花를 만날 수 없게 되지만, 俳桃가
갑자기 죽어 다시 仙花과의 사랑이 허락된다. 그러나, 仙花의 동생 國榮의
죽음으로 仙花를 만날 수 없게 된 周生은 고향을 떠나지만, 周生과 仙花가
모두 相思의 병에 걸려 죽게 되었을 때 재회의 기회가 주어진다. 이 때 임진
왜란이 발발하여 周生은 仙花를 만나지 못한 채 조선으로 출병하게 된다.

버들 너머 평호의 호수 위 누각

붉고 푸른 기와엔 푸른 봄이 비치네.

향긋한 바람은 웃음 소리 날려 보내나

꽃에 가려 누각에는 사람이 보이지 않네.

부러워라, 꽃 사이 제비들 쌍쌍

마음대로 주렴 속에 날아드누나.

미인을 기웃대다 돌아오는 길

낙조에 가녀린 물결 나그네 근심 더하네.

柳外平湖湖上樓	朱甍碧瓦照靑春
香風吹送笑語聲	隔花不見樓中人
却羨花間雙燕子	任情飛入朱簾裏
徘徊美人踏歸路	落照纖波添客思

　과거에 실패한 周生이 배와 화물을 사서 장사를 다니다 다시 고향 전당에 돌아와 기생 俳桃를 만나 사랑을 나누지만, 새로운 여인 仙花에 대한 그리움으로 仙花의 집을 배회하다가 仙花는 만나지 못하고 돌아오는 길에 시를 읊는다. 仙花의 집을 배회하지만, 자신이 그곳으로 들어갈 수 없는 슬픔을 노래한 작품이다. 꽃에 가려 보이지 않는 여인에 대한 자신의 조바심을 쌍쌍이 나는 제비와 대비시킨 수법이 돋보인다. 이러한 愛情詩는 <周生傳>이라는 전체적 문맥에서 읽을 때 더욱 활력이 넘치는 감동을 준다.

　기생과의 사랑을 소재로 한 愛情詩가 기생과의 일화와 함께 소개되고 있을 때 그 구조는 愛情小說과 유사하다. 그러나 기생과의 사랑을 주제로 한 愛情詩가 실재한 사건 속에서 불리워진 사랑의 노래라면 <李生窺墻傳>이나 <周生傳>에 삽입되어 있는 愛情詩는 허구적 愛情譚을 배경으로 한 사랑의 노래인 셈이다.

5. 結言

우리 나라 漢詩 文學에도 마땅히 艶情詩가 있어야 하며, 또 있어온 것이 사실이다. 그러나 지금까지 이에 대한 연구는 그것이 있어 온 사실조차 제대로 확인하지 못하고 있는 실정이다. 그러므로 본고에서는 우리 나라 漢詩文學에서 염정시가 있었다면 어떻게 있어 왔는지를 검증 확인하는 작업부터 서두르게 된 것이다. 이 작업에서 얻어진 성과를 종합하면 대체로 다음과 같이 요약될 수 있을 것 같다.

우리 나라 한시문학에서 염정시는, 작가 자신의 체험적인 사랑을 직접적으로 노래한 것보다는 대부분 허구적인 抽體驗으로 염정시를 제작하고 있음을 알게 되었다. 물론 남성 작자의 체험적인 사랑을 노래한 것도 있지만, 그것은 대부분 기생과 부인에게 준 것이므로 사랑의 농도도 그만큼 희석되어 있다. 그러므로 우리 나라 漢詩 文學에서 제작하고 있는 艶情詩는 대부분의 작가가 3인칭 시점의 관찰자로서 사랑을 노래하고 있으므로 작자 자신은 철저하게 은폐되고 있다.

다만 기생 등 여성 작자가 제작한 염정시에서는, 작자 자신의 체험적인 사랑을 진솔하게 노래하고 있는 것이 많아서 작품의 수준까지 고려할 수 없는 염정시의 현실에서 보면 매우 값진 것이 될 수 있을 것이다. 물론 조선후기에 이르면 남성 작가의 염정시 중에도 실재한 사랑의 체험을 몽롱하게 노래한 작품이 나타나고 있지만, 일부 委巷詩人이나 그들과 가까운 거리에 있는 詩人들의 작품에서 수편을 찾아볼 수 있을 뿐이다.

(『韓國漢詩硏究』 1, 1993)

韓國 漢詩와 삶의 문제
―漢詩는 自然과 人間의 만남―

1. 序言

'科學萬能'을 맹신하는 현대인들은, 인간도 조물주가 뿌려 놓은 萬有의 일부임을 깨닫지 못한다. 오늘날 인간들은 스스로 인간의 삶을 문제삼는 일도 찾아보기 어렵거니와, 설사 문제삼는다 해도 대개는 인간 내부에서 인간의 문제를 찾아내려 하거나 해결하려 든다. 인간의 삶도 자연 질서의 한 실천 과정에 지나지 않는다는 그 無窮한 의미를 도무지 생각하려 들지 않기 때문에 인간들은 쉽게 교만의 수렁에 빠져들고 만다.

두꺼운 시멘트 벽 속에 갇히어 자연과의 통로가 차단된 채 살아가는 도시인들에게 자연은, 인간이라는 유기체에 도움 조건이 되어 줄 때만 嗟嘆의 대상이 된다. 푸른 숲을 드리워 주고 맑은 물과 아름다운 새소리를 제공해줄 때 인간들은 이기적으로 자연을 수용하려 할 뿐이다. 그래서 일정한 틀을 갖추지 않고서도 詩作이 가능한 현대인들의 시편 속에서 자연은, 삶의 원천이나 畏敬의 대상으로 소중한 것이기보다는 현대시에서 恒用하는 고도의 상징 수

법 때문에 오히려 역설의 소재로 써먹힐 때가 더 많다.

그러나 전통 시대의 한시는 결코 그러하지 아니하다. 자연 그것을 직접 시적 대상으로 하는 景物詩에 있어서도 자연은 인간과 매우 조화롭게 만나고 있음을 발견할 수 있다. 먼저 寫景을 하고 다음 단계에서 情을 불어넣는 과정을 통하여 자연과 인간들의 삶의 문제는 스스로 융합, 통일되고 있음을 본다. 물론 경물시 가운데는 마치 한 幅의 南畵를 보여주듯 완전한 寫景으로 끝나는 시편들이 있는가 하면 시인 자신이 완벽하게 자연 속에 몰입하여 스스로 자연과 하나가 될 때도 있기는 하지만 이러한 경우는 매우 제한적이다.

그러므로 한시에서 먼저 주목해야 할 사실은 自然과 人間이 어떻게 만나고 있는가를 검증하는 일이다. 첫째, 한시에서의 자연은 '스스로 그렇게 있는 것'에서 그치지 아니하고 인간들의 삶을 있게 해주는 원천으로 소중한 것이 되고 있음을 확인해야 한다. 둘째, 인간들은 삶의 의미를 확인하는 解法조차도 이 自然을 통하여 구하려 하기 때문에 자연은 심각한 현실 대결의 場이 되기도 한다. 셋째, 그러나 인간들과 가장 가까운 거리에서 만나고 있는 자연은, 物我가 한데 어우러져 無我의 경지에 이르게 될 때 調和美의 極致를 이룬다.

2. 自然은 삶의 源泉

"關關雎鳩는 在河之洲로다. 窈窕淑女는 君子好逑로다." 이는 중국 최초의 가요 선집이라 할 수 있는 『詩經』의 첫 부분이다. 암수가 서로 어울려 울어대는 징경이의 생태를 통하여, 스스로 짝을 구하는 인간들의 삶을 확인하고 있는 것이다. 후대에 이르러서도 한시는 자연물을 직접 대상으로 하는 景物詩가 主宗을 이루지만 경물시의 세계는 景과 物의 상태를 있는 그대로 그리는 것으로 만족하지 않는다. 대개는 景과 物과 人間이 만나는 과정을 설정하여 시의 성격까지도 결정짓는다. 그 가운데에는 시인 자신이 스스로 자연 속에 몰입하여 인간과 자연이 하나가 되기도 하며, 때로는 인간들의 삶의 원천을 自然에서 구함으로써 인간들의 삶의 터전이 곧 자연의 한 부분이 되고 있음을 보여주기도 한다. 아래의 詩作들이 대체로 그런 것에 속한다. 차례로 작품을 보이면 다음과 같다.

> 높은 바위 하늘에 곧추 솟아
> 잔잔한 호수에 사방으로 통하였네.
> 바위 뿌리는 언제나 물결에 씻기고
> 나뭇가지는 늘 바람에 흔들리네.
> 물에 기우니 도리어 그림자 잠기고
> 노을 침노하니 다시 돌머리 붉어지네.
> 홀로 우뚝 뭇 봉우리 밖에 솟아
> 외로이 흰 구름 속에 빼어나네.

迥石直生空	平湖四望通
巖根恒灑浪	樹杪鎭搖風
偃流還漬影	侵霞更上紅
獨拔群峰外	孤秀白雲中

-〈詠孤石〉[1]

이 작품은 고구려의 승려 定法師의 것이다. 작자 자신을 우뚝 솟은 돌에 비기어 작자의 기상을 아낌없이 과시하고 있다. 자연과 인간이 하나로 겹치

---

1) 『古詩紀』 권117.

고 있는 보기다. 다음은 자연물의 모습을 있는 그대로 그리고 있으면서 그것
에 대하여 일정한 의미를 부여하고 있는 작품이다. 李奎報의 <蓼花白鷺>를
본다.

앞 여울에 물고기와 새우가 많아

뜻이 있어 물결 가르고 들어가는구나.

사람 보고 갑자기 놀라 일어나서는

여뀌꽃 언덕에 도로 날아 모이네.

목을 빼어 사람 돌아가기 기다리다가

가랑비에 털옷이 젖어드는구나.

마음은 아직도 여울 고기에 있는데

사람들은 말하기를, 세상일 잊은 듯 서있다고

前灘富魚蝦　　　有意劈波入

見人忽驚起　　　蓼岸還飛集

翹頭待人歸　　　細雨毛衣濕

心猶在灘魚　　　人道忘機立

—<蓼花白鷺>[2]

　　물고기를 노리는 백로의 모습을 그리려 한 것이 시인의 본래 뜻이다. 그러
나 관망자의 위치에서 백로의 모습을 그리다가 마지막에 작자의 세속적인 놀
이 본능이 개입하여 희작으로 떨어진 작품이 되고 있다. 이 작품은 白居易의
<鶴>, "誰謂爾能舞, 不如閑立時"에서 意境을 얻어온 것으로 보이지만 <鶴>

---

2) 『東國李相國集』 권2.

에서의 "閑立"은 전적으로 '鶴'의 것이며, 여기에는 인간이 개입한 흔적이 보이지 않는다. 그러나 <蓼花白鷺>의 '忘機立'은 이미 세속의 情이 깊이 개입하고 있어 인간들과의 교감이 이루어지고 있다. 물론, 이러한 사실은 작품 수준의 자리매김에 폄하의 요인이 될 수 있지만, 이는 또다른 문제에 속한다. 다음은 인간의 삶의 터전을 자연에서 구하고 있는 金澤榮의 작품이다.

> 대나무 울타리 푸른 걸 보니 비가 지나간 모양이고
> 낡은 집은 약속이나 한 듯 산 뿌리를 베고 있네.
> 지리산 빼어난 빛 삼천 겹이나 되는데
> 용하게도 두 봉우리 뽑아내어 마을 하나 만들었네.

> 籬竹靑靑過雨痕　　古堂依約枕山根
> 頭流秀色三千疊　　妙選雙峰作一村

-<求禮同柳二山限韻>[3]

이 시에서 지리산은 이미 있는 그대로의 자연물이 아니다. 이 시는 지리산의 자연과 구례 마을의 만남을 성공적으로 이룩한 작품이다. 지리산 쌍봉이 이 마을의 삶의 원천으로 제공되고 있는 것은 물론이다. 滄江은 神韻이 있는 詩, 言外의 言을 즐겨하는 시인으로 알려져 있지만, 이 작품만은 오묘의 극치를 보여주기라도 하는 듯 또다른 秀作을 제조하고 있다. 다음은 李用休의 <有感>이다.

> 소나무 숲을 빠져 나오니 길은 세 갈래,
> 언덕 가에 말을 세우고 李氏 집을 찾았네.

---

3)『韶濩堂集』권2.

농부는 호미들고 동북쪽을 가리키는데
까치집 달린 마을에는 석류꽃이 피어 있네.

松林穿盡路三丫　　立馬坡邊訪李家
田父擧鋤東北指　　鵲巢村裏露榴花

—<有感>[4]

한마디로 낭만이 차고 넘치는 작품이다. 엄격한 詩作으로 정평이 나 있는
이용휴의 시세계에서는 찾아보기 어려운 秀作이다. 작자가 제조한 이 마을의
자연은 조금도 꾸밈이 없이 있는 그대로의 자연이지만, 인간들의 삶의 터전으
로서는 이미 흡족하게 낭만으로 가득 차 있으며 인간과 자연의 만남도 평화
롭기만 하다. 다음에는 金時習의 <有客>을 보기로 한다.

어떤 나그네 淸平寺에 찾아 왔으니
봄 산에 올라 마음대로 놀아 보세.
새가 우는데도 외로운 탑은 고요하고
꽃이 져도 작은 시내는 흘러만 가네.
맛난 나물 철을 알아 더 한층 빼어나고
향기로운 버섯은 비 지나가니 더욱 부드럽네.
시를 읊조리며 仙洞으로 들어가니
백 년 묵은 내 시름 사라지누나.

有客淸平寺　　春山任意遊
鳥啼孤塔靜　　花落小溪流

---

4)『惠寰詩抄』.

佳菜知時秀　　　香菌過雨柔
行吟入仙洞　　　消我百年愁

-<有客>[5]

이는 김시습의 晩年作 중에서도 특히 정제된 작품으로 꼽히는 것이다. 방랑에서 시작하여 방랑으로 일생을 마친 김시습에게 자연은 단순한 삶의 원천 이상으로 특별한 의미 부여를 받음직도 하지만, 이 작품의 자연은 매우 정제된 모습이다. 그러나 이 작품에서 보여주고 있는 자연은 작자의 붓끝으로 제조한 인위적인 창조물이 아니며, 작자 자신의 체험적인 현실을 그대로 보여주고 있어 이 작품에서 제시된 자연은 바로 매월당의 삶의 모든 것을 수렴해주는 안식처로서 소중한 것이 되고 있다.

3. 自然은 現實 對決의 場

젊은 시절의 푸른 꿈이 하루 아침에 깨어졌을 때, 인간들은 失意의 深淵에서 허둥대기도 하며, 마음과 세상일이 어그러졌을 때 인간들은 좌절의 계곡에서 헤매이기도 한다. 현실의 벽이 두꺼울수록 실의와 좌절의 落差는 커지게 마련이다. 더욱이 자신과 세상 그 어느 것도 자기편이 되어주지 않을 때, 인간들은 허공으로 비상하거나 지하로 숨어들고 싶어한다. 이때 대개는 현실 대결의 장소를 자연 속으로 이동하게 된다. 아래의 작품을 통하여 대결의 현장을 직접 검증해 보기로 한다.

---

5)『梅月堂集』권13.

푸르디 푸른 한 점의 한라산이

멀리 푸른 파도 사이에 있네.

별 빛 따라 사람이 바다에서 오고

말은 준마를 낳아 천자의 마굿간에 드네.

땅은 외져도 백성의 생업은 그런대로 이루어지고

바람편에 商船은 겨우 왔다 갔다 하네.

성대의 職方에서 지도를 손질할 때

이 나라 비록 누추해도 깍아버리지 않았네.

蒼蒼一點漢拏山   遠在洪濤浩渺間
人動星芒來海國   馬生龍種入天閑
地偏民業猶生遂   風便商帆僅往還
聖代職方修版籍   此邦雖陋不須刪

－〈耽羅〉[6]

　　이 작품은 작자 權近이 明 太祖 주원장에게 지어 올린 應製詩 가운데 하나다. 조선 왕조의 創業을 변명하는 表箋을 明에 올렸다가 그 가운데 不恭한 言辭가 있다 하여 그것을 해명하기 위하여 명 태조에게 나아간 권근이 명 태조의 명령에 따라 시를 지어 올렸고 이로써 兩國의 表箋 시비는 일단락되었다고 한다. 權近이기 때문에 이 일을 해낼 수 있었고, 이로써 나라를 위기에서 구할 수 있었다. 나무판 지도 위에 새겨진 제주도(耽羅)는 조그마한 점 하나에 지나지 않는 것이므로 끌 끝이 닿기만 해도 없어지고 말 것이지만, 王化가 이를 가벼이 여기지 않았으므로 耽羅는 지금도 嚴存하고 있음을 우회적으로 말하고 있다. 탐라가 곧 明에 대한 우리 나라의 처지를 暗喩하고 있

---

6)『大東詩選』권2.

는 것은 물론이다. 이밖에 그의 대표작의 하나로 꼽히는 <金剛山>도 應製詩 가운데 하나이며, 이것 역시 현실 대결의 장소를 자연 속으로 이동하고 있는 또하나의 증거가 된다. 다음은 김시습의 <掃葉>을 보기로 한다.

> 낙엽 쓰는 소리에 낮 꿈을 놀라 깨어
> 일어나 동쪽 산에 흰 구름 보네.
> 고기와 새, 저것들은 마음도 취미도 없는 것으로
> 세상 情 아닌 것, 烟霞를 얻었네.
> 주렴 밖 국화 향기에 사람들도 정히 고요하고
> 뜰 앞에 이끼 보니 비가 처음 개인 때라.
> 까닭없이 슬픈 가을 興趣만 돋아 놓아
> 離騷經 암만 읽어도 마음 평안 못하여라.

> 掃葉聲中午夢驚　　起看東嶺白雲生
> 直將魚鳥無心趣　　剩得烟霞不世情
> 簾外菊香人正靜　　庭前苔潤雨初晴
> 無端起我悲秋興　　細讀離騷心未平

—<掃葉>[7]

　이 시는, 거꾸로 모처럼 그가 선택한 자연의 靜寂을 통하여 物我를 超克한 관조의 세계로 몰입하는 듯하였으나 끝내 가리울 수 없는 情感의 橫出로 스스로 마음의 평안을 얻지 못하고 있다. 그가 스스로 몸을 던진 것이 자연이지만, 주렴 바깥의 국화 향기, 뜰 앞의 이끼조차도 오히려 그의 마음을 不平하게 할 때가 있기 때문이다. 다음은 鄭士龍의 <紀懷>를 보인다.

---

7)『梅月堂集』권2.

뜰 앞 명협 떨어지니 달이 또 차는데

말 탄 사람 시문을 드나들지 않네.

詩書 읽던 옛 공부 한번 놓으면 다시 하기 어렵고

田家의 새로운 일도 생각대로 되지 않네.

雨氣가 노을을 눌러 산이 갑자기 어두워지고

시냇물 달빛 받아 밤인데도 환하네.

생각하는 일 이제는 心事를 또다시 수고롭게 하지 못하니

이 몸 오직 밭 갈고 낚시질이나 해야지.

四落階蓂魄又盈　　悄無車馬鬧柴荊

詩書舊業抛難起　　場圃新功策未成

雨氣壓霞山忽瞑　　川華受月夜猶明

思量不復勞心事　　身世端宜付釣耕

−<紀懷>[8]

　　이 작품은 정사룡의 초기작으로 알려져 있다. 地上의 모든 것을 포기한 상황은 아니지만, 작자 자신이 현실에서 할 수 있는 어떠한 것도 발견하지 못하고 있을 때 일시적으로 선택한 현실 대결의 장소가 이 田舍다. 다음에 보이는 작품은 金昌翁의 <葛驛雜詠>이다.

보통 때처럼 밥 먹고 사립문 나서니

문득 범나비 나를 따라 나네.

삼밭 뚫고 보리밭 둑 어정어정 걸어가니

풀꽃과 가시가 쉬 옷에 걸리네.

---

8) 『大東詩選』 권2.

　尋常飯後出荊扉　　輒有相隨粉蝶飛
　穿過麻田迤麥壟　　草花芒刺易罥衣

-<葛驛雜詠>[9] 제1수

　이 작품은 일견 전원 생활의 한적을 있는 그대로 노래하고 있는 것 같지만, 그러나 그가 선택한 산 속에서의 삶은 현실에서의 모든 것을 스스로 포기한 현실 대결의 양상 그대로다.

4. 漢詩는 調和美의 藝術

　완전한 景의 묘사만 있고 情이 없는 시는 妙한 韻文은 될지언정 좋은 시가 되기는 어렵다. 自然物을 직접 시의 대상으로 하는 景物詩에서도 먼저 外景을 묘사하고 다음 단계에서 情을 불어넣는 것이 구성의 원리다. 한시의 역사는 오래고 깊어, 사회의 명암·정치의 득실·역사의 회고·사랑의 애환 등 그 영역을 무한대로 확장하면서 변화·발전해왔지만, 한시의 세계에서는 인간과 인간 사이에서 야기되는 어떠한 분쟁이나 갈등도 景과 情의 융합으로 극복·지양하는 스스로의 질서를 견지하고 있다. 그러므로 物과 我가 어우러져 無我의 경지에 이르게 될 때 한시는 調和美의 極致를 이루게 되며 문학의 높은 수준을 과시하게 된다. 아래의 작품들을 통하여 그 부분들을 보기로 한다. 다음은 鄭知常의 작품이다.

　　뜰 앞에 잎새 하나 떨어지고

---

9) 『三淵集』 권14.

상 아래 온갖 벌레 슬피 우네.
홀쩍 떠나니 막을 수 없는데
유유히 그대 어디로 가는가?
산이 다한 저 곳까지 丹心은 달려가고
달 밝은 밤에는 외로운 꿈을 꾸네.
남포에 봄 물 푸르거든
그대여 만날 기약 저버리지 마오

庭前一葉落　　　床下百虫悲
忽忽不可止　　　悠悠何所之
片心山盡處　　　孤夢月明時
南浦春波綠　　　君休負後期

－<送人>[10]

　　流麗系 詩人들의 작품에서는 情感의 流露가 과다한 것이 특징으로 지적
되기도 하거니와, 이 시 역시 그러한 것에 속한다. 정작 사람을 보내고 있으
면서도 남포의 푸르른 봄 물결을 통하여 후일의 만남을 기약함으로써 갈등은
스스로 극복되고 있으며 시적 분위기는 몽롱하게 융합되고 있다. 다음 역시
流麗系 詩人으로 이름 높은 鄭誧의 작품이다.

땅이 궁벽하여 가을도 가려 하는데
산이 추워 아직도 국화꽃 피지 않았네.
병이 드니 시 짓기 더욱 괴로운 줄 알겠고
가난할 때 술 사오기 어려움 깨닫네.

---

10) 『東文選』 권9.

들길엔 하늘이 크고
마을 빈 터엔 햇발이 비꼈네.
나그네 회포 풀 길이 없어
어둑한 저녁 무렵 田家를 지나네.

地僻秋將盡	山寒菊未花
病知詩愈苦	貧覺酒難賒
野路天容大	村墟日脚斜
客懷無以遣	薄暮過田家

-<癸未重九>[11]

이 작품에서 작자는 어려운 삶의 현실을 과다하게 노출시키고 있으나 그가
선택한 田家를 통하여 나그네의 시름을 자연스럽게 여과하고 있다. 다음은
'雄峻'으로 정평이 나 있는 鄭夢周의 <定州重九韓相命賦>이다.

定州에서 重九날 높은 곳에 오르니
국화꽃 예와 같이 눈 앞에 환하네.
개펄은 남으로 宣德鎭에 이어졌고
산봉우리는 북으로 女眞城에 기대었네.
백 년 동안의 전쟁은 흥하고 망하는 일,
만리에 온 병사는 慷慨로운 情일세.
술 끝나자 대장이 말 위에 올려주니
얕은 산 비낀 해가 붉은 깃발 비추네.

---

11) 『雪谷集』 권하.

定州重九登高處　　依舊黃花照眼明

蒲漵南連宣德鎭　　峰巒北倚女眞城

百年戰國興亡事　　萬里征夫慷慨情

酒罷元戎扶上馬　　淺山斜日照紅旌

—<定州重九韓相命賦>[12]

雄渾系 詩人들은 대체로 情感의 流露를 억제하는 것이 일반적인 현상이다. 이 작품에서도 작자는 사실만 말하고 있을 뿐, 꾸미는 일은 전혀 고려하지 않고 있다. 전쟁과 征夫의 非情이 "酒罷元戎扶上馬 淺山斜日照紅旌"에 이르러 말끔히 정돈되고 있다. 높이 말에 올랐기 때문에 본래의 산이야 높건 말건 '淺山斜日'이 제격이며 이 때문에 시적 분위기도 절로 부드럽게 마무리된다. 다음은 자연과 인간이 하나가 되고 있는 보기다. 李尙廸의 <車中記夢>을 보기로 한다.

갖옷 끌어 앉은 채 깜빡 잠에 빠져

어렴풋이 꿈길에 고향 집을 찾았다네.

눈이 개인 집일랑 눈 치우는 이 없고

오로지 梅妻鶴子만 문을 지킬 뿐.

坐擁貂裘少睡溫　　依依歸夢到家園

雪晴溪館無人掃　　一樹梅花鶴守門

—<車中記夢>[13]

이 작품은 작자가 冬至使를 隨行하던 도중에 쓴 것이다. 이 작품 때문에

---

12) 『圃隱集』 권2.
13) 『大東詩選』 권9.

작자의 명성이 사대부들 사이에 알려진 것으로 전해지고 있다. 梅花와 鶴은 물론 자연물 그대로의 梅花와 鶴이 아니거니와, 梅妻鶴子의 故事를 끌어와 妻와 자식도 자연물의 일부로 설정함으로써 자연과 인간을 몽롱하게 하나로 겹치게 하는 데 성공하고 있는 것이 이 작품의 長處이기도 하다. 다음은 李德懋의 <曉發延安>이다.

客舍 동쪽 새벽 닭 울음 그치지 않고
새벽별은 달을 짝해 하늘에 반짝인다.
말굽 소리 갓 그림자 몽롱한 들판에
꿈 속에서 아가씨를 밟으며 가네.

不已霜鷄郡舍東　　殘星配月耿垂空
蹄聲笠影朦朧野　　行踏閨人片夢中

－<曉發延安>[14]

시인이 사랑을 노래할 때에는, 작자가 시적 정황에 개입하는 것을 꺼리어 최소한 3인칭 시점으로 거리를 유지하는 것이 일반적이다. 樂府의 틀을 자주 빌려 쓰는 것도 물론 이 때문이다. 그러나 이 작품에서 시인은 전혀 주저함이 없이 1인칭 시점에서 체험적인 사실을 詩로써 말하고 있다. 하룻밤을 지새우고 새벽에 길을 떠나는 고백적인 사랑을 읊조리고 있으면서 배경과 대상과 시인이 몽롱하게 하나가 되는 분위기를 연출하고 있는 것이 이 작품의 높은 곳이다. 다음에는 卞鍾運의 <中夜聞琴>을 본다.

한 밤 온갖 소리 죽은 듯 고요한데

---

14) 『靑莊館全書』 권9.

어떤 사람이 저렇게 거문고를 울리나.

우수수 마당 앞에는 잎 떨어지고

서풍은 옛 숲에 부는구나.

은자는 듣기를 반나마도 못한 채

근심스레 앉아 옷깃을 여미네.

귀뚜라미는 가을이면 절로 울지만

어찌 불평한 심사를 다 말하겠는가?

밝디 밝은 하늘 위의 달은

사람만 비추고 마음은 비추지 않는구나.

中夜萬籟寂	何人弄淸琴
摵摵庭前葉	西風吹古林
幽人聽未半	愀然坐整襟
寒虫秋自語	豈盡不平音
皎皎天上月	照人不照心

－＜中夜聞琴＞[15]

가을이 되면 귀뚜라미는 스스로 울게 마련이지만, 중인 계층의 이 시인에게 귀뚜라미 소리는 바로 자신의 不平音과 하나가 되고 있다. 이때의 자연물은 있는 그대로의 자연이 아니며 인간들의 삶과 가장 가까운 거리에 있는 것으로, 이를 통하여 일체의 분쟁과 갈등이 융화 지양되고 있다.

---

15)『肅欠齋詩抄』권1.

5. 結言

한시는 그 성립된 초기 단계에서부터 소재의 원천을 자연에서 구하고 있거니와, 이때의 자연은 문자 그대로 '스스로 그렇게 있는 것'에서 그치지 않았다. 그리고 이후 시대의 한시 역시 자연물을 직접 대상으로 하는 景物詩가 主宗을 이루어왔으며, 이 경물시의 세계에서도 景과 物의 상태를 있는 그대로 그리는 데서 끝나는 일은 흔하지 않다. 물론 시인 자신이 완벽하게 자연 속에 몰입하여 자연과 하나가 되는 일도 없지 않으며, 때로는 마치 한 폭의 南畵를 완상케 하듯 완전한 寫景으로 始終하고 있는 시편도 있다.

그러나 경물시의 세계는 景과 物과 人間이 만나고 있는 관계 설정에 따라 스스로 다양한 전개를 보이고 있으므로, 우리의 관심은 경물시에서 자연이 인간들과 어떻게 만나고 있는가를 확인하는 일이다. 한시에서 자연은 인간들의 삶의 터전을 제공해 주는 원천으로 소중한 것이 되기도 하고, 때로는 마음과 세상일이 서로 어긋나고 있을 때 심각한 현실 대결의 場이 되기도 한다. 그러나 자연은 인간들과 가장 가까운 거리에 있기 때문에 物我가 한데 어우러져 일체의 분쟁과 갈등이 몽롱하게 극복 지양되는 경지에 이르게 될 때 調和美의 極致를 이룬다.

(『韓國漢詩研究』3, 1995)

韓國 漢詩와 寺刹

1. 序言

　우리 나라 佛敎信仰은 山間 佛敎의 전통을 그대로 固守하여 그 信仰 空間인 寺刹 또한 天下의 勝區에서 구해 왔기 때문에 이들 佛寺는 이후, 詩人 墨客들이 閑趣를 즐기는 공간으로, 또는 士大夫 계층의 學習・淸遊의 場으로 제공되어 왔다. 그러므로 漢詩文學에서 寺刹은 우리 나라 漢詩의 主宗을 이루고 있는 景物詩의 중요한 素材源이 되어 왔다.

　지금은 그 片鱗밖에 볼 수 없는 羅代의 詩篇 중에도 金地藏의 <送童子下山>이나 薛瑤의 <返俗謠>와 같은 작품이 직접 山寺와의 관계에서 이루어진 것이며, 특히 羅末麗初의 작품 가운데서 중국의 詩壇을 울린 것으로 전해지고 있는 崔致遠의 <登潤州慈和寺上房>이나 朴仁範의 <涇州龍朔寺>, 朴寅亮의 <使宋過泗州龜山寺> 등이 모두 직접 寺刹에서 지어진 것이고 보면, 寺刹題詠詩는 우리 나라 漢詩史의 成立 初元에서부터 한시문학의 중핵으로 자리해 왔음을 알 수 있다. 이러한 寺刹題詠은 이후 우리 나라 漢詩史

의 全時期에 걸쳐 줄기차게 제작되어 왔으므로 일일이 헤아릴 수도 없지만, 제한적으로 역대 중요 詩選集에 선발 수록되고 있는 작품 가운데에도 寺刹題詠詩가 많은 부분을 차지하고 있는 것은 주목할 일이다. 특히 羅末麗初의 초기 단계 詩作 가운데 이러한 현상이 두드러지게 나타나고 있는 것은 살펴야 할 중요 과제가 될 것이다.

우리 나라 한문학의 開山初祖로 일컬어지는 崔致遠의 詩作 중에는 前記 <登潤州慈和寺上房> 외에도 <贈金川寺主人>, <贈智光上人> 등이 있다. 題名은 스님에게 준 것으로 되어 있지만, 모두 절에서 이루어진 것이다. 麗初의 대표적인 시인으로 칭송받은 鄭知常의 시편 중에도 <題登高寺>를 비롯하여 <開聖寺>, <邊山蘇來寺> 등의 寺刹題詠詩가 그의 대표작이 되고 있으며, 문장가 金富軾의 대표작으로 꼽히는 <甘露寺次韻>, <安和寺致齋> 등도 寺刹題詠인 것은 물론이다.

이후에도 고려 중기의 李奎報는 <山夕詠井中月>을 비롯하여 <春日訪山寺>, <下寧寺>, <九品寺>, <寓龍巖寺>, <過龍潭寺>, <甘露寺>, <宿德淵院> 등 대표작의 대부분을 寺刹題詠으로 제작하고 있는 유일한 시인이 되고 있다. 같은 시대의 陳澕도 <書雲巖寺>, <月溪寺晚眺> 등을 詩選集에 남기고 있으며, 兪升旦의 <穴口寺>, 金之岱의 <瑜伽寺>도 그의 대표작으로 꼽히는 것들이다.

그러나 麗末鮮初에 이르러 寺刹題詠으로 명편을 보여준 것으로는 李齊賢의 <山中雪夜>, <虎口寺>, 李崇仁의 <題僧舍>, 鄭以吾의 <竹長寺>, 柳方善의 <曉過僧舍>, 金宗直의 <神勒寺>, <仙槎寺>, <佛國寺> 등이 選拔冊子의 行間을 빛내고 있을 뿐이다.

朱子學이 문학 위에 君臨하기 시작한 조선시대에 이르러서도 個人의 詩文集에는 寺刹題詠이 지속적으로 나타나고 있지만 정작 사찰제영으로 秀作을 보여준 것은 극히 제한되고 있다. 우리 나라 詩選集의 總集이라 할 수 있는 『大東詩選』에는 2000餘 家, 5000首를 상회하는 詩作을 수록하고 있지만 이 가운데 조선조에 제작된 것은 間歇的으로 幾10首가 散見되고 있을 뿐이며 이 가운데서도 漢詩史에서 빛을 발한 작품으로는 鄭以吾의 <竹長寺>, 朴誾의 <福靈寺>, 李達의 <山寺>, 白光勳의 <弘慶寺>, 李明漢의 <水鍾寺>, 舊韓末 姜瑋의 <雙溪方丈> 등이 고작이다.

이와 같이 寺刹題詠이 조선조에 이르러 현저하게 退潮하게 된 데에는 여러 가지 이유가 있을 것이다. 朱子學을 國是로 채택한 조선왕조의 政治的 體質과도 결코 무관하지 않았겠지만 이보다도 우리의 관심을 끌게 하는 것은, 종래 詩人 墨客들에게 興趣의 秘境으로 인식되어 온 佛家의 寺刹이 이때 이후에는 다만 사대부들의 閑趣를 즐기는 휴식 공간으로 변질하게 됨에 따라 사찰을 바라보는 이들의 愛情과 관심이 疎遠해졌을 것이라는데 있다. 이는 곧 넘치는 情感으로 대상을 바라보지 아니할 때 名品의 제작은 실현되기 어렵다는 사실을 분명하게 알게 해 주는 것이기도 하다. 그리고 위에서 보인 詩作을 통하여 또 다른 시각에서 중요한 사실을 찾아낸다면, 이들 작품은 대부분이 唐風의 興致로 이룩한 것이라는 사실이다. 晚唐의 纖巧를 숭상하던 羅末麗初의 작품들은 물론, 조선 초의 정이오, 김종직, 그리고 이른바 三唐派로 불리우는 이달, 백광훈 등도 구체적으로 個性의 차이는 보이었지만 모두 唐詩를 즐겨 한 詩人들이기 때문이다. 이른바 海東의 江西詩派로 불리우는 朴誾조차도 <福靈寺>를 제조할 때의 솜씨는 분명히 宋詩의 圈域을 逸脫하고 있음을 볼 수 있다.

다만 조선시대에 이르러 樓亭을 소재로 한 詩作들이 상대적으로 寺刹題詠을 압도하면서 騷壇의 盛事로 각광을 받게 됨에 따라 각종 시선집의 많은 부분이 樓亭詩로 채워져 있는 사실도 또 다른 의미에서 관심 깊게 살펴야 할 것이다.

2. 羅末麗初의 사찰제영시

우리 나라 한시가 사찰 공간을 애용하기 시작한 것은 한시의 출발시기부터
라 하겠다. 唐 至德 연간(756~758)에 金地藏이 중국 九華山에 은거할 때
지은 <送童子下山>을 비롯하여, 아버지 永沖이 죽자 머리를 깎고 출가하여
불교에 몸을 맡겼다가 끝내 佛覺에 완전히 이르지 못하고, 환속하여 郭元振
에게 시집갔다고 하는 薛瑤의 <返俗謠> 등이 이른 시기 사찰과의 관계에서
이루어진 것들이다.

본격적으로 한시 제작을 시범한 羅末麗初에 이르러서도 사찰제영시가 먼
저 등장하고 있다. 위에서 보인 崔致遠의 <贈金川寺主人>, <贈智光上人>,
<登潤州慈和寺上房>, 朴仁範의 <涇州龍朔寺>, 朴寅亮의 <使宋過泗州龜
山寺> 등이 모두 사찰에서 이루어진 것이며, 이것들은 또한 이 시대의 대표
작이 되고 있다. 이 가운데서도 특히 <潤州慈和寺>와 <涇州龍朔寺>, <使
宋過泗州龜山寺>는 중국의 詞壇을 울린 것으로도 알려져 있는 작품이거니
와 그 배경이 중국 대륙이며 수사 기교에 있어서도 晚唐의 纖巧를 시범한 작
품들이다.

景物詩는 대체로 먼저 寫景을 하고 다음 단계에서 敍情을 하는 수법을
사용하지만, 그러나 이들 작품의 작가들은 한결같이 逼眞하게 그리고 보다
가까운 거리에서 實景을 묘사하고 있으며, 情感의 流露도 眞率함을 잃지 않
고 있다. 이는 시인의 寺刹에 대한 관심과 愛情의 濃度를 그대로 드러낸 것
이다. 그러나 수사 기교에 마음을 쓰는 晚唐의 수법은, 특히 景物詩의 경우
外景의 묘사에서 題意를 說破하여 주제를 몽롱하게 할 때가 많다. 작품을
차례로 보이면 다음과 같다.

높은 곳에 올라서 잠깐 동안 속세와 멀어지는가 싶더니

흥망을 되씹어 보니 한이 더욱 새롭구나.

아침 저녁 畵角 소리에 물결은 흘러만 가고

푸른 산 그림자 속엔 옛사람도 있고 지금 사람도 있네.

玉樹에 서리 치니 꽃은 임자 없고

金陵 땅 따뜻하니 풀은 절로 봄이로다.

謝氏家의 남은 경치 그대로 살아있어

오래도록 詩客으로 하여금 정신 상쾌하게 하네.

登臨暫隔路岐塵　　吟想興亡恨益新

畵角聲中朝暮浪　　靑山影裏古今人

霜摧玉樹花無主　　風暖金陵草自春

賴有謝家餘境在　　長敎詩客爽精神

－崔致遠, ＜登潤州慈和寺上房＞

흔히 ＜潤州慈和寺＞로 널리 알려진 작품이다. 景物詩는 대개 寫景을 먼저 하는 것이 일반적인데 반하여 이 시는 首聯에서부터 촉급하게 情을 앞세워 전편의 분위기를 弛緩하게 만들고 있다. 수사에 用工하고 있는 흔적이 역력하지만 이 작품은 시간과 공간을 대응시키면서 無常을 읊조리고 있는 것이 가장 높은 곳이다. 단순한 懷古的인 감상으로 지나간 역사를 悔恨한 것이 아니라 俗塵을 멀리하기 위하여 山寺가 있는 높은 곳에 올라 인생의 無常을 노래한 것이다. 시간을 알려주는 畵角 소리가 울리는 가운데 아침 저녁 흐르는 물은 다함이 없고 푸른 산 그늘 속에는 예나 지금이나 사람의 자취는 끊임없이 지나가고만 있다는 것이 그것이다. 頷聯이 특히 世人의 칭송을 받은 것도 이 때문일 것이다. 寺刹의 外景은 꾸미지 아니하고서도 秀作을 제조하고 있는 솜씨는 바로 작자의 權能에 속하는 것이다. 그러나 이 작품은 首聯에서 題意를 說破하고 있어 標題에 埋沒된 작품이라는 한계를 드러내기도 한다. 다음에 <涇州龍朔寺>와 <使宋過泗州龜山寺>를 함께 보인다.

나는 듯한 仙閣이 푸른 하늘에 우뚝 솟아

月宮의 피리소리 역력히 들려온다.

등불은 반딧불인 양 새가 다니는 길을 비추고

사닥다리는 무지개 드리운 듯 바위문에 닿았네.

사람은 흐르는 물 따라 어느 때나 다할꼬?

대나무는 찬 산을 띠 둘러 만고에 푸른 것을.

是非와 空色의 이치를 시험삼아 물었더니

백년 동안의 맺힌 시름 그 자리에서 깨는구나.

翬飛仙閣在靑冥　　月殿笙歌歷歷聽

燈撼螢光明鳥道　　梯回虹影到巖扃

人隨流水何時盡　　竹帶寒山萬古靑

試問是非空色理　　百年愁醉坐來醒

－朴仁範, <涇州龍朔寺>

험한 바위 괴상한 돌 겹친 그대로 산인데

위에는 蓮塘이 있어 물이 사방으로 둘렀네.

塔 그림자 江에 거꾸러져 물결 밑에 일렁이고

풍경소리 달을 흔들어 구름 사이에 떨어진다.

문 앞의 나그네 배엔 파도가 급한데

대나무 아래 중의 바둑은 대낮에 한가롭다.

사신의 임무를 띤 몸 이별을 어쩔 수 없어

시 한 수 남기고 다시 오기 기약하네.

嵬巖怪石疊成山　　上有蓮坊水四環
塔影倒江飜浪底　　磬聲搖月落雲間
門前客棹洪濤疾　　竹下僧碁白日閑
一奉皇華堪惜別　　更留詩句約重攀

－朴寅亮, ＜使宋過泗州龜山寺＞

이 작품들은 先寫景 後敍情의 定石을 그대로 채택하고 있다. 그러나 두 작품은 시대의 선후 차이를 초월하여 마치 한 사람의 손에서 나온 것처럼 서로 닮아 있음을 확인할 수 있다. 前者는 雲栖上人에게 준 것으로 알려져 있으며, 後者는 使行 도중에 쓴 것이지만, 兩者 共히 首聯과 頷聯에서 山寺의 境界를 說破하고 있어 이 부분만으로도 이미 題意를 짐작케 한다. 작자와 대상 사이의 거리가 그만큼 가까웠기 때문이다. 그러나 이들 작품은 이미 寫景에서 힘을 消盡하여 首聯과 頷聯에서 작품을 끝낸 것이나 다름이 없는 한계를 드러낸다.

朴仁範은 崔匡裕·崔承祐 등과 함께 입당, 수학하여 賓貢으로 급제한 학자요 문인이지만, 그 가운데서도 朴仁範의 시는 특히 높은 평가를 받았다. 『白雲小說』과 『東人詩話』에서 특히 頷聯을 칭도하고 있으며 崔瀣도 그의 『三韓詩龜鑑』에서 頷聯과 頸聯에 批點을 행하고 있는 것을 보면 纖麗한 표현 기교가 이들의 眼光을 사로잡았던 모양이다.

朴寅亮은 특히 文辭가 雅麗하여 宋과 遼에 보내는 告奏表狀이 모두 그의 손에서 나왔다고 한다. ＜泗州龜山寺＞ 역시 奉使의 여가에 쓴 작품이다. 수식에 用工하고 있어 晩唐의 纖巧를 확인케 한다. 頸聯이 佳句로 불리고 있으며 對句의 조성이 특히 돋보이기도 한다. 특히 『東人詩話』에서는 頷聯과 頸聯이 『方輿勝覽』에 謄載된 사실을 상기시키고 있어 이러한 사실을 확인케 한다. 그러나 頷聯은 唐 高騈의 ＜山亭夏日＞ "綠水陰濃夏日長 樓臺倒影入池塘"을 點化한 것이 틀림없다.

　그런데 절에 올라 쓴 작품 중에는 이상에서 본 것과 같은 題詠詩 외에도 절에서 만난 스님에게 주는 작품들도 많다. 이러한 贈僧詩는 寺刹題詠詩와는 구별되는 작법과 미감을 가진 것도 있지만 실질적으로 寺刹題詠詩와 同軌에 속하는 것도 많다. 贈僧詩의 전통이 이 때 이미 비롯되고 있는 것을 알게 하거니와 이 밖에도 중을 떠나 보낼 때 써서 주는 送僧詩는 직접 山寺의 境界에서 쓰지 않은 것도 있어 贈僧詩와 구별되어야 할 것들도 있다. 다음은 崔致遠의 작품이다.

구름 가에 精舍를 지어 두고
참선한 지 오십여 년.
막대 짚고 산문을 나선 적 없고
붓으로 서울로 보낼 편지도 쓰지 않았네.
홈통에는 샘물 소리 잦은데
솔 난간엔 해그림자 성기네.
높은 경지 이루다 시로써 읊어내지 못해
지긋이 눈을 감고 진여를 깨우치리.

雲畔構精廬	安禪四紀餘
笻無出山步	筆絶入京書
竹架泉聲緊	松欄日影疎
境高吟不盡	瞑目悟眞如

－崔致遠, <贈雲門蘭若智光上人>

　雲門寺에서 50여 년이나 참선을 계속한 스님의 높은 덕을 찬양한 작품이다. 이 작품은 오로지 스님의 덕을 중심으로 시상을 전개하고 있지만 이 작품의 頸聯은 수련을 이으면서 山寺의 境界를 그리고 있어, 이 부분이 바로 사찰제영시와 같은 점이며 送僧詩와 구별되는 것이기도 하다.

3. 高麗時代의 사찰제영시

고려 왕조는 건국 초기부터 정치적으로는 儒敎 統治를 표방했지만, 사상계를 지배한 것은 低級한 민간신앙과 佛敎다. 그러므로 고려 一代를 통하여 寺刹題詠詩를 量産할 수 있는 土壤은 충분하고도 남는다. 다만, 宋詩學이 流入된 고려중기에 이르기까지 2세기에 걸쳐 騷壇은 晩唐을 익히던 羅末麗初의 習尙이 그대로 이어져 왔으며 東坡를 배우기 시작한 중기 이후에 이르러 점차 個性의 빛깔을 선명하게 드러내 보인 詩人들이 나타나기 시작한다. 寺刹題詠에 있어서도 변별성이 있는 작품들이 제작되면서 새로운 시세계를 보인다.

고려시대의 대표적 시인인 金富軾과 鄭知常, 李奎報, 金之岱, 李齊賢, 李崇仁 등의 詩作에 이러한 사실이 잘 드러난다. 먼저 金富軾의 작품을 보인다.

俗客이 이르지 않는 곳
올라보니 생각이 맑아지네.
山形은 가을에 다시 좋고
江色은 밤에 더 밝다
흰 새는 멀리 다 날아가고
외로운 배 홀로 가벼이 가네.
좁디 좁은 이 세상에서
반평생 功名 찾던 일 부끄럽기만 하네.

俗客不到處　　　登臨意思淸

山形秋更好　　　江色夜猶明

白鳥高飛盡　　　孤帆獨去輕

自慙蝸角上　　　半世覓功名

－金富軾, <甘露寺次惠遠韻>

　이 작품은 唐詩의 멋을 지나치게 의식하고 있어 주제조차도 선명하게 드러내지 못하고 있다. 앞에서 본대로 崔致遠이 <登潤州慈和寺>에서 "登臨暫隔路岐塵 吟想興亡恨益新"이라 하여 首聯에서 이미 標題의 의미와 주제를 한꺼번에 說破하고 있는 것과 같이 金富軾도 首聯에서 거세게 情感을 流露하여 이 작품의 題意와 主題를 한꺼번에 풀어놓고 있다. 이때 甘露寺는 이미 '높은 곳에 있는 것' 이상의 의미를 부여받지 못하고 있는 것은 물론이다.

　이 작품에서 김부식은 특히 首聯 上句에서부터 강한 語勢를 보이기 위하여 五仄體를 구사하고 있으며 首聯과 尾聯이 聯綿句가 되게 하여 意思의 운반도 연면하게 하려 했다. 그러므로 이 두 가지 사실은 모두 강력한 산문 문장가의 체질을 시를 통하여 확인케 한다. 특히 이 작품은 그 구성 방식도 崔致遠의 <登潤州慈和寺>와 酷似하여 頸聯조차도 寫景으로 일관하고 있다. 그리고 頸聯은 李白의 <獨坐敬亭山>에서 안짝의 "衆鳥高飛盡 孤雲獨去閑"을 차용한 것이다. 그러나 李白의 '衆鳥'는 탐관오리를, '孤雲'은 깨끗한 선비의 상징물로 想定한 것이므로 李白은 "兩看相不厭 只有敬亭山"이라 했으며 이에 이르러 '兩'의 의미가 극대화되기에 이른다. 그러나 이규보의 頸聯은 다만 寫景의 수단으로 이를 이용하고 있을 뿐이다. 盛唐의 멋을 과시하려 한 이 작품은 결과적으로 앞시대의 작품을 그대로 뒤따른 것이 되었다. 다음은 鄭知常의 작품이다.

　百步에 아홉 번 돌아 높은 산에 올랐더니

허공에 집 몇 칸이 떠 있을 뿐이네.

맑디 맑은 샘물은 찬물로 떨어지고

暗淡한 낡은 벽엔 푸른 이끼인양 얼룩졌네.

돌머리 소나무는 한 조각 달에 늙어 있고

하늘 끝 구름은 千點山에 나직하다.

세상만사 이곳에는 이를 수 없으니

숨어사는 사람만이 오래 오래 한가롭겠네.

百步九折登巑岏　　家在半空唯數間

靈泉澄淸寒水落　　古壁暗淡蒼苔斑

石頭松老一片月　　天末雲低千點山

紅塵萬事不可到　　幽人獨得長年閑

－鄭知常, <開聖寺八尺房>

鄭知常의 詩作 가운데는 사찰이나 樓亭을 소재로 한 것이 많거니와 특히 그의 景物詩를 대할 때마다 항상 한 폭의 스케치를 보는 듯한 느낌이다. 流麗하게 뽑아 낸 寫景의 솜씨는 문자 그대로 一唱三嘆의 감동을 어쩔 수 없게 한다. 이러한 그의 취향은 老莊을 좋아하는 삶의 본바탕과도 무관하지는 않을 싶다.

그러나 이 작품은 의경의 전개 방식이 역시 전대의 것을 답습하고 있다. 朴仁範의 <泗州龜山寺>에서 본 것과 같은 구도로 되어 있다. 晚唐詩가 대체로 頷聯과 頸聯 모두에 寫景을 한 것이 많거니와 이 작품 역시 그러한 軌轍을 따르고 있다. 그러므로 이 작품 역시 首聯과 頷聯에서 이미 標題의 의미를 극진히 해명하고 있어 주제의 행방을 찾아내기 어렵다.

다만 頷聯과 頸聯에서는 鄭知常 詩의 특질을 잘 드러내고 있다. 이는 바로 경물의 정교한 묘사이다. 頷聯에서 ‘淸澄’과 ‘暗淡’을 疊韻字로 대를 맞춘

것이 공교롭다. 이 구절 역시 拗로 되어 있다. '靈泉澄淸寒' 다섯 글자가 모두 平聲이어서 높낮이를 전혀 느낄 수 없는 율격 속에서 맑고 찬 물의 형상을 감각적으로 느끼게 한다. 崔滋는 "石頭松老一片月 天末雲低千點山"을 가리켜 辭意가 淸絶하다 하고 惠文禪師의 <天壽寺>詩 "路長門外人南北 松老嵒邊月古今"이 여기서 나온 것이라고 하였다.

鄭知常의 詩는 후세의 好事家들에 의하여 많은 일화를 남기고 있는 그것으로도 유명하지만, 그러나 그의 시에 대하여 심도 있게 논평을 보인 것은 崔滋가 그의 『補閑集』에서 "語韻이 淸華하고 句格이 豪逸하여 그 詩를 읽노라면 흐트러진 가슴과 어두운 눈을 洒然히 깨어나게 한다. 다만 雄深한 巨作이 모자랄 뿐이다(語韻淸華, 句格豪逸, 讀之使煩襟昏眼, 洒然醒悟, 但雄深巨作乏耳)."라 한 것이 先聲에 속한다. 鄭知常의 詩는 晚唐을 배워서 絶句에 뛰어나고 있으며 語韻이 淸華하고 句格이 豪逸하다는 것으로 묶을 수 있다. 후대의 비평에서 그의 시를 가리켜 '流麗', '婉麗'한 것으로만 일컫고 있는 것도 따지고 보면, 동궤의 것이며 그의 시작에 '雄深'을 찾아보기 어렵다는 말도 이를 재확인한 것에 지나지 않는다. 鄭知常의 詩作 가운데서 詩選集에 전하고 있는 <題登高寺>, <邊山蘇來寺> 등도 특히 名篇으로 꼽힌 寺刹題詠詩이지만, 그 작법에서는 유사하다.

한 時代에 한 文章이란 말은, 文章의 所尙이 時代에 따라 다르다는 것을 의미한다. 羅末麗初의 200年 동안 文學儒敎에 힘입어 詞章學이 크게 떨쳤으며 騷壇은 柔靡 輕佻한 晚唐風이 俗尙이 되어 버렸지만, 고려 중기에 이르러 이러한 風尙은 時代의 趨移에 따라 커다란 變革의 局面을 맞이하게 된다. 韻文에 있어서도 前時代의 俗尙에 대하여 騷壇內部에서 이미 拒否反應이 나타나기 시작하였으며 蘇軾으로 代表되는 宋詩學의 流入으로 결정적인 局面이 展開된다.

李奎報는 科榜이 나붙을 때마다 그 자신 33명의 蘇東坡가 나왔다고 비꼬았지만 실상은 東坡를 가장 깊이 배운 자라 할 수 있다. 그의 대표작 중에서도 <醉遊下寧寺>, <和宿德淵院>, <遊九品寺泊晚>, <甘露寺>, <詠井中月>, <春日訪山寺>, <寓龍巖寺> 등 寺刹題詠詩가 모두 각종 시선집에 두루 선발되고 있는 것도 드문 일이거니와, 이들 시에서는 이전의 사찰제영시와 서로 다른 모습을 발견할 수 있다. 이들 작품에서는 대체로 宋詩風의 '奇拔'을 느끼게 하거니와, 개성의 빛깔을 선명히 하고 있는 것도 특징적인 사실로 지적될 수 있을 것이다. 그러나 대상을 핍진하게 나타내려는 욕심 때문에 생경을 드러낼 때도 많다. 다음 작품도 그의 警拔함을 잘 보여 준 것이다.

해 질 무렵에는 석잔 술에 취하고
맑은 바람 불 때에는 베개 하나로 잠드네.
대나무 속 빈 것은 나그네 마음 같고
소나무 늙은 것은 중 나이와 같네.
들판에 냇물은 파란 이낏돌 흔들고
마을 밭둑길은 푸른 봉우리에 싸여 있네.
저녁 무렵 산빛이 다시 아리따워
쓰고픈 생각이 샘처럼 솟아나네.

落日三杯醉　　　淸風一枕眠
竹虛同客性　　　松老等僧年
野水搖蒼石　　　村畦繞翠巔
晚來山更好　　　詩思湧如泉

—李奎報, <甘露寺>

이 작품은 李奎報가 朴還古의 南遊詩 十一首에 次韻한 것 중의 하나다. 頸聯은 『小華詩評』, 『芝峯類說』 등에서 警拔한 구절로 평가된 바 있거니와, 그가 힘주어 말한 '新意'를 알게 하는 부분이기도 하다. 이에 이르러 李奎報

詩에서 山寺는 그의 道仙 취향을 충족케 하는 淸遊의 공간에 지나지 않으며, 그로 하여금 詩를 짓게 하는 通路가 되고 있을 뿐이다. 山寺에 대한 전래의 이미지가 退色하고 있는 것은 물론이다.

그러나 서로 다른 個性의 빛깔로 시를 쓰기 시작한 고려중기의 시단에서도 전시대의 風尙을 그대로 追隨하면서 寺刹題詠을 남긴 시인도 있다. 金之岱의 다음 작품은 이러한 사실을 증거하기에 족하다.

> 절은 안개와 노을 고요한 곳에 자리잡았는데
> 들쑥날쑥 푸른 물 든 산 가을빛 무르익었네.
> 구름 사이 비탈진 육칠리 산길
> 하늘가에 아득한 묏부리 천겹 만겹이네.
> 차 들고 나자 솔처마에 초승달 걸리고
> 설법 끝나자 시원한 평상엔 종소리 흔들리네.
> 시냇물 웃으리라, 패옥 찬 나그네를
> 홍진의 자취 씻으려 해도 씻지 못하는구나.

> 寺在煙霞無事中　　亂山滴翠秋光濃
> 雲間絶磴六七里　　天末遙岑千萬重
> 茶罷松簷掛微月　　講闌風榻搖殘鍾
> 溪流應笑玉腰客　　欲洗未洗紅塵蹤

—金之岱, <瑜伽寺>

고려중기는 宋詩學이 騷壇을 지배하던 때이지만, 이 작품은 鄭知常의 <開聖寺>를 연상케 할 만큼 섬교하기만 하다. 이 시도 깊은 산 속에 있는 瑜伽寺의 境界에서 읊고 있지만, 세상의 먼지를 씻으려 해도 씻지 못하는 벼슬아치의 처지를 自嘲하고 있는 것이 主旨다. 羅末麗初의 風尙을 잇고 있으면서도 주제를 선명하게 드러내 보인 것이 前代詩의 그것들과 다른 점이 될 것이다. 金之岱는 拗體에 능하여 鄭知常의 法을 깊이 체득한 것으로 알려져 있다. 頸聯 上句의 '微'는 仄聲을 둘 자리인데 平聲을 쓰고 그대신 '掛'를 仄聲으로 써 救한 것이 한 보기가 될 것이다. 또 '欲洗未洗紅塵蹤'은 鄭知常 <題邊山蘇來寺>의 一句 '古徑寂寞縈松根'과 같이 '仄仄仄仄平平平'의 독특한 句律로 되어 있다. 한편 徐居正은 頷聯 下句에서 '千萬重'이라고 한 것은 그래도 괜찮지만 出句의 '七八'은 지나치게 상세하여 잘못이라고 하였다.

고려말 이전까지만 해도 문학을 논하는데 있어 사상과 같은 것이 표준이 된 일은 없었지만 고려말에 朱子學이 수입됨에 따라 문학의 본질이 문학의 내질에서 변별되지 못하고 오히려 문학외적인 사상적 표준에 의하여 문학이 논의되는 동양사회의 전통적인 문학관념이 성립하게 되는 점도 특기할 만하다.

이 시기의 대표적 詩人 李齊賢은 朱子學의 보급이 아직도 일반화되지 않은 중간 과정에서 특히 風敎의 떨침에 깊은 관심을 보이어 따로 小樂府詩를 제작하여 民風을 정리하는 데까지 이르렀다. 그의 대표작 중에도 사찰에서 제작된 것으로는 <普德窟>, <山中雪夜> 등을 들 수 있다. 여기서는 후자를 보인다.

종이 이불 한기가 돌고 佛燈은 어두운데
沙彌는 한밤 내내 종을 치지 않는다.
틀림없이 자던 손님 일찍 나간 것 꾸짖겠지만
암자 앞에 눌린 소나무 보려 했을 뿐이로다.

紙被生寒佛燈暗　　沙彌一夜不鳴鍾
應嗔宿客開門早　　要看庵前雪壓松

—李齊賢, <山中雪夜>

이 작품의 標題는 <山中雪夜>로 되어 있지만, 구체적으로는 山寺의 靜寂을 배경으로 하고 있으며, 스스로 드러내 보이고자 한 것은 孤高한 자신의 모습이다. 前代의 詩作에서는 전혀 찾아볼 수 없는 큰 솜씨를 알아보게 해 준다.

이 시는 一字의 虛費나 弛緩도 없이 마치 구슬을 꿰듯이 森嚴하게 조직되고 있어 문자 그대로 工妙의 극치를 보게 하는 작품이다. 宿客도 의례적인 賓客이 아니라 가까운 거리를 느끼게 하는 소박한 宿客을 제조하는데 성공하고 있다. 이 작품은 李商隱의 "爐烔鮪盡寒燈暗 童子開門雪滿松"에서 따온 것은 틀림없겠으나, 그러나 李睟光은 李商隱의 시보다 말이 더욱 뛰어난 靑出於藍이라 할 만하다고 고평하였고, 崔瀣는 益齋의 詩卷을 모두 버리고 이 시만을 남겨두었다고 하며, 徐居正도 益齋의 평생 詩法이 여기에 담겨 있다고 하였다(『東人詩話』). 눈 덮인 山寺의 境界를 바라보는 시인의 근엄함이 수식에 몰두한 전대 '詩人'의 것과는 또다른 學者風을 엿보게 한다. 다음에 李崇仁의 <題僧舍>를 보인다.

산의 남쪽 북쪽에 오솔길 갈라져 있고
송화는 비를 머금어 어지러이 떨어지네.
도인은 우물을 길어 띠집으로 돌아가는데
한 줄기 푸른 연기 흰 구름 물들이네.

山北山南細路分　　松花含雨落繽紛
道人汲井歸茅舍　　一帶靑煙染白雲

—李崇仁, <題僧舍>

이숭인의 작품이 대체로 簡潔, 典雅한 것으로 定評이 나 있거니와 이 작품 역시 멀리서 바라본 한 폭의 동양화를 연상케 한다. 羅末麗初의 前代 詩作들이 대체로 가까운 거리에서 대상을 바라보았기 때문에 표제의 의미를 說

破하는 데만 성공하고 있음에 반하여 이숭인의 이 작품은 스스로 먼 거리에서 대상과 마주하고 있기 때문에 보다 넓은 篇幅의 예술품을 제조할 수 있었던 것이다.

4. 朝鮮時代의 사찰제영시와 贈僧詩

조선왕조는 朱子學을 國是로 채택하면서 排佛崇儒의 이데올로기가 조선조의 전시대를 지배하게 된다. 따라서 불교 신앙의 요람으로 각광을 받아 온 山間 佛寺도 신앙 공간으로서의 본래적 의미는 퇴색하고, 그 대신 詩人墨客의 閑趣를 즐기는 공간으로 또는 士大夫 계층의 淸遊·휴식 공간으로 변질하게 된다.

그래서 역대의 각종 選拔冊子에도 寺刹題詠詩는 현저하게 감소되고 있으며 반면에 樓亭 계열의 詩作이 압도적인 優勢를 보인다. 그러므로 寺刹題詠 중에서 우리 나라 漢詩史를 빛낸 작품은 數篇을 헤아릴 수 있을 뿐이다. 이미 앞에서 보인대로, 國初 및 前期의 것으로는 鄭以吾의 <竹長寺>, 朴誾의 <福靈寺>, 李達의 <山寺>, 白光勳의 <弘慶寺>, 李明漢의 <水鍾寺>, 姜瑋의 <雙溪方丈>을 꼽을 수 있을 정도이다. 그나마 이러한 작품들도 대부분 唐詩 趣向의 시인들에 의하여 제작된 것이고 보면, 이러한 사실은 寺刹題詠 詩를 이해하는 데 核心 과제로 부각되어야 할 것이다. 朴誾의 <福靈寺>부터 보기로 한다.

우리 나라의 漢詩는 200년 동안 蘇軾·黃庭堅의 영향권에서 벗어나지 못했거니와 中宗朝에 이르러 조선시대의 詩業이 크게 떨치면서 江西詩派와 비슷한 詩風이 유행하여 朴誾·李荇·鄭士龍·黃廷彧 등이 서로 경향을 같이하면서 新風을 일으키는 데까지 이르렀다. 해동강서시파의 맹주 朴誾의

시편 중에 후세 選文家들의 사랑을 받은 작품이 많지만, 특히 <福靈寺>가
높게 평가되었다.

伽藍은 신라의 옛 것이요

千佛은 다 西竺에서 모셔온 것.

예로부터 神人이 大隈에게 길을 잃었더니

지금의 이 福地도 天台와 같네.

봄날 흐려 비오려 하니 새가 먼저 속삭이고

늙은 나무는 情이 없는데 바람이 스스로 슬프게 하네.

세상만사 一笑에 붙일 것도 못되지만

청산도 세상을 지내느라 스스로 먼지 위에 떠있네.

伽藍却是新羅舊　　千佛皆從西竺來

從古神人迷大隈　　至今福地似天台

春陰欲雨鳥相語　　老樹無情風自哀

萬事不堪供一笑　　靑山閱世只浮埃

—朴誾, <福靈寺>

　　朴誾의 詩에 대한 후대인의 평가는 모두 그의 타고난 높은 재주를 칭도하
는 것으로 일관되고 있다. 비록 黃陳을 배우기는 하였지만 그의 뛰어난 재주
가 스스로 그렇게 얻어낸 것이라 하였다. 특히 이 <福靈寺>의 "春陰欲雨鳥
相語 老樹無情風自哀"에 대해서는 한결같이 격찬을 아끼지 않았다. 金昌協
은 "悲壯老健하고 淸新警絶하여 李奎報集 같은 데서 어찌 일어라도 이와
같은 것을 얻을 수 있겠는가?" 반문하였으며, 許筠도 이 句에 대해서는 神助
가 있었을 것이라고 했다. 이 句는 인간이 天機를 누설한 것이므로 그가 短
命했다고도 하며 그래서 好事家들은 이를 가리켜 短命句라고도 했다. 許筠

은 특히 朴誾의 詩를 正聲이 아니라고 하였지만 이는 그의 唐詩 정통론이 論詩의 표준이 되었기 때문일 것이다. 그러나 이 작품에서 福靈寺의 이미지를 부각하고 있는 것은 頷聯의 下句 '至今福地似天台'이며, 특히 尾聯을 제조한 詩人의 수법은 이미 宋詩의 圈域에서 벗어난 것이다.

高麗朝에 詩學이 융성해진 이후로 우리 詩壇은 蘇軾으로 대표되는 宋詩의 영향권에서 그 발전이 이루어졌음은 주지의 사실이다. 鮮初 杜詩의 諺解 이래 간헐적으로 이어진 學唐의 흐름은 조선중기 穆陵盛世에 들어 꽃을 피우게 된다. 李睟光은 조선의 시인들이 대부분 宋과 元의 영향 아래 있을 때 李胄・兪好仁・申從濩・申光漢 등이 겨우 唐詩와 비슷한 시를 제작했지만 깊이 들어가지는 못하였다 하고, 唐詩를 제대로 배운 시인으로 朴淳・崔慶昌・白光勳・李純仁・李達 등을 들었다. 박순의 뒤를 이어 우리 시단에 唐詩風의 시를 보급하는 데 본격적인 공을 보인 작가는 崔慶昌・白光勳・李達의 세 시인이다. 이들을 三唐詩人으로 통칭하기도 하거니와, 이들은 힘써 당을 모의하여 그 가운데에는 간혹 그와 아주 비슷한 것이 있다는 평을 받기도 하였다.

역대의 비평에 따르면 최경창과 백광훈은 모두 唐詩를 배워 정도를 벗어나지는 않았지만, 둘 가운데서는 최경창이 좀더 나은 것으로 평가되었다. 둘의 詩風은 각각 특징이 달라서 최경창의 詩風이 '淸勁', '悍勁', '淸淑'하여 "밝게 남국에서 홀로 비추는 빛"과 같은 데 비해, 백광훈의 詩風은 '枯淡', '瘦朗'하여 "흰 머리가 될 때까지 가을 풀벌레소리나 내는 것"으로 평가되었다. 그러나 이들의 대표작 중에는 사찰에서 짓거나 스님에게 준 것이 많다. 崔慶昌의 <寄性眞上人>, <題僧軸>, 白光勳의 <弘慶寺>, <洛中別友>, <奉恩寺次李伯生見寄之韻> 등이 널리 알려진 것들이다. 崔慶昌의 <奉恩寺僧軸>과 白光勳의 <弘慶寺>를 나란히 보인다.

　　춘삼월 광릉에는 꽃이 산에 가득한데

맑은 강 따라 돌아가는 길은 구름 사이에 있네.
배에서 등을 돌려 봉은사를 가리키는데
소쩍새 몇 소리에 스님은 문의 빗장을 내리네.

三月廣陵花滿山　　晴江歸路白雲間
舟中背指奉恩寺　　蜀魂數聲僧掩關

—崔慶昌, <奉恩寺僧軸>

　이 작품을 가리켜 許筠은 晩唐의 기풍이 있다고 지적한 바 있거니와, 이 작품은 詩意보다 句法의 단련이 돋보이는 작품이다. 그러나 이 작품에서 이끌어낸 興趣와 여운은 前代의 晩唐風 詩作에서는 찾아보기 어렵다. 더욱이 羅末麗初의 寺刹題詠詩에서처럼 標題의 의미를 해명하는 데 埋沒되는 일은 엄두도 내지 않고 있다.

　奉恩寺는 조선전기 이래 사대부의 명승지로 수많은 시인들이 여기에 시를 남기고 있다. 그 중 가장 성황을 이루었던 것은 李純仁, 李達, 崔慶昌, 白光勳 등이 어울려 시를 주고 받았던 때라 할 수 있다. 이 작품은 한강가의 奉恩寺에 들러 스님을 만나고 그와 작별하면서 지은 작품이다. 전체적으로 和平하면서도 율조가 부드럽다. 用事를 꺼리고 白描를 위주로 하는 晩唐의 기습을 읽을 수 있는 것은 물론이다. 다음은 白光勳의 <弘慶寺>이다.

전조의 절에는 가을 풀 우거지고
다 낡은 비석에는 학사의 글만 남았네.
천년을 두고 흐르는 물
석양에 돌아가는 구름 보겠네.

秋草前朝寺　　　　殘碑學士文

千年有流水　　　　落日見歸雲

−白光勳, <弘慶寺>

弘慶寺는 충청도 稷山縣에 있는 절이다. 교통의 요지임에도 인가가 멀리 떨어져 있고 갈대가 무성하여 도적떼가 들끓자 고려 때 顯宗이 절을 세우고 '奉先弘慶寺'라고 이름을 내렸다 한다. 또 절 서쪽에 객관을 세워 '廣緣通化院'이라 하고, 한림학사 崔沖에게 명하여 碑文을 짓도록 했다. 백광훈의 시대에는 절은 없어지고 院과 비석만 남아 있었다. 이곳을 지나던 시인이 전 왕조의 잔해가 남아 있는 절을 보고 그때의 감회를 담아 낸 것이다. 起句와 承句는 盧守愼의 <神勒寺次覺長老軸韻>에 쓰인 "神勒前朝寺 高僧普濟居"를 가져온 것이다.

그러나 이 시는 唐詩에서 恒用하는 省略法을 대담하게 구사하고 있어 예사로운 작품에서는 보기 드문 것이다. 起句와 轉句가 그러한 부분이다. '절에 풀이 있는데, 그것은 前朝 때 지어진 절의 것'이며, '절에 흐르는 물이 있는데, 그것은 천 년을 두고 흐르는 물'이라는 것이다. 특히 轉句의 '千年有流水'를 제조한 수법은, 앞서 보인 朴寅亮의 <使宋過泗州龜山寺> 首聯 上句의 '上有蓮坊水四環'과 좋은 대조를 보인다. 꼭 같이 절간 주변의 경관을 말하고 있는 것이지만, 朴寅亮의 '위에는 연못이 있어 물이 사방으로 둘렀네'는 지나치리만큼 설명적이기 때문이다.

唐風이 일반화된 穆陵盛世에는 사찰에서 남긴 詩作 중에 명편도 더러 있다. 許筠의 <經廢寺> 李敏求의 <遊通度寺>, 李明漢의 <水鐘寺> 등이 그러한 것이거니와 여기서는 李明漢의 <水鐘寺>를 보인다.

날 저물어 높은 누각 제일층에 기대니
석단의 가을잎에 이슬꽃이 엉기었네.
뭇산들은 연이어져 三縣에 서리었고

큰물은 도도히 흘러 二陵을 알현하네.

안개 저 편엔 배를 불러 술사는 나그네요

달빛 아랜 석장 날리며 강 건너는 중이로다.

술 취하여 잠시 동안 포단 빌려 잠자는데

옛벽의 연꽃에 불등이 비추이네.

暮倚高樓第一層	石壇秋葉露華凝
群山衮衮蟠三縣	大水滔滔謁二陵
烟際喚船沽酒客	月邊飛錫渡江僧
酣來暫借蒲團睡	古壁蓮花照佛燈

—李明漢, <水鐘寺>

李明漢은 조선중기의 대표적인 시인으로 문장에도 뛰어나 館閣應製의 외교서를 많이 지었다. 아버지 廷龜, 아들 一相과 더불어 삼대가 大提學을 지낸 명문가 출신으로 당시의 문단을 빛내었다. 그의 시는 豪逸한 것으로 평가받았으며 몇몇 작품은 淸切하다고 평가받기도 하였다.

이 작품은 경기도 남양주군 兩水里 부근에 있는 水鐘寺를 유람할 때 지은 것이다. 수종사는 세조 때 5층의 돌계단을 쌓아 중창한 사찰로 남한강과 북한강이 합류하는 지점에 있어 풍광이 아름답기도 하다. 徐居正은 이곳을 동국 제일의 勝景이라고 칭상하기도 하였다. 광주, 양주와 접경을 이루며 주변에 태종과 성종의 왕릉이 있다. 이 작품에서 특히 돋보이는 것은 頸聯과 尾聯이다. 경련은 주변의 물경을 정치한 대구로 아름답게 그려 寺刹題詠에서 드물게 興趣를 드러내고 있으며, 미련 또한 도도한 취흥과 정밀한 물경의 대비로 시상을 매끄럽게 갈무리하고 있다.

17세기 후반에 접어들면서 仁旺山과 北嶽山 사이의 산록(장동)에 詩壇을 만들고, 새로운 시를 써야한다고 다짐하는 일군의 시인들이 모여들면서, 조선후기 시단에 새로운 기풍이 일기 시작했다. 이들이 함께 모인 곳을 白嶽詩壇이라 부르기도 하고 이 새로운 시세계의 지향을 모색하는 움직임을 眞詩運動이라 이름 붙이기도 한다. 이러한 움직임은 金昌協과 金昌翕 형제가 중심이 되고, 이들의 문하에서 李秉淵, 李夏坤, 金時敏, 金時保, 兪拓基 등이 호응하여 조선후기 騷壇에 참신한 충격을 던져주었다.

性情의 발로에 따라 시를 써야 한다는 儒家의 상식을 뛰어 넘어 이들은 그들 주변에 있는 자연, 인물, 풍속을 있는 그대로 표현해야 한다고 주장하였다. 때문에 이들에게는 대상 그 자체가 중요할 뿐, 계획된 의도나 꾸밈과 같은 것은 고려하지 않았으며 形과 神이 하나로 어울어지는 시세계를 이상적인 경지로 생각했다. 그래서 이들은 '眞詩', '性情의 詩', '天機' 등을 강조하면서 當時의 風尙을 강력하게 비판하였다. 이러한 주장과 실천은 결과적으로 조선 중기의 唐詩風 이후 宋詩의 세계에 복귀 또는 近接한 것으로 보일 수도 있지만, 그러나 이들의 이러한 노력은 이때까지의 俗尙을 거부하고 진정한 朝鮮詩가 어떤 것인가를 훌륭하게 실험하고 있다. 李秉淵의 다음 작품을 통하여 이러한 실험의 현장을 보기로 한다.

> 노승은 석실에서 가부좌를 하고
> 불상 앞에는 객이 와서 향불을 돋운다.
> 때때로 바위 구름 밖으로 내보내고
> 한가로이 강남의 천리우를 바라다본다.

老釋安趺石室中　　床前客到添香炷
有時送出半巖雲　　閒看江南千里雨

—李秉淵, <普德窟中石室>

금강산의 보덕굴을 읊은 <普德窟中石室>이다. 이병연이 1712년 金化縣

의 몸후로 있으면서 정선과 함께 생활하던 때의 작품이다. 보덕굴의 자연경
관보다는 석실에 거처하는 노승의 초연한 석실생활을 그려내어 절간의 청정
한 분위기를 전하고 있다. 이러한 작품의 세계는 우리 나라 寺刹題詠이 朝鮮
詩를 요구하는 새로운 바람에 부응하여 스스로 체질 개선을 이룩한 또 다른
모습이 될 것이다.

5. 結言

우리 나라의 寺刹題詠詩는 漢詩 제작을 본격적으로 示範한 羅末麗初의
초기 단계에서부터 나타나기 시작한다. 그러나 晚唐의 纖靡를 배운 이때의
詩人들은 대체로 꾸미고 단련하는 일에만 마음을 썼기 때문에 이들의 詩作
역시 標題의 意味를 說破하는 데 성공하고 있을 뿐 다양한 시세계를 모색하
는 데까지는 이르지 못하고 있다.

그러나 宋詩學이 流入되기 시작한 고려 중기에 이르러 騷壇에도 個性의
빛깔을 선명하게 드러내 보인 詩人들이 나타나기 시작하며, 寺刹題詠에 있
어서도 변별성 있는 작품들이 제작되면서 다양한 시세계의 전개를 보인다.

특히 排佛崇儒의 정치 이데올로기가 지배하기 시작한 朝鮮朝에 이르러
이미 佛寺는 信仰空間으로서의 본래적 의미는 퇴색하게 되며, 반면에 詩人
墨客들이 閑趣를 즐기는 공간 또는 士大夫 계층의 휴식·淸遊 공간으로 변
질하게 된다. 이에 이르러 朝鮮朝의 寺刹題詠은 그 물량에서 현저한 감소를
보이게 되었으며, 더욱이 우리 나라 漢詩史를 빛낼 만한 작품은 간헐적으로
散見될 뿐이다. 그러나 이러한 작품의 제작조차도 唐詩趣向의 시인들에 의
하여 이루어지고 있는 사실은 주목해야 할 과제가 될 것이다.

(『韓國漢詩研究』 4, 1996)

金剛山詩의 代表作 評說

1. 序言

지금 우리들에게 金剛山은 직접 오를 수도 없고 바라볼 수도 없는 동경의 대상일 뿐이다. 그러나 금강산은 時空을 초월하여 山을 좋아하는 한국 민족의 정서가 하나임을 알게 해주는 거대한 民族의 山이다. 특히 그것이 內藏하고 있는 아름다움과 神秘로움 때문에 문학과 예술의 형상화 대상으로서 소중하게 값해 온 靈山이다. 계절이 바뀔 때마다 다양한 몸빛으로 아름다운 自然景觀을 제공해 온 금강산은 詩와 繪畵 그밖에 온갖 형식의 紀行文學을 量産케 하는 自然物로서의 높은 경지를 견지해 왔다.

우리 나라의 自然環境은 全國土의 70% 이상이 山嶽으로 이루어져 있을 뿐 아니라 山川景槪가 특히 秀麗하여 山水文學이 발달하게 마련이지만 그 가운데서도 맑고 깨끗하고 거짓이 없는 山의 의연함이 낳은 <山의 文學>은 한결같이 淸淨無垢한 한국 문학의 精華를 이룩하는데 모자람이 없었다.

그래서 自然과 人間의 만남을 작품 조성의 기본틀로 하는 한시 문학의 경우, 금강산은 있는 그대로 거대한 詩境이 되어 왔으며, 心性의 함양을 위하여 名山大川을 즐겨 찾는 학자들에게 있어서도 금강산은 그들에게 삶의 방식을 가르쳐 주는 의연한 道體로 崇仰되기도 했다.

고려 중·말기에 이르러 문인의 문집에 이미 金剛山詩가 나타나기 시작한다. 安軸의 <金剛山>(「關東瓦注」)를 비롯하여 李齊賢의 <普德窟>, <摩訶衍菴>, 李穀의 <天磨嶺上望金剛山>, <宿長安寺> 등을 볼 수 있으며, 조선시대에 들어와서도 국초에 이미 權近의 <金剛山>, 成任의 <表訓寺>, <正陽寺>, <松蘿菴> 등 體格을 갖춘 詩作들이『東國輿地勝覽』등에 採錄되고 있다. 본격적인 기행시집도 金時習의 「關東錄」을 비롯하여 鄭士龍의 「關東日錄」, 盧守愼의 「關東行錄」 등이 문집에 정리되어 있다. 어릴 때부터 金剛山을 찾은 李珥는 3000言에 이르는 장편 「楓嶽行」을 남기기도 했다.

그러나 금강산에 대한 우리의 관심은, 새로운 시대에 새로운 시의 제작을 요구하는 문학사의 어떤 시기에 있어서도 금강산은 詩人 墨客들이 즐겨 찾는 名區勝地였으며 探勝과 동경의 대상이 되었다는 사실이다.

예로부터 시대의 흐름이 바뀔 때마다 문장의 風尙도 스스로 遷變하게 마련이다. "한 시대에 한 문장"이란 말도 이를 두고 이름이다. 그 구체적인 예로 17·18세기에 대두한 이른바 眞詩運動도 그러한 것 가운데 하나다. 金昌協·金昌翕 형제와 그 門下 및 주변 인물들이 眞詩를 쓰기 위하여 眞景山水를 찾아 나선 一聯의 노력들이 그것이다. 그러나 이 때에도 이들은 모두 金剛山行을 선택했으며 집중적으로 金剛山詩를 제작한 것도 물론 이때다. 특히 金昌翕은 弱冠에 세 차례나 금강산을 찾아 나섰으며[1] 많은 시편을 남기고 있다. 후일 여섯 번째 금강산에 간 사실도 스스로 그의 詩作을 통하여 말하고 있다.[2] 물론, 금강산을 찾아 나서는 일은 결코 용이한 것은 아니다. 평

---

1) <望金剛山>에 "數見物不鮮 屢度情易疲 夫何此楓岳 令我三來爲…"(『三淵集』 권2)라 한 '三來'는 그의 行狀에 "一日讀孫興公天台賦 忽發山水之興 飄然出門 遍觀楓岳諸勝而歸"와 시기가 合致하는 것으로, 그가 진사시에 나아간 21세 이전의 시기다.

생을 두고 金剛山行을 꿈꾸고도 뜻을 이루지 못한 학자도 있고 名士들도 많다. 陽村 權近이 明太祖 朱元璋 앞에 나아가 應製詩 <金剛山>을 제작하고도 그는 끝내 금강산을 보지 못한 것으로 알려져 있다. 그런가 하면 金昌翁과 같이 일생을 두고 금강산을 드나들면서 金剛山과의 만남을 삶의 한 부분으로 기록한 詩人도 있다.

그러나 이러한 사실에도 불구하고 학계의 金剛山詩에 대한 總體的인 硏究는 아직까지 企圖된 바도 있지 않았으며, 그러기 때문에 지금까지 流傳하고 있는 物量조차도 제대로 파악되지 않고 있다. 지난 여름 韓國漢詩學會가 <韓國漢詩와 金剛山>을 공동 주제로 연구 발표 대회를 갖게 된 것도 金剛山詩 또는 金剛山文學의 本格的인 硏究를 위한 前段階的 기초 작업을 서두르고 있는 것이라 할 수 있으며, 지금까지의 不毛를 극복하려는 노력의 일단이라 할 것이다.

물론 이러한 작업을 수행하고자 할 때, 여러 가지 어려움이 따를 것은 必至의 사실이다. 최근에 文集의 索引 작업이 부분적으로 이루어지고 있지만, 색인의 목록에 의존하여 특정한 내용의 詩作만을 따로 뽑아 내는 일은 결코 쉬운 것이 아니다. 특히 漢詩는 標題化하는 방식이 多岐하여, 예를 들어, 金剛山을 하나의 덩어리 소재로 수용한 作品에서도 그 標題는 <金剛山>, <遊金剛山>, <登金剛山>, <遊楓岳>, <楓岳> 등 다양하게 冠稱을 붙이고 있어 색인의 목록에서 찾아낸 <金剛山>만으로 金剛山詩의 全鼎을 알아볼 수 없다. 그렇다고 하여 金剛山을 소재로 한 모든 詩作들을 직접 문집을 통하여 조사 정리하는 일은 그 막중한 物量을 감안한다면 현실적으로 거의 불가능에 가까우며, 설사 그것이 가능하다 하더라고 대표작을 가려내는 작업과 같은 것은 특히 어려운 과제가 될 것이다.

대체로 개별 詩人의 대표작을 알아내고자 할 때에는 詩選集과 같은 選拔

---

2) <贈載聰上人>에 "金剛於我 有大因緣 六度來游"(『三淵集』 권11)라 술회하고 있다.

冊子에 의존하는 것이 일반적이지만, 主題別로 대표작을 抄選한 詩選集은 있지 않기 때문에 金剛山詩의 대표작을 가려내는 작업이야말로 本稿의 作成을 가장 어렵게 한 부분이기도 했다.

본고에서 설정한 <金剛山詩>란 금강산이라는 자연경관을 소재로 한 모든 詩作들을 포괄하는 개념으로 사용한 것이기 때문에 그 내용과 특징을 한마디로 말하기 어려운 것은 물론이다. 금강산을 하나의 덩어리로 파악하여 멀리서 바라본 금강산 시가 있는가 하면 금강산 속에 閟藏된 勝境을 직접 찾아 造化翁의 攝理를 嗟嘆한 名篇도 있다. 비록 人工으로 일으킨 것이라 하더라도 금강산의 자연과 공존하면서 또다른 勝地를 이룩한 寺刹의 題詠과, 佛寺를 찾은 詩人들이 僧侶에게 남기고 간 贈僧詩 가운데도 金剛山詩를 대표할 만한 작품도 있다. 그러므로 本稿에서는 어떤 原則이나 기준으로도 하나의 잣대에 따라 金剛山詩의 대표작을 찾아내는 일은 사실상 어려울 것이라 판단하고, 설명의 편의를 위하여 일단 당시의 詩人들이 소재로 선택한 대상에 따라 다음과 같이 작품들을 나누어 보이기로 했다. 물론 이것들은 역대 중요 시선집과 名家의 문집에서 찾아낸 것이다.

2. '金剛山'을 標題로 한 詩

'金剛山'을 표제로 한 金剛山詩는, 그 標題化 방식에 있어서는, '金剛山', '遊金剛山', '登金剛山', '遊楓岳', '楓岳' 등 다양함을 보이고 있지만, 실제로 이들 작품은 먼 곳에서 바라본 금강산을 읊조린 것이어서 一萬 二千峰의 偉容을 嗟嘆하는데서 그치고 있는 것이 대부분이다. 그러므로 曲盡하거나 動的인 美感을 찾아볼 수 있는 작품도 드물다. 險峻한 泰山高嶽보다는 오히려 맑고 아름다운 靈峰을 사랑하는 民族의 情緒가 어쩌면 金剛山의 奇峰을 一

萬 二千으로 만들었는지 모른다.

　楊士彦의 "親見金剛山　萬二千峰玉"(<金剛山>)이나　鄭士龍의 "萬二千峰領略歸　紛紛黃葉打征衣"(<遊楓岳>)도 金剛山과　萬二千峰이 하나임을 말해 주고 있는 대표적인 예가 될 것이다. 직접 金剛山行을 체험하지 아니하고서도 金剛山詩를 제조한 詩人들도 있었다는 好事家들의 말을 따른다면, 이를 가능하게 한 것도 역시 萬二千峰 때문일 것이다. 金剛山詩 가운데서 직접 금강산을 읊은 초기작으로는 고려조 安軸의 <金剛山>과 李穀의 <天磨嶺上望金剛山>을 볼 수 있다. <天磨嶺上望金剛山>을 보인다.

> 하늘을 찌르는 흰 눈빛이 神光을 발하고
> 천자께선 해마다 降香禮를 베푸네.
> 한 번 바라보곤 평생 먹은 맘 끝났으니
> 모름지기 깊은 곳까지 들어가 의자에 걸터앉지 않으리라.

> 攙地雪色放神光　　天子年年爲降香
> 一望平生心已了　　不須深處坐繩床
>
> 　　　　　　　　　　　　　　　　　-<天磨嶺上望金剛山>[3]

　금강산 깊은 곳에까지 들어가지 아니하고 멀리서 바라보는 것으로도 소원풀이를 한 것으로 여기던 당시의 사정을 가장 잘 알게 해준다. 그러나 그는 산수유기 <東遊記>를 남겼으며 <登金剛山正陽菴>, <宿長安寺>와 같은 작품을 전하고 있다. 한편 금강산에 관심을 보인 元 황제의 降香禮 때문에 오히려 고통받던 당시의 우리 나라 사정도 밝게 증거해 주고 있다. 다음 것은 權近의 <金剛山>이다.

---

3) 『稼亭集』 권19.

흰 눈이 우뚝 선 듯 일만이천봉

바다 구름이 개이니 玉 연꽃이 나타나네.

神光이 질펀하니 바다와 닮았고

맑은 기운이 꿈틀거리니 조화가 모이는 듯.

우뚝한 산봉우리는 鳥道를 내려다보고

맑고 깊은 골짜기는 신선의 자취 감추었네.

동쪽에서 노는 이들 문득 정상에 오르려다가

鴻濛 천지 굽어보니 가슴 탁 트이네.

雪立亭亭千萬峰　　海雲開出玉芙蓉

神光蕩漾滄溟近　　淑氣蜿蜒造化鍾

突兀崗巒臨鳥道　　淸幽洞壑秘仙蹤

東遊便欲凌高頂　　俯視鴻濛一盪胸

-<金剛山>[4]

　　이 작품은 작자가 중국에서 쓴 金剛山詩다. 그러므로 직접 實景을 눈으로 보면서 쓴 것은 물론 아니다. 한번도 금강산을 본 일이 없는 權近이 평소의 見聞을 동원하여 이렇게 썼던 것으로 알려져 있다. 이 작품은 작자 權近이 表箋 문제로 明에 使行을 했을 때 明太祖 앞에 나아가 應製詩 24수를 지어 올렸는데 그 가운데서도 이 <金剛山>과 <耽羅>가 특히 칭송을 받았으며, 사실상 권근의 대표작이 되었다. 이 작품은 물론 明과의 外交關係改善을 위하여 지어 바친 것이므로 質實이 손상되고 있는 것은 사실이지만, 그러나 溫柔敦厚를 실천한 權近 詩의 높은 수준을 확인하는데는 모자람이 없다. 특히 尾聯은 金剛山에서 내려다 본 작자의 쾌감을 토로한 것이 아니라 東國人의

---

4) 『大東詩選』 권2.

處地를 통쾌한 듯이 읊어 낸 寓意가 담겨져 있는 것이므로 凡庸한 詩人들이 도달할 수 있는 경지가 아니다. 다음은 宋時烈의 <金剛山>을 본다.

산과 구름이 함께 희어
구름과 산을 구별하기 어렵네.
구름이 돌아가고 산만 서 있으니
일만이천봉이라.

山與雲俱白　　　雲山不辨容
雲歸山獨立　　　一萬二千峰

-<金剛山>[5]

　一萬二千峰의 偉容을 가장 잘 드러내 보인 작품이다. '山'과 '雲'을 반복하여 사용하고 있지만, 이 때문에 반사적으로 一萬二千峰의 늠름한 기상을 효과적으로 드러낼 수 있었던 것이다. 世傳의 評價로는 傳來의 金剛山詩 가운데서 기상이 뛰어나기로는 이만한 것이 없다고 한다. 송시열의 기상이 이 작품과 맞아떨어지기 때문에 송시열이 이 작품의 주인이 되었는지 모른다. 다음 역시 멀리서 바라본 <금강산>시다. 金昌翕의 <望金剛山>이다.

몇 번 보아도 사물은 다하지 아니하고
여러 번 지나치니 인정도 쉬 피로해지네.
어떻게 된 건지 이 풍악산이
나로 하여금 세 번씩이나 오게 하네.

---

5) 이 작품은 文集 『宋子大全』에서는 확인되지 않지만 일찍이 雜誌 등에 소개되어 널리 알려져 있다.

數見物不鮮   屢度情易疲
夫何此楓岳   令我三來爲
(以下略)

$$-<望金剛山>^{6)}$$

작자가 1685년에 제작한 장편이다. 금강산을 향하여 작자의 울분을 털어놓기라도 하는 듯 싶다. 심사가 울적할 때면 금강산을 찾곤 하던 작자의 젊은 시절 삶의 부분을 가장 잘 드러내 보인 작품이다. 약관에 세 번씩이나 이곳을 오게 한 것이 금강산이고 보면 작자와 금강산은 일찍부터 서로 교감이 이루어지고 있었음을 알 수 있다.

3. 探勝詩

금강산은 自然形勝이 아름다워 詩人墨客들의 발길을 이 곳으로 이끌리게 한 것은 물론이다. 특히 金剛山에 秘藏된 九龍淵, 火龍潭, 玉流洞, 萬瀑洞, 毗盧峰, 普德窟 등은 金剛山詩의 物量을 풍요롭게 하는데 크게 寄與한 勝地다. 그러나 秘景의 뛰어남에 비하여 후세에 流傳하고 있는 작품 가운데서 人口에 膾炙되고 있는 것은 흔하지 아니하다. 勝景에 압도되어 詩人의 붓끝이 무디어졌거나 아니면 아예 붓을 움직이지도 못한 결과라 생각할 수도 있다. 일세에 이름을 드날린 문장가도 첫 번째 探勝길에는 붓을 들지도 못하다가 두 번째 행차에서 겨우 詩篇을 만들어 낼 수 있었다고 하는 일화도 있다. 普德窟은 庵子와 같은 시설물이 있는 곳이지만 秘景으로 이름난 勝地이므

---

6) 『三淵集』 권2.

로 普德窟詩는 探勝詩에 편입시켰다. 李齊賢의 <普德窟>과 李秉淵의 <普德窟中石室>을 차례로 보인다.

　　차가운 바람은 바위 골짜기에서 나오고
　　골짜기 냇물은 깊고 또 푸르네.
　　지팡이에 의지하여 산마루를 바라보니
　　나는 듯한 처마는 구름을 탄 듯하네.

　　陰風生巖谷　　　　溪水深更綠
　　倚杖望層巔　　　　飛簷駕雲來

—<普德窟>[7]

　　노승은 석실에서 가부좌를 하고
　　불상 앞에는 객이 와서 향불을 돋운다.
　　때때로 바위 구름을 밖으로 내보내고
　　한가로이 강남의 천리우를 바라다본다.

　　老釋安趺石室中　　床前客到添香炷
　　有時送出半巖雲　　閒看江南千里雨

—<普德窟中石室>[8]

　　두 작품은 모두 普德窟을 읊은 것이다. 위의 것은 李齊賢의 <金剛山二絶> 가운데 첫 번째 것이다. 그러나 外景묘사에 초점이 맞추어진 위의 작품은 繽密한 李齊賢의 시세계를 한눈으로 읽게 하는 '略'의 시라 할 수 있다. 그러나

---

7) 『益齋亂藁』 권3.
8) 『大東詩選』 권6.

李秉淵의 <보덕굴>은 보덕굴의 자연경관보다는 석실에 거처하는 老僧의 초연한 삶의 부분을 드러내어 절간의 청정한 분위기까지 함께 읽게 해준다. 이 작품은, 작자가 1712년 金化縣의 邑宰로 있으면서 眞景山水畵를 主唱한 鄭敾과 함께 생활하던 때의 작품이어서 특히 시사하는 바가 크다. 다음은 李珥의 <登毗盧峰>이다.

> 지팡이 질질 끌고 높은 곳에 올랐더니
> 긴 하늘바람 사면에서 불어오네.
> 푸른 하늘은 머리 위의 모자요
> 푸른 바다는 손바닥 위의 술잔일세.

> 曳杖陟崔嵬　　　　長風四面來
> 靑天頭上帽　　　　碧海掌中杯

> —<登毗盧峰>[9]

栗谷詩의 平淡을 다시 확인케 하는 작품이다. 정작 비로봉 높은 곳에 오르고서도 그가 설정한 공간은 지극히 가까운 주변에 한정되고 있다. 다음에는 金昌翕의 <九龍淵>과 <萬瀑洞>을 차례로 보인다.

> 初淵은 물빛이 거울처럼 깨끗해
> 물과 돌이 모두 맑고 둥그네.
> 절벽에는 늘어진 나무도 없는데
> 무슨 까닭으로 방자하게 저토록 분탕치며 흐르나.

---

9) 『栗谷全書』 拾遺 권1.

初淵瑩開鏡　　　水石均淸圓
岸危乏樛木　　　何由恣蕩沿

―<九龍淵>[10]

初淵에서부터 九淵까지 읊어낸 9수의 연작이다. 이 역시 소년시절의 작품
이어서 강개가 앞서고 있다. 분탕치며 흐르는 瀑流조차 마음에 거슬릴 만큼
불편한 심사를 어떻게 하지 못한다. 다음은 <萬瀑洞>이다.

오색 용이 아래 위 연못에 서리어
고요한 연못과 성난 폭포가 서로 함께 어울리네.
나무에 겹겹이 쌓여 가을빛이 현란하고
중향성에서 물을 받아 돌면이 젖어 있네.
해를 가린 눈구름은 골짜기를 어둡게 하고
사람따라 우뢰 소리는 먼 암자에까지 이르네.
三峽의 玉淵과 웅장함과 아름다움을 다투니
다섯 번 왔어도 처음 찾은 것 같구나.

五色龍蟠高下潭　　潭平瀑怒互相參
重圍錦樹秋光絢　　全受香城石面涵
籠日雪雲冥大壑　　趁人霆霹到遙菴
玉淵三峽爭雄麗　　五到猶然似始探

―<萬瀑洞>[11]

　멀리서 바라본 萬瀑洞에서부터 시작하여 끝내는 작자와 가까운 쪽으로 시

---

10) 『三淵集』 권2.
11) 『三淵集』 권10.

점을 이동하고 있다. 이 골짜기에 다섯 번이나 지나간 자신의 삶의 부분을 어쩔 수 없이 토로하고 있는 것이 그런 것이다.

4. 寺刹 題詠

寺刹은 人工으로 일으킨 建造物이다. 그러나 이것은 금강산의 자연과 공존하면서 새로운 勝景을 이룩한 금강산의 또다른 명물이다. 金剛山 漢詩 가운데서도 物量의 비중이 가장 큰 부분을 차지하고 있으며, 불교에 대한 詩人의 성향에 따라 작품의 성격도 다양함을 보여 준다. 摩訶衍, 長安寺, 楡岾寺, 表訓寺, 正陽寺, 圖通寺 등이 특히 사찰 제영을 풍요롭게 한 대표적인 佛寺다. 李齊賢의 <摩訶衍菴>, 成任의 <表訓寺>, 金時習의 <長安寺>를 차례로 보기로 한다.

> 산중에 해는 正午가 되었는데
> 풀끝에 이슬은 짚신을 적시네
> 낡은 절에는 거처하는 중이 없고
> 흰구름만 뜨락에 가득하구나.

> 山中日亭午　　　草露濕芒屨
> 古寺無居僧　　　白雲滿庭戶

> ―<摩訶衍菴>[12]

---

12) 『益齋亂藁』 권3.

普德窟과 함께 <金剛山二絶> 중 두 번째 작품이다. 높고 낮은 데도 없어 정제된 작품의 전형을 보여준다. 단아하게 그려낸 外景 묘사는 麗朝 第一大家의 면모를 사실로써 보여주고 있다. 철저하게 일정한 거리를 두고 菴子를 바라본 시인은 佛寺를 통하여 삶의 의미를 토로하는 일도 전혀 하지 않았다.

천암 만학에 아지랑이도 많은데
한 곳이 구불구불 좋은 가람 감추었네.
높고 낮은 전당은 소나무 잣나무 숲에 가리었고
구름 사이 외길이 앞 시내를 뚫고 가네
전에도 낯선 곳은 가보고 싶어했는데
하물며 내 몸에 朝服도 걸치지 않았음에랴.

千岩萬壑多煙嵐　　一區曲折藏名藍
殿堂高低隱松杉　　雲間一徑穿溪南
異境從來性所耽　　況吾身上無朝衫
(以下略)

－<表訓寺>[13]

만폭동 어귀에 있는 표훈사를 읊은 것이다. 장편 고시여서 그 앞부분만 보이었다. 勝地를 찾고픈 평소의 심정을 소박하게 드러내 보인 작품이다. 句法도 平淡하여 읽는 이로 하여금 친근감을 준다. 직접 探訪하지 않고서는 쓸 수 없는 시임을 확인케 한다.

소나무 전나무 덮인 옛 도량에

---

13) 『東國輿地勝覽』 권47 淮陽.

내가 와서 똑똑 선방을 두드리네.
늙은 중은 禪定에 들고 흰 구름만 둘렸는데
野鶴이 옮겨 깃드니 맑은 운치 길구나.
새벽에 해 떠오를 때 금빛 전각 빛나고
차 연기 날리는 곳에 서린 용이 날아오르네.
청한한 경계를 두루 유람하면서부터
榮과 辱을 마침내 둘 다 잊어버렸네.

松檜陰中古道場　　我來剝啄叩禪房
老僧入定白雲鎖　　野鶴移棲淸韻長
曉日升時金殿耀　　茶烟颺處蟄龍翔
自從遊歷淸閑境　　榮辱到頭渾兩忘

−<長安寺>[14]

이 작품은 작자의 「游關東錄」에 수록되어 있다. 釋敎는 異端이지만 禪門에 投迹한 梅月堂의 軌跡이 尾聯에서 확인된다. 超邁한 그의 시세계가 이런 데서부터 시작되고 있음을 함께 알아차릴 수 있다. 이처럼 가까운 거리에서 佛寺를 노래한 작품은, 游賞길에 詩 몇 줄 얽어 낸 閑人들의 시세계에서는 찾아보기 어렵다.

5. 贈僧詩

贈僧詩란, 금강산 사찰에 소속되었거나 금강산에 출입하는 韻釋들에게 詩

---

14) 『梅月堂集』 권10.

人墨客들이 직접 주거나 또는 이들과 헤어질 때 적어준 餞別詩를 말한다. 이들은 모두 金剛山의 자연 속에 몸을 맡기고 있을 뿐 아니라 이들 주변에 남겨진 시편의 물량도 엄청난 것이어서 이 작품들도 본고의 대상으로 함께 수용하기로 한 것이다. 이 밖에도 직접 승려들과 詩를 주고 받지는 아니하였지만 佛僧들이 남긴 詩軸을 보고 시를 쓴 경우도 있다. 僧軸은 예로부터 臥遊거리가 되어 왔지만, 여기에서 그치지 아니하고 僧軸을 대상으로 시를 쓰는 전통도 광범하게 유전되어 왔다. "題僧軸"과 같은 것이 그것이다. 成石璘의 <送僧之楓岳>과 金淨의 <贈釋道心>부터 차례로 본다.

일만이천봉

높은 곳 낮은 곳 스스로 가려지네.

둥근 해 떠오를 때 쳐다볼 양이면

높은 곳이 가장 먼저 붉어지리라.

一萬二千峰　　　　高低自不同

君看日輪上　　　　高處最先紅

ー<送僧之楓岳>[15]

비로봉 꼭대기에 해 떨이지니

동쪽 바다는 저 멀리 하늘가에 아득하네.

바위 아래 불 피워 함께 밤을 지새우고

서로 손을 잡고 푸른 연기 속을 내려가네.

落日毘盧頂　　　　東溟杳遠天

---

15) 『獨谷集』 하.

碧巖敲火宿　　　聯袂下蒼烟

―＜贈釋道心＞[16]

두 작품 모두 승려에게 준 것이다.

위의 작품은 金剛山으로 가는 스님을 전송하면서 지은 것이다. 道를 터득함에 있어서도 사람의 品性이 높고 낮음에 따라 先後와 深淺이 있게 마련이라는 것이 이 시에서 노리고 있는 主旨다. 宋詩風에서 항용하는 수법이다. 成石璘의 다른 詩作에서 보면 그가 金剛山을 遊歷한 것은 틀림없지만, 이 작품의 경우 實景의 체험이 없이도 제작이 가능할 수 있다.

그러나 金淨의 ＜贈釋道心＞은 1516년 그가 직접 금강산을 찾아갔을 때의 작품이다. 안짝(起·承句)은 成石璘의 작품과 크게 다를 것이 없지만, 轉句와 결국에 이르러 서로 다른 모습을 보여준다. 成石璘의 것은 바깥짝(轉·結句)에서 장부의 큰 기세를 보여주지만, 金淨의 작품은 성석린의 기세 대신에, 唐詩流의 興感과 蘊蓄을 느끼게 한다. 다음은 白光勳의 ＜題僧軸＞이다.

> 지리산은 쌍계사가 뛰어나고
> 금강산은 만폭동이 절경이다.
> 명산에는 직접 가보지도 못하고
> 매양 중을 송별하는 시만 짓는다.

智異雙溪勝　　　金剛萬瀑奇
名山身未到　　　每賦送僧詩

―＜題僧軸＞[17]

---

16) 『大東詩選』 권2.
17) 『大東詩選』 권3.

백광훈의 대표작 가운데 하나다. 예로부터 臥遊江山이라는 말이 있다. 직접 名山大川을 周覽하지는 못하고 남들이 그린 그림이나 山水游記 등을 보고 즐길 거리로 삼는 것을 말한다. 이 시 역시, 중들이 지은 시 뭉치만 읽고 직접 名山을 찾아나서지 못한 작자 자신의 처지를 노래한 것이다.

6. 結言

금강산은 그 天然의 壯雄함과 아름다움 때문에 예로부터 詩人墨客들로 하여금 一生을 두고 달려 가고픈 꿈을 버리지 못하게 했으며, 心性의 함양을 위하여 名山大川을 周覽하던 학자들에게 있어서도 그것은 의연한 道體로 崇仰되어 왔다. 그래서 금강산이 內藏하고 있는 名區勝地는 詩와 그림은 물론 그 밖에 온갖 형식의 紀行文學을 量産케 하는 素材源을 제공해 주었다. 더욱이 인간과 자연의 만남을 기본틀로 하는 한시의 세계에서 금강산 시는 우리 문학사의 전 시기에 걸쳐 山水文學의 主宗을 이루어 왔다.

그러나, 금강산 그림과 금강산 시를 함께 보고 있노라면, 말로써 그림을 그리는 詩作의 한계를 절감하게 된다. 금강산 시에 名作이 없다는 世間의 傳言에도 절로 수긍이 간다. 멀리서 바라본 金剛山詩는 말할 것도 없거니와 萬瀑洞과 같은 秘境 깊숙한 곳에 자리하고 있는 長安寺, 正陽寺, 表訓寺를 읊조린 詩들이 그러하며 天下絶景으로 알려져 있는 萬瀑洞, 九龍淵, 毗盧峰 詩篇 또한 그 막중한 物量에 비하여 人口에 膾炙된 詩作이 있음을 들어보지 못했다. 오히려 금강산에 드나드는 佛僧들과 주고받은 詩篇이나, 승려들이 남기고 간 詩軸을 보고 지은 僧軸詩와 같은 것에서 평범한 인간들의 삶과 고뇌를 읽을 수 있다. 일찍이 新奇와 奇拔을 숭상하여 말 많은 시인이 된 李奎報도 "강산의 온갖 경치 읊어 내기 어려우니 화가의 솜씨 빌려야 묘사할

수 있겠네(江山萬景吟難狀 須倩丹靑畵筆描)"라 하여 시인의 한계를 自白
한 것이 실감나게 들린다.

(『韓國漢詩硏究』6, 1998)

제 5부

朝鮮後期 漢詩 흐름의 變異 樣相

朝鮮後期 中人層 漢詩 硏究

1. 序言

　本稿는 조선후기 中人硏究 과제의 하나로 특히 한시 부분만을 대상으로
한 것이므로 표제를 일단 조선후기 중인층의 漢詩 연구라 하였다. 그러나 사
회계층으로서의 '中人'연구는 아직도 論究되어야 할 문제들이 尙存하고 있을
뿐 아니라 설사 그 개념 규정이 확연한 정론에 이른다 하더라도, 현재까지 알
려진 중인연구의 成果로 보아 구성원의 핵심을 이루고 있는 서리, 의원, 역관
등 하급관료들의 문학 연구만으로는 조선후기 非士族 문학의 총체적 연구에
까지 이를 수 없을 것이라는 예측 때문에 본고에서는 그 범위를 조선후기 문
학현상의 중요한 한 부분으로 제시된 이른바 委巷人들의 詩世界를 중점적으
로 考究하려는 것이다. 서로 다른 계층의 경계를 넘나들면서도 同類 의식으
로 결집된 조선후기 위항 시인의 시세계를 검색하는 것이 조선후기 중인층의
한시 연구로서도 중요한 작업이 될 수 있을 것이기 때문이다.

　그러므로 본고에서는 일차적으로 이른바 조선후기 委巷詩集으로 불리는

『昭代風謠』,『風謠續選』,『風謠三選』 등의 주인공들을 그 대상으로 하였으며 이 가운데서도 특히 따로 개인문집을 세상에 남기고 간 시인들의 작품을 중요하게 다루었다. 따라서 그 구성원들의 사회적 지위도 이른바 下大夫一等之人으로 자처한 譯官, 醫員 이외에도 武科 출신의 萬戶, 縣監, 判官, 僉節制使, 五衛將 및 主簿, 同樞, 禁漏官, 寫字官, 察訪, 兵馬僉使, 심지어는 進士, 司馬 등 다양한 면모를 보인다. 그러므로 한 두 편의 시로써 오로지 身後에까지 이름을 전하는데만 집착한 曲巷의 시인들은 그들의 작품이 위항인의 세계를 돋보이게 드러내는 데까지 이르지 못하고 있는 것이 대부분이어서 대상에서 대부분 제외되었다.

지금까지 이 방면의 연구는, 일찍이 국사학계와 국문학계에서 함께 관심을 보이어 그 연구 성과도 상당한 진전을 보이었다.[1] 그러나 이러한 노력은 주로 詩社 활동과 같은 주변 연구에 초점이 맞추어져 왔을 뿐 그들의 시세계에 대한 본격적인 천착은 이루어지지 않았다. 물론 위항인의 구성이 그러하듯이 그들의 시세계도 천태만상이어서 한마디로 말하기란 쉬운 일이 아니다. 朴允默은 "한편의 작품 안에서도 체제가 서로 다르고 어법도 같지 아니하며, 어떤 것은 우아하고, 어떤 것은 비속하며, 어떤 것은 淸遠하고 어떤 것은 疏達하다. 또 어떤 것은 고요히 말하고 어떤 것은 기가 세기도 하며, 어떤 것은 기이함을 좋아하고 어떤 것은 실상에 힘을 쏟는다. 천가지 만가지 부류라 하나로 대충 논할 수 있는 일이 아니다"[2]라고 지적하였다. 이것은 물론 그들의 다양한 개성을 말한 것이다.

그러므로 본고에서는 그들의 생활, 그들의 의식, 그들이 시범한 異體詩의

---

1) 文學과 유관한 委巷人의 文化運動에 대한 연구는 鄭玉子의 『朝鮮後期文化運動史』(一潮閣, 1988)가 대표적이다. 문학 쪽에서는 具滋均의 「平民文學史」(『國文學論藁』, 博英社, 1966에 묶여 있음)가 대표적인 업적이며, 成範重, 「松石園詩社와 그 文學」(『國文學研究』53, 1981)을 위시한 개별논의가 나오고 있다.

2) 朴允默, 『存齋集』, <玉溪詩社序>. "大抵一篇之內 體裁各異 語法不同 或雅或俗 …… 或淸而遠 或疏而達 …… 或好奇 或務實 千百其類 不可一槪論."

세계 등 이것들이 사대부의 그것과 대비될 때 어떠한 의미를 부여받을 수 있는지 여기에 힘을 기울였다.

2. 委巷人의 意識과 作品世界

1) 두 개의 意識과 慷慨之詞

위항문학의 개념 규정을 어렵게 하는 것들을 일일이 들어 말하는 것도 쉬운 일은 아니지만, '거리에 버려진 사람'이라는 출신성분만 따져서, 그들이 詩文을 생산하였다 하여 모두 위항시인의 이름을 얻을 수 있는 것도 아니다. 스스로 그들의 신분에 걸맞게 쉽게 결집될 수 있는 同類意識을 共有하여야 하며 양반 사족들의 知遇를 입어야 한다.

물론 개중에는 洪裕孫, 徐起, 宋翼弼과 같이 中庶賤類의 신분으로도 그들의 詩業과 학문이 크게 떨쳐 당대의 士族들과 이름을 나란히 하기도 하였으며, 조선후기의 李德懋, 朴齊家 등도 朴趾源의 門下에 함께 출입하면서 詩業과 학문으로 一家를 이룸으로써 모두 신분계층을 초월하여 四家의 이름으로 一世에 추앙을 받는 데까지 이르렀기 때문에 이들의 위상을 위항인으로 스스로 論하는 것조차 무의미하게 하기도 한다.

그러나 일반적으로 위항인들은 그들이 후대에까지 이름을 오로지 하기 위해서는 물론 스스로 뛰어난 능력을 타고나야만 하는 전제를 필요로 하지만 이들을 아끼는 사대부들의 推轂이 있을 때 비로소 가능하게 된다.

太史公이 伯夷의 傳을 짓고 그 끝에 "여항인이 몸을 닦아 이름을 세울 수 있게 된 것이 현달한 선비에 의존하지 않고서야 어찌 후세에 이름을 전할 수 있었겠는가?" 이 뜻은 대개 伯夷가 비록 훌륭하기는 했어도 孔子를 만나 현달하였으니, 그렇지 않았다면 許由, 務光과 같은 고고함으로도 끝내 인멸되고 말았을 것이다. 요컨대, 후대에 이름을 드날리는 것은 남의 稱揚을 얻음에 있으니 공자와 같은 성인이 다시 일어나더라도 마찬가지일 것이다. 따라서, 현달한 인물에 依附하는 것이 몸을 닦아 이름을 얻고자 하는 자들의 힘쓰는 바가 되었다.[3]

이는 李野淳이 姜鳳文의 文集序에서 이른 것으로 司馬遷의 논리가 핵심이 된 것이다. 李景奭 역시 宋翼弼의『龜谷集』序에서 동일한 논리를 펴고 있는 바, 士族의 推輓이 위항인의 성취에 얼마나 중요하게 관계하고 있는가를 잘 보여주는 것이라 하겠다. 그러므로 위항인은 자신의 이름을 身後에까지 전하기 위하여 사족과의 교유를 매우 중요시한다. 먼저 이들은 경제적 곤궁에도 불구하고 農, 工, 商에 몸을 섞지 않고 오직 독서에만 몰두함으로써 적어도 그들의 행실이 사대부와 同列에 오를 수 있어야 한다. 그 좋은 본보기로 劉希慶을 들 수 있다. 劉希慶은 任叔英, 朴淳, 李晬光, 車天輅, 申欽, 李植, 李廷龜, 張維 등 士大夫 詩人 60여 명과 酬唱하고, 이를 묶어 따로『村隱集』三卷을 구성하기에 이르렀다. 그러나, 유희경이 이러한 경지에 오를 수 있었던 것은 일차적으로 그의 뛰어난 詩才에 힘입은 바도 있겠지만, 酬唱詩序를 쓴 임숙영이 밝힌 그대로 그가 독서에 전념한 결과라 할 것이다.[4] 사대부의 눈에 '國朝右文의 化가 委巷에 미친것'[5]으로 비치게 된 것도 이 때문이다.

---

3) 李野淳,『玉溪遺稿』, <玉溪遺稿序>. "太史公傳伯夷 而其終曰 閭巷之人 欲砥行立名者 非附靑雲之士 惡能施於後世哉 其意蓋以爲伯夷雖賢 得夫子而顯 不然 亦如由光之高 其終沈沒也已 要之 名於後在於得人稱揚 而聖人如孔子復起 固難得 故以附靑雲爲砥行立名者之勉焉."

4) 任叔英,『村隱集』권3, <酬唱詩序>. "余以所聞 惟劉君希慶 …… 本委巷人也 其業可知也 不得於農之工 不得於工之賈 乃其大率也 是三者 皆自足之道也 劉不色喜 掃其事而却之 獨用力於讀書之地 …… 隣里鄕黨親戚 竊皆笑之 小人職農工賈 今子釋本而事口舌 家居徒四壁立 不亦宜乎 劉爲不聞也."

5) 李得臣,『華谷集』, <華谷集序>. "余曾見昭代風謠 多淸新雋警語 意謂國朝右文之化 至及委巷如許."

　　결국 위항인은 士族과의 사이에 唱和가 이루어질 수 있는 경지에 도달하는 것이 문학활동을 가능케 하는 가장 중요한 부분이 된다. 이는 그들의 文集 序跋이 대부분 士族에 의해 쓰여지고 있는 것으로도 알 수 있거니와 그들의 작품 가운데 士族과의 唱和詩가 많은 것이 自己誇示 수단으로서도 중요시되었던 것이다. 그래서 그들은 酬唱한 士族의 시에 대해서는 그 原韻을 함께 싣는 것이 일반화되기까지 하였다.

　　그러나, 위항인으로 사대부와 酬唱하거나 許與의 영광을 얻는 일이란 결코 쉬운 것이 아니다. 생업을 유보하고 학업과 詩業에 힘을 쏟아도 그들에게 靑雲의 길이 쉽게 열리지는 않는다. 그러므로 그들은 사대부의 誘掖과 推輓을 필요로 하면서도 스스로 그 성취의 한계를 자각하게 될 때 쉽게 좌절하거나 退縮하게 되며, 때문에 그들의 작품은 자조적인 감상으로 흐르곤 한다. 高時彦과 같이 스스로 『昭代風謠』의 편찬에 參劃할 정도의 재주와 見識으로도 그의 평범한 題詠에서조차 쉽게 냉소적인 감상으로 흘러 시를 그르치기도 한다.

　　　어지러운 이 세상 어느 날에 끝날 것인가
　　　천지는 멀고 넓건만 이길은 궁벽하네.
　　　집안 가난 못 구하고 도리어 나라 걱정하다니
　　　스스로 어리석은 衷情 漆室과 같음 비웃네.

　　　今古紛紜何日了　　乾坤遼闊此途窮
　　　家貧不恤還憂國　　自笑愚衷漆室同

　　　　　　　　　　　　　　　　－高時彦, ＜七月夜納凉樹下＞[6]

---

6)『昭代風謠』別集.

집안의 어려움도 구제하지 못하는 처지에 세상일을 걱정하는 두 개의 의식
을 스스로 비웃으면서 시는 파탄에 이르고 있다.

일반적으로 학문과 문장수련의 정도와 수준이 높을수록 傷世의 품이 절로
많을 수밖에 없다.

일생을 두고 올올히 밤새우며 불 밝혀

평생 힘들여 책을 읽었네.

그러나 각고 끝에 무슨 일 이루었나

쌓아온 경륜을 이 어촌에 시험해 볼 뿐.

다만 법대로 하는 이것을 아름답게 여길 뿐

어찌 명예를 구하여 聖恩 억지로 바라리오

이르는 곳마다 학정이 없었으면

백성을 사랑하라는 성인의 말씀 받았음이라.

窮年兀兀夜膏焚   用力平生在典墳

勤苦果成何事業   經綸聊試此船村

但能如法斯爲美   豈必干譽强作恩

到處要無菙楚虐   愛民吾受聖人言

—鄭敏僑, <收稅作>[7]

胥吏가 나라를 망하게 하는 것이라는 사대부들의 고정관념으로[8] 農·工·
商 등의 常民까지도 惡類視하던 당시의 사정을 고려한다면, 이 시는 자조적
인 慷慨 이상으로 비정한 時俗을 나무라는 위항인의 양심까지도 함께 읽게
해준다. 그리고 자신의 능력과 노력에도 불구하고 그 능력이 쓰임을 받을 수

---

7) 『寒泉遺稿』 권1.
8) 李睟光, 『芝峰類說』. "曺南溟云 朝鮮以胥吏亡國 可謂痛切 至于今日 胥吏之害滋甚."

없는 현실의 높은 벽에 부딪칠 때 위항인들은 자주 劍과 琴, 酒 속으로 도피하기도 한다.

달도 기운 강변 성에 고각소리 잦아지는데
온갖 시름 몰려들어 잠들지 못하네.
홀로 타는 流水曲에 거문고 소리도 원망하는 듯
칼 빼어 별을 차니 칼기운이 차갑네.
연못가를 거니는 이 모습 이미 늙었는데
하늘가에 눈서리 이 한 해도 저물어 가네.
집사람 술을 내어 서로 위로하나니
취한 김에 길게 蜀道難을 노래하네.

月隱江城鼓角殘　　百憂侵睡不曾安
獨彈流水琴聲怨　　暫拔衝星劍氣寒
澤畔形容吾已老　　天涯霜雪歲將暮
家人得酒聊相慰　　倚醉長歌蜀道難

－卓柱漢, ＜夜懷＞[9]

　　여기서 칼은 물론 자신의 능력을 발휘할 수 없는 恨의 상징이다. 위항인들의 시에서 자주 등장하는 칼은 자신의 분신으로 작용하기도 한다. 그래서 李得元은 '공연히 칼집에 칼이 남아있어, 마음속으로 홀로 서로 친하네'[10]라 하였고, 또 金忠烈은 '늙으막에 마음은 오히려 굳세어 어지러울 때, 이 칼이 절로 우누나'[11]로 노래하고 있다. 뛰어난 능력을 인정해주지 않는 현실의 벽이

---

9) 『昭代風謠』 권6.
10) 李得元, 『昭代風謠』 권4, ＜壺山館次板上韻＞. "空餘匣中劍　脈脈獨相親."
11) 金忠烈, 『昭代風謠』 권4, ＜雲興館次韻＞. "到老心猶壯　憂時劍自鳴."

높을수록 이들은 칼을 빌어 쉽게 慷慨의 정을 토로하게 되는 것이다. 칼을 매개로 한 자신의 한탄은 『史記』 馮驩의 故事에 전례가 있고, 杜甫의 ‘長鑱長鑱白木柄 我生託子以爲命’(<乾元中寓居同谷縣長歌>)에서 그 先聲을 볼 수 있다.

그리고 다음과 같은 詩作은 위항인들이 자신의 모습을 燕趙의 客이나 楚의 詩人에 비긴 것이다.

이즈음 병이 많아 백발이 돋아나고
저문 가을 풍물이 다시 쓸쓸하네.
창가에서 듣는 우수수 낙엽 소리
新詩에 楚나라 슬픈 소리 괴이치 않구나.

多病年來白髮生   暮秋風物更凄淸
山窓坐聽蕭蕭葉   不怪新詩有楚聲

—金富賢, <城西夜詠>[12]

나에게 몇 권의 책이 있건만
孔孟 諸君子를 배우지 못해 한스럽고,
나에게 한 병 술이 있건만
燕과 趙 슬픈 노래 주인공 함께 마시지 못함이 한스러워라.
평생의 뜻 하나도 이룬 것 없는데
백발만 몇 가닥 났을 뿐이네.
홀연히 파초잎에 한바탕 비가 듣더니
어찌하여 뜰의 나무에 가을 소리 일어나는가.

---

12) 『昭代風謠』 권3.

我有數卷書	恨不同學鄒魯諸君子
我有一壺酒	恨不同飮燕趙悲歌士
一未能遂平生志	白髮數莖而已矣
忽然一陣芭蕉葉上雨	胡爲乎滿庭樹木秋聲起

—卞鍾運, <而已矣>[13]

여기서 楚聲은 楚나라의 슬픈 노래를 가리키는 것으로 때를 만나지 못한 한을 말한다. 燕趙悲士는 韓愈의 <送董邵南序>에 보이는 '燕趙는 옛부터 感慨悲歌之士가 많다'[14]에서 온 것이거니와 벼슬에 뜻을 얻지 못하는 선비를 가리킨다. 이들의 시에 대하여 '慷慨激切하여 悲歌擊筑의 風이 있다'[15]든가 '楚騷의 惋惻과 曹植, 謝靈運의 沈鬱을 방불케 한다',[16] '燕趙感慨之音이 있다'[17]고 한 비평도 이 때문이다.

2. '思歸鄕'과 '歸去來' 謳歌

黃宅厚는 禁衛營 胥吏를 지낸 인물이며 士族 崔昌大의 門人으로 少論系 인물들과 교유하였다. 뛰어난 文才 때문에 신분의 차별 문제가 심각하게 논의될 정도로(具庠의 <華谷集序>) 그는 뛰어난 시인이기도 하였다. 그는 關西 按廉使 李宗城을 좇아 관서지방으로 나갔을 때의 주고 받은 詩篇으로

---

13) 『歖齋集』 권1.
14) 韓愈, 『唐宋八家文』, <送董邵南序>. "燕趙古稱多感慨悲歌之士."
15) 朴允默 『存齋集』 권23, <嚴氏三世稿序>. "慷慨擊切 有悲歌擊筑之風者."
　　黃宅厚, 『華谷集』, <龍灣客舍>. "弱歲桑蓬志四方 遠游心緖更茫茫."
16) 崔永年, 『四名子詩集』, <四名子詩集序>. "髣髴乎楚騷之惋惻 曹子建謝靈運之沈鬱."
17) 鄭來僑, 『浣巖集』, <金澤甫萬最墓誌銘>. "謌歌詠者 亦多有燕趙感慨之音也."

『關西酬唱錄』을 남기기도 하였으며 여행 도중 江界에서 韓緖에게 준 시 중
에 다음과 같은 것이 있다.

> 난리 겪고 서로 만나
> 옛 江城에서 손을 잡았네.
> 귀양살이 다름없는 벽지의 벼슬살이
> 삼년만에 귀밑머리 허옇게 되었구나.
> 安城 竹山 싸움터 생사가 왔다갔다
> 영호남 곳곳에 노숙을 하였더라.
> 서로 마주 쳐다보니 눈물이 흐르는데
> 祈連山에 벌써 풀이 제법 돋았네.

> 相逢經亂後　　　摻手古江城
> 一障官如謫　　　三春鬢獨明
> 死生安竹戰　　　風露嶺湖行
> 俯仰同揮涕　　　祈連草已平

> ─黃宅厚, <贈外吡怪鎭韓萬戶緖>[18]

　사대부와의 酬唱이 자신의 垂名意識에 절실한 것이었지만, 사대부를 수행
하는 과정의 辛苦가 이처럼 극심했음을 보여준 것이다. 물론 사대부와의 창
화에 이러한 辛苦를 토로하지는 않는다. 同類의 처지에 있는 韓緖를 만날
때 반가움과 유랑의 서러움이 진솔하게 드러난 것이다.
　嚴啓興의 <饔屓行>에도 이러한 사정은 잘 드러난다.

---

18) 『華谷集』 권3.

辛卯 늦겨울에 눈보라 몰아쳐
천지는 하얗게 연못은 얼어붙었네.
부엌에 쌀 이는 것도 해 중천에 뜬 뒤
문 앞에 나막신 태워 밥을 짓는다.
즐겨 굶주림 이길 수 있지만
마음에는 절로 부끄럼 생기네.
하늘은 智愚 구별없이 내었건만
어찌하여 때를 따라 榮辱이 엇갈리나.
한평생 수천 권 독파했건만
늙으막에 軍門에서 열말 곡식 먹었네.
마누라 치마는 정강이도 못가리고
아이놈의 밥은 배를 채운 적이 없네.

辛卯季冬大風雪　　　天地色變凍七澤
廚下淅米日已高　　　爨我堂前折齒屐
縱喜克飢腸　　　　　自有中心惡
天公賦與無智愚　　　胡爲隨時異榮辱
平生讀破數千卷　　　晩食軍門十斗粟
有妻裳不掩其骸　　　有兒飯不飽其腹

－嚴啓興, <爨屐行>¹⁹⁾

　가난에 허덕이는 위항인의 모습이 핍진하다. 공무에 먼 길을 쉴 새 없이 다니면서 곤궁의 압박에 시달리는 위항인의 慷慨之詞는 杜甫의 모습을 떠올리게 한다. 그들에게 杜甫는 詩聖으로서의 의미도 크게 자리하고 있지만 전

─────────────────────

19) 『菊山集』 권1.

란에 유랑하면서 辛苦를 겪는 모습에 자신의 처지를 포개어 보았을 것이다. 위항인 중에는 직접 杜甫의 시에 次韻한 작품을 남기기도 하거니와 군데군데 두보의 詩句를 대입하기도 한다.

한밤중에 잠 못 이뤄 앉았노라니
유랑의 恨 저절로 새로워지네.
스산한 가을 기운 묵은 객사에서 나오고
서늘한 바람은 대밭을 울리네.
말 타고 왔다갔다 무슨 일 이루었나
천지에는 오직 늙은 이 몸뿐이네.
공연히 칼집에 칼이 남아있어
마음속으론 홀로 서로 친하네.

不寐坐中夜　　　自然離恨新
秋陰生古館　　　凉吹韻叢筠
鞍馬成何事　　　乾坤老此身
空餘匣中劍　　　脈脈獨相親

－李得元, <壺山館次板上韻>[20]

마지막 구절은 두보의 <冬至> "天涯風俗自相親"에서 따온 것이거니와 유랑의 쓸쓸한 客愁는 동질적이기도 하다. 위항인들이 차운한 두보의 시 가운데는 <秋興八首>가 특히 많아 주목을 끈다. <秋興>이 주는 감동이 현실의 곤궁과 동질적인 것으로 쉽게 영합할 수 있었던 것으로 보인다.

위항인은 방랑의 辛苦를 거듭할 때마다 두보와 자신을 일치시키곤 하였으

─────────────

20)『昭代風謠』권4.

며 그들의 시에는 집안 걱정과 歸鄕 의지가 강하게 드러난다.

> 나그네 신세가 된 몸 異域에서 놀라고
> 간절한 집 생각 돌아가지 못하네.
> 수심에 젖은 북경길 멀기도 한데
> 꿈에서도 압록강 건너지 못하네.
> 날 저물자 바람이 처음으로 급하고
> 찬 날씨에 눈은 저리 날리네.
> 아득히 어린 딸 불쌍한 생각이지만
> 사립문에 기다리는지 알지 못하네.

> 爲客驚殊域　　思家苦未歸
> 愁隨燕路永　　夢道鴨江稀
> 日暮風初急　　天寒雪正飛
> 遙憐兒女稺　　未解候柴扉

－朴世文, <燕京路中口占>[21]

　위항인에게 歸鄕 의지는 家庭으로의 복귀가 간절한 것이기는 하지만 그들은 방황을 여기에서 그치지 않는다.

> 이 한 몸 거취가 그렇게 어려워
> 남북으로 스스로 떠돌아다니네.
> 아무리 고향 생각 간절하지만
> 집으로 돌아가도 근심 있으리.

---

21) 『風謠續選』 권3.

此身難去就　　　南北自沈浮
縱是思鄕切　　　還家亦有愁

－玄德潤, <思鄕>[22]

　　결국 위항인들은 겉으로 歸鄕을 간절하게 말하고 있지만, 이들에게 보다 간절한 것은 세속으로부터의 탈출과 隱逸에 있었던 것으로 보인다. 이러한 隱逸에의 향수는 陶淵明의 '歸去來'에 멀리 연결되어 있음이 틀림없다. 현실적으로는 杜甫와 같은 곤궁에 자신의 모습을 포개어보지만, 그들의 동경은 국화 울타리에 서 있는 陶淵明에의 환상으로 차 있었던 것이다. 그러므로 도연명의 작품에 次韻을 하는 것은 물론이요, 자신의 모습을 도연명과 일치시키려는 의지도 두드러지게 나타내고 있다. 이러한 사정은 특히 崔奇男의 시에서 매우 강하게 드러난다. 陶淵明의 詩에 次韻한 것도 많거니와 대부분의 시에서 드러나는 지향은 歸去來이다.

> 내 일찍 陶淵明을 사랑하여
> 세속의 일 멀리 떨쳐버렸네.
> 술 있으면 문득 바로 취하고
> 즐기는 일이란 전원에 있을 뿐이라네.
> 어찌 춥고 배고프지 않으리오마는
> 꼿꼿이 곧고 넓은 맘 품고 있느니.
> 문장은 자못 평평하고 넓어
> 평소의 모습을 나타내 보이네.
> 슬픈 것은, 세상에 뒤늦게 태어난 것
> 시대가 달라서 서로 만나지 못하네.

---

22) 『風謠續選』 권1.

이 선비들 이미 가고 없으니
이 회포 어떻게 하소연하리.

吾愛陶元亮　　脫落遠世務
有酒輒成醉　　所樂在田圃
豈不寒與餒　　耿介懷貞度
文章頗夷曠　　足以見平素
所嗟生苦晚　　異代不相遇
已矣無此士　　有懷將焉訴

−崔奇男, <讀陶靖節詩>[23]

　도연명을 본떠 自傳 <拙翁傳>을 짓고 있을 뿐 아니라 <自祭文>, <自挽詩>를 남기고 있는 것으로도 추종의 정도를 알 수 있거니와 陶淵明 식의 隱逸로 스스로를 위로하고 있음을 볼 수 있다.

만사 귀밑머리마냥 시들어 버리고
외로운 등불은 새벽을 비추네.
가난 때문에 이름은 세우지 못하고
근심과 병만이 서로 엉켰네.
묶은 길 그 누가 찾아오리
울타리에서 스스로 꽃잎만 따누나.
이럭저럭 살아온 것 천명을 알 뿐
그밖에 또 무엇을 구하리.

---

23) 『龜谷詩稿』 권1.

萬事凋雙鬢　　　孤燈照五更
名因貧不立　　　愁與病相嬰
蔣逕誰坡草　　　陶籬自坡英
安排但知命　　　此外更何營

—金孝一, <夜坐>[24]

靑雲에의 꿈이 원천적으로 봉쇄된 위항인은 그 체념을 安分과 知足으로 돌리고 자신의 위상을 隱逸者 陶淵明에게 포개어 보는 것이다.

3. '求知己'와 詩社의 結成

위항인은 체념과 安分 속에서도 끊임없는 자기 확인의 의지를 보인다. 대개는 知己를 구하는 것으로 구체화되지만 이때 知己를 구하는 대상은 士族 쪽보다는 현실적으로 자신들과 유사한 신분의 同類에게서 구하는 것이 일반적이다. 위항인들 중에서 굳이 知己에 대한 논의를 새삼스럽게 펼치는 것이 의미를 갖는 것도 이 때문이다.

서얼 출신인 李德懋는 知己와 知音의 차이를 설명하여 "知己는 知心相同이요, 知音은 文詞技藝를 알아주는 것"[25]이라 하였다. 자신의 詩才가 사대부 사이에 널리 인정을 받았지만, 자신의 신분적 차별에 의한 한을 이해해주지 않은 현실 때문에 知己와 知音을 분리하여 생각케 된 것으로 보인다. 譯官 출신인 卞鍾運 역시 <知己說>을 펴 知己의 의미를 "知我心"으로 풀고 "남

---

24) 『昭代風謠』 권4.

25) 李德懋, 『淸脾錄』 권3. "大抵知音與知己有異　知己卽與知心相同　而知音者能相知文詞技藝而已."

이 내가 아니거든 어찌 나의 마음을 알아주리오?"[26]라 말하고 있다. 이렇게 우울한 심정을 토로하여 신분적 한계를 초월한 이해를 원하였음에도 이것이 불가능한 현실을 한탄하고 있는 것이다.

위항인의 知己意識은 그들의 시 도처에서 발견된다.

> 때늦은 공부에 할 말 많은데
> 공연히 스승 못 만난 것 안타까와하네.
> 세상에는 알아주는 벗 없어도
> 책상에는 회포를 읊은 시가 있다네.
> 궁벽한 곳이라 시내와 산 가까운데
> 인간 세상에는 세월이 더디네.
> 평소에 이미 안분을 얻었으니
> 애오라지 이로써 백년을 기약하리.

> 晚學述多歧　　　空憐未遇師
> 世無知己友　　　案有寫懷詩
> 地僻溪山近　　　人間歲月遲
> 平居得安分　　　聊此百年期

> ―金尙彩, 〈幽居書懷〉[27]

이들이 知己가 없음을 한탄하는 것은 현실적으로 위항인들과의 교유로 처지를 이해하며 위안을 삼고자 하는 강한 의식에서 나온 것이다. 이에 따라 위항인들은 스스로 同類의 행적에 대하여 우호적으로 기술하는 작업을 벌이기도 하고 자신들이 이룩한 結社에 대단한 의미를 부여하는 두 방면의 작업을

---

26) 『献齋集』 권2, 〈知己說〉. "知我心然後知己也 …… 吾亦曰 人非我 安知我之心也."
27) 『蒼巖集』 권1.

동시에 수행하였다. 전자에 의한 결과로『熙朝軼事』,『壺山外記』,『里鄕見
聞錄』,『逸士遺事』,『葵史』 등이 편찬되었으며, 특히 譯官 詩人 李彦瑱의
傳은 이들에게 큰 관심거리가 되기도 하였다.

　이와 같이 그들 사이에 주고 받은 애정은 武科에서 立身하여 국민적 영웅
으로 숭앙되었던 金應河 將軍을 애도한 시에서 집중적으로 나타나기도 하였
으며 庾纘洪의 <哀金將軍用菊潭韻>은 그 대표적인 작품이다.

　　　죽어서도 굳건히 잡은 활 그대로
　　　성난 눈 살아있는듯 충정을 생각하네.
　　　진실로 용맹은 三軍의 으뜸이라
　　　항복한 두 장수될까 부끄러워하네.
　　　옛 성채엔 홀로 돌아온 뒤의 달만 있고
　　　찬 산에는 전장의 바람 그치지 않네.
　　　지금도 나그네들 강변길에서
　　　버들 아래서 쓰러져 간 영웅을 말하네.

　　　既死猶堅在握弓　　怒瞋如活想精忠
　　　眞能勇冠三軍士　　恥作生降兩摠戎
　　　古塞獨留歸後月　　陰山不斷戰時風
　　　至今行旅河邊路　　共說當年柳下雄

　　　　　　　　　　　　　　　　－庾纘洪, <哀金將軍菊潭韻>[28]

　문신이며 士族인 姜弘立 등은 항복하여 치욕의 역사를 기록하기에 이르렀
지만 미관말직으로 전전한 金應河가 버드나무 아래서 마지막까지 적들과 싸

---

28)『昭代風謠』 권6.

운 사실이 위항인의 자부심을 크게 고무한 것은 물론이다. 김응하 장군을 애도하는 詩篇이 위항인의 손에서 많이 나오게 된 所以도 이 때문이다.

　앞에서도 이미 지적한 바와 같이, 위항인들의 詩社 結成은 그들의 문학활동에 결정적인 계기를 마련한 결과가 되었으며 그들의 詩才를 과시하는 수단으로도 중요한 의미를 가진다. 詩社의 역사는 이미 魏晉의 竹林七賢이나 王羲之의 蘭亭稧事에서 비롯되고 있으며,[29] 또 高麗나 朝鮮에 있어서도 士族들의 소규모 詩會는 일찍부터 있어 왔다. 다만 위항인들의 結社는 그들의 집착과 의지의 강도 때문에 조선후기 詩史에서 큰 의미를 부여받게 된 것이다.

　　知己는 古來로 적고
　　英雄의 자취는 절로 외롭네.
　　떠돌이 외로운 신세 야박한 세상 따르고
　　뒤뚱거리며 사노라니 험한 길에 괴롭네.
　　늦게서야 詩社에 몸을 맡겨
　　때때로 술집을 찾게 되었네.
　　긴 바람 만리에 부니
　　발 씻고 강호에서 노닐기나 하리.

　　知己古來少　　　英雄跡白孤
　　伶빙隨薄俗　　　偪側困危途
　　晚托詩人社　　　時尋酒肆墟
　　長風吹萬里　　　濯足戲江湖

　　　　　　　　　　　　　　　－崔承太, ＜感懷用洪生世泰韻＞[30]

---

29) 李德涵, 『風謠續選』, ＜風謠續選跋＞. "千生壽慶好古愛詩 癸丑春 倣蘭亭故事 開松石雅會."
30) 『昭代風謠』 권4.

    詩社에서 위항인들은 시를 짓고 술을 마시는 것으로 즐길 거리를 삼았지
만 이들의 詩業에 대한 자부심은 중요한 의미를 지닌다.

    호탕한 읊조림 금세엔 팔지 못해도
    詩癖만은 어찌 고인에 사양하리.
    江山을 吟弄하니 공연히 그냥 좋고
    풍월을 부르는 것 누구를 위해 새롭게 했던가.
    애태우며 짜내는 시 파리해지기 마련이지만
    겹겹이 쌓인 시편이 가난 구제 못하네.
    육십년 동안 지은 시 만수나 되니
    放翁 뒤에 바로 나뿐이리라.

    豪唫雖未售今世   苦癖何曾讓古人
    簸弄江山空自好   招呼風月爲誰新
    搜腸鏤肺應添瘦   累牘聯篇不救貧
    六十年來詩萬首   放翁去後又吾身

                                        ―朴允默, <詩後有作>[31]

    한편 위항인들은 그들의 집단적 결속을 과시하기 위하여 많은 聯句를 남
기고 있다. 聯句는 漢 武帝 때 諸臣들이 지은 柏梁臺聯句에서 비롯하였다
고도 하거니와, 朝鮮中期까지는 柏梁體 형식이 주로 개인에 의해 창작되었
으나 中期를 지나면서 士族들의 소규모 詩會에서도 제작되어 그들의 집단적
결속을 과시하기도 하였다. 위항인들은 이러한 전통을 이어, 二人 이상이 모
이면 한 두 聯씩 주고 받는 聯句의 제작에 열을 올리게 된 것이다.

---

31) 『存齋集』 권22.

朴昌元의 『澹翁集』에는 <籌博士體聯句>라 하여 數詩體를 빌어 聯句를 짓고 있으며 <四時聯句―至十言石洲體>라 하여 層詩로 된 聯句를 남기기도 하였다. 그만큼 詩會에서 다양한 양식을 동원하여 詩才를 과시하고, 結社를 통한 위안을 획득할 수 있었던 것으로 보인다.

위항인의 知己意識은 懷人詩에도 잘 드러난다. 懷人詩는 顔延之의 <五君詠>에서 근원을 찾기도 하지만 王士禛의 <懷人絶句>에서 직접적으로 영향을 받은 듯하다. 위항인 중에서 懷人詩에 가장 집착을 보인 인물은 譯官 시인 李尙迪과 서예가로 명성을 떨친 金奭準이다. 이상적은 <懷人詩>와 <續懷人詩> 連作을 남기고 있고, 김석준은 그의 문집 『紅藥樓詩集』 외에도 별도로 『懷人詩卷』, 『續懷人詩錄』을 저술하여 200여 수의 懷人詩를 남기고 있다. 여기에는 위항인들이 갖는 교유에의 열정이 어느 정도인가를 알게 해준다. 이러한 懷人詩는 당대 인물의 존재 양상을 살피는데 좋은 자료가 되고 있으며 작품마다 人物評을 가하고 있어 論詩와 論人의 성격을 공유하고 있다.

> 누가 文三橋와 何雪漁가 전신임을 알리오
> 쇠 붓 무르녹아 따라서 핍진하도다.
> 글 묻고 글씨 배우라는 권장의 말
> 古東(李翊會)과 秋史, 紫霞의 門일세.
>
> 誰知三雪是前身　　鐵筆淋漓轉逼眞
> 問字學書推奬語　　古東秋史紫霞門
>
> ―金奭準, <韓小貞應耆>[32]

---

32) 『懷人詩錄』.

轉句와 結句는 申緯가 韓應耆에게 준 시에서 "글 묻고 글씨 배우는 韓應 耆 / 古東과 秋史, 紫霞의 門이라 / 存亡의 회포 슬퍼하지 말라 / 山房에 술을 싣고 저녁 햇살 대하리니"[33]를 차용한 것으로 이왕의 시를 통하여 인물 을 평하고 있다. 이에 이르러 자신과 申緯, 金正喜, 韓應耆의 공동체적 유대 감을 부각시키는데 성공하고 있다.

3. 독자적 詩世界의 구축과 한계

1) 형식의 파괴와 異體詩의 試驗

위항인들의 시세계가 사대부들의 그것과 기본적으로 다를 수는 없다. 그러 나, 위항인의 생활과 의식이 사대부들과 일률적이지 않음으로 해서 사대부 시 세계 중 어느 특정한 양식에 집중적인 관심을 보일 때가 많다. 위항인들은 사 대부의 시세계를 추종하면서도 그들과 비견되는 글 솜씨를 과시하려는 기도 를 보이기도 한다. 위항인들은 자신의 시세계의 우월성을 보이기 위해 모의 적 성향이 강한 작품을 남기기도 했다. 이러한 위항인의 시작 경향은 다음과 같이 설명되고 있다.

근세 洛下의 위항인들 중에 詩律로 칭도되는 자들이 간혹 前賢의 詩句를 祖 述한 것이 많고, 그 중에 步趣가 군색하지 않은 것도 또한 있다.[34]

---

33) 金奭準, <懷人詩錄> 韓小貞注. "申紫霞侍郞贈韓小貞詩 有問字學書韓壽汝 古東秋 史紫霞門 存亡且莫傷懷抱 載酒山房對夕曛."
34) 『昭代風謠』, 「附錄詩話」. "近世洛下巷居之士 以詩律有稱者 多間或祖述前賢之句 而 步趣不窘者 亦有之."

이때 위항인이 前賢의 詩句를 祖述하는 방식은 杜甫나 陶淵明 등 특정한 시인의 시구를 작품 속에 용해시키는 솜씨를 보일 때도 있지만, 보다 특징적인 사실은 사대부들의 시작에서는 흔하게 볼 수 없는 異體詩에 대한 관심을 보인 것이다. 위항인 중 異體詩를 많이 남기고 있는 인물은 嚴啓興, 朴永錫, 范慶文, 車佐一, 張混 등이다.

嚴啓興은 千壽慶 등과 함께 玉流洞에 모여 詩會를 가졌으며 이때 四言詩도 자주 지었던 것으로 보인다.[35]

管絃이 성하더라도
귀와 마음의 해가 되네.
사냥이 즐거워도
물고기를 놀라게 하고 새들을 멀리 쫓네.
순하고 담담하니
사물과 내가 화평하도다.
이리저리 눈을 돌리며 마음을 달려
술 마시다 또 시를 읊조리네.
아 나의 친구
德音을 보지하네.
질투하거나 탐하지 아니하니
頂上의 귀감일세.

管絃雖盛	亂耳蠱心
綸弋雖娛	駭魚遠禽
順斯澹斯	物我愔愔

---

35) 嚴啓興, 『菊山集』. "千生君善於玉洞卜築 逢是年是月 盛邀諸君子 以修蘭亭故事 强策赴會 作四言七章."

遊目騁懷　　　載醉載吟

嗟我友生　　　天保德音

不기不求　　　頂上之鑑

―嚴啓興, <千生君善於玉洞卜築　逢是年是月　盛邀諸君子　以修蘭亭故事　强策赴會　作四言七章>[36]

四言詩는 詩經에서 본받은 것이거니와, 斯와 載 등의 어조사를 쓰면서 古風을 살리고 있다. 엄계홍은 四言만이 아니라 다음과 같은 七言의 複字詩를 써 해학적인 효과도 느끼게 해준다.

단전이 죽었구나 단전이 죽었네

아 단전이여 어찌 그리 급하였나.

한 단전 가버림 애석치 않건만

단전을 보내고 나면 단전이 없으리라.

亶佃死矣亶佃死　　　嗟爾亶佃何遽然

一亶佃死不須惜　　　送歸亶佃無亶佃

―嚴啓興, <哀李亶佃>[37]

中庶에도 끼지 못한 賤人 李亶佃의 죽음을 슬퍼한 작품이다. 複字詩는 한 수 내에 같은 글자를 여러 번 쓰는 것으로 近體詩의 詩病을 도리어 수사 기교로 사용하고 있다. 여기서 複字는 이단전을 목놓아 부르는 슬픔의 극단을 보여준다는 점에서 강조의 효과가 매우 크다. 물론 女流의 시나 다른 위항인의 작품에서도 複字가 戲謔的으로 쓰일 때가 많다. 예를 들면 金尙彩의

―――――――――――――――

36) 『菊山集』.

37) 『菊山集』.

<詠花字贈妓英花>와 같은 작품은 英花라는 기생에게 花字를 매우 희학적으로 중복하여 쓴 것이며(『蒼巖集』) 朴永錫 역시 四言詩와 三五七言과 같은 異體詩를 즐겨 쓰고 있다.(『晩翠亭遺稿』) 이와는 또 다른 양상으로 范慶文은 <干支體>, <八音體>, <玉連環體>, <建除體> 등 異體詩를 남기고 있다. 干支體는 일명 六甲體라고도 하는 것으로 韻의 제약 때문에 韻字에는 干支의 글자를 쓰지 않는 것이 일반적인데 范慶文은 六甲 중에 辰, 寅, 辛, 申을 韻字로 하고 對句 끝에 다시 甲, 丙, 子, 未 등을 쓰고 있다. 그리고 八音體는 악기 계통인 金, 石, 絲, 竹, 匏, 土, 革, 木의 八類를 各句에 하나씩 배치시킨 것이다. 建除詩는 별이름인 建, 除, 滿, 平, 定, 執, 破, 危, 成, 收, 開, 閉의 十二字를 각 聯의 첫 글자로 쓰는 것이 특징이다. 玉連環體는 곧 藏頭詩를 말하는 것으로 前句의 끝자의 부수나 일부로써 後句의 첫 글자를 삼는 것이다. 물론 이와 같은 희학적인 異體詩의 제작이 이들만의 전유물은 아니지만 異體詩를 시범할 수 있는 여유를 보인 것만으로도 위항인들에게는 특별한 의미를 가진다. 이는 그들이 日常的인 시형식으로 만족할 수 없을 때, 새로운 시형태의 개척이나 변형을 통하여 그들의 作詩欲을 충족시키려는 의지의 표출로서도 값진 것이다.

張混 역시 八音詩와 三五七言, 三言詩를 다수 남기고 있지만 특히 그가 힘을 쏟은 곳은 四言詩이다.

아 어떤 한 사람
장가들지 않고 벼슬하지 않네.
고생하고 가난해도
마음은 편안하네.
거리낌 없이 즐기며
음악과 시로 시간을 보내네.
사물은 제각기 스스로 살아가는 법

붕새는 메추라기 비웃지 않는다.

羌有人兮   不娶不官
雖則苦貧   其心則晏
樂之嗲嗲   彈詠以間
物各自適   鵬無笑鷃

—張混, <君善偶至效陶體>³⁸⁾

張混의 四言詩는 앞에서 보인 嚴啓興의 것과는 사뭇 다르다. 엄계흥의 四言詩가 詩經詩를 추종하고자 하였다면 張混의 四言詩는 윗시의 제목 그대로 陶淵明의 四言詩를 본받고 있는 것이다. 또 張混의 詩作 중에는 六言詩나 毛詩集句 등도 나타나고 있는 바, 이 때문에 그의 古體는 "漢魏의 餘響이 있다"³⁹⁾거나 "今體의 시가 아니다"⁴⁰⁾라는 평을 받게 된 것으로 보이며 또 이때문에 당대인의 눈에 累百千言이 글자마다 새롭게 보였을 것이다.⁴¹⁾ 이러한 장혼의 異體詩에 대한 관심은 시를 樂章化하려는 시도에서 나온 것이 틀림없다. 장혼은 <騷壇廣樂凡例>에서 실제 調音, 初章, 二章, 三章, 四章, 五章, 別曲, 雜曲, 附, 大餘音 등으로 연주의 순서를 정하고 각 단계에 알맞는 각체의 시를 배치하고 있다.

車天輅의 후손인 車佐一은 范慶文이 보여준 異體詩의 경향을 따라 <效四氣體>, <六甲體>, <藥名體>, <效鳥名體>, <效獸名體>, <效十二屬體>, <效六府體>, <效建除體>, <效六甲體>, <八音>, <卦名> 등의 작품을 남

---

38) 『而已广集』 권3.
39) 李書九 <古體深得漢魏餘響>은 具滋均, 「近世的 文人 張混에 대하여」(『文理論集』 7집, 고려대, 1963)에서 재인용.
40) 洪奭周, 『淵泉集』 권17, <答張生混書>. "足下之文 最長於詩 詩尤長于古體 …… 亦知足下之詩 非今世詩也."
41) 朴允默, 『存齋集』 권14, <珠崖張昶送示家大人而已广行狀>. "百千字字新."

기고 있다. 그 중 <卦名>은 각구에 周易의 六十四卦名을 하나씩 넣은 것이고, <效六府體>는 재물을 가무리는 여섯 곳, 즉 水, 火, 金, 木, 土, 谷의 글자를 각구에 넣은 것이며, <效十二屬體>는 일명 十二生肖詩로 十二干支에 해당하는 동물 이름, 곧 鼠, 牛, 虎, 兎, 龍, 蛇, 馬, 羊, 猴, 鷄, 狗, 猪의 열두 글자를 넣어 시를 짓는 것이다. 또 <效鳥名體>, <效獸名體>, <藥名體>는 각기 새이름, 짐승이름, 약이름을 각구에 넣은 것이며, <效四氣體>는 일명 四時詩로 春, 夏, 秋, 冬의 네 글자를 각 구에 넣은 것이다.

위항인의 異體詩에 대한 관심은 新奇를 추구하려는 의식과, 이미 진부해진 한시 양식에 새로운 변화를 모색하고자 하는 노력에서 나온 것이다. 이때 제작된 시는 형식적 요건의 제약을 받고 있으므로 작시 능력을 인정하기에는 충분하지만 이들 작품에는 자신들의 생활 감정이나, 현실인식이 거세되고 있어 부화한 것이 되기도 한다.

2) ‘今體’의 개척과 현실감의 획득

위항인들이 新奇를 추종하면서도 옛 양식을 끌어쓴 것 중에 성공한 것도 있다. 가령 張混의 四言詩는 자신들의 생활 감정을 이미 익숙된 五七 형식을 배제하고 비교적 생소한 四言으로 표출하여 새로운 경지를 개척하고 있다. 四言이라는 특수한 詩體로써 위항인의 독자성을 더욱 쉽게 드러내고 있는 것이다. 六言詩는 曹丕의 <答群臣勸進表>에서 보이거니와 이후 唐代에는 王維, 劉長卿 등에 의하여 六言絶句로 정제된 양식이다. 朝鮮朝에서는 李達을 비롯하여 鄭斗卿 등의 시에서 간간이 보이는 정도이지만 위항인의 문집에 이르면, 많은 사람이 六言詩를 남기고 있다. 또 위항인들은 六言詩에 次韻한 작품도 다수 남기고 있어, 이것이 위항인들 사이에서 왕성히 창작되었음을 짐작할 수 있다.

아침 저녁 샘물 소리는 쿨럭쿨럭
예나 지금이나 산색은 어렴풋하여라.
예 놀던 풍류객들 이미 멀어졌는데
선비들 이곳에 다시 왔노라.

泉聲瀜瀜朝暮　　　山色依依古今
王謝舊遊已遠　　　衣冠此地重臨

　　　　　　　　　　　　　　　－金祜孫, <松石千君壽慶宅癸丑春賞>[42]

　이 작품에서 볼 수 있는 것처럼 六言詩는 2·2·2의 句法으로 읽혀 五七言의 句法과는 사뭇 다른 느낌을 준다. 물론 이러한 詩作에 五七言과 기본적으로 다른 詩想을 담고있는 것은 아니지만 새로운 句法에 의해 참신성을 띠게 해주는 것은 사실이다. 위항인은 또 이러한 참신성에 다시 每句押韻하는 실험도 하고 있으며 律詩를 六言으로 짓기도 한다. 다음은 每句押韻하면서 奇數句로 끝맺은 파격의 예이다.

문을 나서 분주한 근심 없고
한 방 속에서 족히 한가롭게 지내겠네.
다른 생각 그치고 이것을 구하는데
잘못된 일 많은 것 어디서 오는 걸까.
문득 깨닫겠거니 손은 둔하고 마음은 굳센 것을.

無出門奔走憂　　　一房裏足優游
息他慮惟是求　　　多誤落更何由

---

42) 『風謠續選』 권7.

便覺手鈍心遵

―朴永錫, <次韻>[43]

　제4구까지 3·3의 句法을 유지하다가 제5구에서 2·2·2의 구법으로 변화를 기도하고 있다.

　六言詩에 새로운 지평을 연 사람은 李彦瑱이다. 이언진은 <衕衚居室>이라는 題下의 六言詩를 200수에 가깝게 남기고 있다. 이언진 六言詩의 특징은 白話를 적극 수용하면서, 당대 현실의 여러 모습을 진솔하게 보여 주고있는 점이다.

　시장 머리에서 만두를 파는데
　어린애도 값을 안다네.
　다만 제일 좋은 것이란
　진짜 가짜 구분 못하는 그것이네.

　市街頭賣炊餠　　小孩兒知時價
　只一件好東西　　吾不辨眞和假

―李彦瑱, <衕衚居室>[44]

　시장 주위에서 흔하게 볼 수 있는 모습이 절실하게 드러나 있다. 士族의 시에서는 보기드문 현상이다. 市井의 분위기에 맞게 一件, 東西, 和 등의 백화를 써 口語에 가깝도록 조치하고 있다. 다른 시에서도 백화가 자주 구사되고 있으며, 疊語를 많이 써서 음악적인 효과도 배려하고 있다.

---

43)『晩翠亭遺稿』.
44)『松穆館集』.

거마는 떵떵땅땅

부녀는 재잘재잘.

나는 벽 앞에 앉은 중의 몰골

평생 시끄러운 곳에서 정신을 닦네.

車馬丁丁當當　　婦女叨叨絮絮

我則如面墻僧　　一生煉神鬧處

—李彦瑱, <衕衚居室>[45]

역관다운 이언진의 시이다. 여기에 이르면 이미 사대부의 시세계에서 멀리
벗어나 있다. 이는 위항인들이 자신의 경험과 의지로 시를 쓰게될 때, 작품의
독자성이 확보될 수 있음을 보여준 것이라 하겠다. 이 때문에 이언진은 "詩
文이 前人을 답습하지 않고 오로지 자기에게서 나온 것을 李虞裳에게서 보
았도다"[46]라는 칭찬을 받게 된 것이다.

　이언진의 <衕衚居室>이 異國에서의 서정을 담고 있는 것과 비슷한 양상
으로, 특히 외국에 往還이 잦은 譯官詩人들의 竹枝詞가 주목된다. 竹枝詞는
唐 劉禹錫이 沅湘에서 새로이 지은 작품들에서 비롯하는 것으로 알려져 있
거니와 그 형식이 七言絶句이며, 唐代에는 旅情이나 兒女子의 柔情이 주로
묘사되다가, 후대에 風土와 人情을 노래하게 된 양식이다. 朝鮮朝에서도 南
公轍, 申維翰, 申光洙, 趙秀三, 李學逵, 朴珪壽, 崔永年 등이 竹枝詞를 남
기고 있으며 위항인의 죽지사 중 范慶文의 <效白香山竹枝詞>나 崔乘太의
<竹枝詞>는 단순한 旅情과 客愁를 노래하고 있다는 점에서 여타의 죽지사
와 다를 바 없다. 그러나 직접 외국 문물을 보고 외국의 실정을 노래한 죽지

---

45) 『松穆館集』.
46) 金瀟瀟, 『松穆館集』, <松穆館集跋>. "詩文之不踏襲前人 而專出於己者 吾見李君虞
　裳 言簡而旨深 識博而調奇."

사는 위항인의 독특한 생활 경험을 바탕으로 하고 있다는 점에서 그 독자성
이 인정될 수 있다. 이 전통은 申維翰의 <日東竹枝詞>에서 찾아볼 수 있다.

　　　황금빛 선박에 붉은 비단 휘장
　　　大坂의 번화함 제일 기이하여라.
　　　二十四橋 紅橋 속에
　　　집집마다 구슬 주렴 미인을 가두었네.

　　　黃金船舶紫綾帷　　　大坂繁華第一奇
　　　二十四橋紅橋裏　　　家家珠箔鎖名姬

　　　　　　　　　　　　　　　　　　　　　－申維翰, <日東竹枝詞>[47]

　　異國의 風物이 화려하게 묘사되고 있다. 신유한의 <일동죽지사>는 일본
기행 당시의 것이 아니고 30년이 지난 후에 지어진 것으로 기억에 의존한 작
품이다. 趙秀三의 <外夷竹枝詞>역시 <方輿勝略>에 근거하여 제작된 것이
며[48] 李尙迪의 <竹枝詞>도 기록을 토대로 제작된 것이다.[49] 다만 위항인들
이 외국 문물을 남보다 먼저 보게 됨에 따라 이로써 자신의 시 역량을 과시
하려 할 때 죽지사를 짓고 있는 것에 유의할 필요가 있다. 위항인의 시는 사
내부와는 나른 경험을 형상화함으로써 독자성이 확보된 것이라 할 수 있다.
異國竹枝詞는 곧 風土人情을 그리는 죽지사의 전통을 이으면서, 자신들의
이국 경험을 표출하는 과정에서 독특한 한 양식으로 정립될 수 있었던 것이
다.

---

47)『靑泉集』권2.
48) 趙秀三,『秋齋集』권7, <外夷竹枝詞序>. "余近得新安程百二氏所撰方輿勝略 枚列函
　　夏 包括寰區 歷歷如在目前 就其外夷列傳 冥蒐遠求 核擧無遺."
49) 李常迪,『恩誦堂續集』권1. "日本畵生南畊 倩人索書扁聯 因掇拾伊國舊事佚聞之雜
　　出於記載者 戱作七絶卄首 以備竹枝一體."

六言이나 죽지사류에 의하여 위항인의 시세계에 독자성이 확보되는 것은 물론 아니다. 위항인의 시는 위항인의 신분에 걸맞는 當代의 사실을 그대로 수용함으로써 今體의 한 영역을 열기도 했다. 이를 시범한 대표적 인물은 金進洙라 할 수 있다. 김진수의 문집에는 자신의 시에다 잔주를 부기하였으며, 다음에 黃鍾顯의 평을 달고 있어 淸 魏禧 이후 유행하게 된 새로운 문집 양식의 수용양상을 알게 해준다.

비바람에 배가 밀려도 술은 비지 않고
綠林(序)에서 英雄들 얼마나 격찬했던가.
옛 이야기 매번 三國에 이를 때마다
曹操·孫權·呂蒙을 크게 꾸짖네.

風雨推篷酒不空   綠林激贊幾英雄
古談每到三分國   大罵曹權與阿蒙

—金進洙, <幼戲宴廾八首>[50]

淸의 遺民이 된 漢人이 幻戲에 몸을 숨기고 『水滸傳』, 『三國志』 등의 인물에 스스로를 비기고 있는 상황을 그린 작품이다. 漢人의 이러한 처지는 세상에서 소외되어 榮達하지 못한 위항인에게 공감을 주게 된 것으로 보인다. 소설이 범람한 시대적 분위기에 걸맞게 특히 김진수의 시에는 소설이나 宴戲와 관련된 典故를 적극적으로 활용하고 있어 주목을 끈다. 『三國志』, 『水滸傳』 뿐만 아니라 『拍案驚奇』나 『九雲夢』 등의 韓·中 小說이 詩의 典故로 등장하고 있다.

중국이나 일본을 往還하며 축적된 새로운 경험과 인식이 사실적으로 묘사

---

50) 『碧蘆別集』 권4.

될 때 위항인의 시세계에 절로 독자성이 드러나게 되거니와, 한편으로는 국내의 유랑에서 터득한 자신의 경험을 통하여 일찍이 앞선 시대의 시작에서 볼 수 없었던 하층민의 모습이나 위항인 자신의 중간자적 모습이 매우 사실적으로 제시되기도 한다.

> 남자 무당은 북소리 둥둥
> 여자 무당은 노랫가락과 사설.
> 빽빽한 숲 희미한 달빛
> 이곳이 신이 강림하는 곳이라네.

> 男巫鼓鼕鼕　　　女巫歌且語
> 叢林月朦朧　　　云是神到處
>
> －嚴啓興, <偶賦俚體>[51]

　위항인의 시에서 가장 값진 것으로 지적되어야 할 사실 가운데 하나는 시인 자신의 체험을 詩化하고 있는 것이거니와 그 가운데서도 특히 시인이 직접 농군이 되어 농촌의 현실을 시로써 표출한 것은 사대부의 시편에서는 도무지 찾아볼 수 없는 일이다. 그러나 다음에 보이는 鄭敏僑의 작품은 시인 스스로 농부로 등장하고 있어 경이로움 이상으로 감동을 준다.

> 구월에 찬 서리 내리고
> 남녘 기러기 날아가기 시작하네.
> 나는 논에 나락을 걷고
> 아내는 목면 옷 짓네.

---

51) 『菊山集』.

> 흰 술은 모름지기 많이 빚어야 하는 법
> 국화는 스스로 많이도 피었네.
> 이 곳이야말로 이 몸 숨길 만하니
> 백년 뒤에 또 돌아오리라.

九月寒霜至　　　南鴻稍稍飛
我收水田稻　　　妻織木綿衣
白酒須多釀　　　黃花自不稀
於焉聊可隱　　　且作百年歸

－鄭敏橋, <穫歸>[52]

형식이나 취재의 新奇를 구하지 아니하고 직접적인 생활 체험을 평담하게 얽어낸 진솔이야말로 위항시에서만 볼 수 있는 珍奇 그것이 아닐 수 없다. 陶淵明, 白居易 등이 과시한 전원시를 이으면서도 하천민의 생활 모습을 있는 그대로 그려낼 수 있는 權能은 오로지 위항인에게 속할 뿐이다.

4. 結言

本稿의 과제는 일단 朝鮮 後期 中人 硏究의 一環으로 수행된 것이다. 그러나 신분 계층으로서의 中人은 아직도 많은 논의를 기다려야 할 과제가 상존하고 있을 뿐 아니라 엄격한 개념 규정을 기도하는 일조차 무의미한 것이 될 수도 있다. 그러므로 본고에서는 조선후기 신분계층의 특수성을 고려하여

---

52) 『寒泉遺稿』 권1.

신분계층으로서의 중인 개념을 보다 탄력성 있게 수용할 때 恒用하는 中庶人 또는 委巷人의 詩世界를 考究하는 것으로 대상을 확장하였다.

다시 말하면 서로 다른 신분계층을 넘나들면서도 쉽게 同類意識으로 결집될 수 있었던 委巷人의 詩世界를 중점적으로 검색하게 된 것이다. 그러므로 본고에서는 이른바 委巷詩集으로 알려진 『昭代風謠』,『風謠續選』,『風謠三選』의 주인공들을 그 대상으로 하여 그들의 詩作이 士大夫들의 詩世界와 대비될 때 부여받을 수 있는 의미를 찾아내는데 주력하였다.

그러나 委巷人의 구성이 그러하듯이 그들의 詩世界도 천 가지 만 가지 부류이어서 한 마디로 논단하는 일은 결코 쉬운 일이 아니다. 다만 그들의 생활, 그들의 의지가 마침내 새로운 詩形式의 개척에까지 이르고 있는 현장을 확인하게 된 것이 본고가 이룩한 가장 중요한 소득이라 할 것이다.

위항인들은 타고난 신분의 질곡 때문에 그들의 진로에 한계가 분명하게 그어져 있었지만, 피나는 노력으로 독서를 하고 詩業을 닦아 이로써 그들은 조선후기 시단에 중요한 한 부분으로 위항시를 남기게 된 것이다.

스스로 집안의 가난조차 해결하지 못하는 不遇에도 불구하고 그들은 문자를 익힌 識者의 구실을 다하기 위하여 나라를 걱정하는 衷情까지도 저버릴 수 없게 될 때 스스로 두 개의 의식 사이에서 어처구니없는 慷慨之詞를 토로하게 된다.

특히 시리나 역관과 같이 평생을 두고 하급관료직에 몸을 맡긴 위항인들은 北塞와 南荒으로 또는 이역만리 타국으로 유랑하면서 양반 士族의 뒷바라지를 하게 되지만 스스로 성취의 보장도 기대하지 못하는 그들은 고향을 그리며 '歸去來'를 구가하기도 한다.

그런가 하면, 평생을 두고 시업을 닦아 詩社로 모여든 위항시인들은 양반 사류에 못지 않은 자부와 긍지로 그들의 시세계를 과시하기도 하며, 이들에 의해 이룩된 酬唱集은 조선후기 非士族 문학으로서 중요한 부분이 되고 있다.

그러나 조선후기 위항인의 시세계에서 특기할 사실은, 異體詩의 시험과 현장감의 획득이라 할 수 있다. 위항인들의 시세계가 사대부들의 그것과 기본적으로 다를 수는 없지만, 위항인의 생활과 의식이 스스로 사대부들과 다를 수밖에 없을 때, 그들은 전통적인 詩律의 파괴나 변형을 통하여 그들의 작시 욕구를 과시하고 있기 때문이다. 이들이 시범한 四言이나 六言詩가 그들에 의하여 개척된 것은 아니지만, 그들은 이를 통하여 그들의 생활과 의지와 체험의 현장을 있는 그대로 표출하고 있어 이것이야말로 사대부들의 시세계에서는 찾아볼 수 없는 위항인들만의 것이 아닐 수 없다.

(『東洋學』21, 1991)

朝鮮後期 漢詩의 새로운 경향에 대하여

1. 序言

　　본고에서 조선후기라 함은 실질적으로 17세기 후반을 지칭하는 것이다. 임진왜란과 병자호란을 체험한 穆陵期의 시인들은 각각 공전의 풍요와 華美를 과시하였지만, 임란 이후 숙종대에 이르는 70여 년간의 시단은 문자 그대로 황량과 적막만이 있을 뿐이다. 숙종대에 이르러 모처럼 外患으로부터 안정을 되찾아 태평성세를 구가히게 되지만, 정치 내부에서 불붙기 시삭한 당본의 과열로 騷壇은 다시 山林 속으로 雌伏하게 된다. 그러나 이 무렵 조선 왕조 건국으로부터 300년을 지나면서 지금까지 사대부 반열에 참여하지 못한 중간 계층의 시인들이 등장하여 혹은 개별적으로 혹은 집단적으로 그들만이 향유할 수 있는 새로운 시세계를 이룩하게 된다.

　　그리하여, 조선후기 시단은 당시의 정치참여 세력과 일정한 거리를 두면서 산림에서 詩業에만 침잠한 일부 사대부 시인들에 의하여 조선시의 眞境을 보여주는 이른바 眞詩運動이 일어나기 시작한다. 金昌協, 金昌翕 형제와 이

들의 門下에 출입한 李秉淵, 兪拓基, 李夏坤 등이 이에 속하며, 신분 계층
에서는 이들과 서로 다른 처지에 있으면서도 詩를 통하여 이들과 交遊한 洪
世泰 등도 이 운동에 뜻을 같이 한 詩人이다. 다음으로는 사대부 반열에 참
여하지는 못하지만 사대부와의 交遊를 통하여 詩文으로 세상에 이름을 드날
린 일군의 시인들이 있어 竹枝詞와 같은 노래의 틀을 빌려 그들만이 향유할
수 있는 낭만을 구가하기도 한다. 이른바 後四家 가운데서도 특히 李德懋,
柳得恭, 朴齊家 등이 이에 속한다.

그런가 하면, 下大夫의 거친 수법으로 시업에 정진하여, 진솔하고 강직한
詩作으로 조선후기 시단에 새로운 시의 울림을 남기고 간 시인들 가운데서도
卞鍾運, 黃五, 玄錡, 張之琬 등이 지나간 자리도 결코 작은 공간은 아니다.

그러므로 본고에서는 조선후기 시단에서 일어나고 있는 변화의 한 부분을
구체적인 작품을 통하여 확인하고자 하는 것이다.

2. 白嶽詩壇과 眞詩運動

17세기 후반에 접어들면서 仁旺山과 北嶽山 사이의 산록(장동)에 詩壇을
만들고, 새로운 시를 써야한다고 다짐하는 일군의 시인들이 모여들면서, 조선
후기 시단에 새로운 기풍이 일기 시작했다. 이들이 함께 모인 곳을 白嶽詩壇
이라 부르기도 하고 이 새로운 시세계의 지향을 모색하는 움직임을 眞詩運
動이라 이름을 붙이기도 한다.

이러한 움직임은 金昌協과 金昌翕 형제가 중심이 되고, 이들의 문하에서
李秉淵, 李夏坤, 金時敏, 金時保, 兪拓基 등이 호응하여 조선후기 騷壇에
참신한 충격을 던져주었다. 이와 때를 같이 하여 畫壇에서도 謙齋 鄭敾, 觀
我齋 趙榮祏과 같은 화가들이 이들과 交遊하면서 眞境畫를 구축하여 조선

후기 화단에 새로운 영역을 개척하게 된다.

性情의 발로에 따라 시를 써야 한다는 儒家의 상식을 뛰어 넘어 이들은 그들 주변에 있는 자연, 인물, 풍속을 있는 그대로 표현해야 한다고 주장하였다. 때문에 이들에게는 대상 그 자체가 중요할 뿐, 계획된 의도나 꾸밈과 같은 것은 고려하지 않았으며 形과 神이 하나로 어우러지는 시세계를 이상적인 경지로 생각했다. 그래서 이들은 '眞詩', '性情의 詩', '天機' 등을 강조하면서 當時의 風尙을 강력하게 비판하였다. 이러한 주장과 실천은 결과적으로 조선 중기의 唐詩風 이후 宋詩의 세계에 복귀 또는 近接한 것으로 보일 수도 있지만, 그러나 이들의 이러한 노력은 이때가지의 俗尙을 거부하고 진정한 朝鮮詩가 어떤 것인가를 훌륭하게 실험하고 있으므로 그 성과 역시 중요하게 평가받아야 할 것이다.

金昌協은 經術과 文章이 兩美하기로 退溪 以後 처음이라 꼽히는 문인이다. 그의 학문은 李珥, 金長生, 宋時烈의 학통을 이으면서 四端七情說과 같은 것에서는 오히려 退溪와 栗谷을 절충하였으며, 湖洛是非가 본격적인 論爭으로 들어가기 전에 이미 그 선구가 되었다. 다음 시대 서울 중심의 老論系 문인들 사이에서 일어난 北學思想을 앞에서 창도한 것도 그다.

그는 古文에 특히 뛰어난 솜씨를 보여 典雅한 그의 문장과 朴趾源의 雄渾한 문장이 一時에 쌍벽을 이루었거니와, 騷壇에서도 그는 조선후기에 새롭게 대누된 진시운동에 단초를 열었으며, 특히 그가 개진한 天機論的 시론은 그의 아우 昌翕, 昌緝과 時保, 時敏 등 조카, 그리고 그의 門下와 委巷詩人들에게까지도 크게 영향을 끼쳤다.

전아한 문장에 걸맞게 그의 시편도 말이 맑고 격이 높다는 것이 定評이다. 대체로 詞章은 虛實이 相半되기 일쑤여서, 학문이 높은 학자들은 이를 餘技의 것으로 치부하고 만다. 농암의 경우도 물론 이에서 예외는 아니다. 시문이 전아하다든가 웅혼하다고 하는 것은 작자의 個性에 따르는 것으로 알려지고 있지만, 농암의 문장이 전아하다던가 시의 말이 맑다고 하는 것은 그의 학자적인 체질과 무관하지 않다. 典雅는 法度를 소중히 하는 속성을 가지고 있으므로 허구가 거세되어야 하는 학자들의 문학세계에서 '雄渾'이란 사실상 기대할 수 없다. 그의 대표작으로 꼽히는 <鍾城客館>과 <江行>을 보면 그 해답도 쉽게 찾을 수 있을 것이다. 다음은 <鍾城客館>이다.

> 수주성 밖에 들판은 아득하기만 하고
> 모랫벌 풀 하늘에 닿는 곳에 붉게 노을이 진다.
> 나그네길 이미 오랑캐 땅에서 끝나니
> 고향생각은 저물 녘 구름과 함께 길어진다.
> 저 먼데까지 봉화불 외로운 성을 비추고
> 강에는 찬 물결 넘실넘실 큰 벌판으로 흘러내린다.
> 누대의 젓대소리 새벽꿈 깨우는 것 탓하지 않나니
> 고향으로 돌아가고픈 마음 원래 관문에서 막히는 것을.

> 愁州城外野茫茫　　磧草連天落日黃
> 客路已臨胡地盡　　鄕心直共暮雲長
> 烽傳遠火明孤戍　　江湧寒波下大荒
> 不恨樓笛侵曉夢　　歸魂元自阻關梁[1]

　　愁州는 종성의 古號다. 종성은 北邊 가운데서도 우리 나라가 끝나는 곳이다. 이 작품은 그가 35세 되던 해 함경북도 兵馬評事로 나갔을 때 쓴 것이다. 종성의 景物과 북쪽 끝까지 이른 나그네의 심회를 꾸밈없이 그려낸 작품이다. 변방의 경물과 고향 그리는 정회가 반복 교차되고 있지만 이야말로 實景과 眞情 그대로다. 다음에 보이는 <江行> 역시 그러하다.

---

1)『農巖集』 권2.

갈대잎 마디마다 이슬꽃이 맺혔는데

草屋에 가을바람 온 밤 내 분다.

누운 채 맑은 강 삼천리를 거슬러 오르노라니

달 아래 은은한 노 젓는 소리 꿈결에 들린다.

蒹葭片片露華盈   蓬屋秋風一夜生

臥遡淸江三千里   月明柔櫓夢中聲[2]

가을 밤 배로 강을 거슬러 오르는 정경이 한 폭의 그림을 연상케 한다. 興致가 쉽게 개입함직한 분위기이지만 江行을 직접 체험하고 있는 작자 자신의 詩作답지 않다. 오히려 멀리서 바라본 관망자의 노래로 착각케 한다.

金昌翕은 문보다는 시에 뛰어나 형 창협의 문장과 병칭되기도 한다. 홍만종이 "金昌翕三淵, 不事科業, 以詩名於世, 時時寓興之作, 格高心玄, 人莫能及."[3]이라 한 그대로, 삼연의 일생은 시로 시작해서 시로 끝났다고 해도 좋을 것이다. 특히 삼연은 새로운 이론과 창작의 실천을 통하여 18세기 시단에 활력과 변화를 제공하였다. 이러한 삼연을 지지하는 많은 작가들에 의하여 이후 그는 이 시기 시단의 맹주로 기록되기도 하였다. "삼연이 문호를 따로 열어 조선에 새로운 분위기가 일어났다."[4]고 한 洪愼猷의 지적도 그러한 것 중의 하나다.

특히 그의 시에 대해서는 정약용이 "붓을 휘둘러 천만언을 지으니, 山水의 기운이 紙面에 떨어지네."[5]라고 읊었듯이 산수기행시가 압권인 것으로 알려져 있지만, 이러한 山水詩에의 沒入은 중년 이후의 일이며 젊은 시절의 삼연

---

2) 『大東詩選』 권5. 『農巖集』에는 ＜八月十五拏舟溯江凡行數十里乃泊岸夜已過半矣＞ 제2수로 되어 있고 '片片'이 '岸岸'으로, '蓬'이 '篷'으로, '千里'가 '十里'로 되어 있다.
3) 『詩評補遺』 下篇.
4) 洪愼猷, 『白華子』, ＜哀朴矩軒＞. "三淵別門戶, 左海新鼓吹."
5) 『與猶堂全書』 권2, ＜古詩二十四首＞ 제11수. "縱筆千萬言, 煙霞落紙面."

은 詩經, 楚辭를 비롯하여 漢魏, 唐宋을 두루 섭렵하였으며 격조 높은 唐詩을 즐기는 여유도 보였다.

　김창흡은 1673년 2월에 어머니의 강권으로 진사시에 급제한 뒤 과업에 뜻을 끊고 詩業에 진력하였다. 이 시기에 그는 속리산, 백마강, 영보정 등을 유람하면서 情感이 넘치는 詩篇들을 남기고 있는데, 그의 대표작으로 꼽히는 <訪俗離山>도 이때에 쓰여진 작품 가운데 하나다. 다음이 그것이다.

　　강남의 나그네 돌아올 줄 모르는데
　　가을바람 부는 옛절엔 찾는 사람이 한가롭다
　　웃으며 계룡산을 떠날 때 그 흥 아직 남았는데
　　말 앞에는 오히려 속리산이 버티고 있네.

　　江南遊子不知還　　古寺秋風杖屨閒
　　笑別鶴龍餘興在　　馬前猶有俗離山[6]

　계룡산을 나서자 눈 앞에 속리산이 펼쳐지는 공간이동의 처리 수법은 핍진한 경물의 묘사를 넘어선 흥취를 불러일으키고 있다.

　그러나 그가 41세 되던 해 蘗溪로 移居하면서 그의 시세계는 중요한 국면의 전환을 보인다. 己巳換局으로 부친 文谷이 後命을 받게 되자 그는 철저하게 정치현실과는 일정한 거리를 유지하고 있었으며 闋服 후 마침내 몸과 마음이 함께 서울을 떠나 설악산 산수 사이로 삶의 터전을 옮기게 된다. 이때부터 그의 시세계는 지금까지의 談山評水를 일삼던 遊賞에서 빠져나와 그의 眼光에 들어오는 景物을 통하여 그는 事物의 物性을 말하고 삶의 의미를 탐색하는 데까지 이르고 있다. 그래서 그가 선택한 詩的 素材도 심상한 사물,

---

6) 『三淵集』「拾遺」권1.

풍속 및 제도, 역사 등 평범하고 일상적인 것에서 취하고 있으면서도 이것들을 통하여 그는 세태를 비판하고 사물의 본질과 삶의 진실을 말하고 있다.

　이렇게 보면, 그가 애써 形似와 神情의 融合을 강조한 '神情'의 본색이 무엇을 말하려 함인지 짐작이 간다. 梅月堂 金時習과 같이 一生을 두고 詩業을 專主로 한 그였지만, 이에 이르러 그도 학자로서의 기본 체질은 어찌하지 못하고 있음을 보여준다. 그의 詩作 중에는 漫詠, 雜詠 등의 이름으로 된 연작시가 많지만, 특히 그의 晩年에 제작된 <檗溪雜詠>과 <葛驛雜詠>은 形神의 合一을 앞세운 그의 시세계가 바로 이를 두고 이름임을 알게 해 주는 작품으로 차 있다. 일정한 주제도 없이 간결한 연작형식으로 된 <벽계잡영>과 <갈역잡영>은 대상을 있는 그대로 꾸밈없이 그려내고 있으면서도 완숙해진 그의 삶과 문학의 精彩를 극히 자연스럽게 보여주고 있다. <벽계잡영>부터 먼저 보인다.

열흘 동안 계속하여 안개비 내려
별을 볼 시간도 드물어졌네.
기름진 뜨락엔 푸른 이끼 돋아나고
기울어진 울타리는 잡초가 받쳐주네.
교만한 뱀은 참새 새끼 찾고
약힌 제비는 기미줄에 걸려 있네.
사물은 한바탕 외로운 웃음거리인데
시가 이루어지니 태반이 속말이라네.

浹旬連霧雨　　　稀少見星時
院源蒼苔産　　　籬欹雜卉支
蛇驕探省鷇　　　燕弱挂蛛絲
物態供孤笑　　　詩成半俚辭[7)]

<벽계잡영>은 그가 벽계 移居 후 여러 차례에 걸쳐 제작하고 있는데, 이 작품은 그 가운데서도 그가 62세 되던 해(1714년)에 쓴 43수 중 제17수다.[8] 삶의 주변에 늘려 있는 가장 평범하고 일상적인 景物을 바라보며 형식에 구애받거나 奇情을 붙이는 일도 없이 있는 그대로 그려내고 있을 뿐이다. 그러나 그의 이른바 眞境과 神情은 바로 이 평범 속에서 비로소 그 면모가 드러나고 있음을 본다. 진정한 朝鮮詩로서의 漢詩가 곧 이런 詩作임을 보여주고 있는 것도 이 작품이다. 다음에 보이는 <갈역잡영> 2수는 晚年에 그의 삶을 가장 자연스럽게 그려 보인 것들이다.

보통 때처럼 밥먹고 사립문 나서니
문득 범나비 나를 따라 나네.
삼밭 뚫고 보리밭둑 어정어정 걸어가니
풀꽃과 가시가 쉬이 옷에 걸리네.

尋常飯後出荊扉   輒有相隨粉蝶飛
穿過麻田迤麥壟   草花芒刺易胃衣[9]

이 작품은 <갈역잡영> 392수 가운데 첫수다. 한시에서 지켜야 할 起承轉結의 구성원리도 돌보지 않고 따로 意境을 설정한 일도 없이 일상적인 삶의 부분을 있는 그대로 보여주고 있을 뿐이다. 주변 경물을 통하여 삶의 의미를 애써 드러내려 하고 있지 않지만, 山水間에서 살고 있는 作者의 삶의 모습을 가장 진솔하게 꾸밈없이 말하고 있는 것이 이 작품이다. 한시의 기본틀만 빌리고 있을 뿐 朝鮮人이 조선의 한시를 제작하고 있는 것이 이런 작품이다.

---

7) 『三淵集』 권12.
8) 제목 아래 '甲午'라고 창작연대를 밝히고 있다.
9) 『三淵集』 권14 제1수.

다음의 시편은 조선시가 어떤 것인가를 보다 확연하게 실천하고 있는 것이다.

> 사람이 지겟문 걸어 잠그니
> 구름도 높은 산으로 돌아오는도다.
> 갈가마귀 높이 날아 그치지 않나니
> 숲 속에 무슨 즐거움이 있어서일까.

> 人方掩幽戶　　雲亦返高岑
> 鷦鷯飛不息　　何樂在叢林[10]

　5言詩는 2, 3의 조직으로 이루어지는 것이 원칙이지만, 이 시에서 제1구의 '人方'과 제2구의 '雲亦'에서 각각 제2자인 '方'과 '亦'은 대개 主語 부분으로 또는 술어로 쓰이는 것이 일반적이며 독립부사어로 쓰이는 일은 찾아보기 어렵다. 그럼에도 그는 格律이나 形式美는 아예 마음 쓰는 일 없이 주변에 있는 자연물과의 교섭을 통하여 자신의 삶의 모습을 反問해 본다. 흔히 우리나라의 民俗, 역사, 속담 등에서 取材한 작품들을 일러 朝鮮詩라 이름을 붙이기도 하지만, 그러나 한시로서의 진정한 조선시는 위에서 보인 이들 詩作과 같이 대상을 있는 그대로 형식에 구애됨이 없이 자연스럽게 읊어낼 때 이것이 우리의 시, 곧 조선의 한시가 될 것이다.

　柳下 洪世泰는 역관출신으로 그 시명이 국내뿐 아니라 일본에까지 알려진 조선후기 대표적인 위항시인이다. 홍세태는 스스로 "骨相判爲當世棄, 文章 留與後人知."[11]라 한 바와 같이, 문학으로써 자신의 위상을 정립코자 하였다. 이에 그는 역관이라는 자신의 신분에 얽매이지 않고 자신을 '讀書之士' 또는 '小儒'로 인식하면서 평생을 가난 속에서 여행과 詩業으로 일관하였다. 또한

---

10) 『三淵集』 권15 제6수.
11) 洪世泰, 『柳下集』 권6, <秋懷詩>.

자신과 같은 처지에 있는 위항인 48인의 작품을 모아 『海東遺珠』를 편찬하여, 이 다음의 『昭代風謠』, 『風謠續選』, 『風謠三選』 등 본격적인 委巷詩集 간행의 계기를 마련하였다.

홍세태는 林俊元, 崔承太, 庾繼弘, 金忠烈, 金富賢, 崔大立 등과 어울려 洛社를 결성하여 시작활동을 하는 한편, 金昌協, 金昌翕으로부터 詩才를 인정받아 金時敏, 申靖夏, 李秉淵 등의 사대부 문인들과도 교유하게 되었다. 특히 그는 김창흡으로부터 두터운 신임을 받아 김창흡이 자신의 시집 편집을 홍세태에게 맡기도록 유언을 남기기도 하였다. 이러한 문학적 교유를 통해 홍세태는 김창협, 김창흡을 이어 天機, 眞詩의 문학론을 전개하여 이를 鄭來僑 등의 위항시인들에게 전해주고 있다.

　　寫景이 淸圓한 것은 봄 새와 같고 抒情이 悲切한 것은 가을 벌레 같도다. 느낀 바가 있어서 울리는 것은 天氣 중에 自然스럽게 유출되는 것이니 이것이 바로 眞詩이다.

　　若夫寫景之淸圓者, 其春鳥乎, 而抒情之悲切者, 其秋蟲乎. 惟其所以爲感而鳴之者, 無非天機中自然流出, 則此所謂眞詩也.[12]

이처럼 홍세태는 자신들의 새로운 시를 진시라 명명하며, 이를 작시의 원리로 적극적으로 차용하기에 이른다. 홍세태는 眞詩란 어떤 것인가를 말하기 위하여 그의 <呈南隣>에서 다음과 같이 읊고 있다.

　　서류뭉치 비로소 처리하고 나니
　　몸 한가로워 흥취를 알겠도다.

---

12) 上同, 『柳下集』 권6, <海東遺珠序>.

연기는 시냇가 지붕에 피어오르고
참새는 비 오는 가지 밑에 모여드네.
말로에 인생살이 기우뚱하고
虛名은 한갓 일장춘몽이라네.
인연 따라 즐겁기도 슬프기도 하니
그려내면 곧 眞詩라네.

始輟咨文草	身閑趣可知
烟生溪上屋	雀聚雨中枝
末路看萊累	浮名覺黍炊
隨緣有憂樂	寫出卽眞詩[13]

이 시에서 보인대로 위항인 홍세태는 일상적 생활과 감정을 자연스럽게 표출하는 것이 곧 新詩요, 眞詩임을 말하고 있다. 애써 꾸미려하지 않는 진솔함이야말로 홍세태로 하여금 좋은 시를 쓰게 한 權能이 되었는지 모른다. 농암, 삼연 등으로부터 詩才를 인정을 받을 수 있었던 것도 이 때문이라 하겠다.

한편 홍세태는 위항에서 나온 시야말로 시경의 정신을 이은 것이라 하여 자신들의 시에 한층 자부심을 가졌다. 이러한 자부심이 호기롭게 표출되고 있는 시가 <登宣川倚劍亭憶金將軍應河>이다.

그날 선천태수는
심하에서 싸우다 돌아오지 않았네.
이 나라에는 신하가 있는데

---

13) 上同, 『柳下集』 권11.

중국은 일이 온전히 틀려졌네.
한 자의 칼에는 가을빛이 남았고
외로운 성에는 저녁빛이 떨어지네.
슬픈 노래는 넓은 하늘에서 막히어
말에 기대어 흐르는 구름을 바라보네.

當日宣川守	深河戰不歸
大東臣獨有	中國事全非
尺劍餘秋色	孤城半落暉
悲歌塞天闊	倚馬看雲飛[14]

－＜登宣川倚劍亭憶金將軍應河＞

　　이 시는 홍세태가 선천의 의검정에 올라 중인 출신의 金應河 장군을 기리
는 내용의 시이다. 김응하는 광해군 시절 명나라가 후금을 칠 때 도원수 姜
弘立을 따라 압록강을 건너 후금정벌에 나섰다. 그러나 명나라 군사가 대패
하자 3천명의 휘하군사로 수만명의 후금군을 맞아 고군분투하다가 중과부적
으로 대패하고 그도 전사하였다. 홍세태는 자신과 같은 중인 출신의 무장 김
응하의 의기를 기리면서 자신들의 위상을 함께 말하고 있는 것이다.

　　홍세태와 더불어 이 시기에 활약했던 대표적인 위항시인으로 鄭來僑, 鄭
敏僑 형제를 꼽을 수 있다. 역시 김창흡을 정신적 지주로 삼은 鄭來僑는 당
시의 여러 위항시인 및 가객들과 교유하면서 天機의 유출을 실감케 하는 시
작 경향을 보여 주고 있다.

　　南有容은 영조시대의 문풍을 주도한 館閣文人이었지만, 앞서 살핀 이들과
마찬가지로 천기론적 시론을 펼치면서 시작을 겸하였다. 남유용은 "천하에

---

14) 『昭代風謠』 권4.

가득한 것이 모두 나의 시이다. 그 항상된 것은 山川草木에 있고 그 변하는 것은 風雲烱月에 있다.”[15]고 하면서 경물에 대한 관심을 시로 연결시키고 있다. 이러한 남유용의 시세계를 다음의 <騎牛>를 통해 보기로 한다.

봄비가 몽롱하게 도롱이를 스쳐지나는데
조각 구름은 골짜기를 너울너울 빠져나간다.
소 등이 이처럼 편한지 잘 알겠으니
제나라 사람의 叩角歌를 비웃노라.

春雨濛濛過一蓑　　片雲出峽與婆娑
極知牛背便如許　　笑殺齊人叩角歌[16]

도롱이를 스치는 뿌연 봄비를 맞으며, 너울너울 골짜기를 빠져나가는 조각 구름 아래 여유롭게 소를 타고 가는 시인의 모습이 보이는 듯하다. 특히 바깥 짝은 춘추시대 제나라의 寧戚이 소뿔을 두드리며 노래를 불러 등용되기를 구한 일을 비웃으며 소등을 편안히 여기는 흥취를 드러내고 있어 관각의 문인으로서는 드물게 보이는 野人의 여유를 읽게 한다.

다음에 보이는 <過三田渡有作>은 위 시와는 달리 남유용의 역사의식도 함께 잘 드러낸 작품이다.

돌로 나려거든 굳고 높기를 바라지 말지니
시험삼아 삼전도 어구의 비석을 본다.
사람으로 남에 재주있고 글잘하기 바라지 말지니

---

15) 南有容, 『雷淵集』, <鐘巖詩卷跋>. “盈天下者皆吾詩也. 其常在山川草木, 其變在風雲烱月.”
16) 『大東詩選』 권6.

시험삼아 삼전도 비석 위의 글귀를 읽어 본다.

삼전도엔 주야로 강물이 넘실넘실

아래로 흘러 곧바로 東江가에 이어지네.

훗날 만약 동강을 지나간다면

우리 소 이 강물을 마시지 못하게 하리라.

石生不願堅以咢　　試看三田渡口碑

人生不願才且文　　試讀三田碑上辭

三田日夜流沄沄　　下流直接東江泆

他年若過東江去　　莫以吾牛飮江水[17]

－<過三田渡有作>

삼전도비는 1636년 12월 청 태종이 대병을 이끌고 침공하였을 때 남한산성에서의 항전도 보람없이 인조가 삼전도에 나아가 항복함으로써 백성이 魚肉을 면할 수 있었던 사실을 돌에 새긴 치욕의 비이다. 이 삼전도비는 이후 이곳을 지나는 문인들로 하여금 비분강개의 시를 남기게 하였지만, 남유용의 이 시는 쉽사리 강개 흐르지 않고 眞情의 流露만 보이고 있을 뿐이다.

이러한 남유용의 시를 두고서 李天輔는 "위로는 고인에게서 법을 취하지 않고 아래로는 요즘 사람에게 영합하려 하지 않으니 오직 스스로 각자의 적성에 맞도록 할 뿐이다."[18]라 하였는데, 이는 곧 그의 시가 天機를 잃지 않았음을 말한 것이라 하겠다.

吳光運은 고시언과 채팽윤이 편찬하다가 못다하고 간『昭代風謠』를 마무리하여 간행하는 등 적극적으로 위항문학을 세상에 드러나게 한 문인기도 하다. 오광운은 사대부문학 뿐만 아니라 '天'을 온전히 간직한 위항문학을 포괄

---

17)『大東詩選』권6.

18) 李天輔, <題鍾巖酬唱錄後>. "上不取法於古人, 下不求合於今人, 惟自各適其適."

해야만 조선문학의 전체적인 조망이 가능하다고 말하면서, "搢紳士不能獨當, 而委巷圭竇往往鍾靈焉."[19]이라 하였다. 이러한 오광운의 시세계 역시 眞情의 유로를 중시하는 시문학을 실천하고 있는 것으로 나타난다. 가을 밤의 강 포구를 그린 다음의 <江浦漁火>를 보기로 한다.

긴 밤 고기잡이 등불은 점점이 수심어린데
별빛 짝하고 달빛에 어울려 찬 물가에 반짝이네.
일시에 그림자 어지러워지고 불빛은 보일락말락
갈대꽃에 바람이 일어 물결마다 가을빛일세.

遙夜漁燈點點愁　　伴星和月耿寒洲
一時影亂爭明滅　　風起蘆花萬頃秋[20]

순전한 寫景만으로 이루어져 있는 것 같지만, 情感의 움직임은 깊은 곳에 內藏되어 있다. 다음에 보이는 <春閨怨>은 여성화자의 목소리로 쓴 악부의 餘響을 실감케 하는 작품이다.

누각 앞에 금빛 버들
본 뜻이야 낭군 위해 심었지.
낭군은 유랑하고 말을 매지 않나니
쓸쓸히 작은 꾀꼬리만 찾아오누나.

樓前金色柳　　本意爲郎栽
郎遊不繫馬　　寂寂小鶯來[21]

---

19) 吳光運, <昭代風謠序>.
20) 『大東詩選』 권6.

화려한 수사를 빌리지 않고서도 님을 그리는 여성의 진정을 적절하게 전달해 주고 있다.

李秉淵은 그의 아우 이병성과 함께 김창협과 김창흡의 문하에서 詩名을 드날린 문인이다. 같은 문하인 尹鳳朝나 李天輔 등에게서 이미 인정을 받았을 뿐 아니라, 다음 세대의 李德懋에게서도 "사천의 때에 관아재 조영석, 겸재 정선이 함께 백악산 아래에 살면서 문채와 풍류가 일시에 찬란했다."[22]는 평가를 받았다. 특히 그는 김창협, 김창흡에 의해 주도된 진시운동을 계승하여 조선의 산천을 시로써 형상화하는데 주력하였다. 이러한 일련의 詩作 활동은 그의 평생 知己인 겸재 정선의 산수화와 더불어 조선후기의 새로운 문화의 꽃으로 꼽힐 수 있다.

이병연의 시 중에 현존하는 작품은 극히 일부로『槎川詩抄』에 500여 수가 실려 있고, 정선의 그림에 쓴 題畵詩가 일부 전하고 있을 뿐이다. 이병연의 詩作은 지방의 勝地를 대상으로 한 것이 가장 많다. 그 중에서도 금강산을 읊은 시들이 더욱 정채를 발하고 있다.

> 노승은 석실에서 가부좌를 하고
> 불상 앞에는 객이 와서 향불을 돋운다.
> 때때로 바위 구름 밖으로 내보내고
> 한가로이 강남의 천리우를 바라다본다.

> 老釋安趺石室中　　床前客到添香炷
> 有時送出半巖雲　　閑看江南千里雨[23]

---

21)『大東詩選』권6.
22) 李德懋,『靑莊館全書』권32, <淸脾錄>. "槎川之時, 畵則趙觀我齋榮祐, 鄭謙齋敾, 俱居白岳下, 文采風流, 輝映一時."
23)『大東詩選』권6.

금강산의 보덕굴을 읊은 <普德窟中石室>이다. 이병연이 1712년 金化縣의 邑宰로 있으면서 정선과 함께 생활하던 때의 작품이다. 보덕굴의 자연경관보다는 석실에 거처하는 노승의 초연한 석실생활을 그려내어 절간의 청정한 분위기를 전하고 있다. 다음 역시 금강산 원통골을 읊은 <圓通>이라는 작품이다.

원통골 속으로 고운 모래 밟고 가는데
비 그치자 비둘기 울고 산길은 빗기었네.
새벽녘에서 시냇물 세찬 것을 알겠거니
어지러이 목련화 떨어진 걸 보니.

圓通洞裏踏明沙　　雨歇鳩鳴山路斜
知是曉來溪力健　　紛紛搖落木蓮花[24]

섬세하게 묘사에 공을 들이지 않고서도 비온 뒤의 원통골의 모습을 알기 쉽게 그리고 있다. 계곡을 따라 모래를 밟으며 원통골로 들어서는 길에 산비둘기 울고 목련화가 흐드러지게 떨어져 흐르는 모습은 바로 원통골을 직접 밟아본 사람만이 말할 수 있는 경지이다.

위 두 작품에서 본 바와 같이 槎川의 산수기행시는 수식이나 조탁에 따로 공을 들인 흔적없이 자연스럽게 주변에서 분위기를 끌어내어 조선 산천의 아름다움을 직접 체현해내고 있다. 이러한 사천의 시를 두고 이덕무는 "宋代의 楊萬里와 范成大의 詩格을 잘 본받았다"라 평가한 바 있는데, 이는 양만리나 범성대가 이룩한 산수시의 성과가 곳곳의 자연경물을 전고나 역사에 의존하지 않고 생동감있게 묘사해낸 점과 상통한다고 본 것이다. 이는 결국 백악

____

24) 『大東詩選』 권6.

시단의 시문에서 강조되던 '遇境摸眞', '踐境記實'을 실천적으로 보여준 현장이기도 하다.

3. 後四家와 竹枝詞

'天機', '眞機', '本色', '眞色' 등을 강조하면서 眞率한 감정을 자연스럽게 표출해야 한다고 주장한 三淵의 문학론은, 洪世泰를 筆頭로 한 委巷詩人들과 鄭歚, 李秉淵, 趙榮祏 등의 白岳詞壇으로 이어지다가 19세기에 이르러 쇠퇴하게 된다. 그러나 18세기 후반에 왕성한 활동을 벌인 燕巖과 後四家는 국내적으로는 三淵의 문학론을 잇고 있다.

白岳山 밑을 중심거점으로 동호인 그룹을 형성했던 東國眞景山水畵의 거장 鄭歚, 東國眞景風俗畵의 대가 趙榮祏, 東國眞體로 유명한 李秉淵 등이 똑같이 백악산 아래에 위치해 있던 老論系의 金壽恒家와 잦은 교유를 통해 학문과 사상의 원천을 제공받았으므로, 이들은 자연히 金昌協, 金昌翕 형제의 학맥으로 연결될 수 있었다. 文學과 繪畵를 동시에 추구했던 이들 白岳詞壇은 크게 文人과 畵家의 師承, 交友關係 및 中國 南宗文人畵의 수용을 계기로 詩書畵 一致를 추구하였으며, 한편으로는 東國眞景 즉 朝鮮風으로 나아가고 있었다. 그런데 詩書畵 一致를 추구했던 白岳詞壇의 활동은 李德懋의 『淸脾錄』과 柳得恭이 趙榮祏의 <東國風俗圖>에 대하여 긍정적으로 평가하고 있는 것으로도 알 수 있듯이, 지금의 파고다 공원인 白塔을 地緣으로 동호인 그룹을 형성했던 朴趾源, 李德懋, 二柳(柳得恭, 柳琴), 朴齊家, 李書九 등의 白塔詩派로 고스란히 계승되었다.

燕巖과 後四家는 한편으로는 국외의 문인들에게서도 深大한 영향을 받았다. 백악사단이 국내적으로는 김창협, 김창흡 형제의 학맥을 이으면서 중국

南宗畫風에 자극받았듯이, 연암과 후사가 역시 국내적으로는 김창협, 김창흡 형제의 맥을 이으면서도 중국의 문인들에게서 일정한 영향을 받아들이고 있다. 무엇보다 후사가는 燕行을 통해 淸代文物을 직접적으로 접할 수 있었으므로 사상적으로는 北學派로 일컬어지기도 하거니와, 문학적으로는 명대의 創新派인 徐渭와 公安派·竟陵派 諸家의 詩說, 그리고 明末淸初의 顧炎武, 錢謙益, 王士禎의 詩學을 포괄적으로 수용할 수 있었으며, 특히 왕사정의 神韻說은 이덕무, 박제가, 유득공, 이서구 등 후사가에게 직접 영향을 끼친 것으로 보인다. 이러한 이유로 유득공의 숙부인 柳琴이 淸에 가지고 간 『韓客巾衍集』에는 이른바 神韻風의 시를 추구한 詩篇들이 많았고, 淸의 걸출한 문인이었던 李調元과 潘廷筠의 評語 역시 왕사정의 신운설에 합치되는 "妙", "淸", "古淡" 등이 많다.

燕巖과 後四家의 시세계는 創新을 중심으로 한 法古創新의 경향을 지닌 것으로 요약된다. 그런데 이처럼 특징적인 시세계를 형성하게 된 데는 신분상의 제약과 학풍의 특이성이 배후에 자리잡고 있다. 먼저 이덕무, 유득공, 박제가는 서얼출신의 신분적 제약 때문에 '限品敍用'의 규제에 걸려 淸要職으로 진출하기가 어려웠고, 農工商業으로 영달할 길도 차단되어 있었다. 따라서 이들은 당대의 사대부 지식인들의 사회적 규범으로부터 스스로 자유로울 수 있었기 때문에 淸의 思潮를 수용하는데 있어서도 보다 적극적일 수 있었는가 하면, 日本·安南·琉球 등 외국문학의 동향에도 관심을 표명할 수 있었다. 그러므로 실제 시창작을 실천할 때에는 정통 사대부들로서는 바라볼 수 없는 민간의 物態人情을 사실적, 회화적으로 묘사하는 데까지 이르고 있으며, 이것을 담고 있는 것이 竹枝詞다. 이들은 사대부들이 보지 못하는 것을 볼 수도 있었으며 사대부들로서는 듣지도 못하는 것을 들을 수 있었다. 사대부들에게는 보아도 말할 수 없는 것이 있지만, 이들은 보고 들은 것을 그대로 말할 수 있는 자유를 누릴 수 있었다. 그러므로 이들은 竹枝詞와 같은 노래틀을 빌려 世態와 人情, 삶의 구석구석까지 두루 찾아내어 詩로써 즐길 수 있는 여유를 가질 수 있었다. 이들에게는 庶孼이라는 生得的 지위가 그들의 사회적 진출을 제한하는 질곡이 되기도 하지만, 반면에 이들은 양반 사대부들과는 스스로 구별되는 사회적 규범과 생활권역에서 살고 있었기 때문에 문학의 향유방식에 있어서도 독자적인 세계를 구축할 수 있었던 것이다.

이덕무, 유득공, 박제가 시세계의 또다른 특징은 이들이 학문예술의 세계에 탐닉하게 되면서, 시가 가진 예술적 가치를 매우 중시하였다는 사실이다. 이들은 자신들의 시적 정서가 主情的 詩語를 통해 표면에 노출되기를 꺼려한 대신, 시의 예술적 기교에 깊은 관심을 기울였으므로 시어의 彫琢과 鍛鍊, 題材의 선택과 운용, 意象의 표출방식에 있어 人工的 技巧를 중하게 여기는 경향이 있었다. 이 때문에 '太淸而過潔'이라 평가되기도 하였지만, 唐宋詩風을 擬倣하려던 당시의 시단에서는 '新體', '新調', '別裁詩風', 혹은 '檢書體'로 불리워지기도 했다.

李德懋(1741~1793, 字 懋官, 號 炯庵, 雅亭, 靑莊官, 嬰處, 東方一士等)는 멀리 定宗大王의 別子인 茂林君의 後裔이지만, 父 聖浩와 母 潘南朴氏 사이에서 庶子로 태어났기 때문에 크게 등용되지 못한 것은 물론이다.

이덕무의 시세계는 法古와 創新을 결합하고 眞心과 眞象을 중시하는 모습을 보였다. 박지원이 <嬰處詩稿序>에서 밝히고 있듯이, 이덕무는 李白, 杜甫, 黃庭堅, 陳師道 등의 옛시인에게 얽매일 까닭이 없다고 하였으며, 그래서 그는 진솔한 생활모습과 정서를 담은 풍속시를 많이 남겼으며 사랑의 열정으로 가득 찬 竹枝詞를 남기는가 하면, 세련된 솜씨로 체험적인 艶情詩를 보여주었다. 이덕무 스스로도 "體法은 스스로 法을 法삼지 않는 가운데서 이루어진다."[25]고 하여 모방을 배척하고 天然과 天眞에 힘쓸 것을 주장하였다. 또한 개성에 대한 고려가 없이 하나의 풍격에 구속받는 것을 싫어하여 公案派의 超脫한 詩作마저도 시인을 구속할 수는 없다는 입장을 취하였다. 그

---

25) "法自具於不法之中."(<耳目口心書>)

러나 이덕무 자신은 嚴羽의 妙解透悟와 王士禎의 神韻說에 경사되면서 擬古와 創新을 아우르려 하였다.

그래서 스스로 平凡을 거부한 이덕무는 그의 眼光에 들어오는 一切의 대상들을 결코 凡常한 玩賞物로 만들지 않았다. 非常한 珍奇物로 제조한 것이 그의 시세계에서 돋보이는 부분들이다. 진솔한 농촌의 생활 풍경을 그린 景物詩, 지방의 풍물을 사랑으로 바라본 竹枝詞, 체험적인 艶情詩의 세계를 차례로 보기로 한다. 먼저 <題田舍>를 보이면 다음과 같다.

콩깍지 더미 곁으로 오솔길은 나뉘어 있고
아침햇살 퍼지자 소떼들은 흩어진다.
가을 든 산허리는 물들인듯 곱고 푸른데
비 갠 뒤 구름은 찬미하고플 만큼 빼어나고 깨끗하다.
갈대 그늘 흔들리자 새끼 기러기 놀라고
벼잎 스치는 소리에 잔 물고기떼가 야단스럽다.
산 아래에 초가집 짓고 살고 싶으니
농부에게 반만 빌리자고 청해야겠다.

豆殼堆邊細逕分　　紅暾稍遍散牛群
娟靑欲染秋來岬　　秀潔堪餐霽後雲
葦景幡幡奴雁駭　　禾聲瑟瑟婢魚紛
山南欲邃誅茅計　　願向田翁許半分

－<題田舍>[26]

평화롭고 고운 中景, 遠景, 그리고 눈 앞에 펼쳐져 있는 近景이 시인의 눈

---

26)『雅亭遺稿』권1.

길에 따라 차례로 시인의 향유물이 된다. 가을이 오는 길목에서 士大夫들은
물론 예사 사람들조차 보지 못하는 광경을 보고 듣지 못하는 소리를 들을 수
있는 것이야말로 시인 이덕무에게 속해 있는 權能이다. 비가 개인 구름의 모
습을 가리켜 '찬미하고플 만큼 빼어나고 깨끗하다(秀潔堪餐)'고 한 것이 바로
그의 非凡을 시험한 현장이다. 다음은 竹枝詞 <嬋姸洞>이다.

  선연동의 풀들은 비단치마보다 뛰어나
  남은 분, 향기가 옛무덤에 그윽하네.
  현재의 홍랑은 아름다움 자랑하지 마라,
  이 속에 무수한 사람 옛날엔 그대 같았네.

  嬋姸洞草賽羅裙   剩粉遺香暗古墳
  現在紅娘休詫艶   此中無數舊如君[27]

-<嬋姸洞>

  공교롭게도 柳得恭, 朴齊家도 <西京雜絶>을 통하여 꼭같이 '嬋姸洞'을
읊조리고 있으며 이들의 자유분방한 사랑에의 情感이 竹枝詞에 응축되고 있
음을 본다. 이러한 진술이야말로 사대부의 시세계에서는 상상할 수 없는 일
이며, '嬋姸洞草賽羅裙'과 같은 기교는 이덕무의 非凡이 아니고서는 도달하
기 어려운 경지다. 다음엔 체험적인 사랑의 시 <曉發延安>을 보인다.

  客舍 동쪽 새벽닭 울음 그치지 않고
  새벽별은 달을 짝해 하늘에 반짝인다.
  말굽소리 갓 그림자 몽롱한 들판에

---

27) 『大東詩選』 권7.

꿈 속에서 아가씨를 밟으며 가네.

不已霜鷄郡舍東　　殘星配月耿垂空
蹄聲笠影朦朧野　　行踏閨人片夢中²⁸⁾

　　　　　　　　　　　　　　　　　－<曉發延安>

　妓生과 婦人을 제외하고는 異性間의 愛情 交感이 이루어질 수 없는 전통 사회에서 시인이 염정시를 제작할 때에는 허구적인 抽體驗에 의존할 수밖에 없다. 이때 시인은 작중의 화자와 작자가 동일시되는 것을 회피하기 위하여 여러 가지 장치를 사용한다. 그 가운데 가장 흔하게 이용되고 있는 것이 樂府의 틀을 빌리는 일이며 다음으로는 작자가 시적 정황에 개입하는 것을 억제하느라 최소한 3인칭 시점으로 일정한 거리를 유지하면서 詩作을 이루어낸다.

　그러나 이 작품에서 시인은 조금도 주저함이 없이 자신의 체험적인 사실을 1인칭 시점에서 詩化하고 있다. 하룻밤을 지새우고 새벽에 길을 떠나는 고백적인 염정을 읊조리고 있으면서도 쉽게 鄙俗함에 떨어지지 않고 雅正한 격조를 유지하고 있는 것이 이 작품의 長處다.

　柳得恭(1748~1807, 字 惠風·惠甫, 號 泠齋·泠庵·古芸堂)은 文化柳氏인 父 墰과 보 南陽洪氏 사이에서 태어났나. 낭대 서사는 아니시만, 庶流 家系에서 태어났기 때문에 曾祖 이래로 一門의 사회적 진출에는 일정한 제한이 가해진 것으로 보인다. 소년시절부터 洪大容과 朴趾源 門下에 출입하면서 李德懋, 朴齊家, 李書九와 교유하였고, 20대에는 開京, 西京, 公州, 扶餘 등을 유람하며 민간의 人情物態를 두루 체감할 수 있었던 경험이 곧바로 <松都雜絶>, <西京雜絶>, <熊州雜絶> 등의 竹枝詞를 낳게 하였음은 물

---

28)『大東詩選』권7.

론, 이후 우리 나라의 역사를 새롭게 인식한 역사서의 저술이나 31세에 지은 <二十一都懷古詩>는 모두 우리 나라의 역사에 귀기울인 흔적을 유감없이 드러내주고 있다. 27세에 이미 그의 숙부 柳琴이 청문단에 내놓은 『韓客巾衍集』에 그의 詩作이 수록되면서 詩名을 중국에까지 떨쳤으며, 이후 두 차례에 걸친 燕行을 통하여 가까운 거리에서 직접 淸朝의 文物과 접촉할 수 있었다.

  유득공의 詩作 중에서 中國 文士들로부터 개별적으로 品評받은 작품만도 李調元으로부터 23수, 潘庭筠으로부터 16수 등 총 97수에 이른다. 특히 반정균이 "泠齋, 才情富有, 格律獨高, 時露鯨魚碧海之觀, 至於登臨懷古, 尤多傑作, 在箕雅中, 定推大家."[29]라고 한 것은 유득공의 문학이 歷史懷古와 紀行에 크게 의지했음을 지적한 평이라 할 수 있다. 이로써 보면, 유득공이 주로 활용했던 시적 소재가 바로 조선의 역사와 풍속, 사적, 인정이었음을 간취할 수 있다. 실제로 1000여 수가 넘는 그의 작품 가운데 佳作으로 꼽히는 <二十一都懷古詩>, <松京雜絶>, <西京雜絶>, <熊州雜絶> 등이 이를 입증해준다. 아래에 竹枝詞 <西京雜絶>을 보인다.

을밀대 서쪽으로 봄날은 저무는데
선연동의 우거진 풀 기생 치마 같구나.
가련할손 오늘 여기 西北에서 노는 나그네,
또 한번 蘇小의 무덤 앞에서 애간장을 태우는구나.

乙密臺西春日曛　　嬋姸洞裏艸如裙
可憐今日西遊客　　又斷情腸蘇小墳

－<西京雜絶>

---

29) 『箋註四家詩』 권2.

이 작품 역시 이덕무의 <嬋姸洞>과 마찬가지로 기생들의 공동묘지라 할 수 있는 嬋姸洞에서 읊은 것이다. 晋나라 錢塘의 名妓 蘇小의 연상을 통하여 기생들의 孤魂을 젊은 시절의 뜨거운 가슴로 위로하고 있다. 辭보다는 情을 앞세운 작품이다.

朴齊家(1750~1805, 字 次修, 在先, 修其, 號 楚亭, 貞蕤, 葦杭道人)는 本貫이 밀양이며, 承旨 坪의 庶子이다. 소년시절부터 詩書畵에 뛰어나 文名을 떨쳤으며, 19세를 전후하여 박지원의 문하에 출입하면서 이덕무, 유득공 등과 교유하였고, 1776년에 『韓客巾衍集』에 시편이 올라 淸의 李調元과 潘庭筠으로부터 好評을 받았다. 1779년에 이덕무, 유득공, 서이수 등과 초대 규장각 검서관에 배수되었으며, 1778년, 1790년(두 차례), 1801년의 연행을 통하여 대륙의 문물을 직접 목도하고 가까이 할 수 있었다. 첫 번째 연행에서 淸의 석학인 李調元, 潘庭筠과 교유할 기회를 가졌고 돌아와서 『北學義』를 저술했다.

박제가의 시에 대해서는 일찍이 이조원이 <楚亭集序>에서 그의 文을 천하의 奇文이라 하였거니와 시도 역시 氣가 뛰어나다고 하였다. 이덕무도 <楚亭詩稿序>에서 그가 답습을 경계한 시인이었다고 밝히고 있으며 이는 박지원이 <楚亭集序>에서 學古와 創新을 아울렀다고 말한 것과 사실상 가까운 거리에 있는 것이다.

그는 天性과 天氣를 보존하여 성정을 바르게 별 것을 주장하였고, 博學多識의 과정을 통해 天眞을 구현하는 상태 즉 自得的 문학세계를 중요시하였다. 때문에 그는 錢謙益의 문학론, 그리고 王士禎의 문학론을 두루 섭렵하면서도 '眞詩各出自家言'이라 하여 개성 있는 시작법을 추구하였다. 그래서 그의 시에 대한 관심은 격식과 모방을 경계하고 천연의 경지를 이루는 방향으로 나아갔다.

박제가의 시세계는 白塔을 중심으로 활동하던 시기와 중년 이후의 시로 크게 나누어 생각할 수 있다. 초기의 시들이 시인 자신의 詩情과 葛藤을 자연물을 통해 간접적으로 드러내는 것이었다면 후기의 시들에는 사회제도나 문명의 현실을 대상으로 비판의식을 드러낸 작품들이 많다.

한편, 그 자신이 시서화에 능하여 산수화의 제재를 시화하기도 하고, 원근 구도에 따른 수묵화의 인상으로 시를 재구성하기도 하였다. 반정균이 <韓客 巾衍集序>에서 사가의 시들 중에는 경물을 그린 시가 많다고 한 것도 이를 두고 말한 것이라 할 수 있을 것이다.

후대의 시선집에 전하는 시편으로는 『大東詩選』에 <西京>(七絶), <白雲臺>(七絶), <北漢文殊寺>(七律), <書懷>(七律) 등이 있지만 그 중에서도 그가 젊은 날의 정열로 쓴 竹枝詞 <西京>을 보기로 한다.

봄날 성엔 꽃 지고 잔디는 무성한데
옛부터 고운 넋들 여기에 살고 있네.
인간들의 정겨운 말 어찌 끝이 있으리오만,
죽더라도 浣紗溪에서 빠져죽고 싶다네.

春城花落碧莎齊   終古芳魂此地棲
何限人間情勝語   死猶求溺浣紗溪

원제는 <平壤雜絶送李懋官>으로 되어 있지만, 이 또한 이덕무, 유득공과 마찬가지로 妓生들의 무덤이 있는 嬋妍洞을 읊조린 것이다. 그러나 이덕무, 유득공은 뛰어난 기법으로 그들 특유의 정감의 流路를 절제하고 있으나 '死 猶求溺浣紗溪'에서 보여준 박제가의 정열은 누구보다도 직절하고 강렬하게 나타나고 있다.

李書九(1754~1825, 字 洛瑞, 號 惕齋·薑山·席帽山人, 諡號 文簡) 역시 『韓客巾衍集』의 인연으로 후세에 이덕무, 유득공, 박제가와 더불어 후사가로 일컬어지고 있지만, 그가 속한 사회적 신분이나 그가 향유한 문학세계에서 보아 이들과 함께 묶여지지 않는다.

4. 下大夫의 不平音

조선후기에 이르러 시단에도 새로운 경향의 변화가 일어나고 있었지만, 그 가운데서도 특기할 만한 것은 이른바 委巷人의 진출이 상당한 세력으로 나타나기 시작한 사실이다. 특히 下大夫 一等之人으로 자처한 醫・譯 및 律科 출신의 중인들은 스스로 그들을 구속하고 있는 신분의 굴레에서 일탈할 수 없는 한계를 감수하면서, 독자적인 시세계를 향유하는데 성공한 시인들도 있다. 물론 역관 출신의 시인 가운데에도 회화시로 이름 높은 李尙迪이나 寒淸한 詩作으로 騷壇의 칭예를 받은 鄭壽銅과 같이 이미 이들의 시작이 사대부의 圈域에 함께 자리할 수 있는 시인이 있는가 하면, 시로써 자신의 이름을 身後에까지 남기는 것으로 自足하는 委巷詩人들도 있다. 『昭代風謠』나 『風謠續選』에 이름을 전하고 있는 대부분의 시인들이 이에 속한다. 그러나 이들과는 다른 처지에서, 거침없이 세상을 내달리면서 그들의 삶과 不平音을 절제된 감정 처리로 토로한 시인들이 있다. 玄錡, 張之琬, 卞鍾運, 黃五 등이 그 대표적인 시인이다.

玄錡(1809~1860, 字 信汝, 號 希菴)는 역관출신으로 시작에 뛰어나 당시의 사람들이 詩神이라 불렀다. 그는 출신신분 때문에 자신의 능력을 발휘할 길이 없자 가난과 음주와 시작으로 평생을 보냈으며, 서로 歲寒朋으로 일컫던 정지윤이 죽자 풍악산에 들어가 스스로 秋潭禪子라 하고 禪門에 의탁하였다. 많지 않은 그의 시작들이 문하생 金奭準에 의해 수집되어, 현재 『希菴詩略』에 34수가 전하고 있다.

현기의 시세계는, 스스로 ‘奇’를 좇지 않았지만 시상이 기발한 것이 특색이다. <次東坡韻示梅隱>을 보기로 한다.

> 배고플 때 밥먹고 배부르면 잠드니
> 창해에 좁쌀 같은 인간 아득함에 붙였네.
> 구름 같은 종적은 부질없이 산동굴에서 나오고
> 고목 같은 성정은 이미 禪이 되었네.
> 흐르는 천년 세월에 非가 是가 되고
> 어지러운 만상에 醜가 姸이 되네.
> 눈에 가득한 매화가 지금 너를 저버려
> 맑은 향기 시편 속에 넣지 못하네.

> 飢時噉飯飽時眠　　一粟人間寄渺然
> 踪跡閒雲空出岫　　性情枯木已爲禪
> 千秋滾滾非還是　　萬象紛紛醜更姸
> 滿眼梅花今負汝　　淸香不與入詩篇

　　이 시는 동파시를 차운한 것이지만, 내용은 고백적인 자신의 삶을 노래한 것이다. 東坡의 <赤壁賦>에서 "寄蜉蝣於天地, 渺滄海之一粟."을 빌려 스스로 한 인간으로 태어난 자신의 약점을 확인하고, 세상(매화)으로부터 버림받아 詩業조차 제대로 이루어지지 않는 회한을 "滿眼梅花今負汝, 淸香不與入詩篇."으로 토로하고 있다. 委巷人의 不平音을 완곡하게 드러내 보인 것이 바로 이 부분이다. 그러나 詩語를 단련한 흔적은 없지만, 이 尾聯에서 보여준 기발한 발상은 범용한 시인으로서는 감히 바라볼 수 없는 높은 경지의 것임에 틀림없다.

　　이외에도 현기의 시작 중에는 선자적인 생활을 형상화하고 있는 것이 많다. 52세의 나이로 생을 마감하기까지 그의 삶은 줄곧 세상과 등지고 있었으며, 스스로 승복을 입고 山門에 몸을 던지기도 했다. "焚香欲向禪臺去, 從此斷除煩惱根. 향 사르며 선대 쪽으로 가서, 이로부터 번뇌의 뿌리를 끊고자 하네."[30] 라든가, "黃金欲鑄芳菲印, 色相奈他空復空. 황금으로 고운 꽃도장 만들려 하나, 색과 상이 어찌 다르랴 헛되고 헛되어라."[31] 등이 이러한 삶의 부분을 그대로 보여준 것이다.

張之琬(1806~1858, 字 玉山, 號 枕雨堂)은 4대에 걸친 武弁 가계에서 律科 출신으로 變轉한 中人으로 처음에는 아버지 德宵에게서 수학하였으나 뒤에 李鶴棲의 문인이 되었고, 金初菴과 洪直弼을 찾아가 성리학을 배우기도 하였다. 장지완의 생애를 직접적으로 알려주는 전이나 행장 등이 전하지 않기 때문에 구체적인 역정은 알 수 없으나, 犬馬之勞를 다하고서도 대접받지 못하는 技術官의 고뇌를 우회적으로 토로한 述懷詩가 散見되는 것으로 보아 그의 人間境涯를 짐작할 수 있다. 다만 그가 문학에 받친 열성은 斐然詩社의 결성과 『風謠三選』의 간행에 주동적인 역할을 하고 있는데서 잘 드러난다.

한편 哲宗 2년(1851) 4월, 5월에 걸쳐 通禮院, 觀象監, 司譯院, 典醫監, 惠民署, 律學, 算學, 圖畵署, 寫字廳, 檢漏廳의 중인 1872여 명이 집단 소청운동을 일으킬 때 장지완은 律官 출신으로 別有司에 추천되어 상소문의 작성을 맡은 것으로 보인다. 물론 이 운동은 실패로 끝났지만 중인들의 신분 상승을 위한 대사회적 활동에도 장지완이 적극적으로 찬여하고 있음을 알 수 있다.

張之琬은 張混의 문하에서 사귄 張孝懋, 林瑜, 高晉遠, 朴士有, 韓伯瞻 등과 어울려 斐然詩社를 결성하고, 오직 시문에만 뜻을 두고 자연 속에 노닐었으며 玄錡, 鄭芝潤 등과 어울리어 詩交를 맺기도 하였다.

장지완은 성령론적 시론에 바탕을 두고 자신의 문학적 논리를 전개하고 있

---

30) 『玄菴詩略』, <偶題>.
31) 同上, <落花>.

을 뿐 아니라 그의 시작 역시 성령의 자유로운 발로에 치중하고 있다. 그가
<枕雨談艸序>에서 "시는 性靈을 陶寫하는 것"이라 한 지적이나, <書自庵
和陶邵集>에서 "詩出性情, 世無性情之人, 故無無詩之人"라 한 말은, 袁枚
에 바로 앞서 性靈說을 제창했던 청대 吳雷發의 "詩以道性情, 人各有性情,
則亦人各有詩耳."[32]와 같은 주장이다. 이는 결국 시인의 個性, 시의 個性을
강조한 말로서, 곧 시에서 自成一家를 요구하는 것이라 하겠다.

  장지완의 시작들은 『枕雨堂集』과 『斐然箱抄』로 정리되어 있는데, 그 대부
분이 기행시로 채워져 있다. 人情世態를 진솔하게 묘파한 <南甸途中記見>
중 두 수를 보기로 한다.

  도성 주변의 관도에는 쌓아놓은 돌이 위태롭고
  채색한 담장에는 새로 지은 성황당이 있네.
  지나는 사람들은 어지러이 쇠돈을 던지고
  마른 나무 가지 끝에는 오색실이 걸렸네.

  푸르른 숲에 개닭이 짖는데
  저물 녘 지팡이 짚고 갈 길을 묻네.
  마을의 소녀는 너무 부끄러워
  붉은 치마로 반쯤 가린채 등 돌리고 가네.

    官道城邊蠱石危   粉墻新塑女郎祠
    行人漫把金錢擲   枯樹枝頭五色絲

    山木蒼蒼鷄犬吠   拄筇斜日問前程

---

32) 蔡鍾翔・黃保眞・成復旺, 『中國文學理論史 四』, 北京出版社, 1987, 513쪽 재인용.

村中少女太羞澁　　半掩紅裙背面行

　장지완이 여행하면서 보고 들은 것을 단출하게 그린 8수 가운데 두 수이다. 이와 같이 장지완의 기행시들은 대체로 직접 목도한 경관과 인정을 소박하게 그린 것이 특징적이다. 詩作의 대부분을 차지하는 <平壤竹枝詞>(20수)와 <臥游篇>(80수)도 같은 성질의 것이다.
　그러나 다음 시구에서 우리는 사회로부터 버림받은 委巷人의 피맺힌 호소를 생생하게 얻어 들을 수 있다.

　　좋은 개는 말과 가까와
　　충성을 하는 일은 칭송할 만하다.
　　그러나 아래로 돼지꼴이 되면
　　다같이 부엌에서 삶기게 되나니.

　　良犬馬爲友　　　老忠猶可稱
　　下與彘爲比　　　共歸廚下蒸[33]

　부림을 당할 때에는 문자 그대로 犬馬之勞를 다하였지만, 버림을 받게 될 때에는 개돼지 신세로 돌이기는 中人 社會의 不平音이 너무도 긴절하게 그리고 우회적으로 표출되어 있다.
　卞鍾運(1790~1866, 자 朋七, 호 肅欠齋)은 역관 출신으로 시문에 능하였다. 李裕元, 尹定鉉, 金公轍 등과 깊은 친분을 맺고, 이들이 使行 길에 오를 때에는 반드시 수행했다 한다. 이유원은 변종운의 시를 가리켜 "高古避僻"이라 하였고, 이재원은 "性情所發, 不務藻華, 其音韻格調不冀高而自高"라 하

---

33) 『枕雨堂集』 권1, <閒居有感贈自然宗人> 22수 중 제22수.

였는데, 이러한 평가는 바로 변종운의 시가 대체로 평이하면서도 격조가 높음을 가리킨 것이라 하겠다. 그래서 그는 그의 不平音을 토로할 때에도 그 분위기는 안온하며 표현기법에 있어서도 완곡함을 잃지 않았다. 다음의 <中夜聞琴>을 본다.

> 한밤 온갖 소리 죽은 듯 고요한데
> 어떤 사람이 저렇게 거문고를 울리나.
> 우수수 마당 앞에는 잎 떨어지고
> 서풍은 옛 숲에 부는구나.
> 은자는 듣기를 반나마도 못한 채
> 근심스레 앉아 옷깃을 여미네.
> 귀뚜라미는 가을엔 절로 울지만
> 어찌 불평한 심사를 다 말하겠는가?
> 하늘 위 밝은 달은
> 사람만 비추고 마음은 비추지 않는구나.

> 中夜萬籟寂　　何人弄淸琴
> 摵摵庭前葉　　西風吹古林
> 幽人聽未半　　愀然坐整襟
> 寒虫秋自語　　豈盡不平音
> 皎皎天上月　　照人不照心

　오언고시로 된 이 작품은 평이한 표현 속에서 절제된 시인의 서정이 녹아 있는 것을 알 수 있다. 위항인의 불평한 심사를 가을 밤에 우는 귀뚜라미에 의탁하고 있다. 가을이 되면 귀뚜라미는 저절로 우는 것 같지만, 그것만으로 어찌 불평한 심사를 다할 수 있겠느냐는 것이 이 委巷詩人이 노린 것이다.

“愀然坐整襟”은 소식의 “愀然正襟危坐”에서 따 왔으나, 변종운의 시 속에 자연스럽게 들어와 새로운 맛을 만들고 있다.

　한편 변종운은 <知己說>을 펴 知己의 의미를 “知我心”으로 푸는 등 지기를 구하는 시를 많이 남기고 있다. 다음의 시에서 보듯이, 자신의 우울한 심정을 토로하여 신분적 한계를 초월한 이해를 원하였음에도 이것이 불가능한 현실을 한탄하고 있다. <而已矣>를 보인다.

　　　　나에게 몇 권의 책이 있건만
　　　　孔孟 諸君子를 배우지 못해 한스럽고,
　　　　나에게 한 병 술이 있건만
　　　　燕과 趙 슬픈 노래 주인공 함께 마시지 못함이 서러워라.
　　　　평생의 뜻 하나도 이룬 것 없는데
　　　　백발만 몇 가닥 났을 뿐이네.
　　　　홀연히 파초잎에 한바탕 비가 듣더니
　　　　어찌하여 뜰의 나무에 가을 소리 일어나는가?

　　　　我有數卷書　　　　恨不同學雛魯諸君子
　　　　我有一壺酒　　　　恨不同飮燕趙悲歌士
　　　　一未能遂平生志　　白髮數莖而已矣
　　　　忽然一陣芭蕉葉上雨　胡爲乎滿庭樹木秋聲起

　여기서 楚聲은 楚나라의 슬픈 노래를 가리키는 것으로 때를 만나지 못한 한을 말한다. 燕趙悲士는 韓愈의 <送董邵南序>에 보이는 ‘燕趙는 옛부터 感慨悲歌之士가 많다(燕趙古稱感慨悲歌之士)’에서 온 것이거니와 벼슬에 뜻을 얻지 못하는 선비를 가리킨다. 박윤묵이 “慷慨激切하여 悲歌擊節의 風이 있다.”[34]라 한 것이라든가 崔永年이 “楚騷의 惻과 曹植, 謝靈運의 沈鬱

을 방불케 한다."[35]고 한 것과 鄭來僑가 "燕趙感慨之音이 있다."[36]고 한 비평도 이 때문이다.

黃五는 그를 알게 해주는 어떤 文字에도 그의 신분이 밝혀져 있지 않은 것으로 보아, 분명히 사회로부터 대접받지 못한 신분의 소유자임에 틀림없다. 崔永年이 쓴 <黃緣此先生詩集序>에 의하면, 황오가 불가와 깊은 관계가 있었던 것으로 여겨지나 구체적인 사살은 알 수가 없다.[37]

두둥실 거침없이 내닫기만 한 그의 삶의 방식은 그가 이룩한 시의 세계에도 그대로 드러난다. 소재가 광범할 뿐 아니라 꾸미는 일을 도무지 하지 않았기 때문에 굳세고 거칠고 힘찰 뿐이다. 다음의 작품을 보기로 한다.

> 아가씨는 열네 살 나보다 큰데
> 그네를 배워서 제비처럼 나르네.
> 창문 너머 감히 큰 소리로 말 못하고
> 감잎에 몇 글자 글을 써서 던진다.

> 小姑十四大於余　　學得秋千飛鷰如
> 隔窓未敢高聲語　　柿葉題投數字書

<秋千>이라는 작품의 네 번째 수이다. 황오의 거칠고 진솔한 삶이 아니고서는 이와 같이 체험적인 염정시를 대담하게 생산하는 일은 기대하기 어려운 것은 물론이다. 대표작으로 꼽히는 <寒蟬>에서 과시한 그의 傲慢이 바로 그의 높은 風度임을 알게 해 준다.

---

34) 『存齋集』 권23, <嚴氏三世稿序>. "慷慨擊切, 有悲歌擊節之風者."
35) <四名子詩集序>. "乎楚騷之 惻, 曹子建謝靈運之沈鬱."
36) 『浣巖集』, <金澤甫萬最墓地銘>. "議歌詠者, 亦多有戀趙感慨之音也."
37) "先生佛緣出世, 卓犖不羈, 寄托高風."

> 쓰쓰라미가 새벽에 빠져 나가고
> 껍질이 청산에 남아 있다네.
> 초동이 주워서 집에 돌아와 보니
> 천하에 갑자기 가을 바람이 일어나네.

> 寒蟬曉脫去　　　殼在靑山中
> 樵童摘歸視　　　天下生秋風

原題는 ＜脫殼＞이지만 ＜寒蟬＞으로 많이 알려져 있다. "樵童摘歸視"는 전혀 꾸밈을 고려하지 않은 蕪雜과 傲慢을 그대로 보인 것이다. 그러나 "天下生秋風"에 이르러 大人같은 그의 風度를 절감케 한다. 이러한 氣勢로 사소한 不平音을 초극하고 있는 것이 이 작품이다.

5. 結言

본고는 조선후기 騷壇에서 일어나고 있던 변화의 한 부분을 특히 세 방면으로 나누어 ㄱ 구체적인 작품을 동하여 확인한 것이다. 그 첫 번째의 것은, 金昌協, 金昌翕 형제와 그 문하에 출입한 일군의 시인들이 실천한 이른바 眞詩運動과 이를 主倡한 김창흡이 스스로 시범한 朝鮮詩의 현장을 중점적으로 살핀 것이다. 다음으로는, 박지원의 문하에 출입한 세칭 後四家 가운데서도 특히 이덕무, 유득공, 박제가 등이 젊은 시절의 정열로써 이룩한 竹枝詞와 같은 작품을 통하여 자유분방한 그들의 시세계를 새롭게 독자적으로 이룩하고 있음을 발견하게 되었다. 그들은 庶流라는 신분적인 굴레 때문에 그들의 사회적 진출에는 일정한 한계가 그어져 있었지만, 이 때문에 그들은 오히려 士大夫 圈域의 사회적 규범에서 쉽게 逸脫할 수 있었으며 이들만이 향유할 수 있는 독자적인 시세계의 획득도 가능할 수 있었던 것이다. 그런가 하면 이른바 下大夫一等之人으로 자처한 醫·譯 및 律科 출신의 중인 가운데는 玄錡, 張之琬, 卞鍾運과 같이 평범과 진솔을 통하여 그들의 不平音을 토로한 시인이 있음을 찾아낼 수 있었으며 黃五와 같이 거칠고 蕪雜함으로도 사회로부터 버림받은 글의 삶의 부분을 노래로써 극복할 수 있음을 확인할 수 있었다.

(『韓國漢詩硏究』 2, 1994)

韓末의 憂國文學

1. 散文樣式과 憂國文學

1) 上疏文과 斥邪의 의지 : 韓末이라는 역사단계는 정확하게 말해서 大韓帝國의 성립에서부터 비롯하며, 그것은 근대화라는 시대적 임무수행이 강조되었던 시기라는 점에서 일단 역사적인 의미를 가진다.

그러나 일찍이 한국사가 체험한 어떠한 역사단계에 있어서도 서구의 '근대'를 스스로 시험한 일이 없는 전통사회의 보편적 질서에서 볼 때, '開國+開化'를 근대화의 결정론으로 파악한 인식체계는 한국의 근대사로 하여금 그 始發에서부터 망국의 민족사로 얼룩지게 한 것임에 틀림없다.

대한제국의 성립은, 형식적으로는 국호가 '朝鮮'에서 '韓'으로 바뀌고, 왕(제후)의 나라가 황제의 나라로 격상한 것을 의미하지만, 그러나 이것을 주도한 세력이 침략적인 제국주의 일본이기 때문에 문제의 성격은 심각하고 복잡한 것이 되었다.

이 이전 시기에 있어서도 외세의 도전은 부단히 있어왔지만, 그 수단과 양상은 기본적으로 다른 것이다. 그것은 대부분 이민족의 일방적인 침략에 의한 무력전쟁이었으므로, 우리 쪽에서 보면 이것은 방위전쟁이다. 때문에 국가와 민족은 반드시 수호되어야 했으며, 이를 극복하는 데 바쳐진 주체적 역량은 집약적으로 과시될 수 있었다.

그러나 18세기말에서부터 비롯한 서양 또는 서양화한 일본의 도전은 처음부터 傳教나 通商의 수단으로 접근해 온 것이었으므로 이에 대응하는 部內의 반응양식도 歸一되지 않았다. '斥邪'와 '開化'가 서로 다른 역사 인식의 괴리를 보이면서 두 주류의 시대의지로 대두한 것은 물론 이 때문이다.

18세기 말에서 19세기 초에 이르러 천주교가 이 땅에 잠입하기 시작하였을 때, 서양의 충격은 그것이 傳教를 표방한 문화적인 형태의 것이었기 때문에 우리는 이를 闢衛라는 이름으로 막아내었다. 그러나 1860년대에 이르러 서양 세력의 접근이 통상의 강요와 같은 경제적인 충격으로 변질하게 되었을 때 척사의 의지는 禦洋으로 제시되었다. 그러나 이러한 禦洋에서 실패한 척사의 저항은 다음 단계인 1870년대에 이르러서는, 특히 일본의 팽창주의 침략을 막아내기 위하여 '斥和'라는 이름으로 나타나게 된다.

1880년대에 있어서의 척사운동은 그 저항의 방향을 대내적인 비자주적 개화에 돌리기 시작하여 그 공격은 외세의 주구가 되고 있는 당시의 집권 세력에 집중되었다. 이에 이르러 척사의 의지는 衛正이라는 민족사의 自衛 임무를 보다 강조하기 시작하였다. 특히 이러한 저항 형식의 전환은 1895년 乙未事變을 계기로 일본의 침략세력이 노골적으로 국법질서를 유린하는 데까지 이르게 되었을 때, 지금까지의 소극적인 言辭的 저항은 의병항쟁과 같은 무력행사로 발전하게 된다.

그러나 일본의 책동은 1897년 조선왕조를 대한제국으로 변신하게 하였으며, 1905년 乙巳勒約에 이르러 사실상 국권은 일본의 손아귀에 들어가게 된다. 이를 전후하여 다시 후기 의병항쟁이 전개되고 빗발치는 討賊疏가 士林에서 터져 나왔다. 그러나 山林에서 몸을 일으킨 의병의 항쟁으로는 기울어진 조국의 운명을 붙들어 잡는 데에까지는 미칠 수 없었다. 왜냐하면 乙巳五賊을 성토한 討賊疏의 의지는 이미 그 초점을 상실하고 있었기 때문이다.

그러므로 이 글의 대상이 한말로 제한되어 있기는 하지만, 그러나 왕권의 소재가 왜적의 손아귀에 떨어진 이후에 있어서의 언사적 항쟁은 사실상 공허한 것이며, 오히려 군왕을 향하여 높은 소리로 외치던 초기의 척사소에서 보다 짙은 밀도를 느낄 수 있다. 이로써 보면, 앞에서 보인 각 시기에 제시된 척사의 저항 양상은 대략 다음과 같이 요약될 수 있을 것이다.

1860년대의 '禦洋'은 우선 洋物排擊論에서부터 비롯하고 있으며, 이것은 당시 척사론의 선구로서 愛國如家의 실천적 규범을 밝힌 華西 李恒老의 척사소에서 나온 것이다. 그러나 洋賊의 침략을 背水의 一戰으로 응징해야 한다고 주장한 것은 이항로의 제자 金平默의 어양론이다. 이와 같이 척사의 저항을 이양으로 제시한 1860년대의 결의는 1870년대의 '斥邪'에 이르러 그 역사적 사명이 더욱 가중된다.

和議가 성립되면 殿下의 할 일이 여기서 끝난다고 극론한 崔益鉉은 도끼를 들고 대궐에 나아가, '和'가 난망에 이르게 될지도 모르는 불행한 현실을 泣訴하였으며, 1880년의 朝鮮策略에 반대하여 萬言疏를 올린 洪在鶴은 조선책략을 만든 것은 黃遵憲이지마는 그렇게 되도록 한 것은 서양에 심취한 전하의 신하 중에 있다고 극간하였다. 일개 유생의 몸으로 斥倭疏를 올려 조정의 附外勢力을 규탄한 喧樂寬의 경우노 그러한 것에 속한다.

이밖에도, 嶺南의 萬人疏는 제이의 성토로서는 준엄한 것이었으며, 일본 군대의 犯闕을 통렬하게 비판한 李南珪의 請絶倭疏와 을미사변의 怨抑함을 통탄한 李建昌의 討逆疏는 모두 문인의 항변으로서 값진 것이다.

을미사변과 단발령의 반포에 반발하여 擧義한 전기의 의병항쟁은 柳麟錫의 討倭疏를 비롯하여 盧應奎, 奇參衍, 奇宇萬 등의 倡義所에서 그들의 투쟁목표를 선명하게 제시하고 있으며, 을사늑약에 울분을 터뜨린 최익현의 請討五賊疏는 토적소의 본보기가 되었다. 산림에 몸을 숨긴 선비의 처지에서 발분하여 大義 앞에 몸을 던진 李旉鎭, 李儵, 李相卨, 李承熙 등의 토적소도 위정척사의 전범으로서 기록될 만한 것이다.

그러나 위에서 보인 상소문의 문학성에 관한 논의는 또 다른 방면에서 따로 검토되어야 할 문제이므로 여기서는 더 이상 따지지 않는다.

2) 嗚呼賦와 비평정신 : 우리 나라의 賦文學은 이미 고려 초기에서부터 비롯하고 있으나 조선시대에 들어오면서 古賦의 작가는 흔하게 나타나지 않았으며, 賦의 주류는 科賦로 흘러 형식적인 科試의 도구가 되고 말았다. 科賦의 세력이 꺾이기 시작한 한말에 이르러 사실상 한문학의 종장을 장식한 몇몇 고문 문장가에 의하여 고부가 다시 생산되는 정도에서 그쳤다. 이건창의 <芭蕉賦>, 金澤榮의 <嗚呼賦>, 曹兢燮의 <泛舟洛江賦>, 卞榮晚의 <七夕賦> 등이 그 대표적인 것이다.

<嗚呼賦>는 滄江 김택영이 제작한 것으로, 그의 문장으로도 賦는 이 한 편을 남기고 있을 뿐이다. 그러나 그는 이를 통하여 부문학의 진수를 명쾌하게 보여주었으며, 우국문학의 마지막 장을 絶品으로 장식하였다. 이 작품은 그의 망명지였던 南通에서 지은 것이다. 두고 온 조국이 일본에게 합병의 치욕을 당하게 되었을 때에, 돌아다볼 조국조차 잃어버린 그는 3일간을 소복으로 지냈지만 통한이 풀리지 않아 이 어처구니없는 민족사의 시련을 부로써 노래한 것이다. 제명을 '嗚呼賦'라고 한 것은 작품이 '아(嗚呼)!'라고 하는 탄식에서부터 시작하고 있기 때문에 그 첫 글자를 딴 것이다.

南通行 이후 그의 시풍은 점차 感憤凄楚해지기 시작하였지만 특히 이 <오호부>는 일제에게 유린된 한말의 비극을 오히려 명쾌와 감동으로 읽게 하는 걸작이다. 망국이라는 역사적인 대사건이 없었다면 그는 作賦의 시험을 영영 포기하였을지도 모른다. 이 작품이 우선 부라고 하는 형식을 빌 때부터 그 성공은 예측된 것이다. 서정시의 감동을 서사적인 산문형식에 담은 것이 그것이다. 망국으로 치닫는 한말의 침통한 시대상황을 고발하고 국치의 통한을

울부짖기 위해서는 운문시의 제한된 틀로써는 감당하기 어려울 것이기 때문이다. 그는 이밖에도 여러 편의 우국시를 통하여 민족의 비극을 통탄하고 있지마는 그것들이 주는 짤막한 감동은 이 <오호부>의 大役事에 미치지 못한다.

<오호부>는 우선 그 규모가 웅대하여 장관을 이룬다. 평소 氣勝한 문장을 좋아한 그는 시에 있어서도 神韻이 있는 시, 言外의 言을 좋아하였거니와, 이 <오호부>에 있어서도 그의 동적인 美感이 전편을 꿰뚫고 있다. 詩와 文이 한데 어울려 이룩한 淸剛한 문학세계가 曠遠하게 펼쳐져 있다. 울분을 터뜨리면서도 慷慨에 흐르지 않고 형식과 내용을 긴장으로 결속시키면서 우국의 충정을 연소시키고 있다.

<오호부>는 자탄에서부터 시작되고 있다. 불운한 시기에 불행한 조국에서 태어난 자신을 탓해 본다. 우러러 하늘을 향하여 외쳐보아도 대답이 있을 리 없다. 그래서 비운의 시인은 스스로 입을 열어 기막힌 넋두리를 늘어놓는다. 그러나 김택영에게 있어서 역사는 분명히 강력한 인식의 대상이다. 往古의 현인을 추상하고 인물이 없는 當今의 세상을 개탄한다. 호랑이 같고 이리 같은 열강에게 약탈을 강요당하면서도 제 몸 하나 편하게 살겠다고 종놈처럼 굽실거리는 꼬락서니들을 그는 그냥 두지 않았다. 이를 수컷 앞에 엎드리고 있는 암컷의 생리에 비기고 있는 것이 더욱 돋보인다.

제 몸도 언젠가는 호랑이밥이 될 줄 모르고 스스로 호랑이를 불러들여, 디두어 살코기를 먹여놓고, 그 누린내라도 맡아보겠다고 발버둥치는 망국의 군상을 향하여 그는 분노를 터뜨린다. 그러나 마지막으로 기대를 걸어 보았던 만국평화회의에도 우리 나라가 끼지 못하게 되자 그는 모든 것을 체념하고 만다. 그래도 유교를 숭상한 선비의 나라였기에 安重根과 같은 義士가 다시 나타나기를 기원하는 데서 끝내고 있다.

2. 文人詩와 歷史意識

서구의 충격으로 대두된 개화의 '바람'이 끝내 망국이라는 민족사의 모순을
스스로 극복하지 못하고 있을 때, 이 시기의 문인들은, 또는 선비로서 또는
志士로서 스스로 그들의 변신을 강요하고 있었으며, 때문에 그들은 쉽사리
우국의 노래를 제조할 수 있었다.

이 시기를 대표할 수 있는 문인으로는 시에 秋琴 姜瑋, 丹農 李建初, 滄
江 金澤榮, 寧齋 李建昌, 梅泉 黃玹 등을 들 수 있으며, 文에는 眉山 韓章
錫을 비롯하여 雲養 金允植, 修堂 李南珪, 그리고 詩文에 兩美한 이건창이
나 김택영을 꼽을 수 있다. 이 가운데서 강위나 김윤식을 예외로 하고는 거개
가 선비로서의 매서운 절조를 닦아 그 생애의 대부분을 문학 수업에 바쳤다.

이들은 변전하는 역사의 현장을 그대로 두고 보지 않았다. 한말의 상황이
亂亡에 이르기 앞서부터, 그들은 공통적으로 인물이 없는 현실을 개탄하고
있다. 지나간 역사에 눈물지으며 선현들의 위업을 追想했다. 가신 지 200년
이 넘는 충무공의 슬기를 안타깝게 기다리고 있는 것은 그 대표적인 현상이
다. 이건창의 <牙山過忠武公墓>(2), 황현의 <忠武公龜船歌>(3)와 <碧波
津> (4), 그리고 이남규의 <過忠武公舜臣墓>(5) 등이 그 대표적인 것이며,
의병항쟁에 起義한 金福漢의 <李忠武公墓>(6)도 그 성격에 있어서는 다른
것이 없다.

> 구천에 계신 충무공을 모셔올 수 있다면
> 가슴 속에 반드시 神術이 있으리라.
> 거북선의 지혜로 가는 곳마다 이길 양이면
> 왜놈은 살려달라 하고 양놈은 제풀에 물러나겠지.

이것은 황현의 <충무공구선가>를 옮겨 놓은 것이다. 이러한 그들의 현실 인식은 단순한 회고적 감상의 소치도 아니며 시인의 시대에 처하는 역사의식 바로 그것의 시킴이다.

그러나 이들 가운데서도 한말의 騷壇에 가장 많은 우국의 시편을 남긴 것은 역시 황현과 김택영이다. 이들은 처음엔 이건창의 發薦으로 세상에 이름이 알려지게 되었지만, 후일 세 사람은 나란히 가장 가까운 문우로서 성장하여 한문학의 종장에 섬광을 발했다. 다만 이건창은 광무 2년에 이미 세상을 떠나고 없었기 때문에 그에게는 순국의 기회나 우국시를 제작할 결정적인 계기가 주어지지 않았지만, 김택영과 황현은 오래도록 살아 남아, 급변하는 역사의 순간을 놓치지 않았다.

김택영(1850~1927)은 개성 출신이다. 개성은 조선조 500년 동안 정치적으로 소외된 곳이거니와 그의 가계도 武弁 출신의 상인이다. 때문에 중앙 정부에 대한 개성 시민의 불신감정은 김택영에게 있어서도 예외일 수 없었다. 그의 慕華的인 체질도 따지고 보면 小中華에 대한 평소의 불신이나 모멸이 낳은 당연한 결과로 해석되어야 할 것이다. 그래서 그는 버림받은 조국을 버리고 쉽사리 중국으로 옮겨갈 수 있었다. 을사늑약을 눈앞에 두고 그는 망명선에 올랐다. 조국을 향하여 뜨거운 애정을 보낸 것이 이때가 처음이다. 그가 우국의 詩作을 조국에 바치게 된 계기도 여기서 비롯하고 있는 것은 물론이다.

그 대표작으로는 <九日發船作>(7) 2首를 비롯, <追感本國十月之事>(7) <聞義兵將安重根報國讐事>(7) <聞黃梅泉殉信作>(8) 등이 농도 짙은 작품으로 꼽히고 있는 것들이다. <九日發船作>은 그가 망명선에 올랐을 때의 착잡한 심정을 읊은 것이다. 저녁 노을 뜬 구름이 곱게 물들어 가는 조국강산을 뒤돌아보고, 망국의 陰計가 들끓고 있는 한말의 현실을 걱정하고 잇다. <추감본국시월지사>는 을사늑약의 비보를 듣고 글을 읽은 선비의 안타까운 처지를 悔恨하고 있는 작품이다. 그러나 망명지에서 접한 변보였기에 '本國十月之事'라 하였으며, 그것도 뒤늦게 전해들은 것이므로 이를 追感한 결과가 된 것이다. <문의병장안중근보국수사>는, 합병의 역사극이 눈앞에 다가오고는 있었지만, 안중근 의사의 의거 소식을 듣고 오랜만에 찾아든 이 쾌보에 미칠 듯한 그의 감흥을 노래하고 있는 것이다. 통쾌 무비한 명작이다. <문황매천순신작>은, 황현의 自裁 소식을 전해 듣고 평소부터 익히 알고 있던 그의 매서운 절조를 재확인하고 있는 것이다. 이것은 <오호부>와 더불어 망국의 제단에 바친 그의 마지막 노래가 되었다.

황현(1855~1910)은 전라남도 광양의 한 한미한 시골 농민의 아들로 태어났다. 그는 1880년대 초반에서부터 1910년에 이르는 한말의 격동기에 가장 많은 우국시를 남기고 간 대표적인 시인의 한 사람이다.

그는 소년 시절부터 과거를 통하여 發身할 것을 꾀했지만 34세에 이르러 겨우 진사가 되는 것에서 그쳤으며, 이것도 그가 상경한 지 10여 년만에 얻어진 영광이었다. 그가 成均生員이 되던 그 무렵(1888)에는 이미 政事는 날로 어지러워져 가고 있었으며, 外憂가 날로 가중되고 있었다. 그가 스스로 지적한 바와 같이 서울의 거리에는 鬼國狂人의 무리가 들끓고 있었다. 그래서 그는 범연히 서울을 떠날 수 있었으며 다시 서울에 올라오는 일이 드물었다고 한다. 그의 전원시의 대부분이 이때부터 이루어지기 시작한 것이다. 그러나 몸은 비록 서울을 떠나 있었지만, 그의 평소에 닦아온 투철한 시대의식과 날카로운 비평정신은 잠시도 쉬지를 않았다.

이미 앞에서 보인 <충무공구전가>(1884)와 <碧波津>(1896)은 모두 충무공을 추상한 초기작이며, 한말의 詩作 중에는 <義妓論介碑>(1898)(9), <發鶴浦至糖山津>(10) 7수(1902), 그리고 <聞變>(10) 3수, <絶命詩>(11) 4수만으로도 그의 충정을 헤아리기에 족하다.

<의기논개비>는 연약한 여자의 몸으로 왜적을 죽인 義娘 논개를 자랑하고 있는 작품이며, <발학포지당산진>은 港市 木浦를 지나면서 읊은 것이다. 개항 이후 밀려오는 외국 상품의 범람으로, 안타까운 우리 쌀만 외국으로 빠져나가는 뼈아픈 상황을 개탄하고 있다.

<문변>은 제명 그대로 을사늑약의 변보를 듣고 지은 것이다. 한강이 울먹이고 북악산이 찡그리는 변고를 당하고도 세가집 벼슬아치들은 의연히 뻣뻣하게 버티고 있고, 나라 팔아먹은 놈 나라 위해 죽는 꼴을, 도무지 볼 수 없는 현실을 통탄하고 있다. 이 무렵 그는 몸도 마음도 쇠할 대로 쇠했던지 청년 시절의 시작에서 볼 수 있던 傲兀한 骨力도 여기서는 찾아보기 어려워졌다. 다분히 강개조로 흐르고 있을 뿐이다.

<절명시>는 스스로 목숨을 끊으면서 세상에 마지막으로 남겨주는 시편이다. 庚戌合倂의 비보가 전해졌을 때 그는 모든 것을 체념하고 조용히 죽음을 택한 것이다. 그 마지막 순간에 남긴 것이 이 <절명시> 4수다. 世祿의 恩을 입은 일도 없는 그에게는 죽지 않으면 안될 이유도 없다. 그러나 글을 아는 선비의 구실이 얼마나 어려운 것인가를 직접 실천해 보인 것이 그의 死節이다.

이밖에도 死節三大臣과 이건창, 최익현을 感慕한 <五哀詩>와 忠正公을 애도한 <血竹>, 그리고 <哀茂長義士鄭時海> 등 죽음을 슬퍼한 시작이 많은 것을 보면, 자신의 死節도 이때부터 이미 준비하고 있었는지 모른다.

3. 詞藻와 漢詩의 餘響

詞藻라면 일반적으로 漢詩를 가리키는 말이다. 여기서는 <皇城新聞>을 비롯하여 한말의 학술지에 마련된 詞藻欄, 즉 한시 발표에 제공된 문예란을 말한다. 학술지로는 <大韓自强會月報>를 비롯하여 <大韓協會會報>, <大韓學會月報>, <西友會報>, <畿湖興學會月報>, <西北學會月報>, <天道敎月報> 등이 그 중요한 것들이다. 그러나 대한협회는 그 성격상 대한자강회를 계승한 것이라 할 수 있으며, <서우회보>의 발행기관인 서우학회는 뒤에 西北學會로 통합되었다. <천도교월보>는 창간된 것이 1910년이므로 한

말의 학술지로서 기여할 수 있는 기회를 스스로 가지지 못했다. 그러므로 이 가운데서 사조란을 통하여 가장 많은 한시를 게재하고 있는 학술지는 <대한자강회월보>와 <대한협회회보>, 그리고 <기호흥학회월보> 정도다.

<황성신문>은 당시의 개화파 사람들에 의하여 부국강병론이 고조되던 1890년대 후반에 등장한 애국계몽운동 기관이며, 1905년 을사늑약 이후에 등장한 이들 학술지의 설립 취지도 그 성격에 있어서는 크게 다를 것이 없다. 그들이 주장한 것은 국가와 민족의 자강에 있었고 그들이 실천한 사업은 산업·교육의 진흥과 민중의 계몽이다. 그러나 이것들은 기본적으로 전통질서를 부정하는 처지에 서고 있었기 때문에, 주권의 회복이라는 국가 목적에서 보면, 이들 학회가 스스로 공격적인 대일항쟁을 수행하기에는 내포하고 있는 부정적 요소가 복잡하고 다단하다. 이렇게 보면, 전통시대의 遺響인 한시를 보급하기 위하여 사조란까지 마련하고 있는 이들 학회의 퇴행적 행위는, 학회 자체의 성격이 그렇게 한 것이기보다는 오히려 구성원의 개별적인 체질 때문에 그렇게 되었다고 보는 것이 옳을 것이다. 張志淵과 같이 전통적인 학문에 조예가 깊은 명사들이 <황성신문>에서부터 대한자강회와 대한협회 등에 이르기까지 지속적으로 참여하고 있었던 것이 그런 것 중의 하나가 될 것이다. 특히 이들 '詞藻'가 쉽사리 우국시의 발표란으로 변신할 수 있었던 것도, 한시는 이미 在野士林에게 익숙해진 문학양식이므로 이들의 시대의식을 담을 수 있는 그릇으로는 가장 알맞은 것이 될 수 있었기 때문일 것이다.

<황성신문>은 1899년 11월부터 사조란을 두고 있으나 우국의 충정을 읽을 수 있는 작품은 거의 나타나지 않고 있으며, <기호흥학회월보>는 학회의 활동범위를 기호지방으로 한정한 데도 이유가 있겠지만 사림의 우국시편은 거의 볼 수 없고 다만 김윤식의 親日 次韻詩가 독판을 치고 있을 뿐이다. 이러한 상황에서도 비교적 많은 우국시를 발표하고 있는 것이 <대한자강회월보>와 <대한협회회보>다.

<대한자강회월보>의 사조란은 우선 문예란으로서의 본래 목적에 충실하

고 있는 느낌이다. 선현들의 시작 가운데서도 명편을 골라 수록하고 있으며 당대 명사들의 작품도 다양하게 게재하고 있는 것이 그것이다. 그러므로 전체적인 물량에 비하여 우국시가 적은 것도 사실이며, 특히 시기적으로 을사늑약이 있은 다음 해인 1906년에서부터 회보가 발행되고 있기 때문에 민충정공과 최익현의 輓詞가 그 대부분을 차지하고 있는 것이 두드러진 현상으로 나타나고 있다. 다만 익명으로 된 <讀越南亡國史有感>(12)과 같은 長篇을 싣고 있는 의지는 '詞藻'의 성격을 분명히 하고 있는 것임에 틀림없다.

그러나 대한협회는, 협회의 구성원으로 보면 자강회를 계승한 것이나 다름이 없지만, 지도층의 성향이 후일 대일협력으로 기울어짐에 따라 협회의 성격도 변절하게 된다. 그러나 '詞藻'에서 과시한 우국의 의지는 오히려 그 강도를 더하고 있다. 이것은 곧 지도부의 임원진과 구성원 사이에 개재하는 심한 괴리현상을 사실로 보여준 것이라 하겠다. 창작시에 못지 않게 전시대의 시작을 재현하는 데 관심을 보인 선인들의 시편 가운데서 警世의 목적에 걸맞는 작품을 대량으로 게재하고 있다. 錦南 崔溥의 <讀宋史>(13)을 비롯하여, 魚無迹의 <流民歎>, 權韠의 <鬪狗行>, 林悌의 <高山驛>, 鄭芝潤의 <關王廟>와 같은 문제작이 눈길을 끌고 있으며, 특히 金宗直의 <東都樂府>와 鄭道傳의 <嗚呼島弔田橫>을 수록하고 있는 것은 더욱 시사적이다. <동도악부>의 鵄述嶺은 바로 朴堤上의 이야기이며 <오호도조전횡>은, 田橫과 식객 500인이 함께 죽은 故事다. 의기가 상통히면 500의 무리도 함께 죽을 수 있었던 전범으로 널리 알려져 온 이야기다.

4. 義兵將의 氣概와 臨絶詩

의병항쟁은 대체로 그 항쟁을 전개하게 된 직접적인 계기에 따라 이를 전후 2차로 나누어 설명하는 것이 일반적이다. 을미사변과 단발령의 반포에 반발하여 起義한 것이 그 전기의 항쟁이며, 을사늑약을 전후한 시기에 국권수호를 위하여 擧義한 것이 그 후기의 항쟁이다. 그러나 의병장 중에는 초기의 의병항쟁을 주도한 척사파 지도자들과 같이 명망이 있는 학자들도 있었지만, 을사늑약 이후의 의병항쟁에 참가한 의병장들은 그 대부분이 지방의 窮儒가 아니면 常民階層에 속하는 이들이다. 그러므로 그들의 사적이나 시문·잡저와 같은 문학적인 업적은 그 대부분이 처음부터 없었거나 아니면 처음에 있었더라도 온전하게 전해지지 않고 있는 실정이다.

우국의 시편이나 임절시를 전하고 있는 의병장으로는, 초기의 의병항쟁을 주도한 毅菴 柳麟錫을 비롯하여, 志山 金福漢, 雲岡 李康秊, 李麟榮, 碧山 金道鉉, 勉菴 崔益鉉, 李殷瓚, 鄭煥直, 全海山 등을 들 수 있다. 이들 가운데에는 전기 항쟁에 거의한 의병장이 대부분이지만, 그러나 이들은 대부분 후기 항쟁에도 참가하고 있으며, 특히 그들이 남긴 임절시는 대개 후기 항쟁 이후의 것이기 때문에 여기서는 함께 다룬다. 그러나 문집을 남기고 있는 유인석이나 김복한 등의 경우에는 그들의 문집에서 우국시를 찾아내는 것이 용이하지만, 그밖의 의병장의 경우에는 대부분 <騎驢隨筆>이나 <梅泉野錄> 등에 임절시가 전하고 있는 정도에서 그치고 있으므로 그 자료는 극히 제한되어 있다. 최익현은 방대한 문집이 있기는 하지만 그의 憂國精忠은 상소문에서 발휘되고 있을 뿐, 우국의 서정을 담은 시편은 한두 수를 헤아릴 수 있을 정도다.

유인석(1842~1915)은 이항로의 문하에서 수학한 초기 의병항쟁의 대표적인 지도자다. 그는 국내에서의 항쟁에서 실패하자 멀리 露領에까지 망명하여 의병항쟁을 전개했다. 그는 丙寅洋擾가 있던 당시부터 위하적으로 접근해 오는 서구의 충격에 남다른 관심을 보여, 일찍이 <江華洋亂>(14)과 같은 우국시를 쓰고 있으며 특히 의리를 무겁게 생각하는 그는 중국을 원망한 <責望中華>(15)도 제작하고 있다. 그가 한꺼번에 여러 편의 우국시를 쏟아놓은 것은 합병을 전후한 시기다. <悼倭奴合邦時死節諸公>(15)을 비롯하여 <詠五七賊>, <追悼一國死義義士> 등이 모두 그러한 것이며 특히 황현의 死節에 바친 시작은 4수나 된다.

김복한(1860~1924)은 洪州 출신이다. 仙源 金尙鎔의 후손이며, 의병장 李偰과는 內外從間이다. 그는 단발령이 내렸을 때에는 이설 등과 함께 거의하였으며, 1906년에는 다시 閔宗植과 함께 홍주에서 거의하였고, 세칭 6의사의 한 사람이다. 그가 남기고 간 우국시편 가운데는 이미 앞에서 보인 <李忠武公墓>를 비롯하여 이설의 談字韻에 次韻한 <次復菴李公談字韻>과 <聞安重根事有感>이 특히 돋보이는 작품이다.

이인영(?~1909)은 초기의 을미거사 때 유인석, 이강년 등과 거의하였다가 후일 丁未擧義에 다시 참가, 13도 의병대장에 추대되어 許蔿 閔肯鎬, 이강년 등과 함께 일거에 서울까지 진공하였다가 중도에서 父親喪으로 퇴거하였다. <기로수필>에 옥중에서 지은 임절시 1수가 전하고 있다.

이강년 역시 을미거사 때 유인석, 이인영 등과 거의하였다가 정미의거에도 다시 참가, 湖西 倡義大將으로 활약하였다. <雲岡先生倡義錄>에 전하는 自嘆詩 한 수와 <기로수필>에 실려 있는 임절시 한 수가 있다. 특히 이 임절시에는 순국의 최후가 너무도 처절하게 새겨져 있으며, 최후의 순간에도 굴하지 않는 장부의 기개가 불타고 있다.

김도현은 英陽 출신의 儒士다. 丙申年에 거의하여 여러 번 쾌했으나 물러나지 않았다. 乙巳·庚戌간에도 有爲하려 했으나 90 老親이 있어 뜻을 이루지 못하다가 나중에 父喪을 지내고 東海에 나아가 투신자살했다. 역시 임절시 1수가 전하고 있을 뿐이다.

이은찬(1878~1909)은 楊平 출신의 유생이다. 홍천에서 거의한 관동의병장 이인영 등과 함께 서울까지 진격하려다가 패퇴, 후일 밀정의 고발로 체포, 처형되었다. <獨立運動之血史>에 우국시 1수가 전한다.

전해산은 任實 출신의 漢學者다. 近衛兵隊參尉 李初來와 함께 거의하여 후기 의병항쟁에 참가하였다가 영산포에서 체포되어 대구의 倭獄에서 순절하였다. 옥중에서 지은 임절시 1수가 있다.

이상에서 보인 바와 같이 이들 의병장들이 남기고 간 우국시는 대개 죽음에 임하여 제작한 임절시 몇 편에 지나지 않는 것이지마는, 그러나 이들 시작에서 볼 수 있는 몇 가지 특징을 간추려보면 대략 다음과 같이 요약될 수 있을 것 같다.

첫째, 의병장들은 거개가 문학수업에 전념한 문인들이 아니기 때문에 작품 자체는 拙朴한 것이 대부분이다. 특히 임절시에는 生과 死의 갈림길에서 헤매는 卽現實的인 思意가 그대로 표출되고 있어 言外의 言을 찾아 볼 수 있는 漢詩學의 奧妙를 느낄 수 없다.

둘째, 위의 경우와는 달리 道學者 출신의 의병장들이 남기고 간 시편 속에는 의리를 중시하는 性理學的 思考가 깊이 자리하고 있어 昭潤한 맛을 減하고 있다.

참고문헌

『大韓自强會月報(影印本)』(亞細亞文化社).

『大韓協會會報(影印本)』(亞細亞文化社).

金福漢, 『志山集』.

金澤榮, 『志山集』 권4.

金澤榮, 『志山集』 권5.

金澤榮, 『合刊韶濩堂集 詩集』 권6.

柳麟錫, 『毅菴集』 권1.

柳麟錫, 『毅菴集』 권3.

李建昌, 『明美堂集』 권2.

李南珪, 『修堂集(影印本)』.

黃　玹, 『梅泉集』 권1.

黃　玹, 『梅泉集』 권2.

黃　玹, 『梅泉集』 권3.

黃　玹, 『梅泉集』 권4.

黃　玹, 『梅泉集』 권5.

閔丙秀, 「開化期의 憂國漢詩」, 『開化期의 憂國文學』, 新丘文化社, 1974.

閔丙秀, 「開化期의 漢文學」, 『국어국문학』 68·69, 국어국문학회, 1975.

민족학교 편, 『항일민족시집』, 思想社, 1971.

趙芝薰, 「韓國現代詩文學史」, 『文學春秋』 1964. 6~11.

崔昌圭, 『開化槪念의 再檢討』, 文學과知性, 1971 여름.

崔昌圭編, 『韓末憂國名上疏文集』, 瑞文堂, 1975.

(『韓國文學硏究入門』, 1982)

제 6부

朴趾源 硏究와 兩班傳

朴趾源 文學의 研究史的 檢討

1. 序言 — 虛構와 事實의 距離

지금까지 우리 學界에서의 燕岩研究는 그 初期段階에서부터 思想性이 强調되어 왔다. 1930年代의 朝鮮學 붐을 일으킨 國故研究家[1]들에 의하여 實學思想이 再照明되면서부터 燕岩은 實學派의 中心人物로서 또는 近代思想의 先覺으로 浮刻되기 시작하였으며, 이후의 燕岩研究에 있어서도 이들의 先進的 方向感覺을 追隨하는 데서 크게 逸脫하지 못한 것이 그 主要한 理由가 될 것이다. 歷史學分野는 물론이요 國文學 研究分野에 있어서도 그 例外가 되지 못했다. 그렇기 때문에 燕岩作品 가운데서도 가장 빈번하게 論議되어 온 <兩班傳>이나 <虎叱>・<許生傳> 같은 作品에 있어서조차 實學思想 研究의 資料史的 價値 그 이상의 것을 발견하는 데 이르지 못하고 있었다.

___

1) 1934~35年代의 安在鴻, 玄相允, 白南雲, 文一平 등이 이에 속할 것이다. 이에 앞서 李能和의 『朝鮮佛敎通史』(1917), 張志淵의 『朝鮮儒學史』(1922)에서의 實學論議는 注目해야 할 것이다.

이러한 外在的 要因이 燕岩小說의 本格的인 研究를 沮害한 중요한 事實로 置簿되어야 할 것은 물론이다. 그러나 燕岩小說의 研究가 지금까지도 그 素材論的 接近의 限界에서 더 나아가지 못하고, 思想的인 周邊探索만으로 誇大評價를 일삼아 온 또 다른 要因은 다음과 같은 두 가지 相反된 事實에서도 求해질 수 있을 것 같다. 첫째는, 燕岩의 小說作品들에 共存하고 있는 逸話的 性格이 그 藝術的 形象化의 限界를 스스로 드러내고 있다는 것이며, 둘째는, 이러한 內的인 脆弱點을 克服할 수 있는 文學理論의 不在現象이 그것이다.

이상으로써, 文學史의 敍述에 있어 燕岩이 思想에 勝한 作家로 記錄된 所以가 일단 밝혀졌을 것이며, 지금까지 燕岩의 小說에 提示된 社會的 意味를 단순한 社會的 事實의 實錄的 目錄化로 보아온 批評的 眼目의 虛實도 아울러 解明이 되었을 것으로 믿는다.

그러나 여기서 분명히 하고 넘어가야 할 것은, 燕岩의 小說作品들이 적어도 個人 作家에 의하여 創作된 虛構라는 前提를 肯定的으로 받아들일 때, 作品과 事實 사이에 尙存하는 距離를 確認해야 한다는 것이다. "作品은 作品 속에 있다"는 作品論의 實現이 可能할 때, 作品 속에 形象化되고 있는 作家의 現實感覺이 진지하게 檢討될 때, 燕岩에 대한 作家的 評價도 새로운 視覺에서 再定立될 것이다. 距離美學의 提示가 不可避하게 要請되는 所以가 여기에 있으며, 더욱이 燕岩의 作品들은 그 制作時期가 分明한 것이기 때문에 個別美學의 문제도 同時的으로 考慮되어야 하겠다는 것이다. 屈折에 의한 變異角度를 檢證하는 過程에 있어서도 거기에는 보다 많은 作品의 充分한 事例들이 提示되어야 할 것은 물론이다. 事實과 作品과의 對應에서 보여준 屈折角度의 綿密한 檢討가 誠實하게 이루어질 때 作家的 眞實도 아울러 分明해질 것이다. 이러한 一聯의 作業이 조심스럽게 遂行되지 않을 때, 이는 歷史學에서의 文學研究가 文獻學的 研究의 限界에서 더 나아가지 못하는 것과 맞먹는 結果에 이르고 말 것이다.

燕岩의 小說作品이 文學史書類나 小說史 其他 論說 등에서 擧論되기 시작한 것은 1930年代의 일이며, 그 先鞭을 잡은 이로는 金台俊과 權悳奎 등을 들 수 있다.[2] 初期의 蕪雜에서 起墾하여 이후 國文學의 土壤에서 이룩한 作品 研究의 蓄積만 하더라도 이제 50篇에 肉薄하고 있어 그런 대로 盛況을 이룬 셈이다.

燕岩의 文學에 관한 本格的인 研究作業은 50年代 後半에서부터 나타나기 시작하였다. 金一根 教授의 「燕岩小說의 近代的性格」(『慶北大學校論文集』 第一輯, 1956)을 비롯하여 申基亨 教授의 「燕岩의 實學思想－그의 漢文小說을 中心으로」(『文耕』 4집, 1957), 李佑成 教授의 「實學派의 文學」 (『국어국문학』 16, 1957), 李家源 教授의 「燕岩朴趾源의 生涯와 思想」(『思想界』, 1958年 10月號) 등이 一年 간격으로 나오고 있었으며 金智勇 教授가 이와 때를 같이하여 「實事求是思想과 朴燕岩의 文學」(『淸州大學論文集』 3집, 1960)을 발표하고 있다.

60年代에 접어들면서 燕岩文學의 研究는 한 時期를 區劃하였다. 20篇에 가까운 研究論文이 精力的으로 發表되기 시작하면서 空前의 豊饒를 누리었다. 個別作品의 分析에서 비롯하여 作家의 思想的 研究에 이르기까지 燕岩文學의 研究에 提示되어야 할 모든 것들이 解釋되고 網羅되었다. 文學研究의 바깥에서 高潮되기 시작한 實學思想 研究의 上昇氣流가 燕岩의 文學研究에 熱氣를 더한 것은 사실이나, 이러한 業績들이 적어도 한 個人의 作家的 研究에 寄與한 資料史的 價値는 분명히 한 時期를 記錄할 것임에 틀림없다. 이 기간에 가장 많은 論文을 發表한 분은 李家源 教授다. 그 主要論文을 간추려보면 다음과 같은 것들이다. 1962年의 「燕岩小說研究」(『延世論叢』 1집)를 비롯하여 「燕岩小說과 實學思想－兩班傳을 中心으로」(『韓國思

---

2) 金台俊의 『朝鮮漢文學史』(1931), 『朝鮮小說史』(1939)와 權悳奎의 「朴燕岩의 許生傳을 評함」(『批評』 12호, 1932) 등이 그것이다. 그러나 權悳奎의 論說은 筆者의 周邊에서는 얻어볼 수 없으므로, 內容은 窺知할 길이 없다.

想』 Ⅳ, 1962. 뒤에 『韓國思想叢書』 Ⅳ에 再錄), 「燕岩文學과 文體波動」
(『人文科學』 第十輯, 1963), 「虎叱研究」(『延世論叢』 2집, 1963), 「燕岩의
實學思想-「燕岩小說研究」總敍一齣」(『陶南趙潤濟博士回甲紀念論文』,
1964), 「兩班傳研究」(『大東文化研究』 第1輯, 1963) 등이 그것이다. 이러한
自己蓄積을 土臺로 하여 1965年에 單行本 『燕岩小說研究』(乙酉文化社刊)
를 出刊하였다. 個別作家의 作品에 관한 集中的인 研究書로서, 그 浩瀚한
體製에 있어 단연 初有의 盛事가 될 것이다. 같은 해에 出刊된 鄭鉒東 教
授의 『梅月堂金時習研究』와 더불어 雙璧이 됨 직하다.[3] 小說文學의 研究
書로서는 물론이요 燕岩研究에 관한 限 博物學的 業績으로 記錄될 만하다.
이 時期의 業績으로 꼽을 수 있는 또 다른 成果는 李在秀 教授의 「朴燕岩
小說論考-虎叱과 許生을 중심으로」(『慶北大學校論文集』 十輯, 1966)이
다. 個別作品에 관한 研究論文으로서는 이 한 篇이 있을 뿐이지만, 이 뒤에
내놓는 小說研究書 『韓國小說研究』의 「燕岩小說考」에서, 個別作品 研究
에 못지않은 長篇을 통하여 前記 論文에서 다루지 않았던 兩班傳까지도 상
세하게 解釋하고 있다. 이 밖에도 李源周 教授의 「燕岩小說考 Ⅰ」(韓國語
文學會 『語文學』 15호, 1966)가 비록 未完成인 채 兩班傳研究에서 끝나고
있지만, 새로운 視角에서 兩班傳을 檢證하고 있는 論文으로서는 注目할 만
한 勞作이 될 것 같다. 宋贊植 教授의 「燕岩朴趾源의 經濟思想」(『創作과
批評』 7호, 1967)은 標題 그대로 燕岩의 經濟思想篇을 解說한 資料 提示
에 지나지 않는 것이지만, 歷史學에 비쳐질 燕岩小說의 한 보기로서 參考가
될 것이다.[4] 虎叱의 素材史的 意味와 主題 論議를 再確認한 成果로서 李
佑成 教授의 「虎叱의 作者와 主題」(『創作과 批評』 11호)가 60年代 後半

---

3) 이 밖에서 個別作品에 관한 研究書로서는 鄭鉒東 교수의 『洪吉童傳研究』(文豪社,
   1961)와 金東旭 교수의 『春香傳研究』(延世大學校出版部, 1965), 丁奎福 교수의 『九雲
   夢研究』(高大出版部, 1974) 등이 있다.
4) 『實學研究入門』(一潮閣, 1973)의 『燕岩集』 解題에도 같은 內容의 글이 실려 있으며
   燕岩思想의 解釋에 있어서도 별로 다를 것이 없다.

에 이룩된 業績 중의 하나다.[5]

　傳統的인 解釋的 方法論이 持續되는 雰圍氣 속에서도 이러한 前時期 方法論의 限界를 自覺하고 새로운 方法論의 摸索을 위한 陣痛을 겪어야만 했던 것이 70年代 燕岩 硏究의 두드러진 現象으로 나타났다. 前時期에서 보여준 "感激"이나 "情熱"이 그 安靜을 되찾은 듯한 狀況이다. 이런 意味에서 70年代 初期에 발표된 黃浿江 敎授의 「許生傳小考」(『국어국문학』 62·63 合倂號, 1973)는 값진 成果가 될 것이다. 비록 個別作品의 硏究論文은 아니지만, 『韓國短篇小說硏究』(一潮閣, 1975)에서 提示한 李在銑 敎授의 形態論的 接近의 試圖는 燕岩小說 硏究에 새로운 轉機를 가져다 준 劃期的인 作業이라 하겠다. 傳統的인 方法論으로 前時期의 作品解釋을 確認 檢證하는 作業들이 이 時期에도 계속되어 왔는데, 蘇在英 敎授의 「虎叱 再論」(『崇田語文學』 2호, 1973), 李源周 敎授의 「虎叱의 諷刺對象」(『李在秀博士還曆記念論文集』, 1972), 金鉉龍 敎授의 「허생전의 所謂時事三難硏究」(『국어국문학』 58·59·60 合倂號, 1972) 등이 이에 속한다. 이 밖에도 李東歡 敎授의 「燕岩의 思想과 小說」이 古典文學論文選集인 『古典文學을 찾아서』(文學과知性社, 1976)에 收錄되어 있으나 여기에서 그는 燕岩의 思想만 말하고 小說은 말하지 않았다.[6] 燕岩의 文章과 文學思想에 관한 個別論文으로서는 그 처음이 될 수 있는 尹五榮氏의 「燕岩의 文章」(『文化批評』 3권 2호, 1971)과 趙東一 敎授의 「朴趾源의 文學思想과 小說論」(『韓國小說文學의 探求』 所收, 一潮閣, 1978)은, 그 標題는 서로 다르지만, 다 같이 "文章"을 다루고 있는 面에서는 共通點이 있다. 前者는 燕岩의 古文 文章을 주로 다루고 있는 점에서 괄목할 만한 것이고, 後者의 경우에 있어서는, 燕岩의 文學觀, 文章論, 文章作法 등 文章과 有關한 많은 것들이 提示되고 있는 理由

---

5) 이 밖에도 여러 篇의 論文이 있으나 發表 당시의 學生 論文은 일단 本文에서 言及하지 않았다.

6) 『韓國文學作家論』(螢雪出版社, 1977)에도 거의 같은 內容으로 收錄하고 있다.

에서 일단 意味가 있을 수 있다. 그러나 그 用語 사이의 距離가 解明되지 않고 있어 이것들이 燕岩의 文學思想을 體系化하는 데에는 어려움이 따를 것 같으며 作品 속에서 求하지 않은 文學思想은 文學觀과 混同될 憂慮도 있다. 最近에 「虎叱研究」(『韓國小說文學의 探求』 所收, 一潮閣, 1978)를 발표한 바 있는 黃浿江 敎授는 文學的 象徵體系를 통하여 <虎叱>의 深層構造를 探査하고 있다. 그 成果에 대한 기대는 또 다른 次元에서 밝혀져야 하겠거니와, 이러한 作業이 새로운 方法論的 試圖라는 점에서 注目할 값어치가 있을 것이다.

本稿의 性格上 앞으로 本稿에서 論議될 여러 論著들은 그것들이 가지고 있는 研究史的 意義나 個別論文으로서의 獨自性 같은 것이 重點的으로 解明되어야 하겠으나 이미 앞에서 一瞥해 본 바와 같이, 지금까지 燕岩研究에 바쳐진 대부분의 論著들이, 硬直할 정도로 傳統的인 作品解釋의 方法에만 의존해 왔으므로 本稿의 作業도 不可避하게 當該論著들이 提示한 作品解釋의 現實文脈을 檢證하는 이상의 것이 될 수 없을 것임을 미리 밝혀두고자 한다. 本稿에서 言及되지 않은 論著들은 後尾에 붙인 研究書誌欄에서 整理될 것이며, 다만 本稿에서 除外된 論著들에 대한 漏落의 責任은 전적으로 調査에 完璧을 期하지 못한 筆者의 不察에 있는 것이며 本稿의 意圖와는 관계가 없는 것임을 아울러 밝혀 두고자 한다.

2. 素材論的 接近의 限界

文學批評의 중요한 課題는, 작품의 바깥에 있는 外在的 要素와 作品 自體의 意味素인 內在的 構造 사이의 관련성을 어떻게 있는 그대로 작품의 損傷 없이 評價하느냐에 있을 것이다.

지금까지 燕岩의 文學作品에 대한 批評的 接近의 主潮가 되어 온 것은 그 外在的 要素를 重視하는 데 있었다. 물론 이것은 19세기 寫實主義 文學觀의 基盤이 되어 온 것이기도 하지만, 그러나 寫實主義가 보여 준 사실도 이미 사실 그대로가 아니고 사실의 환영에 지나지 않는 것임은 말할 것도 없는 일이다.

初期段階에 있어서의 燕岩 研究는 주로 실학사상이라는 “바람”이 문학연구를 지배한 風土에서 이루어졌다. 文學이 實學思想의 侍女가 된 것이나 다름이 없다. 實學思想=燕岩 研究=文學 研究의 等式을 解明하는 作業이 그 중요 과제처럼 錯覺되고 있었으며 그러한 成果에서 내려진 共通的인 結論은 反封建, 反朱子學의 提示와 같은 것이었다.[7] 이러한 評價는 다음 단계의 庶民擁護論으로 이어지는 것이 일반적인 경향이었다.

金一根 敎授의「燕岩小說의 近代的 性格」(1956)을 비롯하여 申基亨 교수의「實學思想−그의 漢文小說을 中心으로」(1957), 李佑成 교수의「實學派의 文學」(1957), 金智勇 교수의「實事求是思想과 朴燕岩의 文學」(1960), 李家源 교수의「燕岩小說研究」(1965), 李在秀 교수의「朴燕岩小說論考」(1966) 등의 成果가 대체로 그 軌道를 같이하는 것에 속한다. 이 가운데서도 가장 精力的인 作品評價를 企圖한 것이 金智勇 교수다. 金교수의 所論을 檢證하는 과정에서 이 시기 燕岩研究의 方法論的 性格도 대체로 解明될 수 있을 것 같다.

金교수는 먼저 實事求是를 實學과 함께 學風 또는 學問方法으로 處理되는 것을 拒否하고 近代的 思潮 즉 東洋에 있어서의 現實主義思想의 出發임을 강조하였다. 다시 말하면 實學을 實事求是思潮의 한 分野로 보고 있으며, 淸代의 考證學과 같은 것으로 置簿되는 것에 대해서는 더욱 반대하는 立場에 섰다. 그리고 燕岩思想에 대한 論議는 대체로 다음과 같이 要約될

---

7) 李家源 敎授는 이에 대하여 그 處地를 달리하고 있다. 實學思想을 朱子學의 繼承 내지 發展 段階의 한 現象으로 보았다.

수 있으나 燕岩의 思想과 燕岩의 文學思想이 스스로 分辨되지 못하고 있는 상태에 있음은 미리 지적해 두어야 할 必要가 있을 것 같다. ① 反封建的 ② 近代的 思想과 資本主義的 世界觀 ③ 寫實主義的 文學家 ④ 諷刺的 作家 등이 그것이다. ①에서 金교수는 燕岩으로 하여금 보통사람은 想像도 못할 大革命家로 浮刻시키고 있으며(<許生傳>) 특히 燕岩의 反封建思想은 "平民 특히 賤民爲主思想에까지 進展되어 …… 將來의 主人公은 貴族이 아니고 平民이요 賤民이라 ……"는 데까지 深化되고 있음을 說破하고 있다. 그리고 특히 注目해야 할 것은 ③의 敷衍이다. 여기서 金교수는 和解的인 humor論도 아울러 展開하고 있는데, 諷刺가 humor나 wit와의 和解 무드에서 이루어질 때 諷刺는 이미 부드럽고 溫和한 것으로 變質하게 되는 屬性을 看過하고 있다. 그리고 "虎叱에서 尤庵輩의 事大亡國的인 人生觀에 대한 憎惡感, 兩班들의 虛勢와 無能들이 얽혀져서 생각 같아서는 한 몽둥이에 모조리 쳐 없애고 싶었으나 時代의 權力이 容納치 못하였다. ……"라고 한 金교수의 罵倒는 作家인 燕岩 自身이나 虎의 叱責 그 이상이기도 하다. 그리고 金교수는 스스로 "朴山如墓地銘"을 紹介하고 있으나 이것이 내포하고 있는 作家的 眞實의 문제에 대해서는 대답하지 않았다. 그런데 이러한 金교수의 接近方法에 대한 檢證을 위해서는 그 特有의 寫實主義를 解明하는 데서부터 출발할 수밖에 없을 것 같다.

이미 앞에서도 지적한 바와 같이 寫實主義의 屬性이 時代의 한 社會相을 反映하는 것이기는 하지만 그러나 寫實主義의 "사실"은 아무리 한 사회상을 如實히 그려냈다고 해도 그것이 歷史敍述의 자료가 되지 않는 것은 그것이 個人에 의하여 創作된 虛構이기 때문이다. 사실주의가 社會的 矛盾에 대하여 批判을 加하는 것은 사실이지만, 그러나 그 비판의 소리를 직접 들려 준다기보다는 그가 選擇한 素材와 그 素材에 대한 綿密한 묘사에 의하여 간접적으로 讀者에게 호소한다.

作品 속에 指示된 素材와, 社會的 事實의 典型으로서의 모델 사이에 共

通因數가 發見되어야 할 것이며, 이러한 모델과 작가가 창조한 장르 사이에서 屈折된 變異角度의 檢證이 可能할 때 비로소 作家의 文學的 才能과 力量도 아울러 評價될 수 있을 것이다. 만약 작가가 선택한 個個의 事實이 당시의 社會的 慣習으로서의 類型과 乖離가 심하거나, 主人公의 行動秩序에 統一性이 缺如되고 있거나, 部分과 全體와의 調和가 이루어지지 않고 있다면, 그 作品에 대한 評價는 다른 角度에서 進行되어야 할 것이다.

이와는 또 다른 視覺에서 李佑成 敎授는 그의 「實學派의 文學」(1957)을 통하여 당시의 社會相을 分析하고 있다. 燕岩의 文學보다는 그의 社會的 位置와 李교수가 設定한 '士意識'에 力點을 두었다. 李교수는 당시의 社會的 身分秩序를 士大夫와 民衆(또는 庶民)의 對立關係로 보았으며 나아가서는 士大夫階層의 二元的 構造를 重視하여 이를 閥閱(勳戚)과 士 그리고 民衆으로 三分하였다. <九雲夢>과 <春香傳>의 作品評價에 있어서도 이러한 觀點에서 論斷되고 있다. 그런데 여기서 解明되어야 할 것은 당시 身分階層에 대한 三分法의 根據다. 그리고 그 進取的 可能性이 거의 無限大로 保障되어 있는 士의 身分을 한갓 實學派의 그것으로 限定하기는 어려울 것이며 이른바 閥閱이라는 身分도 士의 體質에서 把握될 수 있는 士의 다른 一面에 지나지 않는 것으로 보아야 할 것이다. 이들의 社會的 地位를 永續化할 수 있는 制度的 裝置나 保障策이 따로 마련되어 있지 않은 당시 사회에 있어서는 이것이 身分階層으로까지 발전될 수 있는 것은 아닐 것이다. 특히 民衆의 槪念을 被支配層의 庶民으로 限定하는 論理와 士의 意識基盤이 反勳戚, 親庶民에 있어야 한다는 것과 같은 立論은 그 發想이 庶民擁護論에서 비롯된 것은 물론이다. 그러나 이는 당시의 士의 基本的 性格이나 體質을 不透明하게 하는 것은 물론이요, 한 시대의 사상이나 문학이 누구의 편에 서야 하는가라는 것과 같은 參與論의 문제를 惹起할 危險性이 있다. <九雲夢>과 <春香傳>의 對比評價에 있어서도 <春香傳>을 庶民의 兩班支配層에 대한 抵抗精神의 表象으로 斷定하는 것과 같은 것은 金台俊 이후에

흔하게 通行되어 온 것이지만, 이에 대한 檢討는 <春香傳> 硏究의 다른 成
果에서 이미 解明되고 있으므로 本稿에서는 論外로 한다.

　李在秀 교수의 「燕岩小說論考」(1961)와 小說硏究書인 『韓國小說硏究』
는 燕岩硏究의 周邊探索에 있어 많은 것이 提示되고 있다는 점에서는 꼽을
수 있는 것이나 方法論의 反省과 같은 것은 나타나지 않았다. 그리고 李교
수는 燕岩의 文章을 論하는 곳에서(『韓國小說硏究』) 滄江 金澤榮의 批評
을 들어 燕岩 文章의 雄偉함을 말하고 漢昌黎(退之)의 그것과 비길 만한
것이라고 하면서도 한편으로는 그의 文章이 寫實的인 것임을 강조하고 있다.
그러나 그의 小說文章이 寫實的이라는 것과 그의 文章이 寫實的이라는 것
과는 同日에 論할 것이 아니다. "雄偉"하다는 것은 주로 古文 文章의 氣象
을 두고 한 評價이므로, 表現技法이 寫實的이라는 것과는 다른 次元에 있
다. 이에 대해서는 前記 尹五榮氏의 「燕岩의 文章」에서도 分辨되지 않고
있다.[8]

　60年代의 成果 중에서 李源周 교수가 試圖한 「兩班傳考」(『語文學』 16
所收 「燕岩小說考」 Ⅰ, 1966)의 새로운 解釋은 作品의 現實文脈을 진지하
게 檢證하고 있는 점에서 刮目할 만한 業績으로 꼽아야 할 것이다. 李교수
는 <兩班傳>을 일단 諧謔文學으로 파악하고

　　本傳의 主題가 이른바 당시의 士가 門閥과 代德을 팔아 먹기가 장사치와 다
　름없음을 풍자한 것이라고 하더라도 封建階級의 打破나 反封建性은 역시 介在
　하지 않는 것이다. 本傳은 作者의 嚴格한 士意識 위에 兩班은 賣買될 수 없다
　는 主題 아래 危機를 틈타 양반을 사사로이 사버린 新興富人의 어리석음을 郡
　守의 機智를 써서 滑稽化한 것이다.

---

8) 古文은 그 文體的 性格으로 보아 議論體와 敍事體로 大別될 수 있으므로 敍事體에
　있어서의 寫實性은 전혀 排除할 수 없지만, 그러나 古文의 評價基準은 그 表現技法에
　依存하는 것이 아니라 定意나 氣象과 같은 다른 데 있는 것임을 注意할 必要가 있다.

라고 하여 從來의 階級打破論·反封建性 論議를 많이 後退시키고 있다. 이에 대해서는 筆者의 拙稿 「漢文小說」(『韓國文化史大系』 V, 高麗大 民族文化研究所, 1967)에서도 이미 檢證된 바 있어, 燕岩은 階級打破를 부르짖은 것이 아니라 階級意識을 보다 强調한 것으로 보았다. 그리고 燕岩은 紛爭을 싫어했기 때문에 兩班과 常人 그 어느 便에도 설 수 없었던 작가의 苦惱도 읽어야 할 것을 주장하였다.[9]

3. 方法論의 反省과 論理의 破綻

70年代에 들어오면서 두드러지게 나타난 現象은 從來의 傳統的인 研究方法에 대한 懷疑와 自己省察을 들 수 있겠다. 그러나 새로운 方法論이 摸索되는 陣痛過程에서 흔히 있기 쉬운 또 다른 危險性도 결코 排除될 수 없다. 감당할 수 없는 批評理論의 試驗이나 非體質化한 論理의 전개 과정에서 惹起되는 論理의 비약이 그 破壞에 이르고 있는 것과 같은 現象은 또 다른 次元에서 研究風土를 困惑케 할 素地가 있다. 이러한 의미에서 70年代 연구 成果 가운데는 주목할 것들이 있다.

黃浿江 교수의 「許生傳小考」(1973)는 <許生傳> 全篇에 사리하고 있는 燕岩의 理想主義的 作家意識을 그 論議의 對象으로 삼는 데서부터 立論이 비롯되고 있다. 許生의 商行爲를 商賈的 俗物根性의 所致로 보려는 從來의 重商主義 論議를 克服하고 있다는 데 注目할 필요가 있을 것이다. 本格的인 作品論을 提示하는 데까지는 이르지 않고 있으나 <許生傳>의 周邊探索을 위한 素材源의 追跡 같은 것도 有益한 것이 될 것 같다.

---

9) 筆者도 이 拙稿에서 燕岩의 思想을 反朱子學的 體質로 把握한 바 있다. 初期의 未熟이 저지른 결과라고 생각한다. 此際에 이에 대하여 解明해 두고자 한다.

70年代 後半의 成果로 꼽을 수 있는 李東歡 교수의 「燕岩의 思想과 小說」(1976)은 우선 內容이 標題를 뒷받침하지 못하고 있는 느낌이다. 燕岩의 社會思想을 말하고 있으나 文學과 관계가 있는 것은 중요하게 다루어지고 있지 않다. 특히 燕岩의 思想 展開에서 많은 "主義"가 使用되고 있으나 이들 用語가 批評史의 文脈에서 檢討되지 않은 채 看過되고 있다.

最近의 業績으로서 注目될 수 있는 것은 黃浿江 교수의 「虎叱研究」(1978)와 趙東一 교수의 「朴趾源의 文學思想과 小說論」(1978)이다. 前者는 새로운 方法論을 提示하고 있는 點에서 注目될 수 있으며 後者는, 燕岩의 思想과 文學論이 一時에 開陳되고 있어 이것들이 만날 수 있는 交叉點의 發見이 可能할 수 있을는지 그 與否를 살펴보는 의미에서 관심을 모으게 될 것 같다. 黃교수의 所論에 따르면, <虎叱>은 作品의 內在的 構造가 外在的인 社會的 脈絡 그 이상이라는 것이다. <虎叱> 자체의 象徵體系를 통하여 그 構造的 深層을 探索하려는 노력은, 作品에 提示된 社會的 意味를 보다 重視해 온 傳統的인 方法과는 다른 次元에 서게 될 것이다. 그 成果에 대해서는 앞으로의 論議에 기대할 수밖에 없지만, 이러한 노력이 새로운 方法論의 摸索임이 틀림없으므로, 의미는 부여되어야 할 것이다.

趙東一 교수의 「朴趾源의 文學思想과 小說論」에 있어서는 小說論에 앞서 文學思想이 擧論되어야 할 것 같다. 文學觀이나 文章論과 같은 것이 文學思想의 體系化에 寄與할 수 있는 可能性이 論議되어야 할 것이며, 그리고 燕岩의 哲學思想(理氣說 등)이 文學思想과 만날 수 있는 地點의 提示를 可能하게 할 수 있는지 문제의 焦點이 거기에 두어져야 할 것 같다. 作品 밖에 버려져 있는 文學觀이나 文章論의 收拾만으로도 文學思想의 體系化가 可能할 수 있을 것인지 解明되지 않고 있는 것 같다. 특히 理氣論에 提示된 論議들은, 그 文脈把握의 未盡으로 傳統的인 東洋의 思考秩序를 理解하는 데에도 미치지 못하고 있다. 그 一例로서 <楚亭集序>의 "天地雖久 不斷生生. 日月雖久, 光輝日新 …… 禮有訟 樂有議 書不盡言 圖不盡意"

의 해석을 보면,

천지만물은 새로운 것의 창조를 계속하는데, 이에 대한 인식과 표현은 낡은 규범을 되풀이할 수 없는 것이다. 자연 자체가 새롭게 되니 이미 알고 있는 바를 그대로 믿을 수 없으며, 자연에는 아직 모르는 것이 많으니 이미 알고 있는 바로 만족할 수 없을 뿐만 아니라, 자연에서 계속 변화가 일어나듯이 사람이 창조한 禮·음악·책·그림(傍點筆者) 등도 변화와 발전을 않을 수 없다. 그런데도 옛 것에 머무르려고 하면 천지 만물과 어긋나고 ……

라고 풀이하고 있는데 이는 前記 序文의 主旨와는 正面으로 違背된다. "天地가 아무리 오래되어야 不斷히 生生한다"는 것은, 天地는 아무리 오래되어도 언제나 새로운 것을 낸다는 원리를 肯定的으로 是認한 것이다. 변하는 것은 現象이지만 그 現象을 낳게 하는 原理는 恒久 無窮한 것임을 말한 것으로 이것은 燕岩에 의하여 否定될 성질의 것이 아니다. 이 <楚亭集序>의 基本感覺은 法古創新의 의미를 敷衍한 것에 지나지 않는다. 옛 것을 본받아서 새 것을 찾아야 한다는 精神을 말한 것이다. 聖賢의 말씀이나 古典은 그 大法만 말한 것이므로 본받아야 할 것은 그 原理와 精神인 것이다. "書不盡言 圖不盡意"에 있어서의 '書'와 '圖'는 책이나 그림이 아니라 周易의 河圖洛書를 말한 것인데, 이것이 "변화와 발전을 거듭한다"고 한 것은 字義 把握부터 잘못한 것이다. 經典에서도 말과 뜻을 다하지 아니하고 새로운 것을 찾아낼 수 있는 餘地를 남기고 있다는 것을 含蓄性있게 이야기한 것이다. 文章과 같은 文字行爲에 있어서도 그 精神은 다를 것이 없다. 그러므로 한 시대에 한 文章이 있으며, 韓愈를 배우되 韓愈가 될 수도 없을 뿐 아니라 되어서도 아니되는 것이다. 그리고 같은 곳에서 부연한

이러한 논리는 復古的인 문학관을 根抵에서부터 철저하게 부정했다. 복고적

인 문학관은 氣가 아무리 변해도 理는 변하지 않는다고 하고, 변하는 氣를 보여
주는 문학은 천박하여 변하지 않는 理를 추구하는 문학이라야 숭상할 가치가 있
다고 주장했는데 박지원은 理가 氣 자체의 원리라고 하는 一元論的 主氣論으
로 이러한 주장을 부정했다. 복고적인 문학관은 또한 詩書禮樂 등은 미리 갖추
어진 理에 따라서 이미 완성되고 있고 새로운 창조는 기대할 수 없다고 했는데,
박지원은 미리 갖추어진 理를 용납하지 않으며 …… (傍點筆者)

에서 "氣가 아무리 변해도 理는 변하지 않는다"고 하였는데 이것은 本體論
바로 그것의 確認에 지나지 않는다. 그리고 復古的인 文學觀에 대한 具體的
인 典據가 提示되어야 할 것이다. 栗谷이

　　發之者氣也　所以發者理也　非氣則不能發　非理則無所發

　　발하는 것은 氣요, 발하게 하는 까닭은 理다. 氣가 아니면 발할 수 없고 理가
아니면 발할 수 있는 까닭이 없다.

이라고 强調한 것은 바로 이것을 闡明한 것이다. 氣는 나타나는 것이기 때문
에 변하는 것이 그 屬性이다. 或 氣를 賤視하고 理를 貴하게 여기는 것은
可變的인 現象보다는 변하지 않는 原理를 重하게 여기기 때문이다.『楚亭
集』의 序文은, 소박한 自然의 理致와 古典의 大旨를 說明한 것에 지나지
않으므로 여기에다 理氣說로 解釋한다는 것은 의미가 없다. 더욱이 可變的
인 氣에 대한 論議만으로 燕岩을 一元論的 主氣論者로 단정한 것도 그 根
據가 稀薄하다. 그리고 조교수는 '原士'에서

　　所貴乎講學者　爲其實用也　若復高談性命　極辨理氣　各主己見　務欲歸一　談
辨之際　血氣爲用　理氣纏辨　性情先乖　此講學害之也

講學에서 소중하게 여겨야 할 것은 그 實用이다. 만약 또 다시 性命에 대해서 高談을 하고, 理氣를 완전히 나누면서 각자의 견해를 세워 한쪽으로 귀착되려고 한다면, 담론하여 분별하자 血氣는 用이 되고 理氣를 나누자 性과 情이 먼저 어긋난다. 이러한 강학은 실용을 해친다.

라 번역하고 이를 다시 다음과 같이 해석하고 있는데

박지원은 性과 情을 理와 氣로 나누고, 浩氣와 血氣를 體와 用으로 나누면서 각자의 견해를 내세우지만 …….

이는 그 文脈의 解釋에서부터 빗나가고 있어 論理의 飛躍이 破綻에 이르고 있는 장면이다.[10] 여기서의 "血氣爲用"은 高談峻論을 하는 사람들이 그들의 "血氣를 써먹는다"는 뜻이며 "性情先乖"도 그 사람들의 구체적인 性情을 의미하는 것이다. 高談峻論만 일삼게 되면 血氣를 써먹게 됨으로써 그 매양 논의하던 理氣가 결국 밝혀질 무렵에는 이 사람들의 性情부터 틀려져 버린다는 말이다. 이 글의 主旨는 性情이나 理氣論을 開陳한 것이 아니라 공부하는 데 있어서의 周邊事情을 말하는 가운데 理氣가 말 끝에 올랐을 따름이다.

이상에서 살펴본 바와 같이, 燕岩文學에 대한 硏究는, 初期의 作品解釋에서부터 새로운 方法論의 摸索을 企圖한 70年代에 이르기까지 그 茂盛한 成果에도 불구하고 思想論議와 같은 周邊探索으로 一貫한 느낌이다. 그러므로 특히 小說作品에 대한 硏究에 있어서는, 그 逸話的 性格의 脆弱性을 事實로 是認하고 本格的인 作品論이 提示되어야 할 것이다. 그리고 아직 初期的 試圖에서 머물고 있는 文學思想의 硏究와 같은 것에 있어서는 그

---

10) 『韓國文學思想史試考』, 「朴趾源」(知識産業社, 1978)에서도 같은 취지의 글을 싣고 있다.

文獻資料의 正確한 解釋부터 先行되어야 할 것 같다. 이러한 作業이 誠實하게 遂行될 때 作家的 性格과 文學史的 位置가 鮮明해질 것이다.

참고문헌

具壽榮, 「虎叱의 功利性攷」, 『韓國言語文學』 第13輯, 1975.

金一根, 「燕岩小說의 近代的 性格」, 『慶北大學校論文集』 第一輯, 1956.

金智勇, 「實事求是思想과 朴燕岩의 文學」, 『淸州大學論文集』 3輯, 1960.

金鉉龍, 「許生傳의 所謂 <時事三難>研究」, 『국어국문학』 58 · 59 · 60 合倂號, 국어국문학회, 1972.

柳一善, 「許生傳研究-그 問題設定과 思想性에 대하여」, 中央大學校大學院, 1969.

文明洙, 「燕岩思想의 現代的 評價」, 연세대학교 국어국문학회, 『연세국문학』 3집, 1972.

蘇在英, 「虎叱再論」, 崇田大學校 國語國文學會, 『崇田語文學』 2호, 1973.

宋贊植, 「燕岩朴趾源의 經濟思想」, 『창작과 비평』 2권 3호, 1967.

申基亨, 「燕岩의 實學思想-그의 漢文小說을 中心으로」, 中央大學校 국문학연구회, 『文耕』 4집, 1957.

梁在淵, 「虎叱」, 『現代文學』 7호, 1965.

尹五榮, 「燕岩의 文章」, 亞韓學會, 『文化批評』 3권 2호, 1971.

李家源, 『燕岩朴趾源의 生涯와 思想』, 『思想界』 6권 10호, 1958.

______, 「燕岩小說研究」, 『연세논총』 제1집, 1962.

______, 「燕岩小說과 實學思想」, 『韓國思想』 Ⅳ, 1962(『韓國思想叢書』 Ⅳ에 再錄).

______, 「燕岩小說과 文體波動」, 『人文科學』 10집, 延世大學校, 1963.

______, 「燕岩의 實學思想」, 『陶南趙潤濟博士回甲記念論文』, 1964.

______, 「虎叱研究」, 『延世論叢』 2집, 1963.

______, 「燕岩集 逸書 逸文 및 附錄에 관한 小考」, 『국어국문학』 39 · 40 합병호, 국어국문학회.

李家源,「虎叱의 作者와 主題」,『創作과 批評』11호, 1968.

______,『燕岩小說研究』, 을유문화사, 1965.

李東歡,「燕岩의 思想과 小說」,『古典文學을 찾아서』, 文學과知性社, 1976.

李佑成,「實學派의 文學」,『국어국문학』16, 국어국문학회, 1957.

李源周,「燕岩小說考 Ⅰ」,『語文學』15호, 韓國語文學會, 1966.

______,「虎叱의 諷刺對象」,『常山李在秀博士還曆記念論文集』, 1972.

李在秀,「朴燕岩小說論考－虎叱과 許生을 中心으로」,『慶北大學校論文集』10집,
        1966.

______,『韓國小說研究』, 宣明文化社, 1969.

李庭卓,「燕岩小說에 나타난 諷刺研究」,『安東敎育大學論文集』2집, 1969.

李拓壽,「燕岩小說의 諧謔性」, 高麗大學校 大學院 論文, 1971.

林用植,「許生傳과 北學議의 比較考察」,『成大文學』11집, 1965.

丁益燮,「朴趾源의 生涯와 思想」,『李乙浩博士停年紀念 實學論叢』, 全南大學校
        湖南文化研究所, 1975.

趙東一,「朴趾源의 文學思想과 小說論」, 韓國古典文學研究會 編,『韓國小說文學
        의 探求』, 一潮閣, 1978.

韓榮煥,「朴趾源과 春園 李光洙 文學의 比較研究」,『誠信女子師範大學研究論
        文』, 1973.

黃在淳,「燕岩文學試攷」,『先淸語文』6집, 서울大學校 師範大學 國語國文學會,
        1976.

黃浿江,「許生傳小考」,『국어국문학』62・63 合倂號, 국어국문학회, 1973

______,「燕岩 ＜許生傳＞의 思想」,『檀苑』, 檀國大學校, 1974.

______,「虎叱研究」, 韓國古典文學研究會 編,『韓國小說文學의 探求』, 一潮閣,
        1978.

(『韓國學報』13, 1978)

兩班傳의 基本 性格

1. 序言—傳연구의 과제

    燕岩 朴趾源의 文學 硏究는 크게 보아 두 方面에서 비롯되었다고 할 수 있다. 滄江 金澤榮이 『燕岩集』을 편집 간행할 때 연암의 文章에 대하여 論한 것이 그 하나이며, 또다른 하나는 연암의 傳文學을 통하여 연암의 사상 연구 쪽에 주력한 一聯의 연구가 그것이다. 前者에 의하여 연암은 조선조 500년래의 제1 문장가로 추상되기에 이르렀지만, 이후 이 빙면의 연구는 계속되지 않았다. 그러나 1950년대 후반에 들어 열을 올리기 시작한 연암 사상의 연구는 小說 연구가 판을 치는 시류와 때를 같이하여 연암 문학 가운데서도 특히 소설적인 구조를 가진 것으로 생각해 온, 이른바 9傳 및 <許生>·<虎叱> 등의 해석을 통하여 연암을 단숨에 근대사상의 선구 자리에 올려놓았으며, 이러한 노력은 80년대 후반까지도 줄기차게 지속되어 무성한 해석이 제시되었다.

    본고에서 살피고자 하는 <兩班傳>도 물론 9傳 가운데 하나이며, 연암의 사상편으로 관심이 집중된 것 중 하나이다. 그러나 소설로만 바라본 연암의 傳文學 연구는 이제 한 시기가 그어져도 좋을 성싶다. 제시될 수 있는 모든 방법론이 총동원되었으며, 해석과 분석으로 裁斷하는 노력도 그 할 일을 다 한 듯이 보인다.

傳은 사람의 역사를 서술하는 글임을 재확인하고 傳을 傳으로 바라보는 시각의 제자리 찾기가 이루어져야 할 때라 여겨진다. '두루마기'는 아무리 뛰어난 현대인의 패션 감각으로 해석하고 분석하더라도 우리 나라 전통의상으로서의 '두루마기' 이상의 것은 찾아낼 수가 없을 것이다. 갈기갈기 찍어서 분석하고 채색하는 것만 일삼는다면 두루마기의 본래 모습은 보잘 것 없는 천 조각으로 훼손될 뿐이다.

傳이란 '傳達'을 뜻하는 것으로 알려져 통용되고 있지만, 그러나 이것은 시대에 따라 그 역사적인 임무가 요구되기 때문에 한마디로 개념을 단순화하려는 노력은 큰 의미를 가지지 못한다. 先秦 이전의 傳은 典籍을 뜻하는 것이었으며, 漢代 이후에는 經을 '해석'하거나 '부연'하는 뜻으로도 쓰였다. 聖人은 經을 짓고, 賢人은 傳을 짓는다는 王充의 말은 이러한 사정을 사실로 증명해 준 것이다. 堯典·舜典과 같은 것은 經에 해당하는 것이며, 孔子의 禮記·樂記, 詩·書·易·春秋의 傳이 바로 이것이다.

그러나 문체로서의 傳은 사람의 사적을 기술하여 후세에 傳示하는 것을 의미하며, 이것은 司馬遷의 『史記』 列傳에서 비롯한다는 것이 상식으로 통용되고 있다. 이보다 앞서 문인 학사들이 사사로이 立傳한 것이 없었던 것은 아니지만, 『사기』의 열전 이후 문사들이 모두 이를 모방하여 正史 이외의 인물의 전기를 짓게 되면서 傳의 양식이 다양해졌으며 史傳·家傳·托傳·小傳·列傳·外傳·假傳 등 다양한 '傳'의 名目이 갖추어지게 된 것이다.

흔히 傳을 크게 나누어 列傳과 私傳으로 변별하기도 하지만, 이때의 列傳은 물론 史傳을 의미하며 그밖의 것은 모두 私傳에 속한다. 작자와 立傳 대상에 따라 公的인 임무를 띤 史官이 公的인 인물의 행적을 공식적으로 서술한 것이 列傳임에 반하여, 私人에 의하여 알려지지 않은 인물의 숨겨진 사적을 사사로이 기술하는 것이 私傳이다. 후세에 문학연구의 일거리를 제공한 것도 대부분 이것들이다.

　그러나 傳은 시대의 요구에 따라 變轉되어 온 역사적 산물이므로 그 내용과 형식이 다양하고 복잡하여 어느 한 시기의 것을 한정하여 분류의 기준을 삼거나 개념을 규정하려 드는 것은 생각처럼 쉬운 일이 아니다. 지금까지 이 방면의 연구성과 중에는 傳의 장르적 성격을 구명하려 한 노력이 없지 않았지만, 그 대상을 初期文獻,[1] 또는 朝鮮前期[2]까지의 작품으로 한정하고 있는 것도 이러한 어려움을 사실로 말해준 것이라 하겠다.

　본고의 할 일이 傳의 장르적 성격 자체를 따지려는 것이 아니므로, 여기서는 傳에 대한 지금까지의 硏究成果를 一瞥하여 그것이 <兩班傳>을 해명하는 데 어떻게 기여하고 있는지 살필 뿐이다. 그러나 이 방면의 연구로 학계의 관심을 모아온 勞作 가운데도 傳을 傳記文學 연구의 필요자료로만 인식하는 고정시각으로 일관해 왔다. 그 서술형태를 기준으로 傳의 分類를 시도하였으며, 그렇게 하여 인물중심 서술형의 것은 수용하고 그밖에 사건중심 서술형의 것은 마땅히 제외되어야 한다고 했다.[3] 이로써 보면, 이는 傳을 연구의 대상으로 한 것이기보다는 '傳記文學 연구'의 한 부분으로 傳을 검색한 것에 지나지 않는다. 그러므로 이 연구는 傳이 傳記文學의 중요한 필요자료임을 확인하는 데에는 기여하고 있지만, 傳의 진실을 밝혀내는 일에는 오히려 저해요소가 될 수도 있다. 뿐만 아니라 傳을 兩分하는 기준으로 인물중심 서술형과 사건중심 서술형을 제시하고 있지만, 그 경계를 가려내는 일도 주관적인 감각에 의존할 공산이 크다.

　그리고 이 논문에서는 傳記의 영역이 역사와 소설 두 쪽에 다 걸치는 중

---

1) 金均泰, 「傳의 장르적 考察」, 『雨田辛鎬烈先生 古稀紀念論叢』, 創作과批評社, 1983.
2) 성기옥, 「傳의 장르론적 검토」, 『울산어문론』 제1집, 울산공대 국어국문학과, 1984.
3) 성기옥, 앞 논문.

간지대에 위치하는 것이라 해명하고 있지만, 이 또한 본래적 傳 연구와는 다른 영역에 속하는 것이다. 傳에 있어서도 굳이 傳과 역사, 傳과 소설의 관계를 따져보는 일이 무의미한 것은 아니겠지만, 그러나 이 때에도 傳 가운데에는 傳 그대로 남는 것이 따로 있음을 간과해서는 안될 것이다.

<양반전>은 바로 이러한 상관관계를 무의미하게 하면서 傳 양식의 또다른 세계를 보여준 쾌작이다. 燕巖 朴趾源의 탁월한 장인솜씨로 제조한 박지원의 또다른 傳일 뿐이다. 이러한 박지원의 장인솜씨는 그 밖의 傳狀類 문장에서도 前人未到의 능력을 과시하고 있다. <洪德保墓地銘>을 一世의 문장으로 지조한 구성의 솜씨 같은 것이 그런 것 중의 하나이다. 일상적인 墓地銘의 틀을 깨뜨리고 박지원 특유의 墓地銘으로 만들어 내는 데 성공하고 있기 때문이다. 이로써 보면, 지금까지 9傳 속에 묶여 한 덩어리로 다루어져 온 <양반전>에 대한 시각도 차제에 재검토되어야 함은 물론이다.

그러므로 본고에서는 지금까지 현대문학의 상식으로 바라본 <兩班傳> 硏究가 <양반전>의 진실을 궁구하는 데 어떻게 기여해 왔는가를 확인할 것이며, 나아가 기존의 傳 형식을 통하여 또 하나의 세계를 이룩한 박지원의 <兩班傳>이 傳 본래의 모습으로 다시 조명되어야 할 당위성을 제시하고자 하는 것이다.

2. 연구사―해석의 낭비

우리 문학사에서 연암 박지원만큼 많은 연구논문을 쏟아내게 한 문인도 드물다. 특히 그의 문학에 대한 관심이 전적으로 傳 문학에 집중되어 왔기 때문에 연암 연구의 한 부분으로 <兩班傳>을 言及한 연구성과까지 합친다면 <양반전> 연구도 이제 100여 편을 넘어서고 있는 것으로 안다. 이 때문에

<양반전>은 이제 그 연구사를 一瞥하는 일조차 용이하지 않게 되었으며, 일일이 이를 수습하여 검증하고 따지는 일도 사실상 불가능하게 되었다. 그러므로 연암의 사상연구에 열을 올리던 초기의 업적들은 차치하고라도 이후의 연구 성과에 대해서도 일일이 점검하는 일은 감당하기 어렵게 되었다. 다만 여기서는 80년대에 이르러 특히 주제와 구조 연구 등으로 정력적인 해석을 기도한 몇 편의 논문을 대상으로 하여 연구사의 후반부분을 살피는 정도에서 그치려 한다.

黃浿江은 그의 「兩班傳硏究」[4]에서 <양반전>의 구조와 의미를 해명하기 위하여 인물의 전형성과 주제의 두 국면을 살피고 있다. 입전의 대상인 정선양반보다는 賤富와 군수의 성격에 논의의 초점을 맞추고 있는 것이 특징이다. 그에 따르면 천부는 발전적 인물로, 본능적인 자아승화욕구인 양반지향이 立券의 과정에서 참다운 자아에 눈떠 인간의 순수한 바탕으로 돌아간다고 하고, <양반전>의 감동이 여기에 있다고 하였다. 이때 군수는 '지극히 위선적이고 간교한 부정적 양반형'으로, '정선양반과 천부 사이에 들어가 그들의 계약을 확실하게 하는 조정자의 구실을 맡고 나섰으나, 결국 조정한 것이 아니라 계약을 무효화시킴으로써 트릭커(tricker)의 구실을 한 것'으로 파악하였다. 이어 군수의 트릭은 표면적으로 천부를 좌절시켰지만, 실제로는 양반 자신에 의한 양반 폭로, 자기 실토가 되었고, 천부로 하여금 내면적 진실에의 질적 변화를 초래하게 되었다고 하였다. 이에 따라 <양반전>의 주제는 '당대 양반류의 병리적 현상만을 다룬 것이 아니라 오히려 그것은 표면적 주제와 소재에 불과하며, 진실로 내면적으로 고양하고 있는 것은 천부로 상정한 가식 없는 인간주의적 정신'이 된다고 보았다.

황패강이 인물의 전형 분석을 통하여 작품의 구조와 주제를 규정하였다면, 李源周는 그의 「兩班傳再考」[5]에서 1·2차 문권의 해석에 역점을 두면서 <양

---

4) 黃浿江 「兩班傳硏究」, 『韓國古典小說硏究』, 새문사, 1983.
5) 李源周, 「兩班傳再考」, 『燕巖硏究』, 啓明大學校出版部, 1984.

반전>의 主人公은 이 작품 가운데서 가장 중심적 역할을 하는 郡守라 단정
한다. 그는 李家源의 번역본을 20명의 학생에게 나누어주고 1차 문권의 항목
에 대한 응답을 조사한 결과를 토대로 1차 문권은 당대 양반이 지켜야 할 또
는 지켜도 좋을 일들 중에서 常人이 알아듣기 쉬우면서도 실행하기 까다로운
것들을 고른 것을 해학을 섞어 나열한 것이라 하고, 2차 문권은 '불합리한 수
탈을 어찌할 수 있겠느냐는 逆說'로 파악하였다. 이에 따라 문권을 작성한 군
수가 <양반전>의 주인공이 되고, <양반전>은 '부당하게 이루어진 兩班賣買
事件에 접한 군수가 機智를 써서 이를 해결한 諧謔小說'로 단정하고 있는
것이다.

　한편 金均泰는 그의 「兩班傳의 主題」[6]를 통하여 이원주의 논문을 비판적
으로 따지면서 등장인물의 성격과 문권의 의미 해석에 주목하고 있다. 그는
논자의 입장이 아닌 작가의 입장에서 <양반전>을 파악, 연암이 신분질서를
부정하지 않은 인물임을 전제로 하고 있다. 그에 따르면 정선양반은 '무기력
하고 무능하면서도, 심지어 신분을 상품화하고 있는' 존재이며, 이와 함께 '현
달을 했거나 失勢를 했거나간에 爵位나 신분을 이용하여 武斷을 자행하는
현실의 양반이 풍자의 대상'이 된다고 하였다. 이에 비해 賤富는 正德을 닦
아 선비의 도를 갖춘 자들만이 누릴 수 있는 尊貴를 자신의 부로써 탐했다가
결국 자신의 재산만 잃게 되는 어리석은 존재로, 연암은 이를 군수의 기지로
스스로 포기토록 하여 貴란 富로써 얻어지는 것이 아님을 諧謔的으로 표현
한 것으로 보았다. 이에 따라 1권 문권은 '양반이 正德을 닦고 선비도를 갖추
는 데 필요한 當行的인 것이며 恒習的인 것'이 되고, 2차 문권은 '천부에게
신선같은 尊貴는 도저히 용납될 수 없는 것을 그가 부로써 요구했기 때문에
俗物的 賤富의 수준에 맞는 것을 제시한 것'으로 파악하고 있다. 그래서 <양
반전>의 주제는 '선비道를 상실한 양반과 武斷으로 백성을 괴롭히는 양반들

---

6) 金均泰, 「兩班傳의 主題」, 『韓國文學史의 爭點』, 集文堂, 1986.

을 풍자적 수법으로 고발하면서, 富로써 양반의 尊貴를 얻겠다는 賤富의 無知를 해학적으로 표현한 작품'으로 단정하였다.

최근에 이르러 「兩班傳의 작품구조와 주제」를 발표한 金學成[7]은 앞에서 보인 세 편의 논문에 초점을 맞추면서 이들 논문이 시도한 해석의 깊이에 대하여 면밀한 검토와 비판을 보내고 있다. 그는 서두의 '기존논의의 검토'에서 먼저 연구자의 시각에 유의하여, 이들을 크게 두 부류로 나누고 있다. 그 하나는 텍스트 외적 현실에 너무 의존하는 형이고, 또다른 하나는 텍스트 외적 현실을 고려하지 않고 작품 자체의 구조만 문제삼는 형이라 하였다. 그에 따르면 李家源·金一根은 전자에 해당하고 李源周·黃浿江 등은 후자에 소속된다. 그러나 그가 관심을 보인 것은 후자이며, 이들에 대한 비판으로 시종하고 있는 것이 이 논문의 특징이라면 특징이 될 수 있을 것이다. 그는 먼저 <양반전>의 풍자구조에 관심을 보이어, 작품의 제목을 '양반전'이라 한 것은 <양반전>에서 공격의 대상이 되고 있는 것이 양반이기 때문이라는 것이다. 그래서 賤富에 초점을 맞춘 黃浿江과 郡守를 主人公이라 한 李源周, 僞學的인 양반들과 無知한 천부를 해학적으로 표현한 것이라 한 金均泰의 해석 감각을 모두 비판하였다. 그리고 그는 풍자의 주체는 양반의 처와 천부이고, 그 대상은 정선양반과 군수로 파악하고 있으며, <양반전>의 주제는 양반의 처와 천부의 진술과 행위 속에 함축되어 있다고 결론짓고 있다. 양반의 처를 부각시키고 군수를 풍자의 대상으로 파악하고 있는 것이 앞에서 보인 3者의 해석과 궤도를 달리하고 있는 것이다.

그러나 이상에서 본 4편의 논문은 모두 풍자구조에 유의하여 한결같이 작중인물에 초점을 맞추고 있지만, 정작 이들 인물을 제조한 연암의 작가적 진실과 구성 형식에 대해서는 언급한 일이 없다. 한갓 이야기의 운반자에 지나지 않는 삽화 속의 등장인물이 풍자의 대상이 되거나 비판의 주제가 될 수

---

7) 金學成, 「兩班傳의 作品構造와 主題」, 『成均館大學校 論文集－人文科學篇』第19輯, 成均館大 人文科學硏究所, 1989.

있을 것인지, 이러한 해석의 낭비에 대해서도 이제는 절제하는 지혜를 보여야
할 것이다.

3. 傳 형식의 비평문

　일반적으로 傳이라 하면 叙人述事之文으로 통한다. 이미 앞에서 보인 바
와 같이 傳을 인물중심 서술형과 사건중심 서술형으로 兩分하기도 하지만,
이는 곧 '叙人述事之文'을 시쳇말로 바꾸어 놓은 것에 불과하다. 그러나 <양
반전>은 인물의 역사를 서술하거나 사건의 시종을 기술하기 위하여 계획된
작품도 아니다. <양반전>이 소설적인 구조를 가진 것이라 하여 연암의 傳
작품 가운데서도 가장 관심이 모아졌던 것이기도 하지만, <양반전>은 허구
적인 이야기로 꾸며진 소설이 아니다.
　이렇게 보면 <양반전>은 스스로 전의 틀을 빌고 있기는 하지만, 전통적인
傳 상식으로는 설명되기 어려운 연암 특유의 傳으로 제조되고 있음이 분명하
다. 이러한 <양반전>의 위상을 확인하기 위해서는 傳과 역사, 傳과 소설의
관계를 따져 설명하는 일도 여기서는 필요할 성싶다. 이를 도식으로 보이면
[표 1]과 같은 것이 될 수 있다.
　①은 동심원으로, 전·역사·소설 3자가 완전히 일치하고 있는 것이며, ②
는 2자는 일치하고 있지만 그 밖의 다른 하나는 전혀 겹치지 않을 때를 보인
것이다. ③은 2자를 부분적으로 겹치고 있지만, 다른 하나는 전혀 무관한 상
태에 있음을 나타낸 것이며, ④자는 3자 모두 서로 닮거나 겹치는 일이 없는
傳의 형태도 있음을 보인 것이다.
　이에서 보면 <양반전>은 ①·②와 같은 관계에 있는 것도 아니며, ③에
서처럼 어느 한쪽과 서로 겹치는 공통부분(common part)이 있는 것으로 볼

[표 1]

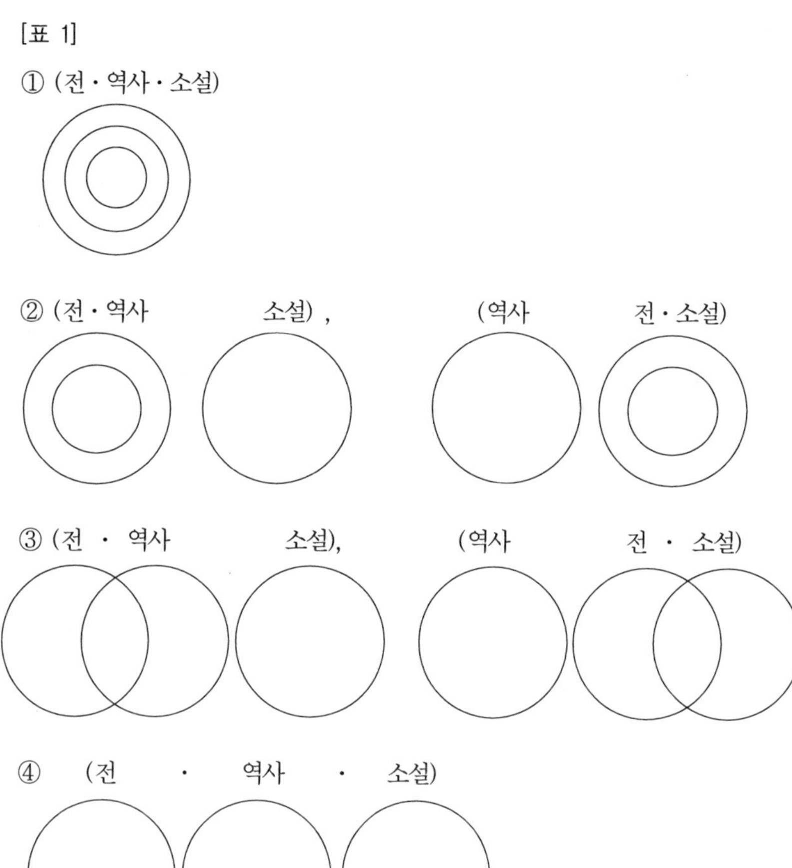

수도 없다. ④에서와 같이 서로 겹치거나 닮는 일이 없이 독자적인 영역에 있는 傳의 형태가 연암에 의해 제조된 <兩班傳>의 틀이라 할 것이다.

이상에서 보인 바를 종합하여 결론부터 먼저 말하면, <양반전>은 다만 '傳'이란 名目만을 빌고 있을 뿐, 사실상 이는 박지원 특유의 구성 솜씨로 이룩한 사회 비평문이라 할 것이다.

<양반전>은 그 표제부터 그의 다른 傳과 다르다. <양반전>의 立傳 대상

은 물론 표제 그대로 양반이다. 그러나 이 때의 양반은 어느 특정한 양반이 아니라 旌善 고을 에 사는 것으로만 제조된 불특정 양반일 뿐이다. 朴兩班도 아니며, 金兩班도 아니다. 박지원의 시각으로 바라본 현실사회의 양반상을 보다 감동적으로 나타내 보이기 위하여 양반을 표제에 떠올린 것이다. 그러므로 이 <양반전>에서는 처음부터 어떤 특정한 양반의 행적이나 사건을 서술할 의도는 전혀 없었던 것으로 보아야 한다. 보다 적극적으로 작가 쪽의 정신을 존중하는 처지에서 말한다면, 작가를 포함하여 작가가 가까이에서 바라본 양반사회의 落差 큰 현실을 박진감 있게 보여주고 싶었던 것이다.

그러나 무엇보다 우리의 관심을 끌게 하는 것은 <양반전>의 서술형식이 서두에서부터 민담의 세계를 연상케 하고 있는 점이다. 얼핏 보기로는 旌善이라는 고을 이름이 구체적으로 명시되어 있으므로 민담보다는 전설 쪽에 가까운 것으로 생각될지 모르지만, 그러나 이때의 旌善은 문자 그대로 善을 표창하는 고을 이름임을 말해주고 있을 뿐, 실재하는 강원도 산골의 정선 고을을 적시하기 위한 것이 아님을 알아야 할 것이다. 이는 박지원이 나타내 보이려는 양반이 착하디 착한 양반임을 미리 제시한 것으로, 박지원의 기지를 여기서부터 알게 해주는 부분이기도 하다.

또 이 글에는 시간과 장소가 나타나 있지 않다. 마치 '옛날 옛적 어느 곳(고을)에 …… 로'로 시작되는 민담의 세계와 흡사하다. 장소를 旌善 고을로 명시하고 있지만, 이는 사실상 고유명사가 아닌 '어느 고을'과 다를 것이 없다. 착한 양반이 살고 있는 좋은 고을의 대명사로 제시되고 있을 뿐 직접적인 체험과도 무관한 배경이다. 그러나 민담의 주인공은 많은 난관에 봉착하더라도 결국 이것을 극복하며, 그의 행위는 운명을 개척해 나가는 데까지 이르지만, 이 <양반전>의 立傳 대상인 양반의 행위는 지극히 수동적이며 무의지적이다.

그리고 <양반전>에 등장하는 인물은 양반을 비롯하여 그의 妻, 富人 그리고 郡守 등을 꼽을 수 있다. 그러나 이들은 姓도 이름도 부여받지 못한 불

특정인물들이다. 다만 양반에 대해서는 그 사는 것이 旌善郡이고, 또 어질고 책 읽기를 좋아하는 선비지만 집이 가난하여 郡의 還穀을 千石이나 빌어먹은 것으로 기술되고 있을 뿐, 그밖에 양반의 처와 富人 그리고 군수 개인에 대하여 그 행적을 알게 하는 文字는 전혀 찾아볼 수가 없다. 그러므로 <양반전>은 『史記』의 <酷吏列傳>이나 <游俠列傳>과 같이 그 삶의 방식을 같이하는 인물들을 한데 모아 각각 그 행적을 기술하는 合傳 형식과도 다르며, 흔히 四君子列傳이라 불리기도 하는 <春信君列傳>이나 <信陵君傳(魏公子列傳)> 등과 같이 1人1事 또는 1人多事의 서술구조로 기술된 것도 아니다. 그러므로 <양반전>은 표제를 '양반전'으로 하고 있지만, 양반의 처와 富人 그리고 군수 등은 같은 계층으로 묶여질 수 있는 공통분모가 없는 인물들이므로, 이는 兩班列傳이 될 수 없음도 물론이다.

그리고 <양반전>에 등장하고 있는 인물들의 행위에 있어서도, <양반전>은 전편에 이어지는 一聯의 사건이 없기 때문에 4인의 등장인물 가운데 지속적으로 사건에 참여하고 있는 인물은 하나도 없다. 물론 소설에서도 작품에 따라서는 화자가 사건의 진행에 깊이 개입하여 등장인물의 행위를 최소화하거나 억제하는 경우도 있지만, 그러나 <양반전>은 그 전편의 구성에서 보아, 이야기가 있는 '傳'이라는 것이 옳을 것이며, <양반전>의 핵심은 2개의 文券에 있기 때문에 <양반전>의 '이야기'는 文券 앞뒤의 빈칸 채우기 구실을 담당하고 있을 뿐이다.

한편 등장인물의 구체적인 행위에서 보아도 양반을 제외한 나머지 인물들은 이야기를 운반하는 중간자 구실밖에 한 것이 없다. 물론 양반의 행위도 서두의 양반매매 과정에서 잠깐 동안 미미한 몸짓을 보이고 있을 뿐 이후에는 다시 나타나지 않는다. 스스로 어찌할 수 없는 상황에 처하여 "日夜泣"한 것이 첫 번째 행위이며, 양반의 신분을 팔아버리고 나서 "稱小人"하고 "伏塗謁"한 정도가 전부다. 이 밖에 양반의 처는 "咄兩班. 兩班不值一錢"을 내뱉은 것이 고작이며, 富人 역시 "私相議"하여 "立輸其糶於官" 한 것과, "吾聞

兩班, 如神仙, 審如是, 太乾沒, 改爲可利"라 불평을 토로한 것, 그리고 2차 文券의 내용에 어이가 없어 "已之已之, 孟浪哉! 使我爲盜耶?"를 외치고는 "掉頭而去" 한 것으로 끝난다. 郡守는 "歸府"하여 미리 작성된 文券을 낭독하는 것이 행위의 모두다.

박지원의 글 가운데서 <虎叱>은 奇文으로 널리 알려져 있거니와 이 또한 이야기가 있는 비평문이다. 전편에 이야기가 진행되고 있지만, 虎·北郭先生·東里子 등은 모두 가상적인 인물이거나 상징물로서, 이것들 중 어느 하나도 一聯의 사건에 적극적으로 참여하고 있지 않다. 世評의 銳鋒을 피하기 위한 방패막이로 제조된 것에 지나지 않는다. 이러한 글로서는 寧齋 李建昌의 <鹿言>도 마찬가지다. 一世의 명문으로 알려진 이 글[8]도 사슴의 입을 통하여 선비 사회의 나약한 정신상태를 비판하고 있는 奇文이라는 점에서는 그 성격을 같이하고 있기 때문이다. 이 글에서도 작자는 전편에 걸쳐 이야기를 이끌고 있지만, 사실상 이야기는 이 글의 서두와 말미의 빈칸을 메우는 구실밖에 한 것이 없으며, 그 主旨는 사슴과의 대화 속에 핵심부분이 있다. 사슴으로 하여금 비평의 임무를 담당케 한 구성의 뛰어남 때문에 奇文으로 평가를 받을 수 있게 된 것이다. 이로써 보면, <양반전>도 이야기가 있는 '傳'으로써 양반을 이야기하려 한 것이 아니라 傳의 틀을 빌어 양반을 비판하고 있는 것이다. 양반 이야기는 서두에서 이미 끝나고 있음은 물론이다.

그리고 <양반전>에서 밝혀져야 할 마지막 부분은 <양반전>을 통하여 박지원이 제시한 양반상이다. 박지원이 <양반전>에서 보여주려 한 본래의 양반은 착하고 어질며 몸으로 名節을 닦는 유덕한 선비다. 그래서 작가가 양반을 대하는 태도도 처음부터 호의적이다. 무한한 잠재력을 가지고 있으면서도 스스로 求하는 일이 없는 본연의 양반이다. 때문에 양반은 정작 양반을 팔아넘기고서도 순순히 처분에 응하고 있을 뿐 위압적인 행위로 사건의 진행을

---

8) 李建昌의 『明美堂集』에서는 <鹿言>을 「雜著」에 수록하고 있다.

방해하는 일도 없으며, 허세를 부리거나 불평을 털어놓는 몸짓도 한 일이 없다. 그래서 이러한 삶의 日常을 사실로 보인 것이 1차 文券이다. 그러나 2차 文券에서 박지원은 世德에 기대어 위세를 부리고 武斷을 자행하는 또다른 양반을 표층에 떠올려 양반사회의 일그러진 모습을 준엄하게 비판하고 있다. 다만 박지원은 자신을 포함하여 양반사류가 담당해야 할 본래적 임무에 대하여 이 <兩班傳>에서는 말하지 않았다. 이것이 사회비평문으로 제조된 <양반전>의 한계라면 한계라 할 것이다. 다만 이에 대해서는 그가 <課農小抄諸家總論>에서 "農工賈之失業, 則士無實學之過也" 한 뒷날의 진술이 그 대답이 될 수 있을지 모른다.

4. 結言

<양반전>은 박지원이 제작한 이른바 9傳 중의 하나이거니와, 이것들은 모두 소설적인 구조를 가진 것이라 하여 박지원 문학연구에서 관심이 집중된 부분이기도 하다. 그러나 이것들은 그 제작과정과 시기, 구성형식과 문장솜씨에 이르기까지 한 묶음으로 다루어질 수 없는 각자의 구조와 특징을 가지고 있다. 특히 <양반전>은 그 구성형식과 서술구조에서 그 밖의 다른 傳과 순별되는 독자적인 傳 형식으로 제조되고 있다. 이런 사실에서 보면, 전은 傳 자체대로 바라보는 연구 視角의 제자리 찾기 노력이 있어야 할 것이며, 그리고 다양하고 복잡한 傳 양식의 내용과 형태를 있는 그대로 수용하게 될 때 傳 또는 傳文學에 대한 연구도 그 진실에 근접할 수 있게 될 것이다.

『史記』<列傳> 이후 傳은 대체로 列傳(史傳)과 私傳으로 크게 兩分하기도 하거니와, 傳의 일반적인 속성은 '叙人述事之文'으로 통용되고 있다. 그러나 <兩班傳>은 그 표제가 말해주듯이 어떤 특정한 양반의 행적을 기술하

거나 사건의 전말을 서술하고 있지 않다. 그런가 하면 『史記』의 合傳 형식으로 기술할 兩班列傳도 물론 아니다. 그리고 이 <양반전>은 이야기가 있는 '傳'의 틀을 빌고 있지만, 실제로 立傳 대상인 양반 이야기는 서두에서 끝나고 있으며, 그 밖의 등장인물들은 다만 사건을 운반하는 중간자 구실밖에 한 것이 없다. 그러므로 <양반전>에서 가장 중요한 부분으로 제시되고 있는 것은 2개의 文券이다. 1차 문권은 작자 자신을 포함하여 '賢而好讀書'하는 본연의 양반상을 보인 것이며, 2차 문권은 世德에 기대어 武斷을 자행하는 일 그러진 양반의 작태를 표층에 떠올린 것이다. 이로써 보면 <양반전>은 이야기가 있는 '傳'의 틀을 빌어 落差 큰 두 개의 양반상을 적시 비평한 사회비평문이라 할 것이다. 奇文으로 알려진 <虎叱>과 <鹿言>도 이런 관점에서 보면 그 성격을 같이하는 글이다.

(『玩巖金鎭世先生回甲紀念論文集』, 1990)

제7부

漢文學 研究史

1. 民族主義의 限界

　1930년대는 이른바 '朝鮮學'(뒤에 國學, 韓國學)의 정립을 위한 노력이 활발하게 전개된 시기이다. 그러나 그 성격은 다음과 같은 구성인자의 이질성 때문에 서로 다른 얼굴로 나타난다.

　(A) 이른바 구민족주의자들이 직접 조선의 '혼'이나 '넋'을 찾아나선 1910~1920년대의 단순 연장의 것.

　(B) 일제를 통하여 서구의 신학문을 간접으로 체험하였으나 아직 독자적인 방법론을 제시하지 못한 부류의 것.

　(C) 마르크스주의에 대항하기 위하여 새로운 방법론을 모색한 이른바 신민족주의자들의 것.

　등이 그 두드러진 현상들이다. 日帝 治下의 위기의식과 조선의 것을 탐구하려는 민족의 의지를 공통분모로 바닥에 깔고 있으면서도 그 구체적인 양상은 이와 같이 현저한 차이를 보였다.

　(A)의 경우는 이념이나 사상과 같은 정신 쪽에 전적으로 기울고 있었기 때문에 학문으로서의 문학을 넘보는 일은 처음부터 있기 어려운 것이었다. 金瑗根의 「朝鮮古今詩話」(1922), 「朝鮮詩史」(1930~34), 玄相允의 『朝鮮文學과 金農岩』, 安在鴻의 『茶山의 思想과 文學』 등이 모두 文學을 표방한 著述들이지만 이것들은 처음부터 과학으로서의 문학연구에까지는 미치지 못하는 것들이다.

　특히 金瑗根의 「朝鮮詩史」는 新生誌에 4년여를 연재한 거작이지만 이것은 앞서 『靑年』誌에 연재한 「朝鮮古今詩話」의 후속작업에 지나지 않는 것이며, 그 기술 방식이나 내용의 깊이 역시 전통시대의 詩話, 雜錄의 수준을 크게 뛰어넘지 못한다.

　(B)의 경우는 天台山人이 대표격이며, 그의 저술 가운데서도 『朝鮮漢文

學史』가 대표급이다. 이 책은 우선 우리 나라 漢文學을 通時的으로 綜觀하고 있는 것이어서 방법론적으로 근대적인 학문에 근접하고 있는 증거를 일찍이 보여준 것이기도 하다. 더욱이 이것은 그가 식민지 제국대학에서 西歐를 간접체험한 초기 성과이므로 관심거리가 되어 마땅하다.

漢文學史는 전통적으로 詩文의 역사이다. 때문에 『朝鮮漢文學史』를 기술할 때 어쩔 수 없이 그도 文言體로 된 詩文을 대상으로 하였다. 그러나 다음 글이 말해주듯이 그의 저작 의도는 분명히 딴 곳에 있었다.

> …… 가장 寒心한 것은 現在 조선에 남아 있는 漢文學者들은 漢文學이라고 하면 先秦兩漢과 唐宋八家의 文章이 아니면 包謝杜陸의 詩律에 그치는 것처럼 생각하지마는 이것은 옛말이요 妄發이다. 中國 民族의 精神的 流動을 볼 수 있는 文學은 全혀 中國 現代의 口語體인 白話에 있으므로 이제는 古代의 文言體의 詩文은 한 骨董品을 求景하는 셈밖에 되지 아니하며 나의 이 題目도 한갓 古典硏究에 그치나니 …… 讀者 편으로 보면 博物館에 가서 石器時代의 斧鏃이나 先塋의 墳墓 앞에서 髑髏를 發見한 느낌이나 되지 아니할까 두려워진다.[1]

문학사의 각 시기에 참여한 文學事象의 단순 羅列로써 문학사의 구실이 끝나는 것이 아님에도 불구하고 天台山人은 이 책에서 의도적으로 나열 방식을 취했다. 이러한 그의 의도를 얻어 읽을 수 있는 또 다른 증거는 그가 그의 自著를 自評한 「朝鮮漢文學史方法論」에서 더욱 선명해진다.

> 要하건대 나의 在來의 敍述이 어느 것이 資料 羅列式이 아님이 없으되 그 中에서도 漢文學史만은 가장 甚한 者이었다. 鸚鵡之言에 무슨 史的 發展이 있

---

1) 天台山人, 『朝鮮漢文學史』「緖論」, 1931.

었을까 하니 漢文學史에 무슨 方法論이 必要할 것인가 하는 느낌을 품게 된
다.[2]

이와 같이 그는 朝鮮漢文學史를 엮는 일이 구시대의 골동품을 수집 정리
하는 작업에 불과한 것이라 우기면서 거기에 무슨 史的 발전의 논리나 방법
론이 필요하겠느냐고 억지를 쓰고 있다. 따지고 보면 이것은 자신의 방법론
이 전적으로 문헌학적인 바탕에 의존한 것임을 장황하게 변명한 것에 지나지
않는다. 그러나 스스로 『朝鮮漢文學史』를 기술하면서 이처럼 자기 부정의
억설을 펴게 된 데에는 그럴만한 사정이 마음 바탕에 깔려 있었던 것이 틀림
없다. 첫째, 중국의 대륙문화에 심취하여 우리 나라의 문화수준을 전통시대의
이른바 '小中華' 수준으로도 인정하지 않으려 들었고 둘째, 지배계층의 귀족
문학을 거부하고 일반 민중의 생활문학을 돋보이게 드러내려는 계획된 의도
가 도사리고 있었던 것으로 여겨진다. 이에 대한 해명은 다음의 글만으로도
충분할 것이다.

① 중국에 있어서는 그 社會構造의 進步와 아울러 그를 담는 文學도 그 內
容과 形式에 있어서 恒常 끊이지 않고 變遷하여 온 것이었다. 그리하여 一代에
는 반드시 一代의 文學이 있게 되었으니 例컨대 漢文, 六朝 四六, 唐詩, 宋詞,
元曲 等이 그것이며 最近에 와서는 文學革命을 契機로 하여 白話文을 쓰게
되고 文學은 宣傳이라고까지 提呼하게 되었다.
그런데 朝鮮은 어떠한가? 글은 漢文, 詩는 唐詩 以外에 아무 것도 모르되
그것을 가지고 數千年來 …… 第一文章이라는 稱讚을 받았다. 그러므로 그는
文人도 詩人도 아니요 漢文 외워서 漢文 짓는 機械라고 하여도 過言이 아닐
것이었다.[3]

---

2) 天台山人, 「朝鮮漢文學史方法論」, 『學燈』 6號, 1934.
3) 同上.

이것은 바로 식민지 제국대학에서 중국문학을 배우고 있을 때의 오만이 그렇게 시킨 것이며, 중국의 漢字文化를 우리 것으로 수용한 移植文化의 발전논리와 같은 것에 대해서는 전혀 눈을 돌리지 않은 결과라 할 것이다.

② 漢文學은 支配階級의 잠고대가 아니면 風月打令이었기 때문에 一般民衆의 生活을 엿볼만한 아무 것도 없었다. 漢文學史를 草하기처럼 空虛를 느끼는 것은 아마도 많지 않으리라.[4]

이것은 앞에서 보인 둘째번의 作意를 솔직하게 고백한 것으로, 『朝鮮漢文學史』의 저술은 이 다음에 내놓을 『朝鮮小說史』의 준비를 위한 일종의 청소작업에 지나지 않는 것임을 입증한 것이다. 민중의 소설문학에 남다른 관심을 보인 것은 그가 대학생활을 통하여 서구의 소설이론에 接眼한 탓으로 돌릴 수 있겠으나 그의 졸업논문이 「盛明雜劇硏究」인 것으로 보아도 수긍이 간다.

그러나 분명히 짚고 넘어가야 할 것은, 그의 『朝鮮漢文學史』나 『朝鮮小說史』의 方法論이 문예사회학이나 마르크스주의적인 방법론에 의거한 것으로 오해될 만한 흔적은 이때까지도 찾아보기 어렵다는 사실이다. 특히 『朝鮮漢文學史』는 그가 스스로 진술한 바와 같이, 朝鮮文集의 한구석도 충분히 읽어보지 못한 상황에서,[5] 설사 그것이 그가 말한 그대로 文學事象의 단순나열의 것이라 하더라도 1천년래의 한문학의 역사를 학부시절의 총명만으로 그토록 용이하게 엮어낼 수 있었을까 의심나게 하는 일이다. 이로써 보면 그의 작업이 어떤 漢學者의 稿本에 크게 힘입은 것이라는 세간의 뒷소문에 귀가 기울어지는 것도 결코 공연한 好事癖의 소치만은 아닐 성싶다. 그것이 소중한 자기 축적의 성과라면 그것을 단순한 청소작업에 바치는 따위의 낭비는

---

4) 同上.
5) 同上.

하지 않았을 것이기 때문이다.

(C)의 경우는 李仁榮, 孫晉泰 등이 앞장선 이른바 신민족주의자들의 것이다. 陶南은 스스로 신민족주의를 밖으로 외치지는 않았지만 이인영과 손진태 등에 가세하면서 나름대로의 새로운 방법론을 제시한 이 시기의 대표적인 학자이다. '民族史觀'을 제조하여 마르크스주의적인 방법론에 대항한 것이 그것이다. '민족'이란 대개의 경우 '정신'과 영합되기 쉬운 것이지만, 陶南은 이를 극복하기 위하여 민족문화의 연면성을 강조하였으며 詩歌文學의 形態論的인 硏究를 통하여 이를 성공적으로 시범하였다. 그가 처음 관심을 기울인 것은 소설문학이었지만 그의 포부를 이룩한 것은 詩歌文學이며 그 성취를 집약적으로 드러내보인 것이 『朝鮮詩歌史綱』이다.

그러나 陶南은 국문학사를 계획하면서, '민족'과 '학문' 사이에서 방황을 거듭하게 된다. 일제의 탄압이 날로 强度를 더해가는 시대상황에서 학문에 대한 의지는 민족쪽의 애정 때문에 심한 동요를 보이기 시작한 것이다. 국문학 연구를 독립운동의 일환으로 수행한다든가, 은근과 끈기를 내세워 방법론을 강화한 것도 모두 같은 지평에서 이해될 수 있는 것들이다. 민족문화를 생명체의 生滅消長과 같은 것으로 파악한 유기체 이론의 導入도 여기에서 기인한 것은 물론이다. 그러나 시가문학을 뼈대로 한 국문학사의 체계에다 한문학과 소설문학을 연대기적으로 行間에 끼워 넣으면서 그의 국문학사는 사실상 파탄에 이르게 된다. 특히 한문학은 극히 제한된 범위 내에서 수용되고 있어 문제의 심각성을 드러낸다.

陶南에게 있어서 漢文學은 처음부터 엄두도 내기 어려운 영역이기도 하거니와 그 막중한 漢文學의 物量을 국문학사에 수용하기란 처음부터 기도하기 어려운 일이다. 그러므로 초기에 국문학의 범위를 한정지을 때에는 한문학의 수용문제에 대하여 절충론을 표방하는 여유를 보였지만, 그러나 국문학사를 外來思想에 대한 투쟁사로 단정한 그의 기본 체질 때문에 한문학의 正統은 排除하고 餘事의 것들만 收拾하는 것으로 절충한 결과가 되었다. 그의 『국

문학사』에서 수용한 한문학은 소설이나 수필과 같은 것에 한하여 선택적으로
받아들이고 있으며 이에 이르러 無法則의 괴리는 더욱 심각해진다. 이것은
물론 민중의 생활문학(소설)에 연연하던 당초에의 복귀현상으로도 볼 수 있
겠지만, 뒤집어보면 이는 한문학 가운데서도 그 庶子만 수습하여 국문학의
테두리 속에 끼워 넣으려는 계획된 편법임에 틀림없다. 그러므로 당시의 軟
文學 이론을 빌어, 소설이나 수필문학에 한하여 그것이 漢字로 기록된 것이
라도 이를 한글문학과 等價의 것이라 우기고 있는 것이다.

　이로써 보면, 이는 한문학을 가리켜 국문학의 서자라고 한 그가 또 한문학
의 庶子格인 소설이나 수필만을 『국문학사』에서 수용한 것이므로 그의『국
문학사』에서의 한문학은 서자의 서자 문학에만 충실한 결과가 된다. 그 편법
을 창출한 陶南의 진술을 그대로 옮겨보면 다음과 같다.

　　더욱이 純國文學의 立場으로 본다면 늘 그 發達이 漢文學과 全然 關係를
끊고는 그 體系를 세우기조차 困難한 터이라서, 兩分野에는 適當한 妥協이 成
立되지 않고서는 아니 된다.
　　그래서 나는 여기에 韓國의 漢文學은 詩·賦·論·策·序·記·跋 등을 爲
主로 한 데 對하여 純韓國文學은 詩歌·小說 等의 文藝를 爲主하여 發達하였
다는 特質을 考慮하여 說話·小說 等은 비록 漢文으로 表記되었다 하더라도
純韓國文學 部門에 넣어서 考察할 것이라고 생각한다. 卽 같은 小說이면 漢文
으로 쓰이었거나 國文으로 쓰이었거나 同一한 系統文學으로서 發達하여 그 關
係의 같음이 同一한 表記文學의 異種文學에 比할 바 아니라는 點에서 形式的
인 表記文學에 拘碍됨이 없이 漢文·國文의 作品을 한 文學的 事象으로 取扱
하자는 것이다.[6]

---

6) 趙潤濟, 『韓國文學史』, 東國文化社, 1963.9.5.(1949年 東方文化社 발행 『國文學史』
　　증보 개정판).

한문학을 국문학사에 수용하기 위하여 먼저 '妥協'을 企圖하였으며 한문학의 正統을 排除하고 漢文小說만을 迎入하기 위하여 文藝爲主論을 펴고 있다. 그러나 陶南은 여기서 '文藝爲主論'의 정체를 밝힐 수 없기 때문에 억지를 감행하고 있는 것이다. 小說이나 詩歌가 전적으로 民衆의 것이 아니기 때문에 漢文學의 正統을 排除하는 기준으로 '민중'을 내세우지 못한 결과라 하는 편이 나을지 모른다. 이는 天台山人이 『朝鮮漢文學史』를 서술하면서 스스로 골동품을 처리하는 작업이라 진술한 것과 다를 것이 없다.

2. 思想硏究의 바람

1950년대 후반에 접어들면서 한문학 연구도 논문의 형식을 갖추면서 학술지에 발표되기 시작한다. 옛날 글방식으로 한문을 익힌 세대와 신학문을 하는 여가에 한문을 공부한 세대가 공존하면서 한문학 분야도 이때부터 본격적인 연구를 企圖하는 노력들이 나타난다.[7] 그러나 대체로 후자들에 의하여 소설이나 수필과 같이 읽기에 편한 軟文學의 해석에 열을 올리어,[8] 소설이 소설로 파악되지 않고 문학이 사상 연구의 侍女로 봉사하는 결과가 되었다. 實學이 무엇인지 개념을 규정하는 서두름도 없이, 한 시대의 現實打開策에 지나지 않는 實學을 檢證하는 일이 문학연구의 인기종목처럼 착각되기 시작한 것이다. 물론 이 때에도 이들과는 달리 朝鮮後期 社會의 士意識을 照明한 李佑成의 『實學派의 文學』(1957)과 같은 勞作도 있다. 그러나 이 또한 본격적인 문학연구가 되지 못하는 점에서는 前者들의 그것과 크게 다를 것이 없다. 朝鮮朝 社會의 기본 성격을 士大夫와 民衆의 階級的 對立關係로 파악하여 庶民에게 공헌한 士類層의 文學世界에 관심을 표명하고 있으나 문학은 천착되지 아니하고 思想 論議로 始終하고 있기 때문이다.

50년대 후반에 접어들면서 漢文學 研究는 小說分野에서 한 時期를 區劃하는 듯했다. 朴趾源을 비롯하여 金時習·林悌 등의 著作에 대한 연구 성과가 경쟁적으로 나타나기 시작하면서 豊饒를 누리었다. 개별 작품에 대한 解釋에서 비롯하여 作家의 思想 研究에 이르기까지 小說 研究에 제공될 수 있는 방법들이 대부분 網羅되었다. 그러나 초기 段階에서부터 思想性이 강

---

7) 徐首生의 「上代漢文學硏究」, 「東國文宗 崔孤雲의 文學」, 李家源의 「石北文學硏究」 등이 이에 들 것이다.

8) 金一根의 「燕岩小說의 近代的 性格」, 申基亨의 「燕岩의 實學思想」, 金智勇의 「實事求是 思想과 朴燕岩의 文學」 등이 초기의 것들이다.

조된 이 방면의 연구성과는, 특히 燕岩의 작품에 있어서는 문학 연구의 바깥에서 高潮되기 시작한 實學思想 研究의 上昇氣流가 燕岩의 文學 研究에 熱氣를 더하게 함으로써, 오히려 外在的 要因이 燕岩小說의 본격적인 연구를 沮害하는 결과를 가져오게 하였다.

그러나 소설 작품의 연구가 그 素材論的 接近의 限界에서 더 나아가지 못한다거나, 思想 研究와 같은 周邊 探索에서 머뭇거려야만 한다면, 거기에는 방법론의 不在 現象보다 더 심각한 作品 自體의 根本的인 性格에 문제가 있음을 看過해서는 안 될 것이다. 그러므로 燕岩의 小說作品들에 共存하고 있는 逸話的 性格이 그 藝術的 形象化의 限界를 스스로 드러내고 있다는 사실에 유의할 필요가 있다.

우리 나라 古典小說이 文學 研究의 關心事로 浮刻되기 시작한 것은 1930년대의 일이며 그 先鞭을 잡은 것은 天台山人이다. 그러나 燕岩小說에 대한 研究가 餘他의 작품 연구를 壓頭하게 된 緣由에 대해서는 그것이 小說로 의식되기 이전의 사정에까지 溯考할 필요가 있다.

1930년대의 朝鮮學 붐을 일으킨 國故研究家들에 의하여 實學思想이 再照明되면서부터 燕岩은 實學派의 中心人物로서 또는 近代思想의 先覺으로 浮刻되기 시작했으며 그의 작품 <許生傳> 등이 관심을 모으게 된 것도 이때부터다.[9] 그러므로 天台山人의 『朝鮮小說史』(1933)에서 <許生傳> 등이 小說로서 浮上되기까지의 燕岩作品은 國故 研究의 包括的 對象에 지나지 않았다. 이러한 사정 때문에 小說 研究가 본격적인 문학의 연구 작업으로 전개된 이후에 있어서도, 燕岩小說의 研究는, 作品 자체의 基本性格을 不透明하게 하였을 뿐만 아니라 研究方向의 설정에 있어서도 困惑을 겪어야만 했다.

50년대 후반의 初期 成果에서부터 이러한 의혹은 사실로 나타난다. 作品

---

9) 權德奎의 「朴燕岩의 許生傳을 評함」(『批評』 12호, 1932)과 같은 것이 그 초기의 것이다.

과 事實 사이에 尙存하는 距離의 美學초자 忘却되고 있는가 하면,[10] 특히 燕岩의 작품 가운데서 빈번하게 擧論된 <兩班傳>·<虎叱>·<許生傳>의 연구에 있어서는 實學思想=燕岩思想=文學思想의 等式을 證明하는 작업이 그 중요 과제처럼 착각되기도 하였던 것이다.

60년대에 접어들어서도 초기 연구에서 겪어야만 했던 迷路는 개척되지 않았다. 문학 연구의 바깥에서 高潮되기 시작한 實學思想 研究의 '바람'은 燕岩小說의 연구방향을 더욱 昏迷하게 하였을 뿐이다. 이 시기의 업적을 집약적으로 대표할 수 있는 것은 李家源의『燕岩小說研究』(乙酉文化社, 1965)다. 60年代에 발표한 10餘篇의 자기 축적을 토대로 하여 단행본으로 출간한 이것은 개별 작가의 작품에 대한 研究書로서는 그 物量에 있어 初有의 것이다. 그 버금가는 것이 李在秀의『韓國小說研究』(宣明文化社, 1969)에서 과시한「燕岩小說考」가 될 것이다. 그러나 이러한 浩瀚한 업적에도 불구하고 그 연구의 基本方向에 있어서는 歷史學에서의 그것과 同軌의 것이 되고 있을 뿐이다.[11]

傳統的인 解釋的 方法論이 지속되는 분위기 속에서도, 從來의 研究方法에 대한 懷疑와 自己 省察을 통하여 새로운 方法論의 摸索을 위한 陣痛을 겪어야만 했던 것이 70년대 燕岩研究의 두드러진 현상으로 나타난다. 前時期에서 보여줬던 '感激'이나 '情熱'이 안정을 되찾으면서 그 研究成果도 激減勢를 보였다. 그러나 새로운 方法論이 摸索되는 陣痛過程에서 흔히 있기 쉬운 또 다른 危險性도 결코 排除될 수 없었다. 감당할 수 없는 批評理論의 試驗이나 非體質化한 論理의 전개 과정에서 야기되는 論理의 비약이 그 파탄에 이르고 있는 것과 같은 현상은 또 다른 차원에서 연구 풍토를 困惑케

---

10) 金智勇의「實事求是思想과 朴燕岩의 文學」(『淸州大學論文集』3집, 1970)이 그 대표적인 例가 될 것이다.
11) 宋贊植의「燕岩 朴趾源의 經濟思想」(『創作과 批評』7호, 1967)이 그 한 보기로 들 수 있는 것이다.

할 素地에 있다.[12]

梅月堂의 『金鰲新話』와 林悌의 작품들은 그것들이 가지고 있는 傳奇의 限界 때문에 그 研究成果에 있어서도 燕岩小說에 비하여 양적인 劣勢를 면치 못했다. 林悌의 이른바 軟文學은 1930年代에 이미 天台山人에 의하여 검토된 바 있었거니와,[13] 이후의 연구에 있어서도 대체로 <元生夢遊錄>이나 <花史>의 작자를 考證하는 수준에서 더 나아가지 못했다.[14]

『金鰲新話』에 대한 연구는 50년대 후반에서부터 나타나기 시작했다.[15] 초기의 傳記的 研究에서부터『剪燈新話』와의 比較研究에 이르기까지 文獻學的 研究로 始終하였으나 이러한 方法論에 의한 연구는 鄭鉒東의「梅月堂金時習研究」(1965)에서 決算을 보았다. 이 밖에서 夢幻構造에 관심을 보인 업적 가운데에는 특히 思想 論議에 지나치게 집착한 나머지 文學論의 범주를 逸脫한 것도 있다. 최근의 成果로서 제시된 筆者의「梅月堂의 詩世界」에서는,『金鰲新話』의 성격을 詩人 金時習이 詩로써 實現한 詩小說이라고 지적한 바 있다.[16] 『金鰲新話』를 金時習의 詩的 表現의 한 樣相으로 본 것이다. '詩小說'이란 槪念이 生疎한 것은 사실이나 傳奇의 구성 양식에서 공통적으로 檢證되는 間詩(揷入詩) 문제를 통하여 傳奇의 한계를 극복하려는 한 노력으로 볼 수 있을 것이다.

---

12)「朴趾源 文學의 研究史的 檢討」(『韓國學報』13, 1978)에서 구체적인 예를 보이었다.
13) 天台山人,「林悌의 軟文學」,『朝鮮語文學會報』2號, 1931.
14) 黃浿江의「林悌와 元生夢遊錄」(『檀國大學校論文集』4, 1970)과 金光淳의「花史의作者 再考」(『語文學』14, 1966) 등이 이에 속한다.
15) 鄭炳昱,「金時習研究」,『서울大學校論文集』7, 1958.
16) 閔丙秀,「梅月堂의 詩世界」, 서울大學校『人文論叢』3집, 1978.

3. 詩論硏究의 意味

漢詩에 접근하는 間接體驗의 방법 가운데는 詩論과 같은 批評理論의 연구가 있다. 60년대 초기부터 試圖된 이 方法論은, 본격적인 理論書가 殆無한 우리 나라 批評史의 현실에서 보면, 처음부터 그 한계가 豫料되는 것이지만, 이에 대한 노력은 70년대 후반에 이르기까지 精力的으로 지속되었다. 그러나 지금까지 이룩된 이 方面의 成果는, 대체로 우리 나라의 詩論을 中國理論의 포괄적인 移植現象으로 置薄해 버리거나,[17] 아니면 安易한 資料史的 사실 확인에서 그치고 있는 것이 대부분이어서 中國 詩論의 韓國的 展開過程에서 제시된 意味들을 읽지 못한 아쉬움은 그대로 남겼다.[18] 특히 性理學의 이데올로기에 過敏한 나머지 詩論의 現實文脈을 사실대로 파악하지 못한 미진은 再考하는 수고가 있어야 할 것이다. 우리 나라의 批評理論이 비록 단편적인 形態에서 그치고 있는 것이라 할지라도 이를 통하여 우리는 우리 나라 詩人과 批評家들이 보여준 自己省察의 意志를 읽어야 할 것이며 批評理論의 內的 秩序를 파악하는 노력이 수반되어야 함은 물론이다.

漢詩文學에 대한 본격적인 천착이 이루어지지 않은 風土에서 詩論에 대한 硏究가 好況을 누리게 된 데는 그럴 만한 이유가 있었을 것이다. 漢詩에 대한 직접적인 접근이 사실상 어렵게 된 현실에서는 詩論에 대한 연구가 漢詩에 접근할 수 있는 間接體驗의 방법으로서 가장 安易한 것이 될 수 있을 것이며 우리 나라와 같이 批評史의 資料가 한정되어 있는 상황에서는 집중적인 硏究成果의 실현도 다른 분야에 비하여 容易했을 것이다. 그러나 이보

---

17) 車柱環, 李炳漢 교수 등의 一聯의 硏究成果가 대부분 이러한 基盤 위에서 이룩된 것이다.

18) 閔丙秀, 「古典詩論의 韓國的 展開에 대하여」(『震檀學報』 48, 1979)에서 자세하게 言及했다.

다도 중요한 이유는 다른 데 있었는지 모른다. 우리 나라 초기 詩論의 대부분을 所藏하고 있는『白雲小說』과 같은 것이 일찍이 天台山人의『朝鮮小說史』에서 소개되었기 때문에 30년대 초기부터 각광을 받을 수 있었으며, 稗官文學이라는 이름으로 성격이 규정되었기 때문에 小說史의 硏究分野에서도 관심을 모았던 것이다.[19]

이와 같이, 詩話가 散文樣式이기 때문에 내용이 度外視당한 초기의 混沌도 있기는 하였지만, 그러나 이러한 一聯의 사정이 詩論의 硏究에 자극제가 된 것은 사실이다.

60년대 초기에서부터 비롯된 詩論의 硏究는 70년대 후반에 이르기까지 줄기차게 지속되어 개별 詩論에 대한 연구는 마무리 단계에까지 이르고 있는 듯했다. 그러나 본격적인 詩論書가 殆無한 우리 나라 現實에서 詩話나 雜錄類에 散在해 있는 斷片的인 詩論의 收拾만으로 詩論 硏究의 작업이 完結될 수는 없는 일이다.

이런 의미에서 初期硏究에 바쳐진 趙鍾業의 硏究成果는 일단 기록될 만한 수확이다.[20] 그러나 60년대의 연구에서 獨走하다시피한 그의 成果는 대체로 文獻學的 解釋에 그치고 있으며 事前에 갖추어야 할 理論體系가 마련되지 않았기 때문에 사실 확인의 과정에 있어서도 체계적인 정리가 이루어지지 않은 느낌이다.「高麗詩論硏究」에서 提示한 '用事論과 新意論'의 對比說明과 같은 것이 그 단적인 例가 될 것이다. 修辭에 대한 관심도 과다하게 노출시키고 있으나, 表現論이 支配한 우리 나라 詩論의 현실에서는 이것에 대한 의미도 부여되기 어렵다.『破閑集』의 저자인 李仁老를 가리켜 用事論者로 규정하였지만, 그러나 이른바 用事論이라고 하는 것은 作法論에 있어서의 表現技法에 지나지 않는 것이기 때문에 이는 詩論의 대상에 들지 못한다.

---

19) 同上.「稗官文學에 대하여」(『古典文學硏究』1, 1971) 參照.
20)「高麗詩論硏究」외에도「李朝初期詩論의 傾向에 대하여」,「東人詩話硏究」,「中世後期詩論硏究」,「淸江詩話硏究」등이 모두 60년대의 것이다.

그러므로 李仁老의 用事論과 李奎報의 '新意'를 對立關係로 파악한 것은 詩論의 研究課題로서는 의미가 없는 것이 되고 만다. 詩論 研究의 또 다른 방면에서는 많은 成果를 낸 崔信浩에 이르러서도 이러한 문제는 극복되지 않았으며[21] 全鑒大의 「麗朝詩學研究」(1974)에 이르러 反論이 提起되는 정도였다. 李炳漢의 「漢詩批評의 體例研究」(1975)에 수록된 一聯의 論文은 그것들이 中國의 批評理論을 基軸으로 한 研究 成果라는 점에서 古典 詩論의 理解에 一助가 될 것이다. 그러나 力點을 둔 風格批評에 있어서는 사실의 제시에 重點이 주어지고 있을 뿐, 內包하고 있는 의미에 대해서는 解明되지 않았다. 이 밖에도 個別詩論에 대한 研究가 지속적으로 나타났으나 이것들은 대개 사실을 羅列한 確認作業에 지나지 않은 것이기에 本稿의 敍述에서는 제외될 수밖에 없다.

70년대의 成果 중에서 주목되어야 할 것은 『韓國古典詩學史』이다. 이것은 全鑒大의 「麗朝詩學研究」(1974), 鄭堯一의 「朝鮮前期詩學研究」(1977), 崔雄의 「朝鮮中期詩學研究」(1975), 鄭大林의 「朝鮮後期詩學研究」(1978) 등 4편의 碩士學位論文을 한 데 묶은 것이다. 우선 개별 詩學의 研究가 主流를 이루어 온 연구풍토에서 처음으로 通時的 研究가 이룩되었다는 점에서 평가되어야 할 것이다.

國文學의 史的 研究에 있어 歷史的인 배경 설명과 같은 것이 흔하게 企圖되는 현상이지만, 一般史의 수준이 國文學과 같은 特殊史의 研究에 寄與할 만한 데까지 이르지 못하고 있을 때, 이러한 노력은 도리어 論文의 성격을 흐리게 할 憂慮가 있다. 이러한 문제는 이 論文에서도 排除되지 않았다. 性理學的 이데올로기의 威壓을 지나치게 의식함으로써 文學現象의 內的 秩序를 읽지 못하고 있는 흠이 이 論文에서 공통적으로 지적되어야 할 사실이 될 것 같다. 貫道觀이나 載道觀과 같은 效用論的 文學觀 때문에 詩論의 現

---

21) 「高麗詩話에 나타난 修辭에 대하여」, 「初期詩話에 나타난 用事理論의 樣相」 등 70년대 초기의 것이 이 방면의 연구성과이다.

實 文脈을 사실대로 읽지 못하고 있는 것이 그런 것에 속한다. 道文一致를 강조한 것이 朝鮮時代 文學理論의 支配原理처럼 되어 있지만, 그러나 겉으로 표방하고 있는 이 效用的인 文學觀은 다만 文學論 위에 君臨하고 있는 형식적인 口號가 되고 있을 뿐 實際批評이나 詩論의 展開에 있어서는 사실상 克服되고 있는 것을 알아내어야 한다. 그리고 이와 같은 效用論의 極端에 이르면 이는 反理論的인 것이 되고 만다는 사실도 看過되고 있다. 通時的 硏究를 성공적으로 수행하기 위해서는 全時代를 貫流하는 理論的인 체계가 수립되어야 할 것이나, 時代別로 분담 硏究한 個別 論文으로서의 약점은 이런 점에서 극복되지 않고 있다. 그리고 古典詩論을 受容·展開하는 과정에서 보여 준 우리 나라 批評史의 意志를 읽지 않은 未盡도 아쉬움으로 남을 것들이다.

이러한 의미에서 筆者의 「古典詩論의 韓國的 展開에 대하여」(1979)는 이러한 아쉬움을 간파한 成果의 하나가 될 수 있을 것 같다. 中國의 古典詩論을 受容·展開하는 과정에서 보여 준 우리 나라 初期詩論의 表現論的 傳統이 우리 나라 批評理論에 貫流하는 理論的 기반이 되고 있음을 지적한 것과 같은 것이 그것이다. 文言으로 中國詩를 體驗한 우리 나라 漢詩는 基本的으로 槪念의 詩이며 精神의 것이라는 立論에서 출발한 이 論文은 槪念의 詩가 함축하고 있는 깊은 意趣를 발견하는 것만이 漢詩 硏究가 지향해야할 當面課題임을 주장하고 있다. 漢詩 硏究의 現實的인 어려움을 극복하려는 한 企圖가 될 수 있을 것이다.

4. 漢文學 硏究의 課題

한문학의 전통이 이미 前時代의 것이 되어버린 현실에서 한문학에 접근하는 일이 결코 쉬운 것은 아니다. 특히 한문을 제대로 배운 세대 가운데서 문학 연구에 참여할 수 있는 人力의 保有量이 극소수로 제한되어 있는 현재의 상황에서 한문학을 한문학 그대로 이해하고 연구하는 것이 힘겨운 일임에 틀림없다. 漢字라는 文字의 장애를 극복하고 그 많은 자료들을 섭렵하는 작업이 결코 용이하지 않기 때문이다.

그러나 한문학의 연구는 처음부터 先後가 뒤집어지고 主從이 뒤바뀐 채 혼미를 거듭해왔다. 개별 작품에 대한 硏究 成果의 축적도 없이 漢文學史가 앞질러 편찬되어야 했던 역조현상은 어쩔 수 없는 일이었거니와, 詩文에 비하면 餘技에 지나지 않는 小說 硏究가 時流인 양 君臨해 왔다. 그러나 이보다 더 중요한 사실로 지적되어야 할 것은 硏究風土의 方向이다.

소설 연구가 사상 연구의 侍女 구실로 일관해 온 사실은 이미 앞에서 지적했거니와, 詩作에 대한 연구 역시 '意識'과 '思想'과 '社會'를 뽑아내는 素材論的 接近을 일삼았을 뿐이다.[22] 이런 경우 대개는 작품 세계의 全鼎은 考慮되지 않았으며 극히 선택된 자료에 의존하는 것이 일반적인 경향이었다.

天台山人의 『朝鮮漢文學史』로부터 50년, 李家源·文璇奎의 『韓國漢文學史』로부터 25년을 지나고 있지만 아직도 새로운 韓國漢文學史의 서술에 제공될 연구 축적이 이루어지지 않고 있는 현상이 이를 단적으로 立證해 주는 것이라 할 것이다.

---

22) 林熒澤의 「黃梅泉의 詩人意識과 詩」(『創作과 批評』 19, 1970), 崔雲九의 「梅月堂의 愛民意識과 詩의 性格」(『韓國漢文學硏究』 1, 1976), 宋載卲의 「茶山의 朝鮮詩에 대하여」(『韓國漢文學硏究』 2, 1977) 및 金相洪의 「丁茶山의 社會詩硏究」(『檀國大學校國文學論集』 9, 1978) 등이 구체적인 例證으로 제시될 수 있는 것들이다.

    결과만 가지고 따진다면, 이는 덩어리채 그대로 버려져 있는 한문학 자체의 前時代的 性格에서부터 문제가 제기될 수도 있다. 그러나 수백 편을 헤아리는 양적인 팽창은 보이면서도 神奇만 追隨하는 시대의 俗尚에서 쉽게 逸脫하지 못하고 있는 연구풍토에 더 큰 책임이 지워져야 할 것이다.

    한문학의 本領에 近接하려는 노력은 50년대 후반에서부터 있어 왔다. 그 대강을 보이면 다음과 같다. 徐首生의 초기 업적을 총집한「高麗朝漢文學硏究」(1971)는 그 方法論을 따지기에 앞서 기록되어야 할 成果다. 車柱環의 「白雲詞考」(1972), 柳晟俊의「申紫霞詩의 特性」(1972) 등은 中國文學쪽에서 거들어 준 보탬이라 할 것이며, 閔丙秀의「開化期의 憂國漢詩에 대하여」(1974),「梅月堂의 詩世界」(1978), 李圭大의「崔孤雲의 漢詩硏究」(1975), 朴性奎의「益齋 漢詩硏究」(1976), 李炳赫의「高麗末期의 漢文學硏究」(1977), 金聖基의「高麗漢詩硏究」(1978), 宋寯鎬의「柳得恭의 二十一都懷古詩硏究」(1980) 등이 漢詩에 관심을 보인 70년대 이후의 중간 업적에서 뽑아낸 것이다.

    1970년대 후반에 이르러 韓國漢文學硏究會(후에 韓國漢文學會로 고침)에 의하여 학회지『韓國漢文學硏究』(1976)가 간행되기 시작했으며 1980년대를 지나면서 경향 각지의 대학에서 학위논문을 쏟아 내었다. 그러나 대부분의 논문들은 이때까지도 '사상'과 '문학관'을 검색하는 등 작가의 의식 논의에서 크게 벗어나지 못했다.

    1980년대 후반에 韓國漢詩學會(1988)가 출범함에 따라 한국 한시문학이 그 연구영역을 확보하게 되었으며, 1990년대에 접어들어 이 학회에서 전문 한시연구지『韓國漢詩硏究』(1993)와, 한국한시작가의 통시적 연구서라 할 수 있는『韓國漢詩作家硏究』(1995)를 간행하기 시작하여, 본격적인 한시 연구의 단초를 열었다.

    이러한 분위기에 때맞추어, 閔丙秀에 의하여 우리 학계에서 처음으로『韓國漢詩史』(1996)가 간행되었으며, 純然히 우리 나라 시문 자료로만 예증한『韓

國漢文學槪論』이 같은 때에 출간되어 1990년대의 성과로 기록될 수 있었다.

우리 나라 한문학의 우수성을 과시하기 위해서는 먼저 개별작품에 대한 확인·검증 작업이 선행되어야 한다. 그러기 위해서는 이것들을 현대국어로 번역하고 評註를 붙이는 작업이 진중하게 이루어져야 한다. 이것은 우수한 연구논문의 제작을 가능케 하는 전단계적 노력으로서도 소중할 뿐 아니라 단편적인 연구논문의 제작에 못지 않게 한시 연구의 천착에 값할 수 있다.

이러한 의미에서 이종찬의『韓國漢詩大觀』(1~5)과 송준호의『韓國名家漢詩選 1』 등은 그 하한이 고려 말에서 그친 미완성의 역주 시선집이지만, 한시를 공부하는 사람들이 해내어야 할 중요한 책무의 한 부분을 다한 것들이다.

文章에 대한 研究 成果는 70년대 초반까지도 나타날 조짐을 보이지 않았으나 金都鍊에 의하여『古文의 源流와 性格』(1979),「寧齋 李建昌과 滄江 金澤榮의 古文觀」(1980) 등이 발표되면서 등록이 된 셈이다. 오랜 기간을 지나 정민의『조선후기 고문론 연구』가 뒤를 이었으며, 1990년대에 접어들어 朴趾源 산문의 본격적인 연구서라 할 수 있는『熱河日記』(1990)가 김명호에 의하여 출간되었다.

그러나 한문학사는 詩와 文의 역사이며 그 主宗이 되어 온 것은 詩다. 漢詩는 이미 享有의 對象이 아니라 研究되기를 기다리고 있는 古典으로 남아 있을 뿐이다. 때문에 우리는 漢詩를 모르면서도 漢詩를 研究하지 않으면 안 될 어려운 상황에 있는 것이 틀림없다. 그러므로 이러한 어려움을 克服하고 漢詩를 제모습 그대로 연구하기 위해서는 적어도 다음과 같은 사실들을 기본적으로 받아들이는 마음가짐에서 비롯해야 할 것이다. 첫째, 우리 나라 漢詩를 역사적으로 연구하기 위해서는 먼저 漢詩의 原産地인 六朝·唐·宋 등 中國詩의 表情을 있는 그대로 읽어야 하며 둘째, 자료의 선택과 작품의 評價는 모름지기 漢詩를 생산한 당시의 詩人·批評家들이 직접 편찬에 참여한 選拔冊子와 批評書에 먼저 눈을 돌려야 한다. 이러한 작업의 遂行을 통하여 우리 나라 漢詩文學의 眞像을 파악하고 나아가서는 이러한 文學史의 현실이 제시한 방향에 따라 漢詩研究의 當面課題를 모색해야 할 것이다.

우리 나라 漢詩가 中國詩의 전통을 그대로 배운 것은 사실이지만, 그러나 文言으로 中國詩를 체험한 우리 나라 詩人들이 도달할 수 있는 詩世界의 限界는 처음부터 豫料되는 것이 아닐 수 없다. 그러므로 詩的 表現의 工具로서의 言語 즉 中國語에 疎遠한 우리 나라 詩人들이 제작한 漢詩는 필연적으로 槪念의 詩, 精神의 것이 될 수밖에 없었을 것이며, 때문에 우리 나라 漢詩에 있어서의 修辭學的 要求는 사실상 空疎한 것이 되지 않을 수 없다. 이것은 곧 우리 나라 漢詩의 한계를 示顯하는 소극적인 의미로 사용될 수도 있지만, 한편으로는 中國詩와 우리 나라 漢詩의 편차를 가늠하는 특징적인 사실로 지적될 수도 있다.

그러나 漢詩의 傳統이 前時代의 것이 되어버린 오늘에 있어, 復古的인 批評的 接近으로 兩者의 편차를 검증하기에는 우리의 능력은 분명히 제한되어 있다. 그러므로 漢詩研究에서 문제삼아야 할 중요한 과제는 우리 나라 詩人·批評家들이 中國의 文學理論을 受容할 때 보여준 자각적인 의지를 읽어내어 槪念의 詩가 함축하고 있는 깊은 意趣를 탐색 발굴하는 것만이 漢詩文學의 創造的 傳承에 이바지하는 길이 될 것이다.

本稿의 범위가 1980년을 下限으로 잡았기 때문에 이후에 발표된 論著들을 보이지 못한 것이 아쉬움으로 남는다. 그리고 小說은 本稿에 맡겨진 課題가 아니므로 小說에 관한 연구업적은 後尾에 붙인 <參考文獻> 欄에서도 원칙적으로 제외하였으며, 본문의 敍述과 有關한 論文만 例示히는 징도에서 그쳤다. 500여 편에 달하는 研究 論著를 소화할 수 있는 紙面의 여유가 허락되지 않았으므로 <參考文獻> 欄에 보인 업적들은 극히 제한된 일부에 지나지 않는다. 그 選擇의 기준도 반드시 論文의 比重에만 의존한 것이 아님을 함께 밝혀둔다.

참고문헌

金瑗根,「朝鮮古今詩話」,『靑年』2권 5~7, 1922.

______,「朝鮮詩史」,『新生』17~60, 1930~34.

金台俊,「朝鮮의 漢文學遠流」,『新興』5, 1931.

______,『朝鮮漢文學史』, 1931.

安 廓,「漢文詞曲의 小考」,『朝鮮』176호, 1932.

金台俊,「朝鮮漢文學史方法論」,『學燈』6, 1934.

______,「李朝末의 民怨詩」,『學燈』3권 18호, 1935.

______,「朝鮮詩話」,『朝鮮』253~255・258호, 1936.

玄相允,「李朝文學과 金農巖」,『三千里』72, 1936.

安在鴻,「茶山의 思想과 文學」,『三千里』72, 1936.

趙潤濟,「申象村의 詩餘에 대하여」,『文章』2, 1939.

徐首生,「上代漢文學研究」, 慶北大學校大學院, 1955.

______,「東國文宗 崔孤雲의 文學」,『語文學』1・2, 1956.

金一根,「燕岩小說의 近代的 性格」,『慶北大論集』1, 1956.

李佑成,「實學派의 文學」,『국어국문학』16, 1957.

申基亨,「燕岩의 實學思想─그의 漢文小說을 中心으로」,『文耕』4, 中央大, 1957.

鄭炳昱,「金時習研究」,『서울大學校論文集』7집, 1958.

朴晟義,「比較文學的 見地에서 본 金鰲新話와 剪燈新話」,『文理論集』3, 高麗大
     學校, 1958.

鄭在鴻,「李奎報의 假傳體文學考」,『국어국문학연구논집』8, 曉星女子大學, 1959.

徐首生,「白雲文學考─특히 그의 詩를 中心으로」,『語文學』5, 1959.

李家源,「石北文學研究」,『東方學志』4, 1959.

權五惇,「近朝漢文學에 대한 一考察─滄江과 雲養을 中心으로」, 延世大學校『人

文科學』5, 1960.

金一根, 「朴燕岩의 漢詩觀」, 『文湖』1, 建國大學校, 1960.

李家源, 「漢文文體의 分類的 研究」, 『亞細亞研究』5, 高麗大 學校, 1960.

金智勇, 「實事求是思想과 朴燕岩의 文學」, 『淸州大論集』3, 1960.

徐鏡普, 「益齋詞小考」, 『靑丘大論集』3, 1960.

李明九, 「李生窺墻傳과 剪燈新話의 比較」, 『成大文學』8, 1961.

權五惇, 「韓國文人之中國文學評論」, 『東方學志』5, 1961.

文璇奎, 『韓國漢文學史』, 1961.

李家源, 『韓國漢文學史』, 1961.

______, 「燕岩文學과 文體波動」, 延世大學校 『人文科學』10, 1963.

趙鍾業, 「高麗詩論研究」, 忠南大學校 『語文研究』1, 1963.

徐首生, 「松江文學의 研究－특히 그의 漢詩賦에 대하여」, 『慶北大學校論文集』7, 1963.

李家源, 「虎叱研究」, 『延世論叢』2, 1963.

閔泳福, 「高麗漢詩文學과 李朝漢詩文學의 思想的 考察」, 『文耕』14, 中央大學校, 1963.

李家源, 「燕岩의 實學思想」, 『陶南趙潤濟博士 回甲紀念論文集』, 1964.

______, 「紫霞詩評攷」, 『국제문화』1, 1964.

徐首生, 「白雲小說研究」, 『慶北大學校論文集』8, 1964.

______, 「太平頌 織錦頌에 대하여」, 『語文學』11, 1964.

鄭柱東, 『梅月堂 金時習研究』, 1965.

李鍾燦, 「小樂府試考」, 東國大學校 『東岳語文論集』1, 1965.

孫八洲, 「申紫霞의 東人論詩絶句考」, 『東岳語文論集』3, 1965.

金光淳, 「花史의 作者再考」, 『語文學』14, 1966.

李源周, 「燕岩小說考」, 『語文學』15, 1966.

李在秀, 「朴燕岩小說論考－虎叱과 許生을 中心으로」, 『慶北大論集』10, 1966.

金智勇, 「茶山文學論」, 『국어국문학』32, 1966.

徐首生,「竹高七賢硏究」,『語文學』15, 1966.

趙鍾業,「李朝初期詩論의 傾向에 대하여」,『忠南大學校論文集』5, 1966.

______,「東人詩話硏究」,『大東文化硏究』2, 1966.

閔丙秀,「韓國小說發達史 上(漢文小說)」,『韓國文化史大系』Ⅴ, 高麗大學校 民族文化硏究所, 1967.

李家源,「韓國漢文學史」,『韓國文化史大系』Ⅴ, 高麗大學校 民族文化硏究所, 1967.

徐首生,「李仁老의 藝術과 所傳詩文作品 2」,『語文學』16, 1967.

趙鍾業,「中世後期詩論硏究」, 忠南大學校『語文硏究』5, 1967.

______,「淸江詩話硏究」,『忠南大學校論文集』6, 1967.

李炳漢,「詩話에 散見되는 李朝文人의 文學觀」,『中國學報』6, 1967.

李石來,「金鰲新話의 展開的 考察」,『李崇寧博士頌壽紀念論叢』, 1968.

李佑成,「虎叱의 作者와 主題」,『創作과 批評』11, 1968.

申東旭,「高麗時代批評論考」,『杏丁李商憲先生回甲紀念論文集』, 1968.

李鍾燦,「益齋의 文學-주로 漢詩에서」,『새국어교육』12, 1969.

金玽成,「金鰲新話의 自然背景考-剪燈新話와 比較的 立場에서」,『中國學報』9, 1969.

車柱環,「韓國古典詩論의 展開」,『문교부학술보고서』8, 1969.

朴魯春,「回文體詩歌考察-言語·文字·遊戲硏究」,『경희대논문집』6, 1969.

李炳漢,「韓國古典詩論의 展開」, 서울大學校『文理大學報』25, 1970.

崔信浩,「高麗詩話에 나타난 修辭에 대하여」, 서울大學校『敎養課程部論文集』2, 1970.

車柱環,「崔滋의 詩評-李奎報와의 關聯을 主로 하여」, 서울大學校『東亞文化』9, 1970.

林熒澤,「黃梅泉의 詩人意識과 詩」,『創作과 批評』19, 1970.

趙鍾業,「許筠詩論硏究」,『池憲英先生華甲紀念論叢』, 1971.

尹五榮,「燕岩의 文章」,『文化批評』3, 1971.

崔信浩, 「初期詩話에 나타난 用事理論의 樣相」,『古典文學硏究』1, 1971.

李炳漢, 「批評의 次元에 대하여」,『車相轅博士頌壽論文集』, 1971.

閔丙秀, 「稗官文學에 대하여」,『古典文學硏究』1, 1971.

徐首生, 「韓國古代漢文學의 律文體變選」,『慶北大論文集』15, 1971.

──────, 「高麗朝漢文學硏究」, 慶北大學校大學院 博士學位論文, 1971.

張德順, 「芝峯傳小考」,『箕軒孫洛範先生 回甲紀念論文集』, 1972.

趙鍾業, 「農岩詩論硏究」,『閔泰植博士古稀紀念 儒敎學論叢』, 1972.

閔丙秀, 「李建昌과 그 一門의 文學」, 서울大學校『東亞文化』11, 1972.

崔信浩, 「洪萬宗의 小華詩評考」,『聖心語文論集』3, 1972.

徐首生, 「古代漢文學硏究─특히 漢文傳來와 國學의 濫觴과 漢文學에 대하여」,
        『常山李在秀博士還曆紀念論文集』, 1972.

車溶柱, 「許筠詩再攷」,『亞細亞硏究』48, 高麗大學校, 1972.

李源周, 「虎叱의 諷刺對象」,『常山李在秀博士還曆紀念論文集』, 1972.

金鉉龍, 「許生傳의 所調 時事三難硏究」,『국어국문학』58~60, 1972.

柳晟俊, 「申紫霞詩의 特性」,『한국어문논총』, 1972.

蕭繼宗, 「李益齋와 그의 詞가 韓國文學에 끼친 貢獻을 論함」,『東洋學』2, 1972.

車柱環, 「白雲詞考」,『東亞文化』11輯, 서울大東亞文化硏究所, 1972.

黃浿江, 「許生傳小考」,『국어국문학』62·63, 1973.

蘇在英, 「虎叱再論」,『崇田語文學』2, 1973.

李昌龍, 「高麗詩人과 陶淵明─比較文學的 觀點에서 고찰」,『建國大學校학술지』
        16, 1973.

閔丙秀, 「開化期의 憂國漢詩에 대하여」,『古典文學硏究』2, 1974.

崔信浩, 「文學理論에 나타난 氣에 대하여」,『震檀學報』38, 1974.

金戊祚, 「西浦의 漢詩考」,『又軒丁仲煥博士還曆紀念論文集』, 1974.

全鎣大, 「麗朝詩學硏究」, 서울大學校大學院, 1974.

崔信浩, 「鮮初의 文學理論」,『古典文學硏究』2, 1974.

趙鍾業, 「洪萬宗詩論에 대하여」,『국어국문학』64, 1974.

李家源,『燕岩小說研究』, 乙酉文化社, 1975.

金周漢,「芝峰評論研究」,『嶺南語文學』2, 1975.

李昌龍,「蘇東坡의 投影―高麗漢詩를 中心으로 그 材源」,『人文科學論集』8, 建
　　　　國大學校, 1975.

孫八洲,「東人論詩絶句研究」,『부산여대논문집』2・3, 1975.

閔丙秀,「開化期의 漢文學」,『국어국문학』68・69, 1975.

金周漢,「谿谷評論小考」,『語文學』33, 1975.

趙鍾業,「百濟時代漢文學의 傾向에 대하여」,『百濟研究』6, 1975.

李圭大,「崔孤雲의 漢詩研究」, 高麗大學校敎育大學院, 1975.

金周漢,「崔滋評論研究」,『高麗時代 言語와 文學』, 1975.

李源綱,「韓國詩話類에 있어서의 詩觀에 關한 研究」, 檀國大學校大學院, 1975.

李相翊,「崔滋의 文學理論」,『국어교육』23・24, 1975.

李炳漢,「漢詩批評의 體例研究」, 서울大學校大學院博士學位論文, 1975.

＿＿＿,「漢詩의 源流批評論」,『서울大學校論文集』20, 1975.

金鎭英,「白雲小說研究」,『국어교육』26, 1975.

崔　　雄,「朝鮮中期詩學研究」, 서울大學校大學院, 1975.

李東歡,「燕岩의 思想과 小說」,『古典文學을 찾아서』, 1976.

崔信浩,「古典文學의 理論과 批評」,『古典文學을 찾아서』, 1976.

李慶善,「韓國漢文學과 國文學」,『韓國比較文學論考』, 一潮閣, 1976.

趙東一,「朴趾源의 文學思想과 小說論」,『古典文學을 찾아서』, 1976.

全鎣大,「九雲夢에 나타난 批評意識」,『국어국문학』72・73, 1976.

閔丙秀,「朝鮮前期의 文學觀에 대하여」, 서울大學校『冠岳語文研究』1, 1976.

朴性奎,「益齋漢詩의 研究」, 高麗大學校大學院, 1976.

李炳基,「松江漢詩考」, 全北大學校『國語文學』18, 1976.

柳晟俊,「申紫霞詞의 特性」,『韓國語文論叢』, 1976.

崔信浩,「茶山의 文學觀」,『韓國漢文學研究』1, 1976.

李京雨,「於于野談研究」, 서울大學校大學院, 1976.

孫八洲, 「申紫霞의 文學研究」, 『釜山女大論文集』 5집, 1977.

李丙疇, 「英正時代의 漢文學」, 『東岳語文論集』 10집, 1977.

宋載韶, 「茶山詩研究」, 『國文學研究』 39집, 서울大學校國文學研究會, 1977.

＿＿＿, 「茶山의 朝鮮詩에 대하여」, 『韓國漢文學研究』 2輯, 1977.

鄭堯一, 「朝鮮前期詩學研究」, 서울大學校大學院, 1977.

張德順, 「漢字文學의 國文學史的 處理試考」, 『聖心語文論集』 4, 1977.

鄭大林, 「朝鮮後期詩學研究」, 서울大學校大學院, 1977.

崔雲植, 「李奎報의 詩論」, 『韓國漢文學研究』 2, 1977.

趙東一, 「李奎報의 文學思想」, 『石溪趙仁濟博士還曆紀念論集』, 1977.

李鍾燦, 「月沙의 文學觀과 辨誣錄」, 『韓國漢文學研究』 2, 1977.

李炳赫, 「高麗末期의 漢文學研究」, 『東亞大學校大學院論文集』 1, 1977.

黃浿江, 「虎叱研究」, 『韓國小說文學의 探求』, 1978.

＿＿＿, 「兩班傳研究」, 『韓國學報』 13, 1978.

安秉高, 「高麗假傳의 形成과 그 性格」, 『北岳漢學』 1, 國民大, 1978.

梁光錫, 「崔孤雲의 文學과 思想」, 『우리문학연구』 3, 1978.

姜東燁, 「許筠의 傳에 대한 考究」, 『우리문학연구』 3, 1978.

金東英, 「燕岩小說에 나타난 諷刺研究」, 『東岳語文論集』 11, 東國大學校, 1978.

孫八洲, 「申紫霞의 小樂府研究」, 『東岳語文論集』 10輯, 1978.

金時鄴, 「李奎報의 新意論과 詩의 特質」, 『韓國漢文學研究』 3·4輯, 1978.

＿＿＿, 「李奎報의 現實認識과 農民詩」, 『大東文化研究』 12, 1978.

權斗煥, 「尹孤山漢詩賦研究序」, 서울大學校 『冠岳語文研究』 3, 1978.

鄭大林, 「古典詩論과 그 繼承問題」, 서울大學校 『冠岳語文研究』 3, 1978.

崔博光, 「星湖 李瀷의 詩論」, 『우리문학연구』 3, 1978.

金相洪, 「丁茶山의 社會詩 研究」, 『國文學論集』 9, 檀國大國文科, 1978.

金均泰, 「李鈺의 漢詩論考」, 『先淸語文』 9, 1978.

金聖基, 「高麗漢詩研究－東文選所載作品을 中心으로」, 서울大學校大學院, 1978.

閔丙秀, 「朴趾源 文學의 研究史的 檢討」, 『韓國學報』 13, 1978.

______, 「梅月堂의 詩世界」, 『人文論叢』 3, 서울大學校, 1978.

______, 「古典詩論의 韓國的 展開에 대하여」, 『震檀學報』 48, 1979.

柳晟俊, 「全唐詩所載新羅人詩」, 『韓國漢文學研究』 3·4輯, 1979.

李東歡, 「朝鮮後期 漢詩에 있어서 民謠趣向의 擡頭」, 『韓國漢文學研究』 3·4輯, 1979.

金相洪, 「丁茶山의 樂府詩研究」, 『檀國大論文集』 13輯, 1979.

金都鍊, 「古文의 源流와 性格」, 國民大 『韓國學論叢』 2, 1979.

鄭大林, 「星湖文學研究 1」, 서울大學校 『冠岳語文研究』 4, 1979.

朴魯春, 「高麗의 두 小樂府」, 『慶熙文選』 4輯, 1979.

金興圭, 「茶山의 詩意識과 詩經論」, 『民族文化研究』 14호, 1979.

李圭虎, 「韓國古典詩品研究」, 서울大學校大學院, 1979.

鄭垣杓, 「紫霞漢詩研究序說」, 서울大學校大學院, 1979.

李炳爀, 「稼亭의 思想과 그 文學」, 『釜山工業專門大學研究論文集』 20, 1979.

______, 「安晦軒과 麗末漢文學」, 『釜山工業專門大學研究論文集』 21, 1980.

金都鍊, 「寧齋 李建昌과 滄江 金澤榮의 古文觀」, 國民大 『韓國學論叢』 3,. 1980.

金相洪, 「茶山의 文學思想」, 『東洋學』 10輯, 1980.

柳晟俊, 「蓀谷 李達詩의 盛唐風詩攷」, 『韓國學論集』 7, 啓明大 韓國學研究所, 1980.

安鶴鎬, 「柳得恭의 21都 懷古詩研究」, 『東岳語文論集』 12輯, 1980.

李源周, 「佔畢齋研究」, 『韓國學論集』 6, 啓明大 韓國學研究所, 1980.

(『국어국문학연구입문』, 1998)